T0273882

EL HEREDERO OSCURO

C. S. PACAT

EL HEREDERO OSCURO

Traducción de Eva González

☾ UMBRIEL

Argentina • Chile • Colombia • España
Estados Unidos • México • Perú • Uruguay

Título original: *Dark Heir*
Editor original: Allen & Unwin
Traductora: Eva González

1.ª edición: marzo 2024

Dark Heir © 2023 *by* Gatto Media Pty Ltd
Map copyright © 2023 *by* Svetlana Dorosheva
All Rights Reserved
Translation rights arranged by Adams Literary and Sandra Bruna Agencia Literaria, SL
© de la traducción 2024 *by* Eva González
© 2024 *by* Urano World Spain, S.A.U.
  Plaza de los Reyes Magos, 8, piso 1.º C y D – 28007 Madrid
  www.umbrieleditores.com

ISBN: 978-84-19030-82-5
E-ISBN: 978-84-19936-43-1
Depósito legal: M-436-2024

Fotocomposición: Ediciones Urano, S.A.U.
Impreso por: Romanyà Valls, S.A. – Verdaguer, 1 – 08786 Capellades (Barcelona)

Impreso en España – *Printed in Spain*

Para Johnny Boy.

Tu hocico llegó a mi vida
y me la cambió.
Te echaré de menos.

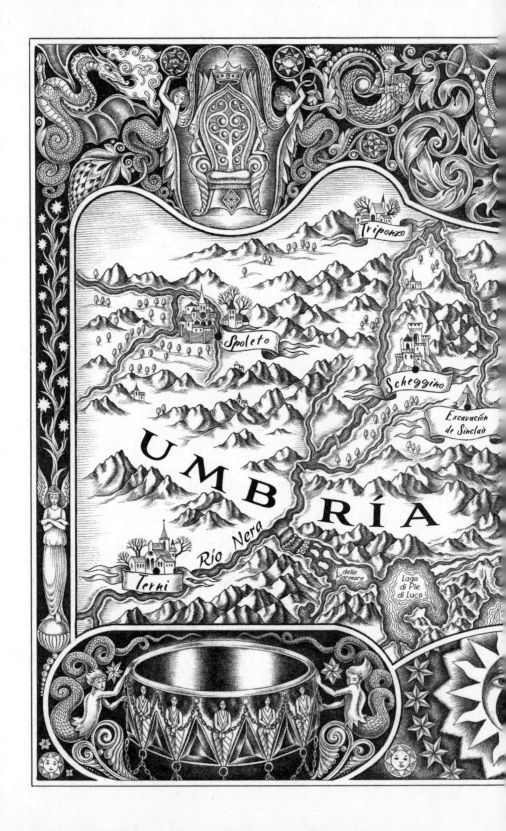

Triponzo

Spoleto

Scheggino

Excavación
de Sinclair

U M B   R Í A

Río Nera

Terni

L. delle
Marmore

Lago
di Pie
di Luco

Monte Coscerno

Salto de Fe

Excavación de Sinclair

Undahar

UN MAPA DE LA
Valnerina, Umbría,
1821
TAMBIÉN LLAMADO EL VALLE NEGRO
Scheggino & el río Nera
Monte Coscerno & la excavación Sinclair
fielmente reproducido

DRAMATIS PERSONAE

En Londres

LOS RENACIDOS

WILL KEMPEN

La reencarnación del Rey Oscuro.

JAMES ST. CLAIR

Creció creyendo que era un Siervo y descubrió su verdadera identidad a los once años: es la reencarnación del general más letal del Rey Oscuro, Anharion. Escapó del Alcázar de los Siervos para ayudar a Sinclair en su misión de devolverle la vida al Rey Oscuro. Más tarde, James descubrió que Anharion había sido un guerrero de la Luz que fue esclavizado por el Rey Oscuro gracias a un collar mágico. Después de que Will matara a Simon y le devolviera el Collar a James, este le juró lealtad.

LOS DESCENDIENTES

La estirpe de los Leones

VIOLET BALLARD

Violet es hija de John Ballard y de su amante india, y se marchó a Londres con su padre. Mientras escapaba de Sinclair con Will, Violet descubrió que poseía la sangre de los Leones y que su padre la crio para que su hermanastro Tom la matara en un ritual que lo ayudaría a obtener su verdadero poder, solo accesible después de asesinar a otro León. Violet ha jurado que no servirá al Rey Oscuro como sus ancestros Leones.

Tom Ballard

El hermanastro de Violet y su mentor y protector durante su infancia. Tom trabaja para Sinclair y se marcó con la S para demostrarle su lealtad. Tiene una relación íntima con otro miembro de la pseudocorte de Sinclair: Devon, el último unicornio.

John Ballard

El padre de Violet y Tom. Trabaja para Sinclair.

La estirpe de los Siervos

Cyprian

Cyprian era un novicio a apenas unas semanas de someterse a la prueba para convertirse en Siervo cuando su hermano Marcus, en forma de sombra, atacó el alcázar y masacró a sus moradores. Ahora Cyprian es el último de los Siervos, pero no ha llegado a beber del Cáliz.

Marcus

Marcus, el hermano de Cyprian, se encontraba en una misión con su compañero de armas, Justice, cuando fue capturado por Sinclair. Este lo mantuvo enjaulado hasta que su sombra lo poseyó, momento en el que lo liberó en el Alcázar de los Siervos.

Justice

El campeón y mejor guerrero de los Siervos. Rescató a Violet y a Will en el barco de Simon, el *Sealgair*, y los llevó a ambos al alcázar. Cuando su compañero de armas, Marcus, se convirtió en una sombra y atacó el alcázar, Justice murió enfrentándose a él.

EUPHEMIA, LA SIERVO MAYOR

La Siervo Mayor intentó entrenar a Will como defensor de la Luz, pero murió antes de que este entrenamiento hubiera finalizado. Derrotó a Marcus en su ataque al alcázar y después le pidió a Cyprian que la matara antes de que su sombra la poseyera.

JANNICK, EL GRAN JENÍZARO

Era el padre de James y padre adoptivo de Cyprian y Marcus. Como líder de los jenízaros (el estamento no militar de los Siervos), Jannick era un hombre con grandes conocimientos, pero también estándares exigentes. Fue asesinado por Marcus en la masacre del alcázar.

GRACE

Grace fue una de las dos únicas supervivientes del ataque de Marcus. Su papel como jenízara de la Siervo Mayor le proporciona un conocimiento único y acceso a los secretos del alcázar.

SARAH

Sarah fue la segunda superviviente del ataque de Marcus. Es una jenízara cuyo trabajo consistía en ocuparse de la vegetación del alcázar.

La estirpe de la Dama

KATHERINE KENT

Presionada por su familia para conseguir un matrimonio ventajoso, se comprometió con Simon Creen, el hijo del conde de Sinclair. Tras descubrir que Simon estaba matando mujeres, huyó al Alcázar de los

Siervos con su hermana Elizabeth. Katherine murió en Bowhill después de descubrir que Will era el Rey Oscuro y de blandir a Ekthalion para desafiarlo.

ELIZABETH KENT

Elizabeth, de diez años, acompañó a su hermana Katherine al Alcázar de los Siervos, donde descubrió que poseía la sangre de la Dama cuando tocó el Árbol de Piedra durante el ataque del Rey Sombrío.

ELEANOR KEMPEN

Madre de Katherine y Elizabeth. Renunció a ellas para esconderlas de Sinclair y en su lugar crio a Will como si fuera su hijo sabiendo que era el Rey Oscuro. Intentó asesinar a Will antes de morir.

La estirpe del Rey Oscuro

EDMUND CREEN, CONDE DE SINCLAIR

Uno de los hombres más ricos de Inglaterra, con un imperio comercial internacional. Sinclair es el líder de una pseudocorte de descendientes con poderes que proceden del mundo antiguo.

SIMON CREEN, LORD CRENSHAW

Hijo y heredero del conde de Sinclair. Simon planeaba propiciar el regreso del Rey Oscuro matando a todos los descendientes de la Dama, incluida la madre de Will. Fue asesinado por Will en Bowhill.

PHILLIP CREEN, LORD CRENSHAW

Hijo menor del conde de Sinclair que heredó el título de lord Crenshaw después de la muerte de su hermano Simon.

En el mundo antiguo

SARCEAN, EL REY OSCURO

Rey Oscuro y líder del ejército de sombra. Juró regresar después de su muerte y ordenó a sus seguidores que se quitaran la vida para que renacieran con él.

ANHARION, EL TRAIDOR

Anharion, el mejor guerrero de la Luz, varió el rumbo de la guerra cuando cambió de bando para luchar junto al Rey Oscuro. Lo conocían como el Traidor, pero estaba bajo el influjo de un collar mágico.

LA DAMA

Las leyendas dicen que amaba al Rey Oscuro y que después lo mató. Cuando el Rey Oscuro murió y juró regresar, ella tuvo un hijo para que su linaje sobreviviera y pudiera enfrentarse a él tras su reencarnación.

DEVON

El último unicornio. Fue capturado cuando los humanos cazaron a los unicornios casi hasta su extinción y le cortaron la cola y el cuerno. Para sobrevivir, Devon se transformó en un muchacho. Miles de años después, forma parte de la pseudocorte de Sinclair.

VISANDER

Campeón del mundo antiguo.

PRÓLOGO

Visander despertó asfixiándose. Sentía una tenaza en el pecho. No había aire. Tosió e intentó inhalar. ¿Dónde estaba?

Abrió los ojos. Estaba ciego, no veía nada. No había diferencia entre tener los ojos abiertos o cerrados. El pánico le levantó los brazos e intentó incorporarse, solo para golpear la madera a un palmo de su rostro. No podía sentarse. No podía respirar y tenía la nariz obstruida por el olor frío y pesado de la tierra.

Por instinto, buscó su espada, Ekthalion, pero no consiguió encontrarla. *Ekthalion. ¿Dónde está Ekthalion?* Sus dedos entumecidos y rígidos solo encontraron madera a los cuatro lados. La respiración superficial se volvió aún más superficial. Estaba tumbado, atrapado en una pequeña caja de madera. En un féretro.

Un ataúd.

Aquella idea le provocó un escalofrío de miedo.

—¡Sacadme de aquí!

La caja absorbió las palabras como si se las tragara. Tuvo una idea enfermiza y terrible: aquello no era solo un ataúd. Era una tumba. Estaba enterrado y la tierra que tenía encima y alrededor amortiguaba sus sonidos.

—*¡Sacadme de aquí!*

Su pánico se intensificó. ¿Qué era aquello? ¿Su eco? ¿Había despertado en una cavidad en la que nadie podía verlo u oírlo, donde nadie sabría que estaba vivo? Intentó recordar los momentos anteriores, fragmentos inconexos del pasado: montando su preciado corcel Indeviel; los fríos ojos azules de la reina mirándolo mientras pronunciaba sus votos; el abrupto dolor cuando ella le atravesó el pecho con la espada. *Regresarás, Visander.*

¿Ella le había hecho aquello? No podía ser, ¿verdad? No podía haber regresado en una tumba, no podía haber despertado sepultado profundamente en la tierra.

Piensa. Si estuviera enterrado tendría madera encima y después tierra. Tendría que romper la madera y después escarbar. Y tendría que hacerlo ya, mientras le quedaran aire y fuerza. No sabía cuánto oxígeno le quedaba.

Pateó el techo de su prisión; notó un dolor discordante en el pie. La segunda patada fue en parte presa del pánico. Un abrupto crujido le indicó que había astillado la madera. Podía oír sus bruscas inhalaciones tomando lo que quedaba del escaso aire.

¡Crac! Otra vez. *¡Crac!* La tierra se derramó en el interior como agua filtrándose a través de una grieta. Durante un momento, sintió la euforia del éxito. Después la filtración se convirtió en un derrumbe, en un colapso, y la fría tierra llenó rápidamente el ataúd. Estalló en un pánico desesperado y levantó las manos para cubrirse la cabeza, pensando que iba a asfixiarse. Tosió; las partículas de polvo eran tan densas que lo ahogaban. Cuando el polvo se asentó, el desplome había reducido su espacio en el féretro a la mitad.

Se quedó tumbado en la pequeña bolsa sin luz que había quedado para él. El corazón le latía dolorosamente. Recordó el momento en el que se arrodilló para hacer su promesa. *Seré tu Retornado.* La reina le tocó la cabeza mientras estaba arrodillado. *Regresarás, Visander. Pero primero debes morir.* ¿Había salido mal? ¿Lo habían enterrado por error, creyéndolo muerto de verdad? ¿O lo había descubierto el Rey Oscuro y lo había enterrado como castigo, sabiendo que regresaría y que estaría atrapado al despertar?

Se imaginó el placer que le proporcionaría al Rey Oscuro su asfixiante pánico. Que hubiera terminado enterrado vivo (su terror invisible, sus gritos silenciados) sería un placer para esa mente retorcida. Una chispa de odio cobró vida en Visander y ardió brillantemente en la oscuridad. Lo impulsó, más fuerte que su deseo de vivir, que su necesidad de matar al Rey Oscuro. Tenía que salir.

Buscó la pechera de su traje y rasgó lo que parecía seda. Se ató la tela alrededor de la cara para protegerse la boca y las fosas nasales de la tierra que lo cubriría rápidamente. Entonces inhaló, tomó todo el aire que pudo y esta vez golpeó la madera astillada que tenía encima con toda la fuerza que le quedaba.

La tierra cayó sobre él, llenando el espacio restante. Se obligó a empujar hacia arriba, intentando escarbar a través de la tierra. No funcionó. No llegó a la superficie, y ahora la tierra lo rodeaba y no había aire, solo la sofocante presión del terreno, un pútrido petricor que amenazaba con bajar a la fuerza por su garganta.

Arriba. Tenía que llegar arriba, pero estaba totalmente desorientado: rodeado de tierra negra, no sabía dónde era abajo o arriba; tenía que cavar, pero ¿en qué dirección? El miedo lo abrumó. ¿Moriría como un gusano ciego, moviéndose en la dirección equivocada a través de la oscuridad? El dolor le apuñaló los pulmones. Se sentía mareado, como si hubiera inhalado algún vapor tóxico.

Cavar. Cavar o morir. Pensar en su propósito era lo único que lo empujaba más allá del pánico, más allá del oscurecimiento de sus pensamientos, como un túnel al cerrarse…

Y entonces su ávida mano extendida salió al exterior. Los pulmones le gritaron mientras avanzaba desesperadamente y emergía del terreno lodoso en un grotesco renacer: primero la cara, después el torso, hasta que consiguió salir arrastrándose de la tierra.

Aspiró aire (¡aire!), enormes bocanadas jadeantes que lo hicieron toser y vomitar una sustancia negra, la tierra que había encontrado el camino hasta su boca y le había bajado por la garganta. Las arcadas tardaron mucho en remitir, en dejar de estremecer su cuerpo convulso. Era vagamente consciente de que era de noche, de que había hierba bajo sus dedos, ramas desnudas sobre su cabeza. Se tumbó sobre la tierra que lo había tenido atrapado con la tranquilidad de que ahora estaba bajo su cuerpo, una dicha que nunca había apreciado antes. Levantó el antebrazo para limpiarse la boca, vio la seda raída con la que estaba vestido y tuvo la extraña sensación de que algo no iba bien.

Cuando se miró las manos, no solo las tenía arañadas y ensangrentadas, sino que... no eran sus manos.

El mundo giró vertiginosamente a su alrededor. Llevaba ropa extraña, una falda gruesa que caía pesadamente desde su cintura. Se miró bajo la luz de la luna: aquellas manos destrozadas y embarradas, aquellos senos, aquellos largos rizos de cabello rubio no eran suyos. Aquel no era su cuerpo; era una mujer joven cuyas extremidades apenas podía controlar. Intentó levantarse, trastabilló y terminó en el suelo.

Una luz destelló y al principio levantó el brazo para protegerse los ojos, deshabituados a nada más luminoso que la tenue luz de la luna.

Después miró la luz.

Había un anciano de cabello gris ante él sosteniendo una lámpara. Parecía que había visto un fantasma, como si hubiera visto morir a alguien y más tarde se hubiera topado con él escarbando en la tierra.

—¿*Katherine*? —dijo el hombre.

CAPÍTULO UNO

Will subió la orilla del río Lea y sintió una zambullida de temor en su estómago.

Lo único que se veía en la ciénaga era desolación. El aromático verde húmedo del musgo y las onduladas hierbas altas habían desaparecido, reemplazadas por un cráter de tierra destrozada con el arco roto en su centro, como una puerta de entrada para los muertos.

¿Llegaba demasiado tarde? ¿Habían muerto todos sus amigos?

James se detuvo a su lado en el caballo blanco como la nieve de los Siervos que Katherine había abandonado. Will no pudo contenerse y miró de soslayo para ver la reacción de James. Con la cabeza rubia oculta por la capucha de una capa blanca, James habría parecido un Siervo de antaño, cabalgando a través de tierras antiguas, de no ser porque era joven y porque debajo de la capa iba vestido a la moda de Londres. Su rostro no revelaba nada, aunque tenía los ojos clavados en las ruinas que habían sido el alcázar.

Con James a su lado, Will no podía permitirse pensar en lo que estaba haciendo allí. No debería haber regresado. No debería haber llevado a James con él. Lo sabía. Lo había hecho de todos modos. El error de esa decisión se elevaba con cada paso. Se obligó a mirar hacia adelante y a mantenerse concentrado en sus amigos.

En el límite de la tierra destrozada, los caballos se negaron a seguir avanzando. El castrado negro de Will, Valdithar, subió y bajó la cabeza, hinchando las fosas nasales al notar la perversa magia. A su lado, James intentó obligar a avanzar a su montura blanca de los Siervos mientras su caballo londinense se encabritaba y tiraba de la cuerda detrás, intentando liberarse. Los asustados caballos que se resistían a seguir eran las únicas criaturas vivas que caminaban por el terreno chamuscado iluminado por las oscuras ascuas, rodeadas de un profundo silencio en el que no había ni aves ni insectos.

Pero la peor imagen de todas era la puerta.

La magia debía ocultar el Alcázar de los Siervos de los ojos del mundo. Un transeúnte vería solo un arco solitario de vieja piedra desmoronándose sobre la tierra húmeda. Pasaría de largo, quizá incluso lo atravesara, pero no abandonaría la ciénaga. Solo los que tenían la sangre de los Siervos atravesaban el arco y se encontraban en los altos y antiguos pasillos del alcázar.

Pero el arco de piedra era ahora un tajo en el mundo. A cada lado estaba la ciénaga vacía, pero en su interior... A través del arco, Will podía ver el alcázar con tanta claridad como el día.

Era una imagen errónea. Una laceración, un desgarro.

Como unos dedos introduciéndose descuidadamente en una herida, se imaginó a un andariego de las ciénagas asomando la cabeza, trayendo a otros hombres de Londres para hurgar en su interior.

—Las protecciones han caído —dijo James.

Bajo la capucha de su capa blanca, el rostro de James seguía sin expresar nada, pero estaba transmitiendo a su caballo la tensión de su cuerpo.

Will apretó las riendas. Las protecciones no solo habían caído; las había desgarrado la misma fuerza pulverizadora que había destrozado las ciénagas.

Solo había una cosa que pudiera haber hecho aquello.

¿Había derribado las protecciones el Rey Sombrío, al que habían liberado en Bowhill? ¿Había asaltado el alcázar? ¿Había matado a todos a los que conocía?

Y una idea más oscura, un miedo más profundo, arrastrándose y retorciéndose: ¿estaría ahora sentado en la oscura malevolencia de su trono, esperándolo para recibirlo?

—¿Vamos? —le preguntó James.

Solo el hecho de poder entrar cabalgando le puso la piel de gallina. El alcázar no debería estar tan abierto, expuesto al mundo exterior. Will deseó que un Siervo atravesara la penumbra a zancadas diciendo: «¡Parad! ¡Atrás!».

Pero no apareció nadie.

—El único lugar que el Rey Oscuro no pudo conquistar —dijo James— y ahora podría entrar paseando.

Will fue incapaz de contenerse para no mirar a James de refilón. Pero el joven no se dio cuenta, con los ojos azules clavados en el patio. La mente de Will, un embrollo de miedos y recelos que mantenía ocultos, era más consciente. Al entrar sin encontrar resistencia, ¿estaba cumpliendo su sueño, su oscuro deseo de tomar el último refugio de la Luz?

Era una forma de conquista espeluznante: no con las tropas de la Oscuridad a su espalda, con las ruinas de la ciudadela echando humo y sus ciudadanos sometidos. En lugar de eso, James y él atravesaron las puertas solos y las batallas del pasado guardaron silencio mientras los cascos de sus caballos resonaban estruendosamente altos.

Examinó los restos del extenso y abandonado patio. Los terraplenes de la inmensa ciudadela amurallada que los Siervos habían considerado su alcázar ya no estaban patrullados por guardias de resplandecientes vestiduras blancas y no se oían en ella los ligeros sonidos de los cánticos dulces y las campanas. Estaba vacía, oscura y solitaria.

El alcázar es ahora tuyo, asolado y en ruinas. Dirigió el pensamiento de un modo casi furioso al Rey Oscuro, su identidad en el pasado. *¿Es esto lo que querías?*

A su lado, el rostro de James se mantuvo impasible. Él había crecido allí y después había pasado años intentando echar abajo sus murallas. ¿Lo sentía? ¿Le daba igual? ¿Estaba satisfecho? ¿Asustado?

No puedes llevarme de nuevo allí. James lo había dicho mientras estaba tumbado en la estrecha cama de la posada. Parecía una posesión cara y también hablaba como tal. Pero había jugado a ser propiedad de Simon mientras conjuraba en su contra. Y, a pesar de su postura despreocupada, la invitación solo llegaba hasta cierto punto: se mira, pero no se toca. Cuando Will le espetó *Dijiste que me seguirías, ¿no?* James sonrió con una irritante diversión. *A tus amiguitos no va a gustarles.*

Sus amigos podían estar todos muertos. James y él podían ser los únicos que quedaran, y aquella era la idea más oscura de todas. Los amigos que lo conocían como Will, que lo habían apreciado como Will porque no sabían lo que había descubierto en Bowhill mientras el terreno se pudría a su alrededor: que era el Rey Oscuro.

Una campana repicó repentinamente, quebrando el silencio. James se movió bruscamente hacia el muro.

—Alguien sigue aquí —dijo Will, desmontando mientras el sonido de la campana se desvanecía. Pero parecía la advertencia de un espectro en una ciudad muerta, tan mudo e inerte estaba el alcázar. El silencio se hundió en sus huesos con un temor frío y esquelético.

—¡Will!

Will se giró mientras las enormes puertas dobles se abrían y la vio bajando deprisa las escaleras.

Se sintió aliviado. Estaba justo como la recordaba, con el cabello corto y rizado y un rocío de pecas, vestida con sus ropas londinenses de chico.

—¡Violet! —exclamó mientras ella salvaba los últimos peldaños bajándolos de dos en dos.

Se abrazaron; Will se aferró a ella con fuerza. *Viva, estás viva.* No era como en Bowhill; su fracaso en la Cumbre Oscura no la había matado, como mató a Katherine.

No solo eso. En sus cálidos brazos se sintió anclado a aquel mundo, a Will, después de días cabalgando con James a través de los fantasmas del pasado. Era una ilusión que deseaba creer con tantas ganas que mantuvo el abrazo más de lo que debería.

Se obligó a soltarla, porque ella no lo abrazaría si supiera quién era. Detrás de Violet vio a Cyprian, con expresión aliviada y satisfecha mientras bajaba los peldaños. Vestido con su túnica de novicio, Cyprian era un modelo de su orden, con su largo cabello castaño suelto por la espalda al estilo tradicional de los Siervos y su rostro atractivo al estilo intocable de una escultura.

Parecía tanto un guerrero de la Luz que, por un momento, Will pensó que seguramente podría ver en su interior, que lo miraría, lo sabría e informaría de inmediato a los demás: *Will es el Rey Oscuro*. Pero los ojos verdes de Cyprian estaban llenos de calidez.

—¡Will! —Violet le dio un puñetazo en el hombro, en su característico estilo, recuperando su atención. Era tan fuerte que le dolió bastante y alegrarse de ello le hizo sentir una dolorosa añoranza—. ¿Por qué te marchaste? Idiota.

—Te lo explicaré todo... —comenzó Will.

—Y tú —le dijo Violet a James con una familiaridad amistosa y exasperada—. Tu hermana estaba tan preocupada que se alegrará un montón de tenerte de vuelta. Todos nos alegramos...

—Creo —replicó James, echándose hacia atrás la capucha de la capa— que me confundes con otra persona.

Y el caballo blanco, la figura esbelta y el cabello rubio se resolvieron en el letal y exquisito joven con el que habían luchado hasta empatar, que desmontó para mirarlos con los labios ligeramente curvados en una expresión patricia.

La espada de Cyprian salió cantando de su vaina. Los ojos del novicio eran letales.

—Tú.

Will había estado preparado para la recepción hostil que recibiría James. Por supuesto, había sabido que a los otros no les gustaría. James había causado la muerte de todos los Siervos del alcázar. Will había esperado resistencia; se había preparado para contar medias verdades sobre sí mismo y para hablar tranquilamente en favor de James, que estaba allí para ayudarlos a detener a Sinclair.

Pero en el frenético revoltijo de los últimos días, no había pensado en qué sentiría Cyprian al ver a James.

Cyprian miró al asesino de su hermano con el rostro exangüe y las manos firmes solo porque los Siervos entrenaban cada día durante horas para que la mano con la que blandían la espada no temblara nunca.

—Cyprian... —dijo Will.

El novicio mantuvo los ojos clavados en James.

—Cómo te atreves a regresar aquí.

—¿No vas a darme una cálida bienvenida? —le preguntó James.

—¿Quieres una bienvenida?

La espada de Cyprian estaba ya moviéndose en un arco mortal diseñado para cortar a James por la mitad.

—No —dijo Will mientras el poder de James destellaba, lanzando a Cyprian hacia atrás.

Cyprian golpeó la pared. Hizo una mueca; su espada repiqueteó en el suelo. El aire estaba cargado de estática. Cyprian intentó oponerse a la fuerza invisible del poder de James, que lo mantenía inmóvil.

—Vaya, vaya —dijo James con los ojos brillantes—. Eso es muy poco hospitalario, hermanito.

—Aparta tu sucia magia de mí, anormal —le espetó Cyprian.

—Parad. —Interponerse entre ellos fue como adentrarse en un tornado: el poder azotaba el aire a su alrededor—. *He dicho que paréis.*

Will consiguió avanzar, puso una mano contra el pecho de James y cerró la otra en su cuello. Era más alto que James, muy poco, quizá tres centímetros, apenas lo suficiente para que James tuviera que levantar los ojos para mirarlo.

—Detén tu magia —le pidió.

—Detén a tu mascota —replicó James sin apartar los ojos de Will.

Will no dudó, agarrando con fuerza a James, con los ojos clavados en sus pupilas dilatadas por la magia.

—Violet, retenlo.

A su espalda, Will oyó que Cyprian soltaba una maldición y supo que Violet estaba haciendo justo eso. Un segundo después, la estática desapareció del aire. Will no soltó a James, ni siquiera cuando oyó la voz de Violet a su espalda.

Sonó muy seria.

—Will, ¿qué hace él aquí?

Will apartó de su mente el recuerdo de James en la posada prometiéndole que lo seguiría.

—Está aquí para ayudarnos.

—Esa *cosa* no va a ayudarnos —dijo Cyprian.

—¿Ayudarnos a hacer qué? —le preguntó Violet.

Will soltó por fin a James y se giró para ver que Violet seguía sosteniendo a Cyprian contra el muro de piedra junto a los pies de la escalera.

—A mantenernos con vida —dijo James—. Cuando Sinclair llegue aquí.

—¿Sinclair? —Violet sonó recelosa, confusa—. ¿No Simon?

Había muchas cosas que tenía que contarle. Todavía podía oler el punzante hedor de la tierra quemada, todavía podía ver la hoja negra abandonando su vaina cada vez que cerraba los ojos.

—Simon está muerto. —Will no dijo más que eso—. Es a su padre al que nos enfrentamos.

Sinclair, que lo había planeado todo. Sinclair, que acogió a James cuando era un niño y lo crio para matar Siervos. Sinclair, que dio la orden de asesinar a la madre de Will.

—¿Muerto? —repitió Violet. Como si los Siervos no hubieran entrenado a Will para hacer justo eso. Como si su encuentro con Simon pudiera haber terminado de cualquier otro modo. Como si él pudiera haber estado allí, vivo, de haberlo hecho—. Entonces...

—Yo lo maté.

Las palabras sonaron desprovistas de emoción. No describían lo que había ocurrido en esa ladera. Los pájaros que cayeron del cielo, la sangre borboteando en el pecho de Simon. El momento en el que Will levantó la mirada y vio los ojos de Simon y supo...

—Maté a los tres Vestigios restantes y después lo maté a él.

Sabía que sonaba distinto. No podía ser el mismo, no después de atravesar el pecho de Simon con la espada sobre la tierra maldita donde su madre se había desangrado años antes. Los Reyes Sombríos se habían cernido desde el cielo como testigos.

—Pero... ¿cómo? —le preguntó Violet.

¿Qué podía decirle? ¿Que Simon blandió Ekthalion y que él sobrevivió a su estallido porque era su dueño?

¿O que el final sorprendió a Simon, que había muerto con los ojos muy abiertos, sin comprender quién lo había matado mientras se le escapaba la vida?

Eres él. Las últimas palabras de Katherine. *Eres el Rey Oscuro.*

—Tiene la sangre de la Dama —dijo James despacio en el silencio—. Para eso lo habéis entrenado, ¿no? Para matar.

James tampoco lo sabía. James creía que era un héroe, pero la auténtica descendiente de la Dama era Katherine, que había caído muerta con el rostro petrificado como el mármol blanco.

—Os lo contaré todo —les dijo Will—. Cuando hayamos entrado.

Pero no lo haría. Katherine le había demostrado que no podía hacerlo. Ella había muerto en Bowhill porque había descubierto quién era y había desenvainado la espada para matarlo.

Bajo todo aquello había un recuerdo más primario: las manos de su madre rodeándole la garganta, su combativa necesidad de respirar, su visión atenuándose.

¡Madre, soy yo! ¡Madre, por favor! Madre...

—Él no va a poner un pie en el alcázar. —Cyprian tenía los ojos fijos en James.

—Lo necesitamos. —Will mantuvo la voz firme.

—Él *nos mató*. Nos mató a todos. Él es la razón por la que el alcázar está abierto...

—Lo necesitamos para detener a Sinclair.

Era lo que había planeado decir, porque sabía que eso funcionaría con Cyprian, que siempre cumplía con su deber.

Pero era distinto ahora que Cyprian lo miraba perturbado y que Violet lo observaba atentamente, intentando comprender.

—Es el sicario de Sinclair —insistió Cyprian—. Es un traidor sin sentimientos ni remordimientos. Mató a mi padre, a su propio padre; lo hizo trizas y usó a mi hermano para ello...

—Mira a tu alrededor —le pidió Will—. ¿Crees que Sinclair no va a venir ahora que el alcázar está abierto de par en par? ¿La Última Llama? ¿La Estrella Inmortal? Cualquiera puede entrar aquí. —Les estaba haciendo daño al traer a James. Eso lo sabía. Su sola presencia ya era mala. Era un escupitajo en la cara del alcázar—. ¿Quieres detener a Sinclair? Podrás hacerlo con James.

En los ojos verdes de Cyprian destelló una furiosa impotencia. Con el impecable uniforme plateado de los novicios, parecía la encarnación de un Siervo.

Pero el tiempo de los Siervos había terminado. Sin James, no aguantarían contra Sinclair. Era eso lo que Will debía tener en mente.

—¿De verdad confías en él? —le preguntó Violet.

—Sí.

Después de un largo momento, Violet inhaló y se giró hacia Cyprian.

—James era el hombre de confianza de Sinclair. Si ha traicionado a su señor, deberíamos aprovecharlo. Will tiene razón: Sinclair vendrá al alcázar, es cuestión de tiempo que llegue aquí. Necesitamos todas las ventajas que podamos obtener.

—¿Y ya está? —le preguntó Cyprian—. ¿Vas a fiarte de él?

—No —le aseguró Violet—. No confío en él para nada. Y, si intenta hacernos daño a cualquiera de nosotros, lo mataré.

—Encantadora —dijo James.

—Te está haciendo una advertencia justa —dijo alguien desde los peldaños superiores—. Que es más de lo que tú has hecho nunca con nosotros.

Grace se detuvo en la entrada con su túnica azul de jenízaro. Era una de las dos jenízaras que habían sobrevivido al primer ataque del alcázar. La otra, Sarah, debió ser la que tocó la campana, pensó Will. A diferencia de los demás, Grace no le dio la bienvenida y ni siquiera lo saludó por su nombre.

—Si habéis terminado de discutir —continuó Grace—, hay algo que tenéis que ver.

—¿Te asusta enfrentarte a lo que has hecho? —preguntó Cyprian.

Se detuvieron en la boca abierta de la entrada principal, donde se elevaba la primera de las desmoronadas y altas torres. En el pasado fue un laberinto sin fin de arcos gigantes, de cámaras abovedadas y de estructuras de piedra, pero ahora la ciudadela era una madriguera oscura y macabra. Will y los demás habían evitado entrar en sus edificios desde la masacre y se habían quedado en la garita de la muralla exterior para evitar los repulsivos pasillos interiores. Tras haberlos visto después de la masacre, nadie quería volver a caminar por ellos.

James examinó la entrada. Parecía más parte que nadie de aquel antiguo lugar; su belleza era como uno de sus milagros perdidos. Pero curvó los labios en una mueca de disgusto.

—Cuando me expulsaron del alcázar, juré que regresaría para bailar sobre sus tumbas.

—Entonces obtendrás lo que deseas —dijo Grace, y desapareció en la penumbra más allá de las puertas.

Will no dio más de un paso en el interior antes de sufrir la primera arcada. Levantó el brazo para cubrirse la boca y la nariz. Habían retirado los cadáveres, pero todavía olía a sangre pútrida y a descomposición, a las vísceras que no habían tenido el tiempo o el estómago de limpiar.

Grace lo esperó con un funesto pragmatismo en la mirada. Era peor para ella, pensó. Aquel había sido su hogar durante toda su vida. Para él solo había sido...

Una persona que jamás podría ser, un hogar que jamás podría tener.

Incluso James se detuvo cuando llegaron al gran salón. Los cuerpos no estaban, pero la devastación permanecía: los estandartes rasgados, el mobiliario destrozado, la barricada apresuradamente formada que no había protegido a los Siervos. Cyprian hizo una mueca, mirándolo.

—¿Admirando tu obra? —le preguntó.

—Te refieres a la obra de Marcus.

James miró a Cyprian con tranquilidad y Will tuvo que interponerse de nuevo entre ellos, sintiendo mientras los mantenía a raya que estaba protegiendo a James, aunque James era una especie de escudo para él. Como lugarteniente del Rey Oscuro, James era el receptáculo de su odio hacia él.

—Por aquí.

Grace había tomado una antorcha de uno de los apliques del muro. La sostuvo en alto mientras hablaba, adentrándose en el bosque de columnas blancas del gran salón.

En el extremo opuesto se alzaban los tronos de los cuatro reyes. Diseñados para figuras más importantes que cualquier rey o reina humano, los tronos vacíos los miraban desde arriba con una perdida majestuosidad, marcados con los símbolos de cada reino: el sol, la rosa, la serpiente y la torre.

Caminaron hacia ellos en una incómoda procesión.

—El Rey Oscuro quería estos cuatro tronos más que nada —dijo James.

—No —replicó Will, y, cuando los demás se giraron hacia él, sorprendidos, se oyó decir—: En su mundo no había cuatro tronos. Solo había uno.

Un trono pálido que se alzó para bloquear el mundo. Lo vio en su mente, parte de la visión que los Reyes Sombríos le habían mostrado, y en el remolino de sus propios sueños apenas recordados.

Se detuvieron en el borde de un gran abismo, de un agujero sin fondo en el suelo. Will solo pudo ver que no era un abismo cuando Grace acercó la antorcha: era el resquicio de un Rey Sombrío, su horripilante silueta quemada en el mármol, como una fosa en la que todos podían caer. La mano del Rey Sombrío estaba extendida, como si intentara tocar su trono.

Will miró a Violet. Agarraba el escudo con tanta fuerza que tenía los nudillos blancos. Cuando ella lo miró, sus ojos estaban llenos de sombras.

Por un momento compartieron una comprensión sin palabras. Tal como él había luchado contra los Reyes Sombríos en la cumbre, ella había luchado contra un Rey Oscuro en el corazón del alcázar. Will sintió con ella la misma conexión que había sentido cuando ella le salvó la vida al sacarlo del barco hundido.

Quiso decirle de nuevo cuánto se alegraba de verla, que ella era su estrella en la noche.

Que en realidad nunca había tenido amigos de pequeño y que se alegraba mucho de que fuera la primera. Que no había querido traicionar aquella amistad. Que sentía que el chico con el que había trabado amistad no fuera real.

—Cuando llegó, el cielo se volvió negro —les contó Grace—. Estaba tan oscuro que no podías verte la mano delante de la cara. Encendimos lámparas para poder ensillar los caballos, pero ni siquiera estas conseguían penetrar la oscuridad. Los oímos, gritos y alaridos, procedentes del gran salón. Violet vino aquí a luchar para darnos tiempo.

Claro que Violet lo había hecho. Violet habría luchado aun sabiendo que era inútil hacerlo. Will recordó el aterrador poder de los Reyes Sombríos e intentó imaginarse enfrentándose a uno de ellos solo con una espada.

—Estábamos montando cuando se oyó un grito tan fuerte que rompió todas las ventanas del alcázar. La oscuridad se disipó como un amanecer repentino. Abortamos la huida y vinimos aquí, al gran salón. Vimos lo que ahora ves: al Rey Sombrío caído, su cuerpo quemado en el suelo.

—¿Detuviste a un *Rey Sombrío*? —A pesar de todo su poder, James parecía realmente asombrado—. ¿Cómo?

—Del mismo modo que te detendré a ti si te pasas de la raya.

Violet lo miró sin parpadear. James abrió la boca, pero Grace habló primero:

—Este no es nuestro destino, solo una parada en el trayecto. Vamos.

Will se dio cuenta rápidamente de a dónde los estaba llevando Grace.

Aquello parecía una enfermiza parodia de la primera mañana que estuvo allí, cuando Grace lo llevó por aquellos mismos pasillos para ver a la Siervo Mayor. La arquitectura del alcázar se volvió más antigua; la piedra, más gruesa. No quería regresar allí ahora, al corazón muerto de un alcázar muerto. Las ramas negras y muertas del Árbol de Piedra siempre lo habían perturbado, un recordatorio de su fracaso que se extendía como...

... *como las venas negras que recorrían el cuerpo de Katherine, su rostro blanco como la tiza, el negro pétreo de sus ojos...*

Y entonces doblaron la esquina y vio el Árbol de la Luz.

Renacido, rehecho, como si la vida brillara en el mismo aire. Las ramas estaban iluminadas con filamentos suspendidos como la luz de las estrellas y una maravillosa profusión de luz.

El árbol era el símbolo de la Dama: vida en la oscuridad, una declaración de su poder.

No pudo evitarlo: se sintió atraído hacia adelante. Fue como ver los primeros brotes verdes en un páramo desolado y, más que eso, una promesa de esperanza y renovación.

—Tú iluminaste el árbol —dijo James con voz sobrecogida.

—No —contestó Will—. No fui yo.

Pensó en todas las veces que había intentado que se iluminara. *La luz no estaba en la piedra, estaba en ella*, le había dicho la Siervo Mayor.

Nunca estuvo en él.

Era muy bonito. Se acercó, incapaz de contenerse, y puso la mano en el tronco. Como la oscuridad ocultaba el sol, casi esperó atenuarla... o que le hiciera daño, que le quemara la carne en los huesos. En lugar de eso, sintió su calidez vibrando en su interior. Era un sueño, un consuelo olvidado hacía mucho. Cerró los ojos y dejó que fluyera en su interior la suave dicha de la paz, del afecto y de la aceptación y la anheló como un pequeño perdido anhela su hogar.

—¿Qué le has hecho a mi hermana? —preguntó una voz infantil.

CAPÍTULO DOS

Will se apartó bruscamente del árbol, sintiéndose culpable.

Elizabeth se había plantado con las manos en puños. Lo miraba furiosamente.

Nunca se había parecido a su hermana. Katherine era preciosa, con los tirabuzones dorados y los grandes ojos azules de una muñeca de porcelana. Elizabeth tenía el cabello liso y pardo y las cejas oscuras, bajadas en un gesto terrible. Bajo su furiosa mirada había un tenso temor, como si ya casi hubiera adivinado lo que había pasado.

Tenía que decirle que su hermana había muerto. No podía olvidar el rostro blanco como la tiza de Katherine atravesado por venas negras, su cuerpo frío y pétreo bajo sus manos y el abrumador olor turboso de la tierra removida, como la sangre de la tierra. *Will, estoy asustada.*

Intentó pensar en lo que a él le gustaría oír si intercambiaran los papeles. No lo sabía. No tenía demasiada experiencia consolando. Sabía que Elizabeth valoraba la verdad, así que se la dio.

—Ha muerto —le dijo—. Murió enfrentándose al Rey Oscuro.

Cuando habló, el árbol siguió iluminado. Creía que seguramente titilaría. A Katherine le habría encantado aquel lugar. Le habían gustado las cosas bonitas. Pero no tuvo la oportunidad de verlo. El alcázar al que él la llevó era solo oscuridad y muerte.

—Mientes.

Pero no mentía. Le había dicho la verdad, aunque no el papel que él había jugado en ella. Era consciente de que los demás estaban mirándolo, oyendo la historia por primera vez. *Cuidado, cuidado.*

—Supuso a dónde me había marchado —le contó Will— y se marchó del alcázar en mi busca. Me encontró en Bowhill.

Lo había encontrado en la tierra destrozada con la sangre de Simón en las manos. No pensaba con claridad. Quizá si lo hubiera hecho...

—Fue valiente. Intentó hacer lo correcto. Extrajo la espada para luchar contra el Rey Oscuro. Fue la espada lo que la mató. Nada puede sobrevivir cuando se desenvaina la espada.

Había mucho que no podía contarle. No podía decirle que su hermana había desenvainado la hoja contra él. *Tú eres él. El rey Oscuro.* No podía decirle que su hermana había muerto sufriendo y asustada.

Intenté detenerla y no pude. No me creyó cuando le supliqué que no tomara la espada.

—Dejé su cuerpo en la granja de mi madre y le envié un mensaje a tu tío. Vino con tu tía para enterrarla.

Esperó con James en la posada de Castleton hasta que la familia de Katherine apareció: su tío y dos hombres a los que Will no reconoció, bajando de un carruaje alquilado. Los observó desde lejos, seguro de que ellos no podían verlo. Entraron en la casa de su madre y sacaron de allí a Katherine bajo el cielo gris en una procesión fúnebre.

Fue como el final de otra vida. Desde la primera vez que la vio, buscando un carruaje en la calle Bond, ella había formado parte del sueño de lo que podría haber sido, una fantasía de cariño, esperanza y familia. Y en aquella cumbre destrozada pensó que aquel era un sueño que jamás volvería a tener.

—¿Tú por qué estás vivo? —le preguntó Elizabeth. Tenía los ojos rojos y los puños apretados.

A Will se le erizó el vello de los brazos.

—¿Qué?

—¿Por qué estás vivo tú? Si nada sobrevive cuando se desenvaina la espada.

Su implacable lógica infantil lo atravesó. Elizabeth tenía una expresión testaruda en el rostro. Will recordó que aquella noche también lo confrontó. *Sabía que te pillaría. Eres un embustero.* Habló con cautela.

—Yo puedo tocarla —le dijo Will—. Ya la había tocado antes. En un barco.

No podía decirle por qué. Los demás estaban presentes, escuchando.

—Mientes. Le hiciste algo —replicó ella.

—Elizabeth —dijo Violet con amabilidad, dando un paso hacia ella—. Will te ha contado lo que ocurrió. Él lo habría evitado de haber podido. Cualquiera de nosotros lo habría hecho.

—Fuiste a buscarla a Londres. —Elizabeth apretó los puños—. La buscaste.

—No es culpa suya —le aseguró Violet.

—Es culpa suya —replicó Elizabeth, mirándolo. Le temblaba todo el cuerpo—. Es culpa suya. De no ser por él, ella no habría venido aquí. ¡A él no le importaba Katherine, solo la necesitaba para llegar hasta Simon! La hizo venir aquí. ¡La hizo seguirlo! —La niña esbozó una mueca, lanzándole las palabras—. ¡Si no te hubiera conocido, no estaría muerta!

Se agarró la falda con las manos y se marchó corriendo de la habitación.

—Elizabeth… —dijo Will, haciendo ademán de ir tras ella, pero Grace lo detuvo. Sarah la siguió rápidamente.

—Deja que se marche —le aconsejó Grace—. No hay nada que puedas decirle. Ha perdido a su hermana.

Katherine también era su hermana, o lo más parecido a una hermana que había tenido nunca, pero esas eran unas palabras que no podía decir. Cerró los ojos fugazmente.

—Yo solo… —Había estado muy solo los días tras la muerte de su madre, sin saber qué hacer. Recordó la primera noche, acurrucado en el hueco del tocón de un árbol, agarrándose la mano herida—. No debería estar sola.

—Sarah se quedará con ella —le dijo Grace. Se quedaron sin decir las palabras: *No debería estar con el que cree que ha matado a su hermana.*

Will lo sabía. Sabía que no debía ser él quien fuera tras ella. Entendía que estaba mal. Pero las hermanas Kent eran las hijas de su madre… sus verdaderas hijas. Miró la luz del árbol y notó el doloroso vacío que debería ocupar su familia.

—Elizabeth iluminó el árbol, ¿no?

Violet asintió.

—Fue cuando nos escondimos aquí, casi por accidente. Tropezó y lo tocó y comenzó a brillar.

—¿La *niña* hizo esto? —preguntó James.

Cyprian y Violet intercambiaron una mirada: los incomodaba que James estuviera allí, descubriendo sus secretos. Will lo pasó por alto. Le había contado a James la verdad deliberadamente.

—Tiene la sangre de la Dama —dijo Will—. Como Katherine.

—Como tú —replicó Grace.

Ella no lo comprendía. Ninguno lo hacía. Puede que imaginar que Will podía ser el cuco en el nido fuera demasiado horrible para ellos.

Sintió las manos de su madre alrededor del cuello. *No hagas daño a mis niñas.*

—Si Elizabeth tiene la sangre de la Dama, podría ser parte de tu familia. Una prima, una hermana —dijo Grace—. ¿Te habló tu madre alguna vez de otros hijos?

Se estaba acercando demasiado a la verdad.

—Ella nunca me dijo nada.

No hasta el final. Will se obligó a darle la espalda al árbol, cerró el puño sobre la cicatriz de su palma y dejó tras de sí la luz.

—He visto lo que querías que viera.

Dio un paso hacia la puerta solo para que lo detuviera una mano en el hombro.

—No —dijo Grace, reteniéndolo de nuevo—. No te he traído aquí por el Árbol de la Luz. Es otra cosa.

¿Otra cosa?

Junto a Grace, Violet y Cyprian parecían tan sorprendidos como él se sentía. Pero Grace no les explicó nada; solo esperó, mirándolo con expectación.

—Will —dijo finalmente, después de un largo silencio—. Lo que tengo que mostrarte es uno de los asuntos más privados del alcázar.

Grace no profundizó. No miró a James, pero él era sin duda la razón por la que se estaba conteniendo. El amante del Rey Oscuro, apoyado en la puerta.

—¿Me estás echando? —preguntó James educadamente con una mueca.

—No. Estamos en esto juntos —dijo Will, y en los ojos de James apareció un destello de sorpresa—. Todos nosotros.

Cyprian y Violet intercambiaron una mirada. Will miró fijamente a sus amigos.

—Muy bien —fue todo lo que Grace dijo.

Se dirigió al muro opuesto, levantó las manos y las colocó sobre la piedra. Sus dedos encajaron en la suave impronta, como si muchas manos antes que las suyas hubieran tocado justo esos puntos, desgastando la piedra.

—Esto es lo que quiero que veas —le dijo Grace—. No el árbol, sino lo que hay debajo.

—¿Debajo? —le preguntó Will.

Grace presionó la pared y, con el chirriante sonido de la maquinaria vieja, las piedras se abrieron bajo sus pies hasta que estuvo ante unos estrechos peldaños de piedra que bajaban interminablemente.

—Nunca había oído que hubiera una cámara debajo de esta. —Cyprian había retrocedido un paso.

—Solo lo sabían la Siervo Mayor y sus jenízaros —dijo Grace, indicándole a Will que bajara—. Es uno de los últimos secretos de la Luz, un recordatorio de que solo vemos una pequeña parte de lo que existe.

Will bajó los peldaños primero, con el corazón latiéndole de un modo extraño. A medio camino, se detuvo, sobrecogido, ante lo que vio. Una luz traslúcida teñía los muros, el techo abovedado, incluso el aire, escapando de las raíces retorcidas y suavemente iluminadas del árbol, de un millar de resplandecientes hebras que revestían de luz la habitación. Una paz tranquila y cálida bañaba el aire, como si la asombrosa luz pudiera nutrir y recuperar, sanar todo lo que tocara.

—Creía saberlo todo sobre el alcázar —dijo Cyprian a su espalda, con una desconcertada reverencia.

—¿Sí? —le preguntó Grace—. La Luz todavía tiene sus milagros después de tanto tiempo.

Había un pedestal sencillo en el centro de la habitación con palabras grabadas en la lengua antigua. Sobre este estaban suspendidas las raíces del árbol como estalactitas brillantes. Will se acercó; pasó las yemas de los dedos sobre las palabras:

—El pasado grita —leyó en voz baja—, pero el presente no puede oírlo.

Lo recorrió un escalofrío.

Había un pequeño cofre de piedra en el pedestal. Su atención se concentró en él. El cofre de piedra era muy modesto, y el árbol que tenía encima, monumental.

—¿Qué hay dentro? —preguntó.

—La Piedra Mayor —dijo Grace.

Apenas era consciente de los demás, bajando los peldaños a su espalda. Notaba la santidad de aquel lugar, un lugar de gran poder, y aun así no podía apartar los ojos del cofre.

Dio un paso hacia él.

—¿Qué hace?

—No lo sé. Nunca la he visto.

Grace lo dijo sin más. Will la miró, sorprendido.

—¿Nunca la has visto?

—Es la reliquia más importante del alcázar, legada de un Siervo Mayor al siguiente —le explicó Grace—. Solo los Siervos Mayores pueden abrir el cofre.

El aire que los rodeaba tenía su propio sabor, su propio gusto, perceptible incluso en la vibrante luz de las raíces del árbol. Violet y Cyprian no parecían notarlo. Incluso Grace parecía ajena a ello. *¿No podéis sentirlo?*, estuvo a punto de preguntar. Solo James reaccionó al cofre de piedra como él: tenía los ojos clavados en la piedra, la respiración superficial.

—Es mágico —dijo James, y Will se preguntó si era así como se sentía siempre la magia, como una sensación escalofriante bajo la piel, nerviosa y excitante.

Grace señaló el cofre.

—Ella pidió que te lo entregáramos.

—¿A *mí*? —le preguntó Will.

—Cuando el Árbol de la Luz comenzara a brillar.

Claro. La Siervo Mayor había creído que él era el descendiente de la Dama. Había dejado la Piedra Mayor para aquel que iluminara el árbol y él la aceptaría bajo una premisa falsa, como había aceptado todo lo demás.

Vio a los demás esperándolo. Violet era la que estaba más cerca de la escalera, con Cyprian a su lado y James un paso más allá. Todos lo miraban con distintos niveles de confianza y expectación.

Se acercó y abrió la tapa del cofre.

La Piedra Mayor estaba en el interior, un trozo de cuarzo blanco mate del tamaño de medio penique. No tenía nada de especial. Pero entonces la piedra comenzó a brillar.

Las partículas de luz parecían flotar sobre la superficie de la piedra y Will sintió un doloroso asombro cuando se unieron formando una silueta que conocía. Túnica blanca y largo cabello blanco, transparente pero visible, irradiando luz.

A su lado, Grace contuvo el aliento y Cyprian emitió un sonido ante la líder de su orden, a quien creían muerta, cuyo cuerpo ardió en la pira, lanzando chispas a la noche.

La Siervo Mayor.

Sonrió con la expresión amable que Will conocía tan bien y la sensación creció en su interior hasta ser dolorosa.

—Will —dijo la anciana—. Si Grace te ha traído hasta la Piedra Mayor, significa que el Árbol de la Luz ha comenzado a brillar.

Ella no lo sabía. Luchó contra el deseo de contárselo, de suplicarle perdón, de arrodillarse ante ella e inclinar la cabeza para que pudiera apoyar la mano en su cabello y decirle…

¿Qué? ¿Que lo aceptaba como era? ¿Que lo perdonaba? Estúpido, estúpido. Él sabía lo peligroso que era desear la aceptación de una madre.

La niña iluminó el árbol. Sabía que debía decirlo. El corazón le latía con fuerza.

—Siervo Mayor —dijo, tragándose el doloroso anhelo que sentía—. ¿De verdad eres tú?

Ella negó con la cabeza levemente.

—Es solo lo que queda de mí en la piedra —le dijo—. Igual que tú hablas conmigo ahora, yo he hablado con los Siervos de antaño... Sus voces guiaron mi mano.

—¿Has hablado con los Siervos del mundo antiguo? —le preguntó Will.

—En momentos de gran necesidad, la Piedra Mayor es una fuente de gran sabiduría. Pero, como muchos objetos mágicos, su poder disminuye con el uso y el tiempo. En el pasado fue un monolito tan alto como esta estancia. Ahora lo único que queda de él es el pequeño fragmento que tienes delante.

Will bajó la mirada y descubrió con horror que cada partícula de luz flotando para formar su imagen se llevaba un poco de piedra con ella. La Piedra Mayor estaba desapareciendo con cada segundo. Pronto se habría perdido por completo.

—Sí —reconoció ella con una sonrisa triste—. No tenemos mucho tiempo.

Will se tragó todas las palabras que quería decir, su necesidad de orientación, el miedo a no saber en qué se convertiría sin ella, el dolor que subía por su garganta.

—Hice lo que me pediste. —Se guardó lo que sintió al atravesar con una espada el pecho de alguien—. Sinclair no podrá invocar al Rey Oscuro. Yo... me aseguré de ello.

Pero la Siervo Mayor negó con la cabeza, con expresión seria.

—Sinclair es una amenaza mayor de lo que crees.

—No lo comprendo —le dijo Will.

La Siervo Mayor brillaba; la luz la atravesaba y rodeaba. Pero mantuvo su mirada severa sobre él.

—Debes ir a la Valnerina —le ordenó—, el Valle Negro en las montañas de Umbría. En un lugar llamado Scheggino encontrarás a un hombre que responde al nombre de Ettore Fasciale. Solo con la ayuda de Ettore conseguirás evitar lo que está por llegar.

—¿Qué podría ser una amenaza mayor que el regreso del Rey Oscuro? —le preguntó Will.

La Siervo Mayor negó con la cabeza, con expresión preocupada. Por primera vez desde que Will la conocía, la frustración tomó su voz, como si forcejeara contra unas ataduras.

—He jurado no hablar jamás de lo que hay en el Valle Negro, pero puedo decirte esto: debes encontrar a Ettore. Si no lo haces, aquello a lo que te has enfrentado no será más que una escaramuza en la gran batalla que se avecina.

La Valnerina. El Valle Negro. El nombre le provocó un escalofrío. Se imaginó al Rey Oscuro liberando un terror y una destrucción totales, a sí mismo sobre un montón de muertos. ¿O era Sinclair ocupando el trono, mirando las ruinas de una tierra que en el pasado fue verde?

—Los hombres de Sinclair se acercan ya —dijo la Siervo Mayor—. Y, sin las protecciones, no hay modo de detenerlos. No debéis estar aquí cuando él llegue.

—¿Te refieres a… abandonar el alcázar?

—Sinclair no debe capturaros a ninguno. Cada uno de vosotros tiene un papel y hay demasiado en juego para que alguno fracase.

La anciana parecía sonreír.

—El Árbol de la Luz brilla por ti, Will. No tengas miedo.

Aquello fue demasiado incluso para él.

—No fui yo quien…

Las manos de Grace se cerraron sobre las suyas, tapando el cofre.

—¡No…! —exclamó Will mientras la Siervo Mayor se desvanecía. Los latidos de su corazón eran el único indicio de que había estado allí.

Se sentía como si se la hubieran arrebatado. Se giró hacia Grace y vio su rostro cubierto de lágrimas, aunque lo miró con ese inflexible pragmatismo.

—No malgastes los últimos resquicios de la piedra —le dijo la chica—. Te ha dicho qué debes hacer.

La expresión de Cyprian era un reflejo de la de Grace, tan sorprendido y tembloroso como si acabara de ser testigo de una aparición religiosa. Violet tenía la mirada vacía, la mano sobre la empuñadura de su espada. Incluso James parecía inquieto y su habitual expresión despreocupada estaba entrelazada de asombro.

—Esperadnos en la garita —pidió Grace a los demás.

Se giró para mirar a Will mientras los demás subían la escalera. Él todavía estaba mirando el cofre cerrado que contenía el último fragmento de la Piedra Mayor. La Siervo Mayor parecía muy real, aunque solo había sido una ilusión. Siempre lo fue; no podía permitirse olvidarlo. En realidad, ella nunca fue su mentora; lo entrenó por error, solo un Siervo más engañado por el Rey Oscuro.

Grace lo miró con tranquilidad.

—¿Vacilas en tu deber?

—Sé que no fui yo quien iluminó el árbol.

—Fuiste tú quien detuvo a Simon.

—Quien *mató* a Simon —la corrigió Will. Las palabras sonaron desinfladas incluso en sus propios oídos.

—Ella te confió esa tarea a ti —replicó Grace—. No a la niña.

—La niña enciende el árbol mientras yo mato gente —se le escapó. Estaba demasiado afectado por lo que había ocurrido. No estaba poniendo cuidado.

—La Oscuridad debe ser combatida —le dijo Grace—. Eso exige muerte tanto como luz.

—¿Lo exige?

Durante todas las horas de práctica en las que la Siervo Mayor lo había guiado con paciencia, intentando ayudarlo a devolverle la vida al árbol, su fe en él nunca había flaqueado, ni siquiera cuando la duda le roía a él las entrañas.

—Cada uno tiene un papel —le aseguró Grace.

¿Y cuál es el mío? Pero no se lo preguntó.

Sabía qué vería cuando subiera los peldaños hasta la Cámara del Árbol, las conocidas palabras talladas sobre la puerta, ahora cargadas de un nuevo significado.

Ya viene.

CAPÍTULO TRES

—Ya la has oído. Esperaremos a Will en la garita —dijo Violet. Se giró para mirar a James, todavía afectada por la visión de la Siervo Mayor—. Es por a...

—Conozco el camino —replicó James, y pasó ante ella.

Era irritante. No mostraba humildad ni remordimiento. Debería estar comportándose como un penitente, en opinión de Violet. Debería estar encadenado con unas de esas cadenas que se arrastraban y tintineaban. O, mejor aún, con los grilletes de obsidiana que bloqueaban su poder. Eso no le gustó nada la última vez.

En lugar de eso, parecía que era *él* quien apenas la toleraba a *ella*. ¿En qué estaba pensando Will, por qué lo habría traído allí? Si Sinclair se dirigía de verdad al alcázar, entonces Will les había llevado un caballo de Troya con suficiente magia para matarlos a todos.

Violet apretó los dientes.

—No vas a *largarte* sin más. —Le agarró la parte superior del brazo—. Por aquí.

Podría romperle el hueso. Podría zafarse de ella con magia. Le miró la mano como si le estuviera manchando la chaqueta.

—¿Me estás ofreciendo el brazo, como un caballero?

Cyprian los seguía. Sus ojos no se apartaban de James. Antes James lo había llamado *hermanito*, pero no estaban emparentados. El padre de James, Jannick, adoptó a Cyprian después de expulsar a James del alcázar.

James también había matado a Jannick. Violet llevó su cadáver al patio en una carretilla y lo puso en la pira.

La chica apretó el brazo de James con la tenaza de su mano.

—¿Cuándo llegará Sinclair aquí?

—¿Cómo voy a saberlo yo? No lo he visto desde que le robé el Collar.

—Claro que no —dijo Cyprian—. Estabas esperando a ver quién ganaba antes de escoger un bando.

—¿Quién ganaba? —James se rio, tan leve como un suspiro—. Vosotros no habéis ganado.

Violet frunció el ceño.

—¿Qué se supone que significa eso?

—Significa que no conocéis a Sinclair. Ya habéis oído a la señora fantasma. Simon nunca fue la cabeza de la serpiente: lo era su padre. Sinclair viene a tomar vuestro alcázar.

Los antipáticos ojos azules de James destellaron. Violet se sintió de repente inquieta por todo lo que él podría saber. Había sido parte del círculo íntimo. Se rumoreaba incluso que era el amante de Simon, aunque James siempre lo negaba. Haber estado tan cerca de Simon y después haberlo traicionado...

—Tu padre adoptivo —dijo Cyprian amargamente.

—Exacto —dijo James con tranquilidad.

—Entonces no debería suponerte ningún problema ayudarnos —replicó Cyprian—. Esa es tu especialidad, ¿no? Matar padres.

—Y hermanos. —James le dedicó una sonrisa intencionadamente fría.

Esta vez tuvo que agarrar a Cyprian por la pechera de la túnica y aplastarlo contra la pared del pasillo hasta que el fuego de sus ojos verdes se calmó y solo hirvió. La voz de James estaba cargada de diversión.

—¿Acabas de inmovilizarlo? No me extraña que vaya por ahí siguiéndote como un cachorrillo. Me pregunto si se dará cincuenta latigazos por tener pensamientos impuros. Con una León, ni más ni menos.

Violet se sonrojó y, cuando lo soltó, evitó mirar a Cyprian.

—Márchate —le dijo a Cyprian—. Yo lo llevaré a la garita.

Fue como si le dijera: *Siervo, recuerda tu entrenamiento*. Él asintió una única y forzada vez y se giró, se alejó tan rápidamente que su cabello largo ondeó tras él.

—Mi héroe —dijo James amargamente mientras ella le agarraba el brazo de nuevo y lo empujaba por el pasillo.

—Por aquí —le ordenó Violet, conduciéndolo a uno de los cuartos más pequeños de la garita y cerrando la puerta a su espalda.

—¿Una prisión? —le preguntó James.

—Solo una habitación —replicó ella.

El muro era curvo, repitiendo la silueta exterior de la torre. Una única alfombra desgastada que en el pasado podría haber sido roja era lo único que cubría el suelo de piedra. Un taburete con tres patas era el único mobiliario, junto a una ventana que era una fina ranura en el muro exterior.

Había dejado a Cyprian fuera. Estaba sola con James. La estancia estaba vacía.

—¿Y qué? ¿Me has traído aquí para hacerme más preguntas? ¿Para descubrir todo lo que sé sobre Sinclair?

—No.

Lo golpeó y el impacto resonó con un crujido satisfactorio. James se vio lanzado contra la pared opuesta. Cuando levantó la cabeza, tenía sangre en la boca. El azote en respuesta de la magia no llegó, aunque ella pudo ver el impulso destellando en los ojos de James.

—Eso es por un amigo mío —le espetó—. Se llamaba Justice.

Mientras lo miraba, el corte empezó a curarse inquietantemente y el moretón que había empezado a extenderse remitió. Pronto sería como si no le hubiera golpeado: violencia sin pruebas. La hacía desear golpearlo de nuevo; quería que mostrara alguna consecuencia de lo que había hecho. Pero cerró el puño.

James se presionó con la lengua el corte, que empezaba a desaparecer en su labio.

—Pensé que el pequeño favorito de papá sería el primero en darme una paliza.

—Todavía podría hacerlo.

Violet volvió a mirar el rostro imposiblemente hermoso de James. La mancha de sangre de sus labios era lo único que quedaba del golpe. Declaraba, con una arrogancia de carmín, que era intocable.

—¿Por qué seguiste a Will hasta aquí?

—El vencedor se queda con el botín —contestó James, deliberadamente provocador.

Violet se sonrojó.

—Will no es...

—¿No? —replicó James.

—Will cree que estás aquí para ayudarnos. Le gusta pensar lo mejor de los demás. —Tomó aire—. Puede que tenga razón contigo o puede que no. Pero, si traicionas su confianza, responderás ante mí.

—¿Crees que podrías derrotarme si de verdad quisiera luchar? —le preguntó con voz agradable.

—Puede que seas más poderoso que yo —se obligó a decir Violet—, pero me he enfrentado a ti antes. Sé cómo funciona tu magia. Lo único que necesito es que pierdas la concentración.

La miró con esa irritante arrogancia. Violet deseó quebrarla.

—Simon solo te mantenía cerca porque le gusta tener poder sobre la gente del mundo antiguo —le dijo—. Will no es así. Si quieres un lugar aquí, tendrás que ganártelo.

Un músculo se tensó en la mandíbula de James, pero el joven se encogió de hombros, como si estuviera cansado y de acuerdo.

—A Simon le gustaba jugar a ser el Rey Oscuro. —A Violet se le calentaron las mejillas cuando asimiló el significado de esas palabras—. ¿Esperabas que lo negara? Pero su padre es distinto. No tienes que jugar al poder cuando lo tienes. El imperio de Sinclair se extiende por todo el mundo. Tiene cientos de seguidores portando su marca. Si atacan el alcázar, necesitaréis que luche con vosotros.

Una telaraña estaba extendiéndose como grietas sobre el hielo, de modo que no era seguro estar en ninguna parte. Violet pensó en las operaciones de Sinclair, de las que el negocio de su familia había sido solo una parte diminuta: los barcos y los hombres y el dinero y los contactos poderosos. Tomó aire.

—Sinclair es un ermitaño —le dijo—. Nadie lo ha visto.

—Pero matar a su hijo habrá llamado su atención —replicó James—. ¿No te parece?

Cyprian estaba en la garita cuando Violet regresó. Tras dejar a James en la sala circular de abajo, subió las escaleras hasta donde Cyprian la esperaba con el fuego encendido debajo de la enorme repisa de piedra de la chimenea. Su rostro atractivo estaba inmóvil por la concentración. Estaba sentado sobre las piernas, una de las forzadas posiciones que usaban los Siervos en sus meditaciones. Hacía aquello habitualmente, igual que realizaba las series del entrenamiento de los Siervos con la espada cada mañana y cada tarde, rituales fantasmas de un alcázar que ya no existía.

No tienes que hacerlo, quería decirle. Aunque los Siervos siguieran vivos, aquellas meditaciones y ejercicios estaban destinados a controlar su sombra. Sin embargo, Cyprian no tenía ninguna sombra en su interior y nunca la tendría. Aquellos días eran agua pasada.

No obstante, había una parte de ella a la que le gustaba… que siempre había deseado poder hacerlo también.

Él debió ver parte de sus pensamientos en su expresión, porque se detuvo y sonrió con pesar.

—¿Es extraño que siga practicando las posturas y que haga la ronda matinal en un alcázar vacío? Sé que ha llegado el momento de pasar página, pero ¿qué voy a hacer? Esto es lo único que conozco. —La voz de Cyprian sonó nostálgica.

—No es extraño —le aseguró Violet—. Yo todavía hago los ejercicios que Justice me enseñó.

—¿Sabías que te tuve envidia cuando Justice empezó a entrenarte? —admitió Cyprian, y ella lo miró con sorpresa. Sarah e incluso Grace hablaban de los días anteriores a la masacre más que él, que se guardaba sus sentimientos—. La gente había empezado a decir que, si Marcus no regresaba, Justice me tomaría a mí como compañero de armas. Yo sabía que jamás podría reemplazar a mi hermano, pero ser un compañero de armas... siempre quise tener ese vínculo. Hasta que descubrí lo que era.

Un pacto de suicidio en el que cada uno juraba matar al otro antes de que lo venciera la sombra de su interior. La voz de Cyprian sonaba un poco frágil. Violet miró su rostro atractivo, como la talla de un modelo esculpido para inspirar en otros grandes hazañas.

—Yo también te tenía envidia —le contó—. Solía colarme a hurtadillas para verte practicar. No eras como los demás. Eras perfecto. Yo quería ser como tú.

Se sonrojó cuando Cyprian la miró con sorpresa.

—Si quieres un compañero para practicar —le dijo el chico en el silencio—, para mí sería un honor entrenar contigo.

La idea era extrañamente excitante, como ser aceptada en un club al que nunca había esperado pertenecer. Cyprian siempre había sido el mejor novicio, el que establecía los estándares de la excelencia. La sensación que tenía al verlo practicar se redobló.

—Sí —dijo demasiado rápido—. Quiero decir que me gustaría. —Tomó aliento—. Juntos mantendremos vivas las costumbres.

Él le dedicó una extraña sonrisa.

—¿Qué pasa?

—El tiempo de los Siervos está terminando y la única persona a la que puedo decírselo es una León.

—Olvidé que los odiabas. —Frunció el ceño.

—No, yo solo quería...

Diez noches antes, ella había salido del gran salón, con el Rey Sombrío muerto calcinando sus losas, para ver a Cyprian acercándose con los demás a su espalda.

Cayó de rodillas, con el puño sobre el corazón. Con sus ojos verdes clavados en el suelo y su largo cabello sobre el rostro, le dijo: *Has salvado el alcázar.*

Ella lo hizo levantarse y lo abrazó, llena de cariño por su absurda formalidad y por su incómoda y rígida reciprocidad, como si no supiera qué hacer. Le había gustado incluso que se sonrojara sin razón, aunque ella también se ruborizó un poquito.

—Solo quería darte las gracias —le dijo Cyprian en voz baja.

¿Cómo había sido la relación entre Cyprian y James antes de que este traicionara al alcázar? Ella sabía cómo había sido después. Cuando James huyó con Simon, Cyprian se quedó para ser el Siervo perfecto en su lugar, para seguir todas las normas, convirtiéndose en la encarnación de los rígidos ideales de su padre. El buen hijo, el mejor del alcázar, el orgullo de su padre.

Si James hubiera matado a su hermano Tom, ella no habría podido soportarlo. Que Cyprian consiguiera tolerar la presencia de James era prueba de su entrenamiento, que consiguiera mantenerse sentado, con la mandíbula apretada y la agitación del malestar en sus ojos verdes.

—Haces bien en preocuparte por James —le dijo—. Yo soy lo bastante fuerte para romper cadenas de hierro y ni siquiera podría detenerlo si de verdad quisiera hacerme daño.

O hacerle daño a Cyprian. O a Will. O a las demás. Casi se dio cuenta de ello al decirlo: claro que la magia de James era letal, pero Will siempre se había mostrado tan seguro de poder derrotarlo que ella había creído sin más que ella también podría.

Ahora sabía que James era peculiarmente vulnerable a Will, que tenía una conexión con él de la que ellos se habían aprovechado cada vez que se habían enfrentado. Sin ella...

—¿Qué hace aquí en realidad? —le preguntó Cyprian.

Era una pregunta a la que ella no podía contestar.

—Will tiene algo que atrae a la gente. —James, Katherine... incluso ella, en cierto sentido. Todos ellos se habían dejado arrastrar hasta aquel mundo por Will, habían abandonado sus vidas para seguir a un muchacho al que apenas conocían—. Él no cree que las vidas anteriores o la sangre defina a las personas. Quizá James...

—James ha matado a Siervos —le recordó Cyprian—. No su ser del pasado. Él. ¿Por qué ha traído Will a alguien así al alcázar?

La verdad era que la presencia del chico rubio en la habitación de abajo la perturbaba. Cyprian tenía razón: James era un asesino y, aunque en su vida pasada se hubiera visto obligado a ello, en esta había matado por decisión propia.

—Will debe tener sus razones —dijo Violet, frunciendo el ceño.

Encontró a Will en el gran salón.

Aminoró el paso al atravesar las puertas. No le gustaba volver allí. Por instinto, se alejó de los rincones más oscuros debajo de los alerones o de las esculturas derribadas. Ahora evitaba las sombras, porque una parte de ella esperaba ver el rostro del Rey Sombrío emergiendo de ellas.

Por fin comprendía por qué los Siervos habían mantenido siempre una luz encendida, una única chispa para mantener alejados los peligros de la noche. Era porque todos conocían la sombra y la lenta y sibilante caída de la oscuridad.

Will estaba ante el estrado, mirando los tronos. Solo en aquel lugar antiguo era una figura oscura y sobrenatural. El cabello negro le caía sobre la piel pálida como la noche, sobre los afilados planos de su rostro, sobre el destello de sus penetrantes ojos oscuros. Siempre había sido llamativo, pero era como si lo ocurrido en Bowhill lo hubiera desprovisto de todo lo que era suave o infantil, dejando solo un duro núcleo.

—Lo siento —le dijo—. Debería haber estado aquí.

—Tú también te enfrentaste a ellos —replicó Violet.

Will no tuvo que responder. Estaba allí, en el nuevo silencio que rodeaba sus palabras, en la nueva expresión de sus ojos. Él había luchado contra los Reyes Sombríos en Bowhill, como hizo ella en el alcázar.

—Los demás no lo comprenden. En realidad, nunca… nunca se han enfrentado de verdad a la Oscuridad.

—No —dijo él.

Yo quería que estuvieras aquí. No se lo dijo. No debería desearle eso a nadie.

—Tenemos que hablar de Sinclair. De Italia. De la Siervo Mayor…

—Lo sé. Nos reuniremos con los demás por la mañana. —Will asintió una vez.

—Si Sinclair no ataca esta noche —le dijo ella.

Podía imaginarlo con facilidad: antorchas en la noche dirigiéndose al alcázar. Aquel sitio siempre le había parecido seguro, pero ahora parecía aterradoramente vulnerable. No sabía por qué no estaba ya allí Sinclair. Y entonces pensó: *Está enterrando a su hijo.*

Recordó el día en el que se conocieron. Encontró a Will amoratado y encadenado en la bodega del barco, con el agua inundando el interior. Había cambiado desde entonces. Ella lo veía. Era parecido al cambio que sentía en sí misma.

—¿Recuerdas el día que llegamos aquí?

Parecía haber pasado mucho tiempo; ambos eran muy distintos.

—Te asustaba que los Siervos no te aceptaran —le dijo Will— debido a lo que eres.

Ella asintió y después levantó el escudo.

—Vi esto aquel primer día… y lo usé durante la pelea.

El escudo era en realidad un fragmento, un trozo de metal con la longitud de su brazo que tenía el borde serrado allí donde se había roto. Conservaba parte de su forma, convexo con una empuñadura que podía usar para sostenerlo en su brazo.

Allí, en el gran salón, no pudo evitar recordar el momento en el que lo agarró. Mientras buscaba cualquier arma entre los escombros, estaba segura de que iba a morir. Pero entonces levantó el escudo para desviar la espada del Rey Sombrío y en el salón reverberó el sonido del metal.

—El Escudo de Rassalon —dijo Will.

—Me protegió del Rey Sombrío —le contó—. Así fue como lo derroté.

Will la miró con asombrado reconocimiento mientras citaba las palabras de la Siervo Mayor:

—«Llegará el momento en el que deberás tomar el Escudo de Rassalon».

El rostro de un león la miraba desde la curva exterior del escudo, como si la conociera, un poderoso y antiguo reconocimiento que era como tener un amigo de gran fuerza y calidez. Un león luchando a su lado.

Habló apresuradamente.

—Hay mucho que no sé sobre él. Sobre todo esto. ¿Por qué luchó Rassalon con la Oscuridad? ¿Quién era?

Los Siervos habían hablado de Rassalon como si fuera su enemigo más odiado, el despiadado lugarteniente del Rey Oscuro.

Lo que ella sentía en el escudo no era oscuridad: era una calidez constante, una presencia sabia y noble que le ofrecía su fuerza. El escudo parecía irradiar bondad y poder a partes iguales.

—Quieres saber quién eres.

—¿Es eso tan extraño?

—No necesitas que te lo diga un escudo —replicó Will.

Él siempre había tenido ese tipo de fe en ella. Pero, con el escudo en la mano, la sensación de la vastedad del mundo antiguo volvió a abrumarla. Se sentía como si hubiera tocado el borde de algo inmenso que apenas había comenzado a comprender.

—¿No crees que, si descubrimos qué ocurrió en el pasado, tendremos más posibilidades de derrotarlo? —le preguntó Violet—. Piensa en ello. ¿Cuánto sabemos en realidad del Rey Oscuro?

Will la miró de nuevo con sus ojos oscuros.

—Sabemos que destruyó el mundo antiguo.

—Pero ¿cómo? ¿Qué ocurrió? ¿No quieres saberlo?

Lo único que tenían eran fragmentos, viejas leyendas, relatos imperfectos. Eso no les decía qué había pasado en realidad. No era Rassalon el único misterio. Will era el descendiente de la Dama, pero ¿quién fue la Dama en realidad? Ni siquiera conocían su nombre. James tampoco sabía qué nombre había usado en el pasado. Solo sabían cómo lo habían llamado los ejércitos de la Luz: Anharion, el Traidor.

Will no contestó. Tenía los ojos fijos en los tronos. ¿Estaría pensando en los Reyes Sombríos a los que ambos se habían enfrentado?

—¿Crees que eso será lo que descubramos en Italia? —le preguntó Will—. ¿La verdad sobre el Rey Oscuro?

Había algo en su voz.

—Will... ¿Qué pasó en realidad en Bowhill?

Él se giró para mirarla y durante un instante hubo tanto anhelo en sus ojos que pensó que no podría hablar. Pero al momento siguiente desapareció y lo único que Will dijo fue:

—Eso no importa. Tú protegiste a una hermana. Yo no pude proteger a la otra.

—Will...

El joven negó con la cabeza.

—Un día, cuando hayamos terminado con Sinclair, cuando estemos a salvo y cómodos juntos, te lo contaré.

—De acuerdo —contestó Violet.

Parecía que habían terminado, pero, después de dar un paso hacia la puerta, Will se giró de nuevo hacia ella.

—Violet, ¿puedo preguntarte una cosa?

—Claro.

El tono de Will era casual. Tenía una postura relajada, las extremidades en una pose cómoda.

—El Rey Oscuro... ¿Qué harías si regresara?

—Lo mataría. —Lo dijo con ferocidad, de inmediato—. Antes de que pudiera dañar nuestro mundo. Todos nosotros lo haríamos.

Will no habló enseguida. Violet examinó su rostro, pero en el sombrío salón no podía deducir nada.

—¿Qué pasa? —le preguntó.

—Nada. No pasa nada —le aseguró Will—. Te veré de nuevo en el torreón.

CAPÍTULO CUATRO

En cuanto se quedó solo, Will tomó la bolsa que le había ocultado a Violet, usó yesca para encender una de las antorchas del muro y salió del gran salón hacia los pasillos hasta que estuvo en la antigua sección prohibida de la ciudadela.

La arquitectura allí era diferente, más antigua y monumental, como la de las estancias que rodeaban la Cámara del Árbol. Sus extrañas formas, más sencillas, se cernían a cada lado. Pasó junto a la enorme y destrozada columna de piedra que yacía en el centro de una habitación sin techo, como un punto de referencia que señalaba su camino. Transitando de memoria, encontró la puerta, que ahora estaba encajada, y descendió a la sala de reliquias que en el pasado había albergado la Roca Tenebrosa.

La última vez que estuvo allí fue con Violet. Ella abrió las pesadas puertas, juntos descendieron a la cámara subterránea y él atravesó los salones hasta la Roca Tenebrosa.

Recordándolo ahora, se había sentido atraído por ella.

¿De qué otro modo podía explicar que encontrara el camino por los pasillos hasta la puerta y que la atravesara para bajar a la prisión de los reyes que se encontraba abajo? Violet no había querido entrar en la última cámara; se había sentido repelida. Pero él entró, acercó los dedos a su superficie negra.

¿Lo había estado llamando la roca? ¿O él a ella?

No lo sabía. Solo sabía que la Roca Tenebrosa le había dado la bienvenida como parte de la serie de artefactos oscuros que respondían ante él, que aclamaban su identidad a cualquiera dispuesto a escuchar.

Apretó la alforja. La última vez que estuvo allí fue antes. Antes de saber con seguridad quién era.

El Rey Oscuro. Sarcean, el Conquistador. El Destructor, renacido en esta época.

Ahora miró con ojos distintos los artefactos que lo rodeaban, que parecían haber colocado allí al azar. No eran solo fragmentos de antiguas vidas: eran fragmentos de *su* vida, partes de un mundo en el que había vivido y después destrozado.

Los estantes como huesos de libros encuadernados en blanco, ¿contenían historias de su victoria? Los recipientes de ágata, oro y cristal, ¿los había usado, los había sostenido en sus manos? El gancho retorcido que brillaba como el cristal, los restos de escamas, los dientes de aspecto extraño, ¿eran criaturas a las que él había dominado?

Se había mantenido alerta, asegurándose de que no lo siguieran. Estaba lejos de la garita donde dormían los otros. Pero aun así se detuvo y esperó.

Porque nadie podía ser testigo. Nadie podía saberlo.

Dejó que el silencio de aquella cámara subterránea le calara los huesos hasta que no hubo ningún atisbo o susurro de otra alma allí con él y estuvo seguro de encontrarse completamente solo.

Entonces sacó de su bolsa los tres fragmentos de la armadura oscura que le había quitado a los Vestigios de Simon (la hombrera, el medio yelmo y el guantelete) y los lanzó al suelo.

Incluso tocarlos era una prueba de quién era. Si algún otro lo veía hacerlo… sabía qué ocurriría. Había visto a Katherine desenvainando la espada. Había sentido las manos de su madre alrededor de su cuello.

Había oído a Violet decirlo sin vacilación.

Lo matarían. O morirían intentándolo. Al otro lado de aquella revelación no habría aceptación esperándolo. Los demás no podían enterarse nunca. Él era el Rey Oscuro. Pero podía negarse a aquel destino.

Miró los negros fragmentos de metal, como una mancha en el suelo. Como una marca que indicaba su identidad. Y le juró a su ser del pasado: *Sarcean, voy a derrotarte. Sean cuales sean tus planes en la Valnerina, te detendré. Como detuve a Simon. Como voy a detener a Sinclair. No te dejaré poner un pie en este mundo ni en mí. Nadie sabrá nunca siquiera que has regresado. Tu intento de reinar termina aquí.*

Se movió por la estancia recogiendo sistemáticamente cada uno de los artefactos allí reunidos para amontonarlos en el suelo junto a la armadura. Se obligó a no detenerse ni a examinar ninguno de ellos, por intrigantes que fueran: una esfera de obsidiana con el centro hueco, un cuchillo negro con flores oscuras talladas, el cinturón que los Siervos habían usado para poner a prueba a los novicios antes de que bebieran del Cáliz.

Cuando terminó, miró el montón. Aquello era todo, todos los artefactos oscuros, toda tentación de saber más, cada prueba que lo incriminaba, cada partícula oscura de sí mismo. No dejaría ni rastro de ello.

Lanzó la antorcha sobre el montón. El fuego se extendió a una velocidad anormal, con unas llamas de un rancio negro y verde al tocar los objetos. Ardió antinaturalmente, más caliente que el rojo vivo, como si respondiera a su presencia. Observó cómo se curvaba el cinturón y cómo empezaba a ponerse rojo el metal. El calor era abrasador. No se movió. Se quedó allí hasta que el metal se fundió en un charco.

Hasta que no quedó nada de esa vida más que ceniza y piedra ennegrecida.

Solo cuando hubo terminado se levantó y subió las escaleras.

Una luz brillaba como una única fogata en la noche. *Nadie debería estar aquí.* Will se acercó, atraído como por un fantasma a una puerta entreabierta, donde se detuvo.

Salía luz del despacho de Jannick. En los pasillos de los muertos, fue como el resplandor de un fantasma. Aquel lugar estaba desierto, excepto por la inquietante y titilante luz. Will tomó aire, puso la mano en la puerta y la empujó para abrirla.

Lo que vio no fue el fantasma de un Siervo perdido, aunque quizá lo era, otro morador arrancado de su tiempo.

James estaba sentado en la butaca de su padre. Su chaqueta reposaba sobre el escritorio; la camisa le quedaba suelta. Estaba sentado con las botas apoyadas en el borde del cajón de debajo de la mesa, abierto, con los tobillos cruzados. Colgando de sus dedos había una petaca plateada que parecía haber robado de la mesa de su padre, de aquel cajón todavía abierto. Se la llevó a los labios y miró a Will.

—¿Estás aquí para arrastrarme de vuelta a la garita? —le preguntó James.

—Creí que los Siervos no bebían —le dijo Will.

Le costaba imaginarse a un Siervo usando alcohol, excepto quizá para esterilizar una herida. Los Siervos bebían las aguas limpias y revitalizantes del alcázar o un delicado té verde con hierbas refrescantes. Evitaban cualquier cosa que pudiera liberar su sombra.

James levantó la petaca plateada de su padre en un pequeño saludo.

—Los Siervos no beben. Rechazan la carne y preservan la santidad del cuerpo. Pero los jenízaros, como mi padre, viven en una especie de zona gris.

Le ofreció la petaca a Will.

Debería decir que no. Miró a James, con la camisa suelta, sus brillantes pestañas a media asta y la luz de las velas dorando todos sus ángulos. Debería mantener a James a distancia, como había hecho durante el viaje hasta allí; adoptar la profesionalidad de un líder, utilizando los poderes de James cuando fueran necesarios. Estar para él como amigo, como leal compañero. Debería decir que no.

En los muelles, los hombres se habían sentado a beber ginebra después del trabajo. Había aprendido a beber para parecer uno de ellos. Lo había puesto nervioso: su madre nunca le permitió beber ni un solo sorbo de vino de la región. ¿Había temido ella que perdiera el control? Y después... ¿qué? El primer sorbo de la ginebra de los muelles lo hizo toser y escupir y le quemó la garganta. Los hombres se rieron, le dieron palmadas en la espalda. Lo aterraba haber llamado la atención, que su reacción lo delatara, y quizá lo hizo. *Ese niño mimado no aguanta el licor.* Se preguntó, no por primera vez, cuál de los hombres habría vendido la vida del chico del barco por una bolsa de monedas.

Aquello le parecía lo mismo, beber con alguien a quien no podía permitirle saber quién era. El corazón le decía *Cuidado, cuidado* con sus latidos.

Con el pañuelo suelto y los tobillos cruzados, James lo observó como si lo supiera, con una disoluta indulgencia por los últimos placeres de un mundo perdido.

Will tomó la petaca y la levantó.

Debería haber sabido que el licor de los Siervos no se parecería en nada a las bebidas fuertes que los hombres engullían en los muelles. La petaca contenía ambrosía, cuyo aroma lo transportó a un huerto abarrotado de flores dulces. Un único sorbo y se vio abrumado por el asombro, por la dolorosa belleza de un reino perdido. Nunca había probado nada así. Seguramente no volvería a hacerlo: los métodos artesanales de los Siervos habían muerto con ellos.

Will le devolvió el frasco. James tomó otro trago.

—Esto no le gustaría nada —dijo James—. Nunca me dejaba entrar aquí. —Estaba hablando de su padre—. Si te llamaba a su despacho, significaba que estabas en problemas. Todos los novicios le tenían miedo. —En su sonrisa había algo afilado.

Will también le había tenido miedo, aunque el suyo había sido miedo a ser descubierto. Jannick sospechó de él desde el principio, porque sabía que el enemigo podía llegar en cualquier forma. Seis años antes, lo hizo en la forma de su propio hijo.

Ahora Jannick estaba muerto y, si alguien supiera quiénes eran en realidad los chicos que estaban bebiendo en su despacho, haría una mueca de horror. *Yo no debería estar aquí.*

—Déjame adivinar: tú siempre estabas en problemas —le dijo Will.

—No, yo era un santurrón —replicó James, que parecía una dorada tentación al pecado—. ¿Te sorprende? El hígado impoluto y la armadura brillante. Listo para ser el Siervo más joven de mi generación.

Entonces lo comprendió: Cyprian, el hermano adoptado de James, esforzándose para ser el mejor, ejercitándose hasta el agotamiento serie tras serie. El niño prodigio del alcázar estaba persiguiendo a un fantasma.

—Hasta que descubrieron lo que eras —le dijo Will.

James ladeó la petaca en respuesta. Tomó otro trago y se la pasó. Will la aceptó, la salvaje y dulce ambrosía de los Siervos. Todavía tenía su sabor puro en la boca mientras hablaba despreocupadamente.

—¿Intentaron matarte de inmediato?

—Son Siervos —le contó James—. Suelen matarse a sí mismos; ¿crees que tendrían reparos con cualquier otro?

No. No los tendrían. Él lo sabía. *Mátalo antes de que se convierta en una amenaza*: ese era el credo de los Siervos. Intentaron matar a Violet. Le habrían cortado el cuello con la espada. Pero James tenía once años y apenas había empezado a manifestar su poder. Era un niño que no entendía por qué su familia quería matarlo. Will podía imaginar la escena demasiado bien.

Se oyó decir:

—Acababas de descubrir lo que eras cuando intentaron matarte.

Madre, soy yo. Madre, para, no puedo respirar. Madre...

En lugar de responder, James dijo:

—¿Sabes? Siempre me había preguntado cómo sería ver caer este sitio.

—¿Y cómo es?

Había pasado el tiempo suficiente desde el ataque para que una fina película de polvo lo cubriera todo. Eran los últimos momentos del Gran Jenízaro, preservados como estratos de piedra. Pronto incluso eso desaparecería, junto a todo recuerdo de los Siervos.

—Como lo había soñado —repuso James, mostrándole los dientes. Levantó la petaca—. Brindemos. Por terminar con los Siervos de una vez y...

Will le agarró la muñeca antes de saber qué estaba haciendo, evitando que la petaca rozara sus labios.

—No voy a brindar por eso y tú tampoco.

El tiempo pareció ralentizarse, denso y fundido como el metal al fuego.

—¿Sabes? No hay muchos a los que permita ponerme la mano encima.

James ni siquiera se miró la muñeca que Will tenía agarrada y en lugar de eso mantuvo su mirada con un destello en sus ojos azules.

—Lo sé —replicó Will.

—Entonces, ¿es así como va a ser? ¿Tú me agarras la mano y finges que tienes poder sobre mí?

Will no se echó atrás. Tenía el pulgar clavado con fuerza en la fina piel del interior de la muñeca de James.

—Los Siervos eran importantes para mí —le dijo Will—. Y también lo fueron para ti.

Como sumido en un pequeño clímax de desagrado por las palabras, James liberó su brazo, se levantó y caminó hasta el otro extremo de la habitación, donde apoyó las palmas contra la repisa. Will podía ver la línea tensa entre sus hombros bajo la fina tela de su chaqueta.

Sabía que no debía hablar, aunque había mucho que quería decir. Que había huido durante meses antes de que los Siervos lo encontraran. Que le dieron una cama y un lugar seguro donde dormir. Que la Siervo Mayor había creído en él y que él no juzgaba a James por su alianza con Simon porque sabía cuánto debes a la persona que te acoge.

Se preguntó si James estaba muy borracho, cuánto habría bebido antes de su llegada. El chico estaba rodeado por sus propios fantasmas: la vida que podría haber vivido si hubiera recibido el uniforme. Si hubiera pasado las pruebas de los siervos, Cyprian sería su compañero, quizá incluso su compañero de armas.

Él había llevado a James al alcázar y James lo había seguido, mostrando una valiente confianza que desmentía aquella noche bebiendo en el despacho del padre al que había matado. Quería decirle que sabía cuánto significaba aquello.

Quería decirle que sabía lo que era sentirse responsable de la muerte de los Siervos.

—No esperaba que Marcus matara a los caballos.

James habló de espaldas a Will.

La luz del despacho la proporcionaban seis velas: tres sobre el escritorio y tres sobre la repisa de la chimenea. James debió encenderlas cuando entró. Había luz suficiente para ver las palabras en las páginas del libro abierto: *Omnes una manet nox*. Cuando James se volvió, su mirada era oscura.

—Solíamos ir a los establos juntos. A Marcus le encantaban los caballos. Bueno, de ese modo contenido en el que a los Siervos les encantan las cosas. Siempre le llevaba una manzana a su caballo y pasaba mucho tiempo cepillándolo. Eso es muy raro en un Siervo. Mi padre estaba contento con Marcus, así que yo podía deambular por ahí con él. De lo contrario, todo eran cánticos y prácticas. «Tú entrenamiento lo es todo, Jamie». Eso era lo que mi padre solía decir. —Sonrió sin humor.

—Y después te buscaste un nuevo padre —le dijo Will.

—Y ahora él también intenta matarme.

James todavía tenía la petaca entre sus largos dedos y la levantó en un saludo irónico.

—No le entregues tu lealtad a un asesino.

—No —asintió Will.

CAPÍTULO CINCO

—La Valnerina —dijo Will, desplegando un mapa amarillento a la mañana siguiente—. Sigue el río Nera desde estas montañas —señaló— hasta el Tíber. Tenemos que llegar allí antes que Sinclair.

Violet se inclinó junto a Grace y a Cyprian para mirar el mapa.

Se habían reunido en la garita. James, con su chaqueta y sus pantalones de exquisita factura, estaba apoyado en la mampostería junto a la repisa. Sus párpados velados y la pose lánguida eran muy parecidos a los de la noche anterior, pero su actitud era la de un cortesano decidiendo si el entretenimiento de la sala merecía su tiempo.

Los demás estaban tensos, conscientes de que el alcázar estaba abierto. Sarah, quien hacía guardia en las pasarelas, sería la única que podría advertirlos si llegaba el ataque de Sinclair. Porque la Valnerina no era el único objetivo de Sinclair. Aunque estaría extendiendo sus tentáculos hacia Italia, también se dirigía a aquel alcázar. El alcance de Sinclair era tan amplio que parecía imposible superarlo o combatirlo.

—¿Cómo? —preguntó Violet.

Will no respondió. El mapa despertaba una inquietud en él. Incluso los nombres parecían susurrarle. *El Valle Negro. El Salto del Ciego. El Río Negro.* Sabía muy poco sobre Umbría, más allá de los libros antiguos que había leído en los viajes con su madre. En su mente se cernía como un lugar con su propia historia de la antigüedad romana, los huesos de un gran pasado siempre presente.

—Prepararemos las cosas y nos marcharemos. —Cyprian tenía los hombros tensos, listo para cumplir con su deber y marcharse, aunque el alcázar era su vida, el único hogar que había conocido—. Sinclair viene hacia aquí. Tenemos que movernos con rapidez y adelantarnos a él.

—Podría haber otro modo —dijo Grace.

Todos se giraron para mirarla.

Compartía la postura inmaculada de Cyprian, pero, a diferencia de este, ella seguía a menudo su propio criterio. Ahora habló.

—No tendremos que viajar en barco. Ni siquiera tendremos que abandonar el alcázar.

Will dio un paso adelante, sin comprender.

—¿A qué te refieres?

—Podríamos usar una de las otras puertas.

Will miró la puerta instintivamente. Fuera, la inmensa puerta del Alcázar de los Siervos se alzaba en un arco sobre ellos. Recordó la primera vez que la atravesó, a caballo, viendo la hilera de Siervos desapareciendo al adentrarse en un arco roto en las ciénagas.

—¿Las *otras* puertas? —le preguntó Will.

—Hay cuatro puertas. —Grace señaló la puerta junto a la que estaban acampados—. Norte. —Y después señaló en cada dirección—. Sur. Este. Y oeste.

—¿Y?

—Los Siervos solo usan una de ellas —dijo Grace.

La puerta que tenían delante tenía grabada la imagen de una torre. La idea de que hubiera otras puertas era nueva. Las palabras de Grace desbloquearon un perturbador conjunto de posibilidades.

Cyprian estaba negando con la cabeza.

—Solo *hay* una puerta. Conduce a las Ciénagas de la Abadía. Las otras puertas no conducen a ninguna parte, solo a una especie de limbo, parte de la magia que envuelve el alcázar.

—Porque no están abiertas —le dijo Grace.

Will examinó las inquietantes palabras en su mente. *Una puerta*, le había dicho una vez a la Siervo Mayor. *Una puerta que no puedo abrir.*

—No lo comprendo.

—¿Crees que el alcázar estaba en Inglaterra? —le preguntó Grace—. No es así. El Alcázar de los Reyes era un lugar de reunión. Cada rey venía hasta aquí desde su propio reino para reunirse y conversar. Hay cuatro puertas, una para cada uno de los cuatro reyes. Y cada una de ellas conduce a un lugar diferente.

—Quieres decir que... la puerta norte está en Inglaterra... pero las demás...

La idea era tan imposible que resultaba difícil de asimilar.

—Se abren a otros sitios —terminó Grace.

Una puerta que conducía a otro país. No podía ser verdad, ¿no? ¿Una forma de viajar circunvalando montañas y mares? La mente de Will estaba llena de preguntas. ¿Era así como viajaban los antiguos? ¿Saltando de una parte del mundo a otra?

¿Podrían ellos viajar del mismo modo? En ese caso, ¿conseguirían llegar a Ettore, en Umbría, antes siquiera de que Sinclair supiera que se habían marchado?

—¿Cómo sabes esto? —le preguntó Cyprian.

Grace no contestó. Cyprian parecía perturbado. Seguramente era desconcertante darse cuenta de que ella sabía cosas del alcázar que él desconocía. Solo Grace había sabido que existía una cámara debajo del Árbol de la Luz. Solo Grace había conocido la existencia de la Piedra Mayor. Will se preguntó qué otros secretos guardaría, detalles que solo conocían la Siervo Mayor y su jenízara.

—En el transcurso de los años, se han desenterrado en Italia muchos artefactos —les contó Grace—. Es de suponer que una de las puertas conduce allí... o cerca.

—Solo tenemos que encontrar la puerta correcta.

Will lo dijo como si eso decidiera las cosas. Aquel atajo poco convencional les daría quizá la ventaja que necesitaban contra Sinclair.

No obstante, había algo perturbador en el hecho de abrir una puerta. Traer de vuelta un poder así era como despertar a una gran bestia que dormía bajo tierra. *Tres grandes bestias*, pensó. No había modo de saber qué habría al otro lado de las tres puertas cuando las abrieran. Estarían dando vida a una parte del mundo antiguo.

—Si las puertas están cerradas, ¿cómo se abren? —preguntó Cyprian.

—Con magia —replicó Grace.

—Los Siervos no pueden usar la magia —le recordó Cyprian.

Era inevitable: la voz arrastrada tras ellos, la pose despreocupada, los tobillos cruzados, los hombros apoyados en la pared.

—Pero yo puedo —dijo James.

—No —le espetó Cyprian.

James hizo una mueca.

—No quieres contaminar tu inmaculado alcázar con magia.

—Es magia oscura.

—No es magia oscura —dijo Will—. Es solo magia.

—Mató a los Siervos con ella.

En los ojos verdes de Cyprian bullía un evidente deseo de expulsar a James. O quizá, como Elizabeth, solo de marcharse.

—Y ahora la usaremos para detener a Sinclair —se obligó a decir Will.

Se reunieron en el patio con sus bolsas y sus caballos.

Con la amenaza del ataque de Sinclair cerniéndose sobre ellos, habían decidido dividirse en dos grupos. A sugerencia de Will, Grace y Sarah se quedarían para encontrarse con los que pudieran pagarse un pasaje en barco a Italia, por si las puertas no funcionaban y se hacía necesario un viaje normal. Violet y Cyprian acompañarían a Will y James a la puerta.

Elizabeth seguía ausente.

Will apretó la cincha de Valdithar e intentó no pensar que estaba evitándolo. Ella era la única persona de allí que había conocido a Katherine. Quería… no sabía qué quería. Sus sentimientos hacia Katherine estaban en carne viva ahora que ella no estaba. La había considerado un modo de hacer daño a Simon, pero todo cambió cuando ella lo besó y él se dio cuenta, desconcertado, de quién era.

Sabía que no se merecía llorarla y que Elizabeth no era parte de su familia. Se tragó la parte de sí mismo que quería ir a buscarla, comprobar cómo estaba.

Grace y Sarah acudieron a verlos partir. James se acercó y Violet le entregó las riendas de su purasangre londinense negro. Cyprian cabalgaba el caballo blanco de los Siervos que había llevado James y Will vio que a este último le provocaba una pequeña sonrisa. Pero no dijo nada; solo tomó las riendas que Violet le tendió.

—Tu escudo está roto —dijo James.

—Tú llevas la ropa de ayer —replicó Violet.

Los caballos estaban cargados de alforjas, sustento para un día de viaje, con suficientes provisiones por si la expedición se alargaba. Will había añadido un paquete envuelto.

—Hay una cosa que quiero darte —le dijo a Violet.

Se acercó a la alforja de Valdithar. Abrió el hatillo de ropa y sacó una espada envainada. La sostuvo un momento, notando su peso.

—Ekthalion —dijo Violet.

La espada que había sido forjada para matarlo. En el mundo antiguo, alguien había deseado hacerlo con tantas fuerzas que crearon una espada mágica con ese único propósito; en las guerras de antaño, fue lo único capaz de dañar al Rey Oscuro. Y ahora allí estaba, esperando.

Muda en su vaina, solo podía verse su empuñadura tallada. Grabadas en su hoja, en el interior, estaban las palabras de la profecía. Will podía leer la lengua antigua, su verdadera formulación: *Aquel que empuñe la espada se convertirá en el Campeón.*

Violet parecía nerviosa. La última vez que vio a Ekthalion desenvainada escupía un fuego negro que mató a los hombres y destrozó el barco de Simon, el *Sealgair*. La sangre del Rey Oscuro había corrompido su acero.

—Se la quité a Simon —dijo Will. Y, con un único y pulido movimiento, la sacó de la funda.

Violet retrocedió bruscamente, gritando:

—¡Will, *no*!

Fue un momento antes de darse cuenta de que nada había pasado. No se había producido ninguna explosión, no llovía muerte ni un chispeante fuego negro. Se irguió lentamente, mirando la espada.

La espada que Will había desenvainado era de plata pura. Destellaba a la luz del día. No había ni rastro de la corruptora llama negra.

—Has limpiado la hoja —dijo Violet, asombrada.

—No —replicó Will—. Lo hizo Katherine.

Violet se acercó, atraída por la espada.

—¿Y la profecía? Creí que quien limpiara Ekthalion estaría destinado a ser una especie de campeón.

—Ella lo era —dijo Will, pasando los dedos por la escritura en la funda de la espada—. Tenía la sangre de la Dama, pero vino al alcázar demasiado tarde.

Demasiado tarde para ella y demasiado tarde para los Siervos.

Cuando siguió las instrucciones del antiguo criado de su madre, Matthew, Will no sabía que estaba robándole el destino a otro. Incluso sin la guía de los Siervos, Katherine había encontrado el camino al alcázar. Había encontrado su camino a la espada. Y la había empuñado contra el Rey Oscuro.

Violet miró la plateada longitud de Ekthalion. Después miró a Will.

—Deberías al menos aprender a usarla —le dijo con una leve sonrisa.

Estaba sin duda recordando los pocos y desastrosos intentos que había hecho al practicar con la espada con ella. Sus pasos en falso al mover los pies. El golpe de la hoja contra el poste de la cama.

Él también lo recordó. La recordó riéndose en la cama, recordó la agradable y cálida sensación de compañerismo, que había sido totalmente nueva para él.

Después se recordó atravesando con la espada la carne de Simon.

Había jurado derrotar al Rey Oscuro. Había jurado detener los planes de su ser del pasado. Y eso significaba que si algo... salía mal tenía que asegurarse de que había alguien que pudiera matarlo, si era necesario.

Miró la espada forjada para matar al Rey Oscuro.

Después miró de nuevo a su mejor amiga. Violet era una guerrera del bien. No vacilaría.

—Creo... que deberías tenerla tú —le dijo.

—¿Yo? —Violet lo miró con extrañeza, como si no lo entendiera del todo.

—Tú eres la única que sé que hará lo correcto.

Se la ofreció.

Violet la miró en un momento de indecisión.

En el barco, Ekthalion quemó el cuerpo de todo el que intentó tocarla. Ahora estaba limpia, pero el recuerdo de su poder destructivo todavía perduraba. Incluso aceptarla era un acto de valentía. Will recordó que había cerrado los ojos para enfrentarse al miedo mientras extendía la mano hacia ella, anticipando su propia muerte en el barco.

Violet cuadró los hombros y la tomó, rodeó la empuñadura con los dedos. Se detuvo con la espada y el escudo y parecía adecuado que tuviera el Escudo de Rassalon en el brazo izquierdo y la espada del Campeón en la mano derecha. Se quitó su propia espada del cinturón y la reemplazó por Ekthalion.

Cabalgaron.

Era perturbador pensar que estaban siguiendo el camino de los antiguos reyes o que podrían estar a punto de abrir una puerta a la Valnerina, donde Ettore tenía la clave para detener a Sinclair. *Todo aquello a lo que te has enfrentado no será más que una escaramuza.* No podía imaginar qué habría al otro lado de la puerta.

Se adentraron en la ciudadela, donde los edificios daban paso a las ruinas abandonadas; el lugar era tan grande que los Siervos habían habitado y mantenido solo una pequeña fracción. Llegaron a una zona del alcázar que Will no había visitado nunca, junto a columnas agrietadas, a través de habitaciones donde los haces de luz bajaban desde los fragmentos del techo desaparecidos. Tres veces tuvieron que desmontar y guiar a los caballos sobre piezas enormes de piedra rota.

Nadie había acudido a aquella parte de la ciudadela durante años. Estaba en ruinas y vacía, como si la hubieran dado por perdida. Le hizo preguntarse por qué habrían abandonado las puertas y qué habría al otro lado. Se imaginó a las mujeres y hombres del mundo antiguo atravesando las puertas, huyendo al alcázar mientras las tropas de la Oscuridad se acercaban y cerrándolas por última vez. ¿Cuál fue la última puerta en cerrarse? ¿El último reino en caer? ¿La serpiente? ¿La rosa? ¿El sol? Will enterró el pensamiento: su ser del pasado no había huido con los refugiados. Había sido el que los perseguía.

Llevaban quizá una hora caminando por las ruinas cuando llegaron a la puerta.

—Aquí está —dijo Will, levantando la mirada.

El patio era un reflejo distorsionado e insólito del patio del norte. Tenía el mismo tamaño, pero la mayor parte de sus adoquines habían desaparecido y el suelo estaba cubierto de malas hierbas y de la hierba que se desparramaba por las grietas, de grupos de dientes de león y de dispersos tréboles blancos.

La puerta se alzaba en una cúspide como unas manos orantes. Enclavada en la muralla exterior, su forma no era como la del arco redondeado de la puerta norte. Pero, igual que el patio, tenía el mismo tamaño, como si cada uno de los cuatro reyes hubiera entrado en el alcázar con el acuerdo de mantener una escrupulosa igualdad.

—Si Grace está en lo cierto, uno de los cuatro reyes vivía al otro lado de estas puertas —dijo James con los ojos clavados en la puerta.

—¿Crees que era el rey al que maté? —preguntó Violet, apoyándose la espada en el hombro—. ¿O uno de los otros?

Las puertas estaban bloqueadas con una gruesa viga transversal metálica, fusionada por el óxido con el hierro de la puerta. Mientras que la puerta norte tenía grabado el símbolo de una torre, aquella portaba una rosa estilizada, como la que decoraba el trono del gran salón. *Torre, rosa, serpiente, sol.* Grabado en la piedra a cada lado de las puertas, parecía confirmar todo lo que Grace había dicho.

Ahora que lo tenían delante, la enormidad de lo que estaban haciendo cayó como una losa sobre Will. Iban a abrir un agujero en el mundo con una magia que no se había usado en un millar de años. Tomó aliento.

—Antes de que probemos con magia, tenemos que abrirlas físicamente —dijo.

—Yo lo haré —replicó Violet.

Desmontaron y ataron los caballos en el extremo opuesto del patio. Violet se acercó al arco con cautela.

Parecía pequeña delante de las altas puertas, una mota delante de una montaña. Después de examinarlas, apoyó el hombro contra la viga metálica. El óxido chilló con la rechinante disonancia del metal rasgado mientras su joven cuerpo se apuntalaba y flexionaba.

Con un gran estruendo metálico, apareció una fisura y las puertas se abrieron a un inquietante y vacío limbo del que emanó un olor a turba, como si la ciénaga estuviera al otro lado aunque no pudieran verla.

—Es lo que tú dijiste —le dijo Violet a Cyprian, que estaba mirándola—. Al otro lado de las puertas no hay nada.

Los cuatro miraron la escena mientras Violet retrocedía, jadeando.

—Me toca —dijo James.

Dio un paso adelante, pero allí no había ninguna inscripción antigua que pudiera leer o una señal clara que le indicara qué hacer. Will se acercó, atraído por el grabado de la rosa, a la izquierda. Estaba pulido, como si muchas manos lo hubieran tocado, lo que le recordó a la pared de piedra que Grace había usado para abrir la cámara subterránea del árbol.

—Este emblema... —Puso la mano sobre él.

—Yo también lo siento —dijo James.

Había imitado a Will y se había detenido ante el emblema de la derecha. El pasado parecía estar muy cerca, como un ritual recién recordado.

—Dos símbolos... —dijo James con una voz extraña y lenta—. Para abrir la puerta se necesitan dos personas ...

De menor talento, estuvo a punto de decir Will, pero se tragó las palabras, que parecían haber salido de un lugar profundo. Casi podía verlas: dos figuras con túnica a cada lado de la puerta, elevando los brazos para tocar los emblemas grabados.

—Tú eres lo bastante fuerte para hacerlo solo —le aseguró Will.

Lo sabía: lo notaba en los huesos. En su pulso había también una nueva sensación, una vibración privada. *Demuéstralo. Ponte a prueba. Enséñamelo.*

—La cuestión es: ¿qué hago? —le preguntó James, acercándose.

—Colócate frente al emblema —dijo Will.

James se detuvo justo delante de la rosa grabada.

—¿Puedes intentar... empujarla con magia? —le preguntó Violet.

—¿Empujarla con magia? —La voz de James sonó divertida pero brusca.

Violet se sonrojó.

—No sé cómo funciona.

—Eso está claro.

—Pon la mano encima —le pidió Will.

James colocó la mano sobre la rosa. No pasó nada, pero la sensación de ritualidad se intensificó.

—Llénala —le pidió Will—. Llénala con tu poder.

James separó los labios y Will sintió el sabor fuerte que notaba cada vez que James empezaba a acumular su poder. El emblema comenzó a brillar bajo su mano. Will sintió una vibración, como si el aire estuviera latiendo. Entonces el arco empezó a destellar, extendiéndose desde la mano de James.

—Dile que se abra.

—Yo... Ábrete —dijo James.

—Di la verdadera palabra —insistió Will.

—*Aragas* —dijo James.

El aire bajo la puerta se onduló. Atisbos dispersos de otra cosa comenzaron a aparecer y desaparecer, como fragmentos de un sueño. La luz estaba cambiando; la imagen se oscureció. Will contuvo el aliento ante la enorme e imposible visión que se elevaba diez metros desde el pavimento a la parte superior del arco.

—Está funcionando —dijo Cyprian, y sus palabras sonaron agitadas.

—Traed los caballos —les pidió Will—. Cruzaremos tan pronto como se abra.

—¿Por qué está tan oscuro? —La voz de Violet también sonaba inquieta—. ¿Es de noche al otro lado?

Parecía de noche. La imagen que estaba fusionándose era de una negrura total en algunas zonas, azul oscuro en otras, con haces de luz filtrándose desde los brumosos parches de luz de arriba. Will apenas podía distinguir las ruinas que se arremolinaron vagamente al aparecer, las onduladas columnas y los enormes peldaños rotos. Las enredaderas se balanceaban en la ausencia de luz.

Y entonces Will vio una silueta ondulante en el cielo, de movimientos lánguidos, antinaturalmente lentos para estar volando. Como un pájaro, pero...

No era un pájaro.

El horror del descubrimiento llegó demasiado tarde.

La puerta no se estaba abriendo a la noche. Se estaba abriendo bajo el agua.

—¡*Ciérrala! ¡Cierra...!*

El rugido del oscuro mar borró sus palabras cuando, con la violencia de un géiser, explotó en el alcázar.

Will inhaló y se atragantó, sus pulmones se llenaron. Se vio lanzado hacia atrás; el agua estaba ahogándolo y tenía sal en la nariz y en la boca. Buscó desesperadamente algo a lo que agarrarse y no encontró nada más que el violento y arremolinado estallido del mar. En la confusión del pánico, creyó que el océano entero se vaciaría allí, llenando la ciudadela hasta que esta también quedara sumergida, como las ruinas que había atisbado al otro lado de la puerta.

Y entonces, tan repentinamente como había irrumpido, terminó.

La espuma del agua cayó al suelo y todos se quedaron boqueando como peces lanzados sobre las tablas de un bote.

La puerta se había cerrado tras verse desprovista de la fuente de la magia.

James. Tosiendo agua salada, Will se puso de rodillas. Tenía la ropa empapada, goteando y pesada. A su izquierda vio a Violet, expulsando agua violentamente. Uno de los caballos de los Siervos se había liberado de su amarra y había llegado a tierra seca. El otro estaba empapado y parecía agraviado. Cyprian, a un lado de la puerta, había evitado gran parte del océano. Estaba chapoteando sobre el agua restante y ofreciéndole una mano a Violet.

Pero no veía a...

—¡James! —Will corrió hacia él mientras se derrumbaba, con la palidez de un muerto—. ¡James!

Will cayó de rodillas en el agua y tiró de James contra él. Frío como el océano, James apenas respiraba y tenía la mirada desenfocada. No solo estaba conmocionado: parecía totalmente agotado, como si la puerta le hubiera arrancado toda la fuerza y Will fuera su único sostén.

—James, ¿me oyes? *James*.

—No volveremos a probar eso de inmediato —dijo James, arrastrando las palabras como siempre, pero con voz confusa.

La oleada de alivio, con James todavía en sus brazos, fue palpable. Will soltó un suspiro tembloroso.

—¿Qué ha pasado? —Cyprian estaba mirando la puerta.

El limbo vacío era de nuevo visible a través del arco. Eso hacía que el mundo subacuático que habían visto les pareciera irreal, algo que no había pasado.

—Eso era el océano —dijo Violet en voz baja y aturdida.

—¿Un reino submarino? —preguntó Cyprian.

—No —se oyó decir Will—. Era una ciudadela, como esta. —Una dolorosa sensación de pérdida lo atravesó—. Ha pasado tanto tiempo que la ha cubierto el mar.

Pensar en las otras puertas era de repente horrible. ¿Quién sabía qué podía haber al otro lado? Will se obligó a olvidarse de las ruinas acuáticas.

—Da igual lo que viéramos. No era la puerta correcta.

—Entonces probaremos de nuevo —dijo Cyprian—. Quedan dos puertas.

—Oh, por supuesto —replicó James—. Solo tienes que decirme dónde están.

Sus rizos rubios goteaban agua. Apenas podía levantar la cabeza, pero sus labios se curvaron eficazmente.

—Está demasiado débil —dijo Will—. Necesita tiempo para recuperarse.

Miró de nuevo la puerta. Sentía la piel húmeda de James bajo las capas de su ropa empapada. James estaba frío, demasiado incluso para tiritar, tras verterse entero en la puerta.

—Y necesitamos tiempo para reagruparnos. No sé qué encontraremos al otro lado de la puerta —dijo Will—, pero debemos estar preparados.

CAPÍTULO SEIS

—*Su regreso es un regalo.*

—*Es antinatural. Es obra del diablo.*

—*Es la misericordia del Señor. Usted la vio, señora Kent. Su cuerpo estaba petrificado, como una roca. Era una enfermedad, algún tipo de dolencia que confundimos con la muerte. Y se ha recuperado con la gracia de Dios...*

Visander abrió los ojos.

Voces. Había voces fuera de la habitación a la que lo habían llevado, débil y apenas capaz de mantenerse en pie. Sus captores se habían reunido al otro lado de la puerta para susurrar sobre él en tono de temor y miedo.

Solo recordaba fragmentos de su llegada. El hombre de cabello cano que lo había encontrado gritó pidiendo ayuda afirmando ser el tío de aquel cuerpo. Le dieron algún tipo de bebida, lo obligaron a tragarla. Tosió y la escupió y salió mezclada con el barro y la tierra de su esófago y estómago.

Dos mujeres lo bañaron en un cuarto alicatado, le frotaron la piel mientras su mente se rebelaba ante aquel cuerpo que no era el suyo y la tierra abandonaba su piel y su cabello. La estancia era desconocida, llena de enseres extraños y de objetos que no reconocía. Incluso la túnica blanca con la que lo vistieron era de un estilo que nunca había visto antes.

Al despertar, vio que estaba en una cama rellena de plumas de aves muertas, todavía vestido con la túnica blanca. Sobre su cabeza pendía un dosel acortinado en verde claro. Se sentía mareado, con la mente espesa y las extremidades inútiles. Pero sus ojos encontraron la ropa embarrada que le habían quitado. No era un sueño. Había regresado a un lugar que no conocía, a un cuerpo que no era el suyo.

—¿Dónde se haya la reina? —había preguntado cuando empezaron a mangonearlo, al principio—. Debéis llevarme con ella. —Su voz había sonado ronca por la falta de uso. No era su voz; era femenina y aguda y lo hizo sentirse mareado.

—*¿Qué idioma es ese? ¿Qué está diciendo?*

—*No lo sé. Parece enferma, como si...*

Podía entenderlos, pero ellos no podían entenderlo a él. ¿Cómo era posible? ¿Por qué conocía su idioma a pesar de no haberlo oído antes? *Es el idioma de* ella, pensó con un escalofrío y una sensación de repulsa hacia la carne que llevaba puesta y no podía manejar. Sintió la repentina necesidad de arrancársela para buscarse a sí mismo debajo. ¿Por qué había regresado en el cuerpo de aquella mujer, de *Katherine*? ¿Dónde estaba su propio cuerpo?

¿Dónde estaban su espada, Ekthalion, y su corcel, Indeviel? Era un campeón sin espada y un jinete sin montura. *Indeviel, te juré que regresaría y lo haré. Te encontraré y cumpliré la promesa que hicimos en la Larga Marcha. Y, contigo a mi lado y Ekthalion en mi mano, abatiré al Rey Oscuro.*

—*Señor Prescott* —oyó entonces. Las palabras venían de fuera de su habitación—. *Me alegro mucho de que haya venido. No sabíamos qué otra cosa hacer.*

—*Me envía Sinclair, señora Kent. Para él, su hija es parte de la familia. Si se hubiera casado con su hijo, lo habría sido.*

—*No es ella misma. Habla en otro idioma; es como si no nos reconociera...*

—*¿Podría verla? ¿Dónde está?*

—*Por aquí...*

Visander se incorporó en la cama justo cuando la puerta se abría.

El hombre que entró era un humano de mayor edad, vestido con una chaqueta negra que le proporcionaba la forma de un triángulo alargado, unos hombros anchos estrechándose en la cintura y unas largas piernas. Tenía el cabello gris, corto y con largas patillas. Iba acompañado de un aire de autoridad mientras se despegaba los guantes oscuros de los dedos al entrar.

—¿Quién eres? —le preguntó Visander, y sintió una oleada de vértigo, sin saber si las palabras habían salido en el idioma de Katherine o en el suyo.

Pero el humano parecía comprenderlo, pues su expresión cambió en el momento en el que Visander habló. Se detuvo un instante y después se acercó más despacio. No se detuvo hasta llegar a los pies de la cama, donde se sentó, perturbadoramente cerca. El colchón se hundió bajo su peso.

—¿No me conoces? —dijo el humano.

¿Debería?, deseó escupirle Visander. Se sentía vulnerable en aquella cama, apenas vestido mientras que el humano llevaba pesadas prendas. Deseó empuñar su espada y tuvo que recordarse que había perdido Ekthalion. Eso lo hacía sentirse desnudo, más aún que la fina túnica blanca, no llevar armas.

—Soy Prescott, abogado del conde de Sinclair —dijo el humano cuando Visander no respondió—. Su hijo mayor, Simon, estaba prometido con una de las hijas de esta familia. Su nombre era Katherine. —El humano, Prescott, mantuvo los ojos clavados en los de Visander y le preguntó con amabilidad—: ¿Quién eres tú?

Soy Katherine. Visander sabía que era eso lo que se suponía que debía decir para preservar su secreto. Allí no sabía quién era enemigo y quién amigo. No obstante, había algo en el modo en el que lo miraba aquel humano que lo hizo decir la verdad.

—Soy Visander, el campeón de la reina. He regresado a este mundo para matar al Rey Oscuro.

Prescott sonrió.

La expresión llenó sus ojos de gratificación. Miró a Visander como un hombre miraría la recompensa que le ha caído en el regazo cuando no esperaba nada.

Pero, antes de que Visander pudiera hablar, Prescott se levantó de la cama y regresó a la puerta. Habló con la mujer en el pasillo.

—Tengo una noticia excelente, señora Kent. El hijo menor de Sinclair, Phillips, honrará el compromiso de Simon con su sobrina.

—¡Señor Prescott...! —exclamó la mujer.

—Se casarán de inmediato. Su recuperación será mejor en Ruthern. La trasladaremos allí mientras está convaleciente. Sinclair tiene un médico excepcional y el aire de la campiña es un tónico estupendo.

—Pero esas palabras tan extrañas... —dijo la mujer—. El modo en el que ha regresado... ¿No le preocupa que...?

—En absoluto —replicó Prescott, mirando la cama y encontrándose con la mirada de Visander—. Ha regresado de entre los muertos: ¿no es eso una bendición?

El dormitorio estaba abarrotado de humanos. El anciano y la mujer que decían ser los tíos de Katherine estaban presentes. La tía tenía los ojos llenos de preocupación; el rostro del tío era serio. Y había un sacerdote, un hombre sórdido y desagradable que se mostraba servil con el señor Prescott. Un hombre joven con el cabello oscuro fue el último en llegar, con expresión preocupada y nervioso. Prescott lo saludó con el nombre de Phillip. Había muchos humanos, más de los que Visander había visto nunca.

El tío de Katherine soportó el peso de Visander cuando se levantó de la cama, todavía con el camisón blanco. Tenía la cabeza aturullada, apenas consciente. Había una atmósfera susurrante y apresurada, como si aquel fuera un asunto secreto.

Phillip se detuvo a su lado, nervioso. Era un hombre de altura media cuyo cabello oscuro le caía sobre los ojos, con una expresión tensa y las mejillas pálidas en su rostro de delicados huesos. No dejaba de mirar a Prescott, como si necesitara su aprobación.

—¿Estás seguro?

—Es una novia digna de ti —le dijo el señor Prescott—. Una novia digna de Él. Creo que Él aprobaría enérgicamente lo que estamos a punto de hacer.

¿Novia?

Fue como si las paredes de la habitación se cerraran sobre Visander; la reunión se tornó, de repente, siniestra. Intentó liberarse, pero seguía teniendo el cuerpo débil y no le obedecía. Las extremidades no estaban bajo su control y su dominio del cuerpo flaqueaba en brumosos intervalos. No podía moverse, sostenido por el tío de Katherine. Aquella habitación no era su prisión; lo era la carne. Su comprensión del lenguaje humano iba y venía y tenía la cabeza embotada.

El sacerdote habló rápidamente, nervioso y apresurado, mirando al señor Prescott a menudo. Cuando terminó, Phillip se aclaró la garganta, levantó un anillo y habló:

—Con este anillo te desposo; con mi cuerpo te honro y te hago partícipe de todos mis bienes.

Dio un paso adelante, deslizó el anillo en el dedo de Visander y después le puso la mano en la mejilla y se acercó como si estuviera a punto de...

Visander lo agarró por el gaznate.

—No me toques, humano.

Phillip comenzó a asfixiarse y en la estancia estalló el caos: la gente que la abarrotaba intentó que Visander lo soltara gritando palabras que este no se molestó en escuchar. Al final lo consiguieron y Phillip retrocedió tambaleándose y agarrándose el cuello.

—*No presumáis que, como este cuerpo es débil, no os mataré si volvéis a tocarme* —los amenazó Visander.

—No comprendo lo que dice —dijo Phillip.

—Estoy seguro de que llegarás a tomarle cariño —le aseguró el señor Prescott.

—Lo que Dios ha unido, no lo separe el hombre —pronunció el sacerdote rápidamente.

Volvió en sí por la noche en un carruaje en movimiento con rectángulos negros por ventanas. Traqueteaba y se sacudía y un tirón en el brazo le hizo darse cuenta de que tenía la muñeca atada a un asidero interior. Lo habían cambiado de ropa: una falda pesada y una tenaza alrededor de la cintura que le cortaba la respiración. Tiró de sus ataduras y miró a los dos humanos que había con él en el carruaje.

Phillip estaba sentado frente a él con expresión mustia, los brazos cruzados y la cabeza girada, malhumorado. Tenía la expresión de alguien de quien se ha abusado, aunque no era él el atado ni llevaba la cintura fajada, por lo que Visander podía ver. Recordó al sacerdote vinculándolo a aquel humano en una ceremonia de unión y algo oscuro y ridículo le clavó las garras.

—No tengas miedo —le dijo el señor Prescott con cautela—. Vamos a llevarte con un amigo.

—No tengo *miedo*. —Por primera vez, Visander tenía la mente clara—. Si tú y este mequetrefe deseáis vivir, me quitaréis estas ataduras y me llevaréis ante mi reina.

—Debes saber que eso no es posible —le dijo el señor Prescott con amabilidad—. Estuviste… dormido… durante mucho tiempo. Muchas cosas han cambiado.

Entonces se sintió inquieto, enfrentado a una idea que no quería contemplar. El horrible espacio satinado del carruaje empezó a mezclarse en su mente con el raso acolchado del ataúd, como si la tierra fuera a empezar a llenarlo pronto.

—Dejadme salir —dijo Visander.

El señor Prescott negó con la cabeza.

—Ya te lo he dicho. Eso no.es posible.

—¡Dejadme salir! —Visander tiró del asidero donde tenía atada la muñeca—. Gusano humano, ¿osas hacerme prisionero?

—No eres un prisionero —le dijo Prescott—. Pero sin duda hay…

—No os comprendo cuando habláis en ese idioma. —La voz huraña de Phillip interrumpió la conversación.

Prescott se dirigió a él con amabilidad.

—Entonces deberías haberlo aprendido, como tu padre te pidió.

Un suspiro de desdén.

—¿Aprender una lengua muerta? ¿Para qué?

—Para que puedas hablar con tu joven esposa.

—No es una joven esposa. Es una especie de soldado lunático de un mundo muerto. —Phillip se giró para mirar a Visander con expresión irritada—. Además, es ella la que ha venido aquí, ¿no? ¿No debería ella aprender inglés?

¿Una lengua muerta? ¿Un mundo muerto? Los muros de raso del carruaje se estaban cerrando sobre él y le era difícil respirar. La cabeza le daba vueltas.

—Ahora tú eres el heredero. En unas semanas, zarparás hacia Italia. Tu deber allí es...

—El deber de *Simon* —dijo Phillip con tono aburrido, recitándolo como una letanía—. El deber de Simon, el barco de Simon, la novia de Simon...

—Dejadme salir.

—Tu hermano se tomó su papel en serio...

—*Dejadme salir...*

—Está hablando otra vez —dijo Phillip.

Otra oleada de vértigo. Su comprensión de las palabras humanas era inquietante, como un último regalo escupido desde la mente de aquella chica muerta.

—Si me retenéis aquí —se obligó a decir Visander—, los míos no descansarán hasta haberos cazado y defenestrado a ambos.

Se produjo una larga pausa durante la que Prescott lo miró de un modo extraño.

—Muy bien. ¡Detened el carruaje!

Prescott Golpeó con brusquedad el techo del carruaje. Fuera se oyó el débil «Sooo» del cochero mientras Prescott sacaba un llavero y se movía hacia Visander.

—¿Qué estás haciendo? —Phillip se irguió, alarmado.

—Voy a dejarla salir.

—¡Estás loco!

—No —dijo Prescott—. Tiene que comprenderlo.

Y cortó las cuerdas que ataban a Visander con una pequeña navaja que se sacó del abrigo.

Visander estaba ya medio tambaleándose, medio cayéndose fuera del carruaje, con las piernas enredadas en la pesada falda. Al principio solo tragó aire, fuera del confinado espacio. *Libre. Libre.* Se derrumbó y cerró los dedos sobre la tierra, agradecido por su tranquilizadora presencia. Al fin se irguió, se echó hacia atrás sobre sus talones y sintió el aire fresco en su cara.

Después miró el mundo que lo rodeaba.

Su carruaje formaba parte de una pequeña caravana de cuatro que atravesaba la noche. Los hombres que había sobre los vehículos lo apuntaban con largos tubos metálicos, pero Prescott desembarcó con una mano levantada, como para detenerlos.

Se habían parado en una embarrada carretera de adoquines abarrotada de estructuras desconocidas, oscuras y rígidas; apestaba a contaminación y a desechos. Apiñadas había casas, centenares de casas, una asfixiante masa que se extendía sin final desde donde él estaba, sobre la colina, escupiendo humo de madera quemada al aire, repleta de una sucia y desgarradora miseria. Estaba mirando un mundo lleno de humanos viviendo sus breves vidas sin miedo a las sombras ni huyendo hacia un mago ni buscando con nervioso temor la muerte que llegaba cuando el cielo se ennegrecía.

El descubrimiento subió por su garganta como la bilis. No había visto un solo mago desde que despertó allí, no había sentido una única chispa de magia, y eso contenía su propia y sofocante oscuridad, una idea terrible que le estaba clavando las garras en la garganta.

—¿Cuánto tiempo? —exigió saber.

No había visto nada que conociera: ni los soldados en la larga marcha hacia la batalla ni las criaturas aladas en el aire ni las agujas de las torres que todavía no habían caído ni las glorias que todavía quedaban, desafiantes e intactas, con la fortaleza de sus últimos defensores alumbrando la noche.

—¿Cuánto tiempo?

Había galopado con su Indeviel, con el viento azotándole la cara, estimulado por su vínculo con su caballo. *Tendrás que dejarlo todo atrás*, le había dicho la reina. Tuvo que hacer aquel sacrificio, sin tiempo para despedirse. Ni siquiera había tenido la oportunidad de rodear con los brazos el cuello blanco de Indeviel y abrazarlo por última vez.

La mano de su reina en la cara lo hizo estremecerse. Cayó de rodillas. *Regresarás, Visander. Pero primero debes morir.* Sintió un abrupto dolor en el abdomen y bajó la mirada para ver la espada en sus tripas. Cerró los ojos y los abrió en...

... un ataúd.

Cayó de rodillas sobre la tierra del camino; su falda se hinchó a su alrededor.

—*¿Cuánto tiempo ha pasado desde la guerra?*

Era consciente de que Prescott se había acercado a él. Se estremeció incontrolablemente, con las manos extendidas sobre la tierra.

—Ya te lo he dicho —insistió el señor Prescott, mirándolo—. Vamos a llevarte con un amigo.

CAPÍTULO SIETE

—Bebe.

En el momento en el que tuvieron a James a salvo de nuevo en la garita, Will tomó una petaca que contenía las aguas de las Oridhes, recordando cuánto lo había ayudado a él después de la paliza en la bodega de Simon. Aquella había sido su primera experiencia con los Siervos, con Justice a su lado en la oscura y sucia habitación de la posada y el sabor a magia en los labios.

—Si no te importa, ya me he hartado de agua —le dijo James.

Casi había tenido que cargar con James hasta el interior. Después de dejarlo en el catre de Will, junto al fuego, James lo miró a través de unas húmedas pestañas doradas que apenas podía levantar. Ni siquiera las mantas conseguían calentarlo, como si hubiera usado hasta el último resquicio de energía que su cuerpo empleaba para entrar en calor.

—Es restaurativa.

—¿Le estás mostrando compasión al asesino de los Siervos? —le preguntó James—. ¿O solo te estás asegurando de que puedo abrir la siguiente puerta?

Will no sabía que la magia podía agotar a alguien hasta aquel extremo. No sabía cómo funcionaba. Una parte de su mente reunió la información con minuciosidad: la magia venía del interior de James y él podía usarla. Podía usar toda lo que tenía.

Podría haber muerto reabasteciendo esa puerta. Will no podía olvidar ese hecho. Él le había pedido que lo hiciera y James dio un paso adelante y lo hizo: abrió una puerta que en el mundo antiguo había requerido el poder de dos personas, a pesar de que no estaba entrenado y de que todavía no había accedido a toda su fuerza.

—Me estoy asegurando de que no te quedas inconsciente.

—Como un guerrero que cuida de su arma. —Las palabras de James sonaron frágiles, como si una grieta empezara a insinuarse en su armadura—. Que la afila y aceita antes de guardarla.

Aquello se acercaba mucho a la parte secreta de sí mismo que se había sentido complacida al ver a James haciendo lo que le había ordenado. Que se había sentido complacida al ver a James allí, en un lugar donde no quería estar, solo por él. Le haría desear mantenerlo a salvo, darle cariño y aprobación, decirle que lo había hecho bien.

—Te has agotado. —*Por mí*—. Por nosotros. Te estoy agradecido.

James estaba mirándolo con el cabello todavía húmedo y el rostro pálido contra los cojines. Lo escudriñó con la mirada.

—Tú sabías qué hacer —le dijo—. En la puerta.

—Y sé qué hacer después —replicó Will—. Bebe.

Levantó la petaca con apremio. La verdad era que Will no sabía si funcionaría. Pero, cuando inclinó el frasco hacia los labios de James, las aguas surtieron efecto y pusieron un atisbo de color de nuevo en su piel.

—Ahora descansa —le dijo.

Le apartó el cabello húmedo de la frente para que estuviera más cómodo. Después, cuando James cerró los ojos y se rindió al sueño, Will se levantó del lugar donde había estado arrodillado.

Vio a los demás mirándolo. Fue Violet quien le agarró la parte superior del brazo y tiró de él a un lado.

—Will, ¿qué haces con él?

Habló en voz baja, mirando de soslayo a James, tumbado junto al fuego.

—Puede ayudarnos —le contestó Will—. Nos *ha* ayudado. Abrió esa puerta.

—Sé por qué está aquí. Lo que no sé es por qué le ahuecas la almohada.

—Yo no le estoy *ahuecando*...

—Es el Traidor. No es necesario que le des una bebida caliente y una manta.

Fue Will quien se sonrojó entonces. James parecía un Ganímedes dormido; su debilitada belleza estaba en contradicción con la crueldad y destrucción que había infligido a los Siervos. Will no le había ahuecado la almohada, pero le había llevado una bebida y una manta. Y había colgado su chaqueta de la repisa de la chimenea para que se secara. Y su camisa.

—También eras así con Katherine —dijo Violet, como si no pudiera contenerse.

—¿Así cómo?

Violet no contestó. Lo miró sin emoción.

—¿Te ha dicho al menos cuándo podrá abrir la siguiente puerta?

—En un día o dos —le contestó Will—. Podemos aprovechar ese tiempo para organizarnos mejor.

Violet lo había llevado al extremo opuesto de la habitación, donde los demás no podían oírlos. Grace y Cyprian estaban teniendo su propia conversación susurrada cerca de la puerta.

—No me gusta. —Violet tenía el ceño fruncido—. Sin las protecciones, estamos al descubierto.

A él tampoco le gustaba.

—Haremos todo lo que podamos.

—Yo vigilaré a James. —Había desafío en sus ojos, como si lo retara a discutir.

Pero él solo asintió. La verdad era que confiaba en ella para que mantuviera a James a salvo.

Y había otra cosa que él tenía que hacer.

Subió a la muralla y miró el vasto espacio, el extenso cielo nocturno y la ciénaga que se extendía ante él.

Allí arriba, la caída de las protecciones hacía que el alcázar pareciera inquietantemente expuesto. No pudo evitar preguntarse: si las otras puertas podían cerrarse, ¿podría cerrar aquella? Quizá era posible, como lo habían estado las otras tres. Se imaginó saliendo por la puerta de Londres y después cerrándola desde el exterior, bloqueando el alcázar para siempre.

Sarah estaba de guardia, preparada para tocar la campana de alarma, un repique rasgando el hielo negro de la noche si había problemas. Se alzaba como una guardiana de azul en la pasarela de la muralla. Cuando Will se acercó, vio que había una pequeña silueta a su lado.

—¿Puedes dejarnos solos un momento? —le preguntó a Sarah, y pensó por su expresión que iba a negarse, pero después de un instante la chica se apartó de mala gana y caminó junto a las almenas acercándose a la campana.

La pequeña figura no se movió; solo se quedó allí, todavía más encorvada. Era una gárgola, un trozo de piedra.

—No quiero hablar contigo —le dijo Elizabeth.

—Lo sé —replicó Will.

Se sentó a su lado. Las piernas le colgaban sobre la muralla.

—Cuando descubra lo que le hiciste a mi hermana, voy a matarte.

—Lo sé —dijo Will.

Parecía que Elizabeth había estado llorando. Tenía los ojos rojos e hinchados debajo de las cejas oscuras. Miraba la ciénaga en silencio. Después de un largo momento, como si la curiosidad se hubiera acumulado y acumulado hasta que anuló su determinación de ignorarlo, le preguntó:

—¿Por qué tienes la ropa mojada?

Will soltó un extraño suspiro y se miró las mangas empapadas. Suponía que resultaba extraño. El cielo estaba despejado, sin rastro de lluvia, y él parecía recién salido de un estanque.

—Abrimos la puerta este. Conducía a un reino tan antiguo que estaba sumergido en el mar. —Aquel paisaje, oscuro y espectral, regresó a su mente—. Cuando la puerta se abrió, toda el agua irrumpió en el alcázar.

—¿También los peces? —La niña tenía los ojos muy abiertos.

—No vi ningún pez.

—Me gustan los peces —dijo Elizabeth.

Will se miró la mano. ¿Eran así las conversaciones triviales que tenían las familias? Él nunca había hecho eso con su madre. Sintió el frío aire de la noche en sus pulmones.

—No tengo hermanos —le contó Will—. Solo tenía a mi madre. Ella me crio lo mejor que pudo, pero no tuvimos muchas... Supongo que era difícil para ella. No tengo ningún recuerdo de ella. Solo... —Se llevó la mano de la cicatriz al medallón que llevaba alrededor del cuello.

Se sentía como si estuviera al borde de un precipicio, como si aquella fuera la última parte de sí mismo que podía ser el héroe que los Siervos habían querido. Un talismán para la Luz, dispuesto a combatir al Rey Oscuro. Se lo quitó y se lo entregó.

—No es mucho —le dijo—, pero quizá te ayude algún día.

—Es viejo y está roto —replicó Elizabeth.

Sujetaba el medallón con fuerza en su pequeña mano. Sus palabras se cernieron entre ellos como el vaho blanco de su respiración.

—Ella habría querido que lo tuvieras tú —le aseguró Will.

Sentía el cuello desnudo; era la primera vez que se quitaba el medallón desde la muerte de Matthew.

Se quedaron en silencio. Con una voz que sonó como si se la hubieran arrancado contra su voluntad, Elizabeth le preguntó:

—¿Cómo era?

—Era como tu hermana —le contó Will.

—Te refieres a que era preciosa —dijo Elizabeth. Bajo la corteza helada de las estrellas, añadió—: La señora Elliot decía que Katherine era una gema de primera ley. Eso significa de la mejor calidad.

Aquella había sido la característica definitoria de Katherine: su belleza. Su familia había puesto en ella todas sus esperanzas. Simon, un experto en belleza, la había comprado con joyas y un título. Nadie excepto Will la había visto en la Cumbre Oscura con Ekthalion en la mano.

Suponía que su madre también era guapa, pero no era esa la impresión que tenía de ella. Recordaba... recordaba, sobre todo, cuánto había deseado hacerla feliz.

—¿Crees que nos abandonó porque éramos problemáticas? —le preguntó Elizabeth.

—Tú no eres problemática —contestó Will—. Eres lista y valiente. Ella renunció a vosotras para protegeros.

—No renunció a ti —dijo Elizabeth.

—No —replicó Will—. Se quedó conmigo hasta el final.

—¿Por qué? —le preguntó.

Dos infancias distintas: Will había crecido con ella y Elizabeth había crecido sin ella. Ahora ambos estaban solos.

—Yo...

¡CLANK, CLANK, CLANK!

Will se giró bruscamente hacia el sonido mientras Elizabeth se ponía en pie de un salto. *La campana de alarma.* Salió en desbandada y vio a Sarah gritando mientras tiraba de la cuerda de la campana. No podía oírla tan cerca de la campana. Siguió el brazo que extendió para señalar la oscuridad.

Docenas de antorchas acompañaban a cientos de jinetes, todos ellos uniéndose como una ola de agua negra que se elevaba para tragarse el alcázar.

Los hombres de Sinclair estaban allí.

CAPÍTULO OCHO

—¿Cuántos?

Violet vio a Will y a Sarah bajando los travesaños. El sonido de la campana todavía reverberaba. Sarah balbuceó: «Centenares, son centenares». Los hombres de Sinclair habían llegado antes y en mayor número de lo que esperaban. La única antorcha encendida se estremeció en el frío aire nocturno bajo las almenas.

—¿Podríamos escapar luchando?

Violet tenía la mano en la espada, lista para hacer lo necesario para proteger a sus amigos. Porque lo que Sarah estaba describiendo no era un grupo de exploración. Era un ejército, como los que se enviaban para asaltar un castillo. Los hombres de Sinclair estaban allí para tomar el alcázar.

—Dios, todos los Leones sois iguales.

El conocido sonsonete arrastrado llegó hasta ellos desde la puerta de la garita. Pálido y con una mano apoyada en el marco de la puerta, James parecía la heroína tísica de una pintura, de esas que mueren bellamente.

—No puedes luchar contra ellos. Esto no es una batalla antigua. Tendrán armas de fuego —dijo James— y te dispararán con ellas.

Aunque era frustrante, tenía razón. Pero Violet le preguntó a Justice una vez por qué los Siervos luchaban con espadas en lugar de pistolas y él le dijo: *Alguien con acceso a la magia, como el Traidor, puede detener una bala. ¿De verdad quieres enfrentarte a él desarmada después de disparar tu única bala?*

—Tú puedes detener las balas —le dijo a James—. ¿No?

—Sí. Quizá cuando no estoy al borde del desmayo.

—Qué pena que tu magia se haya agotado justo cuando la necesitamos —murmuró Cyprian.

—Qué pena que tengas dos salvadores y que ambos sean inútiles. —James le mostró una leve sonrisa mientras señalaba a Will y a Elizabeth.

Sarah intercedió por ellos.

—Elizabeth conjuró la luz.

Fue Elizabeth quien respondió con sombrío pragmatismo infantil:

—Solo es luz. No hace nada.

—¿Cuánto tiempo tenemos? —preguntó Violet.

Flotaron aullidos sobre el patio, un heraldo lejano de una espectral cacería nocturna.

Para su sorpresa, James palideció.

—¿Perros?

—Cientos de perros —le contó Will—. Los vimos desde las almenas, corriendo frente a los caballos.

James se alejó de la puerta y se tambaleó. Will se acercó de inmediato y detuvo su caída.

—Tenemos que irnos. Ya —dijo James.

—¿Qué pasa? —Violet dio un paso adelante.

Él la ignoró y le habló solo a Will:

—Tienes que sacar a Violet de aquí. A menos que quieras morir a manos de tu propia León.

—¿De qué estás hablando? —insistió Violet. James parecía querer alejarse de ella tanto como fuera posible.

—Es la señora Duval. —James abandonó su actitud despreocupada. Sus palabras sonaron serias—. Si te ve, te poseerá. Tenemos que huir.

—¿Me… poseerá? —James ni siquiera la estaba mirando; tenía los ojos clavados en Will.

—La señora Duval tiene su propio poder. La he visto obligar a Tom a arrodillarse. Lo único que necesita es una mirada. No puedes dejar que ponga los ojos en tu León.

Violet estaba paralizada. ¿La señora Duval tenía poder sobre los Leones? Quería decir que no era cierto, pero ¿y si lo era?

—No hay ningún sitio a donde ir —se oyó decir—. Solo hay un modo de entrar y salir del alcázar.

Mientras lo decía, supo qué vendría a continuación, como si el oscuro torrente del destino los estuviera conduciendo a un único lugar.

—Podemos marcharnos a través de una puerta —dijo Will.

Violet solo pudo pensar en el antinatural muro de agua alzándose ante ella y después estallando en el patio.

—La puerta este está sumergida —dijo Cyprian, casi leyéndole la mente.

—Quedan dos puertas más —replicó Will.

Sur y oeste. Para llegar a la puerta sur tendrían que atravesar el alcázar, un largo camino sofocado por edificios, difícil de transitar y de paso incierto. Para llegar a la puerta oeste tendrían que seguir la muralla, como habían hecho aquella mañana, pero en la dirección contraria.

—La puerta oeste es la que está más cerca —dijo Violet.

James la ignoró. Habló con Will como si estuvieran los dos solos.

—Tienes que llevarme allí de inmediato. A menos que abra esa puerta, todos moriremos.

—Estás demasiado débil —le contestó Will.

Los ladridos y aullidos de los perros se oían nítidamente ahora, acompañados por los gritos ocasionales de los hombres. James le echó otra mirada tensa. Violet no estaba acostumbrada a que James le mostrara miedo. Miró a sus amigos con una fría sensación de zozobra. Ahora que James estaba debilitado tras abrir la puerta, no habría nadie lo bastante fuerte para detenerla si el joven tenía razón y podían volverla en su contra. Si James estaba en lo cierto, los mataría.

Su fortaleza había sido su mayor baza. Ahora la hacía sentirse una amenaza.

Debería haber sido una batalla, pensó. Eso era lo que parecía correcto. Los hombres de Sinclair atacando y los guerreros del alcázar conteniéndolos.

Violet se imaginó a los Siervos de blanco y plata moviéndose por la muralla, una fuerza resplandeciente lista para luchar contra los ejércitos agrupados en la negra noche. Así era como tendría que haber sido, no solo ellos seis y una niña, incapaces de proteger el alcázar.

Will tomó la decisión por todos ellos.

—Grace y yo iremos a por los caballos. Violet, tú lleva a todos los demás hasta la puerta. —Grace la miró y asintió bruscamente. Will continuó—: Nos encontraremos con vosotros allí.

—Pero el alcázar... —dijo Sarah.

—El alcázar cayó cuando lo hicieron las protecciones. —Fue Cyprian quien lo dijo—. La Siervo Mayor nos ha dado una misión. —Tomó aliento y echó un último vistazo al patio.

—¡Elizabeth! —gritó Will, y Violet vio que la niña estaba corriendo de nuevo hacia la garita.

Violet soltó una maldición y la siguió a toda prisa, solo para descubrir que Elizabeth había agarrado un montón de papeles y estaba guardándoselos en la pechera de su delantal.

—Son mis deberes —dijo Elizabeth, desafiante—. Cuando nos marchamos, Katherine me dijo que me llevara solo lo importante. Yo agarré esto. —Estaba pálida, como si desafiara a Violet a mostrarse en desacuerdo—. Lo traje de casa de la tía.

Violet abrió la boca y después se lo pensó mejor.

—¡Oh, venga ya! —dijo Violet, agarrando el brazo de la niña y tirando de ella de nuevo hacia los otros.

Regresó justo cuando James levantó la cabeza como en respuesta a una señal muda.

—Están aquí —dijo.

Habían bajado el rastrillo y bloqueado las puertas. Violet sabía muy poco de castillos y se había imaginado un asalto frontal, a los hombres de Sinclair golpeando las puertas hasta que cedieran.

En lugar de eso, oyó el silbido de las cuerdas lanzadas. En un instante se dio cuenta de lo evidente: no echarían las puertas abajo. Iban a trepar la muralla. Después abrirían la puerta desde el interior y dejarían entrar a los perros y a esa mujer...

—¡Poneos a cubierto! —gritó Will.

El primer disparo resonó en las almenas y explotó en la mampostería junto a los pies de Violet. Apartó a James de Will, casi esperando tener que echárselo al hombro. Después corrió hacia la puerta del alcázar con los demás.

James aguantó, con un brazo alrededor de su hombro, aunque no parecía que pudiera mantener el tambaleante ritmo durante mucho tiempo. El verdadero límite eran las piernas infantiles de Elizabeth. Violet hizo entrar a la niña y después cerró y atrancó la puerta, intentando no pensar en la advertencia de James sobre que ella era la verdadera amenaza.

Ya podía oír gritos en el patio. Miró el rostro pálido de James y el pequeño cuerpo de Elizabeth. Después se giró hacia Cyprian.

—Tenemos que ganar tiempo o estos dos no lo conseguirán.

—Este pasillo es un cuello de botella —dijo Cyprian.

La había comprendido perfectamente y se detuvo a su lado. Los dos lucharían allí y les conseguirían tanto tiempo como pudieran.

—Los demás seguid corriendo. —Dio la orden mientras se descolgaba el Escudo de Rassalon de la espalda—. Contendremos a los hombres de Sinclair aquí y después os alcanzaremos.

A su lado, Cyprian desenvainó su espada.

Los hombres irrumpieron a través de la puerta, un oscuro estallido de letal intención, apuntándolos con sus armas.

Violet había visto a Cyprian practicando en el campo de entrenamiento; lo había observado desde el banquillo muerta de envidia por su postura perfecta. Sabía que era valiente. Después de todo, iba a enfrentarse a una carga, manteniéndose a su lado, a pesar de que la mujer que se acercaba podía convertirla en un arma.

Pero nunca lo había visto luchar de cerca.

Esquivó los disparos: se movía basándose en la dirección de los cañones a una velocidad que parecía sobrehumana, como si eludiera las mismas balas. Ya estaba abatiendo al primer hombre cuando ella levantó el escudo y oyó tres balas escorándolo; el impacto le sacudió el brazo. Sabía que no debía darles tiempo para recargar. Se abalanzó sobre ellos mientras Cyprian giraba y derribaba a un hombre.

Luchó a su lado. La espada de Cyprian bloqueaba los lances que ella no veía; el escudo de Violet repelía las amenazas que llegaban desde el costado y la espalda de él. El estilo de los Siervos estaba pensado para luchar en pareja: el de ella se basaba en el poder; el de él, en la precisión. Eran distintos, pero encajaban en una unión tonificante. Cyprian fluía como el agua, en los espacios y huecos. Violet bloqueó un golpe y después agarró al hombre del cuello y lo lanzó sobre sus compañeros, que se cayeron, rompieron filas y huyeron.

En la pausa, sus miradas se encontraron en un momento de sorpresivo reconocimiento. Habían derrotado a la primera oleada.

Y entonces llegó la segunda.

En el patio, debían haber abierto el rastrillo, porque esta vez fue una riada de perros aterradores seguidos de los caballos con los que los hombres de Sinclair entraron al galope en el alcázar. Podían luchar contra los hombres, pero no contra cientos de demoledores caballos. No había ningún sitio al que huir. En un último e instintivo movimiento, Violet se colocó delante de Cyprian, preparada para lo que no podía detener, esperando que su fuerza fuera de algún modo suficiente para resistir una carga de caballería.

Tan repentinamente como un derrumbe, el techo se desplomó. Enormes trozos de mampostería bloquearon la vista ante ella.

Miró la piedra caída, desconcertada. Se giró y vio a James en el pasillo a su espalda con una mano extendida y la otra apoyada en el muro y el rostro más blanco que la túnica de un Siervo.

—De nada —dijo James.

Me ha salvado la vida, pensó, aturdida. Cyprian lo estaba mirando como si tuviera dos cabezas. Por un momento, ambos se quedaron mirándolo.

Después Violet cerró la boca.

—Deja de presumir y vete.

Empujó a James por el pasillo, seguida por Cyprian. Podía oír los aullidos de los perros y las débiles órdenes al otro lado del derrumbe.

—*¡Llegad hasta ellos! Abríos paso o encontrad un desvío. ¡Ahora!*

Violet corrió.

Fue una persecución nocturna a través de unas ruinas antiguas. Avanzaron tan rápidamente como pudieron, pero los perros no volvieron a ser tantos como minutos antes. Violet se imaginó a los hombres de Sinclair extendiéndose por el alcázar como el veneno a través de las venas. Era el final del alcázar, pensó. Recordó la última mirada que Cyprian le echó al patio y deseó haberse despedido ella también del lugar.

Incluso Cyprian jadeaba y estaba agotado cuando llegaron al punto de encuentro. Will los esperaba junto a la puerta montado en Valdithar y Grace en uno de los dos caballos de los Siervos que habían sobrevivido, con el segundo atado junto al purasangre negro de James y a los caballos de Katherine y Elizabeth, Ladybird y Nell. Habría caballos suficientes para todos si Cyprian y ella montaban juntos.

Era inquietante de noche, un alto arco coronado con el símbolo del sol. El sol asumía una cualidad extraña en la oscuridad. *Un sol nocturno*, pensó de repente Violet, y se estremeció. Recordó el espeluznante muro de agua. No tenían ni idea de qué había al otro lado de esa puerta.

Los perros se acercaban con aullidos ávidos de sangre.

Violet se obligó a avanzar rápidamente, acallando sus nervios. Antes de que pudieran utilizar la magia, ella tenía que usar la fuerza física para abrir las puertas oxidadas. James se acercó a ella. Todavía tenía la camisa y la chaqueta abiertas y parecía que apenas podía mantenerse en pie. ¿Estaría lo bastante fuerte para abrir la puerta?

No podía preocuparse por eso. Recordó el chirrido de protesta del metal cuando abrió la puerta del océano y le dijo a James:

—Prepárate para trabajar con rapidez. En cuando yo abra las puertas, el ruido les revelará dónde estamos.

James dio un paso adelante, asintiendo. Violet esperó hasta que estuvo en posición, con la mano en el símbolo del sol grabado a la altura de sus ojos junto al arco. A continuación, empujó las puertas.

El grito de la puerta sonó aterradoramente fuerte en la noche fría. Se detuvo jadeando y, en el silencio, un escalofriante chillido en respuesta llegó hasta ellos, alertando a los perros sobre su posición. En su mente titiló una idea incómoda: *Algunas puertas no deberían abrirse*. La dejó a un lado, tensando los músculos por el esfuerzo, y empujó más fuerte.

La primera cedió: una ráfaga de aire, una ranura cada vez mayor. Sobre su cabeza, el sol tallado pendía sobre el vacío. Las enormes puertas estaban abiertas. Miró la negra nada.

—Ya vienen —les advirtió Cyprian.

—Controlad a los caballos —les dijo James—. La magia los asusta.

Instintivamente, Cyprian y ella se dispersaron para protegerlo. Era inquietante, pues le recordó a los tres Vestigios que rodearon a James en los muelles londinenses mientras acumulaba su poder. Sabía que el hecho de que James necesitara concentrarse lo hacía vulnerable. Se sintió asombrosamente conectada a una antigua práctica de guerreros luchando para mantener a los magos con vida solo porque la magia podía defenderlos de las sombras. Eso hacía que James fuera un objetivo importante. Podía imaginarse una antigua batalla y un grito resonando: *¡Proteged al mago!*

—Quedaos cerca de la puerta —les advirtió Will—. No sabemos cuánto tiempo conseguirá mantenerla abierta.

O si podrá abrirla. No estaba ocurriendo nada. No se produjo ningún destello de luz ni ningún cambio en el paisaje bajo el arco. *Está demasiado débil.* James parecía agotado, con los ojos cerrados y la mandíbula apretada por el esfuerzo. Si no conseguía abrir la puerta, estarían atrapados allí.

—¡Allí están! —Los primeros hombres de Sinclair aparecieron en el patio y uno de ellos gritó—: *¡Es el juguete de Simon! ¡No lo dejéis usar su magia!* —Otro levantó su pistola, apuntando a James.

Violet echó a correr antes de darse cuenta, a toda velocidad.

—*¡Violet!* —gritó Cyprian mientras ella levantaba el brazo en la trayectoria de la bala y notaba cómo golpeaba su escudo con una disculpa muda a Rassalon. *¡Proteged al mago!* Acababa de evadir el tajo de un cuchillo cuando vio que otro hombre levantaba una pistola. Y entonces se descubrió luchando en el meollo de la batalla.

Las fauces de un perro se abrieron hacia su cuello; lo golpeó con el escudo antes de avanzar y abatir al hombre de la pistola, cortándole el brazo. Cuando giró la cabeza hacia la puerta, atisbó a Cyprian dirigiendo a su caballo contra un caótico grupo de hombres de Sinclair.

James temblaba visiblemente, con el cabello húmedo de sudor. Will estaba entre James y los atacantes, como si pudiera hacer de escudo humano. Pero no había ningún modo en el que Cyprian y ella pudieran contener a los hombres de Sinclair; allí no había ningún embudo natural y hombres y perros estaban ya dispersándose por el patio en una fuerza opresiva y abrumadora...

—¡James, abre la maldita puerta! —gritó.

—¡Hazlo! ¡Hazlo ya, estúpido! —le estaba chillando Elizabeth.

James redobló su esfuerzo recitando algo en un susurro que no sirvió de nada. Will giró su enorme caballo negro, como un oscuro ángel vengador, y gritó:

—¡James, *aragas*!

James soltó un grito desgarrador, como si algo estuviera rasgándose en su interior, y una oleada visible de poder escapó de él hacia el grabado del sol.

Una baliza lanzada al cielo; después un agujero en la realidad. Se cernió sobre ellos y los hombres de Sinclair abandonaron sus armas para mirar desconcertados o retroceder temerosos como suplicantes apartando los ojos de Dios. La puerta se abrió y Violet vio lo imposible. Un escenario oscuro: no Inglaterra, sino una tierra extranjera apareciendo ante sus ojos. Se sintió desorientada, porque la luna estaba sobre su cabeza pero podía ver una segunda a través de la puerta, como si una magia sobrenatural hubiera unido dos partes lejanas del mundo.

—¡*No puedo sostenerla!* —La voz de James sonó tensa por el esfuerzo.

—¡Vamos! —gritó Violet—. ¡Vamos!

Grace bajó la mano con fuerza sobre la grupa del caballo de Cyprian para que saliera disparado. Elizabeth estaba obligando a Nell, el poni, a seguirlos. Will giró su enorme caballo negro, agarró a James por el cuello de la chaqueta y lo arrastró por el umbral. Violet cerraba la retaguardia a pie; agarró las bridas de Sarah y arrastró a la asustada Ladybird hacia la puerta. Casi la había atravesado...

Todo se detuvo.

No podía moverse. No podía hablar. No podía respirar.

Una mujer estaba atravesando el patio.

Tenía unos ojos grandes y somnolientos y la nariz severa, con el brillante cabello negro apartado de la cara. Usaba pantalones, como Violet, una chaqueta de cuello alto y botas sobre la rodilla. Mostraba el garbo seguro de un depredador caminando entre presas fáciles.

Y Violet supo, mientras la brida de Ladybird se le escapaba de las manos, que estaba paralizada por culpa de aquella mujer, que su cuerpo ya no estaba bajo su control.

La señora Duval.

James había dicho que la convertiría. James había dicho que los mataría a todos. Violet no se había asustado lo suficiente, pero un miedo frío la inundó entonces cuando perdió el control de sus extremidades. No podía moverse. No podía luchar.

Veía la puerta y a sus amigos al otro lado. Estaba lo bastante cerca para oler el aroma de los cedros y el fresco verdor de un bosque nocturno.

—¡Violet!

Will se giró hacia ella, pero se encontraba demasiado lejos. James, casi desplomado en los brazos de Will, estaba demasiado débil. Y Grace sostenía a Cyprian y a su caballo.

Pero Elizabeth clavó los talones en Nell y fue directa hacia ella.

Mientras Violet la miraba, Elizabeth apresuró a su poni a través del derruido umbral de la puerta. Violet gritó en silencio: *¡No, Elizabeth! ¡Vete!*

La puerta destelló y se cerró. Incapaz de moverse, Violet vio los rostros de los demás (el horror de Will, el asombro de Grace, la desesperación de Cyprian) un segundo antes de que desaparecieran, dejándola a ella, a Elizabeth y a Sarah en el patio.

CAPÍTULO NUEVE

A Will se le revolvió el estómago cuando el suelo bajo los cascos de su caballo cambió vertiginosa y desorientadoramente de los adoquines a la suave hierba. Giró a su caballo, desesperado, y vio un último atisbo del patio recortado a través del arco: Violet paralizada, Sarah intentando controlar a Ladybird y Elizabeth cabalgando furiosamente de nuevo hacia el alcázar.

Y después el patio desapareció, se disipó. Bajo el arco había un enorme cielo nocturno salpicado de estrellas.

Era una noche fría y tranquila. Las oscuras siluetas de las hayas, encinas y viejos robles se extendía cientos de kilómetros.

Miró. El aire olía distinto. La luna estaba en un lugar diferente; verla le provocó una segunda oleada de vértigo, como si el mundo entero se hubiera movido a su alrededor. Su mente seguía dándole vueltas al caos de la batalla del patio, pero allí no había ninguna batalla; solo la silenciosa ladera de una montaña salpicada de bosque. A través de los espacios entre los árboles podía ver un atisbo propiciado por la luna de un valle oscuro y denso y de las lejanas montañas.

—¡*Violet!* —gritó Cyprian, lanzándose de su caballo y corriendo hacia la puerta.

Will se movió antes de darse cuenta. Desmontó y sujetó a Cyprian desesperadamente antes de que se lanzara a través del arco de piedra.

—¡Quítame las manos de encima! —Cyprian forcejeó—. ¡No podemos dejarla! ¡No podemos dejarla allí!

—¡Mira dónde estás! —le dijo Will.

Aquel arco de piedra solitario se alzaba en el borde de un precipicio en la montaña y atravesarlo sería lanzarse al vacío.

Cyprian contuvo un gemido y lo vio por primera vez. Mientras Will lo sujetaba y lo empujaba hacia atrás, las piedras cayeron desde sus pies a la oscuridad. Retrocedió tres pasos, tambaleándose, y cayó, sin equilibrio, sobre las manos y rodillas. Los dos estaban jadeando.

Will se aferró a la piedra del arco y a su invitación de muerte: un salto a la oscuridad, donde quedaría suspendido y después caería. Sintió náuseas, como si el terreno se inclinara. La sensación de sublimación era inmensa; el campo que lo rodeaba enfrentándose a la irrealidad.

Lo habían escupido de un patio que ahora había desaparecido. Solo Cyprian, James y Grace estaban allí con él. Los demás seguían atrapados en el alcázar.

Violet. Había cometido un terrible error. Se suponía que nadie debía quedarse atrás. La caótica persecución por el alcázar y la hemorrágica succión de la puerta sobre James los había condenado. Le habían arrancado su mundo y había ocurrido con una aterradora facilidad. Se sentía como cuando Katherine empuñó la espada en Bowhill, como si acabara de adentrarse en un mundo que todavía no conocía ni comprendía, luchando contra una identidad del pasado que lo conocía demasiado bien.

Elizabeth. Había prometido que la protegería y en lugar de eso...

Estaban solos en una ladera a cientos de kilómetros de casa.

Tenía que regresar con ellos. Levantó la mirada para asegurarse de la presencia de los demás. Cyprian estaba apoyado en sus manos y rodillas; se incorporó y se acercó a James, desplomado sobre la tierra pedregosa.

—Cyprian... —dijo Will mientras Cyprian llegaba hasta James y lo ponía en pie contra la piedra del arco con la aterradora caída a su espalda.

—¡Ábrelo! ¡Ábrelo de nuevo! —le ordenó Cyprian.

—No puede —dijo Will.

—He dicho que lo *abras* —repitió Cyprian.

—¡No puede: míralo! —exclamó Will.

James colgaba, mustio, de la mano de Cyprian, con los ojos apenas abiertos, el rostro manchado con la sangre que le salía de la nariz. Estaba demasiado cansado incluso para replicar.

—¡Tenemos que llegar hasta ella! —dijo Cyprian, apretando la mano.

—¡*Para!* —le pidió Will. Apartó a Cyprian de James, que de inmediato cayó sobre manos y rodillas, derrumbándose demasiado cerca del borde—. Para. ¡Esto no nos llevará de vuelta!

Cyprian emitió un gutural sonido de frustración.

—Está atrapada ahí. Y Sarah. ¡Y Elizabeth!

—¡Y James es la única persona que puede abrir la puerta! —repuso Will, interponiéndose entre Cyprian y James—. ¿Vas a matarlo? ¿Vas a tirarlo por el precipicio?

Vio cómo la verdad golpeaba a Cyprian. El Siervo miró lo que lo rodeaba, el total aislamiento de la ladera. James, tirado cerca de un precipicio. Y Grace, todavía a caballo, a varios pasos a la izquierda. El frío aire nocturno hizo que el chasquido de una ramita bajo los cascos de su caballo fuera demasiado ruidoso.

—Entonces esperaremos —dijo Cyprian—. Esperaremos justo aquí y, tan pronto como James pueda abrir la puerta, regresaremos.

—Ni siquiera sabemos dónde es «aquí» —dijo Will—. Podríamos estar…

Habían perdido a su luchadora más fuerte. No sabían dónde estaban. ¿Habría destellado la puerta cuando la atravesaron? ¿Habría leyendas allí sobre la llegada de algo? El paisaje parecía repentinamente siniestro, lleno de incertidumbre.

—Mirad la puerta —dijo Grace.

Estaba mirando la colosal estructura del arco, tan distinta de la que se encontraba en las Ciénagas de la Abadía.

En la parte superior tenía grabado el emblema del sol, un círculo con rayos curvados. El arco estaba intacto, aunque el de la ciénaga estaba roto. Era enorme, lo bastante amplio para que dos caballos lo atravesaran juntos. Esa idea resultaba perturbadora: una procesión hacia el aire, pues al otro lado de la puerta no había más que abismo.

—El Salto de Fe —dijo Grace con voz reverente—. Así llamaban a la Puerta del Sol en las antiguas escrituras. Nunca comprendí por qué, hasta ahora.

En el mapa figuraban las palabras «El Salto del Ciego». Will se estremeció al oír el nuevo nombre. Se necesitaba fe, sin duda: si la puerta se cerraba mientras la atravesabas, caerías al vacío.

—Este es el Reino del Sol —dijo Grace—. Estamos aquí de verdad. De verdad hemos...

—¿Qué es ese sonido? —preguntó Cyprian.

Un retumbo, atenuado y sordo, pero que le recordó al momento en las almenas en el que vio a los hombres de Sinclair cabalgando por la ciénaga.

—¡Caballos! —gritó Will. Un antiguo instinto cobró vida en su interior. *Mantente alejado de las carreteras. Mantente escondido. Ningún camino es seguro*—. ¡Moveos! ¡Tenemos que ponernos a cubierto...!

—Levantadme —dijo James. Su voz era apenas un susurro.

No había tiempo para sutilezas. Se pasó el brazo de James sobre el hombro y lo puso en pie. ¿Era su imaginación o James era más ligero que el día anterior? Apenas parecía estar allí, como si la puerta lo hubiera vaciado. Will pensó, con un escalofrío, en la Piedra Mayor, que se desvanecía con cada uso.

Will dejó atrás la línea de árboles mientras Cyprian y Grace tomaban los caballos y corrían bajo las sombrías copas para alejarse de la carretera. Ya podía ver puntos de luz parpadeando a través de la densa vegetación y moviéndose a lo largo de las curvas del camino: jinetes con antorchas.

—¡Atrás! —dijo Will, guiando a Valdithar delante de Grace y Cyprian para bloquear cualquier atisbo de sus blancos caballos.

Un escuadrón montado trotaba con precisión militar por la carretera más abajo, justo donde ellos habían estado. Las antorchas encendidas iluminaban a los dos jinetes en cabeza, que sostenían banderolas. Los que estaban más atrás eran difíciles de ver. Al menos dos docenas de hombres con uniformes negros, correas de cuero sobre el pecho y largos mosquetones en la espalda. Pero fue en las onduladas banderas en las que Will clavó sus ojos. Portaban un símbolo que había llegado a odiar.

104 • EL HEREDERO OSCURO

—Los tres perros negros —dijo Will, con el estómago revuelto—. Los hombres de Sinclair.

—¿Cómo pueden estar ya aquí? —preguntó Cyprian.

Will montó y tiró de James hasta sentarlo con él.

—No nos han seguido. —Mientras galopaban, vio que los soldados acompañaban dos carretas cubiertas—. Estaban ya aquí.

¿Iba Sinclair un paso por delante? ¿Había encontrado ya lo que buscaba en el Valle Negro?

—Tenemos que irnos. Ya.

Cuando comenzaron a abrirse espacios entre los árboles, Will oyó sonidos tenues. Lejanos repiques, metálicos y arrítmicos, pero constantes en el silencio de la noche. Sonaba como el clamor de los muelles, donde el trabajo de un millar de hombres se combinaba en una cacofonía de golpes y martillazos.

—¿Qué es eso? —preguntó Cyprian.

—Viene de ese acantilado —dijo Will.

Una tenue luz describía el saliente como un antinatural ocaso. Los sonidos se volvieron más fuertes cuando se acercaron.

Will se quedó paralizado ante la imagen que tenía debajo.

La mitad de la montaña había desaparecido. En su lugar había una enorme excavación, iluminada por las llamas rojas de las antorchas, que brillaban como ascuas en una rejilla. Se extendía en la noche como una fosa abierta, revelando las puertas y torres de una ciudadela negra que emergía de la montaña como una oscura ave del Estínfalo eclosionando.

Y los sonidos… los sonidos que habían oído…

No eran los sonidos del trabajo en un muelle. Eran los sonidos de la excavación.

Picos y palas incesantes, cientos de hombres trabajando durante la noche. Era una excavación enorme y el estruendo del metal golpeando la roca reverberaba en la montaña.

—Sinclair está excavando media montaña —dijo Will.

Sabía que Sinclair tenía excavaciones, arqueólogos extrayendo trozos de todo el mundo y exponiendo sus tesoros en Inglaterra. Sabía que la arqueología era la base de la perturbadora colección de objetos mágicos de Sinclair.

Pero nunca había imaginado una excavación a aquella escala, un agujero negro en la tierra consumiendo la montaña.

—¿Por qué? ¿Qué está buscando? —preguntó Cyprian.

Will parecía tener la respuesta en la punta de la lengua. No podía apartar los ojos del agujero. Si se quedaba allí, ¿qué vería desenterrado? Una silueta que reconocía, torres y cúpulas extraídas de la tierra como un recuerdo terrible emergiendo cuando todos lo habían creído olvidado.

—Ya es suficiente —dijo una voz masculina, y Will se giró para ver a cinco hombres de Sinclair apuntándolos con pistolas.

CAPÍTULO DIEZ

—¡*Soltadme!*

Elizabeth intentó respirar, pero tenía la pesada palma de un hombre sobre la boca, acallándola con el olor de la tierra y la carne. Con pánico, intentó darle una patada para soltarse, pero su captor la sostuvo con aterradora facilidad.

Al otro lado del patio, estaban bajando a Sarah de su caballo tirándole del cabello.

—¡*No están aquí!* —oyó que decían los hombres que la rodeaban—. *¡Han desaparecido!*

Junto a la puerta todo eran gritos y movimientos caóticos.

Vio a Violet arrodillada junto a la mujer llamada Duval. Aquello estaba mal. Violet no se arrodillaría. Violet lucharía.

—¡No! —gritó Elizabeth, o lo intentó, porque la palabra sonó amortiguada. Mientras volvía a atravesar la puerta, en lo único que pensaba era en que Sarah era una estúpida que no sabía montar a Ladybird. No podías tensarte o tirar de las riendas cuando Ladybird estaba asustada; tenías que relajarte y mantenerte tan tranquila como fuera posible. Iba a decírselo a Sarah. Pero entonces los hombres la rodearon, la bajaron de Nell y la puerta se cerró, trayendo consigo la horrible sensación de que se habían quedado aisladas allí.

Levántate, Violet. Levántate. Pero Violet no se levantó. Había algo en la señora Duval que la estaba deteniendo.

—No han desaparecido —dijo la señora Duval—. Han ido a alguna parte.

Algunos de los hombres habían llegado hasta la puerta y la habían atravesado sin sufrir daño hasta la ciénaga desierta que había al otro lado de la muralla, donde miraron a su alrededor con confusión.

—Hermano, descubre a dónde han ido —dijo la señora Duval sin apartar los ojos de Violet.

¿Hermano?

Un hombre apareció delante de Sarah. Tenía el mismo cabello oscuro, pero en su caso los rasgos fuertes estaban atravesados por tres marcas de garras, cicatrices que bajaban en diagonal por su rostro. Llevaba un bastón y se apoyaba en él al caminar, algo que hacía con una pronunciada cojera.

—Tus amigos. ¿Dónde están?

Como Sarah no contestó, le golpeó la cara con el bastón.

—He preguntado dónde están.

Sarah no habló; se acurrucó sobre sí misma. Elizabeth cerró las manos en pequeños puños. *Levántate, Violet. Levántate, levántate...*

—¿Estás protegiéndolos? Ellos te dejaron aquí. —La golpeó de nuevo.

Sarah emitió un sonido de dolor, pero no habló.

—Dímelo o te prometo... —Levantó el bastón.

—*¡Déjala en paz!* —Elizabeth clavó los dientes en la mano que le tapaba la boca y le dio un pisotón a su captor.

—¡Ay! —soltó el hombre. Aflojó la mano lo suficiente para que la pequeña se zafara.

—¡Para! —Elizabeth corrió hacia el hermano de la señora Duval y lo golpeó con los puños—. ¡Deja de pegarle!

La única reacción del hombre fue una palabrota, así que le quitó el cuchillo que había visto bajo su chaqueta negra y se lo clavó en el muslo. Él maldijo de nuevo, agarrándose la pierna.

—Pequeña...

Elizabeth siguió blandiendo el cuchillo mientras el hermano de Duval se hacía un torniquete con los dedos, entre los que manaba la sangre.

—*Que alguien se ocupe de ella* —ordenó, y Elizabeth no tenía ningún plan después de eso, pero quizá Violet se levantaría, quizá los demás regresarían, quizá Sarah...

Un disparo como el sonido de una rama al quebrarse.

Todo se detuvo.

En el silencio que siguió, Elizabeth se descubrió jadeando con un cuchillo resbaladizo en la mano. El hombre se había apartado de ella, pero tardó un largo momento en descubrir por qué.

Un hombre castaño al fondo sostenía una pistola con la que la estaba apuntando. Humeaba. La había disparado. «Que alguien se ocupe de ella», había dicho el hermano de la señora Duval.

Pero no estaba herida.

Sarah, pensó Elizabeth mientras empezaban a temblarle las manos. Sarah se había liberado para lanzarse en la trayectoria del disparo. Estaba desplomada en el suelo ante Elizabeth, con las manos en el abdomen.

—¡No disparéis! —ordenó la señora Duval, y solo entonces vio Elizabeth que había muchos hombres armados.

Estaba junto a Sarah en un pequeño círculo con el cuchillo agarrado con ambas manos tan fuerte que temblaba. Podía ver la sangre de Sarah extendiéndose por el suelo. El hombre había apuntado bajo, para matar a Elizabeth. La bala había herido a Sarah en el estómago.

—Suelta el cuchillo o mataré a la León —dijo la señora Duval.

Elizabeth levantó la mirada para ver a la señora Duval apuntando con una pistola la sien de Violet. *Por favor, levántate, Violet.* Sarah parecía herida. Gravemente herida. Y también estaban apuntándola a ella; los hombres estaban listos para disparar desde todos los puntos del patio.

—No pasa nada, estoy bien —dijo Sarah, aunque no parecía estar bien. Estaba sangrando y había demasiada sangre—. Por favor, Elizabeth, suelta el cuchillo.

Elizabeth dejó caer el cuchillo de sus dedos.

—Lo siento. Lo siento, no pretendía...

De inmediato, la agarraron de nuevo y la apartaron de Sarah, a la que también puso en pie otro hombre sin ningún reparo por su túnica manchada de rojo.

—Meted a las chicas en la carreta —dijo la señora Duval—. La León se viene conmigo.

Elizabeth golpeó la pared de la carreta con el hombro y sintió un estallido de dolor.

Estaba llena de todo lo que los hombres habían conseguido rapiñar del alcázar en el breve tiempo que había pasado y Elizabeth se incorporó sobre las bolsas repletas de bultos con las manos atadas delante. Y Sarah...

Sarah ya estaba dentro, tumbada en la esquina opuesta.

—Está herida —dijo Elizabeth, pero el hombre la ignoró y cerró de un portazo—. Necesita un médico. ¡Necesita un médico!

Solo obtuvo silencio en respuesta. Un segundo después, la carreta se puso en movimiento.

—Lo siento. —La voz de Sarah apenas estaba allí, y necesitó toda su fuerza solo para susurrar—. Si no hubiera perdido el control del caballo...

Sarah no se incorporó. Estaba pálida y respiraba superficialmente y tenía mucha sangre en su túnica azul.

Simon está matando mujeres, le había dicho Katherine a Elizabeth, pero esas palabras no le habían parecido reales.

La mañana después del ataque del Rey Sombrío, Sarah le dio la mano y le mostró los patios y jardines llenos de flores extrañas y preciosas, un estanque con carpas, el mosaico de azulejos de una dama. Le habló de una época en la que el alcázar fue un lugar de conocimiento y aprendizaje, de cánticos, y de la sencilla y ordenada vida de los Siervos.

Aquellos hombres habían lanzado a Sarah allí como un saco a un almacén. Elizabeth no sabía qué hacer. Había mucha sangre. Tomó la mano de Sarah y la sostuvo.

—Vamos a Ruthern. Allí habrá médicos. Y habrá... —Pensó en lo que le habría gustado a Katherine—. Merengues de crema. Y mermeladas. Y helados de albaricoque.

—Eso suena bien —dijo Sarah en voz baja—. En el alcázar no tenemos de eso.

Sarah era como Katherine. Le gustaban las cosas bonitas y hacer que las cosas fueran bonitas. Había cuidado de las flores del alcázar. Había disfrutado del sencillo placer de plantarlas, regarlas y dibujarlas. «Tenemos aquí flores que no existen en ningún otro lugar del mundo», le había contado. Entonces la expresión de sus ojos se tornó triste. «Teníamos».

Katherine nunca respondía bien cuando se torcían las cosas, como cuando la cabra a la que llamaban señor Billy se metió en la lavandería y ella terminó llorando por su vestido porque no le veía la gracia. A Katherine no le gustaba la sangre. A Katherine no le gustaban las armas. Se habría asustado mucho en una carreta en la oscuridad.

—No frunzas el ceño —le dijo Sarah en voz baja.

—No lo estoy frunciendo.

—Sé que no soy muy valiente, pero no les diré lo que eres. Antes moriré. —Estaba tan mal que las palabras fueron solo un susurro.

—Calla. Siempre crees que vas a morirte, pero no vas a morirte. Cállate. —Le apretó la mano con fuerza.

—De acuerdo —dijo Sarah con una leve sonrisa.

Me disparó a mí, pensó en la oscuridad, *pero no lo dijo. Me disparó a mí. Tú no tenías que hacerlo.*

—Conseguiré que las cosas sean bonitas —dijo apresuradamente—. No fruncir el ceño. No desordenaré las cosas. Te encontraré un... un vestido de primera ley. Y te dejaré... te dejaré que montes a Nell, que es más dócil que Ladybird.

—¿Sabes que soy jenízara porque suspendí el examen? —le dijo Sarah en voz baja—. Pero siempre quise ser Siervo.

—Sarah...

—Mira arriba —susurró Sarah—. ¿Lo ves? Incluso en la noche más oscura...

Sus dedos se quedaron sin fuerza en la mano de Elizabeth y la luz de sus ojos se apagó. No había estrellas arriba, solo la madera de la carreta cubierta. Elizabeth le sostuvo la mano hasta que se le enfrió.

Lloró mucho tiempo. Después sus sentimientos se convirtieron en una especie de tempestad.

—¡Eh, ayudadnos! ¡Ayudadnos!

Pateó la puerta, pero no sirvió de nada. Siguieron avanzando con Sarah en la esquina. Viajaron tanto tiempo que Sarah dejó de ser una persona y comenzó a ser un cuerpo, una cosa que habría que sacar de allí cuando la carreta se detuviera.

Elizabeth se aplastó contra la madera de la carreta. Pensó en el árbol iluminándose e intentó conseguir que funcionara algo. *¡Ilumínate!* Lo intentó con todas sus fuerzas, pero nada cambió en el espacio oscuro y limitado de la carreta. Sarah había muerto protegiendo a la descendiente de la Dama, pero eso no importaba. La Luz no importaba. La Dama era inútil.

El carruaje se detuvo por fin.

Habían viajado durante horas. Podían estar en Londres o más allá.

Se secó los ojos con la manga. ¿Qué haría Violet? Se concentró en ella. Fijó en su mente su corto cabello oscuro y su perfil fuerte. Cómo desenvainó su espada de la funda trasera en un suave movimiento. Violet era fuerte. Violet hacía cosas.

Violet escaparía.

Elizabeth tomó aire. Los hombres estaban gritando fuera y seguramente descargando la otra carreta. Seguía estando oscuro. Y llovía. Le pareció que eso estaba bien. Cuando terminaran de descargar, los hombres estarían empapados y mojados, y ella, fresca y descansada.

Primero tenía que soltarse las manos.

Violet rompería sus ataduras, pero Elizabeth no podía hacer eso, así que se movió e intentó meter los dedos en uno de los sacos. Tanteando, notó algo redondo y plano y hecho de porcelana. Lo golpeó y usó el borde para frotar la cuerda que le ataba las muñecas.

Ahora tenía que conseguir esquivar a los hombres de fuera. ¿Cómo lo haría Violet? La recordó empuñando su escudo en el patio. Elizabeth volvió a buscar en el saco hasta que encontró algo pesado. Era un morillo.

Se agachó con él en la oscuridad mientras los hombres se movían en el exterior. Después de un rato, la actividad y las voces se desvanecieron junto con los repiqueteos de los arreos y los sonidos de los caballos. Entonces la puerta se abrió.

Elizabeth golpeó con el morillo.

Usó los dos brazos y todo el cuerpo en el golpe, casi esperando golpear unas rodillas o un estómago, pero gracias a la altura de la carreta asestó el golpe en la cabeza. El hombre emitió un sonido, se tambaleó y se desplomó, despacio y de un modo casi cómico. No se levantó.

Elizabeth corrió encorvada para evitar que la agarraran unas manos que nunca llegaron, atravesó las puertas dobles del establo y salió a un patio sin que la vieran. Sin detenerse, vio la salida.

El patio era amplio y oscuro. Corrió a través de las ruedas y bajo los carruajes y las piernas que caminaban cerca de la puerta de la posada. Allí había unas puertas que conducían al exterior, protegidas por un vigilante vestido con una harapienta levita larga cuyo cabello apelmazado caía en mechones alrededor de su rostro. Si seguía corriendo rápido, conseguiría escapar de él, porque no era muy bueno en su trabajo. Estaba hablando con una cocinera, sin mirar la puerta.

Mientras huía, una puerta se abrió en la parte de atrás de la posada. Los hombres salieron con lámparas, gesticulando órdenes apresuradas, para recibir a un carruaje recién llegado, brillante y negro y con tres perros negros pintados en las puertas.

Elizabeth dejó de correr.

Los zapatos de una joven descendieron del carruaje. Ella conocía esos zapatos. Eran de Martin, con una rosa bordada en seda blanca. Le habían señalado cada detalle de ellos: la calidad de la seda, y cómo la rosa tenía incluso diminutas hojas bordadas en verde, y lo extremadamente *à la mode* (que significaba 'de moda') que estaban.

Los ojos de Elizabeth se llenaron de sorpresa.

Era como una escena sacada de la memoria. Allí estaba el señor Prescott, ofreciendo la mano para ayudar a bajar a la joven dama, como había hecho en todas las posadas durante su viaje desde Hertfordshire a Londres. Allí estaban las perlas y guantes que Simon le había enviado por su compromiso, causando un gran alboroto en la casa. Allí estaba el peinado que Annabel había tardado cinco semanas en aprender, quemándose los dedos con las tenacillas de hierro mientras rizaba el cabello húmedo con tiras de papel.

Y la joven dama, que llevaba un vestido primoroso y un sombrero nuevo del que escapaban sus rizos dorados, encuadrando un rostro ovalado y unos grandes ojos azules que Elizabeth reconocería en cualquier parte.

—¿*Katherine?*

CAPÍTULO ONCE

—Bienvenida a la Cabeza de Toro, lady Crenshaw.

Visander examinó la sucia posada, abarrotada y sofocante; apestaba a la salvaje práctica humana de asar y consumir carne animal. La tarima del suelo tenía una costra de grasa. La bilis subió por su garganta. El humero de una chimenea sobresalía en la pared desnuda, ennegrecido en su camino ascendente por el hollín de los árboles quemados. Los hombres se agrupaban alrededor del fuego, echando las cabezas hacia atrás y riéndose estridentemente. En las mesas que estaban más cerca de la puerta, vio barbas brillantes por las salpicaduras de cerveza, a la que olía todo el salón.

—*¿Esperáis que crea que un amigo me espera entre este hedor y mugre?* —Levantó el brazo para cubrirse la boca y la nariz.

—Ten paciencia —dijo Prescott a su lado.

La inconsciencia de aquellos humanos era surrealista. Como corderos nacidos entre tréboles, no temían una amenaza. No habían ningún puesto de vigilancia, ningún refugio cercano. No tenían más preocupación que saciarse, reír y gritar trivialidades. Le ponía de los nervios.

Se dio cuenta de que estaba preparado para la guerra, para el sonido del cuerno negro y la muerte alada que llegaría de arriba, el ataque de la sombra que siempre acudía. Recordó los campos de Garayan, los cadáveres pudriéndose en sus armaduras, el cielo ennegrecido hasta donde el ojo podía ver por las aves carroñeras.

Y Sarcean, siempre Sarcean, cuyos oscuros susurros lo acosaban en sueños.

Una oleada de inquietud pasó sobre él. Aquel mundo estaba lleno de humanos que parecían no saber nada de la guerra, que nunca habían huido hacia el mago más cercano porque la magia era lo único que podía repeler las sombras, aunque los magos estaban cayendo uno a uno.

Tenía que creer que el plan de su reina había funcionado, que había despertado en la época y el lugar adecuados para detener a Sarcean, que no se había producido un error terrible que lo había abandonado en un mundo humano con una frágil forma humana. No obstante, con cada sucia visión de la humanidad, su asfixiante y claustrofóbico pánico crecía, como la sofocante tierra llenando el espacio pequeño y confinado de su ataúd.

—Creo que un amigo nuestro nos espera —dijo Prescott.

—Yo voy a beber algo —murmuró Phillip, marchándose hacia la barra mientras el posadero los conducía hasta la tercera puerta al final del pasillo.

La habitación era pequeña y oscura, como si la humana fuera una raza que se aferrara a las penumbrosas cavernas. Estaba diseñada para dormir en ella: había una cama, un pequeño escritorio, una chimenea. El fuego consumía los últimos restos de su único madero y las brillantes ascuas proporcionaban la única luz de la estancia junto con una pequeña lámpara.

En el interior vio a un muchacho humano con una gorra bajada sobre la frente, sentado en una butaca acolchada delante de la chimenea, leyendo un libro de portada azul, que cerró para girarse y levantarse cuando oyó abrirse la puerta.

Era joven, quizá quince años, de extremidades delgadas y rasgos fuertes. Tenía el cabello blanco a pesar de su juventud y la piel muy clara.

No era un amigo. No era nadie a quien Visander conociera. Abrió la boca para decirlo.

Entonces se encontraron sus miradas. Vio que el pálido chico lo miraba con el ceño fruncido, como si fuera un desconocido, pero entonces se detuvo y abrió los ojos con asombro. Parecía haber visto más allá del cuerpo de Visander, su esencia.

Y hubo algo en sus ojos, en esos ojos incoloros con una pizca de azul, que Visander reconoció a su vez, aunque solo lo había visto antes en una pupila horizontal.

Era él. Visander lo reconocería en cualquier parte. En cualquier parte. En cualquier forma.

Atravesó el cuarto a zancadas antes incluso de que la puerta se cerrara y rodeó al muchacho en un fuerte abrazo.

—Indeviel.

Estaba allí. Caliente, en carne y hueso, real y allí. El alivio que sintió fue extraordinario y lo golpeó como una ola al romper. Pronunció palabras de alegría, de gratitud; se derramaron de sus labios sin pasar por su pensamiento.

—Estás vivo. Estás vivo. —Sintió que su mundo se restauraba en la calidez del cuerpo de Indeviel contra el suyo—. Te he encontrado y somos uno de nuevo.

El muchacho hizo un sonido amortiguado y, con un violento espasmo de movimiento, lo apartó.

Visander lo miró desconcertado mientras el joven lo miraba a su vez con unos ojos de oscuras pupilas.

—Indeviel…

El chico respiraba aceleradamente y parecía tenso, preparado para huir. Miraba a Visander con una expresión que este no le había visto nunca antes.

—No me llames así —dijo el muchacho—. Ese no es mi nombre.

—¿No es tu nombre?

—Mi nombre es Devon. Y tú… tú no eres…

El chico, Devon, se mantuvo alejado de Visander, como si fuera a salir disparado.

—Indeviel, soy yo, Visander —le dijo—. Tu jinete.

Los ojos pálidos de Devon examinaron su rostro. Su piel pálida se había blanqueado hasta adquirir un tono desconcertante, tan claro como el de un fantasma.

—Sé que mi apariencia debe parecerte extraña, como lo es la tuya para mí, pero...

Era cierto que la forma de Devon era extraña, caminando sobre dos pies y pronunciando palabras humanas, pero su esencia era la misma, como rodear con los brazos un curvado cuello blanco.

—Moriste —dijo Devon.

Fue la primera señal de que Devon lo había reconocido y debería haber sentido una oleada de alivio.

—Y he regresado, como prometí —dijo Visander—. Este sitio... Fue horrible despertar aquí y creerme solo. Como debió ser para ti estar aquí sin mí durante décadas...

En lugar de hablar, el chico empezó a reírse. Sonó terrible.

—¿Décadas? —repitió con total incredulidad.

—Devon. —Visander pronunció el desconocido nombre y le sonó mal, como una expresión de la distancia física que había entre ellos. Despacio, con cautela, continuó—: ¿Qué pasa? ¿Algo va *mal*?

—¿Algo? —Esa horrible risa resonó en los oídos de Visander—. ¿Décadas? ¿Crees que solo ha sido eso? ¿Crees que tu ausencia fue como la de un hombre que se marcha un instante y que es recibido como un antiguo amigo a su regreso?

—¿Cuánto tiempo? —Recordó, con una sensación vacía y desprovista, el mundo humano que había visto extendiéndose sin fin a su alrededor cuando descendió del carruaje—. ¿Cuánto tiempo ha pasado?

—Moriste —repitió Devon—. Y después murieron todos los demás. Y se hizo un enorme silencio; el silencio de la putrefacción y de la soledad y de la ruina. Y, en la larga marcha del tiempo eterno, las arenas cubrieron las grandes ciudades, los mares se tragaron los edificios y los humanos abarrotaron cada parte de este mundo.

La habitación parecía de repente demasiado pequeña; las paredes parecían oprimirlo y todavía notaba el sabor terroso de la tumba llenándole la boca.

Sabía... sabía que había muerto y regresado. Sin embargo, el modo en el que Devon lo miraba... La aglomeración de tiempo pasado aplastó a Visander. Un mundo lleno de humanos ajenos a los peligros de la guerra. Un mundo sin imágenes ni sonidos conocidos y sin una sola pizca de magia.

—Entonces, ¿quién queda?

—Yo —dijo Devon—. Yo soy lo único que queda.

Visander se recordó arrodillado junto a un riachuelo moteado por el sol, tomando agua fresca, notando algo a su espalda. Levantó la mirada y vio a la tímida criatura observándolo, con el cuello arqueado y las crines sedosas: un joven potro. Sus ojos se encontraron: sorpresa, un destello plateado y desapareció.

Semanas en las que fue incapaz de pensar en otra cosa llenas de atisbos, de visitas secretas, hasta el primer contacto transcendental. Recordó el suave cuello blanco bajo sus manos, el embeleso casi vertiginoso al contar con el permiso de tocar algo tan puro, cómo bajó esas pestañas blancas con placer, el cosquilleo del sedoso hocico en su mejilla y después frotándole el cuello...

—No puede ser.

Un chico pálido en un cuarto pequeño y sucio, vestido con el rudo atuendo humano, calzado con piel de animal. Devon había retrocedido contra la pared opuesta, como por instinto.

Visander levantó una mano para tocarlo.

—Mi corcel, yo...

—No —dijo Devon—. Ya no soy el joven potro que era, jugando al amor en el claro. No bajaré la cabeza para que me embrides ni tomaré tu bocado entre los dientes.

El rostro blanco de Devon estaba tan frío como la nieve; sus ojos eran descoloridos fragmentos de hielo. Visander se sentía mareado.

—Pero trabajas con estos humanos. ¿Por qué?

—Porque ellos van a traer de vuelta el mundo antiguo.

—¿Van a traerlo de vuelta? ¿Cómo?

—Con la venida del único que puede hacerlo.

—No —dijo Visander.

Era como si la oscura fosa de una mazmorra se abriera a sus pies, un vasto abismo sin fondo. Recordó las sombras extendiéndose sobre el campo de Garayan, las luces apagándose una a una. Pero siempre tuvo a

Indeviel a su lado. Ahora... en los ojos de Devon había una expresión nueva y terrible que nunca hubo antes.

—¿Qué otro tiene el poder de rehacer el mundo a su imagen? ¿De restaurarlo y que sea como debería?

—No —dijo Visander—. No lo creo.

—Se alzará y expulsará a todos los humanos de esta tierra.

Mientras hablaba, se quitó la gorra y Visander vio el bulto informe en el centro de su frente. Se sintió repugnado, una náusea violenta, ante la profanación que ni siquiera Sarcean había soñado con infligir. Se imaginó a Indeviel sometido, solo y asustado, mientras lo inmovilizaban y le serraban el cuerno.

—Tu viste caer el Palacio del Sol —le dijo Devon—. Yo vi el mundo sumiéndose en la oscuridad hasta que solo quedó prendida la Última Llama. ¿Crees que la guerra fue la peor parte? La guerra no fue nada; lo peor fue la larga oscuridad que llegó después, el aullido de los perros y de los cazadores, nuestro mundo convertido en polvo hasta que no quedaron nada más que humanos. Juré que, si volvía a tener la oportunidad, lucharía en el bando contrario.

Un unicornio luchando por Sarcean. Un horror visceral trepó por la garganta de Visander y... ¿era más pequeña la habitación? Más pequeña y más oscura, como el interior de una caja de madera.

Como si fuera la primera vez, vio al chico que tenía delante, con dos piernas en lugar de cuatro, con la ropa humana abotonada hasta la barbilla, donde en el pasado había estado la pura curva blanca de un cuello blanco, con el cabello incoloro en lugar de esa larga crin en cascada y un deforme muñón en mitad de la frente donde debería estar la larga e iridiscente lanza de su cuerpo.

La imagen estaba tan mal que Visander sintió que el cuarto empezaba a desvanecerse. Miró a Devon como si fuera un pálido desconocido.

—¿Ha pasado tanto tiempo que lo has olvidado? ¿Lo que era? ¿Lo que hizo?

En lugar de responder, Devon le dijo:

—No puedes luchar contra él. Llegas demasiado tarde.

—Indeviel, *¿qué has hecho?*

Se acercó y agarró los delgados hombros de Devon. Se descubrió mirando un rostro beatíficamente pasivo, unos ojos pálidos que lo miraban con total certeza.

Visander solo podía pensar en una cosa que pudiera haber causado aquello: la fría belleza de Sarcean, sus ojos cargados de una horrible diversión.

Le hizo una súplica desesperada.

—No tienes que luchar para la Oscuridad. Puedes venir conmigo. Eres un *unicornio*.

Vio que sus palabras no tenían impacto. ¿Cómo podía estar Indeviel tan lejos de su alcance? El intocable chico albino parecía encontrarse a un milenio de distancia.

—No hay ningún sitio a donde ir —dijo Devon—. Solo hay humanos hasta donde el ojo puede ver.

A Visander le subió la bilis por la garganta y de repente la habitación era un pequeño ataúd de madera y se estaba ahogando con el sabor de la tierra en la boca.

—¿Has olvidado la promesa que nos hicimos? ¿El compromiso que adquirimos antes de la Larga Marcha?

Devon lo miró con los ojos muy abiertos, como si la pregunta lo sorprendiera cuando muy poco podía sorprenderlo ya.

—No —contestó—. No lo he hecho.

CAPÍTULO DOCE

—¡Matadlos! ¡Ese es un Siervo!

—¿Un Siervo? Simon lo pagará bien.

—¿Cuáles son las órdenes, capitano Howell?

—Traedlos aquí.

El capitán de los soldados de Sinclair hablaba un italiano de escolar. Era joven para ser capitán, un inglés de quizá veintiocho años, de rígida postura erguida, cabello rubio y ojos claros. Llevaba el uniforme de un oficial, con la doble hilera de botones metálicos, pero la levita era negra en lugar de roja, como si Sinclair tuviera su propio ejército. Un hombre reclutado entre la clase alta, pensó Will.

Los hombres que lo acompañaban eran en su mayoría locales, por su aspecto y su modo de hablar. El poco italiano que Will hablaba lo había aprendido de los fragmentos de dialecto de los marineros napolitanos que andaban de fiesta por las orillas del Támesis o con los pocos piamonteses que terminaban en Londres recordando las viejas hazañas en las batallas contra Napoleón.

Pero comprendía el cañón del mosquete con el que le apuntaban la cara y las palabras: *Muévete y disparamos.* Will contó al menos quince hombres, todos armados. Demasiados para pensar en resistirse mientras uno de ellos lo sujetaba con fuerza.

La última vez que los hombres de Simon lo capturaron, Violet lo rescató.

Era difícil no pensar en ello. Podía imaginarla diciendo: *¿Pasé por todos esos problemas para que atravesaras la puerta solo para que te detuvieran al* *otro lado?* Tenía que encontrar un modo de regresar con ella. Mientras intentaba pensar, sintió la dolorosa realidad de que su captura los estaba alejando más de la puerta.

Arrastraron a Cyprian hacia adelante.

—Sabemos qué hacer con los Siervos. —Era un inglés con un fuerte acento. El local que había hablado le sujetó la barbilla con aspereza.

—Suéltalo.

A punto de derrumbarse, James se apoyaba solo con una mano en el tronco de un abedul. Su orden provocó una oleada de carcajadas desdeñosas en el hombre que sujetaba a Cyprian. No lo soltó y le dio una irritante serie de palmaditas, ni siquiera bofetadas, con la mano abierta. Con expresión divertida, el capitán Howell miró a James desde su caballo.

—¿Y tú quién eres?

—Soy James St. Clair. —James consiguió reunir una sorprendente cantidad de arrogancia para ser alguien que estaba a punto de desplomarse—. Y, si no los soltáis, responderéis ante lord Crenshaw.

El capitán Howell hizo un sonido de desdén.

—¿Lord Crenshaw?

Pero algunos hombres intercambiaron una mirada.

—*Il premio di Simon* —oyó Will. Los hombres se estremecieron de miedo.

Ellos no sabían que Simon había muerto. La noticia no había tenido tiempo de llegar hasta ellos. Will y los demás habían llegado en un instante, pero cualquier mensaje enviado desde Londres todavía estaría viajando lentamente a través de los Alpes. Sintió otra oleada de desorientación. Atravesar la puerta era casi como volver atrás en el tiempo, a un lugar en el que Simon seguía vivo y al mando.

El capitán Howell no parecía asustado ni impresionado.

—Muéstrame tu marca.

—Si sabes quién soy, sabrás que no la tengo —dijo James.

—Qué conveniente —replicó el capitán Howell. Le hizo una señal al hombre que retenía a Cyprian—. Llévatelo, Rosati.

Rosati, un hombre mayor con el cabello oscuro y la piel oliva propia de la región, dudó.

—Si es de verdad el juguete de Simón... —Rosati habló en un inglés con acento.

—No lo es —replicó el capitán Howell.

Rosati tomó a James del brazo con gran inquietud. Como no lo devoró el fuego ni se convirtió en un sapo ni sucumbió a una dolencia mágica, el hombre ganó confianza y su trato se volvió más brusco.

—¡Muévete!

—*Hai ragione. È solo un ragazzo* —oyó Will a su espalda. El resto de los lugareños pareció ganar confianza también.

—Te arrepentirás de esto —dijo James.

—¿Sí? —Howell parecía estar divirtiéndose. Se dirigió a Rosati, que empujó al debilitado James hacia la carreta—. Dirígete a la excavación y alerta al capataz Sloane de que tenemos prisioneros.

La excavación. Will se estremeció mientras le ataban las manos a la espalda con rudeza. La sintió, aquella oscura silueta que habían visto emergiendo de la montaña. *Hay algo en esas montañas.*

—Quiero que una docena de hombres peinen la zona. Si veis a alguien, aunque solo sea un ladrón buscando una presa, quiero enterarme de ello.

Howell examinó la oscuridad mientras empujaban a Will detrás de James y Grace hacia la primera de las cuatro carretas de suministros. Terminó entre bloques de mármol negro.

—¡Siervos! ¿De dónde han salido? Los exploradores no nos han informado de nada —oyeron gritar al capitán Howell fuera con su acento de clase alta.

—No creerá... —comenzó Rosati con voz inquieta—. No creerá que han encontrado un modo de abrir la puerta, ¿verdad? Sloane dice...

—La puerta es un mito —dijo el capitán Howell—. Los Siervos son de carne y hueso. No pueden materializarse en el aire. ¿Tú sí?

Se produjo un horrible y carnoso sonido de impacto. Después otro. Lanzaron a Cyprian a la carreta unos minutos después; aterrizó con torpeza, con las manos atadas a la espalda. Incluso en la tenue luz del interior de la carreta, había un moretón visible en su rostro, húmedo por la sangre y la saliva. La tela de su túnica estaba manchada de sangre, que había teñido la estrella de rojo. Cuando se incorporó, sus ojos verdes se clavaron en James, llenos de ira y de algo doloroso.

—¿Así fue como trataste a Marcus? —le preguntó Cyprian.

James tenía la mirada borrosa, pero separó los labios y Will le dio una patada de inmediato.

—No sé qué estás a punto de decir, pero no lo hagas. Ven. Límpiate en mi chaqueta.

Cyprian parecía humillado, pero se secó la saliva de la cara, un torpe proceso porque no podía usar las manos.

—Tenemos que regresar a la puerta y buscar a Violet —dijo Cyprian a pesar de la mandíbula amoratada y el labio partido.

—El capataz.

James apoyó la cabeza contra el mármol negro que tenía detrás; sus palabras fueron poco más que una exhalación.

—Es un hombre llamado John Sloane. Les confirmará quién soy. Me conoce. —Lo dijo con los ojos cerrados—. Yo os sacaré de aquí.

Cyprian curvó el labio partido en una sonrisa mientras la carreta traqueteaba y comenzaba a moverse.

—Sí, venderte a Simon ha resultado ser muy útil hasta ahora.

James abrió los ojos, dos ranuras bordeadas de pestañas.

—Te crees muy…

—Ya es suficiente, los dos —dijo Will—. Discutir no nos sacará de aquí.

La carreta estaba descendiendo la colina a través de un viejo camino de montaña, un trayecto lleno de baches y de gritos y del sonido de los cascos de los caballos.

—Tú sabes algo. —Will miró a Grace, que había hablado de ello en el Salto de Fe—. Sobre el lugar en el que estamos.

—El Reino del Sol —dijo Grace—. Fue el primero de los cuatro grandes reinos en caer. —Habló mientras la carreta avanzaba—. Hay documentos en el alcázar en latín, transcripciones de relatos orales de la época romana, cuando el Rey Oscuro llevaba miles de años muerto. *Finem Solis*, el Fin del Sol. Cuando el Palacio del Sol cayó, una gran oscuridad cubrió la tierra. Llamaron a ese día…

Undahar.

—... el Eclipse.

Las palabras calaron en él y con ellas floreció la terrible consciencia de lo que era la excavación de Sinclair, de lo que buscaban todos aquellos hombres que excavaban las profundidades de la tierra: algo que no debería ser encontrado.

—Fue la sede de su poder —dijo Grace—. Gobernó desde aquí, enviando a sus tropas de sombras a atacar el resto de los reinos. Tras la desaparición del Rey Sol, recibió un nuevo nombre...

Undahar.

—El Palacio Oscuro —dijo Will.

O creyó decirlo. Sintió un extraño temblor, como si el suelo se hinchara y latiera.

—¿El Palacio Oscuro? —preguntó James.

—¿Qué es eso? —quiso saber Cyprian.

Una carcajada jadeante, bordeada de una amarga y cansada ironía.

—Oh, Dios —dijo James—. Yo morí aquí. Eso fue lo que dijo Gauthier. ¿No te acuerdas?

—*Will* —oyó.

—Rathorn mató al Traidor en los peldaños del Palacio Oscuro. Si eso es de verdad lo que Sinclair está sacando a la luz...

—¡Will!

Grace le había puesto la mano en el hombro y estaba zarandeándolo. No, no era esa la fuente del temblor. El terreno no era firme.

—Hay... algo... —dijo.

Un empellón a la izquierda lanzó a todo el mundo hacia un lado y después hacia el otro. Se oyeron gritos, relinchos de los caballos, a los hombres dándoles órdenes y unos a otros.

—¡*Quedaos donde estáis!*

Otro brusco tirón en la carreta.

—¿Qué está pasando? —oyó preguntar a Grace.

—No lo sé —contestó Cyprian.

¿Estaba el granizo golpeando la carreta? No, eran rocas, como si alguien les hubiera lanzado un puñado de guijarros desde arriba, desprendidos con el temblor de la montaña. Will podía sentirla, la sobrenatural y profunda percusión en la oscuridad. Algo estaba abriéndose debajo...

—¿Will? —oyó a lo lejos—. ¿Qué pasa?

—Parad —dijo, o lo intentó.

La tierra se agitó como una sábana; la carreta se vio lanzada hacia arriba para volver a caer. Y después se produjeron explosiones a cada lado, como cañonazos: piedras impactando en la piedra por todas partes a su alrededor.

—¡*Desprendimiento!* —gritaban los hombres.

Una cascada; el aire se estremeció y las rocas cayeron como cuerpos celestiales, pulverizándose mientras, en el interior de la carreta, Will y los demás se veían lanzados de un lado a otro sobre los bloques de mármol negro.

—*Para.* —Nadie lo oyó sobre los gritos y estrépitos del exterior—. *¡Para!*

La montaña entera temblaba. Una sacudida lo lanzó hacia adelante. Un momento después, una plancha de granito atravesó la esquina de la carreta y pudo atisbar el exterior. Vio a los caballos encabritados, las antorchas caídas y ardiendo, los rostros de los hombres distorsionados por los gritos mientras las rocas caían como cometas, como estrellas fugaces.

—*¡PARA!*

El silencio siguió a la reverberante orden. Will se encorvó, agarrándose las cuerdas que le ataban las manos, jadeando.

La tierra estaba inmóvil. La tierra estaba inmóvil, pero el poder que había causado aquello... esperaba, más siniestro en su silencio. *Estás aquí*, parecía decirle. *Y te estoy esperando.* Will levantó la mirada justo a tiempo de ver a Howell colocando la lona sobre la astillada parte superior de la carreta, oscureciendo su vista.

Will se giró de inmediato hacia los demás. El miedo le clavó las garras. ¿Lo habían oído? ¿Habían oído...?

Los demás, incorporándose, parecían ocupados con su propia confusión. El desprendimiento había sido demasiado ruidoso para que oyeran su orden.

—¿Qué ha sido eso? —preguntó Grace—. ¿Ha sido...?

Will oía fragmentos de italiano fuera de la carreta, órdenes de tomar posiciones y volver a ponerse en marcha. Era horrible no poder ver el exterior.

—Puedo oírlos ahí fuera. No saben qué está pasando —dijo Grace.

—Ha sido un terremoto —dijo Will.

La seguridad de su voz era un error. Debería sonar tan inseguro como los demás. No pensaba con claridad, la cabeza le daba vueltas. Cerró las manos en puños, recordando la época en los muelles, en la que tenía que esconder la cicatriz de su mano. *No dejes que vean nada. No.* Pero no parecían haberse dado cuenta de nada y siguieron hablando entre ellos.

—Puede que sean frecuentes en esta región —apuntó Cyprian—. Deberíamos permanecer alerta por si hay réplicas.

No las habrá. Esta vez no lo dijo en voz alta. El conocimiento innato le parecía peligroso y equivocado.

—¡*So!* —oyeron gritar fuera, y la carreta cobró vida.

Fue un trayecto lento colina abajo. Se detuvieron y pusieron en marcha múltiples veces, pues el camino estaba cubierto de rocas y de ramas que debían apartar. La tormenta subterránea había terminado, pero la sensación de que se estaba acercando a algo terrible se incrementó. *Estoy esperándote*, parecía susurrar. Y los sonidos de la excavación que al principio habían sido un eco distante se incrementaron; las herramientas metálicas golpeaban la roca una y otra vez. Cuando la carreta se detuvo, era una cacofonía que los rodeaba por todas partes.

Las puertas se abrieron. Will casi había esperado ver un palacio elevándose ante él, oscuro y hermoso, cantando su sirénida bienvenida. Se sintió desconcertado al descubrirse, en lugar de eso, en un túnel claustrofóbico y revestido de lona. Los sonidos de la excavación se sumaron a la sensación, como si estuvieran sepultados en piedra, intentando abrirse camino con picos que tenían poco impacto. Las lámparas que colgaban sobre sus cabezas eran modernas y había parches dispersos de tierra y piedra en el suelo que el terremoto había arrancado del techo del túnel.

—Los hombres están asustados. Nadie quiere dejarlos entrar —estaba diciéndole Rosati al capitán Howell, hablando en voz baja debajo de una de las lámparas—. Culpan a los recién llegados de lo ocurrido. Dicen que el terremoto ha sido obra de los Siervos...

El capitán Howell se quitó los guantes de montar.

—Ve a por Sloane. Dile que tengo prisioneros.

Un hombre de unos cuarenta años llegó justo cuando sacaban a Will de la carreta. *John Sloane*, pensó Will. *El capataz*. Con su tieso chaleco, una levita azul marino y el cabello peinado hacia atrás, Sloane parecía trabajar en el despacho de un oficioso contable inglés y no en un campamento iluminado con antorchas.

—No tengo tiempo para lidiar con ladrones, capitán —le dijo Sloane con un ademán, como si tuviera la mente en otra parte—. Se han producido derrumbes y desprendimientos en toda la excavación.

—Estos no son ladrones —le aseguró Howell—. Son Siervos. Y un muchacho que afirma ser James St. Clair.

—¡St. Clair! ¿Es que has perdido la cabeza? ¿Crees que una carreta podría contener a esa criatura? —Sloane hizo una mueca de desagrado—. Lo conocí en Londres. Puede que tenga la cara de una cortesana, pero posee el corazón de un monstruo. Te arrancaría la carne de los huesos solo por mirarlo.

—Sloane —dijo James.

Cuando salió de la carreta, James parecía el mismo de siempre excepto por el color, más pálido de lo habitual, y las manos, atadas por las muñecas ante él. John Sloane se quedó blanco, petrificado con la boca abierta. Parecía un hombre enfrentándose a una pesadilla.

—Yo también te recuerdo de Londres —le dijo James.

—Desátale las manos. ¡Desátale las manos! ¡Rápido! —exclamó Sloane.

—Pero *signore* Sloane...

—¡He dicho que le *desates las manos*!

El soldado que estaba más cerca de la puerta usó con manos torpes un cuchillo para cortar la cuerda que ataba las muñecas de James.

—Señor St. Clair, lo siento mucho. No hemos recibido ningún mensaje, ningún aviso de que venía. —Sloane estaba casi postrado, retorciéndose las manos un poco.

—Ya lo veo —dijo James, apoyando la mano libre como si nada en el lateral de la carreta.

—Y... ¿dónde está lord Crenshaw?

Los ojos de Sloane se detuvieron en la carreta, como si creyera que Simon podría aparecer en cualquier momento. Parecía agobiado.

—Simon llegará en dos semanas para supervisar vuestros avances personalmente.

—Creíamos que íbamos según lo planeado —dijo Sloane, balbuceando—. Enviamos un informe justo la semana pasada. Estamos cerca, hemos descubierto importantes...

—Entonces no tienes nada que temer —le aseguró James.

La mano que tenía en la carreta era lo único que lo mantenía en pie. A Will se le revolvió el estómago, pero Sloane estaba demasiado asustado para darse cuenta.

Solo el capitán Howell parecía escéptico; examinaba a James con los ojos entornados.

—¿Por qué no sabíamos que venía hacia aquí? ¿Por qué no trae equipaje? ¿Por qué está su acompañante vestido como un Siervo?

James levantó sus ojos azules para mirarlo.

—¡Capitán Howell, por favor...! Mis disculpas, señor St. Clair; mi capitán no sabe lo que dice.

—No pasa nada, Sloane —le aseguró James—. Tu capitán solo quiere una demostración.

La expresión del capitán Howell cambió. Su rostro enrojeció y después se oscureció. Abrió la boca en un rictus, pero no pronunció palabra. Se llevó las manos al cuello. Se estaba asfixiando, tosiendo, agarrándose la garganta como si intentara apartar unos dedos que no estaban allí.

Will se sintió arrebolado; la lenta oleada de calor que notaba cada vez que James usaba su poder, confusamente mezclada con su dolor de cabeza. El capitán Howell estaba de puntillas, como si lo levantaran. Su rostro era ahora de un púrpura violento, y sus gemidos, desesperados, guturales. Will levantó un brazo para detener a Cyprian, conteniéndolo con una mano en el hombro.

—Lo *está matando* —dijo Cyprian.

—No —se oyó decir Will—. Se necesita mucho tiempo para estrangular a alguien.

Sloane también había dado un fallido paso adelante, pero no intervino. Miró a James y a Howell y de nuevo a James.

—Estamos cansados del viaje y tus hombres nos han molestado. —James le habló a Sloane con tranquilidad y expresión serena mientras Howell se asfixiaba—. Espero que puedas ofrecernos una habitación.

—Por... por supuesto —dijo Sloane, riéndose nerviosamente—. Dormimos en tiendas, pero hemos reformado varias cámaras de la ciudadela... Si le parece bien, por supuesto.

—Me parece bien.

James siguió a Sloane, secundado por Will y los demás. Solo cuando todos lo hubieron dejado atrás, soltó por fin a Howell, que cayó de rodillas a su espalda, tomando aire desesperadamente.

La excavación iluminada por las antorchas era un caos de tiendas, minas y pasarelas con tablones de madera sobre zanjas. Las estructuras de piedra a medio enterrar emergían de la oscuridad, rodeadas de andamios. En las zanjas, los picos se alzaban y caían con un ritmo continuo.

Sloane los escoltó a través de varias pasarelas hasta una tienda, una de las muchas levantadas en la zona más oriental de la excavación, parte de un barracón donde los trabajadores dormían sobre el duro suelo. Sloane los señaló con la mano.

—Estas son las tiendas de los trabajadores, para la clase baja. Sus hombres pueden dormir aquí.

Will sintió que la mano de James se detenía en su nuca; los dedos se curvaron en su cabello, un gesto posesivo de inconfundible significado.

—Este se queda conmigo.

Will se sonrojó, con las mejillas calientes. Nunca había compartido habitación con James; en la posada de Castleton habían pedido dos habitaciones. Quedarse con él era una malísima idea.

Sloane los miró con nerviosismo.

—Sí, por supuesto, *Anharion*.

Llevó a Will y a James a una de las estructuras de piedra, donde se detuvo ante unas puertas que abrió para que los sirvientes entraran a encender las lámparas y poner antorchas en los dos apliques junto a estas.

—Está será su habitación... compartida.

Era perturbador saber que su habitación había formado parte en el pasado de un edificio de la antigua ciudadela. Había tres peldaños para bajar y un conjunto de arcos sujetos por seis columnas retorcidas en formas inusuales, adornadas con tallas que no conseguía distinguir. Mientras los sirvientes les dejaban ropa, mantas, agua y copas, Will vio que un fuego de leña de abedul de las colinas cercanas mantenía caliente la habitación. En la pared opuesta, la cama al menos era tranquilizadoramente moderna, un mueble de estilo inglés con cuatro postes, dosel y cabecero.

—Es solo una idea, pero... —Sloane sonrió—. Puede que *Él* durmiera aquí.

Will notó que James se tensaba, pero lo único que hizo fue decir:

—Puedes marcharte.

—Por supuesto. —Sloane hizo una reverencia y se marchó.

En cuanto las puertas se cerraron, James se derrumbó. Will, que lo esperaba, atrapó su peso y lo ayudó a llegar a la cama. James estaba en mal estado, mucho peor que en el alcázar.

Will apartó las colchas y tumbó a James en el colchón. Sacó rápidamente la petaca que contenía las aguas de las Oridhes. James separó los labios y tragó cuando Will inclinó la petaca y, después de largos segundos, abrió los ojos ligeramente, un atisbo de azul bajo las pestañas doradas. Respiraba mejor y miraba a Will con brumosa atención.

—Te dije que conseguiría liberarnos —le dijo James.

—Y lo has hecho —replicó Will.

Sentado en la cama a su lado, Will lo miró, con la camisa y el pañuelo mal colocados y su cabello perfecto escapando de su lugar en mechones que parecían invitar a la caricia de un dedo.

Su alivio por la recuperación de James casi se vertió en forma de palabras. *Lo has hecho*, quería decirle. *Por mí. Gracias.* Había una parte más profunda de él que se sentía satisfecha de modos que no debería por cuánto se había esforzado James. *Por mí,* susurraba ella también. *Te has vaciado. Me has dado todo lo que tenías.*

—Tu León está viva —le aseguró James—. Sinclair no habría enviado a la señora Duval si hubiera querido matarla.

James intentaba consolarlo; estaba medio muerto y aun así intentaba mostrar su valía. ¿Había sido así con el Rey Oscuro? ¿Era consciente James de lo que hacía?

Pero Violet no estaba y ningún consuelo podía salvar esa dolorosa distancia. No podía olvidar que la puerta lo había vomitado allí con James, alejándolo de Violet y de Elizabeth, como si lo separara de aquellos que seguramente lo mantendrían en la luz.

—Descansa —le dijo Will—. Hablaremos mañana.

Se levantó, tomó un cojín y una manta y los lanzó al largo sillón que había cerca, planeando dormir en él. Cuando se giró, James estaba observándolo desde la única cama del dormitorio.

—¿Eres tímido? —le preguntó James.

Will puso una mano en el asiento del largo sofá.

—Dormiré aquí.

—Él no te matará solo por tumbarte a mi lado —le aseguró James.

—¿Quién?

—Ya sabes quién —replicó James—. Mi celoso señor.

No estaba hablando de Sinclair. Estaba hablando de otra figura cuya sombra se extendía hasta ellos desde el lejano pasado.

—Creo que no dudaría en matar a alguien por eso. —Las palabras escaparon solas.

—Entonces quédate donde estás.

Un azul mordiente bajo sus pestañas. Will se detuvo, tomó y soltó aire. Después se quitó deliberadamente la chaqueta y el chaleco para quedarse con la camisa y el pantalón.

Caminó hasta el lado opuesto de la cama. Era más grande que su habitación en la casa de huéspedes de Londres. No había peligro de tocarse.

—Él no durmió aquí —dijo Will. Y se oyó a sí mismo una vez más, demasiado seguro. No estaba teniendo cuidado.

—Lo sé —contestó James.

Era difícil respirar alrededor de esas palabras. Si James fuera Cyprian o Violet, lo habría ayudado a quitarse la chaqueta y las botas. No lo hizo, preguntándose si eso lo delataría. O quizá nadie se mostraba relajado con James, que seguramente no solía desmayarse a menudo en los brazos de otros hombres. Ni invitarlos a su cama.

—Este no era el Palacio Oscuro. Están cavando en el lugar equivocado —dijo James.

Will se quitó las botas. No dijo que él también lo sabía, que podía sentirlo. Las palabras de James tenían el tono irreflexivo de alguien que se encuentra en un sueño febril o a punto de quedarse dormido. Will tomó aire. Después, porque James lo había convertido en un desafío, se tumbó a su lado en la cama.

Notó que James se movía, oyó su brusca inspiración.

—No me hagas regresar al sofá. Estoy cómodo —le dijo Will.

La voz de James sonó jadeante y con un desconcertado asombro.

—Incluso viéndolo me cuesta creerlo.

—¿Qué? —Will giró la cabeza para encontrarse con los ojos azules de James clavados en él.

—Tú eres el único que no le tiene miedo.

Silencio. Como si James no lo comprendiera. Como si no lo entendiera a él. Fue lo último que James murmuró mientras bajaba las pestañas y su respiración se aquietaba. Totalmente exhausto, se quedó dormido.

Will se puso boca arriba, con el antebrazo sobre la sien, mirando el viejo techo de piedra. Y, como no quedaba nadie despierto que pudiera oírlo, Will se permitió decirlo:

—Te equivocas.

Nadie oyó la murmurada confesión en la oscuridad. Le dolía la cabeza; la montaña yacía con su laberinto de habitaciones vacías aún por descubrir y de pasillos mudos sin transitar.

—Estoy aterrado.

CAPÍTULO TRECE

Violet se despertó con el crujido de la madera y el romper de las olas, y con los característicos desniveles de las tablas bajo sus extremidades y cabeza. Cuando intentó moverse, se dio cuenta de que le habían esposado las manos con el mismo metal debilitante que habían usado los Siervos para contenerla.

Una oleada de pánico la abrumó. Podía oler el mar. Debía ser el mar, porque carecía de los vapores nauseabundos del Támesis y olía a sal, un olor fresco y limpio. Y nunca había sentido un barco moviéndose así en el río. Había agua profunda por todos lados, que elevaba el barco y después lo golpeaba hacia abajo.

Cada segundo que pasaba se alejaba más y más de Will.

Tenía que escapar. Obligándose a superar el mareo que siempre le producían los grilletes de los Siervos, se incorporó para descubrir que estaba en una enorme jaula metálica con barrotes. Los golpeó con los grilletes. El sonido hizo que le traquetearan los huesos, pero los barrotes no cedieron y las esposas no se abrieron. Rugió furiosa y golpeó los barrotes con el hombro tan fuerte como pudo.

No ocurrió nada. Magullada y jadeante, miró la bodega. Era más pequeña que la del *Sealgair*, pero estaba llena de cajas y de sacos cerrados, la carga principal del barco, lo que significaba que su jaula había sido un añadido posterior. Más cerca, vio arcones llenos de armaduras, varias de ellas ornamentadas con una estrella. Se dio cuenta de que lo que estaba viendo eran cajas llenas de cosas del Alcázar de los Siervos y que ella formaba parte de un cargamento saqueado navegando hacia un destino desconocido.

La escotilla se abrió.

Caminando con seguridad con sus botas altas, la señora Duval entró en la bodega. Llevaba una capa distinta, como si hubiera pasado al menos un día desde la captura de Violet. A su lado estaba el hombre del patio, el que tenía las tres marcas de garras cruzándole la cara. Todavía llevaba bastón y su cojera era incluso más pronunciada que antes de que Elizabeth lo apuñalara.

Violet clavó los ojos en el objeto metálico que la señora Duval tenía en las manos.

Al momento siguiente, se lanzó contra los barrotes.

—¡Devuélveme eso!

—Tranquila, tranquila —dijo la señora Duval.

Sus ojos se encontraron y a Violet se le agarrotaron las extremidades. Justo como ocurrió en el alcázar, se quedó paralizada. Tenía las manos en los barrotes de la jaula, pero no podía moverlas.

—Te importa mucho esto. —La señora Duval levantó el Escudo de Rassalon y lo giró mientras lo examinaba—. Está roto.

—¡No eres digna de tocarlo! —le espetó Violet.

—Te confieso que no me importa nada un viejo escudo —le dijo la señora Duval—, pero un León es caza mayor. —Mantuvo los ojos en Violet, con el hipnótico poder de la serpiente, y fue incapaz de apartar la mirada—. La mayor presa que he abatido nunca.

Violet sintió un violento desprecio hacia todo lo que estaba ocurriendo. Odiaba la jaula. Odiaba estar paralizada, incapaz de moverse. No quería que su escudo estuviera en manos de aquella mujer.

—¿A dónde me llevas? —le preguntó.

Quería salir de la abarrotada bodega de aquel barco. No podía estar allí, tan lejos del patio del Alcázar de los Siervos. Que la hubieran separado de los demás, saber que se alejaba más y más cada segundo…

—Apártate de los barrotes —le ordenó la señora Duval.

—¿A dónde me llevas?

—He dicho que te apartes —repitió, y, para su horror, Violet se descubrió dando un paso atrás. Conmocionada, miró a sus captores a través de los barrotes. Oh, Dios, James tenía razón: la señora Duval podía obligarla a hacer cosas. No solo a detenerse, sino a moverse, a hacer lo que ella quisiera. Tenía que obligarse a pensar, a razonar, aunque tenía el corazón desbocado.

—No puedes controlarme siempre —le dijo, despacio— o no habrías tenido que usar estos grilletes.

—Qué lista eres, ¿no? —replicó la señora Duval—. No esperaba otra cosa de la chica de Gauhar.

El nombre cayó como una piedra en las aguas profundas.

—¿Quién?

—¿No conoces el nombre de tu propia madre? —le preguntó la señora Duval.

Violet no podía moverse y no obstante notó que algo se abría en su interior y la hacía muy pequeña. *Gauhar*. Era la primera vez que oía ese nombre. No conocía a nadie llamado así. ¿Era el nombre de su madre? ¿Su apellido? ¿Era esa la costumbre en la India? No lo sabía. Nunca se lo habían contado.

Esa mujer, la había llamado siempre Louisa Ballard. *No hables de esa mujer*. Un recuerdo consiguió escapar de ese lugar profundo en su interior. Una voz de mujer, un amplio río, peldaños que conducían al agua, donde la gente se bañaba, amable y sonriente. *Gauhar*. Lo reprimió, como si amenazara su seguridad.

—¿No sabes qué eres? —le preguntó la señora Duval—. ¿O solo sabes lo que los Siervos te han contado?

—No hables de los Siervos —le espetó Violet.

—Entonces cuéntamelo con tus propias palabras.

Se mantuvo testarudamente en silencio. Casi esperaba que el poder que la señora Duval le arrancara las palabras de la garganta. Como no ocurrió, gritó, desafiante:

—¡No puedes obligarme a hablar! ¡Tu poder no es lo bastante fuerte!

—Puedo obligarte a hacer esto —dijo la señora Duval—. Leclerc, abre la cañonera.

El cuerpo de Violet era una marioneta. La sensación era horrible: caminar contra su voluntad hasta detenerse ante los barrotes delante de la señora Duval. Con un ademán breve y abrupto, le arrancó la estrella de la pechera de la túnica. Después le mostró una desagradable sonrisa y abrió la puerta de la jaula.

—Busca —dijo, y lanzó la tela por la cañonera.

Violet intentó no moverse. Lo intentó con toda la fuerza y la voluntad que tenía. Se detuvo ante la cañonera y después trepó a través de la misma como si fuera una escotilla hasta que vio las agitadas aguas del océano cortadas por la madera del barco.

Se lanzó... O estuvo a punto de hacerlo. Suspendida, sus extremidades no se movieron mientras se inclinaba sobre el abismo. Quería gritar, sabiendo que no había sido ella quien se había salvado. Había sido la señora Duval quien la había detenido, paralizada, a punto de saltar.

—¿Quieres que te haga saltar por la borda? —le preguntó—. Los leones no son buenos nadadores.

Violet estaba rígida, sin poder hacer ningún ademán de desafío, con el corazón desbocado. El barco se balanceó con el vaivén del océano, cuyas profundidades habían inundado hacía poco el alcázar a través de la puerta. Recordó su espectral torre submarina.

Era cierto que Violet no sabía nadar; no había aprendido. Se había criado en los muelles de Londres, donde nadie nadaba en las densas melazas del río. Se imaginó lanzándose sin luchar siquiera, un salto a ciegas. El agua se cerraría sobre su cabeza, dejando solo un remolino espumoso, e incluso eso se lo tragaría la siguiente ola.

—No lo harás. Me necesitas viva. —Se obligó a decirlo—. Cuando hayas acabado conmigo, me entregarás a mi padre.

La señora Duval solo sonrió, un destello de dientes.

—Pequeña León. De verdad no tienes ni idea de dónde te has metido.

—Entonces cuéntamelo.

—Crees que tu destino es luchar, pero no lo es. —Los ojos de la señora Duval no se apartaron de ella. Tenía la mirada fija de un reptil—. Es ser devorada.

A Violet se le heló la sangre; no podía moverse. Pensó en su padre diciendo que había planeado que Tom la matara. Su padre le había construido una jaula en su casa para contenerla y ella había escapado justo a tiempo.

—¿Qué se supone que significa eso?

—Pronto lo descubrirás —le aseguró la señora Duval.

Como un títere sin cuerdas, Violet regresó a la jaula y la puerta volvió a cerrarse tras ella. Miró impotente los ojos fríos de la señora Duval hasta que esta se giró hacia la puerta. Fue una liberación: la coacción desapareció.

De inmediato, Violet se lanzó contra los implacables barrotes, pero descubrió que estaba temblando, que sus piernas apenas la sostenían. Se dio cuenta con asombro de que estaba agotada: había tenido los músculos tensos, en un espasmo, todo el tiempo que la señora Duval la había controlado.

—No conseguirás nada si enfadas a mi hermana —dijo una voz masculina.

Se giró. Con sorpresa, vio que el hombre de las cicatrices en la cara seguía en la bodega, apartado en las sombras, observándola. Había olvidado que estaba allí.

—Soy Jean Leclerc —se presentó—. Estarás a mi cargo hasta... bueno. Hasta que nuestro trabajo haya terminado.

—¿Qué te ha pasado en la cara? —le preguntó Violet—. ¿Te acercaste demasiado a una jaula?

El hombre enrojeció y las cicatrices se pronunciaron.

—Debes considerarte afortunada porque no van a llevarte con tus amigas.

—¿Qué quieres decir? —le preguntó con una fría punzada de aprensión—. ¿Qué sabes de ellas?

—Debes considerarte afortunada —repitió Leclerc—, porque no...

El hombre se detuvo, parpadeó y su rostro cambió.

—¿Violet?

Ella lo miró fijamente. Él se acercó un paso.

—¡Violet!

La joven retrocedió por instinto, adentrándose más en la jaula. Leclerc parpadeó de nuevo, y negó con la cabeza.

—Debes considerarte afortunada —dijo, un poco confuso. Negó con la cabeza de nuevo.

Después se giró y se marchó cojeando de la bodega.

CAPÍTULO CATORCE

Sarcean estaba recostado indulgentemente en un banco de mármol calentado por el sol bajo un rocío de flores de azahar. El fresco aroma endulzaba el aire moteado por el sol, cubierto de pétalos blancos. Se había sumido en una dichosa satisfacción, con las extremidades adormiladas bajo el sol y cambiando perezosamente de postura, cuando oyó pasos.

Una figura dorada se acercaba por el camino. Llevaba una armadura dorada y, cuando se quitó el casco bruñido, su cabello se derramó como oro por su espalda. Bajo la luz del sol, era impresionante. Y familiar, una presencia querida que siempre era bienvenida.

El campeón del rey, el General del Sol. Un día sería llamado Anharion, pero eso ocurriría en el futuro. Por ahora, solo era...

Era bello, tanto que mirarlo era sufrir. Pero el verdadero dolor era la expresión cariñosa de sus ojos.

—No esperaba encontrarte aquí —le dijo Anharion.

—Pero no obstante has venido —contestó Sarcean.

—Esperaba verte —dijo Anharion, y se sentó a su lado, mirándolo desde arriba.

Tenía el cuello desnudo, la piel expuesta, tan vulnerable como el tallo de una flor. Todavía no era Anharion. No llevaba el Collar. El afecto que había en sus ojos era real.

—El rey quiere saber si me acompañarás en una demostración de combate durante los juegos para celebrar el compromiso real.

—Debo declinar la oferta. —Sarcean lo miró.

—Seré amable contigo.

—¿No eres el campeón del rey?

Un destello en esos ojos azules.

—No he dicho que no vaya a ganar.

Sarcean se estiró, ágil como un pez. La seda de su largo cabello se esparció a su alrededor, oscura como la noche. Era consciente de que Anharion estaba mirándolo. Sabía que a veces lo miraba así, aunque había tomado los votos y estaba prohibido.

—¿Y si yo fuera rey? —le preguntó Sarcean.

—¿Si tú fueras rey...?

Levantó la mano para tomar un mechón de ese largo cabello dorado como la luz del sol derramándose entre sus dedos.

Las palabras sonaron en un susurro, demasiado suaves para ser solo una broma.

—Si yo fuera rey, ¿serías tú mi reina?

—Sueñas. —Anharion sonrió como si le diera el capricho a su amigo, aunque le ardían las mejillas.

—Un sueño agradable —dijo Sarcean.

Anharion lo miró y dijo:

—Despierta.

Will despertó con un sobresalto, incorporándose, confuso.

—Will, despierta.

—No... —dijo desorientado, sin saber dónde o cuándo estaba. Anharion se convirtió en una persona mucho más difícil, cuyos ojos eran un desafío o una provocación y que mantenía sus labios siempre al borde de una burla.

—¿James? —dijo Will, arrastrando su mente al presente.

James se relajó y apartó. Will vio el resto de las diferencias en un aluvión. Más joven. La armadura dorada era ahora una levita brocada de corte elegante. El modo en el que James se movía mostraba una intensificada consciencia de su cuerpo, como si estuviera acostumbrado a que lo miraran.

A Will se le ocurrió la absurda idea de que, si James hubiera crecido como Siervo, seguiría teniendo el cabello largo.

Dios, habían sido *amigos*; habían servido juntos en la misma corte, ante el mismo rey. La idea era tan nueva que no podía dejar de darle vueltas en su mente. Hubo una época antes del Collar, una época en la que se encontraron bajo el sol, en la que las afectuosas palabras de Anharion contenían una dulce pizca de coqueteo, una indulgencia que no ofrecía a nadie más, aunque Sarcean sabía bien que Anharion nunca...

—¿Sueños extraños?

Will cerró los ojos para apartar el pasado. Tuvo que hacer un esfuerzo para mantener el cuerpo relajado y no cerrar los dedos contra sus palmas.

—Algo así.

—Es este sitio —dijo James, frunciendo el ceño.

Will se levantó y abandonó la cama. Se acercó al aguamanil, donde le habían dejado ropa limpia. Se echó agua en la cara, intentando expulsar con frío al joven de sus sueños.

No, lo que había visto... no había sido solo un sueño. Había sido un recuerdo, que le provocó sensaciones y reacciones tan fuertes que se despertó con el nombre de Anharion en los labios.

Cuidado. Debía tener cuidado.

—¿He dicho algo? —preguntó despreocupadamente.

—«Corre, corre» —dijo James, encogiéndose de hombros—. Estabas dando vueltas, agitado.

La idea de hablar en sueños no era algo de lo que hubiera pensado protegerse. Pero tendría que hacerlo. No era la primera vez que soñaba con Sarcean, noches llenas de atisbos de esa presencia, del poder que ardía en sus venas, con las sombras extendiéndose a sus pies hasta el horizonte.

Pero era la primera vez que soñaba con la época anterior, cuando Sarcean era joven, cuando parecía de carne y hueso y estaba lleno de esperanzas y sentimientos.

—Puedes contármelo —le dijo James.

No debía. No debía contárselo a nadie. Sabía qué ocurriría cuando lo hiciera. Katherine, su madre... James no lo miraría con una sonrisa mientras Will bromeaba sobre convertirlo en su reina.

Y aun así... la tentación... Pedir aceptación y encontrarla por fin...

—He soñado con él —dijo Will, dejando que se filtrara un fragmento de la verdad.

Levantó los ojos para mirar a James mientras el corazón le latía con fuerza. No vio un rechazo inmediato. Pasaron los segundos y pensó: *Quizá. Quizá.* La atracción era como la de una resaca: quería hacerlo. Quería decírselo, encontrar en él un puerto donde pudieran ser dos almas perdidas juntos.

James era un Renacido. James sabía lo que se sentía al ser juzgado por los actos de una identidad pasada. *Yo era Sarcean*, se imaginó diciendo. *Estoy intentando compensarlo, hacer el bien y ayudar a mis amigos.* Durante un momento, la necesidad fue tan grande que le dolió el pecho. Tener a alguien que lo comprendiera, tener a alguien que creyera en él... Se imaginó a James poniéndole una mano en el hombro, diciéndole: *No me importa lo que seas.*

En la voz de James había avidez.

—¿Has visto cómo lo mató la Dama?

—No —dijo Will, rindiéndose y dándole la espalda.

Se obligó a tomar una toalla y a secarse despreocupadamente la cara mojada. Mantuvo sus movimientos ágiles. Alejó la tensión de las extremidades.

Era una conversación como cualquier otra. Todos querían matar al Rey Oscuro.

—¿Y tú?

—¿Yo? —le preguntó James.

—¿Tú también sueñas con él?

James se sonrojó.

—Sabes lo que yo era. Puedes imaginar lo que sueño.

El calor escaldó la piel de Will. Todavía tenía la imagen de Anharion grabada a medias en su mente, la dulce expresión de sus ojos azules mientras miraba a Sarcean, que levantó los dedos para pasarlos por su largo cabello dorado...

—No, no me refería... —James se ruborizó aún más—. No recuerdo lo que sueño, pero a veces, cuando me despierto, no puedo moverme.

Estoy atrapado en el sueño pero despierto y es como si... hubiera un gran poder cerniéndose sobre mí. Y susurra...

Te encontraré.

—... que siempre...

Te encontraré. Intenta huir.

La puerta del dormitorio se abrió.

Will se giró para ver a un joven caballero mediterráneo seguido de una dama africana con un vestido de día verde.

—¿Y bien? —dijo el joven con impaciencia—. ¿Puedes abrir la puerta?

¿Quién eres tú? Will abrió la boca para decirlo, pero se fijó en lo que tenía delante y comprendió de repente lo que estaba mirando.

Eran Cyprian y Grace, vestidos con ropa moderna.

Will los miró. Cyprian llevaba una chaqueta marrón oscuro y unos pantalones beis muy limpios; incluso su camisa estaba, de algún modo, más blanca y bien planchada que las del resto, como si mostrara su personalidad excesivamente formal. Grace estaba impresionante, con un vestido verde que resaltaba su piel oscura y dejaba al descubierto su cuello largo y elegante.

—¿Y bien? ¿Puedes?

James seguía tan pálido como un hombre muerto, pero contestó con decisión.

—Claro que pue...

—No —dijo Will—. No está preparado.

Los demás se giraron para mirarlo. Él notó su sorpresa y la de James. Will los miró.

—Eso no lo sabemos —replicó Cyprian—. No hasta que lo intentemos.

—Está demasiado débil —insistió Will—. Míralo. ¿O vas a decirme que no te caerías si te diera el más mínimo empujón?

—Yo... —comenzó James.

—No voy a arriesgar su vida —dijo Will.

—Estás arriesgando la vida de Violet —le espetó Cyprian—. Ella vale cien veces más que él.

—No tenemos cien más como él —replicó Will—. Solo tenemos uno.

Dejó a un lado la ausencia de Violet. Resolvería cada problema cuando llegara.

—Entonces...

—Si James muere intentando abrir esa puerta, para llegar hasta Violet tendremos que hacer un viaje de dos semanas por las montañas y después un trayecto en barco hasta Londres. Así no...

—Viene alguien —dijo Grace antes de que ninguno de ellos pudiera seguir discutiendo.

Un joven lugareño con unos pantalones hasta la rodilla, deshilachados y marrones, y unos botines apareció en la puerta.

—El señor Sloane y los demás caballeros están desayunando en la tienda del capataz —les dijo—, por si quieren acompañarlos.

—Dile que estaré allí en breve —replicó James.

—Muy bien, Anharion.

Y, tras un ademán casual de James, se marchó. Will dejó escapar el aire que no sabía que estaba conteniendo. Cyprian tenía una expresión extraña en la cara.

—Les seguiremos el juego. Por ahora —dijo Will—. Cuando regresemos, hablaremos de la puerta.

En lugar de responder, Cyprian siguió mirando a James.

—¿De verdad te llaman así?

James se acercó al montón de ropa que habían dejado para Will, quizá parte de la mercancía que Sinclair había enviado por adelantado.

—¿Qué?

—*Anharion.*

—¿Por qué no? Los estoy traicionando, ¿no es así? —replicó James con una sonrisa débil.

Y le lanzó a Will su ropa.

A la luz del día, la excavación era inmensa, con un ejército de tiendas de lona instaladas entre los antiguos edificios que emergían de la montaña.

Cruzaron puentes de madera sobre enormes zanjas donde los trabajadores cavaban sin cesar. Otros transportaban piedras y tierra en cestas que arrojaban a las carretas tiradas por los sufridos asnos.

Incluso para un hombre como Sinclair, aquella sería sin duda una enorme inversión. Will miró a su alrededor, catalogando cada imagen. Debía llevar años activa, en secreto y sin que los Siervos lo supieran. La pregunta era: ¿qué estaba buscando Sinclair?

—Me parezco a Violet —dijo Cyprian, intentando esconder las piernas con un ineficaz tirón de su chaleco, como una casta doncella forzada a mostrarse con un atuendo revelador.

—El vestido es peor —replicó Grace—. No puedes moverte nada.

—Tenéis que pasar desapercibidos —les dijo Will—. No os tiréis de la ropa. Quedaos en un segundo plano. Y manteneos alejados de cualquiera que tenga título o una voz refinada.

—No habléis con los que son mejores que vosotros —añadió James, de poca ayuda.

—¿Quiénes son mejores que nosotros? —replicó Cyprian, peligrosamente.

—Todos —dijo James—, pero sobre todo yo.

—Se supone que somos sus sirvientes —se apresuró a decir Will—. Esta gente tiene una jerarquía estricta y nosotros estamos al final.

—No voy a hacer el papel de *su criado*. —Cyprian se tiró de nuevo del chaleco.

—Bonitas piernas —le indicó James, empeorándolo todo.

—Pasad *desapercibidos* —volvió a pedirles Will, caminando ante ellos.

Los ojos verdes de Cyprian destellaron.

—Te refieres a que no actuemos como Siervos.

—Así es —dijo Will.

—¿Y cómo hacemos eso? —le preguntó Cyprian.

—Dejad de mencionar esa palabra, para empezar —dijo James al pasar ante ellos antes de entrar en la tienda del capataz.

El interior era una extraña escena inglesa: una larga mesa preparada para el desayuno con montones de panceta y fletán en las bandejas de plata, como si fuera una mesa londinense. Se habían dispuesto platos, copas y cubiertos de plata y había teteras inglesas y azucareros en los que el azúcar se estaba derritiendo despacio con la humedad.

Los siete hombres sentados a la mesa principal se incorporaron, retirando sus sillas apresuradamente. Se irguieron con los ojos clavados en James como conejos mirando a un lobo entrando en su madriguera. *Le tienen miedo.* Will reconoció al capitán Howell, con su cabello rubio cepillado. Llevaba el uniforme negro de capitán del día anterior, pero con un nuevo pañuelo al cuello. Los demás llevaban ropa de diario, todos ingleses con edades comprendidas entre los treinta y los cincuenta años.

—¡Un avance! —exclamó Sloane, acercándose para recibirlos—. ¿Puede creerlo? Lo descubrimos esta mañana gracias al terremoto. Después de meses, de años de búsqueda, por fin hemos encontrado la entrada al Palacio Oscuro. Entraremos por primera vez después del desayuno. Por supuesto, usted debe guiar la expedición.

—¿La expedición? —preguntó James mientras Sloane gesticulaba frenéticamente para ofrecerle el mejor asiento.

—Su llegada se ha producido en un momento perfecto. —El hombre que estaba a la izquierda de James tenía aproximadamente la misma edad que Sloane, con unas pulcras patillas castañas y el cabello bien peinado—. Hemos estado intentando localizar el Palacio Oscuro desde que comenzamos a excavar. Anoche se produjo un terremoto que parece haber abierto un camino a la entrada. Un hombre supersticioso diría que estaba esperándolo.

La tensión creciente del terremoto, la vibración que se intensificó al acercarse…

James le echó una larga y deliberada mirada.

—¿Y tú eres…?

—Este es el señor Charles Kettering, nuestro historiador —dijo Sloane.

—Señor St. Clair —lo saludó Kettering con un breve asentimiento. Iba vestido como un caballero y su chaqueta marrón era de buena calidad, pero la llevaba al estilo ligeramente descoordinado de alguien que no presta demasiada atención a la ropa.

—¿Un historiador? —dijo James—. ¿Estudias el mundo antiguo?

—Sí. Discúlpeme, es un honor conocerlo —dijo Kettering—. He estudiado el mundo antiguo en gran profundidad, pero reunirme con alguien que de verdad formó parte de él... es extraordinario.

Miraba a James como lo haría un vendedor de antigüedades inspeccionando un espécimen de gran valor. *James no es una curiosidad*, quiso espetarle Will. Curvó los dedos sobre la madera del borde de la mesa para no reaccionar. *Pasa desapercibido*, le había dicho a Cyprian. No se había dado cuenta de lo difícil que sería eso.

—¿Y he cumplido tus expectativas? —le preguntó James.

—Es *realmente* extraordinario —insistió Kettering—. Su aspecto es justo el de las descripciones. Me pregunto, si no es demasiado atrevimiento, si podría pedirle una demostración de su magia.

—Solo tiene que pedirle a Howell que se afloje el pañuelo —le dijo James.

Se oyó un chirrido cuando Howell apartó su silla y se levantó, fulminándolo con la mirada desde el otro extremo de la mesa.

—¿He dicho algo inapropiado? —preguntó James con suavidad mientras Howell daba un paso adelante. Sloane lo detuvo.

—Ah, parece que el desayuno ha llegado —se apresuró a decir el capataz.

Los criados estaban levantando las tapas de las bandejas de plata para revelar las carnes del desayuno. Después de un largo y deliberado momento, Grave se puso un trozo de patata en su plato con decisión. Cyprian se sirvió un vaso de agua. En parte para cubrirlos y en parte porque se moría de hambre, Will se llenó su plato de salchichas y conservas.

—Un buen desayuno inglés —estaba diciendo Sloane—. La gente de aquí solo sabe mojar galletas en cosas. Café. Vino —añadió con desdén.

—No ha explicado por qué llegó sin pertenencias —dijo Howell, alzando la voz sobre la mesa. Estaba ronco.

—Me temo que nos topamos con problemas en la carretera —mintió James con facilidad.

—Bandoleros. —Sloane asintió, como si aquel fuera un problema que conociera bien—. Están por todas partes en estas montañas. Nos

asaltan, atacan nuestras carretas de suministros. —Movió su tenedor, or-
namentando su tema favorito—. Saben que nos estamos acercando. Son
como hienas, esperando para robar las presas a los leones. Si pudieran,
nos quitarían nuestro hallazgo delante de nuestras propias narices.

—¿Qué hallazgo? —le preguntó James.

—Está a kilómetros de donde estábamos abriendo los pozos —le
contó Sloane—, a una hora a caballo de este campamento. Sin el terremoto, quizá no lo habríamos descubierto nunca. Cuando abramos la
puerta, esta misma mañana, seremos los primeros en siglos en entrar en
el Palacio Oscuro. Ese honor debe ser suyo.

—Quizá encontremos incluso algunas de sus propias reliquias —le
dijo Kettering a James.

—¿Mis reliquias?

—Hay mucho suyo por encontrar: el mobiliario de sus aposentos,
sus adornos, su armadura...

—¿Formo parte de tu área de estudio? —le preguntó James con tono
casual.

—Solo por asociación —replicó Kettering.

—Kettering es el mayor experto de Sinclair en el Rey Oscuro —dijo
Sloane, agitando un trozo de panceta en un tenedor.

Will tuvo que usar toda su voluntad para no reaccionar, pero nadie
estaba mirándolo. Todos miraban a James, cuya expresión era tan con-
trolada que nada se mostraba en su rostro más allá de un ligero interés.

—¿Es cierto? —le preguntó James.

—Sí, efectivamente. Me precio de saber de él más que nadie. Bueno,
nadie vivo —dijo Kettering, asintiendo hacia James, como si le dijera a un
apreciado colega: *Con la excepción de usted, por supuesto*—. Me encantaría
hablar de él con usted. Añadiría mucha información a mis notas.

James sonrió, tenso.

—Sinclair debe haberle contado que no recuerdo esa vida.

—Entonces quizá tenga preguntas sobre su señor.

El silencio que siguió a la palabra *señor* pareció arder, un calor abrasador que reducía a cenizas lo que tocaba.

—Mi señor —dijo James, saboreando las palabras.

—Sabemos muchas cosas gracias a lo que dejó atrás. Usted, por ejemplo.

—Yo —repitió James.

—Su posesión más preciada. Es fascinante ver sus gustos en carne y hueso. ¿Puedo? —Se puso las gafas y señaló el rostro de James.

James no es un objeto, deseó decir Will. Tuvo que obligarse a quedarse sentado, a permitir la idea de que alguien pusiera las manos en James. Le dolía la cabeza.

Como si todo aquello fuera normal, James levantó un elegante hombro y dijo:

—Muy bien.

Kettering levantó la barbilla de James para contemplarlo, como alguien admiraría un valioso jarrón.

—Extraordinario —dijo—. Pensar que Él besó estos mismos labios...

Era demasiado. Will tiró su copa de la mesa y el sonido que hizo al romperse los sobresaltó a todos; Kettering soltó a James y se giró para mirarlo. En el silencio que siguió, sus amigos lo miraron fijamente.

—Una feliz interrupción —apuntó Kettering, rompiendo la tensión y levantando las manos en gesto de rendición. Como si el accidente con la copa fuera una encantadora y azarosa advertencia del universo. Añadió, como si compartiera con James una divertida broma privada—: A su señor no le gustaba que otros tocaran sus cosas, por supuesto.

Más tarde, Cyprian se acercó a Will mientras se preparaban para partir.

—Esto es un error —le dijo mirando a James, que estaba poniéndose los guantes de montar mientras Sloane lo adulaba y dos criados traían su caballo, con la silla recién pulida y el negro manto cepillado hasta brillar—. Estamos en su mundo. Nos tiene totalmente en su poder. Ahora está débil, pero ¿y cuando recupere la fuerza? Nosotros ni siquiera podemos marcharnos a menos que él abra la puerta.

—Nos es leal —le aseguró Will.

—¿Sí? —La voz de Cyprian sonó dura—. No olvides que volvió a nacer para servir al Rey Oscuro.

—Nunca lo olvido —replicó Will.

CAPÍTULO QUINCE

La expedición era una caravana de lugareños con útiles de excavación y caballos de carga acompañada por dos docenas de soldados para protegerse de los bandoleros. Sin soldados, serían presa fácil de un ataque, dijo Sloane. Los niños caminaban junto a ellos, golpeando ramas y diciendo *¡Su! ¡Forza!* a las dos grandes mulas que llevaban las cargas más pesadas.

Will cabalgaba delante, donde los espolones de roca subían desde el desfiladero en el que podía verse el río. Había largas extensiones sin camino, solo densos grupos de encinas y el ocasional fresno florido. En una de las colinas sobre su cabeza estaba el Salto de Fe, pero parecían dirigirse a una parte distinta de la montaña.

Cuando más se acercaban a la entrada del palacio, más cambiaba el paisaje. Pasaron junto a árboles caídos y rotos, cabalgaron sobre un terreno agrietado y dividido. Parecía confirmar lo que Will había supuesto: que la entrada había sido el origen del terremoto y se estaban acercando. Will podía sentirlo, la presión incrementándose en su cabeza.

Un inquietante camino excavado en la antigua piedra los esperaba más adelante. Parecía conjurar un mundo espectral más que los edificios desenterrados de la ciudadela exterior.

—Llamativo, ¿verdad? —dijo Kettering, cabalgando a su lado—. Hasta ayer, conducía a la cara de la montaña. Ahora… Espera a ver lo que hay más allá.

Mientras se acercaban estalló una discusión entre los lugareños. *La morte bianca*, oyó decir. *Non voglio andarci*. Nadie quería continuar. Pero no era a los bandoleros a quienes temían. Will vio que uno o dos locales hacían un ademán de protección, con el puño cerrado y el índice y el meñique señalando hacia abajo, como si quisieran guardarse de algo sobrenatural.

Y entonces, como una grieta en el mundo, lo vio.

Frente a ellos, la montaña estaba abierta. El terremoto la había abierto como un huevo. Will vio a varios lugareños santiguándose al verlo. Otros hicieron el mismo gesto, el de los dos dedos para alejar el mal. Cuando se acercaron, el abrupto tamaño de la grieta se cernió sobre ellos, ofreciéndoles un oscuro atisbo del interior.

Está aquí, pensó Will, sin ni siquiera saber a qué se refería.

Se produjo un estrépito a su espalda: los lugareños hablando furiosamente en algún dialecto. Era una revuelta menor: no querían seguir adelante.

—¿Qué pasa? —preguntó Will.

—Son supersticiosos. —Kettering se encogió de hombros.

—¿Supersticiosos?

—Leyendas locales. No hay que preocuparse —le aseguró Kettering.

Lo soldados gritaron, amenazaron a los obreros con látigos, y aun así la mayoría se negó, manteniéndose alejada de la ladera. Cuando comenzaron a moverse de nuevo, el grupo era aún más pequeño.

Will sintió la bajada de temperatura cuando se adentró en la sombra de la montaña; los dos lados de la fisura se elevaban para bloquear el sol. Había un silencio sobrenatural, sin trinos. Incluso los lugareños que todavía cabalgaban con ellos se habían quedado en silencio en favor de aquel tenso y lento descenso a la tierra.

Cabalgaron como un grupo de exploradores en territorio enemigo. La oscura grieta era claustrofóbica. Solo había un jirón de cielo visible sobre ellos e incluso eso quedó oculto cuando la roca se estrechó sobre sus cabezas.

Hasta que se los tragó por completo y se detuvieron ante una inmensa caverna con peldaños creados por el terremoto, cuya fuerza de corte se había detenido en el duodécimo, como si señalara el camino. Era allí a donde la montaña los había llevado. Lo había llevado a *él*. Lo sintió, como cuando el terremoto abrió el camino hacia el palacio. *Aquí. Aquí.*

Will levantó la mirada, siguió los peldaños allá a donde conducían.

—Undahar —dijo Kettering.

Las puertas, cuya superficie era un imperturbable estanque negro, se cernían como gigantes sobre él. No tenían grabados ni ornamentos y resultaban imponentes solo por su tamaño. Ante ellas, el grupo de hombres de Sloane no era más que una mota. Su superficie negro azabache anunciaba un poder antiguo y absoluto. ¿Qué es Italia? ¿Quién es Inglaterra?

Kettering estaba ya llamando a los lugareños, que habían comenzado a enrollar cuerdas, preparados para abrir las puertas.

—Estas puertas están selladas —dijo Grace—. Vamos a ser los primeros en entrar desde los días del mundo antiguo.

Sin sentirse preparado, Will miró a los demás. James mantuvo los ojos en los doce peldaños que conducían a las puertas.

—Es normal sentirse nervioso —dijo Kettering, deteniéndose junto a James—. ¿Cuántos de nosotros volveremos a caminar por el lugar donde morimos?

—No estoy nervioso. —El tono práctico de James hizo que a Will se le erizara la piel—. Esto es Undahar. He asumido que nos toparemos con mis restos en alguna parte.

—Oh, no es probable que sus huesos hayan sobrevivido —dijo Kettering—. El cuerpo desaparece con el tiempo. Pero podría haber reliquias suyas por encontrar.

La idea de que pudieran toparse con el cadáver de James no se le había ocurrido a Will. James lo habría pensado, sin duda, aunque no lo mostró e hizo una sola y firme pregunta:

—¿Qué tipo de reliquias?

—Sabemos que el Collar fue recuperado —dijo Kettering alegremente—, pero la armadura que su señor hizo para usted sigue perdida. Si la llevaba en el momento de su muerte, podríamos encontrarla aquí. Señalará el lugar donde cayó.

—Como una pica —dijo James.

Will pensó en Anharion, sonriendo bajo la luz del sol. En su sueño, la armadura de Anharion había sido dorada, pero una oscura eclosión de conocimiento le dijo que Sarcean lo había vestido de rojo más tarde. *Rojo como las heridas que nunca han de mancillar tu piel.* Will se obligó a apartar los ojos de James. Ante él, las puertas cerradas eran secretos por guardar.

—¡Tirad! —gritó Sloane.

Caballos y hombres tiraron mientras él se imaginaba a los antiguos egipcios arrastrando los bloques para construir sus majestuosas pirámides. Debido a sus siglos de antigüedad, las puertas deberían haber protestado, pero se abrieron con un movimiento lento y mudo, como si las hubieran engrasado.

Eran una boca abierta hacia la total oscuridad de un palacio enterrado bajo la montaña. James se había detenido de nuevo, mirando fijamente la entrada.

—Sabes que no tienes que hacer esto —le dijo Will en voz baja.

—¿Por qué no debería?

Porque moriste aquí. Pero Will no lo dijo.

—Porque no sabemos qué nos encontraremos.

—No temo a la oscuridad —dijo James, poniendo un pie en el primer peldaño.

Sloane levantó un brazo para detenerlo.

—No, no —le dijo—. Primero enviaremos a los lugareños. Por seguridad.

Antes de que Will pudiera objetar, dos de los muchachos locales entraron sosteniendo faroles en varas. Tenían aproximadamente su edad; pastores haciendo un trabajo diferente. Desaparecieron en la negra entrada y el silencio se prolongó tanto que Will se sobresaltó ante el repentino estallido de un disparo. Kettering lo tranquilizó.

—Es solo para ahuyentar a los murciélagos. Pero no debemos temer a las alimañas. Esta cámara estaba totalmente sellada. ¿Ves?

Y, efectivamente, ningún enjambre apareció en las puertas. Un momento después oyó las voces de los muchachos.

—*Vieni! Vieni!*

Sloane cruzó los brazos satisfecho y con la clara intención de quedarse fuera.

Kettering levantó la vara en la que llevaba su lámpara.

—¿Entramos?

Estaba oscuro y los faroles eran la única luz. Los dos muchachos iban primero con Kettering, seguidos por James y Will. Cyprian y Grace cerraban la marcha. Pero no se separaron. Se movieron juntos, como un pequeño bote de luz atravesando un vasto mar oscuro.

Tras atravesar las puertas, Will podía ver muy poco, pero las siluetas de las altas columnas emergieron en la penumbra cuando se acercaron. Todo le parecía familiar, aterradoramente familiar, como si pudiera extender la mano y tocar el pasado.

Dio un paso al interior y se llevó por instinto el brazo sobre la nariz y la boca.

—El aire... ¿Es seguro respirar? —El olor era inquietantemente rancio.

—Solo huele a viejo —dijo Kettering—. Cuando una habitación antigua se sella, el aire del interior pasa miles de años sin mezclarse con el mundo exterior. —Habló sin pensar demasiado—. No hay nada que temer. Si el aire se vuelve insano, las lámparas se apagarán.

Dios, ¿estaban respirando el mismo aire? ¿Había exhalado allí Anharion por última vez, se habría quedado sellado su aliento? ¿Era eso lo que ahora llenaba sus pulmones?

Miró a James de soslayo, iluminado por el pequeño halo de su lámpara, pero el joven parecía decidido, con los labios apretados, como si se preparara para lo que iban a encontrar.

Avanzaron.

El suelo no era llano bajo sus pies; estaba lleno de cosas que crujían y de montones de polvo que dispersaban, como si estuvieran caminando sobre los muertos. La lámpara alumbraba imágenes extrañas: estatuas destrozadas y medio torturadas, fragmentos dispersos de armadura.

—El nivel de conservación es increíble —dijo Kettering—. Hay más artefactos solo en esta habitación que los que hemos encontrado en cualquier otra excavación, incluso en Mdina.

Uno de los lugareños fue a tocar una coraza y Will movió rápidamente la mano.

—*No, no toques la armadura* —dijo en un mal italiano—. *No toques nada*.

Le apretó la muñeca recordando los Vestigios de Londres, los rostros muertos e impasibles de los hombres y cómo los había cambiado la armadura. Con los ojos muy abiertos, el chico asintió despacio.

—Mirad —dijo Kettering, elevando su farol—. Una representación del cielo nocturno de hace diez mil años.

Sobre sus cabezas había un cielo tallado con multitud de estrellas, un cometa cayendo, una luna radiante.

—Y aquí. —Kettering se movió hasta el final de la cámara de entrada—. Las puertas interiores.

Will miró. Y vio...

... un espectáculo dorado, las puertas abriéndose a un pasillo abarrotado de gente que había acudido a ver el desfile, entusiasmada con los jinetes, que pasaban cabalgando de seis en seis.

Primero montaba el Rey Sol, un Helios en su cuadriga con una máscara dorada en la cara y en la mano el cetro real, que destellaba como los rayos del sol. A su espalda cabalgaba su dorado general, Anharion: el largo cabello rubio escapaba de su yelmo, más brillante que las puntas doradas de las lanzas de los soldados de capas blancas que los seguían. La procesión era un río de luz solar, pues todos los que cabalgaban con el rey vestían de destellante blanco y oro

Todos excepto uno. Con su largo cabello negro y su atuendo, Sarcean era como un cuervo entre aves del paraíso. Notaba el estremecimiento de incomodidad ante su presencia, los susurros de los que lo rodeaban, su propia diferencia con ellos, aunque ninguno era consciente de lo que hacía en secreto para el rey.

No le importaba lo que pensaran de él. Cabalgaba su corcel negro, Valdithar, cuyos cascos arrancaban chispas azules de la piedra.

Miró la fastuosidad que lo rodeaba y descubrió con diversión que el Guardia del Sol más reciente del rey estaba mirándolo. El joven tenía el cabello como Anharion, un par de tonos más claro, del color de la arena dorada. Si se sentía magnánimo, más tarde consentiría al joven guardia con su atención. Un devaneo para pasar el tiempo.

El segundo par de puertas metálicas se abrió y la procesión empezó a desaparecer en el interior. No pasaría mucho tiempo antes de la llegada de la Dama que llegaría a ser reina. Entonces pondría en marcha sus propios planes. El verdadero secreto que yacía en el corazón del palacio, que él tomaría y usaría para...

—¿Estás bien? —le preguntó James.

—Yo... —Will buscó a Sarcean instintivamente para seguirlo hasta el secreto, para descubrir qué había buscado. En su cuerpo latían las palabras: *Está aquí*.

No había ninguna procesión espectral. La cámara era una ruina oscura y muerta. El suelo estaba agrietado. Las columnas estaban volcadas, como árboles caídos en un bosque sin sol.

Todo lo que había visto en su visión era polvo. El Rey Sol ya no existía, la ruborizada Guardia del Sol había sido olvidada y Anharion estaba muerto y enterrado. El joven rubio de ojos azules que ahora estaba a su lado...

Miró a James, cuyos ojos estaban oscurecidos por la preocupación. *Es este sitio*, le había dicho James antes.

—Estoy bien —dijo Will, apartándose de la pared y parpadeando para alejar el pasado de sus ojos.

Delante, vio que Kettering estaba iluminando con su lámpara las mismas puertas interiores que Sarcean había atravesado.

Unas fauces abiertas que lo llamaban y repelían a la vez. Will quería gritarle a Kettering que se mantuviera alejado de ellas. Ignorante, el historiador levantó el farol y miró la gigantesca estructura.

—Impresionante.

Deformadas, arrugadas y casi arrancadas de las paredes, las puertas estaban perturbadoramente abiertas, aunque tenían cuarenta y cinco centímetros de grosor y estaban hechas de hierro, grabado y chapado en oro.

—¿Qué les pasó? —Will se detuvo a su lado.

Kettering sostuvo su lámpara cerca del metal deformado.

—El metal está combado. Hay marcas de fuego en la piedra. Parece que abrieron las puertas con magia. Y el daño está solo en el *interior*. Fuera lo que fuera, yo diría que estaba intentando salir, no entrar.

Una reliquia de un intento desesperado de escapar, unas puertas golpeadas hasta abrirse por un ser de inmenso poder. *Está aquí.*

—Y ya has visto las puertas exteriores, claro —dijo Kettering—. Estaban intactas. Inmaculadas. Lo que hizo esto no salió.

—Entonces, ¿sigue aquí, en alguna parte? —le preguntó Will.

—Difícilmente. Mira el desgaste. Fue hace miles de años.

Eso era incluso más perturbador.

—Eso significa que murió dentro, intentando salir.

—Así es. No encontraremos restos después de tanto tiempo, como ya he dicho, pero podríamos encontrar la hebilla de un cinturón, una escama, una joya. Algo que identifique a nuestro amigo escapista.

No era un amigo, pensó Will mientras Kettering se acercaba y levantaba la lampara para iluminar la puerta y después la pared, cuyo mármol atravesaba una enorme cicatriz, parte del mismo ataque que había retorcido las puertas.

Pero era allí a donde tenía que ir. Podía sentirlo. Lo que Sarcean había planeado estaba dentro. Y los hombres de Sinclair estaban a punto de encontrarlo. *Por mi culpa*, susurró una voz. *Porque he venido aquí.*

—¡*Signore*! —los interrumpió una voz—. ¡*Signore* Kettering!

Se produjo un estallido en italiano cuando uno de los hombres locales entró corriendo en la cámara. Will volvió en sí mismo, parpadeando, y descubrió que varios de los locales habían entrado con Sloane y hablaban de un ataque.

Se sentía desconcertado, todavía medio enredado en sus recuerdos, obligándose a regresar al presente con dificultad.

En el rápido intercambio de dialecto regional, Will solo entendió las palabras italianas *la mano del diavolo*.

¿'La mano del diablo'? No tenía mucho sentido. Fuera se oían gritos lejanos.

—*Il Diavolo* es como llaman al líder de los bandoleros de estas montañas —les explicó Kettering—. Él y su teniente, la Mano, atacan a los viajeros y asaltan aldeas. Comandan un grupo de extranjeros, ladrones y asesinos. ¡No podemos dejar que se acerquen al palacio!

—Bandoleros —dijo Sloane—. Son hienas. Peores que hienas. Os lo dije.

—*Signore*, debe ayudarnos. —El lugareño se estaba dirigiendo a James. Era uno de los obreros, con las mangas enrolladas sobre sus brazos gruesos—. Están atacando la entrada.

—Lo saquearán sin el menor cuidado por lo que podrían destruir o liberar —dijo Kettering—. No podemos permitir que entren.

—*Signore, piacere* —dijo el lugareño—. Nos matarán a todos.

—Entonces señaládmelos —dijo James.

CAPÍTULO DIECISÉIS

Salir del palacio fue como emerger a la superficie del agua después de estar retenido debajo, tragando aire y parpadeando al mirar el mundo. El mundo real, no las arremolinadas sombras y fantasmas subterráneos. Todo parecía demasiado luminoso, irreal, como si no pudiera creerse que hubiera rocas y árboles. Will intentó no mostrarse como se sentía: estupefacto.

—¡*Preparad las armas! ¡Manteneos alerta!*

Los gritos parecían lejanos, como si lo hubieran arrancado de un sueño demasiado pronto y se encontrara entre una desorientadora vigilia y la profunda necesidad de volver a sumergirse.

Había emergido a una masacre. Una docena de disparos; una docena de jinetes de Sloane cayeron. Los caballos relincharon y se encabritaron, agrupándolos como ganado en un corral. En lugar de proporcionar refuerzos, terminaron expuestos y superados en número mientras los bandoleros bajaban por la grieta hacia ellos.

—¡La Mano del Diablo! —oyó gritar de nuevo a los locales—. *¡La Mano del Diavolo!*

No parecía posible. Habían diezmado a sus soldados y los pocos que quedaban ya habían vaciado sus cargadores.

—¡Preparaos! —gritó el capitán Howell a los últimos hombres que le quedaban, anticipando la carga. Intentaban recargar sus pistolas, desesperados, en una deshilachada línea.

James avanzó con tranquilidad.

—Tenéis una oportunidad para marcharos —dijo con audacia a los bandoleros armados que lo rodeaban.

—Estáis en nuestra montaña. —La líder de los bandoleros era una mujer africana con pantalones de montar de hombre, una camisa blanca y un chaleco marrón rasgado. Tenía la voz aguda y hablaba italiano con acento—. Lo que hayáis encontrado nos pertenece.

Levantó la pistola que tenía en la mano izquierda y apuntó infaliblemente a James.

La Mano, pensó Will. Era un apodo con segundas: la mano izquierda en la que sostenía la pistola era su única mano. El brazo derecho terminaba en un muñón diez centímetros más allá del codo, anudado con cuero.

Los hombres que había con ella, pues eran en su mayoría hombres, llevaban la ropa raída de la región: chaquetas cortas y pantalones de pana y camisas de lino con el cuello abierto. Muchos llevaban pañuelos atados a los ojales o metidos en los bolsillos. Alrededor de la cintura portaban cananas o fundas de cuero para los cuchillos, los mosquetes o las pistolas.

Pero no eran italianos: Kettering tenía razón. Will vio a un hombre con el cabello negro liso del Lejano Oriente y otro con el cabello rojo y la piel pálida y pecosa del norte, nada de ello habitual en aquella región. Un séquito dispar; no tenía en común nada más que sus sonrisas ávidas ante la perspectiva de cazar una buena presa.

—Apartaos —dijo la Mano— o dispararemos a todo el mundo.

Su dominio fácil del caballo solo con las piernas y su mirada firme bajo el oscuro cabello corto dejaban claro que, si disparaba, metería la bala justo entre los ojos de James.

—De acuerdo —replicó James como si nada—. Disparad a todo el mundo.

Hubo tiempo suficiente para que el capitán Howell dijera:

—St. Clair, estúpido hijo de…

… antes de que la Mano, que no hacía amenazas vacuas, se encogiera de hombros y disparara.

La brisa en un antiguo jardín, el cabello dorado derramándose entre sus dedos mientras él lo miraba y sonreía…

¡*No!* Will corrió hacia él desesperadamente. Solo pensaba en llegar hasta James, en empujarlo para apartarlo o ponerse él delante de la bala. Pero estaba demasiado lejos y había soldados en su camino a los que tenía que empujar, y no fue lo bastante rápido.

El estallido fue sonoro: un fuego artificial seguido por el olor del humo agrio. Un disparo de puntería perfecta. *Puede curarse*, se dijo Will frenéticamente. Oh, Dios, ¿podría reponerse James de un tiro en la cabeza? Era imposible, pero tenía que mantener la esperanza. *Puede curarse. Sobrevivirá. Puede curarse.*

Pero, cuando el humo se aclaró, no parecía que hubiera ocurrido eso.

James seguía en pie, todavía mirando con diversión y desafío a la Mano. No había ningún agujero humeante entre sus ojos. No había un penacho rojo en su ropa. No había nada que indicara que lo hubieran disparado.

La Mano dudó; frunció el ceño ligeramente, como si no estuviera acostumbrada a fallar.

—*Disparad* —dijo, un poco impaciente, y esta vez todos los que estaban tras ella dispararon. Se produjo una serie de estallidos.

El capitán Howell se lanzó al suelo. Todos los soldados que quedaban se encorvaron como armadillos. Excepto James, que se mantuvo erguido, mirando a la Mano sin rastro de urgencia.

Y entonces, en el largo momento posterior, los hombres del capitán Howell comenzaron a levantarse. Al darse cuenta de que no los habían herido, los hombres levantaron la mirada, confusos, y descubrieron que sus compañeros también estaban ilesos.

El aire estaba lleno de moscas. Las moscas no se movían. Will descubrió, con un escalofrío, que no eran moscas, sino oscuras balas redondas de latón y de plomo, paralizadas en el aire, una de ellas a menos de treinta centímetros de su cara.

—Creo que me siento mejor —dijo James.

Will sintió una oleada de satisfacción y orgullo. *Intenta derrotarme en los peldaños de mi palacio con James a mi lado.*

—Puede que seas la Mano del Diablo —le dijo James—, pero yo soy la mano de un Señor mucho más poderoso que cualquiera al que tú puedas servir y esta montaña es Su territorio.

E hizo un ademán con la mano.

Las esferas de plomo que se cernían en el aire volaron hacia atrás, contra las gargantas de los hombres que las habían disparado. Los bandoleros que estaban más cerca cayeron con los cuerpos acribillados por el plomo; el gesto de James segó sus vidas.

—¡*Brujería! ¡Maligno!* —comenzaron los gritos entre los caballos que se precipitaban.

—Yo en tu lugar huiría —le dijo James a la Mano—. Es solo una sugerencia.

—¡*Retiraos!* —Will vio que la Mano giraba su caballo, con ambas riendas en un puño, mientras gritaba a sus hombres—. ¡*Retiraos!*

Giraron y salieron en estampida, con la Mano cerrando la marcha.

—Bruja de Sinclair —le dijo a James—, algún día arderás.

Clavó los talones en su caballo.

Los bandoleros huyeron hacia los árboles, apresurando a sus caballos por un terreno incierto. Era más parecido a una estampida aterrada que a una retirada, alimentada por la primitiva urgencia de alejarse de una fuerza contra la que no podían luchar. Los hombres del capitán Howell también parecían querer huir. Entre los cadáveres dispersos y media docena de caballos sin jinete que quedaba, miraron a James en distintos estados de miedo, estupefacción e incredulidad, demasiado asustados para intentar marcharse.

«*Tu arma*», se había llamado James a sí mismo en la garita. Will miró a su alrededor, el caos que James solo había causado. Su presencia en el Alcázar de los Siervos podría haber sido un insulto, pero acababa de demostrar inequívocamente el alcance completo del poder que Will había sumado a su bando.

—Bien hecho, bien hecho —balbuceó Sloane desde los márgenes—. No creo que vuelvan a darnos problemas pronto.

Parecía aterrado.

James montó en su purasangre negro, como un frío icono preparado para guiar a sus tropas.

—Has matado a todos esos hombres —le dijo Cyprian con voz átona y conmocionada.

—De nada —replicó James.

—Quiero esa entrada protegida día y noche. —Sloane dio la orden—. Nadie entra ni sale sin mi autorización personal.

Will se descubrió tiritando extrañamente, como si entrar en el palacio fuera como sumergirse en agua fría.

Necesitaba hablar con James, pero el joven había montado y pasado de largo sin mirarlo siquiera. Cuando llegaron al campamento, Sloane se lo llevó a una tienda para cenar.

Así que Will llevó a Grace y a Cyprian a su dormitorio.

La cama inglesa, con su dosel de tafetán, y el diván, que podría haber decorado cualquier salón, le proporcionaban seguridad. Aquel era su mundo, no ese palacio subterráneo de sueños perturbadores. No esas titilantes imágenes del pasado que parecían perseguirlo.

Pero el temblor regresó cuando Will pensó en la montaña.

—Hay algo en ese palacio. —Se obligó a hablar de ello—. El peligro bajo la montaña, la calamidad que la Siervo Mayor no podía nombrar, se encuentra en el interior de ese palacio y Sinclair está a punto de encontrarla. No tenemos mucho tiempo.

—¿Qué estás diciendo? —le preguntó Cyprian.

—Tenemos que encontrar a Ettore —le dijo Will—. *Solo con Ettore puedes evitar lo que va a ocurrir.* Eso fue lo que nos dijo la Siervo Mayor. Tenemos que encontrar a Ettore y rápido.

—Te refieres a abandonar a Violet. —Cyprian tenía la mandíbula apretada.

—Me refiero a cumplir con lo que la líder de tu orden te envió a hacer aquí —replicó Will—. Nada es más importante que detener a Sinclair. Violet estaría de acuerdo conmigo.

Cyprian le dio la espalda y Will pudo ver las fuerzas gemelas del deber y la lealtad batallando en él. El cabello, suelto a pesar de su ropa moderna, le caía por espalda, recta como la hoja de una espada.

—¿Y si hubiera sido James el capturado? —le preguntó Cyprian.

—¿Qué se supone que significa eso? —replicó Will.

Cyprian no contestó. Fue Grace quien habló:

—La Siervo Mayor nos advirtió de que aquí nos enfrentaríamos a nuestra amenaza más letal. Yo le creo. Siento una gran oscuridad bajo la montaña. Will tiene razón. Debemos encontrar a ese hombre, Ettore. Y...

—¿Y...? —preguntó Will.

—Los hombres que cabalgaron hoy con nosotros estaban asustados —dijo Grace—. No solo por la magia de James. Por la montaña. Hay algo aquí. Algo que temen.

Gestos para alejar el mal, un miedo mayor que el de unos exploradores reacios al entrar en una ruina desconocida. Ella también lo había visto. Will recordó las puertas, deformadas y combadas.

Algo había intentado salir del interior.

—Entonces seguiremos fingiendo —acordó Will—. James es nuestro jefe y señor. Tan pronto como amanezca, vosotros dos os marcharéis para buscar a Ettore. Yo me quedaré aquí con James y descubriré qué están intentando encontrar en ese palacio. —Dio la orden sabiendo que Cyprian la seguiría. Cyprian era el buen soldado; haría lo que le dijeran.

Cyprian frunció el ceño y después dijo, como si la idea lo perturbara de verdad:

—No se me da bien *mentir*.

—Lo sé —dijo Will—. Es tu mayor cualidad. Busca la aldea y encuentra a Ettore. Déjame a mí las mentiras.

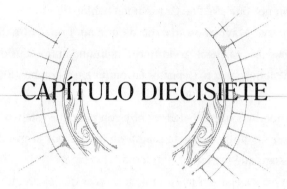

CAPÍTULO DIECISIETE

—Adelante —fue la respuesta distraída a su llamada. Will abrió la puerta.

El despacho de Kettering era el refugio desordenado de un historiador, abarrotado de libros y artefactos. Tres de sus paredes estaban excavadas en la piedra; la cuarta era de lona, al igual que el techo. Kettering estaba sentado ante un escritorio improvisado con una lupa de joyero en el ojo, a través de la cual examinaba un fragmento de una estatua de mármol blanco, una oreja con un mechón rizado tallado a su lado. La pieza estaba quemada, como si hubiera estado en un incendio.

—Puedo volver más tarde —le dijo Will— si está ocupado con...

—En absoluto; es un asunto personal. —Kettering dejó el mármol blanco sobre la mesa, donde se quedó como un pisapapeles—. Eres el chico que está aquí con James St. Clair, ¿verdad?

—Así es —dijo Will.

Kettering se quitó la lupa del ojo. La limpió rápidamente con un trapo antes de dejarla junto al mármol.

—Bien. ¿En qué puedo ayudarte?

—Quiero hacerle una pregunta sobre el Rey Oscuro —dijo Will.

—Ah —dijo Kettering, pronunciando la única sílaba con un nuevo tono—. ¿Te envía St. Clair?

—Usted es el experto. Sabe sobre él más que nadie.

—¿Qué es lo que quieres saber?

El despacho entero estaba a rebosar. El suelo se encontraba lleno de cajas. Los muros de piedra estaban abarrotados de estantes inundados de papeles de todo tipo. Había trozos de mármol blanco apilados en todas las superficies restantes: un brazo aquí, una cabeza allí. Kettering era el experto de Sinclair en el mundo antiguo y parecía haber metido la mitad del mismo en aquella sola habitación.

Will pensó en todo lo que quería saber, en las preguntas que lo atormentaban. ¿Quién fue Sarcean en realidad? ¿Qué provocó su caída hacia la oscuridad? ¿Por qué traicionó a sus amigos?

Miró a Kettering a los ojos.

—¿Cuáles eran sus poderes? ¿Cómo los usó?

Kettering se echó hacia atrás, como si lo hubiera sorprendido.

En esa postura, contempló a Will un momento. Después, con una extraña sonrisa en los labios, se levantó de su asiento.

—Ven —le dijo, y lo condujo hasta los estantes en el lateral de la habitación.

Había docenas de pergaminos enrollados y guardados en cilindros. El papel era fino, casi transparente. Kettering buscó con el dedo.

—Ah. —Extrajo un cilindro y lo desplegó sobre la mesa, abriendo los brazos para extenderlo.

Era una imagen a carboncillo de apariencia borrosa y espectral. En el centro, aterradoramente familiar, estaba la S.

Will casi se apartó bruscamente de ella: su poder llegaba hasta él incluso en efigie. Kettering malinterpretó su expresión.

—No temas. Es solo un calco. Estás mirando el interior de un yelmo.

Will podía ver su forma lenticular en el granulado filamento gris. Parecía un casco que ya había visto.

—Lo encontramos hace ocho años. Fue nuestro primer hallazgo real, un único Guardia Oscuro enterrado bajo la tierra estéril de Calabria. Cabalgaba solo, portando una caja. Creo que lo mataron antes de llegar a su destino y que le arrebataron el contenido de la caja. Lo único que quedaba eran la caja y un par de fragmentos de su armadura —dijo Kettering—. Fue realmente…

—Vestigios —dijo Will.

—Así es.

Tres centinelas oscuros haciendo guardia en Bowhill, el vaho blanco de sus caballos en el aire frío de la Cumbre Oscura. El portador del yelmo fue el primero al que Will mató; lo abatió mientras retrocedía, acobardado, tras reconocerlo.

—El control era uno de los dos tipos de magia en los que Sarcean destacaba. Hay relatos de sus extensos ejércitos de sombras —dijo Kettering—. De las hordas que le eran leales y que derrotaron a todos los bastiones de la Luz.

Will miró las curvas de la S. Había lanzado el yelmo al fuego en el Alcázar de los Siervos y este se fundió hasta formar un lodo. Aquel calco era un fantasma espectral, la única parte de ese yelmo que quedaba ahora.

Pero quizá el verdadero hallazgo de aquella excavación no fue la armadura, sino la S grabada en el casco. Will podía imaginar la excitación de Simon cuando la encontró. Le encantaba jugar a ser el Rey Oscuro.

—Simon se apropió del símbolo —dijo Will.

Kettering asintió.

—Una burda copia, pero efectiva.

—Usted no la lleva —le dijo con tranquilidad, dejando de mirar el calco para observar al erudito.

—Tú tampoco —dijo Kettering.

El hombre se había echado hacia atrás, mirando a Will. ¿Se estaba imaginando el brillo casi conspirador en los ojos de Kettering, como si se comprendieran? *Estoy esperando a que Sinclair me la ofrezca*, podría haber dicho Will, pero no lo hizo.

—Ha dicho que el control es uno de los dos tipos de magia en los que Sarcean destacaba. ¿Cuál era el otro?

—La muerte —contestó Kettering.

Will se quedó helado. Recordó el rostro de Katherine, blanco como la cera y cubierto de telarañas negras. Recordó a los Siervos, destrozados en su propio alcázar. Recordó la visión que los Reyes Sombríos le habían mostrado, el cielo negro y el suelo salpicado de cadáveres, de miles y miles de muertos.

—¿La muerte? —repitió.

Pero ya lo sabía, ¿no? Sabía que el Rey Oscuro había matado a todo el que se interpuso en su camino.

—Asesinar a la gente y traerla de vuelta —dijo Kettering—. En el mundo antiguo, ningún otro podía hacer eso. Incluso crear una sombra... ¿No es eso triunfar sobre la muerte? ¿Alcanzar cierto grado de inmortalidad?

Will recordó a los Reyes Sombríos, su ávida necesidad de despedazar y matar. El ansia de conquistar era su único motor.

—Solo proporcionaba una vida de sombra —dijo Will.

—Pero sus favoritos fueron Renacidos —replicó Kettering, después de un pequeño asentimiento para decir: *Conoces la historia*—. Yo no lo creía hasta que no lo vi, pero no hay duda de que James es Anharion.

Hablaba como un joyero certificando la autenticidad de una joya, como si fuera a tomar la lupa de nuevo para contemplar a James con ella.

—Solo tienes que mirarlo y ser testigo de lo que puede hacer.

Renacido. Traído de nuevo a la vida por el Rey Oscuro. Sarcean había sido más poderoso muerto de lo que Will lo era vivo, con habilidades que iban más allá de su comprensión. Controlar ejércitos, controlar la vida, controlar...

—Pero, si St. Clair te ha enviado, seguramente estás aquí para saber más sobre el Collar.

Todo se detuvo. Will sintió que su atención se focalizaba, como lo hizo la primera vez que vio el Collar.

Kettering se echó hacia atrás, observándolo.

—Se perdió, ¿no? —se oyó decir Will.

Era mentira. Él lo había tenido en la mano. Casi podía sentir su peso en ese momento.

—Se perdió —asintió Kettering—. Pero, si quiere ser encontrado, lo será. Estos objetos tienen sus propios planes. Son como criaturas ciegas, buscando en la oscuridad.

Will recordó cómo se sintió al tocarlo. Su cuerpo casi se inclinó hacia James, como si el Collar intentara llegar hasta su cuello.

—Debería tener cuidado. Cuando se cierra, no vuelve a abrirse. Quien le ponga esa cosa alrededor del cuello lo controlará para siempre.

Will solo podía esperar que estuviera a buen recaudo. Nadie sabía qué había hecho James con él después de que Will se lo entregara. James nunca se lo dijo y Will no se lo había preguntado.

—¿Por qué lo hizo el Rey Oscuro para él?

Will le preguntó por qué ya que se negaba a preguntar cómo.

Kettering levantó las cejas.

—Podría decir que... por el poder. Por el placer de controlar. Pero creo que la respuesta seguramente es mucho más sencilla.

—¿Y cuál es?

—Lo quería —contestó Kettering—. Así que se aseguró de tenerlo.

Will se caldeó y después se enfrió; los planes que entreveía de su antiguo ser siempre eran oscuros, brillantes e implacables.

—Si el Rey Oscuro era tan poderoso, ¿cómo lo derrotaron?

—Nadie lo sabe —dijo Kettering—. Pero, claro...

—¿«Claro»?

—En realidad no lo derrotaron. ¿Verdad?

Will sintió que algo le revolvía el estómago.

—Lo mató la Dama.

Era lo único de lo que estaba seguro: de que, al menos una vez, el Rey Oscuro fue derrotado. Miró a Kettering y descubrió en los ojos del hombre una expresión especulativa.

—Pero ¿qué es la muerte para alguien que puede regresar? —replicó Kettering.

—¿Qué has descubierto?

James habló mientras entraba en la habitación, ya quitándose el pañuelo del cuello y soltándolo sobre el diván, donde se escurrió desde el reposabrazos hasta el suelo.

Este descubrió el largo y pálido tallo de su cuello. Incluso en una polvorienta excavación en mitad de la nada, James tenía el aspecto de una orquídea de invernadero, criada para ser cortada en el momento perfecto.

Will intentó no pensar en el desaparecido adorno escarlata, el collar tomado de una garganta muerta. *¿Qué es la muerte para alguien que puede regresar?*, había dicho Kettering.

—Cyprian y Grace van a marcharse a la aldea de Ettore —le dijo Will con decisión—. Scheggino. Los lugareños dicen que no está lejos, a medio día a caballo. Partirán al alba.

—Mientras, tú y yo nos quedaremos y jugaremos a criados y señores. —Al decirlo, James le lanzó a Will su chaqueta.

—Tenemos que descubrir qué hay en ese palacio.

Como no tenía experiencia como lacayo, Will no tenía ni idea de qué hacer con la chaqueta tras atraparla y la dejó en el respaldo del diván. Cuando levantó la mirada, los burlones ojos azules de James estaban clavados en él.

—Esto debería ser divertido. Puedo decirle al héroe qué hacer.

¿No sentiste tú lo que yo sentí en el palacio? Will se tragó las palabras. Estar allí con James, tan cerca del pasado, parecía peligroso. Temía qué podría significar quedarse allí demasiado tiempo. Pero alejarse sería entregarle el Palacio Oscuro a Sinclair.

Se dijo a sí mismo que había pasado días en la carretera a solas con James, cuando regresaban al alcázar. Podría pasar un par de días a solas con él ahora.

—No he descubierto mucho —dijo Will, manteniendo un tono casual—. Reclutan a los trabajadores de los pueblos dispersos por la montaña. Les han dicho que están buscando edificios clásicos para un lord inglés interesado en la historia. Ninguno de ellos sabe lo que Sinclair está buscando en realidad. Pero saben algo. —Grace había tenido razón en eso—. Temen la montaña.

Y no decían por qué. Sus rostros se habían cerrado, sus ojos oscuros se habían vuelto hostiles ante la mención de la montaña, seguidos de un testarudo silencio.

—¿Y Kettering? Te vi salir de su tienda.

Will no cambió la relajada postura de sus extremidades.

—Cree que estás aquí para buscar el Collar.

James se detuvo. Desde la noche en la cabaña de Gauthier, no habían hablado del Collar.

—Has estado muy ocupado, ¿no?

Will no respondió. Después de arrastrar cajas con los estibadores en los muelles durante meses, le había sido casi demasiado fácil regresar a ese papel, al del chico humilde que solo estaba ayudando. Si te descubrías hablando con él sobre la vida en la excavación, era solo porque resultaba estar por allí y no porque te hubiera hecho alguna pregunta directa.

Pero la apuesta era ahora más alta. El chico que había entrado en el almacén de Simon en los muelles le parecía otra persona: ingenuo, ignorante, todavía intentando luchar contra Simon por medios ordinarios. El sabotaje le parecía ahora un ataque infantil, como si pudiera deshacer el imperio de Sinclair cuerda a cuerda.

—Ese palacio fue la fortaleza del Rey Oscuro —dijo Will—. ¿Qué puede contener que Sinclair desee tanto? Lo suficiente como para gastar toda su fortuna buscándolo. Para llevar años excavando aquí sin ningún indicio de éxito.

James no contestó, pero después de un momento habló con voz preocupada:

—A mí no me lo contarán —admitió, como si eso le molestara más que ninguna otra cosa—. Se supone que soy el representante de Simon, pero cuando entro a una tienda son todo tergiversaciones o silencios repentinos. ¿Qué es lo que me ocultan? —James frunció el ceño—. Le pregunté a Sloane cuándo planeaba enviar a un equipo de nuevo al interior del palacio. Me dijo que necesitaba la aprobación de Sinclair. Le dije que tardaría semanas en obtenerla y que yo autorizaría cualquier expedición, pero se negó. Me dijo que solo acepta órdenes del conde.

Will se irguió, mirándolo.

—¿Quién va a enviarla? —Después, ante la mirada inquisitiva de James, añadió—: La petición de autorización de Sloane.

—¿Qué importa eso?

—Deberíamos interceptar la carta.

Will estaba ya recogiendo el pañuelo de James y se lo lanzó de nuevo. Observó mientras se lo ponía al cuello rápidamente y comenzaba a anudarlo cruzando los dos extremos de la tela uno sobre el otro.

La verdad era que tenía más de una razón para querer salir de nuevo. No era solo la carta. No sabía cómo sería tumbarse junto a James de nuevo y cerrar los ojos para enfrentarse a otra noche de sueños.

—Vamos. —Empujó a James hacia la puerta—. Tenemos que descubrir todo lo que podamos.

Fuera, los sonidos de la excavación eran más fuertes. La zona estaba salpicada de puntos de luz y fuego, antorchas encendidas que iluminaban las zanjas y ocultaban el cielo nocturno sobre sus cabezas.

Pero...

—No, *signore* —dijo el intendente—. Es cierto que el *signore* Sloane me entrega su correspondencia, pero no creo que haya nada planificado para esta noche, o para mañana, o para cualquier otro día de esta semana.

—Es extraño —dijo James, despacio, cuando salieron de la tienda del intendente—. Sloane dijo que contactaría con Sinclair esta noche.

—¿Te habrá mentido? ¿Para disuadirte?

—¿Por qué tendría que hacerlo? —replicó James—. ¿A dónde vas?

—A mirar en su tienda.

Para robar la carta, se quedó sin decir. James le echó una mirada interesada.

—Eres un ladronzuelo, ¿eh? —Su voz sonó satisfecha, como si hubiera descubierto un secreto—. ¿Sabe eso de ti mi ejemplar hermanito?

La respuesta era «no» y James sin duda lo sabía. Cyprian, con su modo honrado de hacer las cosas, odiaría merodear por la noche. A Elizabeth tampoco le había gustado. *Embustero,* lo había llamado ella. Pero no lo dijo, ante el creciente deleite de James.

Era peligroso mostrarle esa parte de sí mismo a los demás, aunque a James pareciera gustarle. No le gustaría si la viera entera.

—Sloane sigue en su tienda —dijo Will cuando se acercaron.

Había lámparas encendidas fuera, a pesar de la hora. ¿Estaba John Sloane trabajando todavía? No podría hurgar en las cosas del hombre mientras estaba sentado ante su escritorio. Quizá estuviera escribiendo la carta en aquel mismo momento. Tendrían que esperar a que saliera, pero una espera indefinida allí donde podían verlos no sería prudente.

—Quizá podrías usar tu poder para traernos la carta de Sloane —sugirió Will.

—No puedo. Tengo que estar mirándolo. —James se detuvo, dándose cuenta de lo que acababa de revelar—. Eres un auténtico ladronzuelo.

Esa palabra de nuevo.

—Me he pasado toda la vida huyendo —le dijo Will—. Estoy acostumbrado a hacer las cosas sin llamar la atención.

—La gente suele abrirse contigo —apuntó James.

—No intento engañarte —le aseguró—. Estamos en el mismo bando.

—Solo porque me he unido a tu... —Will le puso un dedo en los labios.

James se calló y entonces oyó lo que Will había oído: voces. En un mudo y mutuo acuerdo, ambos intercambiaron una mirada y se acercaron a la fina lona.

—... complace informar de que hemos entrado en el palacio principal. —El capataz John Sloane hablaba como si informara a un superior—. Un terremoto fortuito. Ocurrió la noche en la que llegó St. Clair.

—¿St. Clair? —respondió una voz cultivada con los tonos pulidos y elegantes de la corte del rey Jorge. James se quedó totalmente inmóvil; el color abandonó su rostro—. ¿Quieres decir que James St. Clair está allí, en Umbría, contigo?

—Llegó el jueves por la tarde —estaba diciendo Sloane—. Viajaba con un muchacho inglés y dos Siervos. ¿No es lo que usted dispuso, mi señor?

Mi señor, pensó Will. Sintió una zambullida en el estómago. *No puede ser*. Pero una única mirada al rostro pálido de James le dijo que lo era.

—¿Cómo? —La mano de James se cerró sobre su antebrazo, lo apretó con fuerza—. ¿Cómo puede *estar aquí*?

No podía. Estaba en Londres. Era el general que nunca se enfrentaba a las líneas enemigas, que se mantenía protegido e intocable. Era el ermitaño, el conde que exigía que sus lacayos hicieran su trabajo y al que rara vez veían a pesar del poder que su imperio le permitía ejercer en las capitales del mundo.

A Will se le aceleró el corazón.

—¿Estás seguro de que es él?

—Will —dijo James—. Es Sinclair.

—¿Estás *seguro*?

—Es Sinclair. Conozco su voz.

El conde de Sinclair estaba dentro de esa tienda.

¿Acababa de llegar de Londres y estaba aún quitándose los guantes, listo para tomar posesión de lo que había en el interior del palacio?

En todos los meses que había pasado trabajando en los muelles, Will nunca había visto a Sinclair, pero se había imaginado enfrentándose a él. Se había imaginado entrando en su despacho en algún almacén de los muelles. *Mataste a mi madre.* Al principio, lo que Will le lanzaba no era más que una acusación infantil. En realidad, ni siquiera había pensado en qué decirle después. Pero más tarde, despacio, firme, implacable, había comenzado a trabajar contra Sinclair de verdad. Ahora tenía algo que decirle: *Tú mataste a mi madre. Yo maté a tu hijo.*

Estoy aquí, en tu excavación, y voy a terminar con tu imperio.

—James nos ha traicionado. Ahora trabaja contra nosotros. Capturamos a sus otros cómplices en el alcázar. La niña escapó. La jenízara está muerta. La León sigue siendo nuestra prisionera y va en un barco a Calais.

Violet está viva, pensó Will. *Está viva. Está en un barco.* El alivio que lo hizo sentir se vio atemperado por la conmoción al saber de Sarah. Que Sinclair hubiera hablado tan despreocupadamente de la muerte de una de los últimos Siervos hizo que la furia ardiera en sus venas.

—Mi señor… ¿James St. Clair es un traidor? ¿Trabaja en nuestra contra? —le preguntó Sloane.

—El pequeño Jamie está intentando conseguir la libertad, pero ese no es un estado para el que esté diseñado —dijo Sinclair—. Es un perro que se ha soltado de la correa, pero pronto regresará a casa. —James se tensó y Will le puso una mano en el brazo instintivamente—. Es el chico que está con él quien es peligroso. Will Kempen. No puede descubrir lo que buscamos. No le digáis nada. Y, sobre todo, mantenedlo alejado del palacio.

¿Sabía Sinclair que Will había matado a Simon? Al menos, buscar a Will lo mantendría alejado de la verdadera descendiente de la Dama: Elizabeth. *Sinclair dio la orden*, le había dicho James en la celda del alcázar. *Sinclair mató a tu madre.*

Will descubrió de repente que necesitaba verlo. Necesitaba verle la cara al hombre que había ordenado la muerte de su madre. Pero, cuando se acercó a una ranura en la lona, lo único que pudo ver fue la coronilla de Sinclair, la cual estaba extrañamente mal, porque tenía un denso cabello rubio y los hombros anchos cubiertos por el uniforme de un oficial y un pañuelo nuevo que conocía...

—Mi señor, ¿hago que los maten sin más? —le preguntó Sloane.

—No. Sigue fingiendo. Mi barco llegará en dos semanas. Yo me ocuparé de ellos personalmente.

Mientras hablaba, Sinclair se movió hacia la luz. Will sintió la misma desazón desorientada que había experimentado cuando la puerta se abrió en el agua.

El hombre que hablaba no era Sinclair, sino el capitán de Sloane, Howell.

Sloane se estaba estrujando las manos, servil.

—Sí, mi señor —dijo con una pequeña reverencia.

Se lo dijo a Howell.

La sensación se intensificó. La imagen que Will tenía delante no encajaba con los hechos ni con el sentido común. Howell no podía ser Sinclair. Howell era un joven capitán de quizá veintiocho años. No podía ser el conde de Sinclair, de cincuenta y nueve años, ni siquiera disfrazado.

—Y mantenlos alejados del palacio —dijo Howell con la voz de Sinclair.

—Sí, mi señor —contestó Sloane.

—Hablaremos de nuevo —replicó Howell.

Y Will supo, con una horrible y repentina comprensión, lo que estaba pasando.

Empujó a James para apartarlo de la vista mientras el capitán Howell se tambaleaba y decía, confuso, con su propia voz:

—¿Señor Sloane? Creo que he sufrido uno de mis ataques.

Will siguió empujando a James lejos de la tienda mientras Sloane intentaba que el capitán Howell se sentara.

—No lo comprendo —dijo James—. Ese era Sinclair. Cómo hablaba. Las cosas que ha dicho... ¿Cómo pueden ser la misma persona Sinclair y el capitán Howell?

James estaba mirándolo con una expresión perturbada y desconcertada en la cara. De verdad no lo sabía.

—¿Nunca lo habías visto hacerlo antes? —le preguntó Will.

—¿Hacer qué? —James lo miró—. ¿Qué es?

Will se obligó a hablar con serenidad. Intentó no pensar en la excavación en la que estaba, en todos los hombres que había en los túneles, exhumando el pasado en la infinita oscuridad.

Intentó no pensar en los ojos de esos hombres girándose para mirarlo.

—En el alcázar, Leda nos dijo que el Rey Oscuro podía mirar a través de los hombres marcados con la S. Mirar a través de sus ojos, hablar con su voz, incluso controlarlos.

—Quieres decir...

—Que era Sinclair controlando el cuerpo de Howell.

James apretó la mandíbula y se giró, agarrándose la muñeca.

Simon había intentado marcarlo una y otra vez. Las habilidades curativas de James habían borrado la marca cada vez. Will se acercó y agarró a James con fuerza por los hombros, obligándolo a mirarlo a los ojos mientras el sentimiento de posesión volvía a encabritarse en su interior.

—No lo consiguió —dijo Will.

—Él quería hacerlo —dijo James.

No había respuesta a eso excepto la que no podía decir. *Él no te tiene.* Volvió a sentirse furioso ante Sinclair y sus rudos intentos de control. Ante lo que estaba intentando extraer de la tierra. Ante sus planes, siempre un paso por delante de los suyos. *Te tengo yo.* Tampoco dijo eso.

—Sabe que estamos aquí —dijo Will—. La mitad de estos hombres tienen su marca.

—Te refieres a que Sinclair podría estar en cualquier parte —dijo James.

—O ser cualquiera —replicó Will.

CAPÍTULO DIECIOCHO

Will despertó a Cyprian poniéndole la mano en el hombro. Cyprian, un guerrero entrenado que solo tenía experiencia en tiempos de paz, parpadeó, somnoliento. No se despertó como lo hacía Will, en silencio y repentinamente. Will se sintió de inmediato protector. A pesar de sus habilidades extraordinarias, había algo casi frágil en aquel chico perdido en las montañas. Parecía pequeño, incorporándose en el enredo de sábanas de su cama en los barracones con el largo cabello enredado y la camisa del pijama arrugada.

—¿Qué pasa? ¿Ha ocurrido algo?

—Levántate —le dijo Will—. No tenemos mucho tiempo.

Miró los barracones apresuradamente para descubrir si ya los estaban vigilando o siguiendo. James esperaba a cierta distancia, todavía inmaculadamente vestido después de un día actuando como el señorito de aquella excavación. La ropa se la había proporcionado Sloane y, aunque no era de la misma calidad que las prendas que llevaba en Londres, aún rezumaba el estilo de Sinclair.

Ahora Sloane sabía que era una farsa. Eran moscas en la telaraña de Sinclair; seguramente lo habían sido siempre.

Se sentía idiota. Había creído que estaba engañando a Sinclair, se había creído un paso por delante de él. Pero ni siquiera conocía el alcance de sus poderes. Todavía desconocía los planes de Sinclair en aquella excavación; solo que llevaban años allí.

—Vosotros dos tenéis que salir de aquí y encontrar la aldea de Ettore —le dijo Will—. Ahora. Esta noche.

Cyprian y Grace se habían sentado en el catre y estaban mirándolo, con aspecto serio y alerta incluso en pijama.

—¿Qué pasa? ¿Qué ha pasado?

—Sinclair —dijo Will con firmeza.

—¡Sinclair! —repitió Cyprian.

Con pocas palabras, Will les contó la perturbadora escena de la que James y él habían sido testigos. Les contó que Sarah había muerto, que Elizabeth había escapado y que Violet iba de camino a Calais. Y les habló del capitán Howell, que había hablado con la voz de Sinclair.

—Leda siempre nos decía que Sinclair podía controlar a la gente —comentó Will—. Ahora lo hemos visto hacerlo.

Grace les dio la espalda, escondiendo sus emociones. Cyprian le puso una mano en el hombro; los dos se unieron instintivamente. Que Sarah hubiera muerto significaba que, al igual que Cyprian era el último Siervo, Grace era ahora la última jenízara. Eso la convertía en el último depositario de conocimiento que quedaba. La Siervo Mayor siempre había insistido en algo: *El verdadero poder de los Siervos no es nuestra fortaleza; es que recordamos.* Como última jenízara, esa carga recaía ahora en Grace y Cyprian era su Siervo protector.

—Sloane sabe quiénes somos. Vosotros dos tenéis que iros. Tenéis que encontrar a Ettore antes de que nos impidan salir de la excavación.

Cyprian se giró hacia ellos.

—Tenéis que venir con nosotros. Este sitio ya no es seguro.

—No —dijo Will, que había estado pensando en ello desde que oyó a Sinclair en la tienda—. Nos quedaremos y seguiremos con la farsa. Actuaremos como si no supiéramos que nos han descubierto. Sloane no va a meternos en una celda; seguirá fingiendo. Será un doble engaño... Aunque estaremos vigilados, todavía podríamos encontrar alguna información que nos dé ventaja. Si huimos, perderemos el acceso a la excavación.

—Se trata de una pantomima que podría matarte.

—Sinclair llegará en dos semanas —le dijo Will—. Tenemos que descubrir qué hay bajo la montaña.

Cyprian miró a James, que estaba apoyado en el poste de la tienda, y después negó con la cabeza.

—Iré a por los caballos.

—Sé cómo es, ¿sabes? —dijo James, apareciendo en el establo improvisado.

Cyprian lo ignoró. Mientras ensillaba su caballo, en plena noche, sintió la misma mezcla de furia y náusea que siempre sentía estando cerca de James. *¿Qué haces aquí?*, quería gritarle. Su presencia allí no estaba bien. Bajo la pregunta acechaban las palabras: *¿Has venido a terminar el trabajo?* James había matado a todos los Siervos excepto a Cyprian. Formando parte del vertiginoso cóctel de sentimientos que James le provocaba había una constante sensación de peligro real.

—El mundo exterior.

James apoyó el hombro en uno de los postes de madera; lo dijo como si fuera la respuesta a una pregunta que Cyprian no había hecho. Este no le hizo caso. Por supuesto, James no se ofreció a ayudar, aunque la misión de encontrar a Ettore era urgente y debía marcharse con Grace antes de que Sloane diera la orden de cerrar el campamento.

—El agua apesta. La comida sabe a serrín. La artesanía es chapucera. Piensas que sucede solo aquí y después descubres que es igual en todas partes.

Cyprian descartó la sensación de entendimiento y se obligó a no mirar a James, negándose a tener algo en común con él. *El agua tiene algo raro*, le había dicho a Will, que entonces bebió un poco y le contestó, divertido y confuso: *Así es como sabe el agua*. Cyprian se sonrojó, avergonzado por su propia ingenuidad, contento de que Violet no estuviera allí para burlarse de él, aunque podía imaginarlo y quizá incluso lo deseaba, notando la silueta de su ausencia con intensidad.

—E intentas aprender las nuevas reglas —continuó James, con la voz extrañamente suave, sin nada de su mofa habitual—, pero no hay reglas y no hay nadie que te diga cuál es tu propósito o que te agradezca que sigas en el camino.

Cyprian lo ignoró. Comprobó sus armas y sus aparejos dos veces. Y después, solo para asegurarse, una tercera. Nunca se estaba demasiado preparado. Era consciente, mientras lo hacía, de que nadie más comprobaría su trabajo, de que ni Leda ni su padre pasarían por allí para echarle un ojo a sus arreos. Pero, cuando condujo a su caballo inmaculadamente cepillado por el patio, con la silla y las riendas impecables, se sintió bien sabiendo que había cumplido sus exigentes estándares, aunque estuviera haciéndolo para fantasmas.

James lo siguió al exterior mientras dirigía a su caballo, afilando la voz como si se mereciera una reacción y le molestara que Cyprian no se la proporcionara.

—Espada limpia, cabello peinado, estrella brillante —dijo James—. Eres de verdad el Siervo perfecto.

Cyprian lo ignoró.

—Y ahora partes a tu primera misión como un Siervo de verdad, cabalgando con tu uniforme blanco para combatir la Oscuridad.

Cyprian lo ignoró.

—Te has dejado una mancha en la silla.

Cyprian se giró para comprobarlo y se odió por ello, pero descubrió que la silla estaba perfectamente pulida. Cuando se volvió de nuevo, la expresión en los ojos de James parecía victoriosa.

—Eso es lo que diría padre, ¿no?

—Nunca sabremos lo que habría dicho —dijo Cyprian—. Tú lo mataste.

Montó en la silla.

—¿Estás seguro de que no quieres que vaya contigo, hermanito? Sin mí, tendréis problemas con esos bandoleros. Ya te he salvado la vida dos veces.

Cyprian no lo miró; solo clavó los talones en su montura. *No me llames así.* Era mejor no decir nada.

Recuerda tu entrenamiento. Eso es lo que su padre habría dicho.

Se marchó para reunirse con Grace.

CAPÍTULO DIECINUEVE

—Sloane me ha invitado a su tienda —dijo James.

Su voz sonó tensa mientras caminaba por el dormitorio, mostrando en sus ademanes bruscos y abruptos su incomodidad, a pesar de que la puerta estaba cerrada.

—Una cena tardía. Solo del *círculo íntimo*. Espera que los acompañe.

El mensajero los había abordado justo cuando llegaban a sus aposentos y James leyó rápidamente la nota. Mientras volvían a su dormitorio, fue fácil imaginar que todos los hombres que los miraban eran Sinclair. Todos los ingleses que había allí llevaban su marca.

—Tienes que ir —le dijo Will—. Tenemos que guardar las apariencias.

—Las *apariencias* —repitió James. Tenía en la mano la tarjeta de la invitación que le había dejado el mensajero, como si fuera una propuesta para tomar el té.

—Fingiremos hasta que los demás regresen de la aldea —le dijo Will—. Sinclair le pidió a Sloane que nos mantuviera ocupados. Nosotros tenemos que hacer lo mismo.

Era fácil para Will decirlo cuando era James quien tendría que actuar delante de Sloane sabiendo que los ojos de su padre adoptivo podían estar fijos en él.

—¿Y si pone a prueba mi lealtad?

Las palabras sonaron tan frágiles como la fachada desafiante de James. Su postura, la reforzada y expectante tensión de su cuerpo... Will se dio cuenta de repente.

—No te gusta. —Will lo dijo como la revelación que era, irónica, aunque tenía mucho sentido—. No te gusta engañar a la gente.

Claro que no le gustaba. Lo había odiado siempre, por supuesto. James estaba tenso cuando llegaron y el filo de sus cortantes comentarios se hizo más afilado. Pero se los tragó y dejó que Kettering lo tocara e incluso mató a personas, igual que había hecho para Sinclair.

—Dios, así ha sido para ti, ¿no? Todos estos años trabajando para Sinclair mientras en secreto buscabas el Collar.

No era lo que James había esperado que dijera y abrió los ojos como platos, solo un instante, antes de poner en su boca una mueca de desdén.

—Eso no es…

—No querías matar a esos bandoleros —le dijo Will.

Por supuesto, James sabía cómo interpretar al sádico diletante frente a Sloane. Había interpretado ese papel durante años mientras buscaba el Collar.

—¿Qué son unos bandoleros para mí? —contestó James.

Era fácil olvidar que James se había criado en el alcázar. Entonces había seguido las reglas, había sido un auténtico creyente, como Cyprian. Lo habían educado para ser bueno.

—No querías matar a los Siervos.

Como si hubiera dado en la diana, los ojos de James se llenaron de sorpresa. Después pareció darse cuenta de que su reacción lo había traicionado y se recompuso para ocultarla.

—La *verdad* es que no me importa el…

—No querías matar a nadie. —Will se obligó a decirlo—. No vas a matar por mí. Y menos a Sinclair. Sé que fue como un padre para ti.

—Pero los padres son mi especialidad… —dijo James, tenso.

—¿Fue esa la prueba de lealtad de Sinclair? —le preguntó Will—. ¿«Sé mío, mata a tu familia»?

James se quedó en silencio. Porque, por supuesto, no había sido una única prueba y James le había demostrado a Sinclair su lealtad no una, sino una y otra vez, absolviéndose con la crueldad tal como se había absuelto con sus devocionales deberes cuando era un Siervo. A ambos les había gustado. Sinclair disfrutaba ejerciendo poder sobre otros; James quería demostrar su valía. Will pensó en el momento en el que vertió todo lo que tenía en la puerta.

—Todos los ojos estarán puestos en ti durante la cena —le dijo Will—. Interpreta un papel. Distráelos mientras investigo.

De hecho, sería la primera vez que Will estaría solo desde que oyeron a Sinclair en la tienda de Sloane. Aquella era la oportunidad que quería y no la desaprovecharía.

—¿Mientras investigas qué?

James no lo comprendía y Will no esperaba que lo hiciera.

—Voy a descubrir qué hay dentro de ese palacio —dijo Will— y voy a detener a Sinclair.

—¿Cómo vas a hacer eso? El palacio está protegido día y noche y todos los ojos de la excavación están puestos en ti. —James levantó las cejas.

—Con ingenuidad —dijo Will.

—Sinclair me crio —replicó James—. Él conoce todos mis trucos. Me enseñó la mitad de ellos. Sabe lo que puedo hacer.

—Pero no conoce mis trucos —le aseguró Will.

Will esperó hasta que James se hubo marchado, tomó una botella cerrada de vino que habían dejado en sus aposentos y se dirigió directamente al mal disimulado hombre que Sloane había apostado fuera para que hiciera guardia.

—¿Puedes indicarme cuál es la tienda del capitán Howell? —le preguntó con inocencia—. James St. Clair me ha pedido que lo invite a la cena de Sloane.

El hombre resopló.

—El capitán no va a cenar con St. Clair.

Will ya lo había supuesto, pero abrió los ojos como platos.

—Espero que te equivoques. Me han dicho que no me marche de la tienda de Howell hasta que lo convenza.

—Espero que tengas toda la noche, entonces —dijo el hombre.

Y fue así como Will consiguió que su vigilante lo llevara hasta la tienda de Howell y lo dejara allí, con todo el tiempo del mundo para hacer lo que quisiera en el interior.

Cuando entró, levantó la botella de vino y contó una nueva mentira.

—Capitán Howell, el señor Sloane le envía esto. Dice que espera que se sienta mejor.

—El chico de St. Clair —dijo Howell, como si el nombre le supiera mal.

De cerca, Will pudo ver que los moretones en el cuello de Howell se estaban desvaneciendo. El nuevo pañuelo que llevaba para esconderlo se le había bajado ligeramente sobre la nuez. Su ropa no era de la misma calidad que la de Sloane y mostraban señales de desgaste tras el uso allí, en las montañas.

Pero aceptó la botella. Extrajo el corcho de un solo tirón y olvidó sus modales y la necesidad de una copa para llevarse la botella a los labios y dar un trago, un gesto más similar a las costumbres de los hombres en los muelles que a las del capitán de un regimiento.

Will buscó en él señales que todavía perduraran tras la posesión, pero no vio ninguna, excepto un ligero nerviosismo que, si lo pensaba, había estado allí siempre.

Howell también estaba mirándolo después de tragar el vino, sosteniendo la botella por el cuello.

—Eres el que comparte su habitación. —Sus ojos contenían una lenta y visible especulación.

Will sintió un cambio en el aire, como si «el chico de St. Clair» asumiera de repente un nuevo y espectacular significado. Deliberadamente, relajó sus extremidades. No era un acercamiento que hubiera probado antes con un hombre, pero no podías compartir catre en una casa de huéspedes y seguir siendo inocente de aquello que sucedía en el mundo.

—Nunca me ha ofrecido una de esas. —Will miró la muñeca de Howell y después levantó la mirada para observarlo de nuevo a través de las pestañas.

—¿Hasta dónde llegarías para conseguirla? —le preguntó Howell.

—Depende —dijo Will—. ¿Te dolió?

—Un montón —dijo Howell.

—¿Puedo verlo?

El capitán Howell parecía divertido, como si conociera el juego al que estaban jugando. Se acercó; tras detenerse delante de Will, comenzó a subirse la manga. El suspense era como un telón alzándose: la marca revelada era una cicatriz en relieve, terrible.

—¿Puedo tocarla? —le preguntó Will.

Una sonrisa se extendió lentamente por el rostro de Howell. La primera vez que Will vio la S le pareció una fosa abierta tentándolo a caer. La verdad era que siempre lo había atraído. Will empujó con el pulgar la cresta de la cicatriz. Howell había dejado que Simon se la hiciera con un rudo hierro de marcar en el que había un símbolo que ninguno de ellos comprendía.

—Bueno, chico, ¿qué te traes entre manos? —le preguntó en voz baja y satisfecha, colocándole la otra mano en la cintura.

—Estoy probando qué puedo hacer —le contestó Will.

Su voz sonaba diferente. Se había levantado de la mesa, con la mirada firme. Sus manos cambiaron de exploradoras a autoritarias. No era el símbolo de Sinclair. Era el símbolo del Rey Oscuro, esperando que lo reclamaran. La expresión del capitán Howell cambió.

—No, no te resistas —le dijo Will—. Solo déjame.

La respiración del capitán había cambiado, acompasándose sutilmente con la suya. Las pupilas oscurecieron sus ojos claros, que asumieron la expresión vidriosa de una presa.

—Eso es.

Will mantuvo la mano izquierda en la muñeca de Howell y levantó la derecha para tocarle la nuca, apoyando el pulgar en su esófago, donde James le había magullado la piel. Sus ojos se encontraron. Howell tragó saliva bajo sus dedos; Will podía sentir la aspereza de la barba que estaba creciendo en su cuello.

Pero, sobre todo, podía notar la S. Siempre había podido sentirla. Era una oscuridad que lo llamaba, que lo atraía. Se había resistido a ella desde la primera vez que la vio. Entonces dejó de resistirse, dejó que su llamada lo invocara.

—Creí que sería difícil —dijo Will—. Pero no lo es, ¿verdad?

Todos los meses que había pasado mirando fijamente una vela, aunque la luz se negaba a responderle. Lo único que tenía que hacer era adentrarse en la oscuridad.

—Ya eres mío —dijo Will.

—*Señor* —dijo el capitán Howell.

Sí, pensó Will, y, con una sacudida, se descubrió dentro del cuerpo del capitán Howell, mirando su propio rostro desde sus ojos.

Jadeó y sintió que el aire bajaba por una garganta desconocida. Sentía una mano en su muñeca. Era la suya. Estaba mirando su rostro. Era la desorientadora imagen de un chico con la piel tan pálida como el mármol blanco, cuyos ojos se habían vuelto totalmente negros, como si sus pupilas se hubieran tragado tanto los iris como las escleróticas. Esos ojos negros lo quemaban, ardiendo como los había visto en sueños.

Ese soy yo. Ese es mi aspecto. Él era el chico que estaba fuera, pero también era Howell. Podía sentir los brazos de Howell, de una largura distinta que la suya. Lo intentó y Howell levantó una mano de dedos gruesos, con el brazo cubierto de un rizado vello rubio. Howell tenía buena carne en los huesos, del tipo que un haragán de los muelles no podía esperar acumular.

También es más alto que yo. Se sentía pesado, voluminoso, como si llevara un traje demasiado grande. Pero aprendería a usar aquellas extremidades, pensó. Se adaptaría a su distinto equilibrio y peso. Podía hacer caminar al capitán Howell hasta la cena de Sloane, o hasta su tienda, o a una reunión más tarde en la que Sloane podría contarle sus secretos. Asumiendo que Sloane no reconociera las señales de una posesión. Si lo hacía, Will fingiría ser Sinclair.

O podía introducirse en el cuerpo del propio Sloane. Era fácil imaginarse morando otros cuerpos y, en el momento en el que lo pensó, los sintió, como puntos resplandecientes conectados por sus marcas. Docenas de marcas en aquella excavación señalando a todos los ingleses, como si Sinclair hubiera necesitado una lealtad absoluta en aquella misión. Will sintió…

El hombre que estaba fuera, vigilando la tienda. Sloane y un puñado de oficiales marcados en la cena. El intendente, que tenía dificultades para dormirse entre los incesantes sonidos de la excavación. Después nada, pero si se alejaba más...

Un hombre sosteniendo las riendas de un carruaje con unas manos cubiertas por unos guantes de piel gruesa. Una anciana tocando la campana para la cena y el sonido repicando en sus oídos. Un chico corriendo a través de una multitud con un mensaje en las manos. Había docenas, cientos, dispersos por medio mundo...

Howell. ¿Dónde estaba Howell? Se sintió presa del pánico al darse cuenta de que había dejado a Howell atrás. Buscó, pero no consiguió encontrarlo. ¿Y si no conseguía volver al cuerpo de Howell? ¿Y si no conseguía regresar al suyo?

Buscó frenéticamente algo, cualquier cosa a la que pudiera aferrarse. Pero no había nada; solo aquella arremolinada ausencia, alejándose de sí mismo. Indagó, desesperadamente, buscando algo conocido. Algo que lo arraigara, que lo atara a sí mismo...

... y se descubrió mirando, a través de unos ojos desconocidos, un semblante pecoso y una cálida y bonita cara que conocía muy bien.

—¿*Violet?* —dijo.

Ella estaba mirándolo. Podía oír el sonido del agua y oler la sal en el aire, como si estuviera en un barco.

Era ella, estaba allí de verdad, en carne y hueco, caliente y real, lo bastante cerca para tocarla.

—*Violet...*

—¡Will! —dijo James, y, con un tirón, regresó a su propio cuerpo en Umbría, jadeando como un pez sacado de un arroyo.

James estaba en la entrada como una deidad malévola; su poder chispeaba a su alrededor. El capitán Howell golpeó la pared opuesta y se quedó allí paralizado, apartado de Will por una fuerza invisible. Will giró la cabeza rápidamente y cerró los ojos para esconder su superficie sobrenaturalmente negra.

Oh, Dios, ¿lo había visto James? Jadeó con los ojos cerrados con fuerza para esconderlos, todavía mareado tras salir de su cuerpo. Se clavó las uñas en las palmas, intentando recuperarse.

Que nadie lo sepa. Que nadie lo vea.

Sintió las manos de James sobre sus hombros, las verdaderas manos de James, y se vio obligado a abrir los ojos y a mirarlo. Sintió un destello de pánico al saberse descubierto, pero James estaba mirándolo con urgencia y preocupación, lo que significaba que la tinta negra debía haber abandonado sus ojos. Se estremeció de alivio, aunque se obligó a no mostrar nada que pudiera delatarlo.

—¡Will! —dijo James con urgencia.

He encontrado a Violet. No podía decírselo a James. No podía decírselo a nadie. Nadir podía enterarse de lo que podía hacer. Se mordió la lengua para tragarse las palabras. Violet estaba viva. Estaba en un barco, seguramente camino de Calais, como Sinclair había dicho. Debía haber entrado en el cuerpo de uno de sus captores. Dios, había estado *justo allí*, en el barco, con ella.

—Will, ¿te ha hecho daño, te ha...?

Will nunca había visto a James así. No comprendía por qué estaba preocupado por él, y entonces se dio cuenta de que James los había visto abrazados y había confundido quién era el depredador y quién la presa.

La ironía hizo que el deseo de reírse trepara por su garganta. Qué curioso estar recibiendo consuelo, como siempre había ansiado. Porque, por supuesto, se basaba en una mentira. James no lo estaría ayudando si supiera lo que acababa de hacer.

Un recuerdo del pasado regresó: *Soy vulnerable mientras escudriño.* No se permitía que nadie estuviera cerca de Sarcean cuando su mente abandonaba su cuerpo, excepto Anharion, que siempre hacía guardia y cuya lealtad era absoluta, porque estaba obligado por el Collar.

Pero James no llevaba el Collar. Lo estaba protegiendo porque quería. *Sarcean nunca tuvo esto*, pensó Will con una especie de débil añoranza, deshecha por lo que James estaba dándole.

—James, estoy bien, estoy...

—Cómo te atreves a ponerle las manos encima.

James se había girado hacia el capitán Howell, que de inmediato comenzó a jadear y gorgotear contra el poste de la tienda. Fue el turno de Will de agarrar el hombro de James y tirar de él.

—*James.* Estás aplastándolo. ¡James! *Suéltalo.*

El capitán Howell cayó al suelo, tosiendo. Con la mano en la garganta, los miró fijamente.

—¿Qué ha pasado? ¿He sufrido otro de mis ataques?

—¿Un ataque? —replicó James—. ¿Sinclair ha estado aquí?

Su poder golpeó a Howell de nuevo hasta el poste de la tienda. La estructura de toda la tienda estaba a punto de venirse abajo.

—¡James, él no sabe qué ha pasado!

James emitió un sonido frustrado, pero liberó a Howell por segunda vez. Bajó la mirada mientras Howell retrocedía, tambaleándose.

—Márchate —le ordenó James—. Ahora.

Howell se irguió y se marchó, con una mano todavía en la garganta. Will estuvo a punto de llevarse la mano a la suya, empático, aunque no sentía el ahogo ni el dolor de Howell. Ya no estaba conectado con Howell, aunque una impresión del cuerpo del hombre todavía perduraba en su mente.

—Debes tener más cuidado —dijo James en cuando Howell se hubo marchado—. No puedes quedarte a solas con hombres que lleven la marca.

—Estoy bien.

Will se sentía inestable, todavía readaptándose a su cuerpo, pero incapaz de mostrarlo. Escondió la extraña dislocación que sentía, como ocultaba la vulnerabilidad de haber sido casi descubierto.

—Sinclair podría estar en cualquier parte. Tú mismo lo dijiste. Va a por ti. No estás a salvo.

Como si Will fuera el inocente, el chico desgraciado, alguien a quien James seguía, pero a quien creía intrínsecamente ingenuo. Como si Will no supiera de lo que Sinclair era capaz cuando el mismo Sinclair había matado a su madre.

—James, estoy bien.

Había visto a Violet. Sabía qué tenía que hacer.

CAPÍTULO VEINTE

—*¡Tirad a la de tres!* —oyó Violet—. *Una, dos...*

Con los ojos tapados y paralizada por el poder de la señora Duval, sintió que la jaula entera se elevaba y después se inclinaba como si la estuvieran subiendo por las escaleras. Resbaló y golpeó los barrotes de atrás. Notó aire fresco y oyó los gritos de un puerto importante, todos en francés.

¿Dónde estaba? ¿En Calais? Era el único puerto francés que conocía, un lugar al que los barcos de Sinclair viajaban a menudo, una primera parada para sus destinos en el resto de Europa. La panorámica de Calais era famosa, pero ella no podía verla con los ojos vendados. ¿Qué hacía allí?

De repente, la jaula volvió a inclinarse, esta vez en la dirección opuesta (una rampa), hasta que por fin la dejaron en lo que descubrió que era una carreta cuando dio una sacudida y comenzó a moverse.

Se mantuvo alerta, lista para arrancarse la venda de los ojos en el instante en el que pudiera moverse. Pero no hubo ninguna pausa en el poder de la señora Duval. Violet se la imaginó sentada detrás, como un sapo acuclillado, sin apartar los ojos de ella en todo el trayecto.

Una sacudida y la carreta se detuvo. A juzgar por el balanceo, estaban transportando la jaula. Después golpeó el suelo.

Violet notó una mano en su cabello. Luego, como un mago revelando un truco en el escenario, le quitaron la venda. Esperaba ver a su padre y a su hermano esperándola, lo que la señora Duval había dicho.

En lugar de eso, estaba en la decadente sala de baile de un viejo castillo francés. Estaba destrozado, con el suelo podrido y manchas de moho en el techo y una enredadera entrando a través de uno de los sucios ventanales. Vacío y enorme, desprovisto desde hacía mucho de sus bailarines y gente de la alta sociedad, le recordó un poco a la arena de entrenamiento del Alcázar de los Siervos.

La señora Duval y su hermano Leclerc estaban en el extremo opuesto de la sala de baile. La puerta de la jaula estaba abierta y Violet ya no estaba sometida. Salió despacio, con cautela, hacia el centro del espacio.

Lo primero que vio fueron los animales. Estaban disecados y colgados, en poses extrañas. Cabezas de ciervo en las paredes, grandes felinos colocados como si estuvieran saltando. Miró a una cabra montesa paralizada y la vio parpadear, y se percató con un escalofrío de que muchos estaban vivos: un cardenal junto a un gato negro, un conejo junto a una pitón; razas que no deberían estar unidas, pero que lo estaban, inquietantemente. Era una perversión del orden natural, un tipo de caos que la ponía nerviosa. ¿Qué ocurriría si la señora Duval no estuviera allí? ¿Atacarían los depredadores? ¿Serían devoradas las presas?

Leclerc, entre los animales, formaba parte de la perturbadora escena, con las cicatrices de garra atravesando visiblemente su rostro. Había empezado a imaginarse a un depredador mayor entrando en la sala de baile cuando pensó: *Esa soy yo*. Clavó los ojos en Duval.

—¿Por qué estoy aquí? —preguntó.

Entre la señora Duval y ella había una espada sobre los podridos tablones del suelo, con un cuchillo a su lado. Las armas estaban dispuestas, lo que no tenía sentido.

—Voy a enseñarte a matar a un León —le dijo la señora Duval.

Violet miró la espada y el cuchillo y después de nuevo a la mujer.

—Sé matar —replicó.

—Sabes luchar, pero nunca te has enfrentado a uno de los tuyos. —La señora Duval siguió la dirección de su mirada—. Adelante. Toma la espada.

Violet lo hizo, con tiento, sorprendida de poder moverse sin repercusiones. Cerró los dedos sobre la empuñadura de la espada y el mango del cuchillo, uno en cada mano. Antes de pensárselo dos veces, saltó los dos pasos que la separaban de la señora Duval, bajando la espada con fuerza sobre su cuerpo.

—Para —dijo la señora Duval con calma.

Violet se descubrió paralizada en el aire; su cuerpo golpeó el suelo con el hombro y una oleada de dolor que notó en los dientes y que oscureció su visión. Se quedó tumbada donde cayó, con el cuerpo antinaturalmente inmóvil, y vio los zapatos de la señora Duval acercándose.

—Quiero que te quede claro que no permitiré que me hagas daño. —Llevaba unas botas altas abotonadas, negras, de tacón bajo.

—Entonces no parpadees —dijo Violet, aunque las palabras eran una amenaza vacía. Ya sabía que un parpadeo no detenía el poder de la señora Duval. Pero ¿qué ocurriría si cerraba los ojos durante más de un fugaz segundo?

No había nada que lanzar sobre aquel suelo antiguo. Quizá podía tirarle su espada, hacerle girar la cabeza justo lo suficiente para...

—Ahora —dijo la señora Duval— enséñanos qué puedes hacer.

Violet volvía a ser libre. Entendiendo que no podía ser directa, se tragó su deseo de lanzarse con la espada sobre Duval.

—¿Y bien? Ataca —dijo la señora Duval.

Ejecutó una serie que Justice le había enseñado... y que le sorprendió ver contrarrestada.

—Has aprendido las técnicas de los Siervos, según veo —dijo la señora Duval—. Eso no será suficiente para matar a un León.

—No hay mejores guerreros que los Siervos —le espetó Violet.

—¿Eso es lo que te enseñaron? Los Leones son más fuertes que los Siervos y más rápidos. Más resistentes. Pueden recibir un golpe y seguir.

Una arremetida en la sien que hizo que le castañetearan los dientes acompañó a la palabra *golpe*. Violet sacudió la cabeza, parpadeando. Como si el golpe desgranara el recuerdo, recordó que había visto a Tom recibir una paliza de Justice y sobrevivir. Después recordó a cuántos Siervos había matado Tom.

—¿Por qué paras? Reaccionas como un Siervo que ha sido herido y golpeado. Eres una León. Un golpe como ese no debería hacerte siquiera pestañear.

Eso la hizo parpadear de nuevo por una razón diferente. ¿Estaba diciéndole la señora Duval que su sangre de León le proporcionaba resistencia ante los ataques? Era cierto que no resultaba fácil de magullar. Sabía que podía saltar desde una altura inusual y aterrizar con seguridad. Levantar objetos pesados no la destrozaba.

—No sabes casi nada de ti misma. Los Siervos no te han enseñado a aprovechar lo que eres.

—Me enseñaron a luchar.

—No te enseñaron el estilo del León; te enseñaron el suyo.

La señora Duval la golpeó de nuevo, un golpe que parecía venir de la nada, y Violet se tambaleó hacia adelante. Después se preguntó si de verdad necesitaba tambalearse. ¿Qué habría pasado si se hubiera mantenido firme?

—No conoces tu fuerza —le dijo la señora Duval—. El mejor Siervo enfrentado al mejor León moriría. Siempre. A pesar de sus pociones, de sus pactos con la Oscuridad. Has aprendido de aquellos que son inferiores a ti.

—Los Siervos no son *inferiores* —dijo Violet. Pero Tom había herido a Justice en el *Sealgair*. Recordó a Justice flotando boca abajo en el agua fría, con el cabello negro esparcido a su alrededor.

—¿Qué crees que es un León? ¿O eso tampoco te lo contaron?

Violet la miró, furiosa. Odiaba no saberlo. La hizo sentirse incapaz de hablar, como cuando Tom le contaba historias sobre Calcuta. Apartó esos sentimientos, como siempre hacía, y concentró su odio en la señora Duval.

—En el mundo antiguo eran muchos los que tenían poderes. La estirpe del Fénix, la estirpe de la Mantícora... A diferencia de la estirpe de los Leones, estas se extinguieron. Pero los Leones sobrevivieron. Tú tienes un papel que interpretar: *Llegará el día en el que un León tomará el Escudo de Rassalon.*

—Creí que mi destino era ser devorada —replicó Violet, aunque se sentía inquieta. Aquello se parecía mucho a las palabras que le había dicho la Siervo Mayor.

—Devorar o ser devorada —dijo la señora Duval en lugar de contestar—. Los Leones son fuertes, pero pueden morir. Necesitarás más que tu fuerza para matar a tus iguales. Te han enseñado a ganar, pero no a matar. Yo te enseñaré. Aprenderás a golpear más rápido, sin piedad, allí donde tu oponente sea más vulnerable. Te enseñaré cuáles son las debilidades de tu cuerpo: los ojos, la garganta, el hígado.

—¿Por qué querría yo matar a un León?

—Porque la pelea con tu hermano será a muerte —dijo la señora Duval, y a Violet se le secó la boca.

Bajó la espada y casi le sorprendió que la señora Duval no aprovechara esa ventaja de inmediato. Un momento después, la tiró al suelo.

—No voy a matar a Tom.

—¿Y cuando él intente matarte? —le preguntó la señora Duval.

—Él nunca haría eso.

—¿No te contó nada tu familia? Al final, Tom Ballard vendrá a matarte. Y entonces estarás preparada para luchar contra él o no lo estarás.

Violet no recogió la espada.

—¿Por qué debería creerte?

—Yo conocí a tu madre —le dijo la mujer. Violet la miró fijamente—. Sabía lo que ella sabía. Las leyes que gobiernan a todos los tuyos. *La muerte de un León otorga el poder del León.*

Era como si oyera las palabras desde muy lejos. Reverberaron en ella como una campana, invocando algo más profundo en su interior. *La muerte de un León…*

Un recuerdo: unas manos en su cabello y una mujer cantando. Una falda que no llevaba el estructurado miriñaque de las faldas inglesas, sino que estaba hecha de una tela distinta, verde y amarilla y de pliegues fluidos. No recordaba las palabras de la canción ni el estampado en el dobladillo de la falda ni…

—Dijiste su nombre.

Sus palabras sonaron muy lejos. Tuvo que expulsarlas y aun así no parecían suyas. Casi le daba miedo hablar de ello. *Gauhar.* El hombre de su madre. El tema prohibido. *¡¿Cómo has podido traer a la hija de esa mujer a mi casa?!*

—Antes. Dijiste su nombre. Dijiste...

La señora Duval no contestó.

—El aspirante Azar asesinó a Rassalon para conseguir su poder, pero algo fue mal. Azar tomó el escudo, pero los poderes no se transfirieron. Rassalon fue el último León de verdad.

—«El último León de verdad».

Las palabras encendieron en ella una chispa, una conexión con algo más importante que ella, un recuerdo envolvente de calidez.

—Eso era lo que tu madre deseaba para ti —dijo la señora Duval—. Que tomaras el manto de Rassalon. Que devolvieras a tu familia su legítima gloria. Que fueras una auténtica León. Pero John Ballard tenía otros planes.

—No lo comprendo —dijo Violet. Pero era aquella sensación lo que no comprendía, aquella conexión espectral con algo olvidado hacía mucho.

—Tu padre te hizo. —La palabra hizo le revolvió el estómago—. Y después mató a tu madre. —La chica miró a la señora Duval, horrorizada—. Quería su poder para sí mismo y para su hijo. Pero, como con Azar, algo fue mal. No se convirtió en un verdadero León, así que te llevó con él a Inglaterra. Quiere descubrir qué fue mal y, cuando tenga la respuesta, te entregará a su hijo.

Violet se sentía mareada.

—¿Por qué me cuentas todo esto? ¿Quién eres tú?

—Soy la última de los Basiliscos —dijo la señora Duval—. Y sé que solo un verdadero León puede enfrentarse a lo que yace bajo Undahar.

La dejaron en la bodega.

Estaba de nuevo en su jaula; le habían dejado cadena suficiente para que se moviera un par de pasos en cada dirección, pero no podía llegar más allá de los barrotes y mucho menos a la escalera que conducía a la puerta de la bodega o a alguno de los barriles de vino en desuso esparcidos por la habitación subterránea. Los grilletes de los Siervos que llevaba en las muñecas le minaban la fuerza que podría haber usado para romper las cadenas o para arrancarlas del muro.

En el trayecto vio atisbos del decadente castillo: ventanas tapiadas, sábanas blancas sobre el mobiliario, habitaciones en las que el papel de pared y el yeso se estaban cayendo para revelar la antigua madera. Sobre la enorme repisa de una chimenea vio unas palabras grabadas: *La fin de la misère.* No comprendía el significado, pero las palabras la hicieron estremecerse.

Al mismo tiempo, se sentía golpeada por los sentimientos que había despertado en ella la señora Duval. Su vida en la India era un puñado de recuerdos difusos, bloqueados por su propia mente. En la mayor parte de sus recuerdos estaban los Ballard, como si hubiera nacido en el momento en el que su padre se la llevó con él, como un *souvenir*. No recordaba a su madre. No recordaba haber sentido tristeza por la partida. Era demasiado pequeña para comprenderlo; eso era lo que su padre le había dicho siempre.

Recordaba el barco, por donde había corrido alegremente. Recordaba la llegada a Londres. Recordaba el rostro de la esposa de su padre, Louisa, al igual que la impersonal fachada de piedra de su casa londinense. Recordaba la primera vez que había entendido que no iba a ser uno de ellos: la discusión sobre dónde debía sentarse en la cena.

Pero, antes de eso, tuvo una madre que la quería, que hizo planes para ella, que tenía esperanzas y sueños para ella. Una madre que había venido de un lugar del que ella no sabía nada, porque había evitado incluso mencionar la India y fruncía el ceño cuando Tom o su padre hablaban de ello, como si la enfadara, cuando quizá el sentimiento no había sido de enfado, después de todo.

Leclerc la observaba desde las escaleras.

Esperaba que Leclerc se acercara, pero era meticuloso y cauto, como si estuviera acostumbrado a lidiar con criaturas en jaulas grandes. Miró las cicatrices de su rostro: quizá la fuente de su prudencia actual era su descuido del pasado.

Debería seguirles la corriente, poner a Leclerc de su lado. *Eso es lo que haría Will*, pensó. Se había topado con Will apresado y encadenado exactamente así y lo primero que hizo él fue intentar convencerla para que lo soltara.

Consiguió convencerla para que lo soltara, pensándolo bien.

¿Cómo lo hizo? Unos ojos oscuros que parecían atravesarte y una sensación de que entregaría su vida sin esperar que nadie acudiera en su ayuda.

Vio a Leclerc subiendo las escaleras y aceptando una bandeja del ayudante de cocina que apareció allí. En lugar de ponerse al alcance de sus cadenas, Leclerc colocó la bandeja en el suelo y después la empujó hacia ella con su bastón.

—¿Ves? No somos tus enemigos.

La bandeja de madera podría ser un arma, pensó mientras se la acercaba. Rasgó un trozo del pan duro y se lo comió con ansia y después pensó que Will seguramente no se lo habría comido, sospechando que podía estar envenenado o algo así.

Bueno, con suerte no lo estaría. Le dio otro bocado. No sabía a veneno: sabía a pan rancio, lo que a decir verdad no era mucho mejor.

—Si tu hermana puede controlar a los animales —dijo Violet, masticando—, ¿por qué no te ayudó con lo de la cara?

Leclerc enrojeció.

—El poder es hereditario. Cuando somos niños, hacemos una prueba para descubrir quién lo tiene y quién no.

Violet dejó de masticar.

—¿Qué? ¿Te dejaron con un animal salvaje?

—Como puedes ver —replicó Leclerc.

Las cicatrices le atravesaban la cara como senderos entrecruzados y serpenteantes horadando un paisaje, blancos y pronunciados, con un fruncido rosado en los bordes. Le faltaba el ojo izquierdo. Había necesitado el bastón incluso antes de que Elizabeth lo apuñalara.

—¿Qué tipo de animal? —le preguntó Violet.

—Un león —contestó, y a ella se le erizó la piel.

—¿Como yo?

—Un león de verdad. ¿Alguna vez has visto uno? Son más imponentes de lo que imaginas. Dorados como las hierbas en las que se recuestan, de movimientos lentos, como si tuvieran pocas preocupaciones en el mundo. Pero, cuando se yerguen, lo dominan todo. Puedes ver lo grandes que son sus patas por la distancia entre mis cicatrices. Por supuesto, entonces era solo un niño. —Leclerc le mostró una ligera sonrisa—. Fue la prueba a la que me sometió mi padre para saber si yo había heredado el poder de controlar a los animales. No fue así.

—Así que tú eres el hermano débil —le dijo.

Leclerc la miró con el rostro desfigurado.

—No tengo los poderes de mi padre.

—Pero tu hermana sí. ¿Estás celoso?

No conseguía perturbar su calma.

—Te equivocas al desconfiar de mi hermana. Ella fue la que detuvo a la bestia, a pesar de que mi familia habría dejado que me destrozara. Ella me sacó de allí y rompió el control que mi padre tenía sobre ambos. Así que no creas que puedes interponerte entre nosotros. Mi hermana siempre ayuda al débil. Si se lo permites, te ayudará a ti también a librarte de tu padre.

Violet se sonrojó en la oscuridad. La historia de Leclerc era inquietantemente similar a la suya: el padre ofreciendo a su hijo en el altar del poder. No quería tener nada en común con Leclerc. En sus fantasías más profundas, Tom descubría la verdad sobre su padre y la ayudaba, como la señora Duval había ayudado a Leclerc. Pero Tom nunca había hecho eso.

—Pensaba que tu hermana trabajaba para Sinclair.

—Lo hace… cuando quiere hacerlo —dijo Leclerc—. Lo que está claro es que tu padre y ella no son amigos.

—Entonces, ¿me está entrenando en secreto? ¿Sinclair no lo sabe?

Leclerc le echó una mirada impersonal y evaluadora.

—¿Qué es una sombra? —le preguntó—. ¿Alguna vez te lo has preguntado? ¿Cuál era exactamente el trato que los Siervos hacían con la Oscuridad?

—Sé que yo maté a una —dijo Violet—. Eso es lo único que importa.

—No sola —le dijo Leclerc—. Gracias al poder de Rassalon.

Eso la detuvo en seco. La única persona a la que le había hablado del poder del Escudo de Rassalon contra las sombras era Will. Y ni siquiera le había contado a él todo lo que había ocurrido en aquel combate oscuro y solitario. Miró a Leclerc y lo descubrió mirándola a ella también.

—¿Cómo sabes eso?

—Solo un verdadero León puede enfrentarse a lo que yace bajo Undahar.

Aquellas habían sido las palabras de su hermana. Con frialdad, el hombre levantó su bastón y señaló la bandeja con él.

—Come —le dijo—. Necesitarás estar fuerte para completar el entrenamiento de mi hermana.

CAPÍTULO VEINTIUNO

—¡Te atrapé, pequeña alimaña!

La mano de un hombre se cerró sobre su brazo y tiró de ella hacia atrás. No se resistió; seguía mirando a la chica, desconcertada.

—¡Suéltame! ¡Suéltame! —Elizabeth forcejeó como un gato en una bolsa—. ¡Katherine! ¡Katherine!

Katherine no la oyó y entró en la posada con Prescott y un hombre elegante con chistera. *Will me dijo que estaba muerta.* ¿Se había equivocado?

Me mintió. Es un embustero.

Estaba tan furiosa con él que en su lugar golpeó a los dos hombres que la retenían. *Mentiroso.* Katherine estaba viva. Estaba allí, lo bastante cerca para alcanzarla si conseguía soltarse…

—¡Ay! ¡Me ha dado una patada justo en…! —El hombre dio un paso renqueante y soltó un montón de maldiciones—. ¡Métela de nuevo en la carreta y esta vez asegúrate de que la maldita puerta esté cerrada!

El primero de los dos hombres habló mientras abría la puerta de la carreta. Elizabeth se concentró en ella. Una boca negra abierta: el horror la hizo revolverse más ante la idea de regresar allí. *Ahí no, no con…*

El que estaba junto a la puerta se tapó la nariz con el antebrazo y dijo:

—Jesús, creo que la otra está muerta.

El que sostenía a Elizabeth maldijo de nuevo.

—Mierda. —Era el más bajito de los dos, un hombre recio con cabello castaño debajo de una gorra vieja—. Entonces sácala y asegúrate de que no está fingiendo.

—No la toques. No la toques —dijo Elizabeth con una oleada de náusea mientras el hombre más alto arrastraba a Sarah hasta la puerta de la carreta y después se colgaba su cuerpo como un peso muerto del hombro. La tiró en la esquina, cerca de unas gavillas de heno. No estaba fingiendo.

Katherine está viva, se dijo Elizabeth, sin poder quitarse de la mente la imagen de los ojos abiertos de Sarah. *Katherine está viva. Katherine está viva.*

Estaba forcejando de verdad. Intentó apoyar las piernas en la puerta de la carreta para que el hombre que la estaba levantando no pudiera meterla dentro.

—¿Necesitas que te eche una mano, Georgie? —dijo el hombre más alto con frialdad mientras el más bajito y robusto, al que había llamado Georgie, maldecía de nuevo cuando el talón del zapato de Elizabeth le golpeó la espinilla con gran fuerza. La niña sintió un tirón brusco en el cuello y oyó que la tela se rasgaba, pero forcejeó sin que le importara.

—¡Suéltame!

No estaba acostumbrada a llevar joyas y no pensó en el brusco tirón de su garganta.

—¿Qué es eso? ¿Un colgante de Siervo?

El hombre alto se agachó. ¡Se le había caído el medallón! Abrió la boca para decir *¡Es mío, devuélvemelo!* cuando Georgie gritó con brusquedad:

—¡No lo toques, idiota! No sabes qué magia puede tener.

El hombre alto apartó la mano y se santiguó, por si acaso.

—¡Magia de Siervo!

—Yo la meteré otra vez dentro. Tú ve a decirle al señor Prescott que la chica mayor está muerta. Dile que yo me ocuparé de esta. —Zarandeó a Elizabeth.

Ella le mordió el brazo y Georgie maldijo de nuevo, acercándola bruscamente a la entrada de la carreta. Lo intentó de nuevo; como no conseguía empujarla dentro, subió al interior y la arrastró.

La niña terminó de nuevo en el limitado espacio de la carreta, oscuro y silencioso; los relinchos de los caballos y el olor del heno parecían lejanos, como si estuvieran en un espacio privado y cerrado.

Una mano carnosa sobre su boca y una rodilla en el estómago la mantuvieron en el suelo, como si estuviera esperando a que el hombre alto se marchara. Su captor levantó el medallón hasta que colgó delante de su rostro y le preguntó:

—¿De dónde has sacado esto?

—¡Eso no es asunto tuyo! —le espetó Elizabeth en el momento en el que le quitó la mano de la boca.

—¿Te lo encontraste? ¿Lo robaste? —Un silencio obstinado—. Pequeña desgraciada. Este es el collar de Eleanor. ¿Dónde lo has conseguido?

¿Eleanor?

El nombre la hizo detenerse, perdiendo el aliento.

—¿Qué más da de dónde lo sacara?

—Eleanor está muerta, sabandija. ¿Robas a los muertos? —La zarandeó con fuerza.

La acusación la dejó boquiabierta, impasible ante la sacudida.

—¡No lo robé! ¡Alguien me lo dio!

—¿Quién?

—Un embustero —dijo Elizabeth—. ¿Qué importa eso?

El hombre la miró fijamente. Era recio, un hombre de rostro rubicundo con chaleco, camisa y pantalones de pana. Parecía un obrero o un mozo de cuadra. La sujetó con una mano y se guardó el medallón en la camisa con la otra. Verlo desaparecer fue como si una luz se apagara.

—¡Dámelo! ¡Devuélvemelo!

Como era demasiado bajita para llegar al lugar donde se había guardado el medallón, lo golpeó con los puños. El hombre maldijo de nuevo, usando esta vez una breve palabra que Elizabeth no había oído antes. Habría replicado, recordando la reacción de su tía la vez que Katherine dijo *maldito*, de no ser por la razón por la que él había murmurado.

El medallón estaba en su mano, como si hubiera saltado hasta allí.

Lo miró. Él también lo miró. Elizabeth recordó a Sarah susurrando: *No les diré quién eres.* Sarah había muerto protegiendo a la Dama.

—Eres la hija de Eleanor Kempen —dijo—. ¿No es cierto?

Se le erizó el vello de los brazos. Una parte de ella pensó: *¿Ese es su nombre?* Siempre lo había negado. *Esa mujer no es mi madre.* Pero el corazón le latía de un modo extraño y el medallón estaba caliente en su mano. *¿Y qué si lo soy?* No lo dijo.

—¿Cómo te llamas? —le preguntó él.

—Elizabeth.

—Nombre de reina. Como el de tu madre.

No sabía por qué tenía los ojos húmedos. Nunca pensaba en sí misma como alguien que tuviera madre, como alguien que formaba parte de una estirpe. Era como si aquel pequeño trozo de metal la conectara con un pasado interminable.

—Escucha —le dijo el hombre—. Hay una aldea a veinticinco kilómetros al este de aquí llamada Stanton. Puedo conseguirte un caballo y despejarte el camino. Podrías partir esta noche y cabalgar hasta allí. Pregunta por Ellie Lange. Ella sabrá qué hacer.

No tenía sentido.

—¿Por qué dejas que me marche?

—Porque le hice una promesa a la propietaria de ese colgante. Le juré que, si alguno de sus hijos estaba alguna vez en peligro, lo ayudaría.

Elizabeth agarró el medallón con fuerza. Pensó en Will, que le había dicho: *Ella habría querido que lo tuvieras tú.*

Era un mentiroso y no era de fiar, pero una parte de ella, pequeña e infantil, creía que quizá su madre estaba ayudándola.

—Quedamos algunos que conocemos las viejas costumbres —dijo el hombre—. Que servimos a la Dama.

¿De verdad había perdido el tiempo su madre reuniendo aliados que la ayudaran?

Elizabeth tomó aliento, decidida.

—No me iré sin mi hermana.

—¿Tu hermana?

—Katherine. Está dentro. Con el señor Prescott.

El hombre parecía desconcertado.

206 • EL HEREDERO OSCURO

—¿Lady Crenshaw es tu hermana?

—¿«Lady Crenshaw»? —repitió Elizabeth.

En Londres, Katherine solo hablaba de ese título: *Viviremos en Ruthern y yo seré lady Crenshaw y celebraré fiestas, elegiré los menús y podremos comer lo que queramos.* Elizabeth replicaba, leal: *A mí me gustan las comidas de nuestra cocinera.* Y Katherine la abrazaba y le decía: *Seguiremos tomando sus comidas. Pero después comeremos helado de albaricoque.*

Pero después, una noche, Katherine apareció en su dormitorio con una mueca de miedo en la cara. *Elizabeth, tenemos que irnos.*

Esa fue la noche en la que Elizabeth descubrió que las pesadillas eran reales.

—Ella no es lady Crenshaw. Es Katherine Kent. Nunca se casaría con Simon; él es...

Un asesino. Había matado a la mujer cuyo medallón tenía en la mano. Había matado a montones de mujeres. Y estaba muerto. Will lo había dicho. Pero, claro, Will era un embustero. Will había dicho que Katherine estaba muerta.

—No se ha casado con Simon —dijo el hombre—. Se ha casado con Phillip, su hermano.

¿Phillip?

—¡Si ni siquiera conoce a Phillip!

El hombre se encogió de hombros. Elizabeth frunció el ceño. No tenía sentido. Hizo una mueca e intentó pensar. ¿Cómo podía descubrir si la historia de aquel hombre era la verdad?

—¿Se celebró la boda en la iglesia de San Jorge, en la plaza de Hannover?

El hombre negó con la cabeza.

—Fue una ceremonia privada y nocturna y no asistió nadie, que yo sepa.

—¡Eso lo demuestra! —exclamó Elizabeth—. Algo va mal. Ella nunca se casaría en privado. Tienes que ayudarla.

El hombre levantó las manos para descartar la idea. Tenía arrugas alrededor de sus ojos, que eran azules.

—Oh, no. Me delatará. Es la esposa de Phillip. Está en esto con él.

—Es la hija de Eleanor, igual que yo —dijo Elizabeth.

El hombre dijo la misma palabra que había dicho dos veces antes.

—Mi tía dice que esa es una palabrota —espetó Elizabeth—. Dice que ser bien hablada habla bien de ti. Dice que los modales hacen al hombre. Dice...

Él volvió a decir la palabra.

—Espera aquí —le pidió de mala gana—. Tu hermana está en la posada con Phillip. Me inventaré una excusa para llamarla.

—¿«Georgie» qué más? —le preguntó Elizabeth, de repente.

—¿Qué?

—Ese hombre te ha llamado *Georgie*. ¿«Georgie» qué más?

—Redlan George —dijo—. Señor Georgie para ti.

Elizabeth no lo esperó allí. Lo siguió hasta las puertas del establo, donde Redlan se detuvo para mirar la posada al otro lado del patio.

—Es extraño —dijo.

—¿Qué? —replicó Elizabeth.

—Esos hombres. No estaban aquí antes. —Frunció el ceño.

Elizabeth miró desde atrás. Había cinco hombres ostentosamente apostados fuera de una de las habitaciones de la primera planta. No estaban allí antes. Parecían guardias.

—Ese es Hugh Stanley —estaba diciendo Redlan—. Y John Goddard. Amos Franken. —Los nombres no significaban nada para ella, pero él parecía conocerlos—. Espera aquí y que no te vean.

Elizabeth no quería esperar, pero pensó que él tenía razón sobre lo de no dejar que la vieran, así que se escondió detrás de dos hileras de toneles mientras él atravesaba el patio. Entre las duelas, tenía una vista clara de los cinco hombres.

Goddard y Stanley estaban jugando con un dado de hueso en un vaso de madera sobre una mesa improvisada. De los demás, dos estaban mirando, sentados en tocones de madera, y de vez en cuando lanzaban una carcajada estridente. El último era el hombre al que Redlan había llamado Amos Franken. Estaba sentado en una caja junto a la puerta, cortando una manzana roja con un cuchillo y metiéndose los trozos en la boca.

Goddard levantó la mirada de la mesa y saludó a Redlan con las palabras:

—Si has matado a la otra chica, Prescott no va a alegrarse.

Redlan resopló.

—Abre. Tengo órdenes de llevar a la dama con Phillip.

—Yo no sé nada de eso.

—Te estás enterando ahora. —Redlan extendió la mano con autoridad.

Goddard se encogió de hombros y le lanzó las llaves.

—Mejor tú que yo.

—¿Y eso por qué?

—Está chiflada —dijo Goddard—. Habla en otros idiomas. —Sus ojos estaban de nuevo en la partida.

—¡Me toca! —exclamó Hugh Stanley. Se frotó las manos y lanzó el dado sobre la mesa. Después dijo la palabra del señor Georgie. Los demás se rieron tanto que Amos Franken dejó de comer su manzana y se acercó solo para reírse también cuando vio lo que había en la mesa.

Redlan desapareció a través de la puerta. Concentrados, los hombres no prestaron a su marcha ninguna atención y nada ocurrió durante largos minutos excepto que Franken se terminó su manzana, soltó el cuchillo y se sentó, ahora atrapado por la partida de dados.

Y después Redlan sacó a su prisionera y Elizabeth tragó saliva.

Era ella. Era Katherine.

Se sintió aliviada. No había sido un sueño o alguna alucinación febril u otra chica. Era Katherine, con sus tirabuzones dorados encuadrando su rostro. Había perdido su sombrerito y su vestido amarillo tenía un rasgón. Eso no le habría gustado. Odiaba cuando su ropa se estropeaba.

Elizabeth dio un paso hacia ella, con escozor en los ojos y el corazón inundado de una alegría que amenazaba con derramarse.

Katherine tomó el cuchillo de la mesa y se lo clavó a Redlan George en la garganta.

Pero es nuestro amigo, pensó Elizabeth con desconcertado asombro mientras Redlan caía al suelo y la sangre manaba de su cuello. *Estás matando a nuestro amigo.*

Se quedó paralizada, clavada en el sitio. La sangre salpicó el vestido amarillo de Katherine, que levantó el cuchillo de nuevo y le abrió la yugular a Amos Franken. El corazón de la manzana rodó hasta el suelo.

Stanley y Goddard se levantaron de un salto, tirando el dado y el vaso por separado. Stanley sacó y empezó a cargar una pistola, rasgando desesperadamente con los dientes el papel del cargador. Goddard retrocedió y echó a correr hacia la puerta principal de la posada.

Va a por ayuda, pensó Elizabeth sin emoción mientras el último hombre se lanzaba sobre Katherine, que golpeó la fachada con expresión de asombro, como si no esperara que el peso del hombre pudiera moverla. Un momento después, el hombre se desplomó con el vientre abierto tras ser apuñalado.

Katherine pasó sobre él. No parecía perturbada. Mostraba la actitud práctica de un carnicero en su trabajo. Usó el cuchillo para cortarse la cuerda de las muñecas tras matar a cinco hombres a dos manos, como un campanero. La cuerda cayó al suelo. Miró los ojos enrojecidos de Hugh Stanley.

—¡Atrás o dispararé!

Stanley había cargado la pistola y estaba apuntando a Katherine, aunque el cañón temblaba ligeramente. Katherine se lanzó sobre él con el cuchillo, ignorando la pistola como si ni siquiera la hubiera visto.

Él disparó.

Elizabeth la vio tambalearse y una mancha roja floreció en su estómago. Parecía desconcertada y se tocó la herida como si no se lo creyera. Sus ojos y boca eran círculos de sorpresa.

—¡He dicho atrás! —gritó Stanley mientras ella levantaba de nuevo la mirada. Un segundo después cayó hacia atrás, con el cuchillo de Katherine clavado en el ojo; se lo había lanzado con certera precisión. Después, Katherine se agachó y le extrajo el cuchillo de la cuenca del ojo.

Elizabeth corrió hacia ella, le agarró la muñeca y tiró.

—¡Katherine! Por aquí. Nos llevaremos un caballo. ¡Vamos!

Katherine no se movió ni la saludó; solo se miró el brazo, sin reconocerla. Después de un momento, dijo:

—Había otro. Uno que huyó.

—Fue a conseguir ayuda. ¡Tenemos que irnos!

—Sería más fácil matarlo —dijo Katherine.

Prescott estaba saliendo de la posada, con John Goddard siguiéndolo de cerca. Prescott le echó un vistazo a Katherine y envió a Goddard de inmediato al interior, como para buscar refuerzos.

—Necesitamos caballos —dijo Elizabeth, tirando con mayor fuerza del brazo de Katherine—. El establo está por aquí. Vamos. Vamos.

Un paso reacio, como si Katherine permitiera por fin que la arrastrara hacia el establo.

—Tenemos que ir al oeste —estaba diciendo Elizabeth—. Nos ayudarán en la aldea de Stanton. Una mujer llamada Ellie Lange.

En el oscuro interior con olor a paja del establo, Elizabeth buscó una montura desesperadamente y vio solo caballos de tiro con los cascos peludos, demasiado lentos para todo excepto trabajar. De repente, corriendo de cubículo a cubículo, vio un rostro conocido, con sus manchas marrones y blancas como salpicaduras de pintura.

—¡Nell! —dijo, y abrazó el cálido cuello de su poni.

La caricia en respuesta con el hocico desbloqueó una cámara en el corazón de Elizabeth. Con una oleada de lealtad, decidió que Nell era el caballo más rápido de toda Inglaterra. Le lanzó unas bridas a su poni y se giró para ayudar a Katherine.

Katherine estaba abriendo la puerta de un compartimento que albergaba el tipo de caballo que debería haberla aterrado: un monstruoso alazán de un metro ochenta con el cuello grueso y patas poderosas. En Londres, había sido Elizabeth quien le había explicado cómo ensillar a Ladybird, mientras que Katherine apenas era capaz de levantar la silla. Ahora Katherine ni siquiera se molestó con los arreos; subió a la grupa desnuda del caballo para cabalgar escandalosamente a horcajadas. Le dio un tirón en la crin, dijo algo que sonó como *¡Vala!* y salió a toda velocidad por las puertas del establo.

Elizabeth se subió a Nell, dijo *¡Arre, Nell!* y siguió la estela de Katherine a un patio lleno de hombres gritando, de hombres agarrando armas, de hombres levantando faroles y sujetándose mosquetes a los cinturones.

—¡Ahí están! ¡Detenedlas!

Intentaron agarrarles los tobillos.

—¡Vamos, Nell, vamos!

Nell se esforzó; movió las cortas patas con ferocidad. Como no había otros caballos para montar en el establo, tenían una oportunidad de escapar. Cuando atravesaron las puertas de la posada galopando con fuerza, Elizabeth sintió una oleada de esperanza.

Entonces, a lo lejos, oyó perros.

Recordó el sonido en el alcázar: perros negros inundando los salones más rápido de lo que ellos podían correr.

—¡Tenemos que ir al oeste! ¡En Stanton pueden ayudarnos!

Katherine no contestó y siguió cabalgando con rapidez. La verdad era que Elizabeth no sabía en qué dirección estaba el oeste y Katherine tampoco tenía modo de saberlo. En la oscuridad, el vestido amarillo de Katherine era el único punto claro y Elizabeth lo siguió con tenacidad, como un espectral fuego fatuo alejándola de la carretera hacia un denso bosque.

Se suponía que no debían cabalgar a gran velocidad por el bosque. Cuando cruzaron las Ciénagas de la Abadía la noche en la que huyeron de Londres, viajaron a paso de tortuga, eligiendo el camino con cuidado por el terreno pantanoso. Pero Katherine no aminoró la velocidad, a pesar de los peligros de las madrigueras de conejo, troncos, ramas bajas o terraplenes repentinos en los que un caballo podía romperse una pata. Elizabeth ignoró las ramas que le azotaban la cara y rezó por la seguridad de Nell mientras el poni seguía al caballo de Katherine con valentía.

Los perros sonaban más lejos. Los árboles se hicieron más densos y el terreno más escarpado. Al final, Katherine se detuvo y desmontó.

Se había detenido en el fondo de un barranco salpicado de piedras cubiertas de húmedo musgo donde un atisbo de luz de luna mostraba un arroyo oscuro y rápido. Su caballo empezó a beber agua. Elizabeth desmontó y se mantuvo a distancia.

Katherine apoyó el hombro en el tronco de un abedul. Se estaba sujetando el estómago y su vestido amarillo estaba salpicado de bandas oscuras. Después de un momento, tomó el cuchillo y, como si pelara una manzana, cortó una sinuosa tira de tela de su vestido y se presionó con ella la herida del vientre.

Elizabeth la miró: su vestido salpicado de sangre, el cuchillo que blandía con facilidad, la atención fría y práctica con la que examinaba su herida. Había cabalgado kilómetros con esa herida. Había matado a cinco hombres con ese cuchillo.

Elizabeth sintió que el remolino de todo lo que no encajaba se fusionaba en algo que no quería ver estando allí, sola, en el bosque.

—Tú no eres Katherine —le dijo Elizabeth—. Katherine no sabe hacer un vendaje ni montar a pelo ni luchar. Ella no ase... asesina. ¡Y nunca usa ese color, el amarillo no le pega con el cabello!

La expresión de Katherine se agrió.

—Katherine —dijo. Pronunció el nombre con desagrado, como si lo probara y no le gustara el sabor—. ¿Quién era ella para ti?

Era. A Elizabeth se le erizó el vello de los brazos.

—Es mi hermana.

—¿Hermana?

—Le has hecho algo. ¿Qué?

—Tu hermana está muerta —dijo Katherine.

Elizabeth dio un paso atrás.

—¿Muerta?

Eso era lo que Will le había dicho, pero Will era un mentiroso. Katherine estaba viva. ¿No? Elizabeth miró a la chica que tenía delante. No era una doble. No era alguien con un parecido asombroso. Era Katherine. Cada partícula de ella era tal como Elizabeth la recordaba. Pero no era ella.

—Ese es su cuerpo —dijo Elizabeth con creciente horror—. Estás en su cuerpo.

De inmediato, Elizabeth lo vio con claridad: había una persona distinta tras los ojos de Katherine. Era el rostro de su hermana, pero no era esta quien lo movía.

—Devuélveselo.

La persona que estaba dentro de Katherine la miró con frialdad. Elizabeth se lanzó sobre ella, le agarró la parte delantera del vestido y la zarandeó.

—¡Devuélveselo! —Y después intentó llegar hasta ella—: ¡Katherine! ¡Katherine! ¡Soy yo, Elizabeth!

Katherine agarró a la niña y la obligó a soltarla.

—Katherine no puede oírte. Está muerta.

—Estás mintiendo —dijo Elizabeth—. ¡Tráela de vuelta!

—No somos dos espíritus habitando la misma vasija —dijo Katherine—. Ella se ha ido, como la última luz al final del día. No hay nada que traer de vuelta.

Elizabeth no lo creía, no podía creérselo. Y, aun así, la criatura que ocupaba el cuerpo de Katherine era fría y distinta y no tenía nada de Katherine en ella. Elizabeth miró su expresión desconocida, y su postura desconocida, y la mano desconocida con la que aún sostenía un cuchillo.

—¿Quién eres?

—Soy Visander, el campeón de la reina —dijo el cuerpo que antes era Katherine—. Y he regresado a este mundo para matar al Rey Oscuro.

Y de repente ella vio lo que era: un soldado. Lo vio en su eficiencia matando, en sus tácticas despiadadas y en la poca atención que prestaba a la herida de su estómago. Se secó la humedad de la cara con el antebrazo.

—Bueno, pues no te necesitamos —replicó Elizabeth—. Ya hemos detenido al Rey Oscuro, así que puedes volver por donde viniste y devolverme a mi hermana…

Visander se concentró de repente en ella.

—¿Lo conoces? ¿Sabes…?

Se detuvo y giró la cabeza bruscamente.

Un sonido espectral resonó en el bosque. *No*, pensó Elizabeth. Se le heló la sangre. *No, no, no.* Un recuerdo atropellado, corriendo a través de unos pasillos manchados de sangre y cayendo contra un árbol de luz mientras ese grito resonaba en los salones de piedra vacíos. Había oído ese sonido antes, cuando el cielo se volvió rojo, y después negro, sobre el alcázar.

—*Vara kishtar.* —Visander soltó un suspiro—. Indeviel, ¿has desatado a los *vara kishtar* contra mí?

Una sombra, pensó Elizabeth. *Una sombra, una sombra, una sombra.*

—¿Qué significa *vara kishtar*?

—Perros que no son perros, aunque cazan. —Se miró la mano pegajosa con la que se aferraba el estómago—. Siguen el olor de mi sangre.

Comenzó a arrancar jirones de la falda. Se movía con la misma eficacia, como si se preparara para la batalla, que cuando sacó su caballo del establo.

—Sombras —dijo Elizabeth, sintiéndose mareada.

—No son auténticas sombras —le explicó Visander—. Son sabuesos de sombra y pertenecen a su amo. —Tomó los jirones ensangrentados de la falda y los ató a la rama que tenía encima—. Esto los distraerá durante un tiempo.

Montó de nuevo en su caballo, agarrándose el vientre con una mano. No se movía con tanta agilidad como antes. Miró a Elizabeth.

—No me sigas. Eres solo una molestia.

La niña tardó un momento en darse cuenta de que Visander estaba abandonándola.

—No.

Se lanzó delante de su caballo, pero él la eludió con rapidez, dirigiendo al alazán sin riendas.

Y salió disparado.

Elizabeth lo miró con la boca abierta. Cuando subió en Nell y le clavó los talones en los flancos, Visander estaba lejos. Cabalgó a toda prisa para alcanzarlo, pero Nell parecía haber perdido lo que la había impulsado. No flotó sobre el terreno; corrió con la solidez de un poni, aplastando la maleza.

Vio las cuatro siluetas oscuras acercándose a Visander desde cada lado. Y, con la elegancia terrible de su raza, los *vara kishtar* atacaron.

El primero saltó, tan silencioso como una pantera, y golpeó las rodillas del caballo. Tres de los sabuesos de sombra cayeron sobre el corcel, rasgándole la garganta y el vientre. El cuarto saltó hacia Visander.

Elizabeth desmontó y le gritó a Nell que se alejara.

—¡Corre, Nell! ¡Corre! —Después agarró una roca y corrió hacia los perros.

Visander rodó, esquivó el primer salto y se incorporó con el cuchillo. Pero estaba pálido, agarrándose el vientre, y un cuchillo para pelar manzanas no mataría a un *vara kishtar*. El perro de sombra se preparó para saltar de nuevo y otro apenas unos segundos después.

—¡No! —gritó Elizabeth—. ¡Parad! ¡Es mi hermana!

Se lanzó sobre el cuerpo de Visander, girándose instintivamente para ver lo que se avecinaba.

Un perro saltó, con las fauces abiertas y tan cerca que podía notar su aliento caliente. Levantó los brazos para cubrirse la cara y cerró los ojos con fuerza mientras gritaba. Su miedo, su instinto de protección, su furia y su voluntad de vivir explotaron, escapando de ella en una única y abrasadora erupción.

Luz.

Refulgente, una esfera explosiva que volvió el aire blanco. Abrió los ojos y vio que el perro de sombra se disolvía en el aire y que el segundo sabueso desaparecía y que los que estaban devorando al caballo se desvanecían mientras lo que estaba en su interior se desplegaba, iluminando el bosque como un relámpago en la noche.

Allí donde haya miedo coloca un faro. Porque la oscuridad no soporta la luz.

Y después terminó y no le quedó nada dentro. Vio el rostro desconcertado de Visander mirándola un segundo antes de que la inconsciencia se alzara para tomarla y de que la luz se apagara.

CAPÍTULO VEINTIDÓS

Un viaje nocturno con dos caballos del alcázar: casi podía fingir que era una misión.

Su primera misión. Era muy consciente de ello. Grace no era su compañera de armas y no había ningún alcázar al que regresar, pero aun así podía imaginar que aquello era algo que Justice y su hermano podrían haber hecho: salir a buscar a un hombre entre muchos allí, en las montañas italianas.

Marcus nunca le había contado lo grande que era el mundo exterior y lo pequeño que un Siervo se sentía en él.

Las palabras de James reverberaron en su cabeza: *No hay reglas ni nadie que te diga cuál es tu propósito.* Quería preguntarle a Grace si se sentía tan abrumada como él. Pero Grace, que había nacido fuera del alcázar, parecía conservar cierta destreza con el mundo. Se había adaptado a las costumbres y a la ropa y a la cocina sin la desorientación que él sentía. No quería aceptar que James era el único que compartía aquella sensación de continua adaptación y pérdida, así que guardó silencio y dejó que su caballo caminara junto al de Grace a través de la Valnerina, con la primera luz.

Scheggino era un grupo de casas de piedra medievales dispuestas en la ladera de una montaña. En el punto más alto había una vieja torre de piedra: los restos de una fortificación ahora abandonada. Un arroyo fluía bajo una de las hileras de casa, un afluente del Nera, que habían seguido para llegar allí, serpenteando a través de las colinas como si siguieran una fluida oscuridad.

Varios aldeanos los vieron llegar, asomados a las puertas y ventanas. Volvían a llevar la ropa de Siervo y llamaban la atención, igual que sus caballos. Pero los recelosos ojos negros en los rostros maltrechos decían que aquella era una aldea en la que todos los forasteros se miraban con hostilidad y con una expresión que decía: *Pasad de largo.*

Cyprian desmontó bajo un abedul, cerca del pequeño puente de piedra.

En lo que podría ser la calle principal había una *osteria* con algunas mesas debajo de un toldo. Parecía tener clientes, así que Grace y él ataron a sus caballos y abrieron la puerta de madera.

Entrar fue como adentrarse en el crepúsculo. Los parroquianos bebían vino rojo en vasos largos y jarras de cuello largo en las largas mesas, bajo la tenue luz. Había un puñado de jóvenes sentados con las camisas abiertas y fajines en la cintura. Al fondo, un hombre con una cicatriz en la cara comía carne en algún tipo de tosco recipiente de barro.

Todos dejaron de hablar cuando Cyprian y Grace entraron.

—Buenas tardes —dijo en su mejor italiano—. Estamos buscando a un hombre llamado Ettore Fasciale.

El propietario habló después de un silencio. Era un hombre con un grueso cabello negro, una nariz fuerte y barba negra.

—Es un nombre común.

—Podría haber pasado por aquí recientemente. Puede que lo recuerde.

Una mirada implacable.

—La gente viene y va.

—Creo que Ettore también nos está buscando.

Esa mirada de nuevo.

—La gente viene. Y va.

No estaban llegando a ningún sitio. Cyprian se giró hacia la puerta.

—¿Cuánto vale para vosotros?

Un inglés con acento lo hizo girarse.

Era el hombre de la cicatriz en la mesa del fondo. Haciendo girar su vino tinto en un vaso sucio, el hombre adoptó una postura casual, con una arañada bota sobre un taburete cercano. Estaba mirando a Cyprian con descaro.

Tenía las mejillas y la barbilla cubiertas por un bozo de una semana. Llevaba pantalones de piel, tan sucios y manchados como su camisa. Su cicatriz viajaba desde el rabillo del ojo hasta el grueso cabello, negro y rizado, que llevaba toscamente cortado. Había soltado la carne en el cuenco de barro para hablar.

Cyprian no lo conocía, ni a ninguno de la docena de hombres sentados a su alrededor.

Pero reconoció a la mujer, su piel oscura, sus ojos fríos y el brazo que tenía despreocupadamente apoyado en el respaldo de la silla y que terminaba en un muñón envuelto en cuero.

Un cambio repentino de perspectiva: los hombres sentados a las largas mesas no eran obreros; eran bandoleros. Aquella *osteria* estaba llena de bandidos; había tres o cuatro mesas llenas. Y, si aquella mujer era la Mano, entonces el hombre que había a su lado era el Diablo.

—Debe valer algo para ti si has venido hasta aquí después de matar a la mitad de mis hombres en las montañas —dijo el Diablo.

Detrás de Cyprian, una mujer colocó el pesado postigo de madera, bloqueando la puerta. Un puñado de bandidos se interpuso entre él y la salida. Cyprian se llevó la mano a la espada instintivamente.

—Calma, calma. —Aquel al que llamaban *il Diavolo* era un hombre de unos treinta y cinco años, lleno de músculos bajo su ropa arrugada, con un brillo de mala reputación en la mirada—. Todos somos hombres de negocios. Podemos hacer un trato.

Un trato con el diablo.

—¿Has visto al hombre que estoy buscando? —Cyprian no apartó la mano de la empuñadura.

—Podría —dijo el Diablo—. Pero, cuando nos derrotasteis en el paso de montaña, nos salisteis muy caros. ¿No fue así, Mano?

—Así fue —dijo la Mano.

Dinero. Sabía que los forasteros hacían cosas por puro beneficio personal. Aquel era el mundo sobornable fuera del alcázar, donde las lealtades se compraban y vendían. No era el estilo de los Siervos, pero Ettore era demasiado importante para mantener sus principios.

—¿Qué quieres? —le dijo Cyprian.

—¡Medio kilo de carne! —gritó uno de los hombres.

—¡Un barril de vino! —exclamó otro desde la mesa del fondo.

—¡Un beso! —gritó alguien más.

—Ya los has oído —dijo *il Diavolo*.

Cyprian se sonrojó.

—No va a... —comenzó Grace, frunciendo el ceño.

Cyprian se mantuvo erguido. Veía en la sonrisa lenta y satisfecha del Diablo que las palabras solo eran una provocación. No había ninguna oferta allí ni la habría. Solo era un juego mezquino, un gato con un ratón.

—No sabe nada —dijo Cyprian—. Vamos.

Se giró. Había cuatro bandoleros entre la puerta y él, pero, a juzgar por el estado de sus armas, no creía que estuvieran bien entrenados. No esperaba tener ningún problema para salir luchando. Bajó la mano hasta la empuñadura de su espalda.

—¿Sabes? Tú me recuerdas a Ettore —le indicó el Diablo.

Cyprian lo ignoró, examinando a los bandoleros que tenía delante. Portaban alfanjes y cuchillos, que todavía no habían sacado. Grace tenía la mano en la empuñadura de su sable, pero no creía que fuera a necesitarlo.

—Llevaba el mismo vestidito blanco —dijo el Diablo—. Mostró la misma arrogancia cuando entró aquí exigiendo cosas. Menudos aires se daba. Igual que tú.

Cyprian se giró con los ojos muy abiertos.

—¿Ettore es un Siervo?

Un Siervo... ¿Un Siervo allí? Oyó su propia voz, demasiado entusiasta. Un Siervo viviendo en las remotas montañas de Italia. El corazón le latía con fuerza. *Un Siervo... Un Siervo sobrevivió al ataque del alcázar.*

Si Ettore estaba al otro lado de las murallas durante el ataque, quizá ni siquiera sabía que el alcázar había caído. La idea hizo que le diera un vuelco el corazón: un Siervo vivo, portando con él la Luz del Alcázar. Tenía que encontrarlo. Tenía que...

—Oh, ¿eso ha captado tu interés? —dijo *il Diavolo*.

—¿Dónde está? Dímelo —replicó Cyprian. Y después, con mayor contundencia—: Dime dónde puedo encontrar a Ettore.

—¿Te estás replanteando lo del beso?

No se lo pensó dos veces. Desenvainó su espada, pero mantuvo la hoja bajo la guarda, mostrando la empuñadura.

—Esta es la estrella de los Siervos. Es de oro puro. Vale más que todo lo que hay en esta taberna.

—Cyprian —dijo Grace.

Era la última estrella de Siervo en la última espada de Siervo. Ya estaba usando la daga para arrancar la estrella dorada de la empuñadura. La levantó.

—Es vuestra si me decís lo que sabéis.

El Diablo silbó, largo y grave.

—Eso vale un buen pico. Debes querer encontrar de verdad al tal Ettore.

Cyprian le mantuvo la mirada. Los adornos nunca le habían importado tanto como el deber.

—Él es el único que puede ayudarnos en nuestra misión.

Mantuvo la mano extendida. En algún sitio allá afuera, había un Siervo. No se trataba solo de la misión. Se trataba de la orden, de una prueba de que la luz no se extinguiría. Otro Siervo, el verdadero norte en una brújula.

—Muy bien.

El Diablo le hizo una señal a la Mano, que se acercó y tomó la estrella. La puso a prueba con un bocado entre los dientes.

—Es oro —afirmó.

—Entonces tenemos un trato. —Sin apartar los ojos de Cyprian, *il Diavolo* dijo—: Vitali, tráeme el trapo que uso para engrasar la silla.

En la mesa a su espalda, un hombre abrió una bolsa, sacó un trozo de tela mugrienta y se la llevó al Diablo, que se lo lanzó a Cyprian.

El chico la atrapó, sin comprender.

Sintió la expectante mirada del Diablo sobre él mientras miraba la tela que tenía en la mano. Era suave, más que la rugosa y áspera ropa con la que los hombres de Sinclair lo vistieron en su primer día en la excavación. La textura le era familiar. La abrió con dedos cautos y un aleteo de temor en su pecho.

Bajo la suciedad, era blanco, con una estrella plateada.

—¿Quieres saber lo que le pasó a Ettore? —le dijo el Diablo—. Yo lo maté.

Cyprian miró los ojos penetrantes y complacidos del Diablo. Pensó: *Lo usa para engrasar la silla.*

—Arrogante. Mojigato —estaba diciendo el Diablo—. Iba pavoneándose por ahí, pero no sabía cómo funcionaba el mundo. El mundo real. Con armas de verdad.

Con un movimiento fluido, la Mano sacó una pistola y la detuvo a un centímetro de la sien de Cyprian.

—Te dije que era como tú.

Furia. El destrozado fragmento del uniforme de Siervo era una herida abierta; le habían ofrecido y después arrebatado la esperanza de otro Siervo. El latido de la sangre en sus oídos era un tambor terrible que ahogaba su consciencia de todo lo demás excepto de la tela que tenía en la mano y de la sonrisa arrogante del Diablo.

Debajo, el descubrimiento del peligro en el que estaba: una pistola en su sien.

Debajo, la ridícula irritación porque James tenía razón y estaba teniendo problemas con los bandoleros.

Siervo, recuerda tu entrenamiento. Cyprian se movió, le agarró la muñeca a la Mano y después el hombro. Giró y la inmovilizó, con la espalda de ella contra su pecho y el brazo alrededor de su garganta. Puede que aquellos bandoleros fueran buenos luchadores, pero no eran oponente para el novicio mejor entrenado del alcázar. Cyprian tenía la pistola encajada bajo la barbilla de la Mano.

—Yo sé usar armas de verdad —dijo Cyprian.

En realidad, Cyprian nunca había usado una pistola. Era un arma de cobarde, que no exigía la habilidad ni el entrenamiento de una espada. Solo tenías que apretar el gatillo. *Puedo hacer eso*, pensó. La Mano respiraba superficialmente, elevando el pecho.

Todos los bandoleros se llevaron una mano al arma, pero el Diablo les indicó que se detuvieran. Mantuvo la voz casual, como si estuviera hablando del tiempo:

—En el momento en el que dispares, será diez contra uno.

—Nueve contra uno —dijo Cyprian.

Un largo y tenso momento lleno de peligro. Después el Diablo levantó las manos en un ademán de amistosa rendición, como si todo aquello le pareciera simpático.

—Es solo un trato, cielo. No te lo tomes como algo personal.

—Abre las puertas —dijo Cyprian.

El Diablo inclinó la cabeza. A su espalda, uno de los bandoleros quitó el madero de las puertas y las abrió.

Cyprian retrocedió, todavía apuntando a la Mano. Pero Grace se acercó y recogió el jirón de tela blanca de los Siervos, que se había caído al suelo.

—Una estrella a cambio de otra —dijo.

Il Diavolo no parecía perturbado en absoluto. Apoyó el brazo en el respaldo de su silla y les mostró los dientes en una sonrisa.

—Es la segunda vez que me enfadas. No habrá una tercera.

Fue Grace quien detuvo a su caballo y desmontó cerca de la orilla del Nera. Todavía estaban demasiado cerca de la aldea. Cyprian no se habría detenido, pero los caballos necesitaban agua, y, cuando lo hizo, descubrió que no parecía haber una caballería de bandidos galopando tras ellos. Entonces desmontó.

—¿Cómo es posible que Ettore esté muerto? La Siervo Mayor nos envió aquí para buscarlo.

Grace había sacado la tela sucia y estaba mirándola.

Parecía desmotivada por primera vez desde que Cyprian la conocía. Cuando vio su expresión, se dio cuenta de que cumplir los deseos de la Siervo Mayor había mantenido el alcázar vivo para ella. Ahora ese camino había terminado abruptamente: Ettore estaba muerto. No tenían guía y el trozo de tela que portaba era una señal de que estaban solos de verdad.

—La Siervo Mayor dijo que solo Ettore podía evitar lo que va a suceder —dijo Grace.

Lo miró, totalmente perdida. Cyprian sintió su soledad en aquellas colinas, desconectados de todo lo que conocían. No había ningún Siervo vivo en las montañas italianas. No había ningún Siervo vivo en algún otro lugar del mundo. El dolor lo embargó de repente, como si la pérdida de Ettore fuera el último destello de una luz extinguiéndose.

—Ahora solo quedamos nosotros. —Tomó aire para tranquilizarse.

—Quieres decir que debemos buscar nuestro propio camino —dijo Grace. En lugar de guardar la tela blanca, se la ofreció. La tela estaba deshilachada y llena de grasa. Cyprian la aceptó como si fuera un objeto sagrado.

Grace le mostró una extraña sonrisa.

—Si Ettore está muerto… ¿te convierte eso en el Siervo Mayor?

El desconcertante humor negro de la pregunta sorprendió a Cyprian.

—Supongo que no queda nadie mayor que yo. —Le parecía un sacrilegio incluso bromear al respecto.

—Entonces soy la jenízara del Siervo Mayor —le indicó Grace.

Él negó con la cabeza mientras asimilaba el absurdo de todo aquello.

—Si yo soy el Siervo Mayor, eso te convierte a ti en la Gran Jenízara.

Esta vez fue Grace quien se mostró sorprendida. Y después ambos se rieron, una risa extraña formada por algo parecido a los sollozos.

—¡*Signore*! ¡*Signore* Stella! —los llamó una voz.

Cyprian se giró. Una mujer estaba llamándolos desde los árboles. ¿Los había seguido desde la aldea? Estaba seguro de que se encontraba solos. Examinó la zona buscando señales de una emboscada, pero no encontró nada.

—Mariotto, de la aldea, dice que venís de la excavación. ¿Es eso cierto?

La mujer, que llevaba una blusa y una falda amplia de campesina, tenía unos veinte años y el cabello castaño oculto debajo de un pañuelo.

Cyprian intercambió una mirada con Grace, que asintió con cautela.

—Es cierto.

—Mi hermano Dominico trabaja en la excavación como aprendiz de albañil. ¿Lo habéis visto? Tiene veintiún años y el cabello oscuro. No se afeita tanto como debería. Lleva un pañuelo al cuello. *Signore*, estamos muy asustados. Hace tres semanas que no sabemos nada de él.

Su descripción encajaba con la mitad de los obreros jóvenes del sitio. Pero su miedo era real e hizo el ademán que Cyprian había visto hacer a los hombres de la excavación como para protegerse del mal.

—¿Asustados? ¿Por qué? —le preguntó Cyprian.

Y lo que ella le contó le heló la sangre.

CAPÍTULO VEINTITRÉS

Era un jardín, pero esta vez Sarcean estaba esperando.

Su largo cabello le bajaba, suelto, por la espalda. Las sencillas sedas negras que llevaban eran un artificio, una declaración del crudo poder de su magia. Incluso Anharion usaba armadura.

Pasó las yemas de los dedos sobre los pétalos de las flores blancas de las que estaba cargado el naranjo, caminando por el sendero donde los rocíos de flores titilaban bajo los arcos junto a un estanque cercano en el que se atisbaban peces coloridos.

Adrede, Sarcean fingía la actitud de alguien desprevenido en un momento privado. Un joven que resultaba estar paseando por los jardines de palacio.

Y entonces entró ella.

Era más joven de lo que él había esperado que fuera su futura reina. Su color era parecido al de Anharion; su cabello trenzado tenía la misma longitud. Procedía del reino de las flores y era preciosa, seguramente porque el Rey Sol no tendría una reina de otro modo. *Es una flor bonita elegida por la dulzura de su aroma*, pensó.

—Mi señora —dijo, fingiendo sorpresa—. Lo siento, creí que los jardines estarían vacíos.

Era mentira, porque había estado esperándola tras elegir con mimo un momento en el que el Rey Sol estuviera ausente.

—No, soy yo quien te ha incomodado —contestó ella rápidamente—. Me advirtieron de que no paseara sola por el palacio.

—¿No? ¿Por qué no?

—Temen que me encuentre con uno de los comandantes del ejército —le dijo—. Aquel al que llaman el General Oscuro.

Sarcean reaccionó, suprimió la emoción y la reconsideró, una secuencia demasiado sofisticada para dejar entrever en su rostro. La prometida del Rey Sol no era la formidable hechicera que había imaginado. Era una joven que estaba adentrándose sin saberlo en una telaraña oscuramente tejida.

—¿Sarcean? —dijo, probando en sus labios su propio nombre—. ¿Qué dicen de él?

Él lo sabía casi todo, por supuesto. Lo llamaban «la espada del rey en las sombras», aunque nadie sabía lo que este le había ordenado que hiciera ni imaginaba que muchas de las victorias que el rey celebraba bajo el sol se libraban en la oscuridad.

—Que es peligroso —le contestó—. Un seductor, un asesino. Lo llaman la Sombra del Rey; dicen que sus dones son sobrenaturales. Dicen que es un Fraguador de Tinieblas y que debería evitarlo. —Dejó escapar un suspiro—. Hay más, pero no sé si creerlo.

—¿Por qué no? Todo es cierto. —Aquello lo divertía. Ya sabía que sus dones hacían que la gente le tuviera miedo.

—Las historias que se cuentan rara vez son ciertas —dijo ella—. Y he de ser reina: ¿no debería conocer a mis súbditos tal como son en lugar de como se rumorea que son?

Sarcean sintió un pequeño destello de sorpresa.

—Pareces tener buen corazón —dijo—. Espero que el General Oscuro no te coma viva.

Ella se giró para mirarlo, con la luz del sol en su cabello; la luz no venía del sol, sino de ella, y parecía iluminar todo lo que tocaba, incluso a él, infundiendo calidez a su piel.

—Soy una Portadora de Luz.

Y Sarcean, mirándola con asombro, sintió un dulce alborozo que no se parecía a nada que hubiera sentido antes.

—¿Cómo te llamas? —le preguntó ella.

—Will —dijo una voz.

Una mano se detuvo sobre su hombro, zarandeándolo. Will abrió los ojos. Esperaba ver luz a su alrededor, pero en lugar de eso había oscuridad.

—Will —dijo James, y Will despertó del todo.

—¿Qué pasa? ¿Han regresado los demás?

—Todavía no —dijo James.

Will se incorporó, desorientado. No estaba en un jardín; estaba en el diván de su dormitorio, donde se había quedado dormido para evitar la cama. El miedo a haber dicho algo mientras dormía volvió a retorcerse en él.

—Tenías razón. Este sitio es...

—Yo también lo siento —replicó James.

El joven todavía llevaba la ropa que se había puesto para la cena, pero era tarde. Había estado con Sloane. Siguiéndole la corriente. Todavía llevaba puesta esa máscara, dura y brillante, pero el modo en el que miraba a Will era real.

A Will le latía el corazón con fuerza. Había visto el primer encuentro entre Sarcean y la Dama. Estaba seguro de ello. *Se amaban*, pensó Will. Esa había sido la historia. Él la amaba a ella. Ella lo amaba a él. Y después lo mató.

Lo había sentido: la dicha ante su presencia, su deseo de sentir la luz. Se dijo a sí mismo que aquellos eran los sentimientos de Sarcean, no los suyos.

Y se dijo que lo que había visto era el... antes. Antes de las muertes, antes de la guerra. Ella tampoco tenía el mismo aspecto que cuando la vio en el espejo, mirándolo con la frialdad de un asesino. Con la frialdad de su madre.

—¿Puedo hacerte una pregunta? —le dijo James.

Las confidencias eran peligrosas. Lo sabía. Si James lo hubiera preguntado en cualquier otro momento... Pero la rudeza con la que había despertado lo unía a James en una extraña intimidad. Bajo la luz tenue asintió una vez.

—¿Por qué no usas tu poder?

¿Cómo podía respirar cuando el espacio se había quedado de repente sin aire? Se obligó a hablar con tanta tranquilidad como pudo:

—No puedo —dijo Will—. Nunca he podido.

—¿Por qué no?

Había pasado horas con la Siervo Mayor intentando hacer titilar una llama. Había una puerta en su interior que no se abría.

Eres antinatural. Tú no eres mi hijo. No debí criarte. Debí matarte.

—No lo sé —dijo Will—. Puede que no tenga.

Había usado la marca para poseer a Howell. Había dominado a los Reyes Sombríos. Había tocado la Espada Corrupta. Pero sabía que aquellas eran las herramientas de Sarcean. Usarlas no requería ningún talento; solo su identidad. Sinclair también podía usar la marca para poseer a la gente. Incluso Simon había controlado a los Reyes Sombríos y levantado la Espada Corrupta.

Will nunca había conseguido acceder a su poder, encerrado en su interior. Podía suponer por qué.

Asumió una postura cómoda, aunque el corazón le latía con fuerza. Se le daba bien mentir.

Tenía que ser así. Él era una mentira, incluso cuando decía la verdad.

—Tienes —dijo James—. Puedo sentirlo.

James estaba más cerca de lo que esperaba y bajó la voz en respuesta a la proximidad.

—¿Puedes?

Todas las alarmas de Will estaban sonando. *Demasiado cerca. Que nadie lo vea. Que nadie lo sepa.* Notó una caricia invisible de James, suave en su mejilla. La misma mano que lo había puesto de rodillas y le había abierto la camisa se deslizó ahora sobre su piel y se detuvo con ternura en su cuello. Había visto a James estrangulando a Howell y conocía todos los detalles violentos de cómo se había sentido el capitán: la tráquea colapsando, la visión emborronándose. Fue la amabilidad de aquella caricia lo que lo hizo entrar en una espiral de pánico.

—Tú puedes sentir el mío, ¿no? —La voz de James en su oído, tan suave como la caricia.

—Sabes que sí.

Lo sentía cuando James entraba en una habitación; lo sentía incluso cuando James estaba agotado, cuando era una llama parpadeante y solo quería acurrucarse a su alrededor y cuidarla hasta que se convirtiera en un fuego abrasador.

—¿Cómo es? —le preguntó James.

—Como el sol. O algo más brillante.

Era la verdad, aunque le dificultó la respiración. James siempre conseguía su atención, completa e irremediablemente.

—Yo lo siento igual. Tú eres poderoso... Más poderoso que nada que haya sentido antes. No puedo apartar la mirada de ti. Te reconocería con los ojos cerrados.

Porque me conoces. Pero no podía decirlo. *Porque fuiste mío en un pasado que no podemos recordar.*

Sentirlo era peligroso.

—Si tengo algún poder, no puedo usarlo —le dijo Will.

—Quizá lo has usado sin saberlo —apuntó James—. Dicen que, en el barco, llamaste a la Espada Corrupta.

No con magia. No podía decirle a James que la Espada Corrupta había saltado a su mano porque la sangre llama a la sangre.

—Quieres usarlo, ¿no?

Había pasado meses huyendo de los hombres de Simon, huyendo de un pasado que no recordaba, y después encontró a los Siervos solo para descubrir que no podía hacer nada, que no podía evitar que la oscura maquinaria de ese pasado cayera sobre él.

Sus primeros movimientos contra Simon parecían pertenecer a otra vida. Había sido un ingenuo entonces, cuando creía que podía superar en astucia al Rey Oscuro, antes de saber que el Rey Oscuro era más poderoso y más sutil, que sus planes germinaban pacientemente y se ramificaban en la oscuridad de modos que no podían combatirse.

Se le escapó la palabra, una verdad involuntaria.

—*Sí.*

Debería haber mentido, pero la necesidad era demasiado fuerte: si hubiera podido usar su poder, podría haber salvado a los Siervos. Podría haber salvado a Katherine. Podría haber salvado a su madre.

Los ojos de James eran oscuros y sinceros. La caricia invisible se desvaneció, reemplazada por una oferta en carne y hueso: se había levantado de su asiento y extendido la mano.

—Entonces déjame ayudarte.

CAPÍTULO VEINTICUATRO

Los auténticos dedos de James le rozaron la piel. Will se apartó con brusquedad, se levantó y se alejó del diván.

—¿No quieres que te mancille la magia oscura? —le preguntó James con una mueca de desagrado en sus labios perfectos.

—No es eso.

—¿Qué es, entonces?

No podía responder; estaba atrapado. El corazón le latía con tanta fuerza como a un animal en un cepo que ve acercarse al cazador. El oscuro y destellante potencial de la magia era seductor, la idea de tenerla, de usarla. Y la caricia; no estaba acostumbrado a que lo tocaran así y le había gustado demasiado.

En los ojos de James apareció una incipiente comprensión.

—Te da miedo.

Will quería reírse, pero no podía. Algo estaba intentando despertar en su interior.

—No debería —continuó James.

Madre, soy yo. Madre, soy yo. Madre...

—¿Tú no temías tu poder?

James le dedicó otra de esas sonrisas desagradables.

—Tenía once años. No sabía qué estaba pasando.

—Quieres decir que tu poder...

—Apareció sin más.

James no dijo nada más, pero Will podía imaginar el desprecio con el que el Gran Jenízaro habría mirado a su hijo, porque él mismo lo había visto en los ojos de su madre. *Mi madre también creía que yo era demasiado peligroso para dejarme vivir.* Pero no podía decirle eso a James.

—Tras una emoción fuerte —sugirió Will en voz baja.

James asintió de un modo tan leve que fue casi imperceptible.

—Cuando me enfadaba. O cuando tenía miedo. O cuando... —Se detuvo—. Tuve que aprender a controlarlo. A dominarlo en lugar de permitirle correr en libertad por mi interior. Tú también tienes que aprender a usar el tuyo.

Will recordó sus primeras lecciones con la Siervo Mayor. Sus métodos habían girado siempre en torno al control, quizá porque la única magia que había conocido era la de James, explosiva e ingobernable.

No queda nadie vivo que sepa usar la magia, le había dicho. *Es un arte perdido que quizá consigamos recuperar juntos.*

Pero eso no era cierto. James podía usar la magia y las hermanas también, Katherine y Elizabeth.

Y, si ellos podían, ¿no debería poder usarla también él?

Sintiéndose como un hombre que da el primer paso hacia un camino sin retorno, cerró los ojos y admitió:

—Mi poder es lo contrario. No es indómito; está atrapado. No puede salir.

—¿Cómo lo sabes?

—La Siervo Mayor intentó entrenarme.

—¿La *Siervo Mayor*?

Will asintió y vio que James hacía una breve mueca.

—Por supuesto. Qué típico de los Siervos: usar la magia cuando les viene bien y erradicarla cuando no les conviene.

Matar a un chico, entrenar al otro. Un error fatal que había conducido a la caída del alcázar.

James se giró para mirarlo con una mueca de desdén en la boca.

—Bueno, ¿y cómo entrena un *Siervo* a alguien para que use la magia?

—Trabajamos según lo que habíamos leído en los viejos registros. Usamos los cánticos de los Siervos para concentrar la mente. —Control y concentración—. Me pasé horas intentando encender una vela —le confesó con una mueca—. Ni siquiera conseguí una chispa.

Era profundamente humillante decir eso delante de James. Bajo el calor de su rostro corría la costura de la verdadera vergüenza que había sentido en cada una de esas sesiones cuando había sido incapaz de hacer lo que la Siervo Mayor le había pedido para salvar el alcázar. Ella le había dedicado su tiempo creyendo que era el salvador. Había malgastado sus últimos días viéndolo fracasar.

—Siervos. Leen sobre el poder en libros polvorientos, pero en realidad no saben cómo es. No lo saben como lo sé yo.

Mientras hablaba, rodeó a Will.

—James...

—Ven —dijo James de nuevo, esta vez a su espalda. Su voz sonó junto a la oreja de Will—. Deja que te lo enseñe.

James bajó la mano hasta la cadera de Will, como para retenerlo.

—¿Lo sientes? —le preguntó, y Will separó los labios para decir que no cuando el poder crepitó y chisporroteó.

El olor de la magia de James lo golpeó y la boca se le llenó de saliva. Era fuerte. Era muy fuerte, una tonificante ráfaga de poder y potencial. Siempre la había reconocido, siempre la había sentido. Cuando James usó su magia en el muelle, Will fue incapaz de apartar los ojos de él.

—Sí —dijo, o lo pensó. *Sí, sí, sí.*

James entrelazó los dedos con los de Will y levantó sus manos, señalando con ellas el saliente de granito.

—¿Qué notas? —le preguntó James.

A ti. Recordó a Anharion en un anfiteatro, haciendo una demostración para el Rey Sol. A Sarcean detrás del trono, observándolo. Anharion le había preguntado: *Sarcean, ¿lucharás conmigo?* Pero Sarcean solo sonrió y replicó: *No, amigo mío. Este es tu momento bajo el sol.*

El poder de Anharion había sido una gloriosa y estimulante exhibición que siempre lo atraía. James, a su lado, era una versión juvenil que lo atraía y subyugaba, tan cerca como nunca había estado.

A ti, a ti, a ti.

Frente a ellos, la losa de granito se separó del suelo, gigantesca, del tamaño de una carreta. Solo para arrastrarla habrían necesitado un equipo de bueyes, cuerdas, látigos y un conductor. Desafiando la realidad, se elevó despacio en el aire y rotó suavemente.

James, contra su cuerpo, estaba temblando.

—Estás cerca de tu límite. —La revelación fue una sorpresa—. Tienes que concentrarte para levantar algo tan pesado.

Will lo sabía. Incluso lo había usado contra James, cuando le hizo perder la concentración para interrumpir su ataque en el muelle y de nuevo en la casa de Gauthier, en Buckhurst Hill. Pero sentirlo...

—Los gestos te ayudan, pero no dependes de ellos.

También había notado eso en la mano extendida de James. Y...

—Tú tocas la roca —exhaló las palabras como una revelación. Igual que él había sentido la mano invisible de James, este era consciente, de un modo vago, de la roca, de su superficie áspera, de su peso, como si la magia fuera una segunda piel, sensible a aquello que rozaba. Eso significaba que, cuando James lo tocaba a él...

—Mi poder está relacionado con el tacto —le dijo James—. Elizabeth... Ella invocó la luz. Yo no puedo hacer eso. —Las palabras de James se enroscaron a su alrededor—. Quizá tú tampoco puedas.

No podía. Eso lo sabía. El cuerpo de James estaba caliente a su espalda. La voz del joven fue un susurro en su oído:

—Quizá tú puedas hacer otra cosa.

Algo se agitó profundamente en su vientre, una sensación estremecedora.

—Lo siento en tu interior —le dijo James—. Está ahí, debajo de la piel. Deja que intente convencerlo para que salga.

—¿Convencerlo? —le preguntó Will.

A su espalda, James parecía tan atrapado como se sentía él; su poder parecía sentirse atraído por Will, tanto como Will se sentía atraído hacia él.

—Me está respondiendo —le aseguró James.

—No creo...

—*Shh* —lo acalló James. La mano que no tenía entrelazada con la de Will subió, deslizándose, por su pecho—. Déjame.

Will se estremeció y algo levantó la cabeza en su interior, un sentido peligroso que acababa de despertar.

—James...

Sus labios suaves le rozaron la oreja.

—Eso es...

La magia de James fluía por su cuerpo en oscilaciones ondulantes, calientes y lentas, una levísima vibración. Esta estaba provocando en él, en algún lugar profundo y oculto de su interior, una ondulación en respuesta.

Una puerta. Una puerta que no se abriría.

—Siento dónde está bloqueada —dijo James—. Está muy profundo.

Su voz tenía también un atisbo de revelación. Su poder se deslizó sobre la superficie, buscando, como una caricia lenta y masajeante, y Will se tragó un gemido.

—¿Lo sientes? Cuando yo...

—Sí —dijo Will.

—¿Cómo abres una puerta cerrada? —le preguntó James.

No puedes; no debes. Sabía qué debería decir. Para. No podemos. En su mente destelló el recuerdo de James abriendo la puerta, entregando su poder hasta que no quedó nada más y se abrió.

El Salto de Fe.

—Empújala con magia —le dijo Will.

La caliente y dulce sensación de James lo atravesó y gimió. El poder iluminó sus venas; perdió la noción de lo que lo rodeaba. Apenas era consciente de que se habían tambaleado juntos, de que había golpeado la mesa cercana y James jadeaba a su espalda, con la frente aplastada contra su espalda y las manos todavía entrelazadas.

—La siento —dijo James—. Noto...

No era suficiente.

—Empuja más fuerte —le pidió Will.

Estaba dolorosamente apoyado en el borde de la mesa y notó el puño de James agarrándole el cabello, empujándolo sin darse cuenta mientras su poder lo impulsaba desde dentro. Inundó cada grieta, corrió por cada ranura buscando un hueco, una debilidad, un modo de entrar.

—Ahí...

Podía sentirlo, un punto casi imperceptible, más pequeño que una fisura capilar, allí donde el poder de James estaba tanteando, hundiendo, perforando.

Como si su núcleo respondiera, como si cada parte cerrada de su ser quisiera dejar entrar a James, sin importar el peligro. Pero no lo haría; una última defensa permanecía bien cerrada, aunque lo que había al otro lado estaba agitado.

—*Aragas* —ordenó James.

Abre. Y la magia de James conectó con algo en su interior, como un hilo de fuego tocando una infinita bolsa de gas subterránea y prendiéndole fuego.

Todo explotó.

El dolor lo atravesó y gritó. Una fuerza primitiva liberada para destruir escapó de él con destructora violencia, aniquilándolo todo a su paso.

Y después se detuvo, tan repentinamente como había comenzado. La explosión lanzó a James hacia atrás. Y, sin James como conductor, la puerta de su interior se cerró de nuevo.

Will volvió en sí entre los escombros, jadeando y magullado. Con la visión borrosa, consiguió sentarse. *James*. Lo buscó desesperadamente.

Lo que vio fue destrucción.

El granito era polvo; el suelo estaba agrietado y negro, cubierto de roca desprendida que era como cristal fundido. Si la explosión se hubiera producido en la dirección de los barracones, todos estarían muertos. *Sarcean. ¿Lucharás conmigo?* Anharion le hizo la oferta y Sarcean sonrió y lo rechazó.

Se giró. James estaba tirado a cierta distancia, con la camisa medio arrancada del cuerpo. Los moretones y cortes de su rostro empezaron a curarse ante los ojos de Will.

—Lo sentí —le dijo James—. En tu interior. Sentí...

—¿Qué sentiste? —le preguntó Will.

Había asombro en la voz de James. Lo estaba mirando de un modo nuevo, como si nunca hubiera visto nada igual.

—Dios, ahora entiendo por qué te quería Sinclair. Por qué te querían todos. Eres...

Estaba mirando a Will con los ojos llenos de devoción.

—Con tanto poder —continuó James—, de verdad podrías matar al Rey Oscuro.

Will se tragó un horrible sonido que podría haber sido una carcajada, excepto por la aspereza con la que amenazaba con escapar de él.

—Sí, para eso estoy —contestó—. Para matar a la gente.

Se pasó el brazo por la cara, limpiándose la sangre.

—No pretendía...

La roca destrozada tenía un olor fuerte, como los restos de un incendio.

—¿Te excita eso? ¿Quieres que acabe con la gente de Sinclair, que te entregue un palacio lleno de muertos? Podríamos contemplar juntos la ruina y la desolación.

Se mordió la lengua, se obligó a atrapar las palabras, a detener lo que se estaba agolpando en su boca.

James estaba mirándolo con seriedad, como si aquello no fuera propio de él.

—No eres solo un arma —le dijo.

—¿Es eso lo que Sinclair solía decirte a ti?

James se sonrojó y no contestó, y quizá no fue justo, pero podría haber sido peor, podría haber sido mucho peor, teniendo en cuenta cuánto deseaba Will romper algo.

—No podemos volver a hacer esto —le dijo, incorporándose y alejándose de los escombros—. Nunca.

Tuvo claro que algo inusual estaba ocurriendo tan pronto como puso un pie fuera.

Los hombres que normalmente estaban en la puerta de sus aposentos, intentando pasar desapercibidos sin conseguirlo, se habían ido. No había ni rastro de los vigilantes de Sloane. Sus habitaciones estaban totalmente desprotegidas.

Aún más extraño era que no hubiera sonidos en la excavación. Los trabajos habían cesado. Los lugareños se habían congregado en grupos al otro lado del foso. Apiñados, se comunicaban en susurros urgentes, mirando a su alrededor para asegurarse de que no los oían. De vez en cuando, un obrero corría por la zona en respuesta a una llamada urgente. Los hombres parecían de los nervios, incluso asustados.

Eso explicaba por qué nadie había acudido después de la explosión mágica. Solo un hombre pareció notarlo; aminoró el paso y miró pestañeando la piedra agrietada al pasar.

—Una riña de enamorados —dijo James, saliendo de la habitación tras Will. El hombre se aturulló y se apresuró.

—¿Qué está pasando? —le preguntó Will a otro de los hombres al pasar antes de reconocer a Rosati, el lugareño que el capitán Howell empleaba con frecuencia como intérprete.

Pero Rosati no dijo nada; solo le echó una mirada cauta e hizo el mismo gesto de protección que Will había visto usar a los obreros en la montaña.

Con un acuerdo tácito, Will y James se dirigieron a la fuente de la perturbación.

No llegaron lejos antes de oír voces conocidas saliendo de una de las tiendas.

—Esto está mal —estaba diciendo Kettering—. No puedes enviar a nadie más. No después de lo que acaba de pasar.

—¡Hemos conseguido avanzar! —exclamó Sloane—. Lo que ha pasado es una señal. ¡Estamos a punto de hacer un gran descubrimiento!

Will tomó aire abruptamente. Sus ojos volaron hasta James e intercambiaron una mirada.

—¡Han sido veintiséis hombres! —exclamó Kettering—. Los lugareños han soltado los picos y se niegan a excavar. Dicen que este sitio está maldito.

En la voz de Sloane no había empatía alguna.

—Si ellos no trabajan, encontraremos a otros que lo hagan.

La voz de Kettering sonó incluso más insatisfecha.

—¿Y qué vas a hacer con...?

—Los quemaremos —dijo Sloane—. Igual que a todos los demás.

—No puedes —replicó Kettering—. No puedes seguir...

—Son órdenes de Sinclair —le espetó Sloane, abriendo la solapa de la tienda y llamando a un soldado cercano, que se acercó mosquete en mano. Mientras Sloane se alejaba para organizarlo todo, Kettering se pasó una mano por el cabello.

—Esto está mal. Esto es... —Partió con decisión al lugar donde los lugareños se habían reunido.

—Síguelo —dijo Will, tirando de James con él mientras seguía a Kettering a través de las tiendas. Ante ellos había un resplandor rojo y era difícil ver por la noche, pero parecía que una densa columna de humo negro se elevaba sobre él. Will podía olerlo, acre y familiar.

Kettering se había detenido.

Estaba mirando una enorme fogata, ya encendida. Un grupo de soldados de Sloane había arrastrado hasta ella una carretilla. Lanzaron el contenido de la carreta al fuego. Pero había otra detrás. Y otra. Y otra.

Kettering estaba mirando el fuego con lágrimas bajando por su rostro.

—Tenemos que echar un vistazo a lo que hay en esas carretas antes de que las quemen.

Antes de que lo que Sloane estaba escondiendo se convirtiera en humo.

Will no era ingenuo. Podía oler el fuego. Pero, si los hombres de Sloane habían descubierto algo en el palacio, tenía que saber qué habían encontrado.

Qué fácil habría sido si pudiera meterse en uno de los hombres de Sloane, o en el propio Sloane, y acercarse sin más a una carreta con el cuerpo de su anfitrión. Pero no podía hacerlo, no mientras James estuviera con él. Ni podía librarse de James con facilidad para ello. Además, la habilidad resultaba aterradoramente nueva y era consciente de lo vulnerable que lo dejaba después.

Will buscó una distracción a su alrededor.

—Si pudiéramos distraerlos de algún modo, quizá...

Una viga de apoyo cerca de una de las zanjas excavadas estalló hacia afuera y el andamiaje que la rodeaba se derrumbó con un estrépito de suministros caídos y hombres gritando.

—¿Algo así? —dijo James bajando la mano, mirando con una sonrisa imponente el caos que había creado. Todos corrieron hacia el derrumbe gritando *Aiuto! Aiuto!* y también *¡Eh! ¡Venid a ayudarnos!*

—Ya no hace falta que merodees por ahí desatando cuerdas —murmuró James al pasar junto a Will, con esa sonrisa todavía en la cara—. Ahora me tienes a mí.

Sintió un aleteo ante las palabras «me tienes a mí». Lo ignoró. Tenían que darse prisa. Corrió hacia la carreta abandonada mientras los hombres rodeaban la zanja derrumbada.

Sintió la llegada de James más que verla y después se quedó inmóvil a su lado. Él también tenía los ojos clavados en la silueta de la carreta.

—Veintiséis hombres —citó James.

Will había transportado cuerpos en una carreta, en el alcázar. Aquel era más pequeño que la mayoría. Un niño de quizá diez u once años, la misma edad que los exploradores que los habían acompañado al palacio. El niño tenía la cabeza tapada por la chaqueta, como un sudario.

Rosati había hecho el gesto de protección. Will había visto el miedo en los ojos de los lugareños. *Envían primero a los niños*, pensó.

Tomó aliento y apartó la chaqueta del niño.

No se dio cuenta de que había retrocedido hasta que sintió las manos de James en sus hombros, hasta que oyó su voz.

—Will. *Will.* ¿Estás bien?

Venas negras subían por sus brazos, los ojos muy abiertos y asustados. Le había suplicado que no tocara la espada. *Will, tengo miedo.*

—Will, ¿qué pasa? ¿Qué es?

Miró de nuevo el cadáver de la carreta. Era como mirar un recuerdo. El rostro del niño muerto estaba antinaturalmente pálido; sus venas eran de tinta negra, como grietas. Sus ojos abiertos parecían dos canicas negras. Y supo sin tocarla que su piel estaría tan fría y dura como la piedra.

Dos mil kilómetros los separaban, pero eran iguales: atrapados en un rictus de muerte, como si lo que había bajo la montaña estuviera conectado con ella, agonizando en sus brazos en la ladera.

—He visto esto antes —dijo Will—. En Katherine.

CAPÍTULO VEINTICINCO

—Lo llaman la *muerte blanca* —dijo Cyprian.

Al oír el nombre, Will sintió un escalofrío. Estaban los cuatro sentados en los aposentos de James intercambiando información en voz baja. Grace y Cyprian habían aprovechado el caos en su regreso para adentrarse de nuevo en la excavación con las capas de los obreros sobre sus ropajes de los Siervos. Will les habló del cadáver de la carreta esperando que se asustaran e inquietaran, no que tuvieran las respuestas. Pero, cuando describió el semblante blanco como la piedra del cadáver, Grace y Cyprian compartieron una mirada de reconocimiento.

—Los lugareños tienen leyendas al respecto —dijo Cyprian—. Dicen que, cuando la montaña se abra, la muerte blanca se propagará y un gran mal se alzará.

Will no pudo evitar pensar en las deformadas puertas del palacio. Había algo en su interior intentando salir.

—¿De qué se trata? ¿Es una peste? ¿Una enfermedad? —les preguntó.

—No lo saben. Les ocurre a aquellos que se adentran demasiado en la montaña —dijo Cyprian, y le explicó que una aldeana se lo había contado, pues temía por la vida de su hermano—. En las historias, queman los cuerpos, justo como dices que ha hecho Sloane.

La montaña creció en la mente de Will, una presencia oscura llena de secretos. Si los locales habían recogido la muerte blanca en sus leyendas, es que no era nueva. Había formado parte de aquel lugar durante años, quizá siglos.

—Sloane dice que se han abierto paso —dijo James—. Veintiséis cadáveres... Debe estar cerca del origen de la muerte blanca. No sé qué hay en el interior de ese palacio, pero Sinclair está a punto de encontrarlo.

—Tenemos que detenerlo —dijo Cyprian—. No podemos dejar que libere una peste. Sabemos que está en el palacio. Todos los casos suceden allí.

—No todos —replicó Will.

Cyprian lo miró con total confusión.

—¿A qué te refieres?

Will tuvo que obligarse a decir las palabras, porque no quería volver a hablar nunca de esos sucesos.

—La muerte blanca se llevó a Katherine.

Les contó lo que le había contado a James: les describió cómo murió Katherine. El cadáver de la carreta, con sus venas negras y su carne demasiado pálida, se había fundido en su mente con el cuerpo de la muchacha. Su aspecto casi pétreo, paralizado en una horripilante postura; la estela de largo cabello rubio... Era igual, idéntico en cada detalle.

—La corrupción de la espada... —Cada palabra era peligrosa y podía exponerlo. Se obligó a decirlas de todos modos—. Cuando desenvainó Ekthalion, la corrupción se filtró en su piel y la volvió de piedra blanca. —No quería decir más; no podía—. Yo esperaba que ella fuera el campeón. Pero no lo era.

O quizá lo era y sencillamente murió. Los Guerreros de la Luz no habían tenido demasiada suerte en su lucha contra el Rey Oscuro. Recordó cuando la llevó a la cabaña, pesada como la piedra que parecía, levantándola a pesar de que le dolían los brazos porque no quería arrastrarla como un saco.

—¿Crees que eso es lo que hay en el palacio? ¿Algún tipo de arma? —le preguntó Cyprian.

James negó con la cabeza, despacio.

—No fue eso lo que ocurrió cuando Ekthalion se liberó en el barco de Simon. Los hombres de la bodega estaban podridos y quemados. La corrupción de la llama negra disolvió sus órganos, no los convirtió en piedra blanca.

Tampoco fue eso lo que les pasó a las aves y animales que murieron en la Cumbre Oscura. Ni a la hierba y los árboles, que solo se marchitaron y murieron, tan putrefactos como los hombres del barco.

Will no podía evitar sentir que le faltaba una pieza, una parte importante que todavía no comprendía.

—No hay tiempo que perder —dijo—. Tenemos que encontrar a Ettore. La Siervo Mayor dijo que solo con su ayuda podríamos evitar lo que va a ocurrir.

Grace y Cyprian no contestaron. Después de un largo y silencioso momento, Cyprian cuadró los hombros y se sacó un trozo de tela de la túnica.

Blanco, sucio y rasgado. Will tardó un momento en comprender qué estaba mirando.

—¿Ettore es un *Siervo*? —le preguntó.

—*Era* un Siervo —contestó Cyprian—. Está muerto.

Como la puerta cerrándose, dejándolos aislados. En el retal que Cyprian tenía en la mano brillaba una estrella. Ningún Siervo dejaría su estrella atrás: vio esa verdad en las expresiones de Cyprian y Grace. La Siervo Mayor los había enviado allí para buscar a un hombre que estaba muerto.

Will recordó al chico muerto en la carreta, al que habían lanzado para quemarse en la pira. Recordó a Katherine agonizando en Bowhill.

Todos parecieron darse cuenta de ello a la vez: solo les quedaba un modo de descubrir qué ocultaba la montaña, pero para ello tendrían que evadir a sus captores y correr hacia el peligro.

—Tenemos que regresar al palacio —dijo Will.

—La excavación está confinada —replicó Grace, negando con la cabeza—. Cyprian y yo casi no conseguimos volver a entrar.

—Desde esas muertes en el palacio, han redoblado las patrullas —añadió Cyprian—. Cuando volvíamos de la aldea vimos docenas de guardias.

—Una docena de guardias no será ningún problema —dijo James, flexionando los dedos.

—No —lo interrumpió Will—. No vas a matar a los guardias.

—No tengo que *matarlos* para…

—Ni a mutilarlos.

—Entonces, ¿cómo planeas que entremos, exactamente? —le preguntó James.

—Yo puedo llevaros —dijo una voz.

Los cuatro se giraron hacia la puerta.

Kettering estaba en la entrada, subiéndose las gafas con nerviosismo. Will sintió que la magia de James emergía a la misma vez que Cyprian desenvainaba su espada. Se detuvo delante de ambos.

Kettering no estaba armado. Estaba pálido y sus ojos revoloteaban de Cyprian a James. Parecía asustado, pero, sin embargo, allí estaba.

—¿Por qué? —le preguntó Will.

Kettering se giró para mirarlo.

—Los hombres a los que la muerte blanca se llevó hoy... Docenas de cadáveres tirados al fuego... Está mal. Vine aquí para estudiar la magia antigua del pasado, para ayudar a restaurar sus artefactos, no para ver morir a la gente.

Kettering parecía haber reunido todo su valor para decir aquello. Will recordó sus ojos anegados en lágrimas ante la pira. El erudito discutió con Sloane para proteger a los obreros cuando no sabía que estaban escuchándolos. Respondió a sus preguntas cuando llegó a la excavación sin informar a Sloane de ello.

—¿Qué es la muerte blanca? —le preguntó Will, despacio.

—No lo sé.

—¿Qué está buscando Sinclair?

—Eso tampoco lo sé.

James hizo un sonido de desdén.

—Will, no va a contarnos nada. —Su magia destelló de nuevo, amenazadora.

—Sé dónde se produjeron las muertes —dijo Kettering rápidamente—. Todos los hombres cayeron en el mismo sitio.

—Dentro del palacio —dijo Will, y Kettering asintió, despacio—. Habéis hecho algún tipo de avance. —Otro asentimiento.

—Hemos abierto una cámara interior. En cuanto abrimos las puertas, los hombres murieron, como si una ola blanca los hubiera golpeado.

—Antes no parecía importarte la seguridad de esos niños —afirmó Will. Kettering se quedó de brazos cruzados cuando Sloane envió a los zagales al palacio—. ¿Qué ha cambiado ahora?

—¡Ese era un riesgo normal, como en cualquier otra excavación! —replicó Kettering—. Es diferente cuando sabes que la gente va a morir, que sus vidas se han desechado, que se han arrojado al fuego. La muerte blanca... ¡Cualquiera podría ser el siguiente! ¿Y si escapa? ¿Y si una enfermedad mágica se propaga entre la población? Creía que Sinclair y yo teníamos los mismos objetivos, un respeto hacia el pasado, hacia el mundo antiguo. Pero está jugando con fuerzas que no comprende. Temo lo que podría liberar curioseando por ese palacio.

Will examinó el rostro de Kettering. El experto había seguido a Sinclair hasta allí y tenía un devorador interés por el mundo antiguo tras dedicar su vida a su estudio. Pero lo que sentía hacia los obreros muertos parecía genuino.

—¿«Liberar»?

—¿Qué se esconde en Undahar? —dijo Kettering—. Esa es la pregunta, ¿no? Sinclair lleva años empleando hombres en la excavación. Nunca encontró el palacio. Se abrió cuando tú llegaste. Como si estuviera esperándote. —Kettering le dijo las palabras a James, pero fue para Will para quien tuvieron un significado—. Los terremotos, el incremento en las muertes... No sé qué se oculta bajo la montaña, pero creo que pronto será accesible.

Eso los perturbó a todos.

Estos objetos tienen sus propios planes, había dicho Kettering. Se adentrarían en el corazón del peligro. Will tuvo una vieja sensación, como un abismo abriéndose en su interior.

Tomó una decisión.

—Si sabes dónde murieron los hombres de Sinclair, es ahí a donde tenemos que ir.

✦

Comenzaron a dispersarse y prepararse. Los demás se marcharon para reunir provisiones y encontrar ropa de obreros con la que disfrazarse para el viaje.

Pero antes había algo que Will tenía que hacer.

—Cyprian.

Will le tocó a Cyprian el brazo para que se girara. Este lo miró inquisitivamente.

—Violet va a escaparse —le dijo Will.

Los ojos verdes de Cyprian se llenaron de sorpresa, tan inseguros como ávidos de consuelo. Will sintió de nuevo esa extraña necesidad de protegerlo.

—Va a escaparse, Cyprian —le aseguró Will.

—¿Cómo lo sabes?

Cyprian estaba buscando la respuesta a una pregunta que bullía en él.

Will no podía decirle la verdad, pero había pensado bien en ello. Violet había acudido en su ayuda en el barco. Él haría lo mismo por ella, sin importar cuánto le costara.

—No tiene sentido escapar en un barco —le dijo. También había pensado en eso. Tendría que esperar hasta que llegara a tierra firme—. No hay ningún sitio a donde ir. Pero ¿en tierra? Violet será libre antes siquiera de que nosotros partamos hacia el palacio.

Cyprian clavó sus ojos verdes en Will.

—¿Estás seguro de eso?

—Muy seguro —le respondió.

CAPÍTULO VEINTISÉIS

Cuando se marcharan, no podrían regresar a la excavación, lo que significaba que Will no tenía mucho tiempo.

Les dijo a los demás que iba a crear una distracción, tomó un hato de ropa como excusa y dejó que los guardias de Sloane lo siguieran, sabiendo que verían a un inofensivo recadero con un paquete para el capitán Howell.

En cuanto entró en la tienda de Howell, se dirigió directamente al capitán sin molestarse en saludar, le puso una mano en la muñeca e intentó entrar.

Vio la sorpresa en los ojos de Howell, oyó su grito de asombro, pero no se detuvo hasta que se encontró en el interior de su cuerpo.

Hazlo rápido. Tendría que reunirse con los demás en menos de una hora. Empujó usando la marca de la S de Howell como conductor, lanzándose a la telaraña que recordaba, siguiendo los ahora conocidos caminos para buscar el cuerpo que había habitado en el barco de Violet hasta que, con un gemido, abrió los ojos.

Le dolía la pierna; su cuerpo parecía más recio en el espacio; los objetos de la habitación estaban en ángulos extraños. Era más bajito. No podía ver bien la habitación.

Entornó los ojos, dio un paso y se cayó, pero se sujetó al escritorio. Tras golpearse con el borde, su pierna mala gritó en protesta. Dejó escapar un gemido y se quedó colgado de la mesa durante un instante mientras se le despejaba la vista. Se incorporó despacio, sin hacer conjeturas esta vez sobre cómo mantenerse en pie con aquellas piernas más cortas.

Aquello no era un barco. Era un despacho, de estilo majestuoso pero decadente, ruinoso, en un edificio viejo. Una pesada butaca de roble, de la que colgaba una chaqueta de hombre, acompañaba al escritorio. En las horas que habían pasado desde la última vez que Will miró a través de sus ojos, el hombre que habitaba había atracado y desembarcado.

—*Leclerc! Apportez-moi ces papiers!*

¿'Trae los papeles'? ¿Qué papeles? Miró el escritorio. Tenía que encontrar lo que le pedían si quería conservar su tapadera.

¿Soy yo Leclerc? Todo estaba borroso. Al principio creyó que sus ojos no funcionaban, pero después tanteó la mesa y se topó con unas gafas. Se las puso, enganchándoselas en las orejas.

Parpadeó como un búho ante la repentina claridad y miró el escritorio.

Estaba cubierto de documentos. Oyó pasos en el pasillo, acercándose. Soltó el escritorio y se tambaleó, así que volvió a agarrarse a él de inmediato. Intentó apoyar el peso en él, disimuladamente, el tipo de postura despreocupada que James adoptaría. No conseguiría encontrar el papel correcto. Como necesitaba una excusa, se quitó rápidamente los anteojos, se los guardó en el bolsillo y después tomó un pliego de papel al azar.

Falló y la sensación lo desorientó: tenía los brazos demasiado cortos. Tuvo que obligarse a alargar el brazo antinaturalmente y agarró el papel justo cuando la puerta se abría.

La mujer a la que James había llamado «señora Duval» entró.

—¿Y bien? ¿Tienes el inventario?

Era incluso más imponente de cerca, con unos rasgos fuertes y angulosos y penetrantes ojos oscuros. Seguramente lo miraría con esos ojos y sabría a primera vista que él no era Leclerc.

Will le ofreció el papel que tenía en la mano y fingió entornar la mirada incluso más de lo que necesitaba hacerlo. El corazón le latía con fuerza por el miedo a que lo descubriera.

—¿Es este? No sé dónde he puesto las gafas.

Ella se lo arrebató, le echó un breve vistazo y después lo lanzó sobre la mesa y buscó en los papeles esparcidos hasta levantar el de arriba.

—No. Lo tenías justo debajo de las narices. —Tenía la vista demasiado borrosa para saber cómo estaba mirándolo, pero su tono de voz era brusco, como si tuviera prisa—. Y tienes las gafas ahí. En el bolsillo. —Notó que le daba una palmada en el bolsillo más que verlo—. Espero que no seas tan distraído con la chica.

—No... —No sabía cómo llamarla. ¿«Señora Duval»? ¿Algún otro nombre?

—¿Y bien, hermano?

—... hermana.

La mujer tomó los papeles y se marchó de la habitación.

Él se quedó mirándola con el corazón desbocado.

El inventario, le estaba diciendo parte de su mente. *¿Qué almacenan aquí?* Debería examinar los documentos, pero Violet era más importante. Y no tenía tiempo. En Umbría le quedaba menos de una hora y además de eso estaba solo en una habitación con Howell, cuyos hombros negros gritarían su identidad a cualquiera que se topara con él. ¿Qué ocurriría si tocaban, movían o tomaban su cuerpo inhabitado? O, peor aún, si los demás veían sus ojos. Sarcean había usado a Anharion para protegerse, pues escudriñar le había parecido demasiado peligroso. Ahora sentía ese peligro con fuerza.

Volvió a ponerse las gafas, miró a su alrededor y vio un grueso llavero colgado junto a la puerta. Su primer golpe de suerte: reconoció de inmediato la llave de los grilletes de los Siervos. Había usado esa llave él mismo para quitarse los grilletes. Era la confirmación que necesitaba: Violet estaba allí y aquel era el modo de liberarla. El único problema era que no sabía dónde la tenían.

Bueno, lo descubriría.

La puerta estaba a seis pasos de la mesa. Tomó aire, soltó el escritorio y se obligó a dar un paso. Tenía los ojos fijos en las llaves. Intentar hacerse con ellas exigía una mayor habilidad y concentración que caminar con su propio cuerpo. Seis pasos y tuvo que agarrarse de nuevo a la pared. *Demasiado lento.* No podría ayudar a Violet así, si tardaba tres días en llegar a su celda a paso de tortuga. Tenía que apresurarse.

Vio el brillante bastón negro en el soporte junto a la puerta. Cuando intentó agarrarlo, sintió que se le revolvía el estómago. La S de su muñeca (visible cuando se le subió la manga al levantar el brazo) estaba viva. Estaba caliente y roja, activada, casi latente. Se bajó la manga rápidamente y tomó el bastón.

Después agarró las llaves y se las enganchó ostentosamente del cinturón, donde quedaron colgadas, muy visibles.

Caminar seguía siendo un asunto peliagudo, incluso con el bastón, y descubrió que tenía que colocar la palma en la pared del pasillo con frecuencia. Buscando a Violet llamaría la atención, pero su dificultad controlando el cuerpo de Leclerc lo hacía cien veces peor. Así que, en lugar de cojear sospechosamente por la casa, siguió su olfato hasta la cocina.

Era una cocina grande, con una enorme chimenea y carne asándose en un espeto sobre el fuego. En el centro había una larga mesa de madera manchada de harina y cuencos. Había una cocinera con un delantal sucio y dos ayudantes, una de las cuales levantó la mirada, sorprendida, mientras amasaba con las manos enharinadas.

—¿Qué puedo hacer por usted, *monsieur* Leclerc? —le preguntó en francés.

Bien. Estaba en Francia. Su francés, que había aprendido en el muelle gracias al borracho de Jean Lastier, no era muy bueno. Parpadeó al oír la pregunta, dándose cuenta de que, si Leclerc se llamaba Leclerc, seguramente también sería francés.

Apporter? Apportez? Esperando haber conjugado bien los verbos, dijo:

—Voy a llevarle el almuerzo a la prisionera.

Se ganó una mirada mientras la ayudante volteaba la masa.

—Acaba de comer —le dijo—. No hace ni un cuarto de hora.

Se irguió e intentó parecer tan francés como fuera posible.

—Los Leones comen mucho, *madame* —replicó.

La ayudante dejó de amasar. Murmuraron rápidamente cosas que no comprendió, no así las palabras: ¡*Dos almuerzos!* Pero la ayudante se limpió la harina de las manos en el delantal y se giró para mirarlo.

—Muy bien.

—Panecillos, queso curado, chacinas —dijo Will, examinando la cocina—. Agua en una petaca. Y ese... —Oh, Dios, ¿cómo se llamaba?—. Trozo de tela. Manta. Servilleta.

La ayudante levantó las cejas casi hasta el nacimiento de su pelo, pero se puso a trabajar, reuniendo la comida. Mientras estaba de espaldas, Will vio un cuchillo sobre la encimera, de hoja fina y punta afilada. Se hizo con él rápidamente y se lo guardó en el cinturón, donde quedaba muy visible junto a las llaves, asegurándose de que tanto la empuñadura como una sección de la hoja sobresalieran visiblemente.

—Después de ti —le dijo a la ayudante de cocina cuando estuvo preparada la bandeja.

Te dije que estaba afanando comida, oyó murmurar a su espalda.

Y bebida, fue el segundo susurro.

La mujer lo condujo por el pasillo y giró dos veces antes de llegar a una puerta ante unas escaleras descendentes, como las de una bodega. Bajar los peldaños fue una pesadilla menor y se apoyó pesadamente en la pared, fingiendo cojear para esconder su falta de equilibrio cuando sus piernas no terminaban donde él esperaba.

—Puedes dejar la bandeja junto a la puerta —dijo.

Ella no lo hizo. Se detuvo y lo miró.

—¿No cree que ya ha hecho sufrir bastante a esa chica?

Tuvo que tragarse su reacción, el estallido de ira y su instinto de protección. No podía preguntarle a aquella ayudante: *¿Qué quieres decir?* *¿Qué le ha hecho?* Tenía que mantener la calma. ¿Qué habría dicho Leclerc?

—¿Estás aquí para trabajar o para hablar? —replicó.

Aquella había sido la frase favorita de Jean Lastier cuando los estibadores se quejaban. No creía que su otra favorita, *La vie est trop courte pour boire du mauvais vin*, fuera útil.

La mujer soltó la bandeja con un repiqueteo furioso.

Se quedó solo a los pies de la escalera, mirando una puerta cerrada, con los latidos acelerados. Sacó las llaves que se había colgado del cinturón. La cerradura de la puerta parecía nueva, así que probó la llave más nueva. Se deslizó con suavidad. *Violet*. Violet estaba al otro lado de esa puerta. Se aseguró de volver a colgarse las llaves rápidamente del cinturón y después la puerta se abrió.

Al otro lado había un sótano de techos abovedados. Era más viejo que la casa, con mampostería medieval y un desigual suelo de adoquines. Había algunos barriles almacenados en la esquina que podrían haber contenido vino. Un candil ardía en el soporte junto a la puerta, de modo que la bodega no se sumió en la oscuridad cuando la puerta se cerró.

Y Violet, con los grilletes de los Siervos y una larga cadena unida a la pared opuesta, se incorporó para mirarlo cuando entró.

Estaba más delgada, tenía la mejilla sucia y todavía llevaba la misma ropa del ataque al alcázar. Pero en sus ojos había desafío y su expresión era tan bienvenida y conocida que se sintió abrumado por una oleada de alegría.

Quería atravesar la bodega y darle un fuerte abrazo. Quería quitarle las cadenas y liberarla. Se descubrió recordando el momento en el que estuvo encadenado en el barco hundiéndose de Simon, cuando ella apareció en la bodega. Por un momento, se imaginó arrodillado a su lado, abriendo sus grilletes. *Tú rompiste mis cadenas. ¿Lo recuerdas?*

Pero no podía. Apoyó el bastón contra la puerta y levantó la bandeja. No fue nada fácil.

—¿Vas a engordarme para la matanza? —le preguntó Violet.

—Eso se hace con los corderos —le contestó en inglés, y se preguntó, con el sobresalto de alguien que ha dado un paso en falso, si debería tener acento francés.

—No voy a matar a Tom —replicó ella—. Da igual cuánto me obliguéis a entrenar. Y da igual lo que amenaces con hacerles a mis amigos.

Sus palabras lo desconcertaron. Lo escondió, suavizó sus rasgos. Violet, que lo miraba con odio, no pareció notar ninguna diferencia en su actitud.

—Tus amigos están en Umbría —le dijo, dejando la bandeja en el suelo—, en una excavación de Sinclair, cerca de Scheggino. Están demasiado lejos para que pudieras avisarlos, aunque lo intentaras.

La vio asimilar la información, entornar la mirada.

Pero lo único que ella dijo fue:

—Es Sinclair quien debería tener cuidado. Will va a detenerlo.

La fe que tenía en él lo caldeó, aunque también redobló su sensación de responsabilidad. *Lo detendré*, le prometió en silencio.

—¿Y qué vas a hacer desde esa jaula? —se obligó a decir. Vio que sus ojos bajaban hasta las llaves.

Tintineando visiblemente en su cadera, las llaves de sus grilletes colgaban de donde él las había sujetado. Caminó hacia ella mientras hablaba, fingiendo no notar qué estaba mirando. Solo era Leclerc acercándose, poniéndose en el rango de su cadena. Lo había calculado bien.

Aun así, lo sorprendió la rapidez con la que se movió. Lo tiró de espaldas y le colocó la rodilla en el pecho para inmovilizarlo mientras le arrebataba las llaves y abría los grilletes, que lanzó a un lado. La velocidad y economía de movimientos parecía nueva.

—Voy a salir —dijo con una mano en su garganta.

No era la primera vez que tenía la mano de una mujer alrededor de la garganta. Debería haberse sentido aterrado. En lugar de eso, sintió un irrefrenable amor al saber que Violet no le haría daño.

—No llegarás muy lejos sin un arma y provisiones. —Mantuvo su rostro inexpresivo.

De inmediato, Violet le quitó el cuchillo del cinturón. Lo usó para cortar una tira de su camisa y atarle las manos a la espalda; después se levantó de un brinco y rápidamente guardó en la tela las chacinas, queso y pan que le había llevado, así como la petaca de agua, y se la colgó al pecho como un morral. Después se levantó.

—¿Dónde está el escudo? —le preguntó.

—¿Qué escudo?

—*Mi* escudo —dijo Violet.

¿El Escudo de Rassalon? Se mordió la lengua antes de decirlo.

—No lo sé.

Violet resopló, incrédula.

—Mentiroso. Te vienes conmigo.

—¿Qué? —dijo Will, y sonó como un chillido.

—Ya me has oído. —Tenía el cuchillo señalando su hígado. Suponía que esa era otra nueva técnica que había aprendido—. Vas a conducirme hasta el escudo.

—¡No sé dónde está! —gritó Will.

Con eso se ganó otro pinchazo de lo que era en realidad un cuchillo muy afilado.

—Mientes.

—Violet, de verdad que no lo sé —dijo Will, sintiéndose tan él en ese momento que le sorprendió que Violet no lo reconociera—. Creo que sería más fácil que huyeras sola, ¿tú no?

—No voy a huir —replicó Violet—. Vas a llevarme hasta el escudo.

—¿Que voy a hacer qué? —dijo Will—. Pero...

—¡Muévete! —exclamó, dándole un empujón.

Con la punta del cuchillo de Violet todavía cerca de su hígado, agarró el bastón y subió las escaleras lo mejor que pudo. Por fortuna, la lesión de Leclerc escondió su torpeza con aquel cuerpo. Por mayor fortuna aún, Violet parecía conocer el camino. Caminaba con seguridad y él tuvo que seguirla tambaleándose, ocultando su desconocimiento de la casa y recibiendo solo un par de pinchazos más por su paso renqueante.

Pero, cuando entraron en un salón con una enorme repisa y un blasón familiar, vio el lema y el apellido grabados debajo y su conocimiento de a dónde se dirigían cambió. *La fin de la misère*. El Final de la Miseria.

El apellido que había debajo del escudo de armas era «Gauthier».

El ejecutor.

Esta es la casa de Gauthier, pensó Will, con la mente desbocada. *Donde vivía antes de que Sinclair lo encontrara.*

Y después, incluso más inquietante: *Esta es la cripta familiar de Gauthier*. Estaba mirando una enorme puerta acorazada cerrada. Como descendiente de Rathorn, el verdugo del Rey Oscuro, Gauthier había tenido el Collar antes de que James lo reclamara.

¿Qué más habría en el interior de aquella cámara?

Violet había sacado sus llaves de nuevo y estaba probando una en la cerradura. No tuvo suerte en el primer intento, pero la segunda encajó. Con un chasquido y un chirrido, una porción entera del muro se abrió, revelando unas escaleras que descendían en la oscuridad.

La sombría cámara estaba atestada de artefactos. Como una habitación con todo el mobiliario de una casa, no había ninguna pared que no se encontrara cubierta por una pieza de antigua sillería o friso, ninguna superficie que no estuviera plagada de esculturas, urnas y tallas. Para entrar tenías que deslizar el cuerpo entre las mesas, estatuas y columnas desterradas de sus ubicaciones originales y después trepar sobre piedras preciosas y joyas, montones de ellas, como en el tesoro de un dragón. Entonces miró con mayor atención y vio...

Emblemas del sol, Eclipses. Esferas negras sin rayos. Era una colección, una obsesión, generaciones de Gauthier que habían intentado encontrar cualquier artefacto perteneciente al Palacio Oscuro, como si intentaran encontrar el camino de regreso allí. Como si estuvieran buscando algo que había en su interior, Will notó las perturbadoras fuerzas convergiendo en el palacio, todas apresurándose hacia su premio.

Se detuvo en el centro de la estancia, donde una enorme hacha negra se exhibía como centro de mesa. A su lado había una cogulla negra que tenía que ser una reproducción... ¿verdad? El hacha era de verdad; se lo decían los huesos. Era tan real como la muerte. El hacha del verdugo tenía una rotundidad que le helaba las venas, el tipo de oscuridad que extinguía la luz. En su cabeza, en la lengua del mundo antiguo, estaban las palabras de las que la familia había sacado su lema: *Den fahor*. El final de la miseria. Era el nombre del hacha que se había alzado y bajado sobre el cuello de James.

Cuando se acercó, vio que bajo el hacha de Rathorn había dibujos, minuciosos diagramas, anotaciones numéricas. Y después, para su asombro, vio una inscripción en la lengua antigua que decía:

Undahar

Apartó el primer pliego de papel para revelar un dibujo del Palacio Oscuro.

Coronaba un mundo de total oscuridad, un mundo tan frío y desolado que se prendió fuego a los bosques en una búsqueda desesperada de luz. Y, sobre las espiras de ese oscuro palacio enjoyado, vio (recordó haber visto) las centelleantes cúpulas de magia a lo lejos, las últimas defensas, que pronto balbucearían y se apagarían, asaltadas por sombras hambrientas que no se cansaban ni dormían.

En la temblorosa caligrafía de una mano anciana y débil figuraban en francés las palabras «*Nadie puede entrar en Undahar y sobrevivir, a menos...*».

Faltaba la segunda página. O era una de las muchas dispersas sobre el escritorio. Se dispuso a reunirlas, para guardárselas en la chaqueta y leerlas más tarde, antes de darse cuenta, de una manera bastante tonta, de que no podía. Aquel no era su cuerpo y no tenía sentido esconder los papeles en la chaqueta de un hombre que se encontraba en Calais.

Necesitaba tiempo, entonces, para leerlos allí. Un sonido lo hizo girarse.

Violet estaba a su espalda, con un escudo metálico que conocía en el brazo. Los ojos de león de Rassalon lo miraban desde su superficie. Debió encontrarlo entre los objetos reunidos.

Tenía una única oportunidad para quedarse a solas y examinar los papeles. Apenas le quedaban unos minutos antes de que sus amigos fueran a buscarlo, en Italia. Tenía que usar ese tiempo para descubrir todo lo que pudiera.

—Tu escudo —dijo Will, aliviado—. Ahora puedes marcharte.

—Lo haré, gracias —dijo Violet. Y le golpeó la cabeza con el escudo.

Desorientado, abrió los ojos; era Will y le dolía la cabeza. Cuando se incorporó, descubrió que Howell también había recibido el golpe. No había modo de volver a habitar al inconsciente Leclerc. No le quedaba tiempo para buscar otro anfitrión sin arriesgarse de verdad a que lo descubrieran.

Tenía que volver con los demás. Tendría que inventarse una historia para explicar la herida de su cabeza. Pero, cuando se llevó la mano a la sien, se dio cuenta de que no había ninguna herida allí. El dolor era fantasmal; la contusión se había quedado en Calais, en el cuerpo de otro.

CAPÍTULO VEINTISIETE

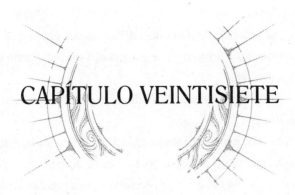

—Está despierta —dijo una voz femenina, y Elizabeth se incorporó, aturdida y parpadeando.

Era por la mañana. Estaba en una cama llena de bultos, bajo una manta raída. Frente a ella estaba la única ventana de la habitación y una puerta de tosca madera. En un pequeño jarrón sobre una mesa auxiliar vio una orquídea morada que parecía recién cortada, torcida, con un pétalo doblado.

La mujer que había hablado tenía unos treinta años y el cabello castaño, un vestido oscuro y sencillo y sangre en las manos y brazos. *¿Sangre?* Elizabeth se despabiló de inmediato y saltó de la cama, alejándose tanto de la mujer como podía. Se aplastó contra la pared opuesta con el corazón desbocado.

Recordó las fauces abiertas del sabueso de sangre, su aliento caliente, el atisbo de su lengua roja. Y algo después de eso, algún tipo de destello...

—No temas —dijo la mujer—. Tu hermana ha perdido mucha sangre, pero se pondrá bien.

Ahora podía ver la habitación entera: también había allí un hombre mayor, de unos cincuenta, vestido con ropa de labriego, una camisa blanca de mangas enrolladas y una gorra. Y había una segunda cama, donde Katherine yacía inmóvil.

No era Katherine. Era ese hombre extraño del mundo antiguo. La sangre había teñido de rojo toda la parte delantera de su vestido. Había una palangana llena de sangre en la mesa cercana y tiras de tela ensangrentada. Y un trozo redondeado de plomo: la bala que le habían sacado del vientre.

Él no es mi hermana. Pero era más difícil decirlo ahora que Visander estaba inconsciente, pues Katherine parecía ella misma. Como si fuera a abrir los ojos y ser ella.

—Me llamo Polly —estaba diciendo la mujer—. Y este es mi hermano Lawrence.

Quizá era ella, pensó Elizabeth. Quizá los últimos días habían sido un mal sueño. Quizá, en un segundo, Katherine despertaría.

—*Ar ventas, ar ventas fermaran* —comenzó a murmurar Katherine en la lengua muerta. Elizabeth se estremeció.

—No deja de hablar así —dijo Polly—. En otros idiomas.

—No nos quedaremos mucho —dijo Elizabeth—. Nos recuperaremos y nos marcharemos. ¿Dónde estamos?

—Esta aldea es Stanton.

—¡Stanton! —exclamó Elizabeth.

—Tu hermana te trajo aquí antes de desmayarse.

Stanton era la aldea que Redlan George le había pedido que buscara. Katherine (Visander) debió localizarla, a pesar de la debilidad por la pérdida de sangre.

Parecía haberse desmayado. Estaba tan familiarizada con esa imagen que casi esperaba que abriera un ojo y se lo guiñara en secreto. Katherine había aprendido a desmayarse dos años antes y lo hacía a menudo para librarse de los compromisos. Se desmayaba, la tía corría a atenderla con sales de olor y Katherine se recuperaba y sonreía con debilidad, insistiendo en que se encontraba bien.

No deberías mentirle a la tía, le dijo Elizabeth la primera vez, y Katherine se levantó de la cama y la abrazó, con esa espontaneidad tan suya. *Lo sé. Vamos, bajemos.* A veces, Elizabeth se había resistido a aquellos abrazos, sin darse cuenta de que algún día terminarían.

Sentía en ella las miradas expectantes de Polly y Lawrence. Ya debían recelar después de que una chica herida hubiera arrastrado a la otra hasta la aldea. Pero Redlan la había ayudado. Redlan le había dicho que era seguro.

Justo antes de que Visander lo matara. Elizabeth tomó aire.

—Me han dicho que vive aquí una mujer llamada Ellie Lange —dijo Elizabeth con cautela—. ¿La conoces?

Polly intercambió una mirada con Lawrence.

—Estabas durmiendo como un tronco —dijo Polly—. Quizá deberías descansar.

—La conoces, ¿verdad? —replicó Elizabeth.

—Es mi tía —contestó Polly después de una pausa reacia.

—Entonces puedes llevarnos con ella.

—Ella no... recibe visitas.

—¿Por qué no?

Silencio. Sabían algo. Algo que no le estaban contando. Elizabeth notaba su importancia en la tensión del aire, que parecía cargado por un millar de palabras no pronunciadas. Los lugareños intercambiaron otra mirada. Elizabeth se acercó a ellos con urgencia.

—Nos envía un hombre llamado Redlan George. —*Me dijo que nos ayudaríais*—. Me dijo que Ellie Lange conoció a mi madre.

En el denso silencio, el rostro del hombre se llenó de incredulidad. Pero Polly casi parecía haber esperado la pregunta.

—No puede ser —dijo el hombre. Polly lo detuvo.

—¿Cómo se llamaba tu madre, niña? —le preguntó la mujer.

—Eleanor —contestó Elizabeth.

—¡Te dije que no debíamos recogerlas!

—Tu hermana es su viva imagen —dijo Polly, como si lo hubiera sabido—. Cuando apareció en nuestra puerta con el vestido lleno de sangre, fue como si la historia se repitiera.

Elizabeth la miró fijamente. ¿Le estaba diciendo aquella mujer que su *madre* había estado allí? ¿Que había llamado a aquella misma puerta con el vestido ensangrentado?

—Sí, la conocíamos —dijo Lawrence, furioso—. Se alojó aquí un tiempo. Ese es el motivo por el que la señora Lange no puede...

Polly lo acalló.

—¿Por qué no bajas a por algo de leña, Lawrie? Queda poca. —Y, como Lawrence parecía a punto de objetar, continuó—: Yo estoy bien. Solo voy a volver a meter a la niña en la cama.

A Lawrence no le gustaba y les echó una mirada que parecía decir: *Esta habitación está llena de problemas*. Pero las dejó solas y, mientras lo hacía, Elizabeth se apartó de la pared para dirigirse a la silla que había junto a la cama de su hermana, sin dejar de mirar a Polly.

—¡Tú sabes algo! —le espetó.

Polly no contestó; solo la miró con gesto preocupado.

—Sé por qué dormías así.

No era lo que Elizabeth había esperado que dijera.

—No… Solo estaba…

—Es la magia antigua, ¿no? Has usado demasiada.

Elizabeth la miró. *Unas fauces oscuras se abrieron para devorarla, pero entonces cerró los ojos con fuerza y se produjo un destello…* Cerró los puños sobre la tela de su falda.

—¿A qué te refieres?

—Yo era solo una niña la primera vez que tu madre vino a Stanton.

—¿La primera vez?

—Vino aquí tres veces —dijo Polly—. Para dar a luz.

—¿Qué? —replicó Elizabeth, y se sentó con brusquedad.

Miró la habitación, parpadeando, dándose cuenta de que había nacido allí, en aquella aldea. Quizá en aquel mismo dormitorio o cerca. Stanton era su lugar de nacimiento y quizá era esa la razón por la que Redlan la había enviado allí.

No, Redlan no: la Dama. Él era el enviado de la Dama. *Ella me ha enviado aquí.* Sentía la mano del destino guiándola, llevándola allí por alguna razón.

Polly se acercó a la palangana y comenzó a lavarse la sangre de las manos.

—Mi tía es matrona. Tu madre acudió a ella para parir a tu hermano. Y dos veces más después, contigo y con tu hermana.

Ese no es mi hermano, quiso decir. Miró a Katherine, dormida en la cama. *Este no es mi hermana.*

—Después del nacimiento de tu hermano, mi tía enfermó. Ya no podía trabajar. Lawrie culpa a tu madre. Dice que ella nos trajo mala suerte. Fui yo quien ayudó en tu parto y en el de tu hermana.

Elizabeth miró las manos de Polly, llenas de callos y enrojecidas por el trabajo, mientras se las secaba en una de las toallas junto a la palangana. *¿Esas son las manos que me trajeron al mundo?* Volvía a sentirse como si su madre estuviera a su lado y se le erizó la piel al estar tan cerca de sus propios orígenes.

Después de secarse las manos, Polly apartó las colchas de la cama de Katherine. La imagen hizo que todos los pensamientos sobre su madre salieran en desbandada de la mente de Elizabeth.

Había esperado ver un montón de sangre y vendas. Katherine había recibido un disparo a bocajarro y después había cabalgado herida durante más de una hora.

Aunque parecía imposible, casi había curado. La piel que no estaba cubierta estaba enrojecida, pero no tenía ninguna herida. Elizabeth miró a Polly.

—¿Ves? —le dijo Polly—. Yo sé bien lo que se siente estando agotada. Y lo que significa guardar un secreto, algo que pasa de madre a hija. En mi familia también conservamos algo de la vieja magia.

Magia curativa, pensó Elizabeth. Una estirpe de matronas escondiendo lo que sabían hacer en realidad allí, en mitad de la nada.

—Eres una descendiente —dijo Elizabeth.

—¿Una qué? —le preguntó Polly.

Elizabeth abrió la boca para decírselo, pero después la cerró de nuevo. Polly estaba ayudándola; era una buena mujer que usaba su poder para sanar a la gente que acudía a su aldea. No sabía nada del mundo antiguo ni del Rey Oscuro. No debía meterla en aquello. A ella la habían obligado y solo le habían pasado cosas malas después.

—El peligro del que vosotras huis —le dijo Polly— es el mismo peligro del que huía vuestra madre, ¿verdad?

Elizabeth asintió. Eleanor se había escondido allí, pero no le había contado a Polly de qué se escondía.

—Nos persigue un hombre —dijo Elizabeth con cautela—. Ha asesinado a una de mis amigas. Sarah. Redlan George nos dijo que viniéramos aquí. Nos dijo que buscáramos a Ellie Lange, que ella sabría qué hacer.

Polly la miró. Ahora que Elizabeth sabía que era una sanadora, la sangre de su ropa no le daba tanto miedo.

—Puedo llevarte con ella, pero ya no es lo que fue —dijo Polly.

—Solo quiero hablar con ella.

—Muy bien —replicó la mujer, como si se decidiera—. Mañana iremos juntas. Tu hermana estará despierta para entonces.

Se giró y remetió las mantas alrededor de la silueta de Katherine. Después se marchó del dormitorio, cerrando, pero sin asegurar la puerta a su espalda.

Elizabeth se quedó sola con Katherine.

Arrastró la pesada silla de madera hasta la cama y volvió a sentarse. Miró el rostro blanco de Katherine, su cabello rizado, las inusuales manchas de barro y suciedad en su piel.

Cuando Katherine fingía desmayarse, Elizabeth siempre hacía guardia para decir, cuando el camino se despejaba: *Ya está, se han marchado.*

—Ya está, se han marchado —susurró en ese momento, pero no ocurrió nada.

Porque no era Katherine. Pero se parecía a ella, se parecía mucho a ella, y quizá mientras Visander dormía podía fingir que su hermana seguía allí.

—Llevas pendientes —le dijo, pensando en qué podría hacer feliz a su hermana—. La tía debe haber dejado que te los quedes. Tu vestido tiene esas mangas que te gustan. Siento lo del color.

El rostro de la almohada no cambió, ni siquiera un poquito.

—Te has casado con Phillip. Fue justo como querías. Yo iba a quedarme contigo e íbamos a tener un establo enorme para Ladybird y Nell. Iba a asegurarme de que las cosas fueran fáciles, no iba a quejarme si tocabas Schubert todo el rato, ni siquiera esa tan estridente.

Tenía los puños cerrados sobre la falda, sentada en una silla demasiado grande para ella.

Por favor, despierta. Pero no lo dijo. *Tengo mucho miedo.*

—Eres *lady* Crenshaw. Puedes celebrar fiestas. Phillip no es un viejo.

Sin respuesta.

La realidad parecía aplastarla en la pequeña habitación. Katherine parecía un cuerpo velado antes del entierro. Como si sus tíos fueran a aparecer para presentar sus respetos, antes de que los hombres fueran a recogerla para llevarla en el cortejo fúnebre.

Katherine estaba muerta.

Estaba mirando el cuerpo muerto de su hermana, que por la mañana despertaría y caminaría, habitado por su asesino.

Se frotó los ojos con el antebrazo y miró las orquídeas púrpuras en el jarrón de la mesa auxiliar. Antes de llegar a Londres, a Katherine le gustaba recoger flores. Elizabeth tomó una orquídea y se la puso a su hermana en el pecho.

—Siento que no pegue con tu vestido.

Y entonces fue cuando Katherine abrió los ojos.

Vio a la niña. Estaba mirándolo, todo cejas y ceño fruncido. La habitación hedía a humanidad. Humo de madera, sudor y, debajo, el fuerte olor de la sangre. Una casa humana. Una aldea humana. *Solo hay humanos hasta donde el ojo puede ver.*

Y, aun así, allí estaba aquella niña. Y él lo había visto. Había visto con sus propios ojos cómo aquella niña invocaba la luz. Se incorporó, quitándose el tallo de una flor del pecho.

—¿Dónde estamos? ¿Cuánto tiempo he dormido? Intenté llevarte a tu aldea, pero cada vez estaba más débil. El arma de ese hombre era más poderosa de lo que pensaba.

—Hablas inglés —dijo la niña, frunciendo el ceño y frotándose los ojos con el brazo.

Visander se llevó la mano al lugar donde debería tener una herida reciente solo para descubrir que le dolía, pero que había empezado a cicatrizar, como si se la hubiera hecho hacía días, y que estaba sana, libre de infección.

—¿Eres tú quién me ha curado?

—No. Fue uno de los *humanos* de esta casa.

—Tú no eres uno de ellos.

—Sí, lo soy. Y tú también. Así que puedes cerrar el pico sobre los humanos, porque te están ayudando a pesar de que mataste a mi hermana.

—Tú eres su descendiente. Tienes su poder —dijo Visander—. El de la Portadora de Luz.

Sintió que las lágrimas le inundaban los ojos. Era asombro y alivio y una sensación de justicia.

—Allí donde haya luz no puede haber oscuridad. —Las viejas palabras subieron hasta sus labios—. Allí donde haya oscuridad siempre habrá un Portador de Luz.

Pensó en Indeviel en ese cuarto miserable, en su luz extinguida. Y allí, en aquella casa sucia, estaba la Portadora de Luz.

—¿Sabe Indeviel que estás viva, Portadora de Luz? —Le dolía el corazón, más que la herida de su costado, que estaba sanando tan rápido que casi podía sentirla uniéndose.

—No conozco esas palabras —dijo Elizabeth—. Yo no hablo ese idioma.

—¿No sabes qué eres?

Se irguió en la cama, teniendo cuidado con su vientre, todavía dolorido. Aquel cuerpo humano era frágil y casi se había desangrado. Sintió una punzada en el hombro y se bajó la tela de su atuendo para ver la marca de una dentellada, también parcialmente sanada. Un segundo más y el perro de sombra lo habría destrozado.

Aquella niña lo había salvado. La miró. Tenía el cabello castaño y mate y unas cejas demasiado oscuras. Estaba ante él, con sus cortas piernecitas infantiles y un peto sucio. Parecía humana. Una niña. Y no lo sabía. No sabía lo que era.

—Sé lo de la Dama —dijo la niña.

La reina. Está hablando de la reina. La niña se abrió tres botones del cuello de su vestido y sacó un trozo de metal colgado de un cordón de piel. Se lo enseñó.

Atrapado en sus pensamientos, Visander tardó un instante en reconocer lo que la niña tenía en la mano. Cuando lo hizo, casi retrocedió.

El medallón del espino.

Había pasado tanto tiempo que su brillante superficie se había estropeado para siempre. Parecía antiguo, una reliquia olvidada. Era un símbolo de todo lo que se había perdido.

No había esperado regresar y encontrar que el mundo entero había desaparecido y que lo único que quedaba era aquella niña.

La miró. La emoción que lo abrumó fue casi dolor, una sensación de soledad absoluta. La Oscuridad estaba ya allí, en aquel mundo, y la Portadora de Luz era una niña.

Ignorante y demasiado pequeña. Y aun así el medallón era una señal, como la luz que había escapado de ella cuando la oscuridad se cerró sobre su garganta.

Si ella era todo lo que había, entonces la protegería. Lucharía por aquella única chispa. Solo, en la oscuridad.

Se levantó de la cama, descartando sus heridas esta vez, y se postró sobre una rodilla.

—Mi reina —dijo—. Soy tu campeón.

En lugar de tocarle la cabeza y pedirle que se levantara, la niña frunció más el ceño.

—Si yo soy tu reina o lo que sea, entonces tienes que hacer lo que yo te diga. Sal de ese cuerpo.

—Tu hermana se ha ido —le dijo Visander—. No puedo salir de este cuerpo, como tú no puedes salir del tuyo.

Puede que ella notara que era cierto, porque sus ojos se llenaron de lágrimas. Pero eran lágrimas furiosas.

—Entonces déjalo morir. Sal. ¡Vete!

—Tenemos que encontrar Ekthalion —le dijo— y evitar que Indeviel traiga de vuelta al Rey Oscuro.

—No, no tenemos —replicó Elizabeth—. Yo no tengo que hacer nada contigo. Voy a conocer a la señora Lance, como Redlan me dijo que hiciera antes de que tú lo mataras.

—Los perros tienen mi olor. No podremos quedarnos aquí mucho tiempo.

—Entonces vete —le espetó Elizabeth.

—He jurado protegerte —le dijo Visander.

—Puedes hacer eso yéndote. —El rostro de la niña estaba tan nublado como el cielo durante una tormenta.

—Tú eres mi reina —dijo Visander—. Y yo soy tu campeón.

Elizabeth se quedó donde estaba y, al mirarla, Visander intentó no sentirse como si estuviera colocando una bandera en un campo de batalla.

—Entonces iremos a conocer a la señora Lange —dijo Elizabeth— y ella me ayudará a encontrar a mi amiga Violet. Y tú te callarás y no matarás a nadie ni dirás nada más en ese idioma raro.

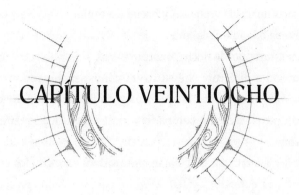

CAPÍTULO VEINTIOCHO

Entrar en el palacio de noche fue idea de Kettering.

Los lugareños no entrarán durante la noche. Están demasiado asustados, les dijo. Will estuvo de acuerdo. Fuera de día o de noche, bajo la montaña estaría igualmente oscuro.

Abandonar la excavación le recordó un poco a su salida del alcázar con Violet y Cyprian. Ese día, Cyprian levantó la barbilla y les dijo a los Siervos que estaban de guardia: *Mi padre me envía a buscar a los prisioneros.* Ahora fue Kettering quien dijo: *Órdenes de Sloane,* y pasaron ante los guardias.

Los hombres apostados en la entrada del palacio parecían nerviosos e insatisfechos en el turno de noche. No recelaron de la llegada de Kettering ni desafiaron su derecho a entrar en el palacio, excepto para decir: *La morte bianca... non portarla qui.* 'No traigáis aquí la muerte blanca'.

Enormes y negras se alzaban las puertas del palacio. No había ni rastro de actividad más allá de la entrada. Desde que se produjeron las muertes, nadie había estado dentro. Will se sintió repentinamente reacio a pasar de la tenue luz de la luna a la ignota oscuridad.

—No podemos entrar con los caballos —dijo Kettering, desmontando cerca de las puertas.

—¿Por qué no? —preguntó Will, frunciendo el ceño.

—Ni un solo animal ha estado dispuesto a entrar, ni siquiera las mulas —contestó Kettering—. Iremos solos, con las bolsas, y haremos el camino a pie.

Tenía razón: los caballos se opusieron incluso antes de llegar a las puertas, sacudiendo las cabezas y haciendo tintinear sus ronzales, exhalando vaho bajo la luz de la luna.

Nada entraría por la noche, excepto ellos.

Oscuridad a diestro y siniestro; era como ser tragado. Con los faroles en varas, atravesaron las puertas y no tardaron mucho en ver el deformado portal interior, combado y maltrecho. Empequeñecidos, lo atravesaron.

Kettering iba en cabeza. Habían eliminado las rocas y los escombros de las cámaras exteriores y había antorchas instaladas en los muros, aunque no encendieron ninguna de ellas. Se movieron a través de la oscuridad con las dos lámparas balanceándose en sus palos, ocultando su avance y dirección. En una ocasión, Cyprian giró hacia una amplia entrada y Kettering lo detuvo. *No, ese es el camino de los barracones*, le dijo. *Sigue la soga de las piquetas*. Como un cordel en un laberinto, la cuerda que habían colocado los obreros de Sinclair los condujo a las profundidades del palacio.

Caminaron quizá un cuarto de hora antes de toparse con un montón de herramientas abandonadas y una carreta volcada. Allí se detuvo Kettering y levantó su lámpara para mostrar los artículos dispersos.

—Es aquí donde la muerte blanca ataca a los hombres —les dijo.

La cámara que tenían delante no estaba despejada. No había más piquetas ni más cuerda. Los hombres de Sinclair no habían llegado más allá.

Will levantó la mirada. Si fue allí donde murieron los hombres de Sinclair, lo que buscaban debía encontrarse justo ante ellos.

—¡Will! ¡Aquí! —Cyprian estaba encorvado sobre una forma en un oscuro recoveco.

Will acercó su lámpara y vio un cuerpo blanco cuyos ojos miraban el cavernoso techo. Kettering se acercó a zancadas y clavó una rodilla junto al cadáver.

—Otro de los trabajadores... Debieron dejarlo atrás. —Kettering parecía angustiado.

—¿Qué deberíamos hacer? —le preguntó Cyprian—. ¿Quemarlo? ¿Enterrarlo?

—¡No! —exclamó Kettering—. Cubrid el cuerpo. Deberíamos llevárselo a su familia.

Will dio un paso y algo crujió bajo su pie.

Miró. Había aplastado el hueso de una muñeca; bajo su pie había una caja torácica, una columna, un cráneo.

—No es la primera persona que muere aquí —se oyó decir Will.

Kettering se incorporó, sosteniendo la lámpara. Lo que a primera vista les habían parecido escombros dispersos o un suelo irregular eran montones de huesos. El acuciante horror casi le provocó a Will una arcada. Había miles.

—Dijiste que los huesos habrían desaparecido —le dijo Will a Kettering.

—Deberían haberlo hecho —le contestó Kettering—. Estos huesos no son del mundo antiguo; son más recientes. Un par de siglos, quizá más.

—Otro grupo que intentó entrar en la sala del trono —dijo Cyprian.

Kettering estaba negando con la cabeza, como si no lo comprendiera.

—Pero las puertas exteriores estaban cerradas...

—¿Crees que esta gente pereció debido a la muerte blanca? —le preguntó Will.

—Espero que no. —Kettering parecía realmente afectado.

—¿Qué *ocurrió* aquí? —preguntó James.

Grace sostenía el otro farol y lo usó para seguir la estela de la destrucción.

—Aquí, cerca de las puertas, se agrupan un montón de huesos —dijo, de lejos la observación más perturbadora.

—¿Quieres decir que estaban intentando salir? —le preguntó Cyprian—. ¿Crees que estaban atrapados aquí, con algo?

Will tomó una de las antorchas apagadas que habían dejado los obreros de Sinclair. La acercó a la pequeña llama de la lámpara de Kettering y, cuando cobró vida, la levantó y acercó a la entrada de la cámara.

Cientos de personas cientos de años antes. Era como si cualquiera que se hubiera aventurado más allá de aquella puerta hubiera caído en el acto. Recordó la advertencia que había leído en Calais con la letra de Gauthier: *Nadie puede entrar en Undahar y sobrevivir.*

—Ninguno de vosotros debería continuar —les dijo—. Es demasiado peligroso.

Dio un paso adelante.

James le puso la mano en el hombro para detenerlo.

—Debes estar bromeando. No vas a entrar ahí solo —le dijo—. Yo voy contigo.

Para sorpresa de Will, Kettering también se acercó a él.

—He pedido a mis hombres que entren en este lugar. Yo también debería estar preparado para hacerlo.

Cyprian y Grace asintieron.

—Nosotros también vamos —dijo Cyprian.

—Vi a Katherine morir por la muerte blanca —les dijo Will, mirándolos—. No hubo advertencia y no era posible detenerlo. A eso es a lo que os arriesgáis.

Pero vio en sus ojos que lo sabían y que habían tomado su decisión a pesar de ello.

—De acuerdo —dijo Will, viendo en sus rostros la determinación—. Pero yo iré primero. Vosotros no tocareis nada y os quedareis detrás de mí.

Eso le ganó algunos asentimientos reacios. James le quitó la mano del hombro.

Will caminó con la antorcha levantada y los demás en fila de dos a su espalda. Alerta a cualquier sensación de peligro o magia, el miedo a que sus amigos se desplomaran a su espalda, con la piel volviéndose blanca, era constante. ¿O los estaba protegiendo su presencia allí, el rey regresando con su séquito?

No pienses en eso.

Atravesó la entrada, cuyas puertas gemelas eran como dos gigantes de metal retorcido en el suelo. Y entró en la sala del trono del palacio.

Durante un momento, fue como si la antorcha lo iluminara todo y revelara una cámara de resplandeciente oro, al Rey Sol fulgurante en su brillante trono, a los suplicantes en una dichosa celebración y un disco dorado sobre las baldosas con un emblema del sol debajo a juego con el esplendor del feroz orbe superior.

Después Will pestañeó y vio que la sala estaba oscura y vacía, con el suelo de mármol negro y un largo y oscuro camino hasta unas escaleras negras. Lo único que permanecía de su visión era el disco dorado incrustado en el suelo, pero ya no destellaba como el sol. Parecía abandonado y frío.

Sobre él se alzaba un pálido trono, precioso y terrible, como un hueso saliendo de la oscuridad. Su poder podía sentirse: la vibración de la fuerza, una exigencia de subyugación. Se elevaba con imperioso horror sobre la estancia, prometiendo al conquistador el regalo de la violencia y la destrucción.

—Un solo trono —dijo James—. Justo como tú dijiste.

Will se imaginó subiendo los peldaños para sentarse en ese pálido trono. Los fantasmas del pasado se alzarían a su alrededor desde aquellas maltrechas ruinas, como si una palabra suya pudiera devolver la gloria de los lejanos días. Estaba en sus huesos, en sus dientes, en su cabeza. Habría dicho que el trono lo ansiaba, pero el ansia no estaba en el trono. Estaba en él.

James pasó junto a él, subió los peldaños de dos en dos y apoyó la mano en el reposabrazos tallado. Se giró para mirarlo.

—Vamos a probarlo. ¿A quién le apetece ser rey?

—¡No!

Will le agarró el brazo mientras empezaba a sentarse y tiró de él hacia atrás. Se miraron el uno al otro; la reacción de Will, inmediata e instintiva, no era fácil de explicar.

—¿Lo quieres para ti?

El tono de James lo convirtió en una broma, pero estando tan cerca del trono solo podía respirar superficialmente. Y Will...

Will se había acercado demasiado y ahora el trono estaba a solo un paso de distancia, alzándose pálido y alto sobre él, y supo cómo sería sentarse, ver la seda negra de sus vestiduras encharcándose a su alrededor y saber que tenía poder sobre todos los que estaban ante él.

—No —dijo Will—. Nadie se sentará ahí.

Esperaba que James se resistiera, pero, después de un momento tenso, el joven se encogió de hombros, se relajó y retrocedió como si no tuviera importancia.

—De acuerdo.

Un poco más de luz. Kettering estaba subiendo los peldaños, con su propia antorcha, para usar el estrado como una especie de mirador desde el que examinar la sala del trono. Grace y Cyprian se acercaron, pero su presencia solo parecía destacar el vacío de la cámara. Nada más era visible.

—¿Esto es lo que Sinclair estaba buscando? ¿Un trono? —Cyprian sonó desdeñoso y un poco confuso.

—Es solo un símbolo —dijo James.

—Los lugareños creían que se liberaría un gran mal —dijo Will, negando con la cabeza.

Grace habló.

—Y la Siervo Mayor dijo que lo que Sinclair buscaba era una amenaza más grave que el regreso del Rey Oscuro.

Kettering se giró para mirar a James.

—¿Se te ocurre qué podría haber escondido aquí el Rey Oscuro? ¿O conoces la ubicación de algún lugar oculto, de una puerta secreta?

—¿Por qué iba a saber yo eso? —replicó James.

—Has estado aquí antes —dijo Kettering, levantando su antorcha para mostrar lo que había sobre el estrado.

Una gruesa cadena de oro enroscada a los pies del trono, un herraje permanente cuyo extremo estaba atornillado al mármol negro. Hacía pensar en una bestia magnífica encadenada a los pies del rey y en Sarcean bajando la mano sin pensar para acariciar a su exótica mascota. Pero lo que había estado encadenado allí no era un dragón ni un leopardo. El otro extremo de la cadena tenía un cierre con rubíes rojos.

Eran del mismo color que la vergüenza que coloreaba las mejillas de James. Levantó la mirada, como si los desafiara a hacer algún comentario. Ninguno lo hizo, pero el silencio era abrasador.

—Le gustaba alardear de sus posesiones —dijo Kettering, y fueron las mejillas de Will las que se encendieron esta vez.

—Eso ya lo sabemos —dijo Will.

—Es una declaración: «¿Veis? He domesticado al Campeón de la Luz». No se me ocurre ninguna demostración mejor de poder.

Anharion, exhibido ante todos los visitantes, todos los cortesanos, todos los vasallos. Arrodillado a sus pies, vestido no con armadura, sino con pintura y sedas para dejar claro que por la noche...

—Ignoradlo —dijo Will—. No estamos aquí por eso.

Kettering levantó la antorcha, examinando de nuevo la oscuridad de la sala del trono.

—Con la excepción del trono y de la cadena, esta sala está vacía.

—Dispersaos y buscad —dijo Will—. Pero tened cuidado. Si sentís o veis algo fuera de lo normal, no os acerquéis a ello sin mí.

—Ni siquiera sabemos qué estamos buscando —dijo Cyprian.

—Sabremos que estamos cerca cuando la muerte blanca se cargue a alguien. —James ni siquiera lo dijo con su habitual humor irónico, sino con un serio pragmatismo.

Kettering tenía razón: al caminar por ella descubrieron una sala amplia pero vacía, con columnas negras que se elevaban en una avenida hacia el estrado. El suelo de mármol negro estaba cubierto de escombros.

El único otro rasgo dominante era el inmenso sol redondo incrustado en el suelo. En el pasado fue la representación de un sol dorado, parte de la resplandeciente gloria blanca y dorada del Rey Sol, pero ahora contrastaba perturbadoramente con el mármol negro que lo rodeaba.

¿Por qué lo conservó Sarcean?, se preguntó Will. La respuesta acudió a él: Para pisarlo.

—Hemos pasado algo por alto. Está aquí —dijo Will cuando regresaron al estrado.

—Te creemos, Will, pero... —dijo Grace.

—Está aquí. —De algún modo. En alguna parte.

—¿Han estado ya aquí los hombres de Sinclair? ¿Han vaciado la sala? —preguntó James.

—No, ya os lo he dicho. Abandonamos el trabajo cuando los hombres murieron —dijo Kettering—. Además, tú mismo lo has visto: esta cámara estaba inalterada.

—Nos dividiremos —sugirió Will— y apartaremos los escombros. Vamos a descubrir lo que sea que haya aquí.

Después de horas apartando escombros del suelo solo encontraron más baldosas de mármol negro que no se movían ni rotaban.

—Si este lugar fue en el pasado el Palacio del Sol, ¿cómo cayó en manos del Rey Oscuro? —le preguntó Will a Kettering mientras buscaban.

—Sarcean luchó contra el Reino del Sol durante años antes de conquistarlo —dijo Kettering—. Atacó desde el norte, pero fue incapaz de derrotar la magia combinada de la Dama y del Campeón de la Luz. Nadie sabe cómo cayó.

Así que Sarcean había abandonado el Palacio del Sol, pensó Will. ¿Y después qué? ¿Fundó su propio imperio en el norte? ¿Puso sus miras en el Reino del Sol? ¿Fue una guerra de años, enfrentándose a Anharion en el campo de batalla hasta que lo apresó y lo obligó a ponerse el Collar alrededor del cuello?

Mientras Kettering y los demás se concentraban en el extremo opuesto de la cámara, Will se detuvo en el hueco oscuro tras el trono. Sentía su presencia en todo momento, cerniéndose sobre él. Instintivamente, todos lo estaban evitando. Le sorprendió oír pasos.

El cabello de James brillaba a la luz de la antorcha, una corona dorada ligeramente revuelta por sus dedos. Will se descubrió preguntándose cómo había conseguido mantener el elegante estilo lejos de las comodidades de la excavación. Sintió y sofocó el deseo de pasarle los dedos por el cabello.

—Si llevaba el Collar —dijo James en voz baja—, no necesitaba una cadena.

—No. —Will asintió.

—La cadena estaba ahí porque le gustaba verme con ella.

Will, que ya se había dado cuenta de aquello, se mantuvo en silencio.

—Tengo que enseñarte una cosa. —James miró la sala, como para asegurarse de que nadie estuviera mirando.

Cuando vio que los demás se habían alejado y que el trono los escondía a él y a Will, James sacó de su morral algo envuelto en tela.

Will reconoció la forma y se le cayó el alma al suelo. Antes de que pudiera detenerlo, James le quitó la tela.

Resplandecía, dorado y rojo. Quería estrangularlo, rodearlo; quería adornarlo, engalanarlo. Era una circunferencia de sádica opulencia que pedía, suplicante, el cuello de James.

El Collar.

Will se apartó de él, mirando a James. El corazón le latía con fuerza.

—¿Lo has traído aquí?

—¿Qué creías que había hecho con él?

—No lo sé, no... —Will se detuvo, sintiendo toda su fuerza, enfermiza y seductora—. ¿Por qué lo llevas encima?

—¿Por qué?

La emoción quebró la respuesta de James, aunque mantuvo su voz en un susurro. Se detuvo y volvió a mirar a los demás, y solo continuó cuando se aseguró de que estaban demasiado lejos para oírlo.

—Porque quiere estar alrededor de mi cuello —dijo James, todavía más bajo, incluso con mayor sentimiento.

—Mayor razón para mantenerlo lejos —susurró mientras volvía a cubrirlo con la tela.

—No puedo —dijo James—. No puedo esconderlo. No puedo guardarlo.

Daba igual dónde lo escondiera James, porque lo encontrarían. Y la persona que lo encontrara ansiaría entonces encadenarlo. Will recordó que Kettering había dicho: Estos objetos tienen sus propios planes. Son como criaturas ciegas, buscando en la oscuridad.

—Sabiendo que se encuentra en otra parte, no podría pensar, no podría dormir —dijo James—. Me buscaría cada día. Ningún océano es lo bastante profundo. Ningún fuego puede fundirlo.

James lo había llevado encima todo ese tiempo. Will lo miró fijamente.

—Cuando estuviste tan débil, después de abrir la puerta... Los soldados que nos capturaron... ¡Cualquiera de ellos podría habértelo puesto!

Al decirlo, se dio cuenta, horrorizado, de que James lo había sabido y no obstante se había vaciado. Se había agotado sabiendo a qué se arriesgaba, un peligro mucho mayor de lo que cualquiera de ellos había sabido.

—Tú no —dijo James, y Will sintió que se le tensaba la piel—. Tuviste la oportunidad de ponérmelo en Londres. Y no lo hiciste.

James, encadenado a esa estufa de cocina, girándose bajo las manos de Will para exponer su cuello. Se había estremecido, con la carne caliente bajo su camisa, y Will también sintió el escalofrío y mantuvo las manos sobre el cuerpo de James más tiempo de lo que habría debido.

—Quise hacerlo.

La confesión se le escapó sin más. No tenía que recordar lo difícil que le había sido resistirse al Collar. Podía sentirlo ahora, casi podía imaginarse extendiendo la mano, deslizando el cálido oro alrededor de la garganta de James. Su cadena estaba junto al trono, sin usar, un canto de sirena: el Collar abierto, la cadena preparada, el trono vacío. Todo lo llamaba.

—Tienes que guardarlo. En serio, no es seguro que...

La tela se deslizó como una prenda de lencería de seda y cayó al suelo. El oro y los rubíes desnudos los golpearon entonces con su poder. Will lo notó en los dientes. Las pupilas se habían tragado los ojos de James.

—Alguien lo hará al final.

—Eso no lo sabes —replicó Will.

—Lo sé. Lo siento. Mi pasado. Mi futuro...

Le agarró la mano a Will y se la puso sobre el Collar.

—Alguien va a hacerlo.

Era abrasador tocar el metal con la mano desnuda, sentir su calor y su necesidad.

—Si va a hacerlo alguien, quiero que seas tú —dijo James.

Sin darse cuenta, Will retrocedió contra el respaldo del trono. El oro estaba caliente en sus manos; James emitió un sonido y se inclinó como si ese mismo oro caliente corriera como un dulce deseo por sus venas.

—Hazlo —dijo James. Tenía la camisa abierta, el cabello dorado despeinado alrededor de la cara, los ojos vidriosos y complacientes. James parecía haberse rendido ya; quería entregarse, estaba dispuesto a cerrar el broche—. Pónmelo.

Will apretó los dientes e invocó cada partícula de su fuerza de voluntad. Agarró la tela y rodeó con ella el Collar. En cuanto estuvo cubierto, su poder se aminoró. Bajo sus manos, la expresión deslumbrada desapareció de los ojos de James.

Respirando con dificultad, Will se dio cuenta de que todavía tenía a James inmovilizado contra el trono. Echó un vistazo y vio que los demás seguían en el extremo opuesto de la sala, pero cualquiera podría haberlos visto. Miró el pálido trono, su sombra cubriéndolos a ambos. Se dio cuenta del poco control que había tenido James de sus actos, del poco control que él mismo sentía.

Se apartó con las mejillas encendidas.

—Cualquier otro lo habría hecho.

James se humedeció los labios y miró a Will desde donde estaba, apoyado en el trono. Su postura seguía siendo de rendición, de sumisión.

—Me estás poniendo a prueba —dijo Will—. No deberías.

—¿Por qué no? Eres el héroe perfecto, ¿no es así?

—No soy tu salvación —replicó Will.

—¿Vas a permitir que otro me lo ponga? ¿Vas a dejar que otro...?

—No —dijo Will, y su vehemencia los tomó a ambos por sorpresa—. Debe haber un modo de destruirlo. Cuando esto haya acabado, lo encontraremos. —Dejó que James, con los ojos azules muy abiertos, asimilara las palabras—. Si después todavía quieres que te dé órdenes, lo haré.

James soltó un suspiro asombrado que era en parte risa, como si no se pudiera creer que Will hubiera dicho eso.

—Dios, no hay otro como tú —dijo James.

—Tampoco lo hay como tú —contestó Will con voz baja y suave—. Guarda el Collar. Si me sigues, que sea porque lo deseas.

—Lo deseo. Te deseo. Mierda.

Guardó el Collar fuera de la vista. Will se sintió aliviado de inmediato y se obligó a apartar la simultánea decepción. Intentó olvidarse de que el Collar estaba allí. No lo consiguió.

—Mierda —dijo James de nuevo, cubriéndose la cara con el brazo, como si acabara de darse cuenta de la situación en la que habían estado.

—Será peor —dijo Will—. Cuanto más tiempo pasemos aquí abajo.

Seguramente empeoraría cuanto más llevara James el Collar. Tuvo que preguntarse cuántas de las decisiones e interacciones de James había propiciado el artefacto o qué lo había empujado a hacer.

Cuando James le puso las manos en la cintura y susurró en su oído para que desbloqueara su magia; cuando James lo desafió a dormir con él en sus aposentos... Por lo que sabía, todo ello podía ser la odiosa obra del Collar. Si no fue el artefacto, fue el seductor susurro del pasado: una y otra vez, James había asumido el papel de un leal general en lugar de buscar su libertad. ¿Qué había sido la decisión de James de seguir a Will sino un eco de su antigua vida?

Si el Collar estaba erosionando la voluntad de James, Will tendría que mantenerse fuerte por ambos, y lo haría. Durante tanto tiempo como tuviera que hacerlo.

—Me hace sentirme mejor saber que tú también lo sientes —le dijo James.

—No debería —replicó Will.

James se giró para mirarlo.

—No dejo de pensar... Cuando era pequeño y Simon me habló de mi poder, de lo fuerte que sería, pensé en demostrárselo a mi padre. Pensé que tomaría mi poder y haría algo grande con él, algo tan grande y tan importante que todo el mundo reconocería que estaba bien que lo tuviera. Hasta que comprendí para qué era.

—¿Para qué?

—Para él —dijo James. *Él*. Sarcean. Tirando de todos los hilos—. Pero puede que no tenga que ser así. Quizá podría ser...

James se detuvo.

—Se te da bien hacer hablar a la gente, ¿eh?

—¿A mí?

—Sí. Una mirada a esos enormes ojos oscuros y ya está. Cuéntame algo sobre ti, para variar.

Aquello era más fácil: simplemente mirar a James, como si fueran dos amigos compartiendo secretos.

—¿Como qué? —le preguntó.

—No lo sé. ¿Cómo fue la infancia del salvador de la humanidad?

—No hay mucho que contar. —Will hizo un gesto casual, subió un hombro—. Mi madre era estricta. No hacíamos gran cosa.

—Tenía que proteger al elegido —dijo James—. Apuesto a que eras un auténtico niñito mimado. El consentido de todos.

—Algo así —dijo Will con una sonrisa cómoda.

—Me lo puedo imaginar. Arropándote por la noche. Cuidándote cuando estabas enfermo. No es de extrañar que hayas salido así.

Otra sonrisa. Mentir no era difícil.

—¿«Así» cómo?

Esperaba que James contestara con otra ocurrencia, pero lo miró y le dijo:

—Alguien que creo que podría salvar este lugar. —Y después, tan bajo que Will apenas lo oyó—: Alguien que creo que podría salvarme a mí.

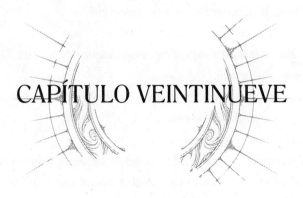

CAPÍTULO VEINTINUEVE

La cabaña de Ellie Lange estaba a las afueras de Stanton, un último puesto fronterizo antes de que la aldea diera paso a las oscuras montañas. El paisaje que rodeaba la casita era extraño, con enormes socavones y lugares donde las cosas estaban desnudas y muertas. Incluso el jardín era raro, pensó Elizabeth, con unas partes descuidadas y otras cubiertas de roca negra y tierra desprendida.

Mientras caminaba por el sendero con Polly y Visander, Elizabeth se sentía nerviosa. No era algo a lo que estuviera acostumbrada, no a aquella sensación inquieta y nauseabunda. Nunca había conocido a nadie que hubiera conocido a su madre. Will no contaba, porque mentía sobre todas las cosas. Habría deseado que Katherine estuviera allí para poder darle la mano. En lugar de eso, cerró los puños.

Polly agitó el llamador de latón en la puerta pintada de azul y apareció una ama de llaves de rostro severo vestida de negro, con el cabello grisáceo recogido detrás en un estricto moño.

—Señora Thomas. —Polly saludó a la ama de llaves y le ofreció la cesta que había llevado con su paño de algodón—. Venimos a ver a la tía. Hemos traído una canasta.

La señora Thomas no miró la cesta con su ofrenda de productos horneados.

—Hoy la señora Lange no está bien.

—Puede que se despeje. —Eso no disuadió a Polly—. Esperaremos a ver.

La señora Thomas no parecía estar de acuerdo, pero se apartó de la puerta.

—No soy yo quien va a perder el tiempo.

—Gracias, señora Thomas —dijo Polly, y Elizabeth la siguió a la sala de dibujo.

La habitación tenía una chimenea con una rejilla ornamentada, papel de pared verde, molduras y rodapiés. El espacio estaba ocupado por varias butacas con reposapiés y un sofá y pesadas cortinas de terciopelo cubrían sus grandes ventanas.

Visander entró el primero y probó la puerta y las ventanas, comprobando la seguridad de la habitación con la economía de movimiento que Elizabeth asociaba con Cyprian. Después se detuvo, en guardia, junto al sofá, vigilando ambas salidas.

Elizabeth se sentó con cuidado en el sofá, a su lado. Polly le mostró una sonrisa.

—No es muy diferente de cuando tu madre estuvo aquí.

Elizabeth la miró.

—¿Estuvo aquí?

—En esa habitación, al otro lado del pasillo —dijo Polly—. La última vez fue hace casi diez años. Dio a luz aquí, en esta casa.

No había que ser un genio de las matemáticas para hacer la cuenta.

—Y después me abandonó. Como a mi hermana —dijo Elizabeth.

Para su sorpresa, Polly asintió.

—Fue mi hermano quien la ayudó a encontraros a ambas un hogar. Trabajaba en la casa de un caballero, el señor Kent. Él y su esposa querían niños, alguien a quien criar. Eran demasiado mayores para fingir que erais sus hijas, así que accedieron a decir que erais sus sobrinas.

Elizabeth miró la habitación. Tenía la sensación de que debería recordar aquel lugar, pero no era así. Pensó en sus tíos y en su acogedora casa en Hertfordshire. Nunca se habían apropiado del título de padre o madre y se habían mantenido en el más distante papel de tutores. Su verdadera familia había sido su hermana.

A veces, cuando eran pequeñas, Katherine había jugado a las mamás con muñecas. ¿Recordaba a su madre? ¿Qué edad tenía cuando se separaron? ¿Era lo bastante mayor para tener algunos recuerdos difusos? ¿Habría recordado aquella casa? Elizabeth miró al soldado del viejo mundo, alerta en el cuerpo robado de su hermana, y sintió una fulgurante llamarada de rabia, porque Katherine debería estar allí con ella.

—Voy a ver cómo está la señora Lange —dijo Polly—. Vosotras dos esperad aquí.

Elizabeth se levantó de inmediato del viejo sofá. No quería quedarse allí sola con Visander. Su presencia casi la repelía, así que salió al pasillo y se detuvo ante la habitación donde su madre se había alejado.

La puerta estaba abierta.

Como había crecido sin ella, en realidad nunca había deseado tener madre. Había pasado sus primeros años en Hertfordshire trepando a los árboles y corriendo por los bosquecillos, jugando con ranas y grillos y conejos y nutrias, lo que la había mantenido totalmente ocupada.

Sus tíos no le habían contado ninguna historia sobre su madre. Solo le habían dicho que era una mujer de buena familia que había muerto al dar a luz. El ligero misterio había sido causa de habladurías; cuanto más guapa se volvía Katherine al crecer, más insistentes se volvían los rumores. Elizabeth, a la defensiva, había insistido siempre en que su madre era una dama, pensando por los susurros y cotilleos que quizá no lo fue.

En ese momento se imaginó a su verdadera madre. Había acudido a aquella casa para dar a luz huyendo de Simon y después había entregado a su hija a otra persona. Para protegerla, había dicho Will. Y a Elizabeth se le ocurrió de repente que ella era esa hija. Había estado allí antes, cuando era un bebé de carita roja. Su madre la había tenido en brazos y después la había entregado a los brazos de otro.

Había nacido allí, en aquella casa casi oculta entre las montañas.

Se adentró en ella buscando fantasmas. La habitación no era una sala de partos, ni siquiera un dormitorio. Era un salón matinal, uno bastante escueto, con una única mesa y cuatro sillas. Tenía una ventana con una inquietante vista de una de esas granjas de tierra desnuda del exterior. No había ningún lugar donde pudiera haber habido una cama. Elizabeth buscó algún rastro de su madre. No había nada.

—En mi opinión, tuviste suerte cuando te abandonó.

Elizabeth se sobresaltó y se giró para ver a la señora Thomas en la entrada. Su rostro duro y arrugado era inescrutable.

—¿Qué quiere decir?

Al principio parecía que la señora Thomas no iba a contestar, pero lo hizo.

—Tenía una relación con ese niño que no era normal.

—¿«Niño»?

Will. ¿Will había estado allí? A Elizabeth se le erizó el vello de los brazos.

—Lo tenía siempre encerrado. Seis o siete años debía tener —dijo la señora Thomas—. Era un pequeño muy bueno, pero ella lo trataba como un criminal. Lo ataba a la pata de la cama. Y cómo lo miraba, cómo...

—¿«Cómo» qué?

—Una vez se soltó mientras ella dormía. Salió a ver al bebé. Es natural que un niño sienta curiosidad por su hermana. Se puso como loca cuando se despertó y lo vio con el bebé. Ella... Bueno, cuanto menos se diga sobre eso, mejor.

No era la historia que había esperado oír sobre la madre a la que no había conocido. La hizo sentirse inquieta de nuevo. Elizabeth se llevó la mano al medallón. ¿Cómo la había descrito Will? Lo recordó diciendo: *Me crio lo mejor que pudo.*

—Le llevé un trozo de pastel de riñones y fue como si hubiera conseguido un amigo para toda la vida. Me seguía a todas partes, charlando, ayudándome con las tareas. Ni una sola vez se quejó de los moretones el pobrecillo. Y te diré una cosa.

»En aquella época, un hombre rico se alojaba aquí con su esposa. Era una pesadilla para el servicio: metía mano a las sirvientas, me metía mano a mí. Bueno, una lámpara se volcó en su habitación y se quemaron su ropa y sus pertenencias. Se marchó al día siguiente. El niño nunca dijo nada, pero yo sabía que había sido él. Lo hizo por mí. Era un muchacho muy listo. Y leal. —La ama de llaves terminó—: Ella lo miraba como si quisiera matarlo y no tuviera el valor.

Un sonido en la puerta hizo volverse a Elizabeth. Polly tenía una mano en el marco de madera.

—La señora Lange ha vuelto en sí —dijo Polly—. Si vas a hablar con ella, será mejor que vengas ya.

La estancia estaba a oscuras, con la sofocante quietud de la habitación de un enfermo. La pesada cortina de terciopelo ocultaba la única habitación del dormitorio, envolviéndola y cubriéndola.

—No le gusta la luz —dijo Polly en un susurro. Mantuvo la pequeña lámpara que sostenía medio tapada con la mano y la apoyó en la cajonera junto a la puerta, tan lejos de la cama como era posible. La habitación estaba en penumbras—. Señora Lange, son las hijas de Eleanor. Han venido a verla, como hemos hablado.

—¿Quién? —preguntó la señora Lange.

—Se le olvida —dijo Polly—. Las caras. La gente. No os lo toméis como algo personal. Cree que es lunes cuando es viernes. A veces cree que está en un lugar de hace diecisiete años.

Hizo un ademán para que Elizabeth y Visander se acercaran a la cama.

—Las hijas de Eleanor. Te lo he dicho —le dijo a la anciana.

La señora Lange era una mujer de unos sesenta y cinco años, con ojos legañosos, el rostro lleno de arrugas y el cabello gris escapando de un gorro de tela blanca. Estaba en el centro de la cama, con la cabeza apoyada en su única almohada. Miró a Elizabeth y a Visander.

—Eleanor —le dijo a Visander. Elizabeth sintió un escalofrío, como si el fantasma de su madre estuviera en la habitación a pesar de que solo era Visander, al que la luz de la vela le iluminaba el rostro.

El rostro de Katherine.

—Es un niño —dijo la señora Lange.

—¿Qué? —replicó Visander, frunciendo el ceño.

—Tu hijo —le dijo la señora Lange—. Va a ser un niño.

—Lo siento —le dijo Polly a Visander—. Está confusa. Vive sobre todo en el pasado. Y tú eres la viva imagen de Eleanor.

—Es un niño fuerte y sano —dijo la señora Lange—. Y tu embarazo está muy avanzado. Ocho meses.

Will, pensó Elizabeth de nuevo. *Está hablando de Will.* Parecía que la anciana estaba reviviendo el pasado.

—Será difícil matarlo —dijo la señora Lange—, pero has acudido a mí justo a tiempo.

Elizabeth sintió agua fría bajando por su columna.

—¿Matarlo? —preguntó.

La señora Lange comenzó a convulsionar en la cama, sacudiendo la cabeza de lado a lado y moviendo las extremidades de un modo extraño.

—*Ar ventas. Ar ventas, fermaran!* —exclamó.

A su lado, Visander dio un paso atrás, con los ojos muy abiertos.

—¿Cómo conoces esa lengua?

—*Fermaran, katara thalion!* —dijo la señora Lange.

—¿Qué dice? —preguntó Elizabeth.

—Eleanor —dijo la señora Lange—. Está luchando. Está luchando.

—¿Quién está luchando? —insistió Elizabeth.

—¡El niño! Oh, Dios, ¡Eleanor! ¿Qué me has traído? Es demasiado fuerte. Es demasiado fuerte, no puedo...

Comenzó a hablar de nuevo en la lengua del viejo mundo.

—Dijiste que era una matrona —soltó Visander.

—Lo es. Lo era —replicó Polly—. Os lo he dicho, que sufre ataques. No sé por qué.

Elizabeth recordó que había dicho: *Después del nacimiento de tu hermano, mi tía enfermó.*

—No deberíamos haber venido aquí —dijo Visander—. Esta mujer no puede ayudarte.

—No lo comprendo —murmuró Elizabeth—. ¿Qué pasa?

—Intentó matar al niño, pero su magia era demasiado poderosa. Nada podía evitar que naciera y el intento le destrozó la mente. Sus efectos tallaron la tierra. Puedes verlo fuera.

Los grandes surcos en el paisaje, la roca desprendida como si el terreno se hubiera fundido, que nada hubiera crecido allí después de diecisiete años.

—Ella no puede ayudarte. Su mente está rota. Sus dones curativos naturales la protegieron en parte, pero está atrapada entre el pasado y el presente y no puede hablar con sensatez.

—¿Polly? —dijo la señora Lange, levantando los ojos con la mirada despejada. Durante un momento, fue como si se le hubiera pasado la fiebre. Parecía ella misma.

—No pasa nada, señora Lange. Soy yo. Estoy aquí con las hijas de Eleanor.

—Las hijas de Eleanor —repitió ella.

—Muéstrale el medallón —le pidió Polly a Elizabeth.

Después del ataque y las convulsiones, Elizabeth se sentía reacia a mostrarle algo que pudiera perturbarla de nuevo. Se acercó con vacilación. Sacó el medallón del interior de su vestido y lo levantó, pensando mientras colgaba de su cordón que la habitación estaba demasiado oscura para que pudieran verlo.

—Redlan George me pidió que la buscara —dijo la niña—. Después de ver esto.

—¡El medallón del espino! —exclamó la señora Lange—. ¡El símbolo de la Dama!

—Me dijo que usted me ayudaría —dijo Elizabeth—. Que usted sabría qué hacer.

La señora Lange la miró con sorpresa. Un segundo después, sacó su vieja mano de entre las colchas y la agarró con urgencia.

—Debes buscar a los Siervos —le dijo—. Tú eres la única que puede detenerlo… Debes encontrar a los Siervos antes de que *él* te encuentre a ti. O la oscuridad caerá sobre todos nosotros.

Elizabeth pensó en todos los Siervos muertos a los que no había llegado a conocer. No podía buscar a los Siervos porque ya no existían. Suponía que Grace y Cyprian seguían vivos, pero no eran Siervos exactamente y no dejaban de hablar de que no sabían qué hacer. Las palabras de la señora Lange llegaban demasiado tarde.

Aquel viaje los había conducido a un callejón sin salida. La señora Lange no conocía las respuestas. Ni siquiera sabía qué estaba ocurriendo fuera de su habitación.

Elizabeth la miró y le dio una palmadita en la mano con la que le agarraba el brazo.

—No se preocupe. No tiene de qué preocuparse. Ya hemos evitado la venida del Rey Oscuro.

La señora Lange soltó una risa enloquecida y demasiado estridente para la pequeña habitación.

—¿Que habéis evitado su venida? —replicó—. ¿Es que no has entendido nada? ¡Ya está aquí!

La ventana se rompió y Elizabeth se giró para ver un hocico negro, unos dientes como cuchillas en unas rugientes fauces, y casi sintió sobre ella el caliente aliento canino.

Polly gritó y Elizabeth vio un remolino de oscuridad. *Un sabueso de sombra*. Había atravesado la ventana, lanzando cristales por todas partes. Al momento siguiente, Visander tiró de las pesadas cortinas y se las lanzó a la criatura. Elizabeth lo vio rodando con la manta, que no dejaba de retorcerse, hasta que Visander agarró un fragmento de cristal y la apuñaló. Se oyó un lamento terrible y después se hizo el silencio.

Polly y la señora Thomas estaban mirando a Visander, estupefactas. Este se levantó y se sacudió el vestido delante de la aullante ventana abierta, con la silueta caída ante él. Para confirmar la muerte, tiró de la cortina que la envolvía. El perro de sombra estaba muerto, una criatura horrible en parte pesadilla, en parte perro. Los aullidos de otras bestias entraban por la ventana, como si estuvieran conectadas con su camarada caído.

—Vendrán a esta casa a menos que los alejemos de aquí —dijo Visander.

Polly negó con la cabeza.

—Hay un sótano por el que tu madre se marchó la última vez —le dijo—. El túnel te llevará hasta la cima de la montaña.

—Llévanos allí —le pidió Visander.

CAPÍTULO TREINTA

Sarcean entró en el jardín como una sombra cayendo sobre el día.

No le fue difícil encontrar el camino de vuelta al palacio, a pesar de los meses de ausencia. Conocía cada secreto de sus senderos.

Ella estaba esperándolo, preciosa bajo la luz moteada.

Había creído que aquel encuentro secreto con ella sería cursi. Pero la abrupta y genuina intensidad de sus sentimientos lo sorprendió de nuevo. Estar cerca de ella era doloroso, tanto como lo había sido su única y cataclísmica noche juntos.

—No esperaba que vinieras.

—Me has llamado —le dijo. Le tomó la mano y solo la sintió temblar una vez.

Fue ella quien lo condujo, bajo los árboles floridos, por los senderos en pendiente, hasta el lugar donde se conocieron. No se lo esperaba y le sorprendió lo que le hizo sentir. Le resultaba difícil respirar el dulce aire.

La dejó hablar. Ella le puso la mano en el pecho y le dijo que lo echaba de menos. Le dijo que, mientras él estuvo lejos, no tuvo consuelo. ¿Era amor aquello? Se trataba de la misma sensación desgarradora y vertiginosa que sentía cuando miraba a Anharion, como si estuviera al borde de un abismo sin fondo.

Le pasó el pulgar por la mejilla, la miró a la cara y le dijo:

—¿Cuándo vendrán a arrestarme los hombres del rey?

—¿Qué?

Así, con el rostro levantado, estaba tan hermosa como la recordaba.

—Esto es una trampa, ¿no?

Vio en sus ojos la sorpresa del reconocimiento, de saberse descubierta. Retrocedió, alejándose de sus brazos, dejando vacío el espacio entre ambos.

—Si sabías que era una trampa, ¿por qué has venido? —Sonó como si le doliera, y quizá lo hacía.

—Me llamaste —le contestó.

Los ojos de ella se llenaron de sorpresa. El sonido de los pasos blindados rompió el silencio antes de que pudiera hablar. Él creía estar preparado para lo que iba a ocurrir, pero, cuando se giró para mirar a sus captores, sintió una zambullida en el estómago y un vacío en el pecho. A la cabeza de la Guardia del Sol, como el resplandeciente cometa dorado de la justicia, estaba Anharion.

Sarcean lo notó: estaba preparado para el golpe, pero en lugar de eso recibió una puñalada en el corazón, penetrante e inesperada.

—Quedas arrestado por traición —dijo Anharion—. Por conjurar contra el rey, a quien intentaste hechizar contra su voluntad.

—Vosotros dos —dijo Sarcean.

Los dos, uno junto al otro, guardaban un parecido desgarrador y el abismo se profundizó. La belleza de Anharion era de esas intocables que resultaba doloroso mirar. Y, no obstante, él nunca había conseguido apartar la mirada.

Tampoco pudo hacerlo en ese momento y le dolió.

—Hechizar al rey —dijo Sarcean—. ¿Eso es lo que os ha contado?

Casi sintió una ráfaga de inesperado orgullo, por fin una amenaza suficiente para que el rey se enfrentara a él abiertamente. Bajo eso bullía su ira. Más abajo aún, giró el engranaje de su fría y rigurosa planificación.

—Por tus crímenes, terminarás tus días en la mazmorra —dijo Anharion.

Sarcean miró aquel rostro dorado, venerado.

—¿Y si lucho?

—Sabes que no hay poder mayor que el mío.

—¿Y si huyo?

—Te encontraré —le dijo Anharion—. Siempre te encontraré. Intenta huir.

Sarcean miró la Guardia del Sol, de armaduras doradas, detrás de su general. Tenían miedo; podía olerlo en ellos. Dejó que el silencio se prolongara, sintiendo cómo se incrementaba su terror, sus corazones latiendo tras los rostros cuidadosamente impasibles.

Los grilletes de obsidiana que Anharion sostenía eran gruesos y pesados, con símbolos tallados en cada milímetro, creados para suprimir la magia y dejarlo indefenso.

Sarcean ofreció sus muñecas, un gesto de sumisión que los sorprendió a todos, incluso a Anharion, que dio un paso adelante y le cerró las muñecas. Incluso a Sarcean le sorprendió cómo extinguieron su magia, una asfixiante y enfermiza sensación.

Se lo llevaron a la sala del trono.

Una catedral de luz, radiante, impresionante. Había sido construida para deslumbrar y elevar, para ascender y glorificar. Vio el Trono del Sol en la cima de su esplendor, una estancia dorada con columnas brillantes y techos altos y centelleantes.

La furia de Sarcean le quemaba en las venas como ácido, aunque no lo mostró en sus elegantes extremidades ni en su rostro. Resplandeciente e impersonal, con su armadura ceremonial, el Rey Sol lo miró desde el trono. Anharion y la reina ocuparon sus lugares en el estrado, a su alrededor, como inalcanzables esculturas doradas. Todos los cortesanos del palacio habían acudido. Notó su satisfacción al verlo humillado y también una pizca de miedo, por si todavía conseguía escapar de los grilletes de algún modo.

Hacían bien en tener miedo. Él no sería clemente.

—¿Tus últimas palabras, Sarcean? —En la mirada del Rey Sol había diversión. Creía que sería fácil. No lo sería.

—Las oirás cuando el sol se ponga —dijo Sarcean.

Eso solo pareció divertir más al Rey Sol.

—¿Crees que tus aliados te salvarán? —le preguntó el Rey Sol—. Tu rebelión ha sido erradicada. Todo terminará contigo en las mazmorras. Tú y los tuyos acabaréis vuestros días en la oscuridad y jamás volveréis a ver el sol.

No pudo contener una carcajada. Un terrible castigo, sin duda, para aquellos que eran como él.

—¿Crees que temo la oscuridad? —le preguntó Sarcean.

En su trono, el Rey Sol asumió una postura ceremonial. Sus joyas destellaron; las sedas que acompañaban su armadura cayeron, brillando, al suelo. Capitaneaba el salón, su legión de sol, sus cortesanos y criaturas, como una llamarada de autoridad.

—Puede que no la temas ahora, pero lo harás. —El Rey Sol hizo otro gesto—. *Aragas.*

Como un ojo dilatándose lentamente, la mazmorra se abrió.

Will contuvo un gemido y volvió en sí.

La fosa seguía abriéndose; estaba abriéndose en su interior y toda su atención estaba concentrada en ella. El corazón le latía con fuerza y el sueño seguía arremolinándose en él. Pero no era un sueño, era un recuerdo. *Aquí,* pensó. *Aquí, aquí, aquí.*

Se levantó sobre los escombros que estaba limpiando y subió directamente los peldaños que conducían al trono.

Oyó a Cyprian a su espalda, girándose, sorprendido, al verlo pasar.

—¿Will?

Pero Will lo ignoró.

El trono era una presencia imponente y pálida. Se detuvo ante él y miró su superficie de mármol, que era como un delicado y viejo hueso. Los demás se estaban acercando; podía oír los murmullos a su espalda: *¿Will? ¿Qué pasa? ¿Qué ocurre?*

Se sentó en el trono.

De inmediato se vio asaltado por una visión en la que lo lanzaban abajo, en la que caía a la profundidad de la tierra y la luz desaparecía sobre él.

¿Había mirado Anharion mientras lanzaban a Sarcean a la fosa? ¿Hubo arrepentimiento titilando en esos preciosos ojos azules? Will no lo recordaba. Pero recordaba la larga caída y la luz extinguiéndose sobre él, aprisionándolo en la oscuridad bajo el trono para siempre.

Ahora estaba sentado donde el Rey Sol había dado la orden y estaba mirando el enorme emblema del sol en un estridente dorado sobre el suelo de mármol negro.

—*Aragas* —ordenó.

El rechinante sonido de la piedra arrastrándose sobre la piedra arrendó el aire y el enorme sol en el centro de la estancia comenzó a moverse. Abriendo una luna creciente negra, su inmenso disco se deslizó hasta que solo hubo un agujero negro donde había estado el sol.

Undahar. El Eclipse.

Oh, Dios, era real. La fosa de su interior era real. Había estado aprisionado allí abajo.

Conmocionado, Will se levantó y bajó los peldaños hacia ella. La visión de su mente pendía como las telarañas de un sueño. No quería bajar allí. Algo terrible y olvidado yacía en el fondo. Era una experiencia que no podía volver a vivir. *Otra vez no*. Notó a los demás reuniéndose a su alrededor en el borde. Estaban desconcertados y sus actos lo inquietaban. Eso también lo notaba.

¿Qué había allí abajo? ¿Qué era lo que ejercía aquella terrible atracción sobre él?

—¿Cómo has sabido qué hacer? —le preguntó Grace.

Will no contestó. Los demás miraron hacia abajo.

—Argh, el aire huele rancio —dijo James, presionándose la nariz con el antebrazo.

—¿Qué...? ¿Qué es eso? —preguntó Cyprian, mirando la oscuridad.

Kettering fue el último en acercarse y respondió con una devoción teñida de miedo.

—Parece una mazmorra. Una prisión subterránea, en la que los apresados sufrían una muerte de pesadilla.

James hizo una mueca.

—El Rey Oscuro tenía una mazmorra bajo su trono. Lógico.

Will lo miró. *No*, pensó, pero no lo dijo. *Era la Luz la que castigaba con oscuridad*.

—¿A dónde conduce? —preguntó Cyprian.

—Abajo —contestó Will.

Tomó la antorcha de Cyprian y la tiró. Una larga caída en la que la luz se hizo más pequeña. Aterrizó en el suelo. A su alrededor solo había oscuridad.

—Dadme otra —dijo.

Cuando fueron cinco las antorchas que ardían en un círculo abajo, ataron una cuerda a la columna más cercana y la dejaron caer también a la fosa. Will dio un paso adelante y comenzó a descender.

Estuvo mucho tiempo descendiendo en la oscuridad.

Recordaba...

Suciedad y hedor; la vertiginosa debilidad del hambre y la sed. El afilado dolor del yelmo. Los sonidos atenuados y las resonantes voces de la sala del trono. No sabía cuánto tiempo pasó antes de que le levantaran la cabeza y le quitaran el yelmo.

Tan débil como estaba, no podía soportar la luz. Una figura borrosa lo acunó.

Ha venido. Un cabello dorado y una armadura dorada; Sarcean lo miró confuso, como una silueta en un sueño. Él siempre había sido como la luz atravesando la oscuridad. Las emociones crecieron en él, la esperanza que nunca había admitido, ni siquiera ante sí mismo.

—*Bebe* —dijo, y Sarcean probó las aguas de las Oridhes en una petaca contra sus labios.

Y después la silueta se resolvió. Tenía el cabello dorado y llevaba el emblema del sol en el pecho.

Pero Anharion no era el único que portaba el sol. Estaba mirando al joven Guardia del Sol con el que había pasado el rato. «Duna», había apodado al joven guardia aquella noche, porque su cabello era del color dorado de la arena.

—Sarcean. —Duna se había arrodillado a su lado con una expresión de desesperada preocupación—. He venido tan pronto como he podido.

Sarcean oyó su propia risa jadeante; no había creído que le quedara aliento. Tenía los ojos húmedos, llorosos por la punzante luz después de tanto tiempo en la oscuridad.

—¿Qué pasa? —Los ojos de Duna estaban llenos de preocupación.

Sarcean sonrió levemente.

—Creí que eras otra persona. —Fue un susurro, el murmullo del papel seco.

—No podía venir hasta que el rey y la corte se marcharan a Garayan. —Esos ojos, llenos de preocupación por él—. Temía que la oscuridad te volviera loco.

—Quizá, si hubiera nacido del sol —le contestó Sarcean—. Pero mi poder procede de la oscuridad.

—Ven, apóyate en mi hombro.

—Llévame con mis hombres —le pidió Sarcean.

Débil y delgado como estaba, cada paso le dolía, como si los huesos de sus pies arañaran la fría piedra. Pero estaba decidido. La luz de arriba creaba un círculo en el suelo, pero se movieron en la oscuridad, donde perturbadoras formas inmóviles se amontonaban en las sombras.

—Este lugar es antiguo —dijo Sarcean—. Estaba aquí antes de que se construyera el palacio, una formación natural en la roca. Llevan siglos lanzando aquí a traidores, asesinos y monstruos. Se mueren de hambre, se vuelven locos y se matan o los matan otros. Pero sacan los cadáveres. Deben hacerlo o la fosa estaría llena hasta los bordes. Y la sala del trono apestaría, más de lo que ya lo hace. Pero la sangre se queda, y el recuerdo de la sangre, y en la sangre hay un gran poder.

Duna tenía los ojos muy abiertos.

—¿Cómo sabes todo eso?

—He estudiado este lugar. ¿No estudiarías tú la prisión donde tus enemigos pueden encerrarte?

—Hablas casi como si quisieras que te apresaran —dijo el joven con nerviosismo.

Otra sonrisa tensa.

—¿Sí?

Sus aliados estaban muertos, todos excepto uno, un orfebre llamado Idane. Lo miró con los ojos vacíos. Con la garganta seca, Idane intentó decir el nombre de Sarcean.

—No te preocupes. —Duna, el joven Guardia del Sol, estaba intentando tranquilizar a Idane—. Tu señor está aquí, él te sacará de aquí.

—Dame tu cuchillo —le dijo Sarcean a Duna. Este obedeció de inmediato.

Sosteniendo el cuchillo, Sarcean se arrodilló junto a Idane y le sujetó la cabeza como lo haría con un amante.

—*Ayúdame* —le dijo Idane, mirándolo.

—Una recompensa por tu lealtad —le dijo Sarcean.

Y, con un corte limpio, le abrió la garganta.

Duna retrocedió, horrorizado.

—¡Lo has matado! —Estaba mirando a Sarcean con una tumultuosa conmoción—. ¿Por qué? ¿Por qué has...?

Sarcean lo miró y le dijo:

—Para volver a nacer, tienes que morir.

Will apoyó los pies en el suelo.

Esto lo sacó de la visión. Parpadeó, soltó la cuerda y se tambaleó. Se sentía como si él mismo le hubiera cortado la garganta a ese hombre.

Los primeros experimentos de Sarcean con la muerte. Había dejado los cuerpos de sus aliados atrás, en la fosa. Más tarde, cuando el Rey Sol descubriera, furioso, que Sarcean había desaparecido, los sacarían y enterrarían. Pero Sarcean sabía algo que los demás no: sus seguidores se alzarían de nuevo. Enterrados en el interior de las defensas mágicas del palacio, esperarían, sin ser vistos ni oídos, hasta el momento en el que Sarcean más los necesitara. Entonces germinarían, como semillas ciegas.

Un macabro caballo de Troya que lo ayudaría a tomar el palacio. Como Simon, parecía que Sarcean necesitaba sangre para hacer volver a la gente. Había elegido la fosa porque estaba empapada en ella. Y eso significaba...

Las antorchas que habían caído ardían a su alrededor en un círculo, iluminando algunos metros de espacio vacío bajo la abertura. Había montones de polvo en el suelo, cerca de las antorchas. Will miró más allá de la luz.

Una figura lo miró. Retrocedió, trastabillando. Un momento después se dio cuenta de que estaba mirando un cuerpo, una vaina con armadura, como si se hubiera momificado. Se giró, solo para ver otro rostro mirándolo desde la oscuridad. No eran estatuas: eran cadáveres, grotescamente petrificados.

Levantó su antorcha y vio hileras e hileras, alejándose sin fin hacia la oscuridad.

Los demás estaban descendiendo tras él.

—No me gusta —dijo Cyprian.

—Está muy oscuro —replicó Grace—. La oscuridad es un peligro en sí mismo. No os aventuréis más allá de la luz.

Y Will comprendió, abrumado por un horror mayor, qué estaba mirando.

—No lo toquéis —les pidió—. No toquéis nada.

—¿Por qué? ¿Qué es? —le preguntó Cyprian.

—Es un ejército —contestó Will—. Un ejército de muertos.

Empezó a retroceder hacia la cuerda.

—Tenemos que salir de aquí.

Los demás no lo comprendían.

—Tenemos que cerrar este sitio para que nadie vuelva a encontrarlo.

—Por Dios santo —dijo Kettering, iluminando con su antorcha la figura más cercana. Un yelmo negro destelló ante él; tenía las cuencas de los ojos vacías—. Esto es, está aquí de verdad, justo como en las leyendas...

Los muertos abarrotaban cada rincón de la caverna. No solo hombres muertos, sino criaturas muertas. Estaban rodeados de ellas. El espacio bajo la abertura era el único vacío, un pequeño círculo cubierto de polvo, como una única isla de luz en la que podían detenerse.

—El ejército del Rey Oscuro —dijo Will—. Preparado para regresar.

La muerte de Idane, en su visión, había sido la primera. Décadas después, Sarcean ordenó a un ejército entero que muriera cuando lo hiciera él para que pudiera regresar con él... y allí estaba.

—Will tiene razón. No podemos quedarnos aquí.

James movió su antorcha, no hacia las figuras, sino hacia el suelo. La obsidiana negra brillaba bajo los montones de polvo, cubierta de inscripciones idénticas a las de los muros de la prisión bajo el Alcázar de los Siervos.

—Este lugar está diseñado para bloquear la magia.

James sonaba más nervioso de lo que Will lo había oído nunca, como si lo hubieran lanzado al infierno y le hubieran dicho que no tendría fuerza mientras estuviera allí.

—Tenemos que irnos.

—Este se suicidó. —La antorcha de Kettering mostró la daga alojada en la garganta del cadáver, todavía rodeada por su guantelete. Iluminó a los demás con su antorcha y todos tenían dagas sobresaliendo de sus cuellos—. Todos... se suicidaron. Las historias dicen que Sarcean les ordenó morir y que lo hicieron ellos mismos...

Cyprian se giró hacia James.

—Sois contemporáneos. ¿Reconoces a alguno de ellos?

—¡No! —dijo James, retrocediendo, totalmente asqueado.

Will miró las interminables hileras de rostros. No podía imaginarse matando a tanta gente. Un ejército así podría atravesar Europa y nada podría detenerlo. Los peculiares cadáveres estaban en pie, como si estuvieran listos para marchar a la batalla, a pesar de sus cuerpos putrefactos.

De repente tuvo la sensación de que cualquier cosa podría despertarlos. Un sonido, un movimiento...

—Sinclair no puede encontrar nunca esta cámara —dijo Will—. No podemos permitir que encuentre este ejército o tendrá la oportunidad de reanimarlo.

—Demasiado tarde —dijo Howell desde arriba, una silueta iluminada por la luz de la antorcha sobre la escala de cuerda.

CAPÍTULO TREINTA Y UNO

Elizabeth salió del largo túnel a un corral de cabras, cuyos habitantes balaron nerviosamente. Podía ver la cabaña de la señora Lange a lo lejos y oír el aullido de los sabuesos.

Los perros de sombra todavía no habían captado de nuevo su aroma. Visander emergió tras ella, rasgando su vendaje en tiras de tela ensangrentada para atarlas a los árboles, como había hecho antes. Elizabeth miró el cubil. Recordó cuando perseguía al señor Billy con Katherine durante horas, sin conseguir atraparlo.

—Si las atas a las cabras, eso nos dará más tiempo.

Visander la miró con sorpresa, pero asintió y ató las tiras alrededor de los cuellos de las cabras, a las que después empujó hacia la puerta de madera abierta, liberándolas para que corrieran en todas direcciones. Era extraño la rapidez con la que incluso un corazón roto se adaptaba: apenas pestañeó al ver a Katherine caminando a través del barro, levantando los troncos, persiguiendo a las cabras y después agarrando una horca como arma rudimentaria.

—No podemos escapar a pie. Necesitamos caballos. —Visander habló mientras levantaba la horca—. Están en la casa de Polly.

La casa de Polly no estaba cerca de la de la señora Lange y tuvieron que rodear la aldea hasta que llegaron a los caballos y pudieron marcharse. Galoparon por las colinas verdes, Elizabeth en Nell y Visander en un nuevo alazán robado, portando la horca como la lanza de un caballero. Al principio, oyeron los aullidos de los perros resonando en las colinas, pero después incluso eso se desvaneció.

Solo se detuvieron cuando estuvieron a horas de distancia, en un valle distinto. Desmontaron junto a un arroyo para que los caballos bebieran.

Mientras conducía a Nell hasta la orilla, Elizabeth descubrió que le castañeteaban los dientes y que en su mente todavía resonaban las palabras de la señora Lange. Que el Rey Oscuro ya estaba allí. Ella sabía qué significaba eso. Que el Rey Oscuro había nacido en su cabaña. Que el Rey Oscuro era el hijo de Eleanor.

Will.

La hacía sentirse enferma, temblorosa. Pensó en todas las veces que él le había dedicado una sonrisa despreocupada. Todas las veces que había dado su consejo a otros y estos lo habían seguido. Había mentido a todos.

Es un embustero. Había intentado decírselo a todos. Le había mentido a su hermana. Había mentido a sus amigos. Mentir no estaba bien. Ella los había avisado.

—Esa partera creía que el Rey Oscuro nació en su casa —dijo Visander, como si oyera sus pensamientos—. Nació de una de las descendientes de la reina. Una violación obscena, incluso para Sarcean.

—Se llama Will Kempen —dijo ella con voz ronca.

—¿Lo conoces? ¿Conoces al Rey Oscuro? —Visander clavó un extremo de la horca en la tierra. Se arrodilló y le agarró el hombro con urgencia—. Portadora de Luz, ¿intentó hacerte daño?

Una estricta sinceridad la obligó a contestar:

—No.

Lo recordó en las almenas, sentado a su lado con la vasta marisma extendiéndose ante ellos. Podría haberla matado entonces. Una sola mano en el centro de su espalda. Un único empujón. O la noche en la que se enfrentó a él en el establo. Estuvieron totalmente solos. Podría haberle hecho cualquier cosa.

Pero se sentó a su lado y le entregó el medallón que la ayudó y habló con ella en voz baja sobre su madre.

Mintiéndole.

—Es astuto. Siempre hace las cosas a hurtadillas. Hizo que mi hermana se enamorara de él. Y después mu... murió.

—¿Sedujo este cuerpo?

Ella frunció el ceño.

—No exactamente.

Era difícil saber con exactitud qué había hecho, excepto aparecer. Después de eso, Katherine se pasó horas mirando soñadoramente por la ventana, esperando su regreso cada día. Se marchó del alcázar siguiéndolo, totalmente obsesionada con él, tanto como él lo estaba con Simon. Katherine había mirado a Will como si fuera su mundo y él la había mirado a ella como si su mundo estuviera lleno de secretos y preocupaciones.

Pero, para su sorpresa, Visander asintió.

—Sí, ese es su estilo. Su poder crece en la oscuridad. Todos sus actos parecen inocentes en la superficie, pero sus oscuros tentáculos crecen debajo.

Visander tomó aire y miró la campiña.

—Cuéntame todo lo que sepas de él.

Elizabeth abrió la boca para contestar y después se detuvo. ¿Qué sabía de Will, en realidad? Tenía el cabello oscuro y la piel clara y unos ojos penetrantes, pero ninguna historia de la que hablar.

Frunció el ceño y pensó.

—Hace las cosas en secreto. Actúa de un modo distinto cuando está con gente distinta. —Meditó bien sobre ello—. Se le da bien pensar. Todo el mundo hace lo que dice, aunque no esté al mando. —El rostro de Visander se tornó severo a medida que hablaba—. Hace creer a todo el mundo que es su amigo.

—¿Y sus poderes?

—No tiene.

—Entonces podríamos llegar a tiempo. —Visander se levantó, un movimiento determinado—. Es como ella planeó. He llegado mientras sus poderes están aún bloqueados. Debemos detenerlo antes de que los consiga. Cuando lo haga, será demasiado tarde.

Elizabeth lo miró, la expresión distinta que daba a los rasgos de Katherine. Le había dicho que era el campeón de la Dama. Pero, cuando se levantó, comprendió, quizá por primera vez, que eso era cierto.

Visander era el campeón de la Luz y estaba allí por orden de la Dama para detener al Rey Oscuro.

Pensó en Violet, en Cyprian y en Grace. Estaban ayudando a Will sin saber lo que era. Él los estaba engañando. Los estaba engañando a todos.

Creían estar luchando por la Luz, pero estaban luchando por la Oscuridad. Se habían aliado con el Rey Oscuro creyendo que era su amigo. Un terrible abismo se abrió en su vientre.

—¡Los demás no lo saben!

—¿Qué quieres decir?

—Mis amigos. Tenemos que avisarlos.

—¿Dónde están?

—Se fueron a otro sitio. —Recordó la puerta, la cuchillada en el mundo—. Se fueron a otro sitio con él. Al Palacio del Sol. —Intentó recordar qué habían dicho los demás al respecto—. Está en Italia.

—No sé cómo encontrar Italia, pero conozco la ubicación del Palacio del Sol. ¿Puedes mostrarme un mapa?

Estaban en mitad de la nada, con una cumbre rocosa a un lado y una boscosa pendiente al otro. Nunca sabías cuándo podía venirte bien la geografía.

Elizabeth buscó en su peto y sacó sus deberes.

Estaban sucios y manchados, pero los desplegó y sacó un lápiz. En ellos estaba el mapa del mundo a medio terminar que había estado copiando con su tutor. Se metió la lengua entre los dientes y dibujó con el lápiz la segunda mitad de memoria. Creía que lo había hecho bastante bien. Quizá había colocado mal Suiza y Lombardía, pero eso no importaba, ¿verdad? Debajo de Suiza dibujó meticulosamente la silueta de la bota y después sombreó una parte en el centro.

—¿Qué es eso?

—Son los Estados Pontificios. —Sabía que Umbría estaba en algún sitio de los Estados Pontificios—. Ahí es donde están mis amigos.

Dibujó un círculo alrededor de Umbría. Probablemente.

—El mundo no es así. Aquí no hay ningún océano, ni aquí —señaló Visander.

—Sí, lo hay. No debes ser muy bueno en Geografía.

Eso era algo que Visander y Katherine tenían en común. Visander no discutió, aunque parecía preocupado. Echó otro vistazo a la colina, como si todo aquello fuera desconocido para él.

—¿Y dónde estamos ahora?

Ella lo miró fijamente.

—En Inglaterra.

—¿Dónde está eso?

Siguió mirándolo.

—¿No lo sabes?

—No conozco los nombres de los asentamientos humanos.

Elizabeth frunció el ceño y señaló.

—Bueno, está aquí.

Incluso en su pequeño mapa, parecía estar muy lejos de Italia. El Canal se interponía entre ellos y también Francia. Intentó no dejar que eso la desanimara.

—Necesitaremos un barco. Y algún dinero para pagar los pasajes. Yo no sé dónde conseguir esas cosas. Ni cómo.

Se produjo un largo silencio.

—Yo sí —dijo Visander, aunque no sonó contento.

—¿A qué te refieres?

—Me refiero a que sé cómo llegar hasta tus amigos —contestó Visander.

—No puedo ponerme esto —dijo Visander.

Miró su reflejo. Una ola de desorientación amenazaba con romper y ahogarlo.

La chica del espejo llevaba un atuendo blanco y lila, con lazos y cintas decorando un tejido casi transparente. Sus zapatos de raso tenían los mismos lazos lilas que su cabello.

—Señorita, ¿podría explicar qué es lo que no le gusta?

Visander miró a la dependienta, pensando que los problemas eran evidentes. La ropa era ceñida e incómoda. Además, se hinchaba y entorpecía el movimiento. Las suelas de los zapatos resbalaban. Como indignidad final, tenía un sombrerito posado en la cabeza.

—¿Cómo voy a pelear con esto?

Levantó un poco los brazos para demostrarlo. Si los subía más, rompería el vestido.

Después de un par de frustrados movimientos de corte, la dependienta desapareció y regresó con un palo lila con volantes.

Visander lo miró, frunciendo el ceño, y después se giró hacia Elizabeth, a la que encontró hablando con la dependienta.

—Lo compramos —dijo Elizabeth—. Y un vestido para cenar. Y un... un...

—¿Quizá un vestido para cenar, tres vestidos de día, camisones y algunas prendas de lencería? —le preguntó la dependienta, que había visto el estado de su ropa cuando llegaron.

—Sí, eso estaría bien —dijo Elizabeth, aliviada.

La mujer se marchó para organizar la compra.

—¿Qué tipo de arma es esta? —Visander le mostró a Elizabeth el palo con volantes.

—Se llama parasol. Es para llevarlo contigo.

—¿Funciona como la *pistola*? —Lo giró y miró a Elizabeth buscando una confirmación, pero ella lo estaba mirando con una expresión extraña en la cara—. ¿Qué pasa?

—A mi hermana le gustaba la ropa —dijo Elizabeth.

—¿Por qué?

—No lo sé, pero le gustaba. Le gustaba vestirse con cosas bonitas.

Visander se miró en el espejo. Era imposible, con infinitas generaciones entre ellos, pero se parecía a su reina. Tenía los mismos ojos y el rostro era tan similar que podrían haber sido hermanas. Era una sensación inquietante parecerse a ella, ser ella... Pero su reina había llevado armadura y había blandido un arma, no un palo lila.

Y no había tenido aquella inocencia juvenil. Su mirada era dura. Como si todo en ella hubiera sido segado y lo único que quedara fuera odio hacia el Rey Oscuro y la determinación de salvar lo que quedaba de su pueblo.

—Gracias, señoritas. Vuelvan a visitarnos pronto —dijo la dependienta.

Salieron de la Pequeña Boutique de Dover, Visander con uno de los vestidos de día y Elizabeth con un nuevo peto azul. Estaban en un pequeño enclave humano ubicado en un puerto rodeado de acantilados blancos. Visander había querido subir al barco de inmediato, pero Elizabeth lo había convencido de que debían pasar desapercibidos. Para ello habían conseguido aquella ropa, comprada con el dinero que habían conseguido a cambio de las perlas de Katherine. Y un carruaje alquilado que estaba esperándolas. Visander se giró para mirarlo.

—No puedes caminar así —le dijo Elizabeth.

—¿Así cómo?

—Tienes que caminar más así. —Le mostró un paso más deslizante, con ambas manos entrelazadas delante.

—Tú no caminas así —replicó Visander.

—Yo no soy una dama —le dijo Elizabeth—. Y no puedes hablar como hablaste en la tienda. Tienes que decir cosas como «Espero que su familia se encuentre bien de salud» y «Es usted muy amable».

—¿Quién es muy amable? —le preguntó Visander.

—Todos —le explicó Elizabeth—. Si conoces a alguien, dices «Buenos días» o «Buenas noches» y deseas que su familia se encuentre bien de salud y, si tienes que decir algo más, hablas del tiempo tan bueno que estamos teniendo. Y deberías asentir así.

Elizabeth hizo un gesto extraño, mitad asentimiento y mitad reverencia. Era un saludo ridículo. Elizabeth lo miró con expectación. La imitó sin demasiado entusiasmo, pero descubrió que podía completar el movimiento con elegancia y con la facilidad y memoria muscular que no encontraba al luchar. Se levantó, desconcertado, con las manos llenas de volantes del vestido.

—Así —dijo Elizabeth—. Y no mates a nadie.

Tomaron el carruaje hasta el muelle. La ciudad era un puerto excavado en la piedra caliza, con veleros blancos agrupados en sus aguas y los acantilados blancos elevándose a cada lado. El barco negro destacaba contra ese telón de fondo, ondeando sus tres perros negros.

—Lleva los *vara kishtar* en la bandera.

Los sabuesos de sombra eran perturbadores. Se sintió repelido por el barco. Pero ¿qué importaba un emblema cuando el Rey Oscuro se encontraba ya en aquel mundo? *Sarcean. Aquí.* Y era lo bastante joven para ser derrotado. La idea aceleró el corazón de Visander. Si Sarcean no tenía todo su poder, si todavía no era del todo él mismo, aquel mundo tenía una oportunidad.

Otra parte de él pensó: *Esta vez te conozco, Sarcean. Esta vez tú eres el joven y yo el hombre. Esta vez puedes ser detenido y te detendré.*

—Lady Crenshaw —dijo el hombre con una reverencia. Y después, cuando Visander lo miró sin expresión—: Soy el capitán Maxwell. Nos conocimos en Londres.

—Buenos días, capitán —dijo Visander con tranquilidad—. Espero que su familia se encuentre bien de salud.

—Gozan de una excelente salud, gracias —dijo Maxwell, que parecía complacido—. Qué agradable sorpresa verla a usted y a su hermana.

—Es usted muy amable —dijo Visander.

—No debería ser una sorpresa, ya que vamos a subir al barco —dijo Elizabeth.

Maxwell parpadeó.

—¿He oído correctamente? ¿Van a...?

En aquel momento se detuvo un segundo carruaje, uno que Visander conocía bien, con su brillante laca negra y sus cuatro caballos negros resplandecientes.

Phillip bajó y Visander lo reconoció, su aspecto juvenil y su mata de cabello negro. Llevaba unos largos pantalones claros y una levita negra, con botas brillantes y una chistera perfectamente colocada en la cabeza.

Phillip la vio.

—¡Tú!

Phillip reaccionó tarde y después palideció. Buscó una salida en el muelle, pero no encontró ninguna. Parecía que quería volver a meterse en el carruaje, pero no podía, pues ya lo había visto el capitán.

—Lord Crenshaw —dijo el capitán Maxwell—. No me dijo que su joven esposa y su hermana nos acompañarían en este viaje.

Antes de que Phillip pudiera abrir la boca, Elizabeth se apresuró a darle la mano y a exclamar:

—¡Tío Phillip, aquí estás!

—¿«Tío Phillip»? —repitió el joven, totalmente indignado.

Elizabeth no le soltó la mano.

—Dijiste que nos enseñarías los camarotes y que yo elegiría primero.

—Pero no...

Visander dio un paso adelante y le agarró el brazo que Elizabeth no sostenía. Clavó la punta del cuchillo de mondar, que todavía tenía, en las costillas de Phillip.

Notó que el joven se quedaba muy quieto.

—Qué tiempo tan bueno estamos teniendo —dijo.

Hubo un momento en el que sintió que Phillip dudaba y le clavó más el cuchillo.

—Bueno, esto... No soportábamos la idea de separarnos —afirmó Phillip, sonriendo a Maxwell ligeramente.

—Estos jóvenes enamorados... —dijo Maxwell, negando con la cabeza con tristeza.

En el camarote, Phillip giró en sus talones de inmediato.

—¿Qué diantres estáis haciendo aquí? ¡Se suponía que habíais huido y yo que me alegraba!

—Tu barco nos llevará a Italia —le dijo Visander—. La niña y yo tenemos cosas que hacer allí. Si no te interpones en nuestro camino, no sufrirás ningún daño.

—Oh, ¿ahora hablas inglés? —replicó Phillip—. Bueno, ¡podrías haberlo hablado antes!

—Si hubiera podido mantenerme lejos de ti, lo habría hecho, créeme —le aseguró Visander—. Solo necesitamos tu navío.

—¿Se supone que debo seguiros la corriente? ¿Qué evita que os ate y os envíe de vuelta con mi padre?

En dos zancadas, Visander había atravesado el camarote y rodeado la garganta de Phillip con la mano.

—Criatura deleznable, tienes suerte de que no te mate aquí mismo —le dijo—. Sirves al Rey Oscuro. Me encantaría acabar con su vasallo, ya que él acabó con tantos de los míos.

—Veo que solo hablas inglés para amenazar. Qué típico de ti. —La arrogancia de Phillip no parecía afectada en absoluto por la mano que Visander mantenía en su garganta—. ¿Todos los del mundo antiguo son unos canallas o solo tú?

—¡«Canalla»! —exclamó Visander—. ¡Me uniste a ti en una ceremonia humana contra mi voluntad?

—¿Crees que yo *quería* casarme con un soldado de un mundo muerto? ¡No quería!

—No puedes atarnos. El capitán Maxwell nos espera para cenar —dijo Elizabeth.

Visander se giró para mirarla. Después de un intervalo en el que Elizabeth lo miró a él con el ceño fruncido, soltó a Phillip de mala gana.

Observó cómo el joven se tiraba de las puntas de la camisa y después se pasaba un dedo por el interior del cuello de la prenda.

—Bueno, estamos atrapados aquí —dijo Phillip—. Y no puedes elegir camarote, mocosa, porque este es el único que hay.

—No le hables así o que te haya agarrado del cuello te parecerá una caricia. —Visander dio un paso adelante, pero Elizabeth y su ceño fruncido se interpusieron en su camino.

—Dijiste que no matarías a nadie.

—No dije tal cosa y sin duda lo mataré si pone en riesgo nuestra misión.

—Mejor eso que destrozar otro de mis pañuelos —dijo Phillip, levantando una mano para detenerlo—. Os llevaré a Italia. No parece que tenga otra opción. Pero eso no os servirá de nada.

—¿Qué se supone que significa eso? —Visander lo miró con recelo.

—Mi padre ha abierto el palacio —dijo Phillip—. Cuando lleguemos, Italia no existirá.

CAPÍTULO TREINTA Y DOS

Howell aterrizó en la tierra tras soltar las cuerdas, con Rosati y el resto de los hombres a su alrededor.

Will sintió el profundo impulso de proteger a los suyos y, cuando los hombres de Howell los apuntaron con sus pistolas y levantaron las antorchas, se interpuso entre ellos y los demás.

—Traidor, sabía que nos conducirías hasta aquí. —Howell se quitó el polvo de la frente con el brazo mientras se dirigía a James—. *El juguete de Simon*. Te calé desde el principio. Atadlos —ordenó a los dos lugareños que lo acompañaban.

—Capitán, se equivoca. —Inesperadamente, fue Kettering quien dio un paso adelante, negando con la cabeza—. Están aquí conmigo... por orden de Sloane.

Era la excusa con la que habían conseguido esquivar a los hombres de fuera. Howell no se la creyó. Odiaba demasiado a James.

—Kettering, no esperaba que fueras tan tonto como para aliarte con una ramera. ¿Qué te ofreció? ¿Una parte del tesoro?

—No hay nada de gran valor aquí abajo —dijo Kettering—; solo polvo y cadáveres momificados. Nada que no hayamos visto muchas veces antes.

—Miente. La cámara está llena de riquezas. Los yelmos son de oro puro —dijo Will—. Puedes verlo, bajo el polvo.

Casi funcionó. Howell alargó la mano hacia el yelmo más cercano, pero se detuvo con los dedos a un centímetro de distancia.

—No. Creo que no voy a tocarlo. —Se giró hacia Will—. Tú eres muy listo, ¿no?

Will le devolvió la mirada.

Un soldado gritó desde arriba.

—¡Capitán! ¿Qué ve ahí abajo?

—Es justo como Sinclair lo describió —dijo Howell. Miró las figuras más allá del aro de luz, que los hombres de arriba no podían ver—. Un antiguo ejército. Envía a los hombres de vuelta al campamento. Que le digan a Sloane que lo hemos encontrado. Se extiende durante kilómetros.

Oyeron gritos tenues y sonidos de movimiento arriba, órdenes y hombres enviados a informar a Sloane de lo que habían encontrado. La tensión de Will se disparó. No podía permitir que los hombres de Sinclair regresaran allí, no podía permitir que despertaran a aquellos soldados, que liberaran el ejército de muertos para que inundaran la región...

—Vamos a explorar esta cámara y vosotros seréis los primeros en entrar. —Howell señaló a Will y a los demás con su pistola—. Consideradlo una prueba.

—No. —James dio un paso adelante, flexionando los dedos como hacía a menudo antes de usar su poder—. Si alguno de vosotros da un paso más, lo aplastaré.

Los lugareños se miraron unos a otros, nerviosos, pero Howell solo sonrió.

—Creo que, si pudieras hacerlo, ya lo habrías hecho —replicó—. Pero vamos a ponerte a prueba.

—¡No! —gritó Will, avanzando mientras Howell levantaba su arma y disparaba al pecho de James.

El disparo sonó horripilantemente fuerte y reverberó en la inmensa cámara. James cayó con un grito; aterrizó sobre la tierra junto a una de las antorchas que todavía ardían en el suelo.

—¡James! —exclamó Will, arrodillándose a su lado, presionando la herida sangrienta en el pecho de James. Había mucha sangre, había...

—Sanará —dijo James con los dientes apretados.

Pero no parecía que pudiera sanar; estaba pálido y agónico. Will miró a Howell, con la sangre caliente y pegajosa de James bajo sus manos.

Si supieras qué soy, pensó, sintiendo un eco de la furia de Sarcean, *no te atreverías a desafiarme debajo de mi propio trono.*

Howell tenía una marca. Will podía controlarlo. Podía hacerlo pagar por todo lo que había hecho. Sintió el deseo creciendo en su interior y giró la cabeza a un lado desesperadamente, cerrando los ojos por si se volvían negros mientras apretaba la camisa empapada de James.

—¿Veis? St. Clair no es peligroso —le estaba diciendo Howell a los lugareños. Después los apuntó con la pistola—. Yo los llevaré a la caverna. Vosotros tomad algunas de estas figuras y llevadlas de vuelta al campamento.

Will abrió los ojos y giró la cabeza justo cuando uno de los locales daba un paso adelante.

—¡No, no los toquéis!

Aunque deseaba vengarse de Howell, no podía dejar que los inocentes obreros de la excavación murieran allí, justo delante de él. Gritó de nuevo en italiano:

—*¡No los toquéis! ¡No toquéis a los muertos!*

El lugareño dudó, pero dio un paso adelante y se detuvo delante de la figura más cercana. Era el que Will había alumbrado, con el yelmo y la armadura de un Guardia Oscuro. El hombre miró el yelmo un instante.

—¿Y bien? Date prisa —dijo Howell. Y, con nerviosismo, el hombre rozó la hombrera de la estatua con las yemas de los dedos.

—¡No! —gritó Will, levantando las manos de la herida de James. Demasiado tarde.

Nada ocurrió durante un momento, pero también había sido así con Katherine. Levantó la espada, triunfal, en un momento de absurda esperanza en el que parecía que todo saldría bien.

Will tiró del hombre hacia atrás y durante un único segundo se miraron el uno al otro. Después el hombre se miró las manos, los zarcillos negros que subían por la piel de su cuerpo hasta su rostro.

—*No, no, non posso morire così.*

La estatua con armadura que tenía delante se disolvió, convertida en polvo, y el hombre cayó de rodillas y se tambaleó, con el rostro blanco como la muerte.

En Bowhill, Will había pensado que era Ekthalion, que a Katherine la había matado una gota de su sangre. Pero no fue Ekthalion. Fue otra cosa.

Y fuera lo que fuera estaba allí, rodeándolos. Los montones de polvo bajo sus pies eran restos de otras criaturas oscuras del mundo antiguo que se habían disuelto, como la que tenían delante.

—*¡La muerte blanca!* —Podía oír las exclamaciones de los locales a su alrededor mientras se alejaban con nerviosismo de las figuras—. *La morte bianca! ¡La muerte blanca!*

Los hombres regresaron al tenso círculo bajo la abertura de la mazmorra y retrocedieron tanto como pudieron para alejarse de la oscuridad de la cámara.

Howell parecía igualmente asustado.

—¿Por qué está aquí la muerte blanca? —le preguntó a Kettering con voz tensa, retrocediendo—. ¿Está maldita la cámara? ¿Una peste mató a estos hombres?

—No lo sé —dijo Kettering con la cara colorada.

—*Quemadlo* —oyó Will que decían los lugareños—. *Quemadlo. ¡Rápido!*

El cadáver blanco parecía asustarlos. Los soldados momificados parecían asustarlos. La oscuridad parecía asustarlos.

Will se miró los pies y vio que había varios montones de polvo, como el que acababa de formar la figura al desmoronarse. ¿Hubo otras allí que, de algún modo, contagiaron la muerte blanca a los hombres que murieron en la excavación?

—*Este sitio es el origen. La fuente* —dijo Will rápidamente, en italiano—. *La muerte blanca vive aquí. Si os adentráis en él, moriréis. Todos vosotros.*

—¡La fuente! Esta cámara debe extenderse bajo la montaña entera. —La voz de Howell sonó más fuerte, cargada de pánico—. ¿Es así como se ha estado filtrando, como nos ha estado infectando?

—*Cualquiera al que él envíe aquí morirá* —continuó diciendo Will en italiano, hablando no a Howell, sino a los lugareños—. *Tenéis que salir todos de aquí.*

Pero Howell se giró hacia él.

—Tú. —Señaló a Will—. Entra ahí. Descubre qué más hay. Hasta dónde llegan las estatuas.

—No —dijo James, apoyándose en un codo, todavía agarrándose el pecho—. Will, no puedes.

—O le dispararemos de nuevo. —Howell apuntó a James con su pistola.

Will se colocó de nuevo ante James.

—Lo haré. —Miró la pistola de Howell. Y después le dijo a James—: No pasa nada.

—La muerte blanca te matará —insistió James.

—No lo hará —dijo Will. Levantó la mirada—. Iré. No le hagas daño. —Se dirigió de nuevo a James—. Estaré bien.

No lo mataría. No lo había hecho antes, como tampoco lo había hecho ningún objeto oscuro. Y, además, aquella era su cámara. Aquellos eran sus planes.

Dio un paso adelante. No sabía qué haría volver a la vida a aquellos soldados. Era posible que solo caminar junto a ellos los despertara.

—Date prisa —dijo Howell, y Will dio un segundo paso.

—Aquí no hay nada —le dijo Will—. ¿No lo ves? No sé qué estás buscando, pero en esta cripta solo hay muertos.

—Pon la mano en esa estatua —le ordenó Howell.

Oh, Dios, ¿eso lo despertaría? Rodeado de figuras que se cernían sobre su cabeza, ese era su mayor miedo. *La frenética necesidad de control de Howell va a matarnos a todos.*

Will se acercó a la figura que tenía más cerca, todavía a la vista de Howell y de los demás. Esta también llevaba la armadura de la Guardia Oscura, pero tenía alas, con unas plumas enormes, de cuatro metros de envergadura. Will puso la mano en el pecho de la criatura.

Inquietantemente, sintió algo titilando bajo la superficie, como si hubiera vida en algún sitio de su interior. Por instinto, extendió los dedos en el pecho de la estatua y cerró los ojos.

Sintió un destello de unas alas desplegándose, sintió la tensión en sus omoplatos como si él mismo pudiera volar, tirando con fuerza para elevarse en el aire. Olió el aroma fuerte y acre del fuego en el campo de batalla. En la tierra, las figuras parecían pequeñas, pero su visión era distinta: los podía ver a todos con claridad. Cuando encontrara al que buscaba, se lanzaría en picado y atacaría.

Apartó la mano y abrió los ojos solo para ver a los demás mirándolo. Le latía el corazón con fuerza, atrapado en lo que había sentido en la estatua. *He sentido su vida, lo he sentido volar.* Al principio no comprendió por qué lo miraban todos. ¿Había revelado algo de lo que había sentido?

Pero, con el paso de los segundos, descubrió que estaban esperando que mostrara alguna señal de la muerte blanca. Como no lo hizo, sus miradas se volvieron exultantes y asombradas. Grace y Cyprian mostraban una reverencia casi divina en sus miradas. James tenía los ojos muy abiertos, brillantes y triunfales.

Veían a la Dama en él, descubrió. Un héroe con suficiente luz para superar la oscuridad.

Los lugareños también reaccionaron con una oleada de devoción.

—*La muerte blanca* —oyó que decía uno de los hombres a su espalda—. *Es inmune a la muerte blanca.*

—No te ha afectado —dijo Howell. En su voz todavía había pánico, pero ahora estaba entrelazado con incredulidad.

—Puede que esta figura sea segura —dijo Will—. ¿Por qué no la tocas?

—¿Por qué no la toca tu amorcito? —replicó Howell, señalando a James.

Will se interpuso instintivamente entre James y los soldados, moviéndose sin pensar. Howell sonrió.

—Así que solo tú puedes tocarlos. ¿Por qué?

Nadie respondió. Howell apuntó a Will con su pistola.

—¿Por qué?

James negó un poco con la cabeza, como si dijera: *No permitas que se enteren de que perteneces a la estirpe de la Dama.*

Will sintió la horrible raspadura de una carcajada en su garganta y tuvo que sofocarla. Sabía mejor que nadie que no podía contestar.

Nadie podía descubrir qué era. No cuando estaba allí, rodeado por el ejército al que había asesinado para que regresara con él, y que parecía justo a punto de despertar.

—Sigue avanzando —le ordenó Howell.

Will caminó, un paso tras otro, rodeado de figuras que se cernían sobre él.

—¿Qué ves? —le preguntó el capitán.

—Este tiene los ojos tapados —dijo Will. Su antorcha reveló nuevas figuras cuando se adentró más en la oscuridad y la que tenía a la izquierda tenía una banda metálica alrededor de los ojos. Le puso la mano en el hombro y tuvo una visión de carne derritiéndose; podía fundir cosas con los ojos.

—Para —dijo James—. Will, sal de ahí.

—Sigue caminando —le ordenó Howell.

Will miró la siguiente figura.

—Este tiene escamas. No forman parte de su armadura, sino de su piel. —Sus pasos eran cautos, intentando no despertar al bosque de estatuas que lo rodeaba.

—Will, no te adentres más —le pidió Grace.

—Sigue caminando —insistió Howell.

Otro paso.

—Este lleva un mayal. Tiene marcas en la empuñadura. Creo que cada una de ellas es una baja.

—Will —insistió Grace—. No sabes qué va a ocurrir.

—Continúa —dijo Howell—. Aléjate de la luz.

Will miró la extensa caverna negra, que sabía que no estaba vacía. Podía sentir la oscuridad ante él, la fuente de la presión en su cabeza. Había algo en la oscuridad que lo llamaba. El núcleo de la corrupción. Tuvo la horrible impresión de que había fantasmas o presencias agolpadas intentando llegar hasta él, como si el mundo se estuviera hinchando, con el pasado intentando atravesarlo.

—¿Qué buscas? —le preguntó Will—. Estas criaturas murieron hace mucho tiempo. No hay nada aquí. Si Sinclair busca algo, debe estar en otra parte.

Miró la oscuridad sin entrar en ella.

—Cállate —le ordenó Howell, como un lacayo haciendo todo lo posible por su señor, pero con una pizca de desesperación en la voz—. Sigue caminando.

—Howell, idiota, si el ejército de esta caverna despierta, moriremos todos...

—Rosati —dijo Howell—. Pégale un tiro.

Los dos lugareños que estaban a cada lado de Howell compartieron una mirada mientras Rosati sacaba su pistola.

Después, con tranquilidad, Rosati disparó. Pero no a James.

Disparó a Howell.

Howell cayó al suelo con un sonido de sorpresa. El eco del disparo reverberó en la cripta de un modo aterrador, como si fuera a despertar a los muertos.

Sacó a Will de su ensoñación. Se giró y descubrió que estaba respirando rápidamente, como después de hacer un gran esfuerzo. Se alejó de las figuras, mareado, y regresó con los demás. Se sentía como si acabara de evitar un gran peligro; la arremolinada presión invisible de lo que esperaba allí, en la oscuridad, era aterradora.

Cuando desanduvo los pocos pasos hacia ellos, Howell estaba muerto, mirando con los ojos vacíos la boca de la mazmorra. El tal Rosati hizo un gesto para que se acercara.

—*Nos has ayudado* —le dijo a Will en italiano—. *¿Por qué?*

—Tú. Tú eres inmune a la muerte blanca —dijo Rosati.

—No lo comprendo.

—Cuando llegue el gran mal, será combatido por alguien al que la muerte blanca no puede matar —le contó Rosati—. Un campeón. O eso dicen nuestras leyendas.

Will sintió esa horrible carcajada amarga de nuevo en su garganta y la contuvo. En el límite de la luz de las antorchas, Cyprian estaba ayudando a un agitado Kettering a dirigirse a las cuerdas colgantes. En el suelo, a un par de pasos de distancia, James había sanado lo suficiente para incorporarse.

No soy un campeón. El campeón murió en Bowhill tras levantar la espada.

—Estás aquí para detener el mal que se esconde bajo la montaña —dijo Rosati—. Debes irte antes de que lleguen los refuerzos. —Hablaron rápidamente en italiano, y después Rosati añadió—: Si me sigues, te sacaré de aquí.

—Te culparán a ti —le dijo Will—. No podemos dejarte.

Rosati señaló a James.

—Diremos que el mago lo mató. Que os escapasteis. Pero debéis iros ya.

Tras una última mirada a la oscura extensión de la caverna, Will asintió y se marcharon.

CAPÍTULO TREINTA Y TRES

Violet levantó el hacha gigante y después miró con inquietud la habitación llena de artefactos en la que se encontraba.

Mientras miraba los armarios llenos de cuernos y las mesas con montones de joyas, tuvo la sensación de que una colección así no solo se reunía para poseer los artículos, sino para ejercer control sobre el mismo mundo. Se preguntó si su confinamiento allí sería parte de ese embrujo, si la habían llevado hasta allí para observarla en secreto. Recordó la habitación de la India en la casa de su padre en la que solo permitía que entraran los invitados más selectos para explicarles esto o aquello sobre los artefactos que había reunido, todo lo cual yacía pasivo bajo sus palabras. Se preguntó si eso también había formado parte del embrujo. Los objetos no podían replicar. El control de su padre sobre la India, en aquella habitación, había sido total.

Se sujetó el hacha a la espalda, tentada a quedarse allí, a reunir todo lo que pudiera, a llevarse consigo tanto como pudiera, por si acaso… ¿por si acaso qué?

Nunca sabría para quién habían diseñado aquellos objetos, pero no había sido para ella.

Se giró cuando sus ojos se detuvieron en la mesa llena de pergaminos en los que se había detenido Leclerc.

Todas las palabras estaban en francés, algunas escritas con tinta nueva y otras tan descoloridas que el pergamino parecía casi vacío. Generaciones de Gauthier habían tomado notas en aquella colección.

Quizá porque no entendía el francés, fue un dibujo lo que llamó su atención.

El sol estaba entintado en negro, como si hubiera un agujero en el cielo. Movió los ojos, sin poder evitarlo, para ver una erupción de tinta negra de una montaña, como un volcán vomitando sombras, una horda terrible.

Y después vio una única figura, dibujada con un estilo anticuado, ligeramente desproporcionada, lo que solo la hacía más aterradora.

Estaba mirando al Rey Oscuro.

La idea que alguien había tenido del Rey Oscuro, dibujada siglos después de su muerte, con cuernos oscuros (¿o era un halo oscuro?), sosteniendo un palo o un cayado demasiado pequeño para verlo.

Habían dibujado líneas negras alrededor del objeto, como rayos divinos, conectando con la horda como si la controlara.

En inglés, en escritura moderna, decía:

Sinclair cree que ha localizado el Palacio Oscuro. Envía cargamentos por mar al sur, hasta Calais, donde atraviesan las montañas del paso del Mont Cenis hasta Italia, donde sus hombres excavan sin descanso. Busca al ejército del Rey Oscuro para liberarlo. Cree que tiene un modo de controlarlo.

Teníamos razón cuando seguimos ese rastro en Southampton. El alcázar debe enviar un equipo a Italia de inmediato. Debemos enviar Siervos a Italia para detener a Sinclair.

Se detuvo, con los ojos clavados en las palabras. Estaban escritas de modo que parecía un diario. Se acercó, casi como si se sintiera obligada, y volvió al principio de las páginas.

Justice, si estoy demasiado mal cuando llegues, debes llevarle estas palabras a la Siervo Mayor. No tenemos mucho tiempo.

Lo saben. Saben lo del Cáliz. Están esperando a que me convierta.

Pero los planes de Sinclair son más grandes de lo que ninguno sabíamos y lo que he descubierto es de vital importancia para los Siervos.

No. Oh, no. No podía ser, ¿verdad? Pasó la página con mano temblorosa antes de poder evitarlo.

Puede que lleve aquí una semana. Mis captores son James, que ha asumido el nombre de James St. Clair, una mujer llamada Duval y su hermano Leclerc.

Leclerc me visita en cada comida; toma notas continuamente, como si fuera un espécimen que observar. Se fija en mis movimientos. En cuánto bebo. En cuánto como. Anota mis palabras, aunque hablo poco. Escribe todo lo que observa en su diario de piel. Me gustaría arrancárselo de la mano.

Al principio creí que Leclerc y Duval estaban estudiando a los Siervos, pero ahora sé que están estudiando las sombras. Es como si los planes de Sinclair respecto a las sombras fueran más allá de mi conversión. Hay una gran oscuridad en sus actos, un terrible patrón que puedo atisbar, pero que todavía no puedo ver.

James nos visita rara vez y siempre de noche.

Se ha convertido en un vasallo cruel de la Oscuridad. Ha abrazado las peores partes de su naturaleza. Le gusta verme encadenado, pero teme que escape. Habla sobre su nuevo puesto y alardea de su destino. Se burla de mí, de aquello en lo que me convertiré.

Mi padre tenía razón sobre él. Solo quiere sentarse junto al Rey Oscuro en su trono. No es redimible. Nos matará a todos si no lo matamos nosotros.

Lo peor es que sus burlas me hacen daño. Porque tiene razón.

Me estoy convirtiendo.

Debo morir antes de que mi sombra me reclame, pero mis cadenas son demasiado cortas y no dejan ningún arma que pueda usar. Le robé a Leclerc este cuaderno, pero no había ninguna idea escrita en él. Pensé que podría atravesarme una arteria con la pluma. Sostuve la punta sobre la vena de mi brazo.

No pude hacerlo.

La sombra es demasiado fuerte. Quiere vivir. Eso es lo que no nos cuentan. Debemos matarnos unos a otros porque llega un punto en el que no podemos hacerlo solos.

Ahora sé que mi única oportunidad es aguantar. Justice, si pudiera dej

Debo dejar de escribir. Siento los primeros temblores. Es peor por las mañanas. Meditaré para mantenerme firme.

El corazón le latía con fuerza. Las palabras estaban escritas entre dibujos garabateados, ese cayado elevado y una montaña esbozada una y otra vez. Era demasiado, páginas y páginas, y sabía que tenía que agarrar el diario y huir, pero no podía apartar los ojos.

No dejo de recordarte mientras amarrábamos nuestros caballos. Estabas muy vivo, o quizá era solo la alegría de estar a solas contigo fuera del alcázar.

Lo último que recuerdo antes de mi captura es tu sonrisa, tu mano en mi mejilla, ofreciéndome una noche juntos lejos del deber.

Creo que ya estaba convirtiéndome entonces. No habría aceptado de haber sido yo mismo.

No podía soportarlo. Era demasiado personal. Saltó hacia adelante.

Empiezo a temer que todo lo que hemos hecho no ha obrado al servicio de la Luz, sino de la Oscuridad. ¿Por qué nos aislamos tras nuestras murallas? ¿Por qué mantenemos oculto el conocimiento del mundo antiguo? ¿Por qué no forjamos alianzas o reclutamos a otros del mundo antiguo para esta lucha?

¿Nos pertenecieron nuestras decisiones o provenían de esa oscura semilla que llevamos en nuestro interior, de las sombras que el Rey Oscuro plantó en nosotros?

Pienso en el día en el que bebí, en los años de entrenamiento que me condujeron al Cáliz. Lo único que quería cuando era novicio era estar a la altura de ser tu compañero de armas.

Ahora recuerdo ese momento. No la prueba ni la celebración, sino el momento en el que me trajeron el Cáliz.

Pienso en Cyprian. No quiero que beba. No quiero que sienta esto en su interior. Que se pierda, que se quede atrapado en la sombra. Como me siento yo. Como estoy yo. Estoy perdido en la oscuridad. Pero él tiene una vía de escape. Para mí es demasiado tarde. No es demasiado tarde para él.

Cada vez me es más difícil sostener la pluma. Mis manos ya no están firmes. Tengo que concentrarme para controlarme. Temo dormir. Si cierro los ojos, me convertiré del todo en una sombra.

Aguantaré. No desfalleceré.
En la oscuridad, seré la luz.
Caminaré por el sendero y desafiaré a la sombra.
Sigo siendo yo mismo y aguantaré.

Al pasar la página de nuevo, descubrió que la letra había cambiado. Se había deteriorado a medida que avanzaba en la lectura y ahora era un garabato frenético, apenas legible. Incluso las palabras parecían inestables.

Ahora hablan sin reparos ante mí.

Creen que estoy demasiado trastornado. Creen que ya no tengo voluntad para luchar contra mi sombra. Hablan del personal. Creen que pueden dominar lo que yace bajo la montaña. Creen que nadie puede detenerlos.

Dicen que encontrarán el recipiente. El recipiente dará a luz al rey.

Creen que nuestras costumbres están anticuadas. Que no encajan con el mundo moderno. Dicen que la Última Llama se está apagando y que el tiempo de los Siervos ha terminado.

No saben que tengo la mente clara.

Los Siervos no pueden hacer esto solos.

Debemos reunir a nuestros viejos aliados.

Debemos invocar al Rey.

Debemos encontrar a la Dama de la Luz.

Debemos encontrar al campeón que puede blandir Ekthalion.

Y forjar de nuevo el Escudo de Rassalon.

La Oscuridad se fortaleció cuando las antiguas alianzas se rompieron. Si estamos divididos, seguramente fracasaremos. ¿No eso lo que quiere la Oscuridad, que nos volvamos los unos contra los otros en lugar de luchar juntos contra aquello que nos amenaza?

Dejemos a un lado las viejas rencillas y diferencias. Hagamos que las sombras nos encuentren unidos. Alcémonos como uno solo contra la Oscuridad.

La sombra teme estos pensamientos. Lucha contra mi pluma. Quiere que estemos divididos, que nos agrietemos como un escudo. A veces me posee y quiero que lo hagamos. Quiero que nos separemos.

Aquí está muy oscuro. No puedo ver las estrellas. Justice, ¿fuiste tú un sueño? Creo que, si no fuiste real, tendría que soñarte. Aguanto por ese sueño, para oír tus pasos y levantar la mirada y ver tu sonrisa.

No soy una sombra. Soy Marcus. Soy Marcus.

Esta jaula se abrirá. Veré tu cara. Y tú desenvainarás tu espada. Sé que tú serás lo último que vea. Lo sé. Justice.

Está muy oscuro.

Ya viene.

Ya viene.

Ya viene.

Ya viene.

Ya viene.

Ya viene.

Ya viene.

Ya viene.

Ya viene.

Ya viene.

Ya viene.

Ya viene.

Ya viene.

Ya viene.

Ya viene.

Ya viene.

Ya viene.

Ya viene.

Oyó un sonido a su espalda.

Agarró los papeles y se los guardó en la chaqueta. Después se giró para ver qué había causado el sonido.

Era la señora Duval.

—Ahora sabes a qué nos enfrentamos —dijo la señora Duval— y por qué tienes que aprender a luchar.

A Violet le latía el corazón con fuerza.

—¿Por qué?

—Porque no solo va a regresar el Rey Oscuro.

De repente, las estatuas y figuras, con sus rostros fijos, resultaron siniestras.

—¿A qué te refieres? —le preguntó, tensa.

La señora Duval era una silueta oscura en la escalera. La luz de arriba la describía, haciendo que fuera difícil ver su rostro o su expresión.

—Cuando Sinclair libere al ejército que hay debajo de la montaña, asolará nuestro mundo. Italia será la primera en caer, pero después se extenderá por el mapa hasta que todos los humanos estén bajo su control.

—Italia —dijo Violet—. Ahí es donde están mis amigos. ¡Tengo que avisarlos!

—Te lo dije antes —replicó la señora Duval—. No vas a ir a ninguna parte.

Y, cuando intentó moverse, el poder de la señora Duval la detuvo. Intentó lanzar todo su cuerpo contra el poder que la inmovilizaba como unos grilletes. Intentó escupirle, frustrada.

No pudo hacer nada de ello. Tuvo que quedarse inmóvil mientras la señora Duval descendía las escaleras.

—Italia caerá —repitió—. Es demasiado tarde para tus amigos. Pero no es demasiado tarde para este mundo. Tienes que quedarte aquí y completar tu entrenamiento. Tienes que estar lista para luchar contra tu hermano y para vencerlo. Cuando el pasado se vierta en el presente, el mundo necesitará un auténtico León. Solo un verdadero León puede derrotar lo que se esconde debajo de Undahar.

Notó movimiento en la periferia de su visión. Violet no podía mover las extremidades, pero podía mover los ojos.

Mirando deliberadamente un punto sobre el hombro de la señora Duval, dijo:

—A tu espalda.

—No voy a caer en eso —replicó la mujer con desdén, como si un truco tan infantil la irritara.

Leclerc eligió ese momento para incorporarse, gimiendo.

La señora Duval se giró. Fue suficiente. Violet se abalanzó de inmediato. Tuvo un segundo, quizá menos, antes de que los ojos de la señora Duval volvieran a posarse en ella. Pero fue tiempo suficiente para saltar y tirar a la mujer. *Ve a matar*, le habían dicho en docenas de lecciones. *El punto débil*. Le clavó los pulgares en los ojos y apretó.

Oyó gritar a la señora Duval en francés. Sintió las órbitas redondas bajo la delicada protección del párpado.

—Golpea cuando tu rival sea más vulnerable y hazlo sin piedad —dijo, preparándose para clavar los pulgares. Tendría que cegar a la señora Duval para salir de allí.

—¡Espera! —dijo Leclerc. Sobre sus manos y rodillas, Leclerc le suplicó desesperadamente—. Espera, no lo hagas, te lo ruego. Te contaré lo que quieras, pero perdona a mi hermana.

—*No se lo digas* —estaba diciendo la señora Duval—. *Se marchará, irá directamente a Italia y no está preparada. Deja que me saque los ojos, pero debe quedarse. Todavía no es una auténtica León y, cuando el ejército despierte, la matará...*

—No. Una vez me salvaste de un león —le dijo Leclerc—. Ahora yo voy a hacer lo mismo.

—¿Qué está ocurriendo en realidad en esa excavación? —le preguntó Violet—. ¿Cuál es el plan de Sinclair? ¿Qué estaba buscando Marcus aquí?

Leclerc comenzó a hablar y sus palabras helaron la sangre de Violet.

Tenía que regresar con sus amigos.

CAPÍTULO TREINTA Y CUATRO

El verdadero malestar del húmedo viaje no fue aparente hasta que el barco abandonó el puerto.

Aquel navío no cortaba las olas ni se deslizaba sobre la belleza y la espuma, exultante en su efervescencia y rocío. Se lo tragó el mar, como si fuera a hundirse en cualquier momento. Y el mar estaba picado y carecía de magia, solo una superficie líquida que los zarandeaba con el ascenso y descenso del barco.

Una tenue náusea se quedó con Visander, para quien se convirtió en el telón de fondo de aquella misión, en su viaje hacia el Rey Oscuro. *Aquí. Está aquí.* Sentía el estómago como el océano, ascendiendo y descendiendo.

¿Lo reconocería Sarcean? ¿Lo reconocería cuando Visander lo matara? La idea iba acompañada de su propia excitación enfermiza, que se mezclaba con la náusea. Para mirar a Sarcean a los ojos mientras le clavaba la hoja... para eso soportaría a aquellos humanos en su navío humano. Lo soportaría todo. Se levantó la falda del vestido y salió a la cubierta.

Phillip estaba horrorizado.

—¡No puedes vestirse así para la cena!

Visander se miró.

—¿Por qué no?

—Ese no es un vestido para cenar.

—Mi vestido —dijo Visander, apretando los dientes— no es...

Pero Phillip lo agarró del brazo y lo arrastró de nuevo hasta el camarote, con más fuerza de la que había mostrado desde que Visander lo conocía.

—¡Puede que seas un hombre muerto de un mundo difunto, pero eres mi esposa y no vas a aparecer en la cena mal vestida!

Phillip abrió el baúl que contenía la ropa de Visander y sacó un vestido de seda blanca con la cintura alta y corte ceñido y capullos rosas bordados en el dobladillo. Phillip se apretó el puente de la nariz.

—Esto pasó de moda hace tres temporadas, como mínimo —dijo Phillip, con pánico—. ¿En qué tipo de antro provinciano lo has comprado?

—La Pequeña Boutique de Dover. —Visander le escupió cada palabra, furioso por saber la respuesta.

—Es de corte imperio —dijo Phillip, con expresión agónica—. *Aquí* tenemos *modas*, ¿sabes? No nos hemos pasado diez mil años vistiendo *túnicas*.

—Me importan un pimiento tus modas humanas, gusano —le espetó Visander.

—Ya sabes que no te comprendo cuando hablas en esa lengua. —Phillip colocó el vestido sobre la cama, frunciendo el ceño—. Bueno, menos mal que el capitán no lo va a notar. Lleva quince años usando el mismo chaleco.

Cuando Phillip se marchó, Visander se puso el vestido con una serie de movimientos bruscos y molestos. Las ballenas se le clavaban en la piel y las mangas cortas y el pronunciado escote rectangular del vestido hacían que tuviera frío con la fresca brisa marina. Se miró, sintiéndose irritado.

Salió del camarote e ignoró a los marineros que dejaron de trabajar para mirarlo. El fino vestido era una mala elección para el viento y la humedad de la cubierta, pero al menos el mar estaba tranquilo.

Cuando entró en el comedor del capitán, descubrió que Elizabeth y Phillip ya estaban sentados. El capitán Maxwell también estaba presente, junto a dos de los oficiales del barco. El camarote era una estrecha estancia abovedada de oscura madera lacada, con altas ventanas y una larga mesa suntuosamente vestida.

Era la primera vez que Visander socializaba con humanos y se acercó con cierta inquietud, dándose cuenta de que había ocho sillas pero solo seis asistentes, lo que implicaba que todavía quedaban dos invitados por llegar. El camarote estaría abarrotado. No le gustaba pasar tiempo en una pequeña habitación de madera con las puertas cerradas. Ya quería salir.

—Lady Crenshaw, es usted realmente una beldad sin igual —dijo el capitán Maxwell—. Ilumina mi humilde camarote.

—Es usted muy amable —dijo Visander.

Elizabeth asintió con aprobación por su uso de aquella frase y el capitán Maxwell parecía de nuevo encantado. Tomar asiento frente a Phillip lo pondría junto a la silla del capitán y vio que el hombre lo miraba con una gran sonrisa.

—Nos sorprendió verla llegar sola al muelle, lady Crenshaw —dijo Maxwell—. ¿Qué ocurrió con sus escoltas de Londres?

—Los maté —dijo Visander.

Se produjo un silencio breve e impresionante, durante el que uno de los oficiales se rio con vacilación.

—¿Es esa una nueva expresión? —le preguntó Maxwell.

—No, los maté de...

—Ah, ¡aquí vienen nuestros pasajeros! —dijo Phillip rápidamente.

Visander levantó la mirada y todo se detuvo.

Devon estaba en la puerta, con la mano en el brazo de un León.

Visander se levantó con brusquedad; su silla arañó la madera del suelo del barco. Echó mano a su espada y se dio cuenta, horrorizado, de que no la tenía. Incluso el parasol estaba en su camarote, pensó absurdamente.

—*Quítale las manos de encima, León.*

El León lo miró sin entender.

—Su esposa es muy instruida —le comentó Maxwell a Phillip—. ¿Qué idioma es ese?

—Latín —dijo Phillip—. O francés.

—Nunca he sabido distinguirlos —contestó Maxwell.

—¿A que no? —Phillip parecía sentirse justificado.

El León era un chico de unos diecinueve años, con el cabello castaño y un rostro bonito salpicado de pecas. Llevaba la misma ropa que Phillip: la chaqueta con la cintura ceñida y el cuello alto. A su lado, Devon era un muchacho delgado y pálido, con el rostro blanco y el cabello blanco parcialmente oculto por la gorra que llevaba en la cabeza. Aquello, León y unicornio, estaba mal, y ese hecho lo golpeó.

—¿Cómo puedes? —le preguntó a Devon—. ¿Cómo puedes traicionar así a los tuyos?

—Me gusta —le contestó Devon, acercándose al León. La familiaridad implicaba que eran...

—No deberías —replicó Visander—. No con un León.

—Señor Ballard, le presento a mi esposa, lady Crenshaw —dijo Phillip con determinación—. Katherine, este es el señor Tom Ballard.

—Lady Crenshaw —dijo Tom.

Visander no podía enfrentarse a un León, no con aquel cuerpo y sin un arma. No podía decirle: *Aparta tus manos de Indeviel*. No podía decirle: *Acabaré contigo, como los tuyos acabaron con los míos*. Lo matarían y matarían a su reina.

Todos estaban mirándolo. No se estaba comportando como debía. Era consciente de ello, a pesar de que la furia ardía en sus venas. Estaba en un cuerpo humano. Aquella era una reunión social. Se suponía que debía sentarse y alternar con aquel León.

Sintió la lenta y larga atrocidad del paso de los segundos, con todos los ojos sobre él.

—Espero que su familia se encuentre bien de salud —se obligó a decir.

—Mis padres gozan de una salud excelente, gracias. —Los ojos de Tom se nublaron un poco—. Espero... espero tener pronto noticias de mi hermana.

Una madre, un padre y una hermana. *Cuatro Leones*. Visander se obligó a sentarse, incapaz de apartar los ojos de Devon, que se sentó junto al León como si lo hicieran a menudo. Unos hombres de uniforme les llevaron la cena.

Para su horror, levantaron las cúpulas plateadas para revelar carne cocinada, que trincharon justo delante de Indeviel. Se sintió asqueado. Los cortes de carne eran grotescos; Indeviel objetaría sin duda, pero lo vio servirse en su plato. Cuando levantó el tenedor y se metió la carne en la boca, fue demasiado. Visander se levantó y se marchó, mareado por las náuseas.

Salió tambaleándose; todo estaba demasiado cerrado, constreñido, y le costaba respirar. Tenía que salir de allí, pero no había ningún sitio al que ir, porque aquel barco era un tipo más de confinamiento. Golpeó la barandilla del barco; notó su constante movimiento de balanceo. Vomitó en una bocanada repentina, expulsando el pan y la fruta que había tomado para almorzar.

Indeviel y un León… Recordó la primera vez que vio a Indeviel, un destello plateado apenas atisbado entre los árboles. Se recordó montándolo, la pura excitación de correr por los campos más rápido que ninguna otra criatura viva. Y después, cuando la guerra comenzó, el orgulloso unicornio de batalla, con el cuello arqueado y sus crines y cola onduladas, el cuerno como una lanza estriada en su frente.

Recordó, años después, los cuerpos blancos de los unicornios caídos, destrozados por las garras de los leones, pudriéndose lentamente en el campo. Entonces, Indeviel juró que se vengaría de los Leones. ¿Había olvidado también eso, junto a todo lo que fue? ¿Lo había arruinado aquel mundo para siempre?

Se limpió la boca con el dorso de la mano y descubrió que Phillip lo había seguido al exterior y que estaba a su lado, ante la barandilla.

—La primera vez en el mar siempre es difícil —dijo Phillip—. Cuando mi padre empezó a arrastrarme a sus viajes, vomitaba sin parar. —Una sonrisa extraña—. O quizá era solo yo. Simon nunca se mareaba.

—Yo no estoy mareado —replicó Visander.

—No, claro que no —dijo Phillip.

—Tu mundo me asquea. Rebosa fealdad. Putrefacción. Os coméis la carne de las ovejas. Es repulsivo.

—Está muy bien que te preocupes por una oveja después de matar a seis de mis hombres —le dijo Phillip.

—Esta no es mi *primera vez en el mar.* —Visander jadeaba un poco por el esfuerzo de vomitar—. No soy una jovencita en su primer viaje, a pesar de mi aspecto.

—¿El Atlántico? ¿El Pacífico?

—El Veredun —dijo Visander.

Miró la nocturna extensión de aguas negras. Aquello no parecía el Veredun ni ningún otro mar que él conociera. Sobre sus cabezas, las estrellas eran un rocío blanco como la espuma, pero más allá de las balanceantes lámparas del barco había muy poca luz.

—¿Cómo era? —le preguntó Phillip.

—¿Cómo era qué?

—El mundo antiguo.

Visander quiso decirle que era maravilloso, un mundo de torres brillantes, de grandes bosques y criaturas asombrosas.

Pero lo único que consiguió recordar fue el hedor de la muerte, las sombras oscuras en el cielo, la Última Llama parpadeando a pesar de ser la única luz que quedaba.

—Desapareció —le contestó.

—Bueno, eso es evidente.

Visander no intentó explicarse, no le dijo que desapareció mucho antes de que él lo abandonara, destruido por un hombre que prefería terminar con el mundo a permitir que otro lo gobernara.

Pero debió mostrar algo en su rostro, porque cuando levantó la mirada Phillip estaba observándolo.

—Tú lo conocías. Conocías al Rey Oscuro.

—Sí. Lo conocía. —Breve. Cortante.

—¿Cómo era?

Una presencia magnética que atraía todas las miradas de la habitación. Una mente que tenía en cuenta todos los resultados. Un carisma que los rodeaba de aliados de inquebrantable lealtad. Y la sádica fuerza del dominio absoluto.

Visander apretó los dientes.

—El Rey Oscuro envió a su general a destruir el reino de Garayan. Le ordenó que lo quemara hasta los cimientos, que no quedara nadie vivo ni rastro de él. Cuando su general regresó con una piedra que era todo lo que quedaba de las majestuosas tierras, ¿qué crees que hizo el Rey Oscuro?

—¿Exhibió el trofeo? —replicó Phillip, incómodo.

—Desolló vivo a su general por no haber convertido en polvo esa última piedra —le dijo Visander—. Los humanos ansiáis poder, pero no comprendéis el precio. No sabéis a qué hombre estáis intentando traer de vuelta.

Phillip negó con la cabeza.

—Yo no estoy intentando traer de vuelta nada. Ese es el sueño de mi padre, no el mío.

—Entonces, ¿por qué haces esto? ¿Por qué propicias el regreso del Rey Oscuro?

—Soy su descendiente —dijo Phillip.

El joven lo dijo en un tono tan afable y despreocupado que Visander no lo comprendió de inmediato. Cuando empezó a asimilar las palabras, retrocedió, tambaleándose y mirando a Phillip.

Asqueado y horrorizado, lo vio con otros ojos. Su cabello oscuro, su piel clara. Atractivo para ser humano. Con excepción de su coloración, no había un parecido evidente. No estaba mirando a Sarcean. Phillip parecía humano; Phillip era humano. Al menos por lo que Visander sabía. Pero la Portadora de Luz también le había parecido humana y la luz que había invocado...

¿O había un parecido en esa piel clara, en esos ojos oscuros? *Diluido*, pensó, como si estuviera viendo los rasgos de Sarcean descoloridos por los siglos.

Tragó saliva al darse cuenta de que se había unido contra su voluntad con el descendiente de Sarcean. Era peor que hubiera ocurrido en aquel cuerpo que descendía de su reina y que tanto se parecía a ella. Era una farsa repugnante que una descendiente de la reina se hubiera unido en matrimonio a la estirpe de Sarcean.

¿Sarcean había planeado aquello? ¿Formaba parte de una de sus perversas distracciones? Sarcean se reiría de ello, esa risa preciosa y terrible que le hacía hervir la sangre.

Devon lo sabía. Devon se había sentado frente a él en la mesa, sabiéndolo. Comprendió de repente que los planes de Devon tenían un alcance inquietantemente mayor. Visander miró el rostro humano de Phillip, sintiéndose asqueado y atrapado.

—Esa es la razón por la que mi padre quiere traerlo de vuelta —le estaba contando Phillip—. Nosotros somos los herederos del Rey Oscuro y, cuando este regrese, gobernaremos a su lado.

Visander soltó una carcajada desganada, un sonido femenino, y cuando comenzó descubrió que no podía parar. Su risa se derramó como la sangre de un corte que dolía, una hemorragia sin fin que no podía sanar.

—¿Por qué te ríes?

—¿Gobernar a su lado? —replicó Visander—. Al Rey Oscuro no le gustan los competidores. Te lo prometo: cuando regrese, matará a toda tu familia.

CAPÍTULO TREINTA Y CINCO

—No podemos dejar que Sinclair ponga las manos en ese ejército —dijo Will.

Se habían detenido en un claro a algunos kilómetros del palacio después de que Rosati y un puñado de lugareños los sacaran a escondidas de la montaña. Los locales se quedaron atrás para mantener una fachada ante los soldados ingleses de Sloane mientras Rosati montaba y los conducía colina abajo. Cabalgaba el mismo caballo que Kettering, que todavía parecía medio conmocionado por el ejército. Era mediodía y la luz del sol resultaba desorientadora después de la oscuridad de la mazmorra.

Will miró el terreno bajo los cascos de Valdithar. ¿Cómo de grande sería aquella cripta? ¿Se extendería el ejército hasta allí, bajo sus pies?

—Podríamos hacer que la entrada se derrumbe —dijo Grace.

—No funcionaría —replicó Kettering—. La montaña se abrió por voluntad propia. Trabaja para Él. Para su Rey.

—Eso podría proporcionarnos uno o dos días para pensar —dijo James.

Will negó con la cabeza.

—No podemos arriesgarnos a atrapar a algún obrero dentro.

—¿De qué otro modo vamos a detenerlo? —preguntó Grace.

Cyprian, en el otro caballo blanco de los Siervos, se había girado de nuevo para mirar la silueta de la montaña.

—Los Siervos. Ese ejército... es contra lo que se suponía que los Siervos debían luchar, ¿no? Antes de que acabaran con nosotros.

Will no contestó, pero los Siervos no podrían haber derrotado a ese ejército. Los Siervos habían sido aniquilados por una única sombra. Aquella era una fuerza infinita de soldados monstruosos, ingente y aterradora. Will había sentido el aleteo de sus espíritus... de sus mentes. Había grandes generales allí. Ansiaban poder. No obstante, tuvo una idea horrible: aquel era su ejército, dormido bajo la montaña. Sus tropas, que había usado para tomar el mundo entero. *¿Acatarían mis órdenes?*

—La Siervo Mayor nos pidió que encontráramos a Ettore —dijo Will, apartando esos pensamientos—. Dijo que solo con él podríamos evitar lo que está por llegar.

—Seguramente sabía cómo detener a ese ejército —replicó James.

—O cómo controlarlo —añadió Will.

—Pero está muerto —dijo James, abrupto.

Will se giró hacia Cyprian.

—Esos bandoleros fueron los últimos en ver a Ettore con vida —dijo Will—. Tú hablaste con su líder.

Al darse cuenta de lo que Will estaba a punto de sugerir, Cyprian negó con la cabeza.

—No. Nos odia.

—Habláis de *il Diavolo* —dijo Rosati.

Will se giró para mirarlo.

—Cyprian dice que se aloja en la osteria de la aldea. ¿Él nos ayudaría?

—Dicen que el Diablo hace cualquier cosa por el precio adecuado —murmuró Rosati.

—Es un asesino. Mató a Ettore. No tendrá reparos para matarnos a nosotros —dijo Cyprian.

—Esto es demasiado importante —replicó Will.

Si liberaban ese ejército, lo dominaría todo. Recordó la visión que los Reyes Sombríos le habían provocado, se vio sobre montones de muertos, asesinados por una fuerza a la que nada en aquel mundo podía oponerse.

—El propietario de la *osteria* es mi hermano. Él podría enviarle un mensaje a *il Diavolo*, si queréis organizar una reunión —dijo Rosati. Will asintió.

—Un trato con el diablo —dijo Cyprian. No parecía contento.

—Tenemos que descubrir qué sabía Ettore —dijo Will—. Ahora más que nunca.

La carretera que conducía a la aldea de Scheggino estaba cubierta de árboles; después había que cruzar un puente que salvaba las aguas cristalinas y los guijarros multicolor de un río truchero. La localidad se alzaba sobre ellos, brotando de la montaña, a la que superaba su única y escueta torre.

Hasta ahora, no los habían seguido. Pero solo era cuestión de tiempo que descubrieran la muerte de Howell y que Sloane enviara a sus soldados tras ellos, buscándolos por las montañas. Todos lo sabían y la sensación de premura los hizo cabalgar con fuerza.

Cuando los primeros tejados de terracota aparecieron ante su vista, Rosati se adelantó a caballo.

—Disculpadme. Para organizar la reunión, debo hablar de inmediato con mi hermano.

Rosati desmontó ante una casa de piedra a las afueras de la aldea y saludó a una mujer de cabello blanco vestida toda de negro. Estaba sentada en un taburete fuera de la casa, pelando verdura mientras veía pasar la vida, algo que parecía ser costumbre allí. Rosati se dirigió a ella como *nonna* y le habló rápidamente en el idioma de la zona. Ella lo ignoró, con los ojos fijos en James, todavía a caballo.

—Tú... tú eres uno de ellos —dijo. Will se quedó frío.

—¿Uno de *ellos*? —replicó James educadamente.

—La sangre antigua —le espetó—. Regresa como una mala hierba que hay que arrancar del jardín antes de que pueda florecer. ¿Me has traído esto aquí? ¿Me has traído esto a mi casa?

—Nonna, son amigos, están aquí para ayudar —dijo Rosati—. Hay un gran peligro bajo la montaña...

—¿Ayudar? Ellos no pueden ayudar, solo pueden destruir. Se meten en nuestro mundo, parecen ser como nosotros, pero no lo son. Son una plaga que debemos erradicar...

—Esperaremos en otra parte —dijo Will.

Ataron los caballos fuera de la vista. Cuando miró a su alrededor, Will descubrió que muchas de las casas tenían pasarelas que cruzaban las calles desde la segunda planta, de un modo que no era habitual en Londres. Tenían que mantenerse escondidos. Lo último que necesitaban era que se corriera la voz de su presencia, atraer la atención de Sinclair.

—¿Cómo sabía ella lo que soy? —preguntó James.

—Debería haberte advertido —dijo Kettering—. Esta gente mata a cualquiera que tenga poder.

—¿Qué? —replicó Will.

La pintoresca aldea asumió de repente un halo siniestro, como si hubiera algo maligno tras aquellos muros de piedra o en el silencio de aquellos árboles.

—Scheggino está construido a los pies del Palacio Oscuro. ¿Crees que no hubo descendientes que nacieron aquí? Nadie quiere que esos poderes regresen. Los lugareños tienen un dicho: *Non lasciarlo tornare.*

—'No dejes que regrese' —citó Will.

Se imaginó las tropas oscuras huyendo del palacio hacia las colinas circundantes después de la guerra. Lo habrían hecho por docenas, por centenares... Habría miles de descendientes allí. Aquel lugar era como el río del que salían todos los afluentes.

—Viven a la sombra de la montaña —dijo Grace—. No podemos saber lo que han experimentado aquí, con el paso de los siglos. Sus creencias podrían tener razones que nosotros no entendemos.

—Prácticas locales bárbaras —dijo Kettering—. Creencias supersticiosas y primitivas...

—No encontrarás empatía en estos dos —le dijo James a Kettering—. Los Siervos también mataban a los suyos.

La estirpe de los Siervos, la estirpe de los Leones... Por primera vez, Will se preguntó qué otros linajes mágicos podrían haber sobrevivido en secreto, ocultando sus poderes a los demás. Para identificar a James a primera vista, la anciana debía tener algunas habilidades latentes.

—Si los lugareños descubren lo que sois, todos estaréis en peligro —dijo Will—. No solo James. Debemos tener cuidado.

—¿A qué te refieres? —le preguntó Cyprian.

—Los tres descendéis del mundo antiguo —contestó Will—. No creo que esta gente discrimine entre la estirpe de los Siervos y el resto.

El asombro reflejado en los rostros de Grace y Cyprian dejaba claro que no se habían considerado iguales que James.

Will se imaginó a la vieja mujer de cabello blanco y vestida de negro que tanto se parecía a la Siervo Mayor señalándolo con el dedo y diciendo: *Está aquí.*

Esperaron en un tenso grupo durante lo que les parecieron diez lentos minutos, aunque allí, en la montaña, no había relojes.

—Lo siento. —Rosati se disculpó en voz baja cuando regresó—. Ella se cree las viejas supersticiones más que la mayoría. La muerte blanca se llevó a su hijo.

—¿Tu padre murió por la muerte blanca? —le preguntó Will.

Rosati negó con la cabeza.

—No, mi padre no. Mi tío. El hermano de mi padre. Fue cuando era joven. Tenía once años y ayudaba a pastorear en las colinas. Salió con el rebaño y no regresó. Tardaron casi tres días en encontrarlo. El cuerpo era como de piedra cuando lo trajeron de vuelta y tenía la cara blanca. Mi padre era mayor. Él quemó el cuerpo.

—Lo siento. Debió ser horrible. —Will lo había visto más de una vez, extraño y desatinado, la vida transformada en piedra blanca.

—Sus palabras… Es lo que se hace aquí. *Non lasciarlo tornare.* No dejamos que aquellos que tienen poderes lleguen a ser adultos. Los matan antes de que puedan convertirse en una amenaza.

A su lado, James mantuvo el rostro sin expresión. Rosati no pareció notarlo y le puso una mano en el hombro de Will.

—Mi hermano ha concertado tu reunión con el bandolero —dijo Rosati—. Debes ir rápidamente, antes de que la noticia de vuestra presencia se extienda por la aldea.

CAPÍTULO TREINTA Y SEIS

—El Diablo solo hablará con una persona —dijo la Mano. Cyprian lo supo antes de que lo señalara con su muñón—. Con él.

Habían entrado en la *osteria* rápidamente a través de la parte de atrás solo para descubrirla esperándolos, sentada con la rodilla levantada y la punta de su cuchillo clavada en una mesa. Estaba como Cyprian la recordaba: vestía el chaleco deshilachado y el pañuelo que parecía gustar a aquellos bandoleros y mostraba una clara autoridad sobre los hombres sentados a su alrededor. Vio al menos un mosquete apoyado en el muslo de uno de los bandidos, que lo miraba con ojos hostiles.

—Él no va a ir a ninguna parte solo —comenzó Will, pero Cyprian ya estaba hablando.

—Lo haré. —Levantó la barbilla—. ¿Dónde está?

A su espalda, James resopló. Cyprian siguió concentrado en la Mano.

—No —dijo Will, acercándose a él—. Iremos todos. Es lo lógico.

Will no cedió. Su insistencia tenía la dureza que mostró cuando llevó a James al alcázar. La Mano lo miró un instante sin demasiado interés. Después miró de nuevo a Cyprian.

—Irás tú solo o no habrá trato.

—Llévame con él. —Cyprian dio un paso adelante antes de que Will pudiera hablar de nuevo.

La Mano se levantó, extrajo su cuchillo de la mesa y dijo sin más:

—Por aquí.

Un tramo de escaleras estrechas conducía a una entreplanta mal iluminada y a un par de habitaciones donde los clientes de la *osteria* podían dormir la mona. La Mano lo condujo arriba, subiendo los peldaños con paso decidido. Se había guardado el cuchillo en el cinturón, en la cadera derecha. Cyprian solo lo miró un instante.

—Pregunta —le dijo la mujer.

Cyprian se sonrojó porque lo hubiera pillado mirando.

—¿O eres demasiado *poltrone*?

Muy bien.

—¿Qué te pasó en la mano?

—El Diablo me la cortó —dijo.

—¿Y tú lo *sigues*? —Cyprian retrocedió, asqueado.

—Esa es la razón por la que lo sigo —le dijo.

Cyprian la miró con repulsión y el estómago revuelto. Ella lo miró con expresión brusca y divertida, como si fuera un niño que no comprendiera el mundo.

—Aquí.

La Mano llamó a la puerta con el muñón envuelto en cuero y después se marchó. Cyprian se obligó a mirar hacia adelante, a lo que lo esperaba. Pasaron los segundos.

No hubo respuesta a su llamada, así que Cyprian abrió la puerta. Era una puerta baja de madera que tuvo que agacharse para atravesar. En el interior, se irguió y vio que una única lámpara en un taburete tosco proporcionaba la única luz en el penumbroso interior de una habitación con las cortinas de la pequeña ventana cerradas.

El Diablo estaba relajadamente tumbado en la cama de la habitación; su musculoso torso era una extensión de piel oliva salpicada de vello negro. Observó la entrada de Cyprian con satisfacción. Cuando los ojos del joven se adaptaron a la oscuridad, vio que había alguien en la cama con el Diablo. Una mujer de ojos oscuros y saciados.

Y después vio lo que ella llevaba puesto.

Los últimos jirones de la túnica de Siervo de Ettore. Era deliberado. Lo estaba provocando y una parte de su mente lo sabía, pero la falta de respeto era demasiado grande.

—¿Cómo te atreves...?

—Tranquilo, tranquilo, Estrellita —dijo el Diablo—. Creí que estabas aquí para hacer un trato.

Un trato cuando los Siervos estaban muertos y aquel bandolero había vestido a su amante con sus ropas, como si llevara la piel de un animal al que has matado, como si bailara con él. Su furia se acrecentó, densa.

Siervo, recuerda tu entrenamiento. Cyprian se obligó a apartar los ojos de la túnica.

—Estamos aquí para hacer un trato. Queremos saber todo lo que puedas contarnos de Ettore —dijo Cyprian—. Quién era, dónde lo encontraste, cuál era su misión.

—Está muerto —contestó el Diablo—. ¿Qué importa lo demás?

—Estamos buscando algo —le dijo, con los dientes apretados.

—¿Algo valioso? —replicó el Diablo.

El interés de aquel hombre por lo material era despreciable, pero aquellos jirones de túnica no eran lo único que quedaba de los Siervos. Lo que quedaba era la misión, la tarea que la Siervo Mayor le había confiado, y que él se mantuviera fiel a sus recuerdos.

Hizo la petición del único modo que conocía. Honestamente.

—Hay un ejército bajo esa montaña. Un ejército de muertos que ha dormido durante miles de años. Si despierta, asolará esta aldea, esta provincia, este país. Ettore sabía cómo detenerlo.

—¿Lo sabía? ¿Por qué?

—Era parte de una orden que juró proteger este mundo.

Al decir aquello en la habitación sucia y mancillada, tuvo la sensación de que los Siervos ya habían abandonado la vida y habían comenzado a formar parte de la historia, de una que no estaba preparado para contar.

—No era un gran protector si un par de mis hombres pudieron con él.

El Diablo lo dijo con una mezcla de orgullo y diversión. Cyprian sintió que la furia y el asco lo dominaban.

—Ettore dio su vida en servicio; era noble y abnegado. Eso es algo que un mercenario como tú no comprendería.

—Tienes razón. Estoy demasiado ocupado haciendo otras cosas. —El Diablo se acercó a su amante—. Puedes quedarte a mirar, si quieres.

No lo hizo. La risa del Diablo lo siguió cuando se giró y salió de la habitación.

Sus amigos lo estaban esperando abajo, junto a la Mano y algunas mesas llenas de bandoleros, que no los estaban rodeando, no exactamente, pero que sin duda estaban en un tenso *impasse* con James. Tenían las manos en los mosquetes y murmuraban en italiano.

—¿Qué ha pasado? ¿Has hablado con él? —Will se levantó inmediatamente cuando Cyprian regresó.

—No nos ayudará —dijo Cyprian—. No tiene sentido hablar con él. —Le había contado a Will eso mismo en la montaña. Ahora estaban en una aldea en mitad de la nada y habían perdido un día en aquel viaje inútil—. Te lo dije... —comenzó Cyprian, y se detuvo.

El Diablo había salido de su dormitorio, remetiéndose ostentosamente la camisa en el pantalón.

Cyprian se sonrojó. En lugar de saludarlos, el Diablo le quitó una botella de licor a uno de sus hombres, bebió y fue a sentarse ante la chimenea de la *osteria*, como un rey mugriento en un trono miserable.

Will se acercó a él, juvenil a la luz del fuego. Su constitución era casi infantil y no llevaba ningún arma. Cyprian era consciente de que los tipos duros que había allí, con sus mosquetes y sus largos cuchillos, los sobrepasaban en número.

—Si encontramos lo que buscamos, puedes quedarte todo lo que haya en el palacio —le dijo Will.

Y de repente tuvo toda la atención de *il Diavolo*.

—Will, ¿qué estás haciendo? —le preguntó Cyprian.

—Tú sabes qué hay dentro —continuó Will—, o crees saberlo. Has intentado entrar desde que llegamos aquí. Armaduras de oro con joyas incrustadas, cadenas de oro tan gruesas como tu brazo, cálices y bandejas y espejos de oro. Puedes quedártelo todo.

El Diablo no dijo nada. Después de un largo momento, tomó otro trago de licor, se secó la boca con la manga y señaló a Cyprian con la barbilla.

—Haz que ese me lo pida amablemente.

Cyprian no tuvo que volverse para saber que Will lo estaba mirando.

—Por favor —dijo Cyprian sin emoción.

El Diablo resopló a través de la nariz. Miró a Cyprian a la luz del fuego, una larga mirada que rebosaba una cruel satisfacción.

—De rodillas.

La humillación le calentó las mejillas, más abrasadora que el fuego de la chimenea. Podía sentir en él los ojos de los bandidos, hambrientos de diversión y burla. La cuestión era ver a un Siervo mancillado. Lo sabía.

Pero lo que hacía que un Siervo lo fuera era su sentido del deber y sabía que cualquier Siervo habría dado su vida para detener al ejército que dormía bajo la montaña.

Cayó de rodillas deliberadamente, ignorando la caliente vergüenza que sentía en el vientre. Lo olvidó todo y mantuvo los ojos en el suelo, lleno de marcas y pegajoso por años de vino derramado.

—Por favor, ayúdanos —dijo—. Tú eres el único que puede.

El silencio asombrado dejó claro que el Diablo no había esperado que se arrodillara. Cyprian se preparó para una ronda de risas y burlas, esperando que rechazara su petición. Pero, cuando los segundos pasaron, levantó la mirada y descubrió que el Diablo lo estaba mirando con una expresión extraña y desamparada en los ojos.

—Hay un lugar… en la cumbre blanca. Tu amigo Ettore estaba buscando algo. Te llevaré allí por la mañana —dijo el Diablo, inexpresivo al acceder a su petición—. Esta noche voy a emborracharme.

Todo el mundo se emborrachó.

Cyprian abandonó la *osteria* con el repiqueteo de las tazas, que derramaban vino tinto sobre el borde. A su espalda, uno de los bandoleros tocaba una flauta y otros bailaban. Algunos salieron a la pequeña plaza del pueblo, riéndose y lanzando vítores y gritos que resonaron en el valle ante la idea de las riquezas que los esperaban en el palacio.

Él no estaba de humor para acompañarlos o para pensar en la manera distinta en la que los Siervos se habrían preparado para una misión matutina. En lugar de eso, encontró un lugar fuera de la villa, cerca del río, desde donde podría hacer guardia por si los hombres de Sloane aparecían.

Oyó pasos a su espalda en el aire frío y esperó que fuera Grace buscando tranquilidad más allá del caos de depravación de la *osteria*.

Pero, cuando se detuvo a su lado, resultó ser James.

Cyprian se preparó de nuevo para la burla, como la que había esperado en la *osteria*. Lo miró y descubrió que James lo estaba observando con una expresión compleja en la cara.

—Yo hice que Marcus se arrodillara —dijo James—. En el barco.

—Bien por ti —dijo Cyprian.

Por una vez, James no respondió de inmediato. Cyprian lo miró y deseó que desapareciera. Deseó que nunca hubiera existido. Deseó poder intercambiar a James por el mundo del alcázar, que James había destruido para siempre.

—Lo mantuve encadenado —continuó James—. Atravesamos el Canal en barco. Luchó todo el tiempo. Cuando amarramos en Calais, él...

—¿Por qué me cuentas esto?

Sus palabras detuvieron a James en seco. Una expresión de sorpresa titiló en su rostro, como si él mismo no supiera por qué había hablado.

—No lo sé —contestó James después de un largo momento—. No me gustó verte arrodillado ante ese bandolero. —Era como si estuviera expulsando las palabras—. No me gusta que me recuerden que los Siervos pueden ser...

—¿Qué?

James no quería contestar. Cyprian podía vérselo en los ojos.

—Abnegados.

Aquello fue demasiado.

—Ojalá te hubiera matado mi padre. Marcus seguiría vivo.

—Si nunca lo hubiera intentado, yo ahora sería un Siervo —dijo James.

—¿Qué?

—¿Crees que mis sueños no eran los mismos que los tuyos, hermanito? ¿Que no quería ponerme el uniforme blanco y defender este mundo
de la Oscuridad?

—No es lo mismo —dijo Cyprian.

—¿Por qué no? —le preguntó James—. ¿Porque yo soy un Renacido
y tú eres un Siervo?

Su furia estaba alimentada por el dolor. Los Siervos habían desaparecido y James seguía allí. Era injusto. Aspiró una bocanada del frío aire de
la montaña.

—Porque tú *los mataste* —dijo Cyprian—. Tú los mataste a todos. Seguramente soñabas con ello, con el día en el que nos mataras; seguramente...

—Los Siervos se pasaron toda mi vida intentando matarme —replicó
James.

—Marcus no —dijo Cyprian—. Marcus se pasó toda la vida intentando disuadir a mi padre. Incluso cuando empezaste a matar para Sinclair,
él creía que había un modo de traerte te vuelta al redil. Y yo...

James lo miró en silencio.

Durante años pensé que había algún error. Me pasé años en tu sombra.
Pero no le diría eso a James.

—¿Tú qué?

No contestó. No quería abrirse así delante de James. No quería darle
esa satisfacción.

—Soy tu cuenta pendiente —le dijo Cyprian—. Tenía que haber
muerto ese día con los demás y no lo hice. —La promesa sonó tranquila
y firme—. Haré que te arrepientas de ello.

—Eres como tu padre —le dijo James—. No puedes creerte que esté
de tu lado.

—Hasta que Sinclair te amarre. O hasta que el Rey Oscuro regrese.
Entonces volverás corriendo. —Cyprian lo miró—. Eres el Traidor. Solo
estoy esperando a que cambies.

—¿Como un compañero de armas?

Aquel descaro lo dejó sin palabras.

—¿No hay nada de lo que no te burles o que no destroces?

—Vete a hacer tus ejercicios —le dijo James—. Toma tu espada y practica las inútiles series y los cánticos y las ceremonias, perfecciónalas eternamente para nadie.

CAPÍTULO TREINTA Y SIETE

—Cabalga —le dijo el Diablo a Cyprian— con el ojo derecho cerrado.

Partieron al alba junto a una pequeña caballería de bandoleros con resaca. Cyprian habló brevemente con Will y después montó su caballo evitando a James. Le habría gustado evitar a James el resto de su vida. Y lo mismo con el Diablo. Pero, cuando comenzaron a subir la montaña, se descubrió cabalgando entre ellos.

No pasó mucho tiempo antes de que las palabras del Diablo cobraran sentido: su camino a través de las montañas tenía una abrupta caída a la derecha y mientras cabalgaban se estrechó hasta que no fue nada más que el susurro de un estante estrecho. Las piedras que golpeaban los caballos repiqueteaban montaña abajo. Incluso la hierba y la maleza parecía aferrarse por los pelos a las pendientes. Cuando miró el precipicio a su derecha, Cyprian vio con una pizca de asombro los restos de otros viajeros en su base.

—Déjame adivinar: no siguieron tu consejo —dijo James.

—Podríamos decirlo así —replicó el Diablo alegremente sobre su hombro—. Los emboscamos.

Cyprian sintió una oleada de disgusto.

—Así que matas a la gente por dinero.

—Correcto —dijo el Diablo—. ¿Qué pasa, Estrellita? ¿No te gusta el dinero?

—«Estrellita» —dijo James, considerando la palabra con frialdad.

Cyprian no dijo nada. Por supuesto, James había hecho buenas migas con el Diablo, dos asesinos de Siervos que se llevaban estupendamente bien. Mantuvo los ojos fijos delante. *Allí*, le había dicho el Diablo aquella mañana, señalándole la cumbre de una montaña cercana. *De eso era de lo que no dejaba de hablar tu amigo Ettore. Pero no creo que te sirva de mucho. En ese sitio no hay nada.*

Estaban cabalgando hacia el lugar donde Ettore había muerto. Cyprian se preparó para mirar sobre el borde de un precipicio y ver una armadura oxidada, un conjunto de huesos. Ese sería un dolor aceptable después de ser testigo de las muertes del alcázar. Pero el Diablo se equivocaba al decir que el lugar estaría vacío. Un Siervo no habría ido hasta allí sin una misión.

Cabalgaban en fila de a uno, con bandoleros delante y detrás. Los caballos de los Siervos brincaban con ligereza, con la gracia de un íbice en una roca imposible. Los bandoleros montaban ponis desaliñados cargados de alforjas que parecían tener una energía inagotable. A Valdithar, el pesado caballo de Will, no le gustaba subir los estrechos caminos rocosos y estaba forcejeando.

—¿Dijiste que Ettore tenía que ser quien ayudara a detener una guerra o algo así? —le preguntó el Diablo. Cyprian se obligó a respirar con calma.

—Lo era.

—Si era tan importante, ¿por qué ha enviado tu gente a un niño a buscarlo? —le dijo el Diablo, resoplando.

No soy un niño. Pero Cyprian no lo dijo. *Solo quedaban cinco semanas para mi prueba. Ahora sería un Siervo.*

—Porque están muertos —le contestó—. Todos están muertos.

—¿Sí? ¿Cómo murieron? —le preguntó el Diablo con tranquilidad desde su caballo.

—Los maté yo —dijo James—. Así que no presumas tanto.

Más despeñadero que cumbre, la montaña tenía unas vistas de las elevaciones y valles circundantes capaces de revolver el estómago. En su cima se abría un claro, con la hierba seca y un haya que crecía en un ángulo extraño, como si se estuviera agarrando a la pendiente con las raíces.

—Aquí —dijo el Diablo con poco entusiasmo cuando llegaron a la cima—. Esto fue lo que encontró tu amigo. Una cumbre vacía.

Tenía razón: no había nada más que altura y cielo. Cerca de la pendiente descendente, Cyprian vio algunas piedras esparcidas, pero, cuando desmontó y se acercó, no eran más que parte de la montaña. Intentando ver la parte buena, Grace dijo:

—Podrían haber sido un túmulo o...

Debería haber sido él o Grace quien lo pensara, pero fue Will quien dijo:

—¿Podría haber algo oculto por protecciones de los Siervos?

—¿A qué te refieres? —le preguntó el Diablo. Estaba mirando las piedras dispersas con el ceño fruncido.

—Los Siervos usan protecciones para esconder sus bastiones —le explicó Will—. Lo que parece un viejo arco o un trozo de piedra podría esconder una entrada a una ciudadela...

—¡Limpiadlo! ¡Despejad todo esto! —gritó Cyprian.

La Mano hizo un ademán y sus hombres se apresuraron a hacer el trabajo, arrancando hierbas y esparciendo tierra. Debajo de una capa de turba y musgo había dos suaves losas de piedra, espaciadas como las columnas a cada lado de una puerta.

Cyprian tomó aire y las atravesó.

No ocurrió nada.

En vano esperó un efecto, esperó que un espacio oculto apareciera, como había hecho siempre el Alcázar de los Siervos. Le dio la espalda a los demás, impotente.

—Grace, ¿por qué no lo intentas tú? —le pidió Will.

Grace se levantó y se detuvo a su lado. Nada apareció en la ladera.

Cyprian estaba abriendo la boca para decirle a Will que se equivocaba cuando vio la inscripción en la losa:

—Solo un Siervo puede entrar —leyó Will, repasándola con los dedos.

Grace se acercó para examinar la inscripción.

—Esa palabra es más antigua que *Siervo*. Es más como *guardián*.

—Entonces, ¿por qué no se abre?

Grace lo miró con una expresión extraña y triste en los ojos, como si conociera la respuesta... y él también lo hiciera, aunque no se diera cuenta. De repente lo hizo y se negó a aceptarlo.

—No —dijo Cyprian.

—Yo soy jenízara y tú novicio —le dijo Grace.

—No —repitió Cyprian.

—El alcázar se abría para cualquiera que poseyera la sangre de los Siervos. Para esto se necesita un Siervo. Alguien que haya completado las pruebas y hecho los votos.

—No —dijo Cyprian.

—Ettore —dijo Will.

Cyprian miró la piedra desnuda, todavía oscura por la tierra húmeda. Pensó en ese jirón de tela blanca que le habían entregado los bandoleros, lo que quedaba de un hombre que podría haberlos ayudado. Los Siervos ya no existían y sin ellos no había nadie que abriera esa puerta, que ahora permanecería cerrada para siempre.

Una oleada de emociones lo embargó, un océano de desesperación. El final de su orden; no solo de su familia y sus amigos, sino de los lugares y tradiciones sagrados. Sabía que Grace y él no podrían conservar solos las costumbres de los Siervos. Ahora veía que sus lazos con los Siervos se habían cortado ya, que para ellos no había nada más allí que una ladera vacía.

Escuchó pasos a su espalda.

El Diablo se detuvo a su lado con una expresión extraña e irónica en la cara. Furioso ante la intrusión, Cyprian se movió para detenerlo, incapaz de soportar aquel último sacrilegio. No dejaría que el Diablo pisoteara aquel sitio ni que pronunciara las palabras desdeñosas y sarcásticas que estaban a punto de derramar sus labios.

Pero el Diablo lo ignoró.

—Necesitas un Siervo, ¿no?

Caminó entre las piedras y las antiguas columnas comenzaron a iluminarse.

Un pabellón apareció entre los pilares, sostenido por cuatro altas columnas, con peldaños que conducían a un altar tallado en la roca. Era como observar la entrada al alcázar abriéndose en la marisma, la misma magia. Estaba allí y no lo estaba; una estructura en la cima de la montaña, oculta por las protecciones de los Siervos.

Cyprian miró con asombro lo que en el pasado debió ser un mirador elevado, un faro para los valles de abajo, una estrella blanca sobre la montaña.

Solo había un hombre que podría haber abierto esas protecciones: el hombre al que habían buscado y que creían que había sido asesinado. Cyprian se giró hacia el Diablo.

—Tú eres Ettore —le dijo, asombrado e incrédulo.

El Diablo se detuvo ante el pabellón. La luz se reflejaba en sus mejillas sin afeitar, en su ropa manchada y grasienta, en su espada mal mantenida.

¿Cómo? ¿Cómo era posible que aquel hombre fuera el último Siervo? Tenía que ser un error, ¿verdad? Tenía que ser algún tipo de broma cruel.

—Te he abierto la puerta —dijo el Diablo, echando un vistazo superficial al pabellón—. Toma lo que necesites y después mis hombres vaciarán este sitio.

—Espera. —Cyprian se acercó atropelladamente y le agarró el brazo—. Tú... tú eres un Siervo. Tú...

El Diablo lo miró con la frialdad de un bandolero. Las palabras se secaron en la boca de Cyprian.

El hombre había dicho que había matado a Ettore. ¿Se refería a aquello? ¿A que había abandonado sus votos? ¿Había abandonado a su compañero de armas? ¿Había abandonado el alcázar? ¿Se había convertido en un mercenario, en un bandido obsesionado con las riquezas en el que no quedaba nada de Siervo?

—¡Cyprian! —gritó Grace.

Esto lo sacó de sus pensamientos, aunque todavía se sentía vaciado por el asombro. Se giró hacia ella y tardó un momento en ver lo que ella veía. Grace estaba mirando una figura muerta hacía mucho. Un cráneo y un esqueleto y una túnica putrefacta, aunque inusualmente intacta, como si nada hubiera roto la quietud de los años. Estaba colocado delante del altar del pabellón, arrodillado. Su túnica se parecía a la de los Siervos, pero era larga hasta el suelo, como la de un jenízaro, no corta hasta medio muslo. Estaba raída y descolorida, pero en algunas zonas todavía era posible ver el color, ni blanco ni azul, sino del rojo oscuro del vino derramado y pasado.

—Parece que llegas tarde a tu encuentro con él —dijo el Diablo, riéndose—. Varios siglos.

—Más —dijo Grace—. Estos restos tienen miles de años de antigüedad. Se han preservado… Quizá porque este sitio ha estado cerrado.

—Entonces, ¿cómo va a decirnos cómo detener al ejército? —preguntó Cyprian.

Will se había alejado de ellos. Una vez más, parecía haber deducido lo que Cyprian debería haber supuesto ya.

—El altar. Es de cuarzo blanco. Como la…

—La Piedra Mayor —dijo Grace.

El altar tenía la misma consistencia blanca, lechosa, de la Piedra Mayor. La idea de que la piedra les hablara desde el pasado, de que contuviera un mensaje de los Siervos, hacía que a Cyprian le latiera el corazón más rápido.

—No puede ser una coincidencia. —Will se giró hacia el Diablo—. Tócalo.

El Diablo levantó las cejas con escepticismo.

—¿La Piedra qué?

—Toca el altar —insistió Will.

—Tócalo tú —replicó el Diablo, obstinado.

Will puso la mano en el altar, como si dijera: *Es seguro*. Y después miró al Diablo con las cejas levantadas.

El pequeño desafío funcionó como no lo habría hecho una petición. Devolviéndole el gesto con la ceja, el Diablo, Ettore, puso la mano en el altar.

Cyprian contuvo el aliento, asombrado, ante la escena que de repente destelló y cambió ante sus ojos.

El pabellón recuperó su antigua gloria de altas columnas de mármol que brillaban doradas y plateadas y un alto techo abovedado que se elevaba hasta las estrellas. Siempre había pensado que el alcázar era precioso, pero al mirar aquel pabellón se dio cuenta de que el alcázar era una ruina y de que nunca había visto la arquitectura de los Siervos en su cúspide.

La figura de rojo cobró vida también: su túnica era de un suntuoso terciopelo y el cabello oscuro fluía hasta la cintura. Se levantó de donde estaba arrodillado y se acercó para recibirlos. A Cyprian lo desconcertó descubrir que era un joven no mucho mayor que él mismo.

—Soy Nathaniel, Siervo guardián de Undahar, y os hablo en nuestra hora más oscura.

La figura, Nathaniel, tenía una estrella dorada en el pecho, pero su túnica no era blanca ni azul, sino de un profundo carmesí. Bajaba hasta el suelo en un estilo que Cyprian no reconocía.

—Nuestra orden ha sido derrotada. De mil doscientos hombres y mujeres, yo soy todo lo que queda. Que mis palabras sean una llamada y una advertencia, porque lo que nos ha pasado a nosotros no debe volver a ocurrir.

Parecía mirar a Cyprian al hablar, aunque eso seguramente era imposible. Nathaniel no estaba allí de verdad, tuvo que recordarse, igual que la Siervo Mayor no había estado en realidad en el alcázar cuando regresó como un espectro. Era solo una visión grabada en la piedra.

—Comenzó hace solo seis días. La sala del trono siempre ha estado sellada y prohibida, pero uno de los nuestros abrió las puertas. Inmediatamente después, cayó víctima de una extraña aflicción. Su piel se volvió blanca y su sangre se endureció hasta que fue como piedra negra. Nunca habíamos visto una enfermedad así. Al anochecer, el mal se había llevado a seis más.

—La muerte blanca —dijo Cyprian, girándose hacia los demás, con el pulso desbocado—. Golpeó aquí antes.

Era una señal de que habían llegado al lugar correcto, aunque Etto-re, el Diablo, tenía los brazos cruzados y el ceño fruncido.

—La Siervo Suprema temía una peste o algo peor —dijo Nathaniel, con una mueca de ansiedad en el rostro al recordar—, una magia sobre-natural del mundo antiguo. Nos retiramos para velar a nuestros camaradas caídos y para discutir un modo de limpiar y restaurar la sala del trono, donde se habían producido las primeras muertes.

Esto le recordó a Cyprian las conversaciones murmuradas de los Siervos, reunidos en grupos inquietos para hablar en susurros de Marcus. Preocupados, pero ajenos a la total calamidad que estaba a punto de caer sobre ellos.

Al mismo tiempo, tenía la mente abarrotada de preguntas. ¿Quiénes eran aquellos Siervos que en el pasado protegían el Palacio Oscuro? ¿Por qué no había oído hablar nunca de ellos ni de la muerte blanca?

—No había nada en nuestros textos sobre este mal —continuó Nathaniel—. Nos instalamos en las cámaras exteriores y pusimos a nuestros hombres a hacer guardia.

»No vieron nada. Pero, por la mañana, despertamos para encontrar algunos cadáveres blancos entre los dormidos. El miedo comenzó a extenderse. Algunos decían que debíamos abandonar el palacio, aunque eso significara renunciar a nuestro deber sagrado como guardianes de Undahar. Otros decían que debíamos quedarnos y que nosotros mismos podíamos ser un peligro si nos llevábamos la peste con nosotros.

»No deberíamos habernos reunido. Con la enfermedad, éramos vulnerables. Mientras discutíamos, vi una imagen terrible. Mis hermanos y hermanas de la orden se desplomaron, palideciendo antes de caer como si un océano blanco inundara el alcázar. Huimos de esa ola blanca entre gritos de pánico y bloqueamos las puertas a nuestra espalda. Y no obstante tras la puerta oímos sonidos terribles, gritos y llantos que me helaron la sangre.

»—No podemos resistir —dijo la Siervo Suprema—. Lo que yace en Undahar está despertando. Desatará un terror en esta tierra peor que cualquier peste. Nuestra única esperanza es sellarlo y enterrar este lugar tan profundo que nunca vuelva a ser encontrado.

»—¡¿Cómo puede hacerse eso?! —gritó uno de los nuestros.

»—Es posible —le contestó ella—. Pero exigirá nuestras vidas.

»—Muy bien. —Yo di un paso adelante, sabiendo que se refería a que nos encerráramos en el interior del palacio. Estaba dispuesto a hacerlo.

»Pero la Siervo Supremo me detuvo.

»—Un Siervo debe sobrevivir. Llevarás la noticia al Alcázar de los Siervos. Y, si no conseguimos contener la oscuridad de Undahar, debes invocar al Rey.

»—Ouxanas —le dije, llamando a la Siervo Suprema por su nombre—. No me obligues a separarme de ti.

»—Es así como debe ser, Nathaniel. Tú sabes lo que duerme bajo el palacio.

»Mientras la Siervo Suprema hablaba, las puertas se abrieron.

»A través de las puertas vi los cuerpos blancos de mis camaradas caídos y sobre ellos algo que parecía arremolinarse y encabritarse ante el estallido de luz que emitía la piedra escolta del cayado de la Siervo Suprema, como si el palacio mismo comenzara a temblar.

»Corrí. Desde el pabellón oriental, vi cómo Undahar se hundía y en su lugar se alzaba la tierra y la roca desplazada, creando una montaña y un valle donde antes había una fértil llanura. El sacrificio de los Siervos detuvo la erupción de las profundidades del palacio y enterró Undahar allí donde no podría ser encontrado.

»Puede que la historia debiera haber terminado ahí. Ojalá lo hubiera hecho.

»Me quedé en aquel lugar solitario dos días y dos noches, enviando mensajes al Alcázar de los Siervos a través de las aves mensajeras y esperando su respuesta mientras recuperaba mis fuerzas y la montaña se cernía sobre mí.

»El tercer día, cuando desperté y comprobé si la paloma había regresado con noticias del alcázar, vi que la Siervo Suprema emergía viva del valle.

»—¡Ouxanas! —la llamé. Pero ella no parecía reconocerme—. Ouxanas... ¡Estás viva! ¡Creí que habías caído ante la muerte blanca!

»Estaba aturdida, confusa, pero no mostraba ninguna señal de la peste blanca que había terminado con los demás. No obstante, cuando se acercó, vi que tenía los brazos y los dedos arañados y raspados y manchados de tierra, como si hubiera salido de la montaña escarbando con las manos.

»Rápidamente saqué una petaca de mi alforja, pensando en ofrecerle las aguas curativas de las Oridhes. Pero, cuando me giré, había levantado una rama rota sobre mí. Antes de que pudiera detenerla, me golpeó la cabeza con ella. Retrocedí tambaleándome, casi me caí. Me echó las manos a la garganta. Grité su nombre, pero ella no me oyó. Me estaba gritando que liberara al ejército que había debajo de la montaña. Me dijo que me obligaría a hacerlo.

»Forcejeamos en la pendiente. Yo estaba débil y herido tras el golpe que me había dado en la cabeza. Estaba cambiada, distinta de la Ouxanas a la que yo conocía. Nos tambaleamos en el borde, pero fue ella quien cayó.

»Yo me quedé solo en la nueva montaña.

»Un mal del interior de Undahar había infectado a Ouxanas. Yo lo sabía y aun así me sentía como si hubiera matado a mi amable mentora. Lloré sabiendo que había matado con mis propias manos al último de los míos.

»Fue en ese momento cuando una paloma aterrizó cerca de mis pies. La miré y solo después de unos largos segundos comprendí que portaba la respuesta que había estado esperando de los Siervos del alcázar.

»El mensaje que recibí me desconcertó. Decían que el palacio debía permanecer enterrado, que el ejército y la enfermedad que este portaba debían seguir perdidos. La Puerta del Sol se cerraría para siempre, incluso el conocimiento de aquel lugar se olvidaría. Solo la Siervo Mayor recordaría Undahar e incluso ella juraba que jamás hablaría con nadie de lo que había debajo de la montaña, excepto con su sucesor.

»En cuanto a mí, la muerte blanca podía haberme infectado. Debía encerrarme en la torre vigía y dejar que las protecciones se cerraran y me escondieran para siempre.

»Y eso fue lo que hice. Y por eso me habéis encontrado... O espero que me encontréis. Espero haber mantenido mi promesa de no marcharme, aunque la tentación cuando me quede sin comida y bebida será muy fuerte. Pero usaré mi voluntad para quedarme aquí.

»Siervo que estás escuchando este mensaje, sigue mi consejo: no busques lo que yace bajo la montaña. No entres en Undahar ni abras las puertas selladas. Nosotros creímos que podíamos detener lo que se avecinaba. Nos equivocábamos. Cuando el mal llegó, no lo derrotamos; solo lo enterramos. Y nos obligamos a olvidar.

»Pero lo que está enterrado nunca se ha ido. Yace debajo, esperando regresar.

La figura comenzó a desvanecerse tras pronunciar las últimas palabras hasta que desapareció por completo y Cyprian se quedó mirando los restos óseos y los desintegrados ropajes rojos de una facción olvidada de los Siervos. Se había mantenido arrodillado hasta el final, a pesar del hambre y la sed, entregado a su deber.

—De acuerdo, comencemos a limpiar este sitio —dijo el Diablo, acercándose al esqueleto de la túnica como si pretendiera venderlo por piezas.

Cyprian lo detuvo.

—No puedes. No puedes saquear su tumba.

—Eso es exactamente lo que voy a hacer.

—Era una persona —dijo Cyprian.

—Ese era el trato, Estrellita. Tú consigues la información; nosotros, el botín. Yo diría que tú te has llevado la mejor parte. No hay mucho aquí, solo basura... Incluso la túnica parece podrida. Pero el cinturón y los adornos podrían valer algo.

Cyprian sintió que su frustración crecía.

—¡Para! ¿No puedes respetar a los muertos?

—¿Qué hay que respetar? —La expresión del Diablo se oscureció—. Esos tontos jugaron con fuerzas que no comprendían y les salió mal. Típico de los Siervos.

Era injusto, una sensación frágil y dolorosa. Cyprian miró la figura arrodillada y se recordó a sí mismo arrodillado, mañana tras mañana.

Recordó las horas que había pasado meditando, perfeccionando las series, creyendo que lo que estaba haciendo importaba.

—¡Él te salvó! ¡De no ser por su sacrificio, el mundo habría sido invadido! —exclamó Cyprian—. No lo dejaremos aquí para que lo desvalijen. Quemaremos su cuerpo. Lo enviaremos a la llama.

—No hay tiempo —dijo Will. Cyprian se giró hacia él solo para encontrarlo con una expresión implacable en la cara—. ¿No has oído su advertencia? La sala del trono está abierta, Sinclair viene de camino y no sabemos cómo detener a ese ejército.

Cyprian entendía la urgencia, pero no podía darle la espalda a la figura arrodillada ante el altar. No sabiendo que él había sido el último y que había mantenido su solitaria vigilancia con la única compañía de los rituales de los Siervos.

—Sacaremos el tiempo —dijo Cyprian.

No fue como la gran pira del Alcázar de los Siervos. Grace y él reunieron ramas y hierba seca de la pendiente y uno de los bandoleros les prestó un yesquero. Cuando la hojarasca estuvo preparada, Cyprian colocó los huesos de Nathaniel en el centro, se arrodilló y golpeó la piedra con el acero. Pensó que debería ser una pira enorme ardiendo en la cumbre como un faro, pero la montaña era fría, y el fuego, pequeño.

—Nathaniel.

Le parecía importante decir su nombre. Pensó que la verdadera muerte era ser olvidado. No sucedía cuando morías, sino cuando tu nombre se pronunciaba por última vez.

—He oído tu mensaje y retomaré tu misión. Evitaré que el ejército abandone Undahar.

Llegaría un día en el que el nombre de Nathaniel fuera olvidado, como lo sería el nombre de todos, pero Cyprian deseó decir: *Todavía no.*

—Que este sea el lugar donde Nathaniel descanse, porque su trabajo ha terminado por fin.

Levantó la mirada para ver al Diablo, a Ettore, observándolo, con algo grande y desnudo en sus ojos oscuros, como si hubiera atisbado solo por un instante algo que creía perdido.

Cyprian, que estaba arrodillado, se levantó.

—Llévate lo que quieras —dijo, pasando junto a Ettore de nuevo hacia la roca.

CAPÍTULO TREINTA Y OCHO

—Tú me enseñarás a usar esto —le dijo Visander a Phillip, que se lanzó de costado sobre la cubierta, aplastándose contra la barandilla de madera del barco.

—¡No me apuntes con esa cosa, maldita sea! ¡Bájala! ¡Bájala!

—¿Temes esta arma? —dijo Visander. La giró en su mano.

El arma estaba construida en madera y tenía un tubo metálico en un extremo y metal grabado formando lo que parecía la empuñadura. Phillip lo miró fijamente.

—¿Estás loco? Podrías matar a alguien. ¿Dónde demonios has conseguido esa cosa, de todos modos?

En cuanto Visander cambió la dirección del arma, Phillip se movió para quitársela y apuntar a otro lado, al suelo.

—Se la quité a uno de tus hombres, al que me hirió con ella —le dijo Visander—. Y ahora me gustaría que me enseñaras para que pueda herir a otros si es necesario.

—Oh, gracias a Dios, no está cargada —estaba diciendo Phillip—. Bueno, mira. No es difícil: apuntas y disparas. Sinceramente, apuntar ni siquiera es muy útil; estas malditas cosas se desvían a izquierda o derecha la mitad de las veces.

No te entiendo cuando hablas ese idioma. Las palabras que todos le decían a Visander subieron a sus labios en ese momento.

—Enséñame.

—Disparar no es exactamente mi fuerte —le dijo Phillip—. ¿Supongo que no querrás aprender a bailar un vals o una cuadrilla? Para desarmarlos en lugar de dispararles. Bailar es terriblemente útil.

—No en el lugar a donde vamos —replicó Visander.

—No sé, Italia es un destino bastante romántico —dijo Phillip.

—*Enséñame* —insistió Visander.

—Primero tienes que prometerme que no vas a dispararme con ella.

—No te prometo nada. Si intentas ayudar al Rey Oscuro, haré todo lo que esté en mi poder para detenerte.

—*Touché* —dijo Phillip—. Eso es francés.

Visander miró de nuevo a Phillip. Suponía que tenían cierto parecido, si lo buscaba, el mismo cabello oscuro y piel clara. *El heredero de Sarcean*. Phillip no poseía su fascinadora energía, esa belleza de la que era imposible apartar la mirada o el incontenible poder que Visander recordaba antes de la caída del Palacio del Sol.

Pero era atractivo y llamaba la atención, tenía un carisma fácil que parecía desperdiciar en intereses frívolos como carruajes y ropa.

Era absurdo pensar que alguien podría haber heredado el aspecto de Sarcean después de eones. Pero su reina lo había hecho: allí estaba él, con su rostro. Y no podía subestimar la virilidad de Sarcean, calcografiándose en todos sus descendientes.

Phillip sostuvo el arma.

—Es un Reina Ana, bastante antiguo, pero eficaz. Está diseñado para disparar de cerca. —Phillip se acercó a él—. Así, ¿ves? —Al momento siguiente estaba detrás de Visander, presionándole el arma en su mano enguantada—. Tienes que sostenerlo así. Tienes que apuntar a tu objetivo con el cañón.

—¿Así?

Tenía los brazos de Phillip a su alrededor, una mano en la cintura y la otra guiando su mano. La diferencia de altura entre sus cuerpos era desquiciante. Visander no había sido tan pequeño respecto a otro hombre desde que era un niño. Se sentía rodeado, tragado. Eso lo desorientaba, hacía que le fuera difícil pensar.

—Así está bien. Primero tienes que amartillarla, así. —Phillip movió un pequeño mecanismo metálico sobre la pistola y después atrajo la atención de Visander hacia un aro metálico que colgaba debajo de esta—.

Este es el gatillo. Desliza aquí el dedo y después aprieta para disparar. No, más fuerte; el gatillo está duro. Así; tendrás que... Uy...

—¿Qué? —le preguntó Visander.

Phillip se había detenido. Su cuerpo, contra el de Visander, estaba caliente. Su voz era una exhalación sobre su oreja.

—Nada. Es solo... Esto es un poco... Eres la prometida de Simon.

—No soy la prometida de Simon. Soy tu esposa —le dijo Visander, y algo muy extraño ocurrió en su interior cuando lo dijo.

—Bueno —dijo Phillip, con cuidado de no mover la mano en la pequeña cintura de Visander—, supongo que eso es cierto.

Visander apretó el gatillo.

No ocurrió nada, solo un pequeño *clic*.

Se sentía como si estuviera esperando algo que estaba a punto de ocurrir.

—No ha funcionado —dijo, sin aliento.

—Ya —contestó Phillip—. Tienes que cargarla.

—¿Cargarla?

—Con pólvora y balines. Quizá en nuestra siguiente clase.

Phillip retrocedió, decidido.

Ahora había un hueco entre sus cuerpos.

—Muy bien —dijo Visander. *Ve a buscar la pólvora y los balines*, debería haberle dicho, *y practicaremos ahora*. Pero le era inusualmente difícil pensar.

—Te dejo que disfrutes de la cubierta —le dijo Phillip, inclinándose.

Cuando Visander tomó aire y se giró, vio a Devon mirándolo, como un pálido mascarón. La larga cubierta los separaba, bulliciosa por los marineros que tiraban de las cuerdas. Visander sintió la dolorosa distancia entre ellos. Un recuerdo: galopando a través de la nieve en su grupa, con los dedos alrededor de su melena plateada.

Devon se dirigió hacia él y Visander se guardó la pistola en la cinturilla de su falda, dándose cuenta con tristeza de lo que Devon había visto: el campeón de la reina en los brazos del descendiente de Sarcean.

—¿Haciendo tus propias alianzas? —le preguntó.

—Tú yaces con Leones —dijo Visander.

—Los Leones son leales.

Yo era leal, quería decirle Visander. *Te fui leal a ti.*

—Tú sabías que Phillip era un descendiente de Sarcean.

Visander se sintió enfermo cuando Devon no lo negó y lo miró con tranquilidad. Cada reunión era peor, no mejoraba: ver al chico humano vestido con ropa humana, tela teñida de añil e índigo, con pieles de animales muertos en los pies.

—No sabía que lo casarían contigo —dijo Devon después de un momento.

—Bueno, lo hicieron —replicó Visander—. Cuando apenas estaba consciente, todavía adaptándome a este cuerpo. ¿Eso también era parte de tu plan?

Devon lo estaba mirando como lo hizo en la posada, como si viera a Visander desde muy lejos y no asimilara del todo que estaba allí.

—No esperaba que volvieras —le dijo el joven—. Dejé de creer que podrías. Dejé de pensar en ti.

Eso le dolió, una abrupta punzada en su pecho.

—Entiendo.

—Hubo una época en la que pensaba en ti cada día —le dijo Devon, con ese tono distante—, pero de eso hace miles de años.

Visander se giró hacia la barandilla del barco, sintió el aire frío y húmedo por el océano contra la cara. En todo momento podía oler el agua salada, incluso ahora, cuando respirar era difícil.

—El León. —Sonó hosco y celoso y no pudo evitarlo—. ¿Dejas que te monte?

—Tú fuiste mi único jinete, Visander. —Había algo duro y terrible en la voz de Devon—. Ya no puedo transformarme.

Visander se giró para mirarlo. No estaba seguro de qué esperaba ver. En el rostro blanco de Devon no había expresión alguna.

Sintió una horrorizada compasión al saber que Devon estaba atrapado en aquel cuerpo para siempre. *Nunca podremos salvar esta distancia*, pensó.

—Sé por qué estás aquí —le dijo Devon—. Sarcean, tu obsesión. Él es la razón por la que has regresado. Lo has hecho por él, no por mí.

—Eres tú quien está eligiendo a Sarcean. Sin él, nada de esto habría ocurrido. Sin él, tú y yo seríamos…

—¿Jinete y corcel?

El modo burlón en el que lo dijo convirtió algo puro en doloroso e hizo que la furia se retorciera en su interior.

—¿Le gusta ver a un unicornio sirviéndolo? ¿Eres su nuevo juguete, ocupando el lugar de Anharion?

Visander lanzó las palabras a la indiferencia de Devon, esperando algún impacto, una grieta, un destello en los ojos de Devon.

—Sabes que no puedo mentir, así que óyeme —le dijo Devon—. No puedes evitar lo que va a ocurrir. Tu Dama no tiene ningún poder aquí. Está muerta. El Rey Oscuro ha regresado. Moriste para nada.

Regresó a su camarote y encontró allí a Elizabeth.

Estaba haciendo los deberes. A sus diez años, parecía tener que concentrarse con ferocidad para escribir, con las oscuras cejas unidas. Era inconcebible que aquella niña pudiera matar al Rey Oscuro.

Soy un campeón sin una dama y un jinete sin corcel. Estoy perdido en este lugar, pensó.

Y, no obstante, allí estaba aquella niña.

No podía dejar que todo fuera para nada, su muerte y la muerte de su mundo.

Rodeado por el oscuro y extenso océano, estaba navegando hacia Sarcean para matarlo en su predestinada reunión. Pero Devon se equivocaba. Él no estaba solo.

—No soy un *aladharet* —dijo.

Ella no levantó la mirada.

—No comprendo ese idioma.

Esas palabras eran casi un ritual entre ellos siempre que él hablaba sin pensar. Tenía que hacer un esfuerzo para usar el idioma de aquel cuerpo.

—No puedo usar la magia —le dijo—. Nunca he practicado el… —no había otra palabra para ello— *adharet*.

—¿Y? —Por fin había dejado de hacer los deberes. La escritura humana parecía arañas muertas en el papel, pensó.

—A tu edad, la reina llevaba entrenando cinco años y ya podía tejer e invocar luz. Yo no sé hacer esas cosas. Solo sé lo que he visto cuando los *adharet* lanzaban hechizos y yo luchaba para protegerlos.

—Estás diciendo... que eres un guerrero y no puedes usar la magia.

Él miró su rostro infantil. Ella no tenía a nadie que le mostrara el camino. La tarea que tenía delante era inmensa.

—Estoy diciendo que tú no eres una alumna y que yo no soy un maestro —dijo Visander—. Pero te entrenaré, si puedo.

CAPÍTULO TREINTA Y NUEVE

Elizabeth puso una vela sobre la mesa y se sentó delante de ella, preparada.

Visander la miró con el ceño fruncido.

—¿Qué es eso?

—Para la magia —dijo Elizabeth.

—Un bloque de grasa animal.

—Will me dijo que comenzó intentando encender una vela.

Estaban solos en el camarote, pues Phillip se había marchado con el capitán para hablar de cosas de barcos. La vela apagada con su pábilo negro parecía estar esperando algo que no había llegado y ella se sentía igual. A su alrededor, el camarote nocturno estaba iluminado por lámparas colgantes que se balanceaban con el movimiento del barco.

—Eso es una tontería. El fuego no es tu poder. —Visander tomó la vela y la apartó a un lado—. Tú no enciendes una vela. Tú eres el sol.

—Luz —dijo Elizabeth, con tristeza.

—Así es —replicó Visander—. Tú eres la Portadora de Luz.

—La luz no hace nada —dijo Elizabeth.

—La luz derrota a las sombras —contestó Visander—. La luz es el único poder que puede resistir contra el Fraguador de Tinieblas.

—¿Cómo?

Visander se levantó, desenganchó una lámpara de su cadena y la levantó para llevarla por la habitación. Elizabeth observó cómo las sombras se alejaban de ella: se acortaban cuando la lámpara se acercaba, como si retrocedieran.

—¿Ves cómo huyen de ella? Cuando las sombras atacaban en un gran número, nuestros hechiceros las contenían con barreras, pero solo durante un tiempo. Cuando los magos se agotaban, sus barreras se desplomaban y las sombras las reclamaban. Solo la luz de la reina podía instigar terror en una sombra, hacerla retroceder, incluso desaparecer para siempre. Mientras su luz brillara, la guerra podría ganarse.

Entonces se llevó la lámpara fuera. En la oscuridad, la pequeña luz era apenas suficiente para ver la madera bajo sus pies. No penetró en la negra noche que envolvía al barco. Elizabeth oyó las llamadas de la tripulación resonando en la oscuridad.

—Indeviel y yo cabalgamos una vez por las tenebrosas llanuras de Garayan —le contó—. Lo llamaban la Larga Marcha. Galopamos durante seis días y seis noches en la más completa oscuridad, con la única luz de la esfera que ella nos forjó a nuestro alrededor, protegiéndonos de las sombras, que nos habrían tragado enteros.

Visander la miró.

—La Oscuridad nos rodea ahora. Y tú eres la única que posee luz.

La niña miró el mar oscuro. *Tú eres el sol*, le había dicho él, pero más bien parecía que ella era la lámpara. Eso no sonaba demasiado importante, pero quizá había veces en las que necesitabas una lámpara. Recordó entonces cuando Violet luchó contra el Rey Sombrío y lo impotente que se había sentido cuando huyó a los establos. Le gustaba la idea de poder luchar al lado de Violet, protegiendo a Nell. La burbuja de luz no tendría que ser muy grande para proteger a un poni.

—¿Qué hago?

Él la llevó al mástil principal del barco.

—Invocaste la luz cuando estábamos en el bosque. ¿Esa fue la primera vez?

Negó con la cabeza.

—Antes de eso iluminé un árbol.

Por lo que ella sabía, seguía iluminado, brillando hasta las entrañas del alcázar. No había intentado iluminarlo y sus recuerdos de ese momento eran un embrollo: le dieron un empujón brusco en la espalda, tropezó e intentó agarrarse a algo, y entonces se produjo un estallido de luz.

Visander puso la mano en el mástil.

—Esto era un árbol. Ilumínalo.

No lo hizo; solo miró el mástil.

—Ponle las manos encima, si lo necesitas.

—No podríamos navegar con un árbol —dijo Elizabeth, recordando que el Árbol de Piedra había florecido e imaginando unas raíces brillantes brotando del mástil y atravesando la cubierta.

—Entonces toma esta astilla.

Visander arrancó un pequeño fragmento de madera del mástil con su cuchillo de mondar. Elizabeth lo tomó, lo sostuvo en su puño y pensó: *Ilumínate*. No ocurrió nada.

—Ilumínate —dijo Elizabeth.

No ocurrió nada.

—Brilla.

Nada pasó.

—Enciéndete —insistió.

No ocurrió nada.

—Cuando invocaste la luz en el bosque fue en un momento de gran importancia —dijo Visander—. Nos estabas protegiendo de los *vara kishtar*. Puede que si piensas en eso ahora... Piensa en algo muy importante, en este mundo, en su gente, en salvar todo lo que conoces del Rey Oscuro.

—Voy a salvarlos a todos —dijo Elizabeth, mirando la astilla.

No ocurrió nada.

—Quizá deberíamos esperar a que amanezca —dijo Visander, mirando con el ceño fruncido la oscuridad que los rodeaba—. Quizá no sea tan difícil entonces.

—¡Arre!

Eso era lo que el cochero decía para conseguir que los caballos se movieran, así que lo probó. También ¡*Venga, vamos!* y ¡*Tira!* Nada de ello funcionó. Intentó pensar en lo que Visander le había dicho. Lo más importante, lo que más deseaba.

—Detener a Will.

La astilla no se iluminó.

—¿Por qué le hablas a ese trozo de madera? —le preguntó Phillip, sin prestarle demasiada atención. Tenía varias chaquetas sobre la cama y toda su concentración estaba en ellas.

Elizabeth pensó en intentar explicarse, pero en realidad no había nada que tuviera que contarle a Phillip, que técnicamente era su adversario.

—Intento pensar en algo importante —le dijo, lo que no era exactamente mentira.

—Las chaquetas son importantes. —Phillip se puso una delante—. Creo que el azul me sienta bien, pero ¿estoy tan guapo como con el burdeos? ¿A ti qué te parece?

Se giró hacia ella.

Era tan similar a algo que Katherine podría haber dicho que Elizabeth se detuvo, sintiendo un terrible dolor.

—¿Qué? —Phillip levantó las cejas.

—Creo que mi hermana te habría gustado. —Era fácil imaginárselos a los dos, probándose ropa y asistiendo a bailes juntos—. Mi hermana de verdad. Si no estuvieras participando en los estúpidos planes de tu estúpido padre.

—Créeme, mi esposa solo habla de los peligros del mundo antiguo.

—Yo he visto cosas del mundo antiguo. Son mucho peores que Visander.

—¿De verdad? ¿Qué has visto? —Phillip se lanzó a la cama y se apoyó la cabeza en las manos, mirándola.

—Un Rey Sombrío —le contó Elizabeth. Y después, con escrupulosa sinceridad, añadió—: Bueno, no lo vi. Lo oí. El sonido era horrible y Sarah empezó a llorar. Volvió el cielo negro. Lo volvió todo negro. Y hacía frío, como si fuera de noche aunque era de día. No se veía nada, ni siquiera podía verme la mano delante de la cara, y era como si nunca fuera a volver a entrar en calor, como si toda la luz del mundo se hubiera apagado para siempre.

—No sé si eso es peor que Visander. Tú no lo has visto en un día malo —dijo Phillip.

Elizabeth abrió la boca, pero la cerró. Phillip estaba de broma, pero a ella no se le daba bien ser divertida, así que dijo:

—Lo he visto en un día malo. Creo que no los tiene de otro tipo.

Phillip empezó a reírse como si hubiera contado un chiste, aunque solo había sido sincera, y eso también le recordó a Katherine. Siempre le había gustado eso, la cálida risa de Katherine, sus abrazos espontáneos, como si la encandilara lo que Elizabeth tenía que decir en lugar de enfadarse con ella, como hacían otros.

—Bueno, entonces intentaremos darle algún día bueno. —Phillip lo dijo con una sonrisa fácil que era sincera y que también le recordó a Katherine, esa generosidad bondadosa y desmesurada.

—Tú me caes mejor que Simon —decidió de repente.

Él soltó un extraño suspiro.

—Eso no lo dice mucha gente.

—Bueno, yo sí.

Elizabeth no pudo interpretar la expresión de su rostro, pero Phillip se sentó y se pasó una mano por el cabello antes de mostrarle una sonrisa extraña.

—Gracias, peque. Buena suerte hablando con ese trozo de madera.

Ella asintió y se sentó en su catre. En la oscuridad podía oír los gritos ocasionales del timonel del barco.

—La chaqueta de Phillip —le dijo a la astilla, por si acaso.

Nada.

Volvió a salir después de la cena. Había descubierto dos lugares en los que le gustaba sentarse: las jarcias, lejos del camino de la botavara, porque era emocionante, y la redondeada y alta proa, porque desde ahí podía verlo todo. La proa no servía de mucho por la noche, pero era un sitio donde podía estar sola. Se sentó y se concentró en la astilla.

Esta vez intentó recordar lo que sintió cuando la atacaron los perros de sombra. No recordaba bien el momento en el que la luz estalló. Recordaba que se había lanzado ante Visander, que se había girado y había visto al sabueso...

—Mi hermana también solía sentarse en la proa —dijo alguien.

Se giró. Ante ella estaba el joven pelirrojo y pecoso al que habían llamado «señor Ballard». Durante la cena, se sentó frente a ella y habló de otras expediciones en las que había participado. Su papel en el barco no era fácil de comprender. No era un pasajero, pero tampoco trabajaba. Solo parecía decirle cosas al capitán Maxwell. Su amigo, el muchacho de cabello blanco llamado Devon, tampoco parecía hacer nada, excepto seguirlo a todas partes y tener ocasionales e intensas conversaciones con Visander.

—Trabajas para Sinclair, ¿no? —le preguntó.

—Así es.

Se sentó a su lado. Ella habría deseado que no lo hiciera. Creía que cualquiera que trabajara para Sinclair era malo. Quería preguntarle: *¿Sabes que mata mujeres? ¿Sabes que está intentando que el Rey Oscuro regrese?* El problema era que seguramente sí lo sabía.

Se sentó con las piernas cruzadas, mirando el horizonte con ella.

—Debe ser agradable viajar con tu hermana.

—Más o menos —contestó Elizabeth.

Él se echó hacia atrás, apoyándose en sus manos. No parecía darse cuenta de que desde allí no se veía nada.

—Mi hermana siempre quiso navegar conmigo. Nunca se lo permitieron.

—¿Por qué no?

—Nuestro padre es estricto.

—Entonces, ¿tu hermana está encerrada en casa?

—No, ha... —Se detuvo—. No voy a incordiarte con mis problemas. —Sonrió. Parecía tener una naturaleza bondadosa, pero Will también lo había parecido—. Solo quería asegurarme de que lady Crenshaw y tú tenéis todo lo que necesitáis. Puedes hacerme cualquier pregunta. Debes tener algunas.

Las tenía, a montones. La mayoría de la gente no la animaba a hacer preguntas. Lo miró con escepticismo.

—¿A qué te dedicas? No pareces tener trabajo, pero siempre estás hablando con el capitán.

Él se rio.

—Dirijo la expedición. Cuando lleguemos a Umbría, estaré al mando de la excavación.

—Creí que Phillip estaría al mando —le dijo Elizabeth.

—Lo estará, por supuesto —contestó Tom—. Pero yo me ocuparé de supervisar el día a día.

No parecía que Phillip fuera a estar al mando. Su escepticismo creció.

—Mi hermana dice que tu amigo Devon es un unicornio —dijo Elizabeth. Puso cuidado y se refirió a Visander como su hermana—. Pero no entiendo cómo es posible, porque no parece un unicornio.

Después de un instante de sorpresa, Tom le dijo, con cautela:

—Es un chico que antes era un unicornio.

—No sabía que los unicornios podían dejar de serlo.

—Estaban cazando a los unicornios. Los humanos los mataron a todos y después intentaron matar a Devon. Le cortaron el cuerno y la cola. Si quería sobrevivir, tenía que convertirse en un muchacho.

Eso sonaba horrible.

—Alguien debería haber intentado detenerlos.

—Alguien lo hará —dijo Tom.

Elizabeth frunció el ceño, pensando en ello.

—¿Y él volverá a ser un unicornio?

—No —dijo Tom—. Nunca volverá a serlo.

—¿Los unicornios se parecen más a una cabra o a un caballo?

—No lo sé —le contestó Tom, aguantándose la risa— y no pienso preguntárselo.

Se sentaron en la oscuridad y ella le hizo preguntas hasta que no tuvo más. Entonces él le dijo:

—Me ha gustado hablar contigo. Echaba de menos hablar con mi hermana.

Ella asintió. Él echaba de menos a su hermana, pero no sabía lo que era echar de menos a alguien que está a tu lado. Alguien a quien ves, que crees que está contigo hasta que se gira para mirarte con la expresión de otra persona en la cara y entonces te das cuenta de que, aunque sonría, nunca volverás a ver su sonrisa.

Tom se levantó para dejarla en la oscuridad. A ella se le ocurrió otra pregunta cuando estaba a unos pasos de distancia y se la gritó:

—¿Qué crees que es lo más importante?

—La familia —le contestó Tom.

Ella miró la astilla.

La noche en la que Katherine murió, Elizabeth estaba en el Alcázar de los Siervos. Pero habría hecho cualquier cosa por estar en Bowhill, por ayudar a Katherine. No podía imaginarse a Katherine sola en la oscuridad de la noche: a ella nunca le había gustado la oscuridad. Le tenía miedo. Cuando tenía miedo, Elizabeth se sentaba con ella y le daba la mano.

Y Katherine también lo hacía por ella. Cuando estaba triste o enfurruñada, su hermana se sentaba con ella y le sacaba una sonrisa. Era como si Katherine fuera su luz y ahora se hubiera extinguido.

—Katherine —dijo.

Habría sido bonito que la astilla comenzara a brillar. Que se disolviera en muchas partículas diminutas que se elevaran como estrellas y se alejaran en la noche.

Pero no lo hizo. Elizabeth se secó los ojos y descubrió que Devon había salido a la cubierta, como un pálido borrón contra la oscuridad. Siempre seguía a Tom, pensó. La estaba mirando con una sonrisa cínica. Por un momento, se miraron el uno al otro.

Siento lo de tu cuerno. Pero no lo dijo, porque ahora sabía que las palabras no servían de nada y que cuando las cosas se rompían nunca se arreglaban de verdad. Solo seguías adelante. Seguías adelante lo mejor que podías.

CAPÍTULO CUARENTA

—Tenemos que detener a Sinclair antes de que llegue aquí —dijo Will.

Era lo único de lo que estaba seguro. Miró a los demás. Sabía que Cyprian y Grace seguían emocionalmente afectados por lo que había pasado en la montaña, y quizá Ettore también, aunque el bandolero era más difícil de leer.

Estaban sentados en las mesas de la *osteria*. Will y los demás se habían reunido de nuevo con Kettering. Ettore le estaba ofreciendo sus opiniones, apoyado contra la agrietada pared de yeso en una pose que a Will le recordó a James. El propio James estaba sentado en un barril cerca de la puerta, con una rodilla levantada. Un grupo de bandoleros estaban sentados a su alrededor, incluida la Mano.

—Él sabe cómo despertar a ese ejército —dijo Will—. Y cómo controlarlo, aunque nosotros no lo sepamos.

Conocía a Sinclair lo bastante bien para estar seguro de ello. Sinclair iba siempre un paso por delante. En aquel momento estaba en un barco camino de la excavación, donde traería de la muerte al ejército de Sarcean.

Sabe cómo despertarlo y nosotros lo condujimos directamente a la cripta. No dijo esa parte en voz alta. Fue él quien abrió la cámara bajo el trono. No Sinclair. No los demás. Él.

Se sentía como si estuviera jugando una partida contra sí mismo, en la que el Rey Oscuro del pasado hacía movimientos que Will apenas podía ver y menos contrarrestar. Había preparado aquel ejército y estaba esperando a que despertara. Y tenía algún plan para él, igual que Sinclair. Pero Will todavía no conseguía entender cuál.

Cyprian frunció el ceño, con mirada preocupada.

—Se suponía que los Siervos debían detener a ese ejército.

—Pero no lo hicieron —dijo Will—. En lugar de eso, los mató la muerte blanca.

A Sinclair no le importaría liberar la muerte blanca. Seguramente, como Will, era inmune. Si era necesario, Sinclair atravesaría un palacio lleno de cadáveres blancos para llegar al trono.

James habló desde el barril, con voz tensa.

—El barco de Sinclair llegará en tres días. Eso no nos deja mucho tiempo.

—Lo detendremos antes de que llegue a la montaña —dijo Will—. Pero creo...

—¿Crees?

—Creo que tenemos que estar preparados, por si debemos enfrentarnos a ese ejército.

Los ojos de James se llenaron de asombro.

—¿Te refieres...?

—Me refiero a que, si liberan al ejército oscuro, los lugareños se merecen tener la oportunidad de luchar. Tenemos que decírselo. Prepararlos para lo que se avecina.

Esperó mientras sus palabras calaban. Sus amigos y Kettering habían visto la enorme caverna bajo la sala del trono, en la que había cientos de miles de soldados. Y Ettore y los bandoleros habían oído el relato de Nathaniel contando que lo que había bajo la montaña había matado a miles de Siervos.

—De verdad quieres que preparemos a esa gente para luchar contra el ejército del Rey Oscuro. —Cyprian lo dijo como si no pudiera creérselo. O como si apenas comenzara a hacerlo.

—¿Cómo te sentirías si despertara y no hubiéramos avisado a los aldeanos ni les hubiéramos dado la oportunidad de luchar?

Cyprian asintió despacio, como si por fin encontrara una utilidad para sus habilidades fuera del alcázar.

—Podemos armarlos —propuso—, proporcionarles un entrenamiento básico, enseñarles cómo luchar y cuándo retirarse. En estas aldeas hay leyendas sobre el mal que emergerá de la montaña. Al menos tendrán una razón para creernos y para luchar.

—Nos dividiremos —sugirió Will—. Un grupo atacará el convoy de Sinclair mientras el otro se queda para preparar los pueblos y aldeas para lo que podría ocurrir.

Vio los asentimientos de sus amigos, pero la mayor sorpresa se la dieron los bandidos. La Mano, sentada con las piernas abiertas, soltó su taza de latón y se levantó; el gesto fue una promesa.

—Lucharé contra Sinclair contigo —dijo la mujer—. Es lo que he querido hacer siempre.

—Mano —dijo Ettore.

Intercambiaron una mirada con la que se dijeron algo que Will no entendió. Pero lo único que Ettore dijo fue:

—Si ella lo hace, yo lo haré.

—*Anch'io* —afirmaron el resto de los bandoleros, de acuerdo—. *Combatterò anch'io.*

—Y yo —dijo James—. Si a tus hombres no les importa luchar con un mago.

—Prefiero luchar contigo a hacerlo contra ti —dijo Ettore, siempre práctico.

Sus hombres murmuraron de acuerdo. Incluso con sus mosquetes viejos, sus ropas raídas y las caras sucias, los bandoleros de Ettore eran una milicia pequeña pero apreciable, preparada para luchar. Ettore había renunciado a los Siervos solo para reunir una nueva fraternidad de guerreros a su alrededor, pensó Will, recreando su pasado incluso al darle la espalda. Estaba bien; pronto necesitarían todos los soldados a los que consiguieran reunir, incluso a aquella deslustrada y displicente recreación de los Siervos.

—¿Qué debemos esperar? —le preguntó la Mano a James, con franqueza.

James se irguió en el barril, sorprendido. Era totalmente capaz de dar órdenes, pero parecía que no esperaba que la gente acudiera a él buscando un líder serio. Anharion había capitaneado ejércitos, pero James había sido entrenado por Sinclair como un arma única que respondía ante un solo hombre.

—Amarrará en Civitavecchia. —James estaba pensando mientras hablaba—. Un barco lleno de hombres, entre doscientos y trescientos soldados. Y seguramente llevará consigo a su círculo de confianza. Su hijo Phillip puede blandir objetos oscuros. El unicornio es un enigma. Casi seguro estará su León, que será muy difícil de derrotar.

—Tom Ballard —dijo Will—. Lo vi luchar en el *Sealgair*. Mató una docena de Siervos sin ni siquiera sudar.

—Puedes enfrentarte a un León con magia —dijo Cyprian.

—Sí, pero... —James se detuvo.

—¿Pero...?

—Pero Sinclair sabe que estoy aquí —dijo James.

No era la primera vez que lo decía. No le gustaba decir las palabras en voz alta y hacía una mueca al pronunciarlas. No le gustaba admitir que podrían derrotarlo en una pelea. Bajo aquello había una reluctancia más profunda. James temía una confrontación con Sinclair, que había sido un padre para él después de escapar de los Siervos.

—No puedes meter en los Estados Pontificios a trescientos hombres a caballo —dijo Kettering—. No con las restricciones locales. ¿Cómo va a llevarlos hasta allí?

—Dirá que se trata de guardias de seguridad para su convoy, de trabajadores para la excavación... Nadie le hará preguntas —contestó Ettore—. En esta región se mueve mucho dinero.

—Lleva mucho tiempo planeando esto —añadió Will—. Años. Décadas, quizá. Tenemos que estar preparados para lo que se avecina.

—¿Qué se avecina? —preguntó Grace. Cuando los demás la miraron, añadió—: El ejército, ¿qué forma asumirá?

—¿A qué te refieres? —le preguntó Cyprian.

—No serán Renacidos, como James. No serán niños. ¿Cobrarán vida las figuras paralizadas bajo la sala del trono? ¿Cómo será?

—Nathaniel no describió a las tropas —dijo Cyprian—, solo la muerte blanca que llegó antes.

380 • EL HEREDERO OSCURO

Will había visto en su propia visión un ejército que se extendía hasta el horizonte y una nube negra que cubría el cielo.

Había demasiadas preguntas sin responder, pero la misión no había cambiado. No podían permitir que despertara lo que había debajo de esa montaña.

—Da igual qué forma asuman; sabemos lo que harán —dijo Will—. Lo que hacen todos los ejércitos.

—¿Y qué es? —Cyprian frunció el ceño.

Will lo sentía, esperando bajo la montaña. Parecía reverberar en sus huesos.

—Conquistar —dijo Will.

CAPÍTULO CUARENTA Y UNO

Los que estaban dispuestos a luchar tomaron horcas y hoces junto a sables y viejas pistolas. No tenían ni idea de estrategia. Nadie que conocieran había vivido un ataque a la aldea, así que Cyprian les enseñó a construir trincheras, a usar el arroyo como línea de defensa, a montar barricadas en las calles y a retirarse hacia el monte a través del pueblo.

Aunque en la época moderna ya no se usara como fortaleza, los huesos del antiguo propósito de la ciudad seguían allí. Estaba asentada en una colina, con una torre en la cima, y era fácil imaginar las señales de humo elevándose, como lo habrían hecho siglos antes. El faro, desafiante en la noche.

Cyprian subió a la torre del pueblo con Rosati y la Mano, miró las casas de piedra y las laderas de las montañas cercanas y se imaginó a las tropas de la Oscuridad inundando la tierra. Se dio cuenta, con un escalofrío, de que gran parte del entrenamiento que había recibido de los Siervos había tenido por objeto de defender un pequeño puesto de una fuerza imposiblemente grande. Aquello era lo que habían conocido los Siervos de antaño: la arremetida de la Oscuridad mientras ellos retrocedían e intentaban aguantar.

—¿Y si nos atacan con magia? —preguntó Rosati.

—Entonces estáis jod... —comenzó la Mano antes de que un perturbado Cyprian le espetara:

—¡Mano! Si nos atacan con magia —le dijo rápidamente a Rosati—, encontraremos un modo de combatirla. Y, si no podemos, nos retiraremos, como hemos planeado.

Fue Will quien planeó todos los imprevistos e insistió en que hubiera una vía de escape por si los superaban, así como en la necesidad de advertir a los pueblos vecinos. A Cyprian no le gustaba prepararse para la derrota, pero reconocía que su instinto de Siervo de atrincherarse y luchar hasta la muerte no serviría de nada si aquel lugar caía ante la Oscuridad. Se imaginó al ejército de Sarcean plantando allí su primera bandera, marchando hacia las desprevenidas localidades vecinas y luego hacia las ciudades más grandes, Terni y después Roma.

—Es curioso pensar cuántos descendientes con magia debieron nacer aquí —dijo la Mano—. Podrían habernos ayudado a luchar si no los hubieran asesinado.

Aquello se parecía demasiado a lo que había dicho James dos noches antes junto al río.

—¿Crees que lo habrían hecho? —le preguntó Cyprian, inquieto.

—¿Por qué no? Este también habría sido su hogar —dijo la Mano.

Esa idea se quedó con él.

Cuando regresó a la plaza, Cyprian vio a Ettore sentado ante una caja volcada fuera de la *osteria*, comiendo embutido con pan y bebiendo un vaso de vino tinto.

Tenía la barba sucia, la chaqueta mugrienta y el chaleco abierto. No estaba trabajando ni ayudando con los preparativos; aquel vaso de vino tinto parecía el cuarto o el quinto y tenía la mirada ligeramente vidriosa de alguien que ha bebido demasiado bajo el sol de media tarde.

¿Cómo era posible que aquel hombre fuera un Siervo? Cyprian pensó en el entrenamiento, en la fuerza de voluntad y en la disciplina que eran necesarios para ganarse el uniforme blanco. No veía nada de ello en el hombre desaliñado que masticaba salami sentado en un taburete de madera.

Cyprian notó la frustración en los dientes.

—¿Por qué estás aquí, si lo único que vas a hacer es beber?

Ettore lo miró con los ojos entornados, masticando.

—Hay un palacio que saquear, ¿recuerdas?

—Dinero —dijo Cyprian con desagrado.

—Hemos arriesgado la vida por menos —replicó Ettore.

—Por supuesto.

—Además, para la Mano es personal.

—Para ti no.

Todos los demás estaban trabajando en las fortificaciones, transformando aquella aldea de estrechas calles adoquinadas, tejados torcidos y escaleras de piedra desiguales en una última defensa porque era importante para ellos.

—No nos ayudas. Eres un lastre. Creo que deberías marcharte.

Ettore se rio, como si le hiciera gracia, y siguió comiendo. No parecía perturbado y habló con la boca llena de pan.

—Necesitáis pistolas y mosquetes. Es vuestra mejor opción. Si ese ejército despierta, no conocerá las armas modernas. Aun así, sería mejor que usarais las tácticas de los bandoleros en las montañas: grupos pequeños, trampas, emboscadas... No superaréis un asedio contra un ejército que tomó todas las ciudadelas del mundo antiguo. Y con aldeanos sin entrenar. —Se metió en la boca otro trozo de pan—. Si de verdad quieres enfrentarte a ellos en tierra, deberías desplazarte al norte y encontrar a algunos de los piamonteses que lucharon contra Napoleón.

Cyprian dio un paso adelante. Las palabras de Ettore tenían sentido (incluso se parecían un poco a lo que Will había dicho aquella mañana), pero su actitud despreocupada lo ponía furioso.

—¿Lo saben los demás? ¿Lo que eres? ¿Lo que vas a hacer?

—¿Disculpa?

—Bebiste del Cáliz. —La ira llameaba en su interior, caliente y brillante—. Puedes seguir actuando como el rey de los bandidos, pero no lo eres. Tienes una sombra. Matarás a todos los que te rodean. Solo es cuestión de tiempo.

Sintió una oleada de satisfacción cuando Ettore soltó el vaso de vino después de detenerse a mitad de un trago. Pero lo único que hizo fue echarse hacia atrás y mirar a Cyprian, una larga mirada de evaluación que terminó con otra de sus carcajadas.

—¿Como Marcus, quieres decir? —le preguntó Ettore, echando los brazos hacia atrás en el taburete—. Tu hermano me contó lo que ocurrió.

¿Mi hermano? Pero ¿cómo podría haberle contado algo Marcus? Miró a Ettore sin expresión, desconcertado. Y de repente lo entendió.

—Ese no es mi hermano —dijo—. Ese mató a mi hermano.

Para su sorpresa, Ettore se rio, una carcajada fuerte y vigorosa.

—Eres muy importante y poderoso, ¿eh? Eres como todos los chavales antes de beber del Cáliz: un capullo. Te meten en una habitación y te dicen que bebas y crees saber lo chungo que será, pero no lo sabes. No tienes ni idea de cómo es la Oscuridad, ni idea de lo que estás a punto de aceptar en tu interior. De lo que serás durante el resto de tu corta vida. Deberías darle las gracias a tu hermano por salvarte de ese destino. ¿Mató a los Siervos? Bien muertos están. Si fueras más listo, escupirías sobre sus tumbas.

Cyprian estaba furioso. Porque Ettore se equivocaba. Estaba en un error sobre los Siervos.

—Una estrella es luz en la oscuridad.

Ettore no dijo nada; solo se encogió de hombros, como si no valiera la pena malgastar el tiempo discutiendo con fanáticos. Mientras Cyprian lo miraba, tomó el salami, arrancó otro trozo con los dientes y lo masticó. Eso irritó a Cyprian de un modo que no comprendía. Quería sacarle algo a Ettore, un reconocimiento, una reacción. Cualquier cosa.

—¿Te estás convirtiendo? —Le lanzó la acusación.

Por primera vez, vio algo duro y genuino en los ojos oscuros de Ettore. Un momento después, el hombre se limpió la boca, se incorporó y levantó sin decir nada el rastrillo de madera junto al pequeño montón de piedras que había cerca del muro. Lo blandió.

Un arco precioso que conocía bien: el primer movimiento de la serie. El dolor creció en el pecho de Cyprian. Nunca había esperado ver de nuevo los ejercicios de los Siervos. Conocía los movimientos como si los llevara tallados en los huesos. Se recordó realizándolos cuando formaban parte del grupo de novicios del alcázar y anheló lo que sentía cuando los ejecutaba cada mañana. El rastrillo de Ettore partió el aire y se detuvo, totalmente inmóvil en la última posición. Ni un solo temblor.

—Parece que me mantengo firme.

El dolor se convirtió de nuevo en ira ante la degradación de los últimos vestigios de todo lo que él consideraba sagrado: una serie ejecutada con un rastrillo viejo por un hombre que se mofaba de la orden.

—¡Rompiste tu promesa! ¡Juraste defender el alcázar y desertaste! Huiste cuando los Siervos más te necesitaban.

—A mí me parece que, si me hubiera quedado, estaría muerto. —Ettore se sentó de nuevo ante la caja de madera. Cyprian lo miró fijamente. Estaba rellenándose el vaso de vino—. Así que no me salió mal.

—Cambiaste el deber y los votos por licor y prostitutas —le espetó Cyprian.

—No juzgues esas cosas hasta que las hayas probado. —Ettore inclinó el vaso hacia él en un pequeño saludo.

—Tú… —Cyprian se detuvo.

A su alrededor, las casas de piedra tallada que daban a la plaza del pueblo les lanzaban las sombras de la tarde, que se alargarían a medida que la noche se acercara, arrastrándolos un día más cerca de la llegada de Sinclair. Aquel asentamiento desordenado quizá no sería nada para las tropas del mundo antiguo, aquella sucia humanidad que había brotado de la pedregosa tierra, pero era importante para aquellos aldeanos y por eso era por lo que estaban luchando.

—¿Por qué no dices lo que en realidad quieres decir? —le preguntó Ettore, y Cyprian sintió que se le escapaban las palabras.

—¿Cómo puede ser? ¿Cómo es posible que mi hermano y mi padre estén muertos y que tú sigas vivo? ¿Cómo puedes ser tú el último Siervo?

Ettore se quedó allí sentado, bajo el sol de la tarde, con los brazos extendidos en un gesto despreocupado, como si el ejército que había bajo la montaña no tuviera nada que ver con él.

—Porque la vida no es justa, chico —le dijo—. Esa es la razón por la que debes disfrutar todo lo que puedas.

—¿Por qué lo sigues?

No podía seguir aguantándose la pregunta y clavó la pala en la tierra. La Mano se detuvo a su lado; estaban cavando una trinchera con seis hombres de la aldea. Estaban haciendo el trabajo que Ettore estaba eludiendo. Por lo que Cyprian sabía, este seguía bebiendo en la *osteria*.

—Te cortó la mano, ¿no? No se preocupa por ti. No se preocupa por nadie. ¿Por qué sigues a un hombre así?

No era una pregunta infantil. Era una necesidad de comprender, una necesidad de que hubiera alguna razón. Y puede que la Mano se diera cuenta de ello, porque lo miró en silencio, como si estuviera meditando algo.

—Yo trabajaba para Sinclair.

Dijo las palabras en inglés, un idioma que rara vez usaba. Su acento no era italiano y carecía del melodioso énfasis y de las ricas vocales. Sonaba como una londinense.

—*¿Qué?*

—Trabajaba para Sinclair.

Era desconcertante. Al mirarla (la ropa como la de los bandoleros, la cara sucia después de pasarse el dorso de la mano por la frente), parecía a mil kilómetros de distancia del imperio de Sinclair en Inglaterra.

—¿Y qué? ¿Los bandoleros son mucho mejores?

Ella lo miró fijamente, con firmeza en sus ojos oscuros.

—Mis padres tenían un bar en los muelles de Londres, pero murieron de cólera cuando yo tenía once años. No tenía dinero para vivir. Probé suerte en el muelle... y la tuve, a decir verdad. El hombre que se acercó a mí no estaba interesado en lo que vendían las niñas del muelle. Era uno de los supervisores de los estibadores de Sinclair y buscaba un mensajero.

Nada de aquello tenía sentido. Su historia no parecía tener relación con aquel lejano pueblo en Umbría. En algún sitio en el interior de Cyprian una voz susurró: *James tenía once años cuando Sinclair lo encontró.* La misma edad que la Mano, pensó.

—Al principio, el trabajo no estaba mal. Ascendí de mensajera a ayudante. Sabía cómo hacer el trabajo gracias a mis padres y se me daba bien: almacenes, inventarios, distribución. Sabía leer y escribir y Sinclair me dio todas las oportunidades. Tenía dieciséis cuando me pidió que supervisara su almacén de Londres.

—¿Lo sabías? —le preguntó Cyprian—. ¿Sabías que era la marca del Rey Oscuro?

La Mano negó con la cabeza.

—La verdad era que me sentía orgullosa. También entusiasmada. Todos decían que la marca abría puertas, que ofrecía oportunidades de ascenso... Si eras leal, a Sinclair no le importaba que fueras hombre o mujer, africano, irlandés, egipcio o francés. Bebí un montón y celebré e ignoré el dolor de mi brazo. Creía que tenía suerte. En ese momento.

—¿Qué cambió? —le preguntó Cyprian.

—Fueron pequeñas cosas al principio. La primera vez me desperté tarde, pero no había descansado. Cuando llegué al almacén, descubrí que llevaba durmiendo cuatro días enteros. Eso fue lo que todo el mundo me dijo, con una palmada en la espalda y bromeando conmigo. Que había estado durmiendo.

»Bebí para olvidarlo. Me concentré en el trabajo y no le habría dado importancia de no ser porque volvió a suceder una semana más tarde. Y seis días después de eso. Comencé a despertarme en lugares extraños sin saber cómo había llegado allí. Me faltaban horas de mis días y noches. Una vez me desperté con el vestido lleno de sangre que no era mía. Más tarde descubrí que habían asesinado a una mujer cerca. Mientras lavaba la sangre, empecé a pensar que quizá no había estado solo durmiendo.

»Hablé con mi casera. Ella me dijo que me había visto. Me dijo: *No eras tú misma*. El señor Anders, el tabernero, también me había visto. Y el barrendero. Y, cada vez que despertaba, me ardía la S de la muñeca.

—Sinclair —dijo Cyprian. La idea lo hizo estremecerse.

—Me até a la cama por la noche. Le dije a otros que me vigilaran. Fue inútil. No siempre sucedía por la noche, sino en momentos y lugares que no podía anticipar. Yo no sabía qué estaba ocurriendo.

»Y entonces, una noche que me quedé trabajando hasta tarde en el almacén, vi al capitán Maxwell, del *Sealgair*, hablando con uno de los estibadores. Pero no era el capitán Maxwell. Su postura. Sus ademanes. Su voz... Hablaba con la voz de Sinclair.

»Y lo supe. Supe que Sinclair estaba manejándolo como a un títere, como me había manejado a mí. Había usado mi cuerpo como si estuviera colgado de hilos para hacer con él lo que quería.

»Maxwell se giró y nuestros ojos se encontraron. Vi a Sinclair en él. Y él me vio. Me vio y supo que yo lo veía a él. Sabía que yo lo sabía todo.

»Hui. Me alejé tan rápido y tan lejos como pude. Compré un pasaje en un barco que se dirigía a Calais. Viajé al sur a través de Francia y después encontré un carruaje que me llevó a Italia a través de las montañas. Esperaba que, si me alejaba lo suficiente, conseguiría escapar de él.

»Es una sensación horrible saber que otra persona ha estado controlando tu cuerpo. Saber que puede volver a poseerte en cualquier momento. Pensé que quizá... si no sabía dónde estaba... si había montañas entre nosotros... si nadie conocía mi nombre y seguía huyendo...

»Pero entonces vino. A mí.

»Perdí la consciencia, como hacía siempre, pero esta vez forcejeé y, como lo hice, lo sentí. Fue como caer en un oscuro abismo. No podía ver. No podía hablar. Grité y nadie me oía. Estaba atrapada en la oscuridad, ahogada, paralizada y silenciada. Fue como ahogarse, durante horas, en unas aguas espesas y frías, sin modo de llegar a la superficie.

»Y después desperté.

»Estaba atada a un árbol delante de una fogata. Y Ettore estaba allí, comiendo estofado.

»—Anda, has vuelto —me dijo.

»—¿Quién eres tú? —quise saber—. ¡Suéltame!

»No me soltó. Siguió comiendo. Le grité todos los insultos que se me ocurrieron.

»—Tú vas a quedarte sin palabrotas antes de que yo me quede sin estofado —me dijo. Y yo me quedé sin palabrotas, pero no antes de que él fuera a por su segunda ración.

»—¿Por qué dices que he vuelto? —le pregunté al final.

»—Durante un rato has sido otra persona —me dijo.

»El corazón se me subió a la garganta.

»—¡Me has secuestrado! ¡Me has atado!

»Intenté no demostrar cuánto me habían perturbado sus palabras.

»—Porque él va a volver —me contestó.

»Me quedé fría. Se arrodilló ante mí y me subió la manga de la chaqueta para exhibir la S. Estaba ardiendo, enrojecida y fruncida, como siempre después de uno de mis ataques.

»—Pierdes la consciencia durante horas —me dijo Ettore—. Te despiertas en sitios extraños. La gente te dice que has hecho cosas, cosas que no recuerdas. ¿No es así?

»Yo solo quería encerrarme en mí misma, lejos de él.

»—¿Cómo sabes tú eso?

»—Porque conozco a Sinclair.

»Entonces me asusté de verdad y tiré de mis ataduras.

»—¿Quién eres tú? —le pregunté—. ¿Qué quieres de mí?

»Él solo se encogió de hombros.

»—Por aquí me llaman el Diablo.

»—Un diablo que conoce al conde de Sinclair.

»—Debes haber hecho algo muy gordo para enfadarlo tanto —replicó, sentándose de nuevo y comenzando con el segundo cuenco de estofado.

»—¿Por qué dices eso? —No respondió y tuve una horrible premonición—. ¿Qué he hecho? Mientras estaba… mientras estaba…

»—Has intentado suicidarte —me dijo.

»Me encorvé y vomité. Todavía atada al árbol, vacié mi estómago. Me daba asco ver mi propio vómito, en la tierra a mi lado, y seguía sufriendo arcadas.

»*No hay modo de escapar*, pensé. Podía huir, pero no había ningún sitio al que huir. Allá a donde fuera, Sinclair ocuparía mi cuerpo y pondría fin a mi desobediencia obligándome a suicidarme. *Me lanzará de nuevo a ese oscuro abismo y jamás volveré a emerger.*

»Ettore me miró desde el otro lado de la fogata.

»—No habrá estofado para ti hasta que dejes de vomitar —me dijo.

»Me reí con debilidad. Con las manos atadas, no podía limpiarme la boca.

»—Es la marca, ¿no? Así es como lo hace. Así es como me controla.

»Ettore asintió.

»—Y no hay modo de evitarlo —dije en voz alta.

»—Hay un modo —replicó Ettore.

La Mano se detuvo, mirándolo de nuevo.

Cyprian sabía que había algo que debería haber inferido de aquella historia, pero no sabía qué.

—No lo comprendo.

—Ettore me dijo que había una manera de evitarlo y la había. —La Mano levantó el muñón.

Fue como si la montaña se reorganizara alrededor de Cyprian. Miró el muñón y se sintió terriblemente ingenuo. Miró a Ettore, a lo lejos, bebiendo al sol.

—¿Por qué me cuentas esto? ¿Para demostrarme que es un buen hombre?

—No es un buen hombre —replicó la Mano—. Pero me ayudó. —Se encogió de hombros y se alejó—. Y ahora te estamos ayudando a ti, aunque los Siervos nunca hicieron nada por ninguno de nosotros.

CAPÍTULO CUARENTA Y DOS

La pendiente era muy boscosa, de tierra rica y fértil, un lugar donde los cerdos buscaban trufas junto a las raíces de los altos árboles. El dosel sobre sus cabezas ocultaba la mayor parte de la luz del sol y los árboles que lo rodeaban lo ocultaban de la vista. Solo el canto de los pájaros y el sonido de sus pasos quebrando ramitas y hojas rompía el profundo silencio del bosque. Will se detuvo cuando estuvo lo bastante lejos de la aldea para no oír el estrépito de los preparativos, lo bastante lejos para que los demás no lo encontraran aunque fueran a buscarlo.

Se arrodilló y apartó las hojas de la tierra húmeda. Después, con el extremo romo de una rama caída, dibujó una S en la turba negra.

Fue su instinto o un recuerdo, pero sabía qué hacer. Otras cosas eran difíciles, pero aquello fue fácil. Recordó las palabras de la Siervo Mayor. *Cierra los ojos. Concéntrate. Busca un lugar en tu interior.* No tenía que hacerlo. No necesitaba concentración ni cánticos y ni siquiera tocar la cicatriz de la muñeca de Howell. Solo necesitaba el símbolo y buscar.

Recordó lo fácil que había sido, recordó como era en el pasado, lanzándose a través de un mundo distinto. Ahora estaba buscando a los hombres de Sinclair. Un grupo de puntos brillantes cerca. *Ahí.* Encontró al que estaba más cerca, abrió los ojos y vio el interior del despacho de Sloane. *Estoy en John Sloane.* No era donde necesitaba estar. Tomó aire de nuevo y buscó más lejos.

Un segundo grupo más allá de la excavación, cinco o seis puntos que se movían despacio a través de la oscuridad. Precipitadamente, entró en aquel que tenía la voluntad más fuerte.

Esperando encontrar a los hombres de Sinclair en el mar, abrió los ojos y aspiró, anticipando el olor de la sal y los sonidos de la madera mojada. Pero en lugar de eso inhaló el aire fresco de la montaña, con su pizca de haya y de ciprés, idéntico al del bosque en el que estaba. Y lo que vio cuando levantó la mirada le heló la sangre.

Conocía aquella carretera. Estaba cerca de la montaña, a un día cabalgando.

Cerca. Aterradoramente cerca. Debieron llegar a Civitavecchia hacía días. *No pueden ser ellos, no tan cerca.* Ya habían dejado Terni atrás. Un día a caballo... ¿Había cometido un error? ¿Estaba dentro de uno de los hombres de John Sloane, que se había adentrado en la montaña? Will se giró...

A su espalda había un brillante carruaje negro, un estandarte con tres perros negros, formando parte de una caravana de carruajes y carretas cubiertas que se habían detenido a acampar en un claro junto a la carretera.

Se le revolvió el estómago.

El campamento de Sinclair. Los hombres de Sinclair, a un día del palacio.

¿Podía detenerlos? Se miró a sí mismo. Vio unos dedos suaves y envejecidos y el puño oscuro de una chaqueta cara. No eran las manos de un criado ni de un obrero. Se trataba de un caballero mayor, que llevaba una sofocante chaqueta a pesar del calor italiano. ¿Quién era? Will dio un paso y se tambaleó, pero menos de lo que lo había hecho como Leclerc. La altura de aquel hombre era más similar a la suya. Su cuerpo tenía un equilibrio diferente, erguido, con los hombros hacia atrás y los brazos relajados en los costados, con los pulgares hacia adelante. No cojeaba.

Will mantuvo una mano en el carruaje durante los primeros pasos para asegurarse de que no se caía.

El modo más sencillo de ralentizar a Sinclair sería sabotear uno o más de sus carruajes. Debía comenzar de inmediato con sus alteraciones. Pero no podía dejar de pensar que el propio Sinclair estaba allí.

Tenía que verlo. Tenía que saber... qué aspecto tenía, cómo se movía y hablaba. Sus fantasías de enfrentarse a Sinclair reemergieron. *Yo maté a tu hijo. Destruí tu negocio. Me he hecho con tus hombres gracias a las marcas.* Tenía que verlo al menos. Tenía que...

Will estudió el campamento, moviéndose despacio. James tenía razón: había al menos doscientos cincuenta hombres acampados allí, incluyendo a los que descansaban alrededor de las fogatas dispersas. Sin duda eran soldados, todavía armados con pistolas a pesar de estar descansando. Pero la verdadera amenaza sería cualquier hombre o mujer con el poder del mundo antiguo que Sinclair hubiera llevado con él. Will recorrió el campamento con los ojos, haciendo inventario meticulosamente.

—¿Prescott? —dijo alguien—. ¿Qué demonios haces merodeando por aquí abajo?

Will se giró. *Simón*, pensó con asombro, casi dando un paso atrás. El joven que se estaba acercando se parecía tanto a Simon que era como mirar a un muerto a la cara.

—Lo siento —dijo Will—. Estaba buscando al conde de Sinclair.

—¿Estás buscando a mi padre? —Lo miró con extrañeza—. ¿Estás bien? ¿Es el calor, Prescott? Tienes mala cara.

Es hijo de Sinclair, pensó Will, experimentándolo como otra sacudida en su cerebro. Era más joven que Simon, pero vestía de un modo más ostentoso, aunque tenía la misma piel clara y el mismo cabello rizado y oscuro.

No era Simon. Era el hijo menor. Phillip.

Dios, era una versión juvenil de Simon, más delgado y culto. Suponía que ambos se parecían a su padre, que el sello imperfecto de Sinclair estaba en sus rasgos.

Su mente corrió en múltiples direcciones. A juzgar por la reacción de Phillip, Sinclair no estaba allí. Pero ¿por qué? ¿Por qué enviaría Sinclair a su hijo y se quedaría en Londres? ¿Sabía algo que Will desconocía? Sintió el abrupto aleteo de un nuevo peligro, la sensación de que los planes de Sinclair siempre eran mayores de lo que pensaba.

Al mismo tiempo, no pudo evitar mirar a Phillip, como si pudiera ver a Sinclair en él, como si pudiera desgranar algún fragmento crítico de información solo observando los planos de su rostro o el corte de su cabello.

Will se llevó la mano a la sien y le ofreció una sonrisa burlona.

—Sí, creo que es el calor.

—Te dije que en este maldito país hacía demasiado calor —le dijo Phillip—. No sé por qué viene aquí la gente. Sería mejor meterse en un horno.

—Buscaré algún sitio fresco donde recuperarme. —Will hizo lo que esperaba que fuera el gesto de un viejo abanicándose con la mano.

—Buena suerte —dijo Phillip sin mucho entusiasmo.

Will se dirigió al carruaje más elegante. Era el único vehículo por el que la caravana se detendría y por tanto se convirtió en el objetivo de su sabotaje. Tenía que ralentizar su avance hacia la montaña. Seguramente no provocaría una pausa de más de algunas horas, no si los mecánicos eran hábiles. Pero, cuando terminó con el carruaje, se dirigió a las carretas de provisiones e hizo todo lo que sabía efectivo.

Estaba rodeando la segunda carreta cuando una voz lo atravesó, abrupta y aguda.

—No entiendo por qué tengo que quedarme en el carruaje —estaba diciendo Elizabeth—. Si tú vas a ir al palacio, ¿no debería ir yo también?

—Tú no estarás a salvo en el Palacio Oscuro —contestó una segunda voz, una que hizo que Will se detuviera, se girara y mirara, porque lo que estaba viendo no podía ser real.

Elizabeth estaba sentada sobre la hierba, con un vestido de muselina blanca extendido a su alrededor. Tenía en la mano un palo y lo miraba con ferocidad, frunciendo el ceño.

La chica que estaba sentada frente a ella era…

—¿*Katherine*? —susurró Will, desconcertado.

No podía ser ella. No podía serlo. Estaba muerta. Él había estado junto a su cuerpo durante horas, blanco e inmóvil y frío como la piedra. En su cuerpo sin vida no entró aire ni una sola vez. No obstante, el cabello dorado y su extraordinario perfil eran inconfundibles.

Las miró, observó la surrealista y bucólica escena de las dos hermanas bajo la luz del sol. Era como si se le hubiera concedido un deseo no pronunciado y el tiempo hubiera retrocedido a un momento en el que las dos estaban a salvo, sin que su oscuridad las tocara.

Viva. Después del primer momento de desconcierto y confusión, brotó en él una extraña y dolorosa esperanza. Quizá... quizá estaba bien, había estado siempre bien. No la había matado. Lo de Bowhill fue una confusión y Katherine sobrevivió a la espada. Se quedó paralizado en el sitio, mirándola.

Se sentía como un mirón, como un huérfano mirando una familia a través de la ventana. Él no era su hermano y, a pesar del milagro que hubiera sucedido en Bowhill, ellas no lo querrían. Pero el deseo estaba allí, intenso. Se le ocurrió que, si las saludaba como Prescott, no lo reconocerían y quizá podría sentarse e incluso charlar con ellas. A Katherine le había gustado antes de descubrir qué era.

Al otro lado de la verde pendiente, Katherine levantó la mirada y lo vio.

Pareció suceder todo a la vez: sus ojos se encontraron y los de ella se llenaron de sorpresa; se levantó y fue hacia él con una zancada enorme e inusual; acortó la distancia entre ellos y extrajo una espada de una correa que llevaba a la espalda.

Sintió un miedo frío, primitivo. Will retrocedió tan pronto como vio la espada, pero él no era un guerrero. Ni siquiera podía controlar especialmente bien el cuerpo de Prescott. Se tambaleó, como lo hacía en las pesadillas en las que una mano distinta blandía un cuchillo. *Madre, no. Madre, soy yo.* En otra zancada, ella cayó sobre él.

—*Tú* —dijo Katherine.

Y atravesó su cuerpo con la espada.

El dolor estalló en su estómago con una oleada de humedad y sangre que lo tiró al suelo, arrancándole el aire. Intentó agarrarse la herida con las manos y se las cortó con la espada que tenía en las entrañas.

Apenas era consciente de los gritos de Elizabeth.

—¿Qué estás haciendo? ¡Es Prescott! ¡Ese es Prescott!

Katherine se encorvó sobre él, con una rodilla contra su abdomen y la cara salpicada de sangre y retorcida por el odio.

—Esto es lo que voy a hacer contigo —dijo Katherine en la antigua lengua—. Una y otra vez, hasta que todos los esbirros a los que poseas estén muertos.

Su voz sonaba endurecida por una nueva cadencia; sus ojos lo miraban con frialdad.

—Seré yo quien te mate. Quiero que lo sepas. —Apretó las manos en la empuñadura—. Quiero que sepas que soy yo, Visander, el campeón de la reina. Y que así será tu muerte a mis manos.

Y le retorció la espada en las entrañas.

Will se atragantó con la sangre. Era un chico en el cuerpo de un viejo. Con horror y una cortante agonía, levantó la mirada.

Vio a un hombre mirándolo desde los ojos de Katherine, lleno de odio. Había un hombre en el cuerpo de Katherine. Aquella no era ella; había otra persona habitándola. Un guerrero enviado desde el mundo antiguo para matarlo.

Will despertó en la montaña, jadeando. Rodó y se agarró el estómago, un agujero abierto en sus tripas que no estaba allí. Su cuerpo estaba intacto; la horrible herida abierta había desaparecido. No obstante, su cuerpo entero se encorvaba sobre ella, sintiéndola como si todavía estuviera allí. Estaba muerto, estaba muerto, estaba…

Solo en la montaña, levantó la mirada y vio el símbolo que había trazado en la tierra, la S, ahora quemada como si hubiera marcado el terreno.

—Sé qué es la muerte blanca —dijo Will.

Se sentía como si lo hubieran apuñalado, inseguro en su propio cuerpo. Necesitó toda su voluntad para no presionarse el abdomen con las manos en el punto por el que lo habían atravesado.

Tuvo que obligarse a concentrarse en dónde estaba y en lo que había descubierto, un fragmento de información que había apresado mientras estaba, jadeante y desorientado, en el lecho del bosque.

Los demás se habían reunido alrededor de una de las largas mesas de madera de la *osteria*. James estaba sentado con la espalda apoyada en la pared, mientras que Grace y Cyprian seguían en pie, como dos centinelas. Los había llamado a ellos primero, reacio a enfrentarse a Kettering o Ettore, al menos por el momento.

—Will, ¿estás bien?

Habían pasado horas. Horas malgastadas tambaleándose por el bosque, apoyando su peso en los troncos de los árboles. Moviéndose de uno a otro, había conseguido regresar a la aldea.

Grace lo estaba mirando con mayor preocupación que la noche en la que atacaron el alcázar. Solo podía imaginar qué aspecto tenía. *Muerte.* La palabra entró en su mente junto con la repentina sensación de ser apuñalado.

Se obligó a alejarla de sus pensamientos. Aquello era demasiado importante.

—Tenemos que evacuar. Tenemos que sacar a todo el mundo de la aldea. No podemos quedarnos a luchar. No podemos dejar que nadie se quede cerca de la excavación. Tenemos que alejarlos tanto como sea posible.

—¿De qué estás hablando? —Cyprian tenía los ojos muy abiertos.

Will no podía dejar de ver a Katherine. El rostro de Katherine, sus ojos, desde los que miraba otra persona. Había deseado con todas sus fuerzas que estuviera viva. Había deseado con todas sus fuerzas que todavía estuviera en algún sitio de aquel cuerpo. Pero no podía evitar pensar en la inscripción de Ekthalion: *La espada del Campeón otorga el poder del Campeón.*

—El ejército de muertos... no es solo un ejército de guerreros —dijo Will—. Es un ejército que posee a la gente.

Katherine... Su rostro era el mismo, pero sus movimientos, incluso su postura, era diferente. Y su expresión... había estado llena de odio, un odio nuevo, perteneciente a un guerrero que cerró sus ojos en el mundo antiguo y los abrió en este. *Soy Visander, el campeón de la reina. Y así es como morirás en mis manos.*

—Preguntaste qué forma asumiría el ejército. Será así: los llegados del mundo antiguo no solo son Renacidos. Hay otro modo de volver. Puedes regresar en el cuerpo de otra persona.

Miró las expresiones desconcertadas de los demás mientras asimilaban lo que estaba diciendo.

—No serán Renacidos. Serán Retornados.

—Estás hablando de posesión —dijo James.

Will asintió.

—La muerte blanca es la primera señal de que alguien que murió en el pasado está regresando al cuerpo de alguien en el presente.

Se había quedado durante horas con Katherine y no había visto rastro de vida en ella. No se había incorporado, como si despertara de un sueño. Estaba muerta, petrificada como la piedra blanca. Recordó el relato de Nathaniel sobre Ouxanas, la Siervo Suprema que estuvo desaparecida durante tres días y a la que daba por muerta. Hasta que regresó y había cambiado.

—El Retornado debe estar latente un tiempo breve —dijo Will—. Quizá para adaptarse al cuerpo. Y después despierta.

La muerte blanca parecía ser una especie de hibernación mágica durante la que la piel se petrificaba como modo de protección, como una cáscara de huevo o una crisálida, hasta que el Retornado estaba listo para emerger.

—Aquí no —dijo Grace—. Los locales queman los cuerpos.

Como lo hacían los Siervos. De repente, las viejas costumbres cobraron sentido, una práctica cultural nacida de un horrible conocimiento: que los muertos podían regresar. Pero no sin una vasija. Al quemar el cuerpo, mataban al Retornado. ¿Cuántos habían muerto así? ¿Cuántos habían abierto los ojos en el nuevo mundo solo para descubrir que los estaban quemando vivos?

Pero a Katherine no la habían quemado: la enterraron en un ataúd. Se la imaginó abriendo los ojos bajo tierra, atrapada en un espacio pequeño y oscuro. Tuvo que obligarse a recordar que no era Katherine. Dios. Él la había dejado allí y aquella cosa despertó en su cuerpo.

—Si se libera ese ejército, habrá una oleada de muertes, cientos de miles de personas que caerán por la muerte blanca y después regresarán como Retornados. Serán su ejército. El pasado estará aquí para asaltar el presente.

Eso explicaba por qué no estaba allí Sinclair, por qué había enviado a su hijo en su lugar. Había un gran poder que tomar, pero también un gran riesgo que asumir.

Parecía que el mundo antiguo estaba regresando, igual que había vuelto el Retornado que había en Katherine: por él.

Cyprian había palidecido.

—¿Estás seguro?

Fue James quien contestó.

—Tiene sentido, ¿no? Renacer es arriesgado. Hay un parto y después eres un niño. No recuerdas quién eres. Y eres vulnerable. Estás solo. Mirad lo que les pasó a los niños de esta aldea. —No dijo: *Mirad lo que me pasó a mí*—. De este modo, regresan a un cuerpo adulto sabiendo quiénes son.

Se quedó sin decir qué más sabrían al regresar. ¿Les habría dado instrucciones el Rey Oscuro? ¿Cumplirían sus planes? Will se estremeció ante la idea de enfrentarse a las órdenes de su predecesor tan directamente; luchar contra él desde una distancia de siglos ya le había costado demasiado.

—Entonces, ¿qué hacemos? —Cyprian habló por los demás—. No podemos luchar contra un ejército que puede poseernos.

—¿Te apuestas algo? —dijo una voz conocida desde la puerta.

CAPÍTULO CUARENTA Y TRES

En tres zancadas rápidas, Will la rodeó con los brazos en un fuerte abrazo y Violet cerró los ojos y lo sintió, caliente y real contra su cuerpo, vivo, aunque temía que no lo estuviera.

—Nos has encontrado —dijo Will, y ella lo abrazó más fuerte.

Era estupendo verlo. Era estupendo ver a todo el mundo. Violet se apartó por fin, se secó los ojos y le dio a Will un puñetazo en el hombro que le hizo perder un instante la sonrisa. Lo había echado mucho de menos.

Había crecido en las semanas que habían pasado separados y tenía el cabello negro un poco más largo, apenas lo suficiente para ser demasiado largo para su corte. Pero había otro cambio que no conseguía nombrar, una diferencia en su postura. Le recordó al aspecto que había tenido al hacerse cargo después de la masacre del alcázar, como si tuviera el instinto de un líder y no lo escondiera.

Cuando miró a su alrededor, vio a Grace y a Cyprian y, para su sorpresa, Cyprian también le pareció diferente. Seguía siendo tan guapo como el mármol tallado, pero su escultórica rigidez había desaparecido, como si ahora formara parte del mundo un poco más. Entonces hizo algo que jamás habría esperado. Se acercó, siguiendo el ejemplo de Will, y la abrazó, con tanta ferocidad que se quedó extrañamente sin aliento.

—Cyprian —dijo con sorpresa, y le devolvió el abrazo, y eso también la sorprendió, como si ambos hubieran cambiado sin que ella se diera cuenta. Nunca habría esperado que él la rodeara con los brazos por voluntad propia.

—No dudaba de tu fuerza —le dijo Cyprian, con su habitual franqueza—, pero he pensado en ti a menudo y me alegro de que estés aquí.

Tenía las mejillas un poco sonrosadas. Violet intentó no pensar en lo que Will y los demás parecían al mirarlos.

—Yo también —dijo Grace con un cariñoso asentimiento como saludo.

—Puedo tomarte o dejarte —dijo alguien, y se giró para ver a James St. Clair.

Las diferencias en James la inquietaron más. Todavía parecía un joven aristócrata vestido con ropas elegantes, pero, si te fijabas bien, estaba un poco desaliñado, como si no solo hubiera usado aquella chaqueta para el almuerzo. ¿Y se equivocaba o parecía un poco menos alerta? No, no menos alerta, sino más... cómodo. Estaba apoyado despreocupadamente contra la pared, exactamente como lo recordaba, pero ya no parecía un intruso. El tiempo que había pasado con los demás lo había convertido en uno de ellos y eso la perturbaba.

Durante un momento, en lo único en lo que pudo pensar fue en las palabras de Marcus: *No es redimible. Nos matará si no lo matamos nosotros.*

—¿Qué pasó? —le estaba preguntando Will—. ¿Es cierto que te tuvieron prisionera en Calais?

Violet se deshizo de sus pensamientos y dejó la mochila en una silla cercana.

—Esto es algo que tenéis que ver todos.

Como James estaba presente, dejó guardado el diario de Marcus y sacó de su mochila el fajo de papeles sueltos, ilustraciones y anotaciones en francés y latín. Al verlo, los demás retrocedieron, desconcertados.

Incluso su retrato tenía una presencia aterradora, como si fuera a salirse del dibujo. Se alzaba sobre la oscuridad que escupía la montaña, sin duda capitaneándola, con un cayado levantado en las manos. Cuernos negros de sombra se curvaban en su yelmo y en él... Violet clavó los

402 • EL HEREDERO OSCURO

ojos en el espacio oscuro del casco negro en el que debían estar sus ojos. El artista había dibujado solo un vacío negro. Si se quitaba el yelmo, ¿cuál sería la devastadora visión de su rostro?

—Es él —dijo James, pálido.

—No es original —dijo Grace—. Es una copia. Seguramente lo han copiado centenares de veces desde que fue dibujado. No sabemos qué errores podrían haber introducido en la imagen.

—Es él —repitió James.

Aquello era incluso más aterrador: que el Rey Oscuro siguiera teniendo poder sobre James incluso desde una copia descolorida. Violet pensó en Sinclair, en la versión muchas veces diluida. Las palabras de Marcus regresaron a su mente: *James solo quiere sentarse junto al Rey Oscuro en su trono.* ¿Era el linaje de Sinclair lo que había atraído a James?, se preguntó. ¿Se sentía llamado por la Oscuridad? ¿Por eso había buscado a Sinclair tras marcharse del alcázar?

—He descubierto qué busca Sinclair. —Violet extendió los papeles y les contó lo que había descubierto en ellos y gracias a Leclerc—. Me retuvieron en el viejo *chateau* familiar de los Gauthier, a las afueras de Calais. La familia Gauthier... no solo estaba obsesionada con el Collar. Había otra cosa que estaban buscando: el cayado del Rey Oscuro, al que llamaban *potestas tenebris*.

—El poder de la oscuridad —dijo Grace. Deslizó el dedo por la ilustración—. Aunque aquí es *potestas imperium*, el poder de comandar. —Miró a Violet—. ¿El cayado?

En el dibujo, unas líneas oscuras conectaban el objeto con la horda de abajo.

Violet asintió.

—El cayado. Dirige a las tropas y está en el interior del palacio. Debajo del trono. En las...

—Mazmorras —dijo Will.

Ella lo miró, sorprendida. El nombre la había perturbado, pero fue aún más perturbador ver en los demás la expresión de serio reconocimiento de Will.

—Habéis estado allí —se dio cuenta.

—Era una prisión —le explicó Will—. Ahora aloja al ejército del Rey Oscuro, esperando despertar.

Las pocas imágenes del ejército que Violet había visto en la colección de Gauthier eran aterradoras. Tomó aliento.

—Bueno, la familia Gauthier creía que ese cayado estaba oculto en el mismo lugar.

—¿Y Sinclair lo sabe? —le preguntó James.

Violet asintió.

—Por supuesto que lo sabe —dijo Will—. Va a usar el cayado para despertar al ejército. Y para dirigirlo, como si fuera el Rey Oscuro.

—No podemos dejarle hacer eso —replicó Violet—. Poseerá los cuerpos de todos los de esta región.

—Lo encontraremos antes de que él lo haga —dijo Will—. Y lo usaremos para detener a las tropas de una vez por todas.

—¿Quieres volver a entrar allí? —le preguntó James—. Nadie puede usar la magia en la fosa. Estaríamos en igualdad de condiciones con Sinclair.

—Razón de más para llegar hasta el cayado antes de que lo haga él.

Will hablaba con certidumbre, como si estuviera decidido. Él no sabía lo que ella sabía, el horrible misterio al que la familia Gauthier se había enfrentado. La razón por la que nunca habían buscado el cayado ellos mismos.

La razón por la que Sinclair había capturado a Marcus y había esperado a que se convirtiera.

Violet negó con la cabeza.

—Solo una criatura de la Oscuridad puede acercarse a él. Todos los demás morirán. Esa es la razón por la que las fuerzas de la Luz no lo destruyeron cuando mataron al Rey Oscuro. No pudieron acercarse.

Sabía que Will recordaba el poder corrosivo de una única gota de la sangre del Rey Oscuro, que había destrozado el *Sealgair* y podrido a sus marineros desde el interior. ¿Podía ser peor la fuente de su poder?

—Los Siervos se vieron obligados a vigilarlo —dijo Cyprian despacio—. No podían acercarse lo suficiente para destruirlo, así que lo único que pudieron hacer fue vigilarlo durante generaciones. Era demasiado peligroso para olvidarlo.

—Como el Cáliz —dijo Grace.

—Como el Collar —añadió James, frunciendo el ceño.

—Y, cuando el ejército despertó, lo único que pudieron hacer fue enterrar el palacio bajo la montaña y esperar que no lo encontraran nunca. Eso fue lo que Nathaniel nos contó —dijo Cyprian con gesto preocupado.

—No puedes enterrar el pasado —dijo Will.

Tenía razón. El pasado siempre se filtraba en el presente. Sentía su propio pasado aplastándola: un país en el que nunca se había permitido pensar, una serie de recuerdos tempranos a la que no quería enfrentarse.

—Entonces… necesitamos una criatura oscura —zanjó.

—James —sugirió Cyprian.

—Oh, muchas gracias —dijo James.

—No. —Will dio un paso adelante, protector—. Podría morir; no me arriesgaré. Antes de servir al Rey Oscuro, era de la Luz.

Violet recordó a Will en el alcázar, solícito mientras James se recuperaba. Abrió la boca para hacer un comentario, pero Will continuó:

—Además, necesitaremos a James para abrir la puerta.

—¿Qué? —James giró la cabeza.

—¿La *puerta*? —replicó Violet.

—Tenemos que sacar a los lugareños de aquí. Eso no ha cambiado. No dejaremos que ese ejército asole estas localidades y posea a su gente. Tenemos que evacuar la aldea. Y no solo la aldea, también la excavación. Todo lo que haya alrededor. Los soldados de ese ejército poseerán a todo el que encuentren.

¿Evacuar la región? No parecía posible. Sería una movilización ingente, si es que conseguían convencer a la gente de que los peligros contra los que la advertían eran reales.

Y debajo acechaba otra idea, más oscura. *Eso nos incluye a nosotros. El ejército podría poseernos también a nosotros.*

—Ettore —dijo Grace.

—¿Qué? —Violet se giró hacia ella.

—Es una criatura de la Oscuridad —dijo Grace—. O tiene una en su interior. Tiene una sombra. Él podría acercarse al cayado del Rey Oscuro sin que le costara la vida.

Lo dijo con la tranquilidad del anuncio de un jenízaro. No se dirigió a Violet, sino a Will, como si hubieran compartido muchas conversaciones así en las semanas que llevaban allí.

—Solo con Ettore puedes evitar lo que va a suceder —citó Will.

—Tengo la teoría de que su sombra lo hace también inmune a la muerte blanca —dijo Grace.

—¿Por qué? —preguntó Violet.

Fue Will quien respondió.

—Porque una sombra lo está poseyendo ya. —Sus palabras la hicieron estremecerse—. Como mínimo, un Retornado tendría que luchar contra su sombra para poseerlo.

La imagen de un Retornado peleando con una sombra para poseer a un Siervo era inquietante. Dos parásitos luchando por un anfitrión.

—No vamos a darle a *Ettore* el poder de dirigir a las tropas de la Oscuridad —dijo Cyprian, y, durante un instante, Violet creyó ver también en Will un destello de desagrado ante la idea—. Es un mercenario y un borracho. No es de fiar.

—¿No nos envió a buscarlo aquí la Siervo Mayor? ¿No deberíamos confiar en ella para que nos guíe en nuestra misión? —replicó Grace.

Cuando Violet volvió a mirar a Will, su expresión ya no era legible. Había adoptado la actitud despreocupada y amable con la que a veces se dirigía a los demás.

Como si dijera *Tienes razón*, Will dijo:

—Hablaremos con Ettore.

—Ni de coña —dijo Ettore. Apoyó los pies en la mesa.

Con su cabello oscuro y un destello divertido y cínico en los ojos, Ettore estaba sentado en una de las barricas de fuera, bebiendo alcohol. Tenía tanto bozo que era casi una barba y parecía que no se había cortado el cabello en un año. Estaba vestido como uno de los muchos bandoleros que Violet había evitado en los caminos de montaña, con sucia ropa de cuero y una camisa mugrienta, medio abierta para mostrar los fuertes músculos de su torso, ahora relajados. Y, cuando le dijeron lo que sabían, él solo resopló.

Grace frunció el ceño, como si aquello no hubiera sido parte de su plan.

—¿Qué significa *ni de coña*?

—Significa que ni de coña voy a entrar en ese sitio para recuperar para vosotros un objeto oscuro que podría matarme. Eso no va a pasar.

Tras descubrir que Ettore era el último Siervo que había sobrevivido, Violet se lo había imaginado como una versión italiana de Justice, pero Ettore no se parecía en nada a él. Mientras lo miraba, levantó su petaca de nuevo, se llenó la boca de licor y se lo tragó exageradamente. El olor de la bebida era lo bastante fuerte para llegar hasta ella, a seis pasos de distancia. Decía con claridad: *Hemos terminado.*

—La Siervo Mayor nos envió a buscarte —dijo Cyprian—. Nos dijo que tú tendrías parte en todo esto.

—La Siervo Mayor nunca hizo nada por mí, chaval. —Ettore se encogió de hombros.

—Tienes una sombra en tu interior —le dijo Cyprian—. Una fuerza oscura que acortará tu vida. Hiciste ese sacrificio cuando te convertiste en Siervo. ¿No quieres que sirva para algo?

Ettore lo miró, haciendo una mueca.

—¿Que sirva para algo? ¿Crees que eso significa algo? Bebí del Cáliz, ¿sabes qué significa eso? Significa que me jodieron, como al resto. Significa que un día seré una sombra, un asesino sin alma, un sirviente sin mente de la Oscuridad para toda la eternidad. Hasta entonces, vivo mi vida. Lo poco que me queda de ella.

—Entonces hazlo por tus hombres —le pidió Cyprian.

—Mis hombres y yo atravesaremos esa puerta con el chico guapo. —Ettore señaló a James con el pulgar.

—El Salto de Fe —dijo Cyprian.

Violet no conocía ese nombre. Siguió concentrada en Ettore. El bandolero estaba mirando a Cyprian con una expresión extraña y medio burlona en la cara. No podrían ser más diferentes. Se preguntó si Ettore veía en Cyprian una versión antigua de sí mismo. En cierto momento tuvo que creer o jamás habría bebido del Cáliz.

—Es mejor confiar en una puerta que hacerlo en los Siervos —dijo Ettore mientras Cyprian fruncía el ceño.

—No podemos obligarte a ayudarnos —dijo Will.

—Eso es verdad, no podéis —replicó Ettore, levantando la petaca en un pequeño brindis.

Lo dejaron bebiendo en la plaza y regresaron a la sombra del toldo para intentar encontrar un modo de continuar sin él.

—Es inusual que la Siervo Mayor se equivocara —dijo Grace, como si no lo comprendiera—. Puede que Ettore tenga que interpretar otro papel, uno que todavía desconocemos.

—O puede que solo sea una sabandija —dijo Violet.

—Lo has captado a la primera —contestó Cyprian.

Violet miró a Will. Tenía el mismo semblante tranquilo que cuando sugirió hablar con Ettore; no parecía preocupado o consternado después de que este se negara a ayudarlos. Lo esperaba o algo así.

—Nada ha cambiado —dijo Will—. Nuestra primera tarea es evacuar la montaña y evitar que Sinclair llegue al palacio. James, tú le abrirás la puerta a los que se marchan mientras nosotros interceptamos a Sinclair y lo detenemos antes de que llegue aquí.

La cavernosa *osteria* de piedra no era muy distinta de la bodega en la que la habían retenido debajo de la mansión Gauthier. Tenía el mismo techo abovedado e incluso su propia colección de barriles. Las mesas donde los lugareños se sentaban a comer estaban vacías, lo que parecía un presagio extrañamente siniestro. Pronto, la aldea estaría vacía. La región estaría vacía. De un modo u otro.

—Lo siento —dijo Will—. Yo debería haber estado allí.

—Conseguí salir —le dijo, negando con la cabeza—. Estoy aquí.

—Tú viniste a por mí; yo debería haber ido a por ti.

Él siempre era así, pensó. Como si estuviera dispuesto a remover cielo y tierra para ayudarla.

—No fue necesario. Escapar fue fácil. —Y le dedicó una sonrisa.

Will respondió con otra sonrisa, pero algo más atravesó sus ojos brevemente.

En realidad, quería contarle cuánto había temido no conseguir llegar a tiempo. Quería hablarle de la señora Duval, contarle que debía quedarse y completar su entrenamiento. Quería hablarle del diario de Marcus. Quería contarle lo que había descubierto sobre su madre.

Echaba de menos las noches que habían pasado en el Alcázar de los Siervos, tumbados en la cama, intercambiando historias sobre lo sucedido en el día.

Él también asesinó a mi familia. No era el momento adecuado la víspera de una batalla. Ni siquiera estaba segura de cuánto de ello era cierto. Había partes de lo que la señora Duval le había contado (las partes sobre Tom, sobre su destino) que todavía no quería creer. En cuanto al resto, en cuanto a…

… su madre…

Su vida antes de llegar a Inglaterra había sido siempre un espacio que había mantenido cuidadosamente en blanco. Siempre que alguien de su familia hablaba de la India, ella fruncía el ceño y se miraba los pies o se marchaba de la habitación. Ahora ese espacio en blanco estaba cobrando vida con los cambiantes destellos de los recuerdos olvidados y con unos sentimientos intensos que no sabía cómo llamar.

En lugar de eso, desenvainó Ekthalion.

Will clavó los ojos en la espada. Había sido forjada para matar al Rey Oscuro y su presencia era inquietante. Se había despojado de la sangre del Rey Oscuro, pero todavía irradiaba un propósito letal. Violet sintió su peso en las manos.

—He descubierto más cosas de las que sabía de la historia de Rassalon —le contó—. La señora Duval dice que fue un auténtico León, el último León de verdad. Dice que un verdadero León podría luchar contra lo que hay bajo la montaña. —Violet miró a Will—. Sabemos que el escudo de Rassalon puede enfrentarse a las sombras. Creo que hay un modo en el que nosotros, el León y la Dama, podríamos luchar contra lo que hay debajo de la montaña. —Le ofreció la espada.

Will tenía los ojos muy oscuros y abiertos y solo por un momento parecía que iba a suplicar piedad, una expresión hechizada que nunca le había visto antes. Pero la expresión se disipó. Lo vio tomar y expulsar aire, aspirar temblorosamente, como si estuviera decidiendo algo. Después se acercó y pasó la mano por la plateada hoja de Ekthalion. La miró.

—Deberías quedártela —le dijo.

—Yo no soy el campeón —replicó Violet.

—¿Estás segura de eso? —le preguntó con una sonrisa irónica.

—Fue forjada para alguien —le contestó—. Y ese alguien no soy yo.

Will mantuvo la mirada fija en ella.

—No confío tanto en nadie más —le dijo Will—. Tú eres la única que sé que hará lo correcto.

Violet levantó Ekthalion y la movió bajo la luz. Su plateada longitud brilló.

—Espero no tener que usarla nunca.

—Yo también —dijo Will.

CAPÍTULO CUARENTA Y CUATRO

Will hizo las rondas finales mientras el sol comenzaba a ponerse.

Los preparativos no eran ahora para el combate, sino para la evacuación. Se empaquetaron provisiones con las que cargar los burros y se ataron trineos para desplazar a los ancianos, que, de lo contrario, serían demasiado lentos. Will intentó no pensar en los que se quedaban, obstinadamente determinados a quedarse en sus casas, por imprudencia o incapacidad de creer en lo que se avecinaba. Ahora solo había un camino que seguir. Los evacuados se dirigirían a la puerta, mientras que un grupo más pequeño atacaría la caravana de Sinclair para detenerla antes de que consiguiera llegar al palacio.

—Tú conoces las viejas costumbres —le dijo a Rosati, que dirigía a un pequeño grupo, organizando a quién debían seguir en la montaña—. Quemad cualquier cuerpo que encontréis que pueda haber contraído la muerte blanca. Pero, si veis que los hombres con los que estáis empiezan a caer…

—Si los vemos caer, ¿qué?

—Corred —terminó Will.

Rosati asintió. Will se acercó a un grupo de barriles que había fuera de la *osteria*, donde un grupo de bandoleros se había sentado para tomar un último trago.

—El botín nos durará hasta que seamos demasiado viejos para gastarlo —oyó decir a uno.

—Yo me compraré una casa con una bodega llena de vino —dijo otro.

—Yo le compraré un traje nuevo a mi padre —dijo un tercero.

Una sensación dolorosa se instaló en él.

—Cuando la puerta se abra, pillaréis desprevenidos a los hombres que todavía se encuentren en el alcázar. —Los bandoleros se detuvieron y lo miraron—. Abatidlos con rapidez y tendréis el botín que queréis. Una ciudadela entera.

—Por el dinero. —El primer bandolero levantó el vaso—. Que dure más que nosotros.

Will encontró a Cyprian despidiéndose de los últimos doce jinetes que iban a advertir a los pueblos y aldeas vecinas. Necesitaban que la región estuviera tan vacía como fuera posible. Fue Will quien buscó a los emisarios, hombres y mujeres que tenían familiares o amigos en las poblaciones cercanas y cuyas advertencias tendrían al menos una oportunidad de ser creídas.

Había muchas cosas que quería decirle a Cyprian, que había cumplido sus órdenes desde que regresó al alcázar. Lo había visto transformarse de un protegido y furioso novicio a un leal teniente que estaba haciendo todo lo posible por adaptarse al mundo exterior. Cyprian se mantenía fiel a su deber, a la promesa de una misión más importante, y Will lo admiraba por ello. Pero, cuando el joven se giró y lo vio, Will solo habló de cosas prácticas.

—Acercarse a los carruajes de Sinclair será demasiado peligroso. No sabemos quién o qué tiene protegiéndolo. Tendremos que atacar a distancia.

—Tenemos pistolas, mosquetes y arcos —dijo Cyprian—. Y soy un buen tirador.

—Déjame adivinar —dijo Will—. El mejor arquero de los novicios.

—Sí.

No estaba presumiendo; solo era un hecho, y no era consciente de lo arrogante que podía sonar. Era algo muy típico de Cyprian, que seguía haciendo los ejercicios de los Siervos cada mañana, como una figura elegante y solitaria.

—No cambies nunca —le dijo Will, con la dolorosa sensación de nuevo en su interior.

Grace estaba supervisando el transporte de suministros: trineos, burros, hatos y montones de posesiones terrenales. Al día siguiente, mientras los bandoleros acompañaban a James y a los aldeanos a la puerta, ella cabalgaría con Cyprian y los demás para unirse a la pelea contra Sinclair.

—Si me pasa algo, tienes que tomar el mando —le dijo Will—. Tienes que liderarlos y, si no pueden ganar contra Sinclair, tienes que sacarlos de aquí.

—Yo —dijo Grace.

—Así es.

Le echó una larga mirada, como si intentara entenderlo. Él la miró con firmeza.

—De acuerdo —fue todo lo que ella dijo.

Y después, cuando eso estuvo zanjado, Will caminó por la estrecha calle adoquinada con sus edificios de piedra gris agrupados a cada lado hasta que se convirtió en un camino de tierra que subía la escarpada pendiente hasta la desmoronada torre que se cernía sobre la aldea.

James estaba mirándolo; su cabello rubio brillaba con la última luz del ocaso. Lo único que James tenía que hacer era conservar las fuerzas para abrir la puerta al día siguiente. Estaba apoyado en un saliente de piedra y el pueblo se extendía ante él. Los lazos enredados que los ataban se tensaron como un cable brillante.

Había algo imposible en su belleza. Encajaba con el atardecer, como si él formara parte de la luz que estaba abandonando el mundo. *La tierra estaría fría y oscura si tú no existieras*, pensó Will. Al verlo, se sintió perdido para siempre ante el conocimiento de que James era lo único que había querido en su vida pasada y lo que nunca podría poseer en esta. James se echó hacia atrás y lo contempló con el mismo cariño con el que Anharion había mirado a Sarcean.

—Llévame —le pidió—. Llévame contigo para luchar contra Sinclair.

Will se dio cuenta de que, desde aquel punto, James habría estado observándolo mientras hablaba con cada uno de los grupos de la aldea. Pero ni siquiera James lo comprendía.

Will mantuvo un tono casual.

—Te necesitamos en la puerta.

—Desde la puerta no podré protegerte.

Calidez. Era como ahogarse en la caliente luz del sol. Se sentía egoísta por desear tanto aquello, por aceptarlo bajo un falso pretexto.

—Estás preocupado por mí —le dijo, con un pequeño manantial de aquella luz dorada.

James frunció el ceño y no lo negó.

—Yo...

—No te preocupes —le pidió—. Voy a detener todo esto.

—Siempre estás muy seguro.

—Es cierto.

Miró y descubrió que, además del pueblo, podías ver la montaña, y en algún sitio de esa montaña estaba la puerta. Al día siguiente, James subiría la montaña y Will la bajaría solo.

—Si esos soldados despiertan, me reconocerán. —Como Will no contestó, James se giró para mirarlo—. Si recuerdan el mundo antiguo, me *reconocerán*.

—Como lo hizo Devon.

—Ese estúpido castrado. Sí.

El ejército también lo reconocería a él, como lo había hecho Devon. Devon lo reconoció en el momento en el que entró en la tienda de marfil de Robert Drake. Y, si su ejército lo reconocía, sus amigos descubrirían de inmediato quién era. James descubriría quién era.

—Yo te conozco —dijo Will, y los ojos de James se llenaron de sorpresa—. La gente a la que vas a llevar a la puerta... Sé que no la abandonarás. Sé que harás todo lo que puedas para protegerla. Eso es lo que eres, ¿sabes? Un protector.

James tenía los ojos muy abiertos, como si nunca antes hubiera recibido ese tipo de cumplido y no supiera qué hacer con él.

—Lo veo en ti —le dijo Will—, aunque tu padre no lo hiciera. Sé a lo que has renunciado para luchar en este bando.

James se giró como si sus sentimientos lo abrumaran, y era aquello lo que Will quería proteger, aquella parte de James que se veía tan pocas veces.

—Yo no… Con Simon. Eso era mentira —le dijo James, de espaldas.

Will se sonrojó al entender lo que James quería decir.

—Lo sé.

—Él quería, como muestra de poder, pero estaba demasiado asustado para tocarme. Todos lo estaban. Pertenezco a una única persona, una ante la que todos se sienten aterrorizados.

El significado de lo que James estaba diciendo lo atravesó.

—Quieres decir que nunca…

James no contestó, pero se giró para mirar a Will y la verdad estaba allí, en su rostro.

Will no pudo esconder el tono codicioso de su voz.

—Le has sido fiel a él.

A mí. La idea de que James se hubiera mantenido puro para él era ilícita. Se había criado en la cultura de abstinencia de los Siervos y después se había mantenido casto mientras pensaba en su dueño. Era enfermizo y satisfactorio, pero al mismo tiempo se sentía celoso, ferozmente envidioso de su antiguo ser. Quería ser él por quien James hubiera hecho sus votos. Quería ser él quien lo hiciera romperlos, aunque sabía que esa promesa era también suya.

—Si él regresaba y yo sentía algo por alguien —dijo James—, estaría condenándolo a muerte.

Sería una sentencia de muerte para ese alguien, pensó Will. *El Rey Oscuro mataría a cualquiera que tocara lo que es suyo.*

—Me convencía de que estaba protegiendo a los demás… Pero mentiría si dijera que no estoy… que no estaba un poco enamorado de él. De la idea de él. El oscuro conquistador, que podía tener a cualquiera y me elegía a mí. Era muy joven.

—¿Y ocurrió? ¿Sentiste algo por alguien?

—¿Cómo habría podido? Nadie era como él —le explicó James—. Pensaba que de verdad iba a volver. La idea de ser para él era excitante. Era un modo de escapar de los Siervos, un modo de sentirme especial. Me había elegido el hombre más poderoso del mundo. Pero, cuanto más descubría, más me asustaba. Él era absorbente. Pensé…

—¿Qué? ¿Qué pensaste?

—Que acabaría conmigo. Y yo estaba corriendo hacia mi final. No podía ver más allá de él. Hasta que te conocí.

—James... —dijo Will.

Los ojos azules de James se clavaron en los suyos con una franqueza inusual y que sin duda le era difícil. Respiraba con dificultad mientras le ofrecía lo que nunca le había ofrecido a nadie.

—Toma lo que fue suyo. Demuestra que no tienes miedo. Y que tampoco lo tengo yo. Tenemos esta noche —dijo James—. Una noche antes del fin del mundo.

Como un hombre al borde de un precipicio deseando tirarse, James quería hacer algo que fuera irrevocable. Quería cortar su vínculo con el Rey Oscuro para siempre. Y Will también lo quería: deseaba dar un paso adelante y tomar lo que James le estaba ofreciendo, ansiaba tocar lo que otros no habían tocado, llevarlo a una verdadera rendición, saber lo que se siente al entregarse a otro.

Se apartó.

—No puedo —le dijo. Respiraba erráticamente.

—¿Por qué no? —le preguntó James—. Porque soy...

—No. No es por eso. Yo... Después —le dijo—. Cuando todo esto haya terminado. Ven a verme después.

Supo que James se daba cuenta de que no era un rechazo: era una oferta, una esperanza desesperada en el futuro... Un futuro en el que podrían ser ellos mismos, si es que eso era posible.

James sonrió y bajó las pestañas.

—¿Es eso una orden?

La pregunta atravesó a Will, caliente, y sus palabras salieron en una voz que apenas reconocía.

—¿Te gustaría que lo fuera?

—Yo... —James no contestó a la pregunta—. Quiero ser tuyo, no suyo.

Estaban acercándose de nuevo el uno al otro, acercándose al borde del precipicio.

—Yo también lo quiero.

—Bésame —le pidió James.

Dio un paso adelante y fue el turno de Will de usar las manos, de tocar el rostro de James y deslizar los dedos en su cabello. Era más tentador que el Collar, los labios de Anharion contra los suyos, pero no así, dulcemente dispuesto. Y ese pensamiento lo detuvo, aunque el beso parecía vibrar entre ellos. Apoyó la frente contra la de James, lo abrazó con fuerza.

—Will... —dijo James, sin poder evitarlo.

—Después —insistió Will—. Lo prometo.

Will esperó hasta que todos los demás estuvieron dormidos y después fue solo a las afueras de la aldea.

Para escabullirse de la *osteria* tenía que pasar junto a James, que dormía en uno de los catres junto a las ascuas de la chimenea. Cyprian no estaba lejos, también dormido; los improbables hermanos estaban en paz, para variar.

Rechazar a James lo había hecho pedazos. Todavía podía sentir el casi beso, su desconcertante posibilidad, su deseo de cerrar los ojos y dejarse llevar. Quería tenerlo, egoístamente, saber cómo era tener a James para él solo.

Pero no podría tener a James mientras Sarcean se interpusiera entre ellos. Will ni siquiera estaba seguro de que James lo deseara a él; quizá solo se sentía atraído por el eco de Sarcean. Podía ver las huellas que Sarcean había dejado en James. Habría sido muy sencillo poner sus dedos en todos esos lugares. James parecía un mensaje personal de Sarcean enviado a través del tiempo, una tentación deliberada, como si dijera: *¿Ves? Somos iguales.*

Se giró y miró la aldea por última vez. Su general Renacido, su León y su ejército estaban todos preparados para luchar. Había una parte de él que quería contestarle a Sarcean: *Son míos y no he necesitado obligarlos.*

No, solo los has engañado, parecía ser la divertida respuesta. No se dejó afectar por ella.

Quizá eran iguales. Pero esta vez sería diferente. Él haría que fuera diferente.

Le demostraría a esa voz burlona que él no era un Rey Oscuro. Confinaría a Sarcean en el pasado, pondría fin a sus planes, pondría fin a su influencia en el mundo. Y después sería libre para crear un nuevo futuro.

Dejó atrás la aldea y se adentró en las colinas cuajadas de árboles. Nadie lo detuvo. Nadie sospechaba de él; nadie lo había hecho nunca.

Llegó a un pequeño mirador desde el que podía ver la carretera y se detuvo.

Y esperó lo que sabía que se acercaba.

CAPÍTULO CUARENTA Y CINCO

Cuando la figura sombría salió de la aldea, Will estaba preparado.

Se le daba bien esconderse y mantenerse fuera de la vista, y salió en silencio de la cobertura nocturna de los árboles hacia el camino que tenía delante.

—¡Will! —dijo Kettering—. Yo solo…

Will miró el cabello bien peinado de Kettering y sus pulcras patillas, sus gafas y su discordante ropa de profesor.

—Eres uno de ellos —le dijo Will—. Un Retornado.

Kettering se empujó las gafas por el puente de la nariz, una costumbre cuando se ponía nervioso.

—¿Qué? Mi querido amigo, todos estamos nerviosos, todos estamos… Pero esto es…

—Los barracones —dijo Will.

—¿Qué? —replicó Kettering.

—En el palacio, tú conocías el camino a los barracones. Pero nunca habías estado allí. No en esta vida. Nadie lo ha hecho. Nadie conoce el trazado del palacio, pero tú guiaste a tus hombres directamente hasta la sala del trono. Y fuiste el único que no cayó ante la muerte blanca cuando llegaste allí.

Kettering estaba mirándolo fijamente.

—En la excavación, intentaste evitar que quemaran los cuerpos —dijo Will—. No comprendía por qué hasta que descubrí qué era la muerte blanca. Para ti, no solo estaban quemando cadáveres. Estaban…

—Matando a mis compatriotas —dijo Kettering.

Su rostro había cambiado mientras Will hablaba. El corazón de Will latía con fuerza. Una cosa era suponer y otra obtener una confirmación. Continuó hablando con calma:

—Eres uno de ellos. Y vas al palacio para despertar a los demás.

Para su sorpresa, Kettering soltó una abrupta carcajada.

—¿A los demás? Los demás me dan igual —replicó Kettering—. Solo me importa ella.

¿Ella?

Ante sus ojos, Kettering estaba despojándose de la identidad del inofensivo historiador. No lo había negado, como Will esperaba. Quizá había una parte de él, sola con aquel secreto, que quería ser descubierta. Will conocía aquella sensación.

—Me desperté en una pira —dijo Kettering—. En el cuerpo de un niño de siete años. Estaban quemando a los Retornados, pero eso ya lo sabes. Queman a todo el que cae por la muerte blanca. Querían quemarme a mí, pero esperaron demasiado. Me desperté y una mujer les gritó que pararan. Era la madre de este cuerpo. En la confusión que siguió, me liberé y hui. Entonces no sabía que había tenido suerte... era el único de los míos que había sobrevivido. ¿Cuántas docenas de nosotros habían abiertos los ojos en el fuego? ¿Cuántos centenares habían despertado gritando de dolor en un infierno?

El calor, pensó Will, la bofetada de aire caliente, como la de un horno. La cuerda sudando en el calor y después ardiendo. Había visto cuerpos quemarse y carbonizarse en el Alcázar de los Siervos, cuando quemaron a los muertos.

—¿Cuál era el nombre del niño? —le preguntó Will.

—¿Qué niño?

—El niño cuyo cuerpo ocupaste.

—¿Cómo voy a saberlo? —replicó Kettering.

—Puede que su madre lo gritara —sugirió Will.

—Eso fue hace treinta años —dijo Kettering, con desdén—. Me marché de este lugar, de este agujero. Fui a Inglaterra para estudiar Historia y descubrí que mi pueblo había sido olvidado. ¡Olvidado! El mundo entero era un agujero. Esta gente cree saber lo que es la muerte, pero no tiene ni la menor idea. Solo piensan en su propia muerte... No se imaginan a todos los que conocen muertos, a todos los de su ciudad muertos, a todos los de su época muertos, millones de vidas tragadas por un agujero negro de olvido. Hasta que es como si nada de ello hubiera sucedido en realidad.

—¿Quién es *ella*? —le preguntó Will.

La expresión de Kettering flaqueó.

—Ella era mi... Era importante para mí. Prometimos que regresaríamos juntos. Y ella sigue ahí abajo, en la oscuridad.

Sigue atrapado en el pasado. Como lo estarían todos los Retornados, pensó Will. Cada rencilla, cada pasión; abrirían los ojos en sus nuevos cuerpos y las sentirían. Y, llenos del mundo antiguo, no se preocuparían por aquel.

Como a Kettering no le había importado nada el niño cuyo cuerpo había robado, cuya vida había sobrescrito con la suya.

Había un pensamiento más oscuro e incómodo. Estaba claro que Kettering no había reconocido a Sarcean ni a Anharion. Quizá era un soldado raso, de rango demasiado bajo para haber visto alguna vez al rey o a su consorte, pero los generales de ese ejército oscuro lo harían, como Devon los había reconocido a ambos a primera vista. En cuanto los liberaran...

—Voy a despertarla y no dejaré que me detengas —dijo Kettering. Will tomó aliento.

—No estoy aquí para detenerte. Estoy aquí para ir contigo —dijo Will—. El cayado del Rey Oscuro... Tú sabes dónde está, qué aspecto tiene. Quiero que bajemos allí juntos.

Había sorprendido a Kettering. Lo vio en sus ojos. Igual que se veía a sí mismo tal como lo veía Kettering: un chaval, un joven ordinario, una vida que acababa de comenzar en aquel nuevo mundo, como un brote que desconocía la amplitud del gran bosque.

—Lo quieres para ti —dijo Kettering, llegando despacio a la conclusión—. El poder de controlar su ejército. —Y entonces se rio—. No podrás tocarlo. Solo una criatura de la Oscuridad puede acercarse. Un chico como tú no tiene ninguna posibilidad.

—Ya lo veremos —dijo Will.

—¿De verdad quieres acompañarme al palacio?

La expresión de Kettering se había vuelto taimada, evaluadora. Will podía ver sus cálculos: necesitaría al menos un cuerpo para que lo habitara su dama. Podía usar el de Will, estaba pensando. Puede que su juventud le hubiera llamado la atención, pues le daría a su dama una vida tan larga como fuera posible.

—Cuando lleguemos a la cripta, la aldea se habrá evacuado —dijo Will, que lo había planeado cuidadosamente—. Tú podrás liberar a tu dama y yo me llevaré el cayado del Rey Oscuro.

Cuando no quedara nadie en la montaña, podría usar el cayado para detener al ejército antes de que encontrara a sus anfitriones vivos.

—De acuerdo —dijo Kettering, con la ligereza de alguien que cree haberse topado con un tonto.

—¿Escabulléndoos? —dijo Violet.

A Will se le revolvió el estómago cuando ella apareció en mitad del camino. *Esa palabra de nuevo*, pensó una parte distante de él mientras el pánico lo golpeaba y se obligaba a acallarlo. Se parecía demasiado a la noche en la que se marchó hacia Bowhill, cuando se encontró a Elizabeth bloqueando la puerta del establo.

Violet no estaba sola; Cyprian y Grace estaban con ella.

—Vas a ir solo a por el cayado del Rey Oscuro, ¿no es así?

La tensión le bloqueó el cuerpo. El corazón le latía con fuerza.

—¿Y si es así?

—La última vez luchaste solo —le dijo—. Esta vez lucharemos juntos. —Levantó el escudo, en su brazo—. Vamos contigo.

—No podéis —dijo, una afirmación que incluso a él le sonó llena de pánico.

Tenía que librarse de ellos. No podría detener al ejército mientras sus amigos miraban. Se imaginó cómo sería: el remolino negro en sus ojos cuando levantara el cayado, sus amigos dándose cuenta de qué era y alejándose de él, como había hecho Katherine.

Estaba muy cerca. Muy cerca del borde; sus planes peligraban.

—Violet, no podéis. No sois inmunes a la posesión. Si el ejército despierta, irá a por vosotros.

—Puedo arreglármelas con un par de sombras —dijo Violet—. Además, puede que tú tampoco seas inmune a la posesión. Necesitas la protección de un León.

Su firme e implacable bondad lo empeoraba todo.

—Solo un León puede enfrentarse a lo que se oculta debajo de Undahar. Y yo soy tu León. —Estaba preparada para enfrentarse a las sombras para ayudarlo. Will tomó aire para hablar, pero ella continuó—: Nada de lo que digas evitará que vaya contigo.

Violet sonrió, flanqueada por Cyprian y Grace. Los tres se mantuvieron firmes ante él, en una horrible solidaridad.

No tenía tiempo para planear otra cosa, no cuando los hombres de Sinclair se estaban acercando a la montaña. Sintió la imposible dificultad: no podía disuadir a Violet, no tenía tiempo de dar marcha atrás... Sería difícil hacer aquello delante de sus amigos, pero no tenía opción.

—Seguidme —les dijo.

Fue desconcertante llegar al palacio y encontrárselo desguarnecido. Los soldados de Sloane no estaban. La entrada estaba completamente desierta.

Violet, que nunca antes había visto el palacio, miró ojiplática la enorme escala mientras entraban en la grieta y atravesaban las enormes puertas.

Después de algunos pasos, descubrieron por qué no había soldados: había docenas de cuerpos blancos en el suelo de mármol, justo más allá de la entrada. Todos los guardias de Sloane habían caído ante la muerte blanca y ahora yacían en aquella perturbadora parálisis. Esto confirmó la teoría de Will de que el proceso se estaba acelerando y de que los Retornados seguían escapando de su cripta.

—Más muertes —dijo Grace.

—¿Crees que despertarán? —preguntó Violet, inquieta.

Era la primera vez que veía la muerte blanca. Era la primera vez que Will la veía sabiendo lo que era. El conocimiento le proporcionaba unos nuevos ojos; la carne de mármol era un inquietante capullo del que emergería una nueva criatura.

—Despertarán —dijo Grace—. Pero el proceso dura varios días.

—Esperemos que no lleven muertos ese tiempo —dijo Violet.

Will se imaginó a los Retornados empezando a levantarse en el palacio. *Quemadlos.* No lo dijo nadie, pero todos lo estaban pensando. Will miró a Kettering, cuyo rostro no revelaba nada.

Las puertas dobles conducían a la sala del trono, cuyo pálido trono brillaba en la oscuridad. Su esplendor, su siniestra promesa, era atrayente. Will se había sentado allí y había tomado todos los reinos del mundo, uno a uno. Pero el trono no era su destino.

La mazmorra seguía abierta, un abismo negro en el mármol. Las cuerdas y escalas que habían lanzado por el borde seguían allí. ¿No había entrado nadie en su ausencia? Will miró el agujero oscuro y se preguntó si el cadáver de Howell seguiría todavía allí.

Agarró a Kettering por la muñeca, lo detuvo en el borde de la fosa.

Era allí a donde tenía que ir, a la profundidad de la caverna bajo el trono. Tendría que dejar atrás las hileras de figuras preparadas para despertar hasta llegar al cayado. Y tendría que hacerlo rápidamente.

—Vosotros tres os quedaréis protegiendo la entrada —pidió a sus amigos—. Yo bajaré con Kettering y recuperaré el cayado del Rey Oscuro.

—¿Vais a bajar ahí solo vosotros dos? —preguntó Violet, mirando la boca abierta de la fosa.

Parecía escéptica, pero no intentó detenerlo. Will asintió, preparándose.

—Tengo que hacerlo. Tengo que ser yo quien lo haga.

—Puedes intentarlo —dijo una voz que hizo que se le erizara el vello del cuerpo—. Pero yo voy a detenerte.

Se le subió el corazón a la garganta. Frío, se giró para mirarla. Porque conocía esa voz, aunque no fuera ella. No era la chica que blandió Ekthalion en la Cumbre Oscura para matarlo.

Era un soldado que lo había atravesado con una espada.

Un soldado cuya presencia implicaba el final de todo. *Tú*, le había dicho mientras le clavaba la espada en el vientre solo un día antes.

Pero su rostro era igual que el de ella cuando apareció en la Cumbre Oscura, como un fantasma de un pasado del que no podía escapar.

Estaba allí para detenerlo; estaba allí para detener a Sarcean.

—¿*Katherine*? —dijo Violet.

—Esa no es Katherine —replicó Will.

Dio un paso hacia la fosa. Los demás reaccionaron con el mismo asombro que Violet, pero la comprensión amaneció lentamente en sus rostros.

—Es uno de ellos —dijo Cyprian, titubeante. Desenvainó su espada—. Un Retornado.

—Soy Visander, el campeón de la reina —dijo el soldado que estaba en el cuerpo de Katherine—. Y estoy aquí para matar al Rey Oscuro.

Will dio otro paso hacia la abertura de la mazmorra. Tenía que detener al ejército. Tenía que llegar hasta el cayado. Y, no obstante, no estaba allí: estaba de nuevo en Bowhill y Katherine había desenvainado una espada y su madre le había rodeado el cuello con las manos.

Violet frunció el ceño.

—¿Al Rey Oscuro? ¿De qué estás hablando?

—¿Ha mentido? Eso es lo que siempre hace. —Visander desenvainó una espada, justo como Katherine había hecho—. Está aquí para liderar su ejército. —Los ojos de Visander eran fríos y decididos, una expresión que nunca había visto en el rostro de Katherine—. Y yo estoy aquí para matarlo.

—Violet, ocúpate —se oyó decir Will mientras abría la mano para soltar a Kettering.

—No sé quién eres, pero, si estás aquí para detener al Rey Oscuro, estamos en el mismo bando. —Violet dio un paso adelante, colocándose el escudo en el brazo derecho.

—¡León! —Visander reaccionó con furia al Escudo de Rassalon—. Yo mato a los tuyos allá donde los encuentro.

Violet desenvainó su espada.

Si el escudo había enfurecido a Visander, ver su espada pareció golpearlo; se tambaleó antes de concentrar en ella toda su atención.

—Tú... ¿Te *atreves* a blandir Ekthalion? ¡Vil criatura de la Oscuridad, te la arrancaré de las manos y te atravesaré con ella el corazón!

Se enfrentaron mientras Kettering corría hacia la fosa.

Violet tenía la fuerza del León y había sido entrenada por Justice. Sus habilidades habían nacido del trabajo duro y de la dedicación, además de la fuerza dominadora que había mantenido a raya oleada tras oleada de los hombres de Sinclair. Era una combinación imposible de dones que le había permitido acabar con un Rey Sombrío.

Visander habitaba un cuerpo que no era el suyo, desentrenado y débil y que antes de Bowhill ni siquiera había blandido una espada. Parecía que debía estar bailando una cuadrilla con una delicada mano sobre la de su compañero de baile, no luchando a muerte con un mandoble.

No importaba. Unos segundos después, Violet tenía una herida en el brazo donde él le había lanzado un cuchillo y después en la pierna, y parecía desconcertada cada vez que recibía un golpe. Cyprian saltó sobre él con un grito, solo para ser desarmado y apartado. Visander mantuvo su atención en Violet.

—¿Creías que no había luchado nunca contra un León? —dijo Visander, con un golpe tan fuerte que tiró a Violet de espadas y el Escudo de Rassalon repiqueteó por el suelo—. Ni siquiera eres una verdadera León. —Levantó su espada.

Era demasiado rápido para que Violet esquivara la espada que descendía sobre su cuello expuesto...

Un pequeño remolino abandonó las sombras y se lanzó delante de la espada.

—¡Para! ¡No le hagas daño, no hieras a Violet! ¡Para!

Elizabeth se interpuso en el camino de Visander con el cabello despeinado y el vestido sucio y rasgado, jadeando por el esfuerzo y la urgencia.

Su espada se había detenido. Estaba mirando a la niña que tenía delante. Elizabeth se había plantado con los pies separados y lo observaba fijamente.

Pero fue Will quien se quedó paralizado por el asombro. Claro que estaba allí. Claro que Visander le había dicho que no fuera, pero ella no le hizo caso y lo siguió por la montaña en su poni.

Se produjo un retumbo que venía de la fosa.

—¡Elizabeth! —exclamó Violet. Recuperó su escudo y volvió a ponerse en pie.

—Mi reina —dijo Visander—. Apártate.

—No. ¡Violet es mi amiga!

—Tu amiga es una León. Sirve a la Oscuridad.

—Si soy tu reina, tienes que hacer lo que yo te diga —dijo Elizabeth— ¡y te digo que la dejes en paz!

Con un breve y contenido gruñido, Visander bajó la espada. La niña de diez años se impuso al campeón.

Violet, dispuesta a aprovechar cualquier ventaja por extraña que fuera, acercó de inmediato el afilado borde de Ekthalion a la garganta de Visander.

—Se acabó, Retornado —dijo Violet.

Pero Elizabeth tiró de su brazo con todas sus fuerzas.

—¡No! ¡Déjalo!

—¡Ha intentado matar a Will! —dijo Violet.

—¡*Will es el Rey Oscuro!* —replicó Elizabeth.

Todo se detuvo. Una horrible sensación de torsión embargó a Will cuando sus amigos se giraron para mirarlo, para mirarlo y *verlo*. Tenía que hablar, tenía que abrir la boca y negarlo, y no podía. Se sentía como si estuviera cayendo. O quizá había estado cayendo desde Bowhill y aquel fue el momento en el que todo lo golpeó.

—¿Will? —dijo Violet.

La fosa explotó cuando una violenta presión estalló en sus profundidades, lanzándolos a todos por el aire. Enormes trozos de mármol cayeron como meteoritos, golpeando la cámara mientras el suelo se abría. A medio camino entre una grieta y una erupción, hizo que la sala se viniera abajo entre el polvo y los escombros.

Al principio Will no podía ver nada; tosió polvo, con el brazo sobre la boca. Miró el borroso derredor con los ojos muy abiertos, intentando descubrir de qué dirección vendría el ataque. De Visander. De Elizabeth. De Cyprian. De Violet… Por favor, que no fuera Violet.

Cuando el brutal temblor del terremoto cesó, el polvo comenzó a aclararse.

La sala del trono estaba en ruinas; trozos de techo se habían desplomado entre las columnas rotas. La abertura de la cripta se había ampliado, parte de una nueva grieta que atravesaba el suelo. Bloques de baldosas se habían elevado e inclinado. Como icebergs colisionando unos contra otros, el sonido del ocasional movimiento era un ominoso gruñido.

Vio a los demás. Visander se había lanzado sobre Elizabeth para protegerla. Violet estaba empujando una columna caída con una fuerza que no parecía real. Cyprian y Grace emergieron del lugar donde se habían quedado atrapados.

—¿Dónde está Kettering? —preguntó Grace.

—La mazmorra —dijo Cyprian, mirando más allá de Will, que se giró para mirar la mazmorra.

Como una pesadilla, el primer Retornado salió de la grieta. No tenía una forma estable, sino que parecía titilar; su rostro aparecía y desaparecía en su amorfa oscuridad.

El ejército que había parecido una inacabable cámara de estatuas horripilantes estaba despertando, no físicamente, sino como espíritus, como sombras, listas para poseer el primer cuerpo que tocaran.

Violet se lanzó de inmediato delante de los demás blandiendo su escudo.

—¡Poneos a mi espalda! —gritó. Un segundo Retornado estaba emergiendo de la grieta. Este posó sus ojos ciegos en los demás y chilló, un sonido que helaba la sangre.

Sombras, pensó Will, que podían poseer a la gente. Nadie vivo podía luchar contra ellas excepto Violet, que ya había matado antes a una. También mató a esta, decapitándola con su escudo, y después se lanzó sobre la segunda y la hizo retroceder de un empujón.

Will no se protegió tras ella.

—Will —le dijo ella con urgencia.

Él caminó hacia la fosa, de donde estaba saliendo otro Retornado, una sombra monstruosa. Vio el miedo en los ojos de Violet cuando descubrió a dónde iba, ahora que no quedaba ninguna otra opción.

—Lo siento. Es el único modo de detener esto —le dijo. Agarró la cuerda.

Y bajó hacia la cripta, donde las sombras se arremolinaban.

—¡Will! —la oyó gritar a su espalda, y después estuvo demasiado abajo para oír nada.

CAPÍTULO CUARENTA Y SEIS

Era su peor pesadilla hecha realidad. No solo una sombra, sino centenares, una masa de siluetas retorcidas emergiendo de la abertura en el suelo.

Violet se colocó delante de los demás y preparó su escudo sin pensar.

—¡Poneos a mi espalda! —gritó a Cyprian y a Grace, sabiendo que, si una sombra los tocaba...

Si una sombra tocaba a alguno de ellos...

Will. El nombre daba vueltas en su mente. *Will, Will, Will.* Había saltado a la grieta, corriendo hacia el peligro como hacía siempre, para salvar a la gente. Will era un héroe. Tenía la sangre de la Dama. Él no era...

Movió el escudo y golpeó a la primera sombra, que explotó, chillando. La siguiente tenía una silueta clara, torso y largos brazos y la titilante impresión de una cabeza que decapitó de un golpe. A su espalda, un nudo de sombras gritó y se lanzó sobre ella. Mató a una de ellas. A dos. A tres.

—¡Atrás! —gritó Cyprian.

—Will está ahí dentro —dijo ella—. ¡Tenemos que llegar hasta él!

—¡No puedes luchar contra un ejército entero! —replicó Cyprian.

—¡Lo haré si tengo que hacerlo!

Notaba el escudo pesado en el brazo. Golpeó con él una y otra vez, con el cuerpo dolorido. Luchó mientras retrocedían desde la sala del trono a un pasillo, un cuello de botella donde las sombras no podrían rodearla y llegar hasta sus amigos. Si una sola de ellas conseguía pasar, se llevaría a Grace o a Cyprian o a Elizabeth. Sus amigos caerían por la muerte blanca y se levantarían con otra persona en su cuerpo.

Siguió matando. ¿Era posible matar a los muertos? ¿Cuántos golpes más daría antes de no poder levantar más el escudo? Recordó sus clases con Justice. Él la había llevado al agotamiento y después le había dicho: *Otra vez*, como si hubiera sabido que tendría que luchar así, que matar así, una y otra y otra vez.

Entrenamos para el oponente al que nos enfrentaremos, le había dicho Justice, *cuando llegue el día en el que nos llamen a las armas*.

Así fue como Justice había luchado al final, reteniendo a la sombra tanto como pudo, peleando para darle tiempo a la Siervo Mayor. Eso era lo que ella debía hacer: retenerlos hasta... retenerlos hasta... ¿qué?

¿Hasta que Will los detuviera? ¿Hasta que cien mil sombras abandonaran la fosa e infectaran a todos en la montaña? Luchó más fuerte, jadeando, y, cuando creyó que ya no podía seguir luchando, encontró una última reserva y golpeó su escudo con Ekthalion mientras soltaba un rugido, retando a las sombras como un desafiante gladiador en la arena. Durante un momento, las arremolinadas sombras dudaron, como si ninguna de ellas deseara desafiarla.

Le había dicho a Will que podía hacerlo, que retendría a la horda, pero en aquella pausa, jadeando, chorreando sudor, vio el torrente de oscuridad al que se enfrentaba y se dio cuenta de que era imposible.

Había demasiadas sombras y ella no podría luchar para siempre; iban a derrotarla.

Notó una presencia a su lado y esperaba que fuera Cyprian, que se había acercado para estar con ella al final, pero no lo era.

Era una chica con rizos dorados y el rostro de una muñeca de porcelana.

—León —dijo Visander—. Dame Ekthalion.

Violet miró a Katherine, tan cambiada y extraña. Había una ferocidad en su expresión que Violet nunca había visto antes. Parecía un soldado evaluando las posibilidades, una expresión que recordaba del rostro de Justice. *No es Katherine*, se recordó. *Es Visander. El campeón de la reina.*

—Sé que estamos en bandos opuestos, pero protegeré a la niña. —Miró a Elizabeth, que a la parpadeante luz de las antorchas parecía pálida, pero decidida.

—No puedes luchar contra una sombra. Nadie puede.

Violet negó con la cabeza. No era una cuestión de habilidad. No podías luchar contra algo que no podías tocar. Recordó cómo había sido el enfrentamiento con el Rey Sombrío: su espada había atravesado la silueta de sombra como si estuviera hecho de aire. Nada excepto el Escudo de Rassalon podía detener a una sombra.

Visander solo parecía más decidido, mirando sin miedo a las sombras que tenían delante, incluso desafiante.

—Esta espada fue forjada por Than Rema para acabar con la Oscuridad. Pon Ekthalion en mis manos y yo te enseñaré el poder del campeón.

Un momento de duda; el destino, regresando. Apretó la empuñadura de la espada y después se la lanzó a Visander.

Él la atrapó y la movió en un arco mientras el oscuro remolino de sombras gritaba y bullía, casi hirviendo ante aquella hoja de plata brillante, que parecía estar hecha de luz. Al momento siguiente, las sombras se lanzaron sobre ellos.

Violet se dio cuenta en aquel momento de que Visander era el mejor luchador que había visto nunca. Era mejor que Cyprian. Mejor que Justice. Mejor que cualquier Siervo. Se veía obstaculizado por un cuerpo más débil que el suyo, pero su conocimiento y destreza eran tales que superaban esta limitación. Violet recordó las palabras de Marcus: *No podemos hacer esto solos. Debemos reunir a nuestros viejos aliados.*

Debemos encontrar al campeón que puede blandir Ekthalion.

Y forjar de nuevo el Escudo de Rassalon.

Ekthalion cortó la primera sombra por la mitad y, mientras Violet golpeaba con su escudo, Visander ya se estaba moviendo para matar a la segunda, sin mostrar ni el miedo ni la vacilación que ella habría esperado.

Aquel era el poder del campeón. Visander había luchado contra sombras antes. Quizá había luchado incluso contra centenares de sombras, atravesando la oscuridad con su espada como lo hacía su escudo.

Una León y un Campeón luchando mano a mano.

Sintió la importancia de aquello, el muro de fuerza que estaba forjando, aun sabiendo que ella no era una verdadera León y que no podría aguantar para siempre.

Fue la primera en rendirse, porque llevaba más tiempo luchando. Visander no fue lo bastante rápido para ocupar el hueco. Una sombra pasó y Violet giró bruscamente la cabeza, intentando frenéticamente que no alcanzara ni a Cyprian ni a Grace. Gritó para prevenirlos y durante un único momento perdió la concentración.

Una rugiente oscuridad le llenó la visión; había un Retornado abriéndose paso a la fuerza, frío y horripilante, por su boca y por su nariz, mientras otro intentaba llegar hasta sus ojos. La oscuridad estaba llenándola. Luchó e intentó echar a golpes lo que yo tenía dentro, notando que las sombras pasaban sobre ella, como una presa al romperse, para caer sobre los demás.

El cuerpo de una niña pequeña se lanzó sobre su cuerpo y las últimas palabras que oyó fueron las de Elizabeth gritando desesperadamente:

—¡La chaqueta de Phillip!

La luz explotó en una devastadora bola formada por un millar de soles.

La sombra fue expulsada de los ojos de Violet por una luz repentina tan brillante que no podía ver. Cegada, elevó el escudo ante sus ojos para protegérselos, pero la luz golpeó sus retinas y atravesó incluso sus párpados calientes y doloridos. Una única instantánea de los demás gritando y cubriéndose los ojos se grabó en su mente antes de que todo se volviera blanco.

Sentía a Elizabeth, todavía encorvada sobre ella, respirando con dificultad.

La luz se atenuó y, después de unos largos minutos de silencio, Violet se atrevió a bajar su escudo.

Despacio, abrió los ojos.

Esperaba... no sabía qué esperaba. Estar muerta. Estar ciega. Con los ojos doloridos y llenos de lágrimas, vio una imagen borrosa de los demás tirados por el suelo a su alrededor, como si un estallido los hubiera lanzado hasta allí. Y rodeándolos había un capullo de suave luz.

Violet comenzó a incorporarse, parpadeando con los ojos doloridos y mirando a su alrededor con un trémulo asombro.

Los rodeaba una burbuja de luz. Mantenía alejadas a las sombras, aunque gritaban y se lanzaban, impotentes, contra sus límites, chillando de frustración porque no podían alcanzarlos, no podían.

Porque la oscuridad no soportaba la luz.

En el centro de la brillante esfera estaba Elizabeth, con sus piernecitas cortas y el ceño fruncido con ferocidad.

Debemos reunir a nuestros viejos aliados. Las palabras de Marcus resonaron en su mente.

Debemos invocar al Rey.

Debemos encontrar a la Dama de la Luz.

Debemos encontrar al campeón que puede blandir Ekthalion.

Y forjar de nuevo el Escudo de Rassalon.

Seguían llorándole los ojos, se dio cuenta Violet, y levantó el dorso de la mano para secárselos.

—¿Aguantará esto? —le preguntó Violet.

—Sí —dijo Elizabeth, pero la palabra parecía nacer de la terquedad en lugar de hacerlo del conocimiento.

Violet recordó la rapidez con la que abrir la puerta agotó el poder de James. Si Elizabeth estaba creando la luz, no duraría mucho.

Violet miró la fosa, todavía envuelta en oscuridad. Will estaba allí abajo. Will se había adentrado en aquellas sombras como si no fueran nada.

Nos dejó aquí. Nos dejó.

La duda puso sus dedos fríos sobre ella, una caricia espeluznante. La luz que los estaba protegiendo había sido invocada por la descendiente de la Dama... por Elizabeth. Se habían mantenido juntos, aliados en la luz. Will se adentró solo en la oscuridad.

—El Rey Oscuro quiere asumir el control de su ejército —dijo Visander, apoyándose Ekthalion en el hombro—. Debemos detenerlo.

—Will no es el Rey Oscuro —dijo Violet.

Los demás estaban mirándola. Se mantuvieron juntos, Cyprian y Grace, Visander y Elizabeth, en un denso silencio.

—No pudo iluminar el árbol —dijo Cyprian despacio, como si no quisiera creérselo.

—Pero pudo tocar la Espada Corrupta —añadió Grace, todavía más despacio—. Fue inmune a su corrupción. Fue inmune a la muerte blanca.

La luz que los rodeaba era tan cálida y bonita como la del Árbol de la Luz. Will no la había conjurado, pensó. Will nunca había conseguido conjurar la luz. Pero ella lo había visto adentrarse en las sombras. En el alcázar, lo vio tocar la Roca Tenebrosa

—Es mi amigo —dijo Violet.

—Miente. Es el rey de las mentiras —replicó Visander—. Dirá y hará cualquier cosa para conseguir lo que quiere.

—Tú no lo conoces —dijo Violet—. No lo conoces como yo.

—¡Que no lo conozco! —Los ojos de Visander destellaron—. Ló conozco mucho mejor que ninguno de vosotros. He visto albas a las que no seguía el día, he cabalgado por un valle de muerte, he navegado por un océano negro donde nada se movía, he retrocedido al que había sido el puesto más importante y en el que la última balbuceante luz solo iluminaba desesperación. Eres tú la que no sabe nada, solo las mentiras que te ha contado. No tienes ni idea de lo que puede hacer.

—¿Estás seguro? —le preguntó Cyprian.

—Mira a tu alrededor. Ha regresado a su palacio —dijo Visander—. Ha liberado a sus tropas. Y está a punto de ocupar su trono.

Violet miró la fosa de la que manaba oscuridad, una arcada eterna que era como el humo negro de una chimenea.

—No podemos entrar —dijo—. Solo una criatura de la Oscuridad puede acercarse al cayado del Rey Oscuro. No hay modo de seguirlo.

Se oyó decirlo. Sabía que eso no hacía más que demostrar todo lo que Visander afirmaba. ¿De qué otro modo podría Will haber atravesado las sombras? ¿De qué otro modo podía resistir el poder de la Oscuridad?

Pero la idea de que Will fuera el Rey Oscuro era demasiado enorme para asimilarla; era un tajo en su mente, un agujero por el que caían sus pensamientos.

Miró a los demás. La luz iluminaba con dureza sus rostros... ¿se estaba atenuando? ¿Iba a extinguirse? ¿Qué podía hacer si la luz se apagaba? Si no podían entrar en la cripta y Will estaba... Will era...

Vio que Cyprian y Grace se miraban como lo hacían a veces, en silenciosa comunión.

Y después Cyprian levantó la barbilla de ese modo suyo tan característico.

—Hay un modo.

Parecía decidido, con la espalda recta y los hombros alineados, un novicio presentándose para cumplir con su deber.

Ella lo miró sin comprender qué podía ser. En el rostro de Grace, a su espalda, había un tranquilo conocimiento.

—Beberé del Cáliz —dijo Cyprian.

Antes de darse cuenta, Violet ya estaba negando con la cabeza.

—No. No puedes.

—Tengo que hacerlo. —Parecía decidido—. Alguien tiene que bajar ahí. Alguien tiene que detener esto. —Volvió a mirar la fosa, la arremolinada oscuridad que escupía sin cesar—. Todas estas sombras fueron personas. Toda esta oscuridad se debe al Rey Oscuro.

Violet pudo oír las palabras que no pronunció: *No podemos dejar que Will controle el ejército del Rey Oscuro.*

Todo estaba sucediendo demasiado rápido. No estaba preparada para aquello.

—Eres la última estrella; no puedes hacer eso.

Violet ignoró a los demás y solo lo miró a él. *No permitas que Cyprian beba,* parecía suplicarle Marcus desde el pasado. *No lo condenes a un destino como el mío, a perderse para siempre en la sombra.*

Marcus no querría que hicieras eso. No dijo esas palabras. Solo lo miró, con un dolor terrible en el pecho.

—Tengo que hacerlo —le dijo Cyprian—. Esta podría ser la razón por la que los Siervos tenían el Cáliz.

—Pero acabo de reencontrarte —dijo en voz baja, y él le mostró una media sonrisa triste.

—Lo sé. Ojalá…

Grace sacó el Cáliz de su mochila.

Violet lo había visto en el alcázar, brillando como una joya oscura, del color del ónice pulido. Tenía cuatro coronas talladas. Cuatro coronas por los cuatro reyes. *Callax Reigor*, decía la inscripción. El Cáliz de los Reyes.

Cuando llegó al alcázar, Violet observó junto a Will cómo el joven y esperanzado Carver se ganaba su uniforme blanco y se convertía en un Siervo. En el alcázar, todos se reunieron para verlo enfrentarse a la Oscuridad y todos lo vitorearon cuando demostró que era merecedor.

Pero nadie lo había visto beber del Cáliz. Esa parte del ritual estaba envuelta en misterio. Apareció con su nuevo uniforme blanco cuando terminó para saludar a la jubilosa multitud.

Era extrañamente enternecedor que Cyprian tampoco lo supiera.

—¿Cómo…? ¿Cómo se hace? —Se giró para mirar a Grace.

—Hay una ceremonia, pero es un simple espectáculo. Solo tienes que beber.

El bonito rostro de Cyprian parecía distinto: sus ojos verdes estaban serios; su expresión, inmutable. Violet no consiguió ver en él al chico arrogante que se burló de ella en el alcázar. Ese joven había visto destrozadas demasiadas cosas de su mundo para conservar su juvenil ilusión. Y, no obstante, todavía creía lo suficiente para hacer aquello.

Tomó el Cáliz en su mano. Grace le sirvió agua de su odre.

Era solo agua. Parecía bastante inocua.

—Siempre soñé con la prueba —dijo Cyprian—. Lo único que quería era convertirme en Siervo.

No hubo ceremonia. Bebió sin más, en un único movimiento.

Violet lo observó con tensa aprensión, sin saber qué esperar. ¿Sería el cambio rápido o lento? ¿Sería visible? ¿O no habría ningún indicio? Los primeros minutos no ocurrió nada y Violet pensó: *¿Ya está?*

Cyprian hizo una mueca. Dejó escapar un gemido, con los dientes apretados, y cayó sobre una rodilla, apretándose el vientre. Y entonces Violet vio la sombra abriéndose camino hasta la superficie, distorsionando la piel de Cyprian mientras él gemía de nuevo, esta vez agónicamente.

—¡Cyprian! —gritó mientras él caía sobre manos y rodillas. Grace la detuvo.

—No. No puedes luchar contra su sombra por él. Debe hacerlo él mismo, ahora y cada día después, hasta que ya no pueda seguir haciéndolo.

En el suelo, Cyprian sufrió una horrible arcada. Violet casi pensó que iba a vomitar el agua del Cáliz, que iba a vomitar la sombra. Pero no lo hizo.

No estaba intentando vomitarla. Estaba intentando retenerla. Atraparla.

Violet temblaba solo viéndolo, apresada por una terrible impotencia al ver el dolor y los espasmos que sufría Cyprian. ¿Habían hecho aquello todos los Siervos? ¿Lo había hecho Justice? Cuando se lo llevaron, después de su prueba, ¿ocultaron los vítores sus gritos?

Parecía que no iba a terminar nunca. Cyprian convulsionó, apenas consciente de algo que no fuera el dolor. Atisbaron la sombra una o dos veces, estirándose de un modo espeluznante en los límites de su cuerpo.

Al final los espasmos cesaron hasta que fueron apenas unos escalofríos cada vez más espaciados. Y después incluso eso terminó.

Cyprian se apoyó en las manos y rodillas, dolorido y jadeante, y levantó la mirada, con los ojos húmedos.

Seguía siendo él. Se puso en pie, despacio.

Después extendió la mano. Firme.

La miró como si necesitara esa prueba. Todos la miraron; la sombra era más aterradora ahora que la habían visto luchar para obtener el control. Violet odiaba haber mirado ella también.

Todos nos estamos convirtiendo, le había dicho Justice. *Pero yo todavía no muestro síntomas.*

—Cuando entres en la cripta, te dirá cosas que te harán dudar de tu propósito —le dijo Visander—. No puedes confiar en él. Lo único que quiere es poder. Eso es lo que debes recordar. No es tu amigo. Es el Rey Oscuro. Acabará con vuestro mundo.

—Entendido —dijo Cyprian.

Violet tomó aire cuando él se acercó a ella. Parecía distinto. El proceso lo había cambiado, lo había imbuido del halo antinatural que los Siervos poseían. No pudo evitar pensar en Justice. No pudo evitar pensar en Marcus, que había sido un joven lleno de esperanza en el futuro y cuyo último deseo había sido que su hermano no bebiera nunca del Cáliz.

—Cyprian... —dijo.

—Mátame —le dijo Cyprian—. En cuanto salga. No quiero ser como mi hermano.

—Cyprian...

—Prométemelo.

—No voy a prometerte eso.

—Debes hacerlo. No quiero vivir bajo la amenaza de la sombra. Deja que haga esto y después libérame.

Justice también le había pedido que lo vigilara. Murió poco después. No tuvo la oportunidad de luchar a su lado. Había peleado junto a Cyprian brevemente, en el alcázar, en un único y excitante encuentro. No pudo evitar preguntarse cómo sería luchar a su lado ahora que sus fuerzas estaban igualadas.

Él no quería ese futuro. Quería matar a su sombra antes de que pudiera hacerle daño a otros. Y tenía razón: Justice, que vaciló al matar a Marcus, había condenado a todos los Siervos del alcázar.

Pero el dolor era demasiado, parecía empujar los límites de su cuerpo, y podía ponerse en el lugar de Justice mirando a los ojos de Marcus e incapaz de levantar el cuchillo.

—¿Esto es ser un compañero de armas?

—Tú eres más que una compañera de armas para mí —le dijo Cyprian.

El dolor se intensificó. Cyprian le puso la mano en la mejilla y, cuando ella cerró los ojos, la besó, un beso largo y doloroso que no sabía cuánto deseaba porque era el primero. No sabía que sería así, que la calidez de Cyprian la haría sentirse tan bien.

—¿Ves? Sé lo que es un beso —le dijo Cyprian.

Se apartó de ella y se giró un instante hacia los demás. Miró a Grace, Elizabeth y Visander.

—Si ella no te mata —le dijo Visander—, lo haré yo, Siervo.

Cyprian asintió. Y se marchó.

CAPÍTULO CUARENTA Y SIETE

James miró la puerta.

Una silueta recortada contra un abismo, una apertura a la nada. Atravesarla era algo que solo harías si fueras un lunático o estuvieras aterrado. Cuando lo hicieron desde el alcázar, el dolor de abrirla y después mantenerla abierta fue agónico. La puerta había introducido sus dedos en el interior y le había arrancado el poder, lo había devorado mientras abandonaba su cuerpo, como una hemorragia que no podía controlar.

—Solo podré mantenerla abierta un tiempo —le dijo a Ettore, que desmontó a su lado—. Después de eso seré…

Inútil. Vulnerable. Pero no lo dijo. No quería pensar en ello. Se sobresaltó cuando Ettore le puso la mano en el hombro. El gesto era perturbador; tuvo que convencerse de que no era un ataque ni un arresto. Era la primera vez que un Siervo lo tocaba sin ira desde que tenía once años.

—Nosotros te protegeremos —le aseguró Ettore.

La gente lo sorprendía. Ettore, con su ropa desaliñada y su tosca barba, no parecía ni un Siervo ni un protector y no obstante lo era. Allí ambos lo eran. James nunca había esperado que lucharía por la Luz. Nunca había esperado que la Luz luchara por él. Pero Will le había pedido aquello con la incuestionable seguridad de que lo haría. *Protector.* Will había usado esa palabra. *Eso es lo que eres, ¿sabes?*

Desde que dejó atrás a los Siervos, nadie había creído que podía ser un protector. Ni siquiera él mismo.

La carretera que conducía a la puerta estaba abarrotada de mujeres y hombres de las aldeas y villas cercanas, con sus alforjas y burros y gallinas y niños. James los miró, sin nombre, sin rostro. Cualquiera de ellos lo habría matado si hubiera nacido entre ellos. El viejo resentimiento titiló en su mente, la antigua amargura. Miró de nuevo a Ettore, asintió una vez y se giró hacia la puerta.

Empújala con magia. Tomó aliento. Recordó a Will gritándole la palabra en el alcázar y después diciéndola de nuevo en el palacio, poderoso y autoritario, sentado en el pálido trono.

—*Aragas.*

Ábrete.

La puerta cobró vida.

Le dolió, pero no fue el dolor desgarrador de la vez anterior, cuando la abrió ya cansado. Fue un dolor conocido, que se incrementaría a medida que la puerta fuera tomando su poder. *Aguanta*, se dijo.

Acaparó toda su concentración; apenas fue consciente de los gritos de asombro de los aldeanos cuando el Alcázar de los Siervos apareció ante sus ojos. La puerta estaba ya agotándolo y esta vez tendría que mantenerla abierta más tiempo, mucho más que antes. Lo suficiente para que cientos de personas llegaran de un lado al otro.

Aguanta. La antigua palabra, el antiguo entrenamiento. Al otro lado de la puerta vio a los hombres de Sinclair gritando y exclamando cuando la vieja estructura que estaban protegiendo cobró vida.

—¿Puedes mantenerla abierta? —dijo Ettore, con la mano de nuevo en su hombro.

—Haz que crucen —replicó, apretando los dientes.

Los bandoleros de Ettore ya habían atravesado la puerta, galopando hacia el Alcázar de los Siervos. Dispararon sus pistolas, las espadas centellearon; en los días y semanas que habían pasado protegiendo un aburrido patio y en los que nada había pasado, aquel puñado de hombres de Sinclair se había relajado. No esperaban que la puerta se abriera, y menos para dejar pasar a una milicia de montaña, y los hombres de Ettore los despacharon rápidamente.

Con los aldeanos reunidos no fue tan fácil; le tenían miedo a la puerta, que proyectaba su luz sobre sus rostros aterrorizados. Ninguno de ellos había visto nada igual en sus vidas.

—*Andiamo! Andiamo!* —decía la Mano, intentando que se apresuraran. Muchos de ellos estaban cruzando, llorando o intentando regresar.

Lo habían llamado el Salto de Fe.

Debían tener fe en él. En que no los dejaría caer. Esa idea lo ponía enfermo y más determinado a hacerlos pasar. Tenía sus vidas en sus manos; Will las había colocado allí.

Will había dado ese salto de fe, a él.

Podía oír sus gritos.

—¡Es obra del diablo! ¡Es antinatural!

Los asustaba lo que podía hacer. Estaba acostumbrado a ello. Estaba acostumbrado al miedo y al odio y a la violencia que sufría cuando la gente veía su magia. Antes de conocer a Will se habría dejado llevar por la amargura, habría disfrutado de su poder y de las reacciones que provocaba. *Yo os enseñaré lo que es antinatural.*

Pero había una persona que lo miraba y veía algo más, no solo una posesión que era útil o satisfactoria. *Will.*

No le fallaría. Aguantaría. Lo haría. El flujo de evacuados descendía la montaña. Tardarían una hora en pasar todos, quizá más. James clavó los talones en la tierra y se concentró en la puerta.

Notó que empezaban a cruzar. Primero algunos, vacilantes, después un par más, exclamando asombrados al ver el alcázar y gritando a sus vecinos que era seguro. Mientras los hombres de Ettore los urgían, el goteo se convirtió en una oleada y la oleada en una inundación.

Dios, le dolía. Había olvidado cuánto dolía entregárselo todo a la puerta, tomarlo todo y exigir más. El dolor estaba bien. Hacer el bien debía doler, ¿no? Después de todo, era una penitencia y una compensación, una que no se merecía.

Aguanta. Una oleada de gente que viviría si conseguía aceptar que tenía que doler, que podría incluso perderlo todo de sí mismo.

Pensó en todas las veces que había usado la magia para servir a Sinclair. Para matar a sus enemigos. Para matar a los Siervos. Recordó el rostro de Marcus. *¿A cuántos de nosotros has matado? ¿Cuántos Siervos morirán por tu culpa?*

Todos los Siervos a los que había conocido. Carver. Beatrix. Emery. Leda... Justice... la Siervo Mayor... Marcus...

Su padre.

Dolor, uno como el que nunca había sentido. Peor que recibir la marca. Peor que un hueso roto. Peor que ser golpeado, apalizado, disparado en el pecho. Peor que ser obligado a sostener un carbón encendido. Peor que el Cuerno de la Verdad retorciéndose en su hombro.

¿De verdad era aquello suficiente? ¿A cuánta gente tenía que salvar para compensar a aquellos a los que había asesinado?

No funcionaba así. Buscó en su interior, escarbó en sí mismo para extraer su último poder. *Aguanta.* Las antiguas palabras aparecieron allí: *Siervo, recuerda tu entrenamiento.*

Pensó en las incontables mañanas en las que lo despertó la campana, en los ejercicios que hacía, en los ojos críticos de su padre buscando cualquier error, aunque él se aseguraba de que no había ninguno. Su padre... Si lo hubiera visto allí, ¿se habría sentido orgulloso? Casi se rio. La carcajada salió como un gemido ahogado. Levantó la cabeza y, con un grito, encontró una última reserva, una nueva oleada de poder que envió a la puerta. Había sido el mejor del alcázar. Aguantaría. Lo haría.

Y entonces sintió que la tierra temblaba.

Los que bordeaban el sendero se vieron lanzados hacia los lados, bandoleros y aldeanos por igual. James se agarró a la puerta, casi esperando que la puerta se cerrara y que su magia saliera disparada al aire. Pero la puerta se mantuvo abierta, tragándose ávidamente su poder incluso cuando las piedras del borde del precipicio cayeron al abismo de abajo. Todavía podía ver el Alcázar de los Siervos bajo el arco, a los bandoleros y aldeanos que lo habían atravesado mirando, confusos: en el suelo inmóvil del patio del alcázar, no comprendían lo que estaba ocurriendo en la montaña.

Tan repentinamente como había comenzado, el temblor cesó. Los aldeanos del camino comenzaron a levantarse y Ettore y la Mano intentaron dirigirlos de nuevo hacia la puerta. Pero, mientras se quitaban el polvo de encima y comprobaban sus pertenencias, ninguno de los lugareños parecía dispuesto a darse prisa. James apretó los dientes; la puerta seguía extrayendo su poder.

—¡*Vamos!* —dijo, o creyó hacerlo. Se había producido un terremoto el día de su llegada, pensó. Era adecuado que hubiera otro el día en el que se marchaban.

Y entonces comenzaron los gritos.

Venían de los pies de la montaña, tenues al principio, pero cada vez más fuertes, y se acercaban. James no podía ver nada, pero los aldeanos dejaron de mirar para murmurar y después gritar y más tarde intentar abrirse paso desesperadamente a través de la puerta. A su espalda, la montaña escupía un penacho aterrador.

Oh, Dios, ¿estaba despertando el ejército? No podía ser, ¿verdad? No cuando Will estaba allí abajo y él estaba allí, atado a la puerta.

Los gritos sonaban más fuertes, más cercanos. Vio gente en el camino de montaña cambiando visiblemente de color, palideciendo bajo la luz de la luna y después cayendo al suelo. No gritaban ni sufrían; solo se desplomaban. Una terrible ola blanca estaba subiendo la montaña.

—¡La muerte blanca! —gritaron. La gente chilló y corrió hacia la puerta, abandonando sus animales y pertenencias. La oleada se convirtió en una estampida; la muerte blanca corría hacia la puerta exactamente como el antiguo Siervo Nathaniel les había descrito.

El ejército de los muertos, liberado de Undahar.

Los espíritus que buscaban anfitrión se cernieron sobre los blancos muertos caídos, una horda hambrienta que poseía los cuerpos tan pronto como los tocaba.

A su lado, Ettore desenvainó su espada y también lo hizo la Mano.

—Idiotas, no podéis luchar contra eso —dijo James con esfuerzo.

—Cierra la puerta —dijo Ettore.

—Todavía queda gente…

—Si dejas que el ejército oscuro atraviese esa puerta, infectará todo Londres. Decenas de miles de personas. Aquí hay montañas, campo, una oportunidad de que no encuentren un cuerpo a tiempo, y, aunque lo encuentren, estarán dispersos…

—Entonces entrad —dijo James—. Atravesad la puerta, conseguid que pase con vosotros tanta gente como podáis...

—James, ya viene. ¡Cierra la maldita puerta!

Cada segundo se salvaba una vida. Aguantó mientras los hombres y mujeres comenzaban a caer a su alrededor. Aguantó tanto como pudo. Vio un rostro convirtiéndose en mármol blanco justo ante sus ojos. Entonces cerró la puerta. Los hombres y mujeres que lo rodeaban y que no tenían ningún sitio a donde ir se apartaron del precipicio. Un par se lanzaron, en un intento desesperado de escapar de la muerte blanca. Entonces vio que una sombra se encabritaba ante él.

Intentó levantar un escudo.

Eso era lo que los hechiceros habían hecho en el mundo antiguo, ¿no? Proteger a la gente que tenían a su cuidado. Habían ahuyentado las sombras, las habían hecho retroceder.

Él no podía hacer eso. Estaba demasiado débil para mantenerse firme contra la apaleadora presión de miles de espíritus, contra su peso. Atravesaron su intento de barrera. Medio desplomado, con las extremidades frías y la garganta y la nariz llenas de sangre, James vio que la mano palidecía y caía. Borroso, vio a Ettore corriendo a su lado.

—¡*Mano*! —gritó. Se encorvó sobre ella, llorando.

James intentó lanzarse ante ellos, intentó encontrar una última chispa de magia. Pero no le quedaba ni fuerza ni poder. Lo último que vio fue un torrente oscuro opacando el cielo, opacándolo todo, mientras perdía la consciencia y caía.

Abrió los ojos un tiempo después.

Estaba solo en un mar de cuerpos blancos. No tenían fin; era como si un escultor enloquecido hubiera llenado la ladera de esculturas de mármol y las hubiera vestido con ropa de campesino. No quedaba nadie vivo: todos los hombres, mujeres y niños de la montaña habían caído ante la muerte blanca.

446 • EL HEREDERO OSCURO

Oh, Dios. Aquel era el ejército en su fase larvaria, esperando despertar.

Will. Tenía que llegar hasta Will.

El rugido de las sombras había cesado, se habían marchado buscando otros objetivos, como un enjambre de langostas después de devorar una cosecha. Mientras examinaba la quietud de la montaña, vio un atisbo de movimiento. Una única figura estaba arrodillada en el suelo, a seis pasos de la puerta.

Era Ettore, encorvado sobre la Mano.

La mujer tenía la cara blanca, las extremidades blancas. En su rostro había congelada una expresión aterrada, como si se hubiera petrificado en un momento de pánico.

Pero Ettore... Ettore estaba vivo. Respiraba, lloraba, agarrándole la mano de piedra blanca.

¿Por qué?, quería preguntarle James. *¿Por qué estamos vivos los dos?* Pero James se percató, con una extraña sensación, de que ninguna sombra podía poseer a Ettore porque el Siervo ya tenía una en su interior.

—Tenemos que marcharnos de aquí antes de que despierten —dijo James. Sentía los labios entumecidos. Tenía la visión borrosa.

—¿Puedes ayudarla? —le preguntó Ettore, levantando la mirada, con una mueca de dolor en el rostro.

—No lo sé, no soy...

Intentó levantarse y llegar hasta ellos, pero se derrumbó. ¿Cómo consiguió bajar de aquella montaña la última vez? Recordaba vagamente que Will lo había ayudado. Will lo había subido a un caballo y después lo había metido en la cama y se había tumbado a su lado. Recordó que había mirado sus ojos, cómo se sintió al tener toda su atención, sus ojos oscuros mirando los suyos, una mano cálida apartándole el cabello de la cara.

Dios, odiaba sentirse tan débil.

Apoyó una mano en la piedra de la puerta para intentar levantarse. Consiguió ponerse en pie, apoyando todo el peso en la piedra que tenía detrás, cuando otro destello de movimiento dirigió su atención a la montaña.

Una segunda figura estaba zigzagueando entre los cadáveres, dirigiéndose hacia ellos, como un cuervo picoteando carroña. No era un aldeano ni un bandolero ni un guerrero de la antigüedad.

Era John Sloane.

¿Había sobrevivido él también? ¿Cómo era eso posible? ¿Qué estaba haciendo allí? James lo miró sin comprender.

Sloane tenía algo en la mano. James no vio que era una pistola hasta que Sloane apuntó con ella a Ettore. Lo vio vagamente, demasiado débil para detenerlo. Ettore, acunando a la Mano, estaba demasiado atrapado por el dolor para darse cuenta de que Sloane iba a disparar o para que le importara.

—¡Ettore! —gritó James, demasiado tarde, mientras Ettore caía sobre su costado.

Sloane tiró la pistola a un lado y se limpió las palmas. Pasó sobre Ettore como si fuera una rama caída, pero se detuvo para contemplar el cuerpo blanco de la Mano.

—No debería haberle cortado la mano. —Sloane habló con una voz culta y conocida que hizo que a James se le erizara la piel—. La marca la habría salvado. El Rey Oscuro protege a los suyos. —Levantó su muñeca marcada como para demostrarlo. Después miró a James—. Tú deberías saberlo mejor que nadie, Jamie.

James estaba temblando: la voz, el apelativo, los ojos que lo miraron cargados de una autoridad paternal. Respiraba superficialmente.

—Sinclair —dijo.

Casi podía verlo, su fantasma superponiéndose al cuerpo de John Sloane. En algún lugar de Londres, el conde de Sinclair estaba sentado en uno de sus sillones orejeros o de pie, con una mano en la repisa, enviando su mente para poseer aquel cuerpo.

—Tú eras especial, Jamie —dijo Sinclair—. Un chico especial. Tu potencial era ilimitado. Con tus poderes, podrías haber reinado junto al Rey Oscuro. Eso es lo que siempre he intentado inculcarte, pero parece que tú no me escuchabas.

Le echó una larga y exhaustiva mirada, como las que solía dedicarle cuando estaba sentado en su sillón y James regresaba de una misión y le

448 • EL HEREDERO OSCURO

presentaba su informe. Ahora, en lugar de alabarlo y ofrecerle que se sentara a sus pies, le dijo:

—Niño malo.

James tenía tanto frío que los dientes le castañeteaban incontrolablemente. Se dijo a sí mismo que era por la puerta, no en reacción a la reprimenda de Sinclair.

—¿Has venido a ma... matarme? —le preguntó.

Se obligó a levantar los ojos, a mirar a los ojos de Sinclair, y descubrió en él una expresión que no esperaba: diversión y placer.

—Mi querido Jamie, ¿por qué habría de matarte cuando sé que lo tienes contigo?

—¿Qué?

Estúpidamente, pensó en el artefacto que Will y los demás estaban buscando: el cayado del Rey Oscuro. Debilitado después de abrir la puerta, no lo comprendía.

—Lo buscaste durante tanto tiempo que te aterraba alejarlo de tus manos. Te aterraba que otro lo tuviera. Sabes dónde quiere estar —dijo Sinclair—. Alrededor de tu cuello.

El Collar, pensó James con vertiginoso horror.

Estaba demasiado débil para evitarlo. Estaba demasiado débil para luchar. Lo intentó, empujando a Sinclair inútilmente con la mente. Pero, aunque pudiera oponerse a Sinclair, no podía oponerse al Collar.

Era como un perro regresando con su amo: el Collar actuó como en la sala del trono, escapando de su envoltura y cayendo de la chaqueta de James. Rodó hasta detenerse a los pies de Sinclair.

Sinclair lo tomó y se detuvo delante de James con el Collar en la mano.

—No —dijo James. *No, no, no, no, no, no.* Un pánico ciego. Retrocedió, arrastrándose desesperadamente. No podía correr. No había ningún modo de esconderse. Pero podía llegar hasta el borde y lanzarse. El Salto de Fe. La larga caída hacia la oscuridad. Quizá seis segundos de libertad antes del golpe, que sería el final.

Mejor eso que el Collar alrededor de su cuello.

No lo consiguió. Sinclair lo agarró por el pelo. James usó lo que le quedaba de magia para apartarlo, pero tenía tan poca fuerza que fue como si a Sinclair lo abofeteara una débil brisa.

—Eras como un hijo para mí, Jamie —dijo Sinclair—. Podrías haberme seguido por voluntad propia. Pero elegiste este camino... elegiste el Collar. ¿Cómo no ibas a hacerlo? Servir es tu destino. Este Collar se diseñó para ti y el que te lo ponga en la garganta se convertirá en tu amo. Para siempre. —Dijo esas palabras con satisfacción—. Creo que, en tu interior, quieres que sea así. Quieres pertenecerme. No tener que pensar. Ser poseído completamente.

—No.

James luchó como nunca había luchado, a pesar de que la atracción del Collar se intensificó al acercarse a su garganta. Sentía las extremidades como el plomo. No conseguía apartar las manos de Sinclair. Notó que el Collar rozaba su cuello, sintió que su boca se inundaba de terror, demasiado débil físicamente para apartar el puño de Sinclair de su cabello, para alejar el Collar. Emitió un sonido de desesperada negación.

—Por favor, haré lo que quieras, lo que quieras. No te cuestionaré, haré lo que me digas, pero por favor, no...

El Collar se cerró.

Intenta huir.

Vio a un hombre con unos penetrantes ojos de fuego negro y un largo cabello negro. Un hombre contra el que había luchado y que había odiado, incluso al entregarse a él en una dolorosa rendición. *Sarcean.* Recordó la sensación de ser tomado, el fundente calor y la cascada de cabello como seda negra a su alrededor. *Yo siempre te encontraré.*

Sin final y sin escapatoria. Odió lo bien que se sentía, la inundación de poder que lo llenaba. No era suyo; procedía del Collar. Lo conectó a un poder tan inmenso que parecía inacabable, una enorme reserva oscura temblorosamente familiar. *Tú*, pensó. *Tú, tú, tú.*

—Me has puesto las cosas muy difíciles, Jamie. Pero ahora vas a ser un chico bueno y a hacer lo que te diga. De rodillas.

Oyó la orden y casi se movió, porque ahora estaba controlado. Pero no se sintió forzado. Darse cuenta de ello lo desconcertó. No se sentía forzado. No sentía nada en absoluto.

James comenzó a reírse, una carcajada descontrolada y jadeante. No podía parar y no lo hizo. Hasta que las lágrimas anegaron sus ojos.

Entonces miró de nuevo a Sinclair.

Y dijo una única palabra.

—No.

Se incorporó. Despacio, levantando las extremidades del suelo, para que no quedara duda de lo que estaba haciendo.

—He dicho que te pongas de rodillas.

Era tan alto como el cuerpo prestado de Sinclair y lo miró directamente a los ojos. Vio duda en ello. Sinclair miró el Collar y después de nuevo a James.

James sabía lo que Sinclair estaba pensando: *Debería funcionar*. Y así era. Estaba funcionando. Pero no como Sinclair había esperado.

—No lo comprendo. —Sinclair parecía un hombre a punto de sacudir su reloj para intentar descubrir por qué no marcaba bien la hora—. El Collar controla al Traidor.

A James se le escapó otra carcajada terrible y resollante. Se agachó y levantó la espada de Ettore. Sentía la verdad de la respuesta en sus dientes, en su sangre, en sus huesos.

—Así es —dijo James.

Se sentía ansioso por servir, por entregarse. Pero las historias no eran ciertas. O eran los sueños sórdidos de aquellos que deseaban esclavizarlo. Daba igual quién le pusiera el Collar en el cuello, porque el Collar solo tenía un dueño. Un dueño celoso, que nunca permitiría que su posesión fuera de otro. ¿Por qué había creído que sería diferente? Estaba unido a una sola persona, siempre y para siempre.

—Pero el Rey Oscuro es su dueño —dijo James—. Y yo le sirvo a Él, no a ti.

Y, con un único movimiento de su espada, le cortó la cabeza a John Sloane.

CAPÍTULO CUARENTA Y OCHO

Will aterrizó en el corazón de la tormenta. Cegado por la creciente oscuridad, golpeó con el pie el cadáver de Howell y estuvo a punto de caerse. Movió la antorcha y no alumbró nada. Las sombras lo rodeaban, extinguiendo toda la luz.

La arremolinada densidad del aire le provocaba arcadas. Se obligó a mantener los labios bien cerrados, temiendo instintivamente contagiarse de aquella miasma en movimiento, aunque esta lo ignoraba y pasaba junto a él como un arroyo sobre una roca.

Se tambaleó hacia ella, hacia el espeso limo en el que se agitaban las desconocidas siluetas de los muertos. Tenía que suponer en qué dirección avanzar, ya que era incapaz de ver. Y tenía que moverse con rapidez, antes de que los muertos derrotaran a Violet y poseyeran a sus amigos. Pero apenas había dado tres pasos cuando la caverna se despejó de repente; el enjambre de Retornados se desvaneció hacia arriba, como si se hubieran dado cuenta a la vez de que no tenían que seguir los túneles, sino elevarse y atravesar la roca.

Levantó la antorcha. La cámara que reveló estaba vacía. Las escultóricas figuras inmóviles cuyas hileras atravesaban la caverna habían desaparecido, transformadas en las sombras que lo habían rodeado. Lo único que quedaba de sus cuerpos era el polvo, una ceniza gris bajo sus pies que hacía que pareciera que caminaba por la arena, como si la caverna fuera una playa a medianoche.

Y entonces lo que había bajo sus pies cambió. Entre el polvo vio un casco romano con placas para las mejillas; el tiempo había agrisado el bronce y podrido el resto de decoraciones. Dio otro paso y vio la cota de malla de un cruzado. Las pesadas grebas de un caballero. La cimera de un conquistador... El emblema de la estrella de los Siervos, como si incluso ellos hubieran caído en la tentación, porque aquellos eran los restos de los que habían acudido allí buscando poder.

Rodeó a los primeros que encontró, pero pronto tuvo que vadearlos, ya que los restos se amontonaban como si algunos hubieran conseguido llegar más lejos que otros, quizá porque eran más resistentes a la fuerza letal que emanaba aquel lugar. Cuando más se acercaba, menos armaduras modernas encontraba, pues solo los del mundo antiguo habían sabido lo que había en el interior del palacio. Después de un rato, los restos empezaron a espaciarse de nuevo, como si pocos hubieran conseguido llegar tan lejos.

Y entonces llegó a un claro más allá del cual nadie había llegado. Y en el centro vio una única figura inerte en el suelo.

Kettering.

Cuando se acercó, vio la sangre encharcada debajo de su cuerpo, su rostro laxo e inmóvil, y al arrodillarse junto al cuerpo vio que tenía la piel quemada, como si su carne no hubiera sido lo bastante fuerte para soportar el poder que la había atravesado.

Kettering había conseguido llegar a la fosa, se había arrastrado hasta allí sobre los cuerpos y con su último aliento había tomado el cayado y había liberado al ejército. Y había muerto por ello, con el cayado aferrado en la mano.

Will lo miró, mudo en la muerte. Aquel hombre había recibido una segunda vida y, en lugar de vivirla, había pasado cada hora estudiando, indagando, buscando un modo de despertar a su amada. Le había dado la espalda al mundo para existir en el sombrío reino de la memoria.

Había encontrado el cayado, había despertado a los Retornados, pero murió antes de poder reunirse con su amante.

Parecía muy solo ahora que las sombras de sus compañeros habían abandonado la cámara, incluso aquella que había buscado. Con su descoordinada ropa de profesor, tenía el aspecto de un erudito que podría haber hablado en alguna institución real, pero no había tenido esa vida, y tampoco la tuvo el niño cuyo cuerpo había robado.

¿Quién sabía si la mujer por la que había muerto estaba ahora allí afuera, buscando un anfitrión, tomándolo? Kettering nunca lo sabría. Su búsqueda lo había matado.

Will se arrodilló para deslizar el cayado de la mano de Kettering. Los dedos del hombre seguían calientes y eso sorprendió a Will; la frialdad de la muerte todavía no había reptado sobre él.

Pero la verdadera sorpresa fue el cayado.

Will se había imaginado que sería un ornamentado cetro diseñado para las ceremonias, quizá con una piedra mágica incrustada. No lo era.

No estaba decorado. No era un cetro.

Era un hierro.

La marca S, ennegrecida por el tiempo y un sinfín de inmersiones en el fuego. Irradiaba un oscuro poder, una atracción más fuerte que la del Collar. El primer hierro, pensó Will. La primera vez que Sarcean puso su marca en su gente. Lo hacía y después colocaba la mano sobre la carne de sus seguidores, uniéndolos a él para siempre.

Sosteniendo la sencilla empuñadura de hierro, Will tocó la S.

La visión lo golpeó como un puñetazo en los dientes.

La sala del trono estaba atestada de muertos, de cuerpos abiertos, de armaduras aplastadas. La magia había abierto agujeros y quemado parches negros en el mármol blanco, como zarcillos de putrefacción. La masacre lo contentaba, como lo hizo no encontrar obstáculos en su camino hacia el trono, seguido por su Guardia Oscura. Era arrogante tomar la iconografía del sol y retorcerla. Aquella extravagante ironía también le gustaba: una Guardia Oscura para reemplazar a la Guardia del Sol, un Rey Oscuro para reemplazar…

—El Rey Sol se ha ido —le dijo Sarcean a la reina—. Ha huido. Con sus siervos y su guardia de confianza y su campeón, el General del Sol.

La reina lo miró. Solo había sobrevivido un guardia con ella.

Y, cuando Sarcean descubrió quién era el guardia, soltó una carcajada que resonó en la sala del trono.

El joven guardia era mayor ahora, porque había pasado mucho tiempo desde que Sarcean fue expulsado del palacio. En ese intervalo se había convertido en una lanza, atractivo y perfeccionado para la lucha, con el cabello un tono o dos más claro que el de su reina y los ojos claros.

—Ha pasado mucho tiempo desde que nos entretuvimos bajo el sol, Visander —dijo Sarcean.

Porque el último defensor de la reina era el mismo guardia que lo había liberado de la mazmorra.

«Duna», lo había apodado entonces, porque era divertido. Alguien sin importancia, fácil de engañar.

—¡Tú los mataste! —estaba diciendo Visander. Temblaba—. Yo confiaba en ti y tú... tú...

—¿Lo mato a él también? —preguntó el Guardia Oscuro.

—No. Una vez me ayudó —contestó Sarcean.

—Muy bien.

—¿Ves? Mantengo mis promesas, Visander.

En los ojos de Visander ardía un odio puro. *Entiendo por qué te ha elegido*, podría haberle dicho Sarcean. Visander lo perseguiría como ningún otro porque en el pasado había creído en él. Que la reina hubiera elegido a Visander como su campeón, una idea tan brillante como desconcertante, fue el primer indicio de la oponente en la que se convertiría.

Pero Visander era una preocupación menor para Sarcean, cuyos ojos se habían concentrado en la reina.

Se mantuvo erguida ante él, con su túnica ceremonial blanca y dorada y el cabello rubio cayendo por su espalda en una trenza que terminaba como la cola de un león.

Sarcean no había esperado que sus sentimientos tras una única noche juntos lo pillaran tan desprevenido, recordar lo dolorosa y bonita que había sido su unión. Lo que hubo entre ellos estaba ya roto, por supuesto. Se rompió en el momento en el que llamó a su puerta.

—Nunca serás el auténtico rey —le dijo—. Aquellos que te sirven solo serán esclavos involuntarios. Nadie se uniría a ti por elección. No sabiendo lo que eres.

—¿Y qué soy?

—Un muerto —replicó la reina—. Voy a matarte. No pararé hasta que lo haga. No habrá ningún sitio donde puedas descansar. Te cazaré, te mataré tantas veces como tenga que hacerlo. Seré yo. Será mi espada, Sarcean. La luz siempre se alzará contra ti.

—¿La luz? —dijo Sarcean—. Hoy he apagado el sol.

—No puedes extinguir la luz —contestó ella—. Incluso en la noche más oscura hay una estrella.

Will gimió y volvió en sí.

Cyprian estaba ante él, blandiendo una espada.

CAPÍTULO CUARENTA Y NUEVE

Cyprian parecía la venganza vestida de plata. Había trepado por los cuerpos y se detuvo sobre ellos, mirando a Will. ¿Cómo podía estar allí? ¿Por qué estaba vivo, si todos los demás que habían intentado hacerse con aquel poder habían muerto?

Con el hierro en la mano y Kettering muerto, Will se sintió culpable y expuesto ahora que Visander había revelado que era el Rey Oscuro.

—Sé lo que parece, pero…

—Dame eso —le dijo Cyprian.

—No puedo. —Instintivamente, Will dio un paso atrás, agarrando el hierro—. Cyprian, puedo detener todo esto. Puedo detener a Sinclair de una vez por todas.

Cyprian siguió acercándose, con la espada en la mano.

—Nos mentiste. Te permitimos entrar en nuestro alcázar creyendo que estabas allí para salvarnos. Habíamos sobrevivido miles de años —dijo Cyprian—. Hasta que llegaste tú.

Cyprian lo había tirado de su caballo el día de su llegada al alcázar; casi le había arrancado la camisa del cuerpo, buscando una marca. No quería dejarlo entrar. Dijo que Will mentía y tenía razón. Había tenido razón todo el tiempo.

—Yo no soy eso. —Las oleadas de negación y miedo le retorcían el estómago. Tenía que marcharse, tenía que salir, pero no había modo de escapar de aquella fosa oscura—. Os ayudé contra Simon. ¡Os ayudé contra los Reyes Sombríos!

—Y Katherine. Murió cuando te siguió. ¿A ella también la mataste?

—Los ojos verdes de Cyprian destellaron.

—La mató la espada. —No había ningún sitio al que retroceder—. ¡La mató ese guerrero de ahí afuera, cuyas palabras te crees!

—Dios, trajiste a James al alcázar —dijo Cyprian—. ¿Lo sabe él? ¿Habéis estado riéndoos de nosotros todo el tiempo?

—No —contestó Will, negándolo con brusquedad—. Él no lo sabe. Es inocente. Cyprian...

—Visander me avisó de que dirías cualquier cosa para hacerte con el poder —replicó Cyprian con amargura.

Visander, que vestía el cuerpo de Katherine como unas pieles. Visander, a quien Sarcean había seducido y engañado y que le había guardado rencor durante siglos, un odio mayor porque era humillantemente personal. Cuando envió a Visander, la Dama sabía que no pararía hasta que el Rey Oscuro estuviera muerto, lo encontrara en la forma en la que lo encontrara.

Como había sabido que, cuando Visander regresara, lo haría a un cuerpo tan parecido al de ella que sería como si fuera ella quien lo matara, justo como había prometido.

Recordó sus ojos, mirándolo a través del tiempo.

Madre, para. Madre, soy yo, madre...

—Es un soldado de una guerra en la que yo no he luchado. —Will estaba temblando. Le costaba respirar, como si tuviera unas manos alrededor de la garganta—. Visander recuerda a una persona que nunca he sido.

—Pero lo fuiste. Lo fuiste. —Cyprian habló con una terrible certeza—. Todo sale siempre como tú lo has planeado. —Los ojos de Cyprian eran veneno verde y lo miraban como su madre lo había mirado: como si fuera algo tan terrible que no podía permitírsele vivir—. Pero no esta vez.

Aunque le castañeteaban los dientes, Will no pudo contener la extraña carcajada que borboteó en su garganta.

—¿Crees que yo he planeado esto?

—¿No lo hiciste? —replicó Cyprian.

Will se apretó la parte superior de los brazos para dejar de temblar. Su mente hizo el listado a la desesperada. Había perdido a Cyprian, por supuesto. Había perdido a Elizabeth. Había perdido a Grace. Perdería a James tan pronto como lo descubriera. ¿Había perdido a Violet?

—Si no asumo el control, ese ejército matará a todos los de la superficie. —Consiguió decir las palabras y eso lo sorprendió. El castañeteo había empeorado.

—Haces que suene muy razonable —dijo Cyprian—. *Deja que el Rey Oscuro tenga su ejército…* Es así como lo haces, ¿no? Nos arrebatas todas las opciones para que la única que quede sea la tuya. —Cyprian apretó la espada—. Pero no lo es. Tenemos a la Dama… a la auténtica descendiente de la Dama, y ahora está ahí arriba. Quizá tengamos que luchar una guerra, pero, si tú no tienes el control, al menos tenemos una oportunidad.

Lo había sabido. Sabía cómo sería. Esa era la razón por la que no lo había contado… por la que nunca se lo había dicho a nadie. Que lo descubrieran sería invitar a la violencia de la destrucción.

Pero, ahora que estaba allí, descubrió que no podía tragárselo, que una semilla profundamente enterrada en su interior se estaba rebelando.

—Prefieres dejar libre a ese ejército antes que confiar en mí —le espetó.

—Los Siervos existen para detenerte —le dijo Cyprian—. Eso es lo que voy a hacer.

Cyprian dio otro paso adelante y en ese momento el terreno se hundió y después se movió hacia arriba, como si el palacio intentara escupirlo. La tierra se abrió, una grieta negra que atravesó la tierra entre ellos. Cyprian levantó una mano para mantener el equilibrio y Will se tambaleó; el hierro se le cayó de la mano mientras el hueco entre ellos se convertía en un abismo.

Cuando recuperó el equilibrio, Will descubrió que ahora estaba en un lado de una brecha abierta y Cyprian estaba en el otro; irónicamente, fue Cyprian quien se mantuvo en pie con extraordinario equilibrio. Pero no tenía ningún modo de llegar hasta él. Vertiginosamente profunda, la negra hendedura parecía descender hasta el núcleo de la tierra. Tenía fácilmente cuatro metros de anchura, una gran distancia que lo separaba de Cyprian.

Milagrosamente, no se produjo ningún derrumbe. La estructura de la caverna estaba intacta. Will miró a su alrededor buscando...

El hierro estaba allí, a apenas unos pasos de distancia. Estaba en su lado del abismo.

—Este sitio... —Cyprian también vio el hierro de marcar y miró a Will desde el otro lado—. Está intentando protegerte. Pero no funcionará.

—¿Por qué no?

Con un salto imposible, Cyprian salvó la grieta y aterrizó ante Will. Se levantó para mirarlo directamente.

—Porque ahora soy fuerte.

Con un dolor terrible, Will lo comprendió. Solo había un modo gracias al que Cyprian podría haber atravesado las sombras, solo había un modo de que pudiera acercarse al hierro. Lo único que había jurado que no haría nunca.

—Has bebido del Cáliz —dijo Will.

Miró a Cyprian fijamente, viendo el oscuro dolor de la admisión en sus ojos y recordando al chico que había prometido permanecer puro. *Cuánto desea detenerme.* Anharion. Visander. La Dama... Sarcean los había retorcido a todos, los había hecho asumir formas distorsionadas. Y Will estaba haciendo lo mismo: primero a Katherine y ahora a Cyprian.

Ambos miraron el hierro al mismo tiempo. Cyprian estaba más cerca y era más fuerte. Iba a hacerse con el hierro y a destrozarlo y no habría ninguna manera de evitar que los Retornados tomaran miles de cuerpos y marcharan a través de la tierra.

Will tenía que detenerlo. Sabía cómo. Era lo único que Cyprian no le perdonaría nunca.

El círculo de personas con las que Will había pasado tiempo en su vida era pequeño. Su madre, que le había ocultado un horrible secreto. Los hombres con los que trabajó en los muelles, relaciones en las que siempre era consciente de su estatus de infiltrado. Había tenido que fingir con ellos, como lo hizo con Katherine, hasta que ella lo convirtió en algo real cuando lo besó y él se dio cuenta, espantado, de quién era ella.

Pero en el Alcázar de los Siervos se había permitido trabar amistad con otros por primera vez. Dubitativamente, sabiendo que nunca podría contarles lo que era, sabiendo que aquella relación estaría construida sobre cimientos podridos, pero esperando poder ser lo que fingía ser. Para ellos.

Sabía que Cyprian había llegado a confiar en él. Primero como un teniente empieza a confiar en un nuevo líder que ha demostrado sus cualidades lentamente en el campo de batalla. Después, quizá, como amigo. Ese podría haber sido su futuro, aunque la idea de amistad que tenía Will era vaga, pues no la había tenido antes.

Pero ese futuro se había hecho añicos. Y jamás podría ser reparado. Ahora no.

Cuando Cyprian comenzó a moverse hacia la marca, Will dijo:

—No.

Cyprian se detuvo en seco. La confusión perpleja de su rostro cuando descubrió que no podía moverse se convirtió en furia por la traición cuando se dio cuenta de que la sombra que había en su interior estaba obedeciendo la orden de Will.

Obedeció a Will igual que los Reyes Sombríos lo habían obedecido en Bowhill: porque le había hecho una promesa en el mismo trato impío que los tres reyes habían firmado. Poder a cambio de un precio.

Durante un momento, se miraron el uno al otro. Cyprian jadeaba por el esfuerzo, impotente, luchando desesperadamente contra su sombra. El cuerpo le temblaba, pero la tenaza implacable de su sombra lo mantuvo en el sitio.

—Lo siento —le dijo Will—. No quería hacer esto. Es solo que... no puedo dejar que me detengas. Este es el único modo de salvar a los demás.

De salvarlos a todos. De terminar con los planes de su antiguo ser. De detener a Sinclair.

Cyprian lo miró como si quisiera matarlo.

—Eres él. Eres él de verdad.

Su cuerpo atrapado parecía repugnarlo. Era horrible verlo luchando con todo lo que tenía contra la sombra y fracasando, como una escultura torturada incapaz de moverse.

—Lo siento —repitió Will—. Tengo que hacer esto.

La expresión de Cyprian cambió. En lugar de luchar como un hombre tirando inútilmente de sus cadenas, dejó de forcejear. Cerró los ojos, como si se concentrara. Entonces tomó aire, invocó algo profundo de su interior.

—Resistiré. No flaquearé. En la oscuridad...

—Cyprian... —dijo Will.

—... seré la luz —continuó Cyprian, y a Will se le erizó la piel al reconocer las palabras que había recitado con la Siervo Mayor, las palabras que Carver usó en su ceremonia—. Caminaré por este sendero y desafiaré a la sombra. Sigo siendo yo y resistiré.

Su voz era firme; su respiración, constante.

Con una expresión llena de una tranquila victoria, Cyprian abrió los ojos.

Y comenzó a moverse.

Había derrotado a su sombra. Will intentó utilizar su poder de nuevo y sintió que la sombra que había en el interior de Cyprian chillaba de frustración, expulsada a un pequeño espacio en su interior. En dos pasos, Cyprian llegó hasta Will, lo empujó a un lado y agarró el hierro.

Will golpeó el suelo justo cuando Cyprian se sacaba el hacha del verdugo de una correa que llevaba a la espalda. Levantó el arma y la bajó con fuerza, rompiendo el hierro en un millar de fragmentos.

—¡No!

La explosión sacudió la habitación y los lanzó a ambos hacia atrás. El golpe le robó a Will el aliento, le arañó la piel de las palmas cuando utilizó las manos para detener la caída.

Apenas notó el dolor y se levantó de inmediato, buscando desesperadamente el hierro de marcar. Oh, Dios, ¿no quedaba nada? ¿Ninguna parte que pudieran volver a montar?

—Se ha acabado —dijo Cyprian, mirándolo y soltando una carcajada sin aliento—. No puedes usarlo.

Se estaba riendo. Se estaba *riendo*.

Will miró a Cyprian, abrumado por la incredulidad y una furia abrasadora.

—¿*No comprendes lo que has hecho?*

—Te he detenido —dijo Cyprian con voz triunfal—. He evitado que el Rey Oscuro recupere su ejército.

La amenaza que habían liberado era un horror indescriptible, un mundo rehecho en la oscuridad, y el miedo se intensificó en Will por lo que ahora podía ocurrirles a Violet y a los demás. Bajo eso, su enfado se estaba endureciendo y convirtiendo en algo parecido a una fría ira, pétrea e implacable.

—¿Así que tú puedes acoger una sombra en tu interior —le dijo Will—, puedes hacer un trato con la oscuridad, pero a mí no puede confiárseme mi propio poder, ni siquiera cuando quiero usarlo para hacer lo que es correcto?

Cyprian no contestó y agarró el brazo de Will con una tenaza de hierro. Will intentó resistirse, pero se vio levantado y arrastrado hacia adelante. Tropezó con el cuerpo de Kettering y, tras unos segundos, Will se dio cuenta de que Cyprian no iba a matarlo. Le ató las manos y tiró de él a través de los huesos y las armaduras para regresar con los demás.

Eso era peor. Eso era...

—Los demás te verán como lo que eres —le dijo Cyprian.

Will podía ver el círculo de luz brillando a lo lejos, como un sol muy lejano. Forcejeó sin que eso tuviera efecto en los duros y tensos músculos del cuerpo de Cyprian. El abismo recién abierto tampoco fue un obstáculo; Cyprian volvió a saltarlo con facilidad.

—Visander me matará —dijo Will, pero no era eso lo que monopolizaba su mente. Era pensar en Violet mirándolo con expresión traicionada.

Su madre, Katherine, Elizabeth, Cyprian, Grace...

Pero Violet no, Violet no, Violet no.

Cyprian no le hizo caso. Era lo bastante fuerte para trepar por la escala de cuerda arrastrando a un prisionero. Casi rígido por el pánico,

Will se vio lanzado sobre el borde de la cripta y cayó sobre las baldosas de la sala del trono.

El torrente de sombras se había marchado, dejando la cámara sorprendentemente tranquila. Violet y los demás estaban agrupados en una esfera de luz que se desvanecía despacio.

Fue Violet la primera a la que vio; Violet, cuyos ojos se clavaron en los suyos y se llenaron de sorpresa cuando vio sus ataduras y que era el prisionero de Cyprian. Estaba con los demás y lo único que Will pudo hacer fue mirarla y pensar: *Lo sabe.*

Lo sabe, lo sabe, lo sabe...

Se sentía enfermo, expuesto, descubierto. Los ojos de Violet eran como quedarse sin aire, como tener la garganta aplastada. El pánico que sentía al saberse descubierto era primitivo. *Tú no*, quería decir. *Tú no.*

Estaba tan concentrado en Violet que tardó un momento en ver qué estaba ocurriendo a su espalda.

Armados con pistolas y cuchillos, los hombres de Sinclair emergieron de la oscuridad, liderados por un chico de cabello castaño que Will había visto por última vez en el *Sealgair* luchando y matando Siervos como si no fuera nada.

—A partir de ahora nos ocuparemos nosotros —dijo el hermano de Violet, Tom.

CAPÍTULO CINCUENTA

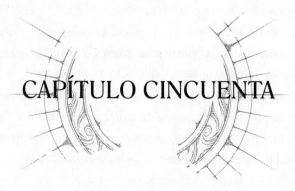

—Siervos —dijo Tom, del mismo modo que Cyprian había escupido en el pasado: *Leones*—. Sois como cucarachas: cuando creemos que ya os hemos erradicado, salís arrastrándoos de las rendijas.

Violet se giró y lo vio. Él estaba mirando a Cyprian.

—¿Tom? —dijo Violet, con los ojos llenos de asombro.

Era su hermano, caminando sobre los escombros. Los hombres de Sinclair lo seguían con antorchas, creando una isla de luz.

—¿Violet? —Se detuvo en el momento en el que la vio, tan desconcertado como ella—. ¿Qué estás haciendo aquí?

Lo único que ella podía hacer era mirarlo. No podía ser real, ¿verdad? No podía estar allí.

Estaba igual que la última vez que lo vio en su casa de Londres: el mismo cabello castaño cortado a la altura del cuello de la camisa, el mismo rocío de pecas en su nariz. Parecía fuera de lugar en aquel gigantesco palacio subterráneo; era como abrir la puerta de la sala del trono y ver en su lugar el saloncito de su casa de Londres.

Cuando se recuperó del asombro, este fue reemplazado por una creciente tensión y por la aceleración de su pulso. Lo había echado mucho de menos y durante mucho tiempo.

Y ahora en lo único en lo que podía pensar era en las palabras de la señora Duval. Que ella y Tom estaban destinados a enfrentarse.

—Conseguí escapar de Sinclair —le dijo. *La señora Duval me entrenó para matarte.* Eso no lo dijo. Tom no era su enemigo. Odiaba que la señora

Duval le hubiera metido aquella idea en la cabeza. Sin embargo, una voz le susurró que la primera en insinuar aquella idea no fue la señora Duval. Fue su padre.

Tom no alcanzará su verdadero poder hasta que no mate a otro como él, le había dicho su padre.

—Me hizo prisionera.

¿Tú lo sabías?, quería preguntarle. *¿Sabes lo que nuestro padre planea hacer conmigo?*

—Estas personas son peligrosas, Violet. Apártate de ellas.

Tom estaba mirando a sus amigos como si fueran una amenaza, pero ella descubrió una nueva e inquietante pregunta emergiendo en su cabeza.

—¿Por qué estáis vivos? —Estaba mirando a Tom y a los hombres armados que lo acompañaban—. ¿Cómo habéis sobrevivido a la muerte blanca? El ejército debió toparse directamente con vosotros.

Fue Visander quien contestó.

—Lleva la marca del Rey Oscuro. Eso lo señala como sirviente del Rey Oscuro y lo protege de la posesión.

El olor de la carne quemada y Tom negándose a morder una tira de cuero. Violet quería vomitar; sabía que Tom tenía la marca del Rey Oscuro. La idea de que eso lo hubiera salvado le revolvió el estómago. Se había salvado de las sombras porque ya era una criatura del Rey Oscuro.

Miró a los hombres que rodeaban a Tom, con sus antorchas y pistolas. Todos debían tener la marca. El ejército de los muertos había sido liberado y ella estaba mirando su equivalente moderno: un ejército vivo que había jurado lealtad al Rey Oscuro y que había sido conducido hasta allí por su hermano.

Sabía que su familia trabajaba para Sinclair, pero nunca había pensado que Tom era un soldado del Rey Oscuro. *El León del Rey Oscuro.*

Se colocó ante sus amigos, instintivamente.

—No comprendes lo que está ocurriendo —le dijo Tom—. Has estado fuera demasiado tiempo. Pero yo puedo mantenerte a salvo hasta que llegue el momento de contártelo.

—Llegas demasiado tarde, León —le dijo Cyprian a Tom—. Sinclair nunca controlará ese ejército. He destruido el hierro.

—Siervo —dijo Tom—. Apártate de mi camino.

En el *Sealgair*, Tom había matado Siervos con una palanca. Ella lo había visto hacerlo. Solo Justice había sido lo bastante fuerte y hábil para empatar con Tom.

Y allí estaba Cyprian, el novicio con mayor talento de su generación, el sucesor natural de Justice, desafiando a su hermano.

Despacio, horrorizada, se dio cuenta de que, si se enfrentaban, ella tendría que detenerlos.

Al final, Tom vendrá a matarte, le había dicho la señora Duval. *Y entonces estarás preparada para enfrentarte a él o no lo estarás.*

—Él ha soltado a ese ejército —le dijo Will a Tom—. Si quieres detenerlos, tendremos que trabajar juntos.

—El Rey Oscuro ordena a su León —replicó Visander.

Violet se giró para mirar a Will. Con las manos atadas a la espalda y la cara manchada de tierra, de algún modo todavía conseguía llamar la atención. Will siempre había conseguido que la gente lo escuchara y Tom no fue diferente. Lo miró.

—Tú —le dijo.

—Sí. El chico al que encadenaste en el barco —contestó Will.

Se reconocieron. Will había sido prisionero en el *Sealgair*, pero nunca había hablado del tiempo que había pasado cautivo. Entonces se dio cuenta: por supuesto, Tom había estado a cargo de él. Tom había ordenado que encadenaran a Will en la bodega del barco. ¿Conocía Will un lado de Tom que ella desconocía?

En la bodega del barco, Will había estado ensangrentado y amoratado. Había soportado al menos una dura paliza, seguramente por orden de Tom, quizá incluso a manos de Tom. ¿Qué más había pasado entre ellos? Will nunca le había contado nada... Ni siquiera le había dicho que conocía a su hermano. ¿Por qué?

¿Qué más no le habría contado? No era la primera vez que tenía la sensación de que Will era un desconocido o que, a pesar de la confianza, Will le contaba muy pocas cosas. *¿De verdad lo conoces bien?*, susurró una voz.

—Tú mataste a Simon —dijo Tom.

—Entre otros —contestó Will.

Tom le señaló de inmediato, protector, que acudiera a su lado, un movimiento que ella conocía tan bien que le dolió.

—Violet, ese chico... Esta gente es peligrosa. Ven conmigo y después podremos hablar.

—¿Que vaya contigo? —Lo dijo con incredulidad.

—Estarás a salvo. Pero ven a nuestro lado.

—¿A salvo? ¿Sabes lo que tu padre quiere hacer con ella? —le preguntó Will.

No, pensó con un tirón en el estómago. No soportaría oír la respuesta. Nunca se lo había preguntado a Tom porque, mientras no lo hiciera, no tendría que enfrentarse a la respuesta.

En el rostro de Tom no había ningún indicio de comprensión.

—¿Lo que quiere hacer con ella? La quiere de vuelta en casa.

—La quiere muerta. —Las palabras de Will le dividieron el cerebro; la verdad por fin expuesta—. ¿No comprendes nada de lo que está pasando? Mientras hablamos, ese ejército está matando a todos los que encuentra a su paso. Caerán ante la muerte blanca y, cuando despierten, tomarán nuestro mundo. No tenemos tiempo. Tenemos que detenerlos.

—¿De qué estás hablando? —replicó Tom—. Mi padre lleva meses buscando a Violet. Y, si el ejército es un peligro, es porque vuestro Siervo lo ha liberado. Se suponía que Sinclair había terminado con los Siervos.

No se daba cuenta, descubrió Violet. Le habían enseñado todo mal. Sinclair, su padre...

Había querido ser como él durante tanto tiempo que era desconcertante descubrir sus limitaciones. Él había sido todo su mundo, pero por primera vez lo veía como un pequeño engranaje en la maquinaria más grande de los planes de Sinclair. *Nuestro padre mató a mi madre*, quería decirle. *Nuestro padre quiere que tú me mates.*

—Eres tú quien no lo comprende —le dijo—. Sinclair no es lo que tú crees. Nada de esto es lo que tú crees. Tom...

Él estaba negando con la cabeza.

—Violet, apártate. Yo me ocuparé del Siervo.

Todo estaba ocurriendo demasiado rápido.

Cyprian, con una sombra en su interior. Cyprian, con el hacha del Verdugo en la mano. Se oyó decir a sí misma:

—No voy a dejar que hagas daño a mis amigos.

—No hay tiempo para discutir —dijo Will—. Los Retornados solo pasan un par de días latentes en el interior del cuerpo que han poseído... Solo tenemos hasta que despierten para detenerlos. Tenéis que firmar una tregua.

Más tarde, Violet recordaría que Will fue el único que hablaba de detener el ejército mientras los demás estaban concentrados en viejas rencillas, pero en aquel momento apenas lo oyó. Solo veía a Tom.

—Tom, por favor, no tienes que...

Tom no la estaba escuchando.

—Apresad al chico. Disparad al Siervo. Queremos a las chicas vivas.

Violet levantó su escudo para detener todas las balas que pudiera y corrió hacia Cyprian incluso antes de que Tom terminara de hablar. Pero estaba demasiado lejos. Se preparó, sabiendo que no llegaría a tiempo.

El sonido de los disparos nunca llegó.

Pasaron los segundos y bajó el escudo, esperando en todo momento el restallido de un disparo. Lo que vio en lugar de eso fue tan terriblemente antinatural que se le congeló el corazón.

El hombre que tenía más cerca estaba paralizado, con los ojos vidriosos y el brazo del arma extendido. Petrificado, no se movía. Ninguno de los hombres de Sinclair se movía, todos detenidos en el acto, uno de ellos congelado a mitad de un paso.

Y Tom...

Tom estaba congelado en el mismo rictus, con la boca entreabierta, a punto de hablar. La marca que tenía en el brazo, levantado en un gesto interrumpido, resplandecía. *Ardía*. Violet olió la carne quemada y el recuerdo del momento en el que lo marcaron, en el barco, le obstruyó las fosas nasales.

—He dicho que no tenemos tiempo —dijo Will, y todos los hombres de la sala lo dijeron con él con mitigada uniformidad.

Violet se giró despacio. Creía que el horror estaba ante ella, pero descubrió que lo tenía detrás.

Will tenía los ojos negros; en la superficie no se veían ni el iris ni la esclerótica; eran como ventanas a una infinita oscuridad. Como si un viento lo estuviera azotando, su cabello y su ropa fluían a su espalda. Un oscuro poder crepitaba en él, como un joven dios coronado en una oscura gloria.

Magia. La magia de Will... y no era una vela encendida, ni un árbol floreciendo, ni una vivificante explosión de luz. Era un ejercicio de fuerza bruta, frío y oscuro: Will había anulado la humanidad de los que lo rodeaban y había asumido el control absoluto de sus cuerpos.

Había muchos hombres de Sinclair paralizados en el salón. Y Tom... Tom no era un hombre ordinario. Tom era un León, o había sido un León, y su rostro vacío y laxo era el mismo que el de los hombres que lo rodeaban. Los que habían sido individuos eran ahora marionetas de carne, subordinados en todos los sentidos al retorcido juramento que habían hecho ante su señor.

Ante Will.

—De verdad *eres* el Rey Oscuro —dijo Violet, horrorizada.

Will no lo negó. No podía hacerlo mientras controlaba a los hombres de Sinclair a través de la marca oscura. Tampoco lo había negado antes, descubrió. Solo desapareció en la fosa buscando un modo de controlar al ejército del Rey Oscuro.

A su ejército. Era como si un abismo se hubiera abierto bajo sus pies. Como si estuviera cayendo en él.

—Juré que nunca te seguiría —le dijo, sintiéndose mareada—. Juré que no sería como Rassalon.

—Violet, soy Will —dijo él.

Pero todos lo dijeron con él, todos los hombres de la cámara, repitiendo las palabras de Will en ese horrible tono inexpresivo, como si Will fuera todos ellos, un insecto malévolo con un millar de ojos.

—Suéltalo —dijo Violet—. ¡Suelta a mi hermano!

—Ahora te ven como eres —le espetó Visander.

Se estaba acercando a Will con Ekthalion en las manos. Vio que Will se fijaba en la espada y, como si ese cambio de atención terminara con su control, todos los hombres de Sinclair se desplomaron.

470 • EL HEREDERO OSCURO

—¡Tom! —gritó Violet. Corrió hacia el lugar donde había caído y se arrodilló junto a él, le buscó el pulso desesperadamente. Tenía la piel fría—. ¡Tom!

Le presionó el cuello con los dedos y sintió un pulso leve... Vivo. Estaba vivo. Lo abrazó, como si pudiera protegerlo de la posesión con su cuerpo. Levantó la mirada, a ciegas, para ver a Will. Se tambaleaba. ¿Lo había debilitado controlar a tantos hombres? Cayó sobre una rodilla mientras Visander se detenía ante él.

Cuando miró a Visander, los ojos de Will habían recuperado su color normal y eso hizo que pareciera el chico al que Violet conocía.

Pero no lo era. Violet no lo conocía. No sabía quién era o qué podía hacer.

—Qué adecuado que deba derribarte en el lugar donde una vez me lo quitaste todo —dijo Visander.

—¿Le has dado Ekthalion? —le preguntó Will a Violet.

Sonó totalmente traicionado y, cuando la miró, sus ojos comenzaron a volverse negros de nuevo. Los clavó en Visander. Como una horrible respuesta, Violet notó que el cuerpo de Tom comenzaba a moverse bajo sus manos. Un instante después, varios hombres se levantaron bruscamente del suelo. Visander no les prestó atención, ni siquiera cuando empezaron a tambalearse hacia él.

—Tú tienes la misma edad ahora que yo cuando asesinaste a mi familia —estaba diciendo Visander—. Pero yo no soy tú. Yo no voy a matar a tus amigos. No voy a matar a la gente que te importa. Solo voy a matarte a ti.

Visander levantó Ekthalion, pero la montaña estaba respondiendo a Will y el terreno tembló mientras en los ojos negros de Will centelleaba la furia. Una enorme roca cayó del techo y se estrelló a centímetros de Visander. Iba a destruir aquel lugar, pensó Violet desesperadamente. Destruiría a Visander, los destruiría a ellos.

—¿Habéis empezado sin mí? —preguntó una voz conocida y arrastrada.

James apareció bajo la luz de las antorchas.

Su arrogancia siempre había sido mortificante. Había llegado como un perezoso aficionado al acto final de una obra, totalmente indiferente a todo lo que hubiera ocurrido antes de su entrada. Como si su condición de príncipe le diera derecho a ello, atravesó la sala del trono. Era como si creyera que los cortesanos se estaban postrando a su paso, y quizá lo hicieron, en el pasado, hacía mucho tiempo.

Pasó elegantemente sobre un cuerpo tirado e inconsciente, uno de los hombres de Sinclair. Tenía los ojos clavados en Will.

Violet no se dio cuenta de cuánto se parecían hasta que James se detuvo junto a Visander. Su coloración y su aura, hermosa y terrible, angelical y sobrenatural, eran similares. Ambos eran instrumentos de venganza sobre aquel que más daño les había hecho; era como si Anharion y la Dama se alzaran juntos contra Will.

—Vosotros dos —dijo Will con una voz extraña y terrible, de rodillas sobre los escombros.

Pero ninguno de ellos atacó. Visander estaba paralizado. Y no era Will quien estaba deteniéndolo con un lazo invisible. Era James.

—Cariño, no estoy aquí para matarte —le dijo James a Will.

Solo tuvo que hacer un gesto para que Visander saliera despedido hacia atrás, golpeara una columna y después el suelo, donde su cuerpo se desplomó, inmóvil. Cyprian dio un paso adelante y James solo lo miró; el Siervo se deslizó a toda velocidad por el suelo.

Will estaba observando a James, desconcertado. Este lo miró y le ofreció la mano.

—¿Y bien?

—*Es el Rey Oscuro* —le dijo Violet.

—Y yo soy su lugarteniente —replicó James—. Y estoy aquí para luchar a su lado.

CAPÍTULO CINCUENTA Y UNO

Will miró a James como si fuera un espejismo en el desierto.

Los hombres a los que había poseído seguían inconscientes, desperdigados por el suelo como si estuvieran muertos. Violet estaba arrodillada junto a Tom con expresión horrorizada. Cyprian y Visander estaban ambos tirados sobre el polvo y Elizabeth corrió hasta Visander.

James los ignoró a todos y cortó las cuerdas con las que habían atado las manos de Will.

—¿Puedes moverte? Tenemos que irnos.

Sus ojos azules estaban llenos de preocupación.

Will no le encontraba sentido. James había oído que Violet lo acusaba de ser el Rey Oscuro. Pero, si lo sabía, ¿cómo podía...?

—Dime que lo sabes —le pidió—. Que soy... que yo...

—Lo sé —le dijo James.

—Dime que no te importa —insistió Will.

—No me importa —contestó James.

Will se sintió acalorado, atravesado por un escalofrío. Miró a James a los ojos y tuvo la sensación de que una pieza encajaba en su lugar.

—Dímelo de nuevo. —Necesitaba oírlo.

—No me importa.

Otro escalofrío, este más profundo.

—Anharion —le espetó Visander.

Estaba intentando levantarse, aunque demasiado herido para hacerlo. Cyprian fue el primero en moverse: sacudió la cabeza para intentar aclarársela, con la mirada fija en James.

—Sabía que nos traicionarías. —En las palabras de Cyprian había un filo duro y doloroso.

Will lo miró. Sus amigos... se habían alineado contra él y lo estaban mirando con distintas expresiones de asombro, miedo y repulsión. Pero era lo que esperaba. Era... Había visto esa expresión antes, en los ojos de su madre.

No había esperado que James se quedara a su lado.

Parte de él seguía esperando el cuchillo, las manos que se cerrarían alrededor de su garganta. Cada momento en el que no sucedía lo llenaba de esperanza. Cada momento una chispa crecía en su interior.

Quizá... aquello no sería Bowhill, donde su madre y su hermana habían intentado asesinarlo. Quizá tampoco sería el mundo antiguo, donde sus amantes se habían vuelto contra él.

Quizá no estaría solo, luchando para demostrar que no era el monstruo que su madre había visto en él, aunque ni siquiera estaba seguro de creerlo él mismo.

James creía... En él, en Will.

—¿Qué quieres que haga? —le preguntó James.

—Sácanos de aquí —le pidió.

James lo tomó en sus brazos. A su vez, Will le rodeó la cintura. Un segundo después, sintió el poder de James en su interior, igual que lo hizo en la excavación. Esta vez cerró los ojos y dejó que ocurriera. El círculo se cerró: el indagador zarcillo de la magia de James conectó con su extensa reserva propia.

Will emitió un sonido cuando el poder crudo escapó de él y vio el cielo nocturno sobre su cabeza salpicado de estrellas, apenas consciente de los gritos a su alrededor.

—*Apóyate en mí* —le dijo James, y Will apenas había comenzado a darse cuenta de que su poder había abierto un agujero en la montaña cuando el poder de James los elevó y sacó del palacio en una ráfaga de aire.

Volando. Estaban volando, o algo parecido. Bajo sus pies, el palacio se estaba alejando. Lo único que Will pudo hacer, apresado por aquella ráfaga de poder y de aire, fue aferrarse a James con fuerza mientras el viento lo azotaba. No sabía que James podía usar su poder combinado para volar. Nunca había visto volar a Anharion en ninguno de sus sueños o visiones. Era posible que Sarcean nunca le hubiera cedido el poder. ¿Cómo podía haber olvidado algo tan emocionante?

—Creí que me odiarías. —Suspiró las palabras. Sentía la calidez del cuerpo de James contra su cuerpo. Apretó los dedos en su cintura—. Dime que no me odias.

—No te odio.

Otro escalofrío. Se aferró a él con más fuerza.

—Debería habértelo contado. —Las palabras escapaban de él—. Debería... Tenía miedo. Pensaba que, si te lo contaba, me matarías, o lo intentarías. Creí que tú... Dímelo otra vez.

—No te odio.

Las palabras tocaron algo profundo en su interior, un lugar que nunca había conocido la aceptación. Que había estado preparado, esperando el golpe, y no solo desde Bowhill. Todos estos años. Incluso cuando era niño... su madre había... porque había tenido miedo.

Él no había querido asustarla. No había pretendido asustar a nadie.

James no tenía miedo. Contra todo pronóstico, James confiaba en él.

La gratitud de Will era incandescente. La sintió desbordándolo. Se sentía a rebosar de una lealtad que siempre había querido entregarle a alguien. Quería darle a James poder, el mundo, todo.

Sus pies tocaron la tierra. Habían aterrizado en un pequeño claro en el bosque, donde los troncos oscuros de las viejas hayas se elevaban a su alrededor. El terreno estaba cubierto de hojas y el musgo suavizaba los troncos recién caídos. Una privacidad verde y silenciosa los envolvía.

—Dijimos que lo haríamos después. Si venías a verme después. —Will podía sentir a James, real y caliente a su lado—. Y has venido a buscarme.

—Tú me lo pediste —contestó James.

Porque quizá era suficiente tener a una persona, una persona que creyera en él, que tuviera fe en él.

Sarcean los había perdido a todos, pero Will no. Will había conseguido diferenciarse en eso, en una única cosa, y eso significaba que podía ser diferente. James y él, ambos podían ser diferentes. Podían despojarse del pasado y crear juntos un nuevo futuro.

James le había dado aquella oportunidad de ser... él mismo.

—Dime que me conoces —le pidió, mirando aquellos ojos azules llenos de lealtad y deseando oír a James diciendo las palabras para siempre—. Dime que sabes quién soy y que eres mío.

—Soy tuyo. Sé quién eres. Will...

Will lo besó. Era agradable, era muy agradable sentir a James entregándose, tan dispuesto como él mismo. Parecía que James estaba dispuesto a dárselo todo.

—Soy tuyo —gimió mientras Will lo besaba y lo besaba—. Soy tuyo —susurró mientras Will metía las manos en el interior de su chaqueta y las subía por su cálida camisa—. Soy tuyo —repitió mientras Will tocaba su piel temblorosa y caliente y después le quitaba el pañuelo del cuello—. Mi rey.

Fue como si el mundo entero se tambaleara a su alrededor. Se le hizo añicos la mente. Will se tambaleó, retrocedió ante lo que estaba viendo.

El Collar rodeaba el cuello de James en opulento rojo y dorado.

Destellaba, una cuchillada estridente revelada por la camisa entreabierta de James. El pañuelo de James estaba en el lecho del bosque, dejándolo a medio vestir, desaliñado. Will lo miró horrorizado.

James estaba despeinado, con las mejillas sonrosadas y los labios entreabiertos en una rendición casi intolerablemente erótica, aunque los rubíes que brillaban en el Collar parecían un tajo abierto.

—¿Mi rey? —dijo James.

La náusea subió violentamente por la garganta de Will. Levantó la mano y se agarró al tronco del árbol más cercano. Tenía el estómago revuelto y sufrió una arcada, espasmos, hasta que vomitó sobre la tierra. El mareo amenazaba con abrumarlo. Cerró los ojos solo para ver una imagen de Anharion muerto mientras el verdugo le cortaba el cuello. Vomitó de nuevo, doblado por la cintura, y después se llevó el dorso de la mano con la boca abierta.

Oyó la voz de James a su espalda.

—¿Qué pasa? ¿Algo va mal?

—¿*Mal*?

Todo iba mal. Todo estaba roto. Will miró a James con desesperación. Los brillantes rubíes del Collar parecían burlarse de él.

—Soy tuyo —dijo James—. Sé quién eres. No te odio.

Parecía la absorta oración de un suplicante elegido por su belleza. James parecía dolorosamente sincero.

Eran sus propias palabras, repetidas para él. Sus órdenes, pensó, perturbado. James parecía el mismo de siempre, pero no lo era. No era más que un espejo de los deseos de Will y era horrible verlos tan crudamente reflejados. *Nadie se uniría a ti por elección. No sabiendo lo que eres.* La Dama le había dicho eso en Undahar.

—¿Me estás diciendo lo que quiero oír?

—Sí —contestó James.

Will intentó no arredrarse ante esa respuesta.

—¿Y qué es lo que quiero oír?

—Tu sueño está a tu alcance. Puedes tomar este mundo. Tu ejército está preparado. Yo gobernaré contigo, a tu lado.

Y eso no estaba bien. Will quería...

Quería lo que había tenido apenas unos momentos antes. Lo que James le había dado. Lo que, después de todo, no había llegado a tener. Se aferró al momento en el que se había creído distinto.

—Ese es su sueño. No es el mío.

—Tú eres él.

James lo dijo con seguridad, como si lo supiera sin duda. Miró a Will como si viera en él a alguien de hacía mucho tiempo, a alguien a quien servía. Alguien a quien conocía.

—Lo recuerdas —dijo Will.

James lo miró con el pasado en sus ojos.

—Sarcean, lo recuerdo todo.

AGRADECIMIENTOS

Mi familia procede de Scheggino, un pequeño pueblo medieval en la zona de Umbría conocida como la Valnerina. La primera vez que viajé hasta allí sola, subí la montaña hasta el pueblo vecino de Caso, vi los restos de una enorme construcción romana durmiendo en las colinas, caminé por el arroyo donde mi familia había pescado truchas desde la ventana, miré el paisaje que se convertiría en el Salto de Fe. Sabía que quería establecer una parte de *El heredero oscuro* en esas montañas y planeé regresar y caminar de nuevo por la Valnerina, como había transitado por la Cumbre Oscura en Derbyshire.

Cuando empecé a escribir *El heredero oscuro*, la pandemia había cerrado el mundo: los aeropuertos y calles estaban vacíos y se habían cancelado los viajes a todas partes. Tuve que reconstruir Scheggino de memoria, estudiando mis diarios antiguos y desenterrando fotos viejas tomadas antes de la época de las cámaras digitales y que parecían desvanecerse ante mis ojos. Pero quizá, al final, fue adecuado.

Escribir a solas durante el aislamiento del confinamiento por la pandemia convirtió a cada amigo que se adentró conmigo en el universo de *El heredero oscuro* en algo más valioso: gracias a Vanessa Len, Anna Cowan, Sarah Fairhall, Jay Kristoff, Beatrix Bae y Tom Taylor, que leyeron un sinfín de borradores, trabajaron en mis ideas y me ofrecieron sus comentarios. Este libro no sería el mismo sin vosotros.

Vanessa, nuestras noches en el vestíbulo del hotel se convirtieron en apreciadas y borrosas tardes en FaceTime desde nuestros respectivos sofás y con los auriculares conectándose y desconectándose. Jay y Tom: nuestro día de escritura semanal acompañados de sándwiches y patatas es una alegría creativa. Nunca olvidaré la conmoción de la tarde en la que descubrimos, mientras escribíamos juntos, que tendríamos que suspender nuestras sesiones porque íbamos a ser confinados por tercera vez. Anna, Sarah y Bea, mis amigas geográficamente lejanas: nuestras sesiones de escritura *online*, vuestras llamadas y compañía virtual, fueron salvavidas para mí.

Gracias también a Ellie Marney, Amanda C. Ryan, Amie Kaufman y Sarah Rees Brennan por vuestra amistad y reflexiones y a la banda del Melbourne Writers Retreat por su inestimable amistad, apoyo y consejo.

También tengo que dar las gracias a los que estuvieron conmigo en los momentos más intensos, como Rita Maiuto y Luke Haag. Gracias por celebrar los buenos momentos y por apoyarme en los malos y por acompañarme en ambos con gran sabiduría, buen gusto y buena comida. Mi agradecimiento especial para Jan Tonkin, que ha engrandecido mi vida indeciblemente desde nuestro primer encuentro y con quien tengo una enorme deuda.

Gracias a mi maravillosa agente, Tracey Adams, y a Josh Adams por vuestro entusiasmo y apoyo. Gracias al equipo de Harper, sobre todo a Rosemary Brosnan y a mi editora, Alexandra Cooper. En Australia he tenido la suerte de trabajar con las increíbles Kate Whitfield y Jodie Webster en Allen & Unwin; gracias a ambas por vuestro fantástico trabajo editorial y por vuestra ayuda dando forma al libro. Por último, gracias a Magdalena Pagowska por la impresionante ilustración para la portada y a Sveta Dorosheva por el precioso mapa de la Valnerina en 1821, así como al equipo de diseño de Harper, que unió todos los elementos visuales.

Mientras investigaba para *El heredero oscuro* leí muchos libros de viaje italianos de la década de 1820, incluidos los de Mariana Starke, Charlotte Anne Eaton, Galignani e incluso lord Byron, que viajaron y vivieron en Italia y que escribieron después de la terrible erupción de otra montaña sobre la oscuridad que cubrió el mundo. En el extraño y atemporal tiempo de la pandemia, estos escritores de antaño me proporcionaron un modo de viajar cuando no podía hacerlo y por eso les estoy enormemente agradecida.